本课题研究受教育部人文社会科学研究青年项目
（思想史视域下的乔纳森·斯威夫特研究，17YJC752019）的资助

本课题研究是 2020 年度国家社会科学基金青年项目
（早期英格兰启蒙运动中的斯威夫特研究，20CWW010）的阶段性成果

乔纳森·斯威夫特研究

秩序的流变与悖反

A JONATHAN SWIFT STUDY

The Evolution and Reversion of Order

历 伟 著

社会科学文献出版社
SOCIAL SCIENCES ACADEMIC PRESS (CHINA)

序言一　从创作到研究：
智识结构转型的苦难与收获

2010~2016年，历伟在福建师范大学跟随我攻读比较文学与世界文学专业的硕士、博士学位。他的硕士论文《英国启蒙思想与小说（1688—1755）——以笛福、斯威夫特、理查逊及亨利·菲尔丁为例》（2013）答辩与博士论文《思想史语境中的乔纳森·斯威夫特研究》（2016）答辩，我都邀请了复旦大学杨乃乔教授担任答辩委员会主席，历伟得到杨教授及答辩委员会其他专家的热情鼓励与充分肯定。老师们大概都有这样一个共同感觉：历伟是一位在学术研究上特别投入且有明显学术潜力的青年学子。所以，在他提出继续做博士后研究期待进一步夯实专业基础并加深学养的时候，我感觉这个选择是对的，并将他推荐给杨乃乔教授。经过严格的竞争性考核，历伟如愿进入复旦大学中文系博士后流动站。在杨乃乔教授的精心栽培下，经过三年的不懈努力，历伟完成一份近60万字的博士后出站报告《秩序的流变与悖反：思想史视域下的乔纳森·斯威夫特研究》。这份博士后出站报告的一部分经过修订准备出版，历伟邀我作序，我欣然应允。

历伟的学历背景出自中文学科，汉语的语言亲密度和感受力自然不成问题，他本科、硕士期间在各级刊物上发表过一些诗文，获得过省级奖项。我给福建师范大学文学院2012年度文学创作大赛获奖作品集《青春的纪程》（海峡文艺出版社，2013年）一书作序时，就曾请历伟阅读所有获奖作品，品评优秀之作。他的眼光与见识是不错的，这也得益于他自己的文学创作经验。

然而，有文学创作基础的人，从事学术研究未必能相得益彰。学术语言及思维的凝练严谨与文学表达的空灵散逸自然不乏差异。这种差异涉及的是漫长而系统的学术训练与思想结构，乃至心灵气质的重塑性转变。特别是在他选取英国现代早期的文学与思想关联作为硕士论文研究对象的情况下，这种"严酷的转变"中又多了一条外语（乃至古典语言）的技术要求；这要冒不小的风险，并承受巨大的压力。因为不论具体领域如何，一位学者的学术道路能够走多远，外语能力一定是重要的决定因素之一。因而，在他硕士入学后，我除了叮嘱他注重学术视野的开阔与思维范式的转型、培养学术感觉与信念之外，还叮嘱他勉力于英语及第二乃至第三外语能力的提升。

当然，他对这种学术转型所伴生的苦难也并非毫无反应。我还清楚地记得，在我批评他硕士论文开题报告格式潦草、态度轻浮并过度倚靠二手文献之后不久，他便写了封长信表示意欲继续跟随我攻读博士学位，进一步夯实学术基础并立志以学术研究为业。此后，他挤出时间在福建师大外国语学院旁听了两年包括法语在内的各类课程。值得一提的是，在博士生入学英语科目考试中，他的分数是近年来所有非英语专业考生中最高，甚至比大部分英语专业背景的考生还要高。博士入学后，我同历伟商定在硕士论文基础上选定汉语学界未做深入探究的乔纳森·斯威夫特（Jonathan Swift）作为研究对象。我有一个基本的学术判断：博士学位论文选题的涉及面不必太狭隘，且一定要立足于国际学术前沿，并有后续拓展的批评空间。据此我们对博士论文开题报告的逻辑框架做出了两方面调整：一是个案阐释同群体研究的点面结合，二是"思想史路径"和"文学与秩序关系"的理论关联创设。同时我也提出了直接关联文献的"穷尽式"阅读，以及直接对话西方学术前沿成果并力图填补国内空白这几点学术要求。这不是简单易取的学术理想，背后所预设的时间成本及智识要求（intellectual demands）对青年学子来说都是很大的挑战。当然，从他稳步递减的体重和日益焦躁的情态，我不难推定，历伟确实抱持着"咬定青山不放松"的学术信念，并愿意为之艰苦付出。只提一点：硕博求学六年间，历伟几乎做到了足不出"校"，专注于将自己"围困"在各类文献之中。2016年底，我让他参加在福州西湖宾馆举办的学术会议时，才知道他在福建师大求学的十年间，如鼓山、西湖等福州地区著名的风景名胜均未曾游历。

颇感欣慰的是，他的学术努力并非毫无回报。博士在读期间他发表了数

序言一　从创作到研究：智识结构转型的苦难与收获

篇学术论文，几度获得国家奖学金，在他的博士论文答辩会议上，几位专家同时发出了博士后科研合作邀请。加入复旦大学中文系杨乃乔教授门下后，历伟在学术言语表述、西方思想史学术谱系的融通等方面又有了长足的进展和"革命性"的更新。他近 60 万字厚重的博士后出站报告，与他当初完成的博士学位论文相比，不仅具有更为开阔宏大的学术视野、扎实绵密的文献引征、精准自信的行文表述，亦在课题主旨和细部论题的逻辑架构上达到了严整自洽。同时，经过近十年的学术积淀，历伟在斯威夫特研究及 18 世纪英国文学研究领域发表的 20 余篇论文也引起了学界同行的关注。此外，历伟入职后第二年即破格晋升副教授，并接连获批教育部课题、博士后科学基金一等资助和国家社科基金青年项目等，这些无疑都是他作为青年学者稳步成长的明证。当然，更重要的学术收获就是即将出版的这部厚实之作。

历伟这本书的研究对象是 17~18 世纪著名的思想家、文学家乔纳森·斯威夫特。据 19 世纪传记学者、小说家司各特考据，作为遗腹子出生的斯威夫特早年求学经历颇为坎坷，但他从小博闻强识，5 岁时便能将《圣经》倒背如流。成年后斯威夫特先后从都柏林圣三一学院及牛津大学毕业，在爱尔兰叛乱时期投靠英格兰远亲，亦即彼时名士威廉·坦普尔门下，其间领取圣俸加入教职，并对古典学、宗教学颇有深厚基础，更因坦普尔的缘故与威廉国王及辉格党宫廷贵人联系密切。究斯威夫特一生，其思想及文字涉猎极广，除了游记、散文、诗歌、政论文等学界已熟知的文类外，斯威夫特还有不少国内学界较为陌生的历史书写、布道文、自传及报刊时评和"生活指南"等难以归类的作品。如本书"绪论"部分所指出的，20 世纪风行于欧美学界的"牛津本"和正在修葺中的"剑桥评注本"斯威夫特文集都多达 17 卷之巨。虽然斯威夫特毕生未曾涉足欧洲大陆，但实际上他对当时欧陆哲学的发展倾向及启蒙文化秩序论辩，尤其是"古今之争"和"礼仪之争"两大思潮是极为熟稔的。因此，从多个学术面向上考量，斯威夫特作为文学表现丰饶且思想体系庞杂的作家，理应成为国内英国文学研究领域关注的重点之一。然而，通过学术史的梳理与分析，我们不难指出，国内学界对他的研究主要聚焦在《格列佛游记》及少数散文文本如《布商的信》，真正有分量的研究成果的出现尚有待时日，更未出现综合性的个案专著研究。因此，

3

在这样的学术语境中，本书的出版在填补国内斯威夫特个案综合研究空白的同时，无疑将改变斯威夫特研究的基本面貌，并推动其向纵深发展。

同样，历伟的这本专著还具备以下至少三个方面的价值。第一，它探讨了作为思想史研究内核的"秩序"问题。该著作从"秩序"观念的研究视域出发，以宗教、政治、文化、法律、经济等学科的秩序视野围拢文学，呈现了更为符合18世纪文化常理的斯威夫特研究。我们知道，秩序（Order）是一个宏大但基本的哲学、社会学命题。中西方思想史研究群体对秩序概念多有涉及，但鲜有系统专门论述何者为秩序及其经验机制者。经筛选比对后，历伟选取了与研究对象具有较高接驳性和恰合度的洛夫乔伊（A. O. Lovejoy）、格林利夫、康托洛维茨（Ernst Kantorowicz）、沃格林及哈耶克等人在各自论述范畴内生发出的秩序理论。同时，他力图建构一套适用于斯威夫特文学研究的秩序论理路。第二，为完成这本专著，历伟进行了不少的译介工作，可以说极大地充实了国内斯威夫特的研究资料。国内斯威夫特研究对十余卷的散文、诗歌、历史、宗教论著等较少涉猎，而本书将斯威夫特十余卷非虚构类文集和书信材料囊括进研究视野，在深入爬梳整理斯威夫特全集的基础上，进行了相应的译介工作，一则展现了斯威夫特各类创作的不同面向，二则可为后续的斯威夫特研究奠定资料基础。第三，东方视域的"挺入"与比较思维对西方学界的反馈。我认为，本书的最大优点在于能将早期英格兰启蒙思想中的"东方—中国"因素带入斯威夫特研究，为忽略"斯威夫特与东方"此一论题的西方斯威夫特研究提供了新的研究参照。毕竟，于国别文学研究领域，研究者的国族视角应是比较文学的题中之义。因而，历伟在写作过程中力图论证东方思想传统乃至文学经典表现对斯威夫特文学、思想活动潜在的塑型性影响。同时，他也注意探究斯威夫特文学书写及其思想遗产对20世纪东方的文化反哺，进而重估斯威夫特在文学文化史、政治思想史及东西交流史上的位置及意义。

当然，作为青年学者正式迈入国别文学学术大门的一次努力与尝试，历伟这部专著从题旨的铺设到逻辑的架构，乃至文本细部的阐发及学术观点的敷陈都不乏仍待完善之处。譬如，斯威夫特诗歌独异的美学价值具有不同于其散论紧贴时政的一面，完全可以置于相较独立的新古典主义诗歌传统中加以论述。本书虽多处涉及斯威夫特的诗歌文本，但使用时大都放在政论和宗教思想语境中作为佐证材料。当然，这些有待完善之处又为该研究领域预留了新的学术空间。正如历伟在"后记"中所言，乔纳森·斯威夫特研究永远是一项正在进行的学术公共事业。我相信，随着本书的出版，国内学界对斯威夫特的研究兴趣和批评热情也会相应增加。届时，有了更为充分而立体的批评反馈，他一定会在斯威夫特研究乃至18世纪英国文学研究领域有更为深广新锐的收获。

是为序。

福建师范大学教授、外国语学院院长

葛桂录

2021 年 4 月 10 日

序言二 从博士到博士后：一种贯通性知识学养的沉淀

历伟是一位勤奋且努力的青年学者，2017年6月至2020年6月，他在复旦大学中文系比较文学与世界文学专业跟随我做博士后科研工作。在站期间，历伟投入了全部的时间与精力撰写博士后出站报告，经过三年努力，他在一个体系的自洽构成上完成了出站报告——《秩序的流变与悖反：思想史视域下的乔纳森·斯威夫特研究》，这份博士后出站报告在答辩时，得到10位专家的一致好评。可以说，历伟在复旦大学中文系比较文学与世界文学专业经过三年的博士后科研训练，已经成为在英国文学研究与文化研究方面，特别是在乔纳森·斯威夫特研究领域中优秀的青年学者。从他在该领域所沉淀下来的学养及专业知识结构来看，他应该是同龄及同专业青年学人中的佼佼者。

历伟的学术知识构成的积累有着持续性的长期沉淀。2013年与2016年，我作为答辩主席曾参加历伟在福建师范大学中文系比较文学与世界文学专业的硕士学位论文与博士学位论文的答辩。当时，我就清晰地感觉到历伟是一位在学术研究上特别努力且有发展前途的青年学者。2017年，他申请并通过面试考核，进入复旦大学中文系博士后流动站工作，得以把他在福建师范大学积累下来的知识结构进一步夯实。2018年，复旦大学中文系博士后流动站推荐他以客座副教授身份赴美国北卡罗来纳大学任教一年，这些考验与历练都进一步开阔了他的学术视野，同时，也训练了他的学术英语的表达与书写能力。

可以说，我对历伟7年来学术实力的积累与进步是非常了解的。尤其在进入复旦大学中文系博士后流动站工作后，历伟在学术言语的表述、西方哲学学术谱系的打通等方面有着深度性的进步。这一点，通过对比他的博士学位论文和博士后出站报告便一目了然。他的博士后出站报告总计58万字，不仅具有开阔宏大的学术视野、扎实的源语文献征引及严整自洽的逻辑架构，而且关键在于，在关于斯威夫特的研究方向提出了新锐见解。

现在，历伟这份厚重的博士后出站报告在修订后即将以《乔纳森·斯威夫特研究：秩序的流变与悖反》为题出版。准确地讲，《乔纳森·斯威夫特研究：秩序的流变与悖反》是一部贯通博士与博士后两个研究时段集中完成的优秀专著。关于对博士后科研工作人员的培养，我多年的指导经验是：从博士毕业进站做博士后，一定不能换题，博士后出站报告应该是立足于博士论文，在对其研究的基础上，再给予进一步的扩展性与深化性研究；倘若进站博士后科研人员另起炉灶重新选题，那么必然会损失在时间、精力、思考与知识沉淀的仓促中，因为，重新换一个选题即意味着要再度换一套知识结构。这部专著所沉淀的研究基础也得益于葛桂录教授对历伟于攻读博士学位期间所给予的重要指导。总而言之，历伟恰然是将乔纳森·斯威夫特的研究专注于博士与博士后两个时段的贯通性思考中，最终推出了这部厚重的专著。这正是他的成功之处！

复旦大学教授
杨乃乔
2021年6月6日

内容摘要

本书以18世纪英格兰思想文化转型过程中乔纳森·斯威夫特（Jonathan Swift）的文学作品为考察对象，包括书信、自传、政论文、诗歌、历史作品、布道文等共计18卷；旁及"涂鸦社"（Scriblerus Club）成员如蒲柏、盖伊、阿巴斯诺特等人的文学活动，兼有霍布斯、洛克、威廉·坦普尔、哈林顿、博林布鲁克子爵等人的政治书写。本书把上述文本置于宗教改革、自然神论运动、"启蒙反思"及"古今之争""最佳政制之争""嗣位法案之争""常备军之争"等17、18世纪之交的政治、宗教、哲学、法律思潮之中。同时，本书还注重考察英格兰启蒙思想中的中国特质，以及斯威夫特文学、思想版图中的中国元素。

第一部分"绪论"在论述选题缘由及意义后，梳理、厘清了国内外斯威夫特研究史的发展概况。于此基础上，该部分还将界定、澄清本书论述的核心词语的学理概念、使用界限、历史时段，以及方法论效力及其内在谱系流变。

第二部分"斯威夫特与文化秩序"则以斯威夫特1690~1700年的文学活动为切入点，概述奥古斯都时期英格兰的知识背景、心灵图式和"古今之争"的论辩传统。本部分还将梳理英格兰启蒙运动的思想源流并聚焦斯威夫特对国族秩序及启蒙想象的反思，从宗教改革、资本要素兴起及印刷技术变革引发的认识结构移变、道德秩序重构等几个维度展开论析，以引出"文化秩序更迭时代，斯威夫特作为温和的古典主义辩护士"此一结论。

第三部分将续接前一论题的逻辑理路，并将论述视角聚焦于斯威夫特的宗教书写。该部分观照了学界较少涉及的"边缘文本"，如"比克斯塔夫系列文章"及斯威夫特 11 篇"布道文",并主要探究在社群秩序跌宕、宗教道德隳落的转型背景下,各类世俗化运动与保守思潮论战大旗漫天招摇之际,斯威夫特对"移风易俗运动"多面效果的忧虑,对唯理主义、异端分子乃至国教内部不同倾向的复杂态度。

第四部分"斯威夫特与政治秩序"围绕但不限于斯威夫特 18 世纪前十年的政论文书写,于第一部分论述背景下,探析斯威夫特抱持的古典主义情感、文化立场如何影响其国族意识的衍化。该部分以"最佳政制之争""常备军之争"等核心议题为线索展开论述,试图解答"斯威夫特政治身份难题",拷问西方学者将斯威夫特置于"新哈林顿主义谱系"中的学理依据。同时,该部分涉及 1714 年"政治放逐"后斯威夫特的诗歌、历史及宗教书写——作为小说及政论文研究不可或缺的参照——与英格兰启蒙思潮的动态关联。

第五部分基于材料事实和文本证据,并作为前几部分的逻辑总合,以《格列佛游记》为主线,提出学界较为忽略的"爱尔兰转向"命题,并从启蒙思想视角解释该命题的逻辑成因,力图论证在启蒙思想国族秩序谱系中,东方思想传统乃至文学经典审美特质对斯威夫特的影响。同时,本书探究斯威夫特的"中国关联研究",进而评估斯威夫特在中英文学文化史、政治思想交流史上的位置及价值。

结论部分对本课题研究进行总结,陈述研究结果和意义。附录部分则包括斯威夫特年谱及生平参考年表。

目 录

绪 论 ………………………………………………………………… 1
 缘 起 ………………………………………………………………… 1
 第一节 新中国成立以来的国内研究综述 …………………………… 3
 第二节 西方斯威夫特研究综述 …………………………………… 21
 第三节 问题的提出与可能的策略 ………………………………… 48

第一章 斯威夫特与文化秩序 …………………………………… 71
 第一节 科技之光与哲学分野：英国"古今之争"溯源 ………… 71
 第二节 17世纪90年代英格兰思潮："古今之争"中的思想拉锯 …… 80
 第三节 "古今之争"与"离题话"：被忽略的事件及文本 ……… 100
 第四节 调和古今：《书战》叙事裂缝中的文化抉择 …………… 113
 余 论 英国"古今之争"的多个侧面 ………………………… 126

第二章 斯威夫特与宗教秩序 …………………………………… 132
 第一节 闹剧与秩序之争："比克斯塔夫系列文章"研究 ……… 132
 第二节 隐没的上帝：宗教世俗化与自然神论背景 …………… 149
 第三节 《木桶的故事》：戏谑之笔背后的虔敬之心 …………… 165
 第四节 移风易俗与秩序之争：论斯威夫特布道文中的德行 …… 184

第三章 斯威夫特与政治秩序 …………………………………… 201
 第一节 咖啡馆里的喧嚣：中产阶层与公共舆论空间 ………… 203

1

第二节　《审查者》的政治审查：1710~1711年英格兰政治图式 …… 228
　　第三节　新哈林顿主义谱系中的斯威夫特 ………………………… 251

第四章　斯威夫特与国族秩序 ………………………………………… 284
　　第一节　盗贼的两个身体："艾利斯顿的临终演说"研究 ………… 284
　　第二节　分裂的爱尔兰英雄："两间一卒"与"人肉筵宴" ………… 297
　　第三节　《游记》：愤世嫉俗者的"政治寓言" …………………… 321
　　第四节　文本指涉游戏的解码
　　　　　　——重看《游记》卷三的"反科学" ………………………… 348
　　第五节　斯威夫特与中国 …………………………………………… 362

结　论 …………………………………………………………………… 383

附录1　斯威夫特年谱 ………………………………………………… 388

附录2　斯威夫特生平参考年表 ……………………………………… 392

参考文献 ………………………………………………………………… 406

后　记 …………………………………………………………………… 440

绪 论

缘 起

20世纪50年代末，虽已写就一本《乔纳森·斯威夫特的心智》(*The Personality of Jonathan Swift*, 1958) 却未声名鹊起的欧文·恩伦普瑞斯 (Irvin Ehrenpreis)，开始架构他的立身之作——《斯威夫特：其人、其作与时代》(*Swift: The Man, His Work, and the Age*, 3Vols, 1962, 1967, 1983)。在写下"如今总算可以驱散早期传记研究者布下的深重迷雾了"[1]一语时，他心中如释重负之感或许可以归因于三四十年代不断面世的研究斯威夫特的新作。其中尼科尔·史密斯 (Nichol Smith) 教授编撰的《斯威夫特致查尔斯·福特书信》(*The Letters of Jonathan Swift to Charles Ford*, 1935) 直接修正了学界以往对《格列佛游记》（以下视情简称《游记》）创作时间的界定。[2] 这种修正凸显了《游记》与特定政治事件的因果联系，文学的政治文化阐释空间即刻得到扩展，同时也奠定了史料学上的坚实基础。

恩伦普瑞斯教授基于史料驱散了笼罩在文学文本上空的迷雾，进而透过斯威夫特个人及其作品探视到一种由历史时空、文学文本和时代语境编织而成的新鲜境界；他难以抑制的欣慰感染了我，并再次拉近我与斯威夫特的距

---

[1] Irvin Ehrenpreis, *Swift: The Man, His Works, and the Age*, Vol.1, Cambridge, Massachusetts: Harvard University Press, 1962, p.3.

[2] Irvin Ehrenpreis, *The Personality of Jonathan Swift*, London: Methuen and Co. Ltd., 1958, p.83.

离。因为，如果说硕士学位论文《英国启蒙思想与小说：1688—1755——以笛福、斯威夫特、理查逊及亨利·菲尔丁为例》①作为以思想史路径切入文学文本的一次粗浅尝试，对我有什么启发的话，那便是：事情越发复杂起来了。将启蒙作为一种形而上的宏大叙事，去统领立场各异的作家及具有独立审美价值的小说文本，表面上跳脱了"理论＋文本"的"钳制"，是不是又陷入了"思想＋文本"简单比附的阐释陷阱？如果是的话，被简单挥舞的"启蒙话语"大旗很可能衍化成新的"理论范式"，而小说家们被"顺服"地排列在旗帜后头，似乎没有启蒙思想家的"光照"（illuminating）他们将写不出《鲁滨逊漂流记》、《格列佛游记》、《帕梅拉》与《汤姆·琼斯》。而与法国大革命判然有别的英格兰启蒙运动，作为极具精英主义性质的社会思潮，②其"历史效力"在不列颠复杂的族裔语境中究竟有几何？霍布斯、洛克、哈林顿、休谟等启蒙哲学家的政治、哲学思想在流经作家之后，具有多少文本渗透效力？笛福、斯威夫特等人的小说能触及最底层的民众吗？作家的族裔身份，如爱尔兰性与英格兰性有何种冲突？……

这些疑问一直留存，新的问题又源源不断地加入，其中有的似乎毋庸置疑，有的仍待考证。譬如，即便没有发生英格兰启蒙运动，小说家们仍将按伊恩·瓦特（Ian Watt）在《小说的兴起：笛福、理查逊和菲尔丁研究》(*The Rise of Novel：Studies in Defoe，Richardson and Fielding*，2000）中令人信服地指出的——"三位最早的小说家出现于同一时代并非偶然现象"③——那般群集，并以"形式上的现实主义"之形式进行创作，只是那些并不存在的"小说"将不同于实存中的《鲁滨逊漂流记》与《格列佛游记》。这些事实上并不存在的小说，或因其思想语境的缺位，将失落思想史研究最本质的命题——"对人的天性的认识"。④ 而人的位格在秩序历史中的持存又是18

---

① 历伟：《英国启蒙思想与小说：1688—1755——以笛福、斯威夫特、理查逊及亨利·菲尔丁为例》，福建师范大学，硕士学位论文，2013。
② Christopher Hill, *Puritanism and Revolution*, London：Panther Press, 1968, pp. 291 – 297.
③ Ian Watt, *The Rise of the Novel：Studies in Defoe, Richardson and Fielding*, London：Random House (Pimlico), 2000, p. 1.
④ 陆建德：《破碎思想体系的残编》，北京：北京大学出版社，2001，第383页。

世纪哲学、神学的本质问题。[①] 并且，斯威夫特作为 18 世纪一位善于思考人类命运及存在条件的思想家、作家，在近 300 年的传记研究和作品阐释中迢递至今，被贴上了诸如"愤世嫉俗者""辉格党人""托利党人""变节者""渎神者""虔敬教士"等许多自相矛盾的标签。在思想史迷宫般编织的语境织物里，探寻这些标签的来龙去脉，分析斯威夫特在被命名为"哲学家的世纪"的启蒙时代中对时代命题的思考，对人类性格的剖析，应该可以给上述问题指明一个充满可能性的方向。

第一节　新中国成立以来的国内研究综述[*]

自 1872 年《谈瀛小录》改译《格列佛游记》始，我国对斯威夫特研究已近 150 年。新中国成立前，我国对"斯学"研究主要体现为作品译介与文化评读。新中国成立后开始走向专业研究，尤其在期刊论文、学位论文两大领域标示出国别特质。20 世纪 90 年代后，我国"斯学"以著述研究为特征，并逐步走向深广，在文本比较、政治主题、语言及翻译、殖民理论等几大视角皆有突破。同西方"斯学"相比，我国"斯学"的优势凸显在理论幅度和民族立场上，问题则表现为"低效重复"与对外部文献的"机械挪用"。通过耙梳、厘整新中国 70 年以来"斯学"研究的演进脉络，辨析研究成就与问题，标明"斯学"汉语研究特色，无疑可为"斯学"近年的纵深发展提供借鉴。

乔纳森·斯威夫特（Jonathan Swift，1667—1745）因《格列佛游记》影响之深广，在我国可谓大名鼎鼎。《游记》作为清末最早译入的 8 部小说之一，对于中国文学，乃至中国革命思维的现代化皆有独异价值。[②] 实际上，斯威夫特在"奥古斯都盛期"的伦敦、都柏林文界同样颇有影响。18 世纪

---

① 沃格林：《秩序与历史》卷一《以色列与启示》，霍伟岸、叶颖译，南京：译林出版社，2017，第 40~42 页。亦见 J. G. A. 波考克《马基雅维里时刻：佛罗伦萨政治思想和大西洋共和主义传统》，冯克利、傅乾译，南京：译林出版社，2013，第 606 页。

* 本节部分内容曾以《新中国 70 年乔纳森·斯威夫特研究述略》为题，发表在《外国语言文学》2021 年第 1 期，第 65 - 79 页。

② 陆建德：《现代化进程中的外国文学》，北京：中国社会科学出版社，2015，序言，第 5 页。

前十年他荫庇、襄助的文士达 40 余人,其中不乏约翰·盖伊、阿巴思诺特博士,以及衔誉彼时文界执牛耳者的亚历山大·蒲柏(Alexander Pope)等贤才。① 而且,斯威夫特生平著述丰硕、论题庞杂,涉及文学、政治、历史、宗教等门类;牛津黑井出版社于 20 世纪 60 年代推出的"戴维斯本"(Davis Edition)斯威夫特文集便多达 14 卷之巨。但较为不幸,或出于文史衍化规律,及至晚近,斯威夫特的名字越发地仅和儿童文学经典《游记》联系在一起。

1872 年 5 月 21 至 24 日,上海《申报》连载《谈瀛小录》,匿名刊发《游记》"小人国"部分译文。② 我国斯威夫特研究可谓发轫于此。第二次接触发生于 1903 年 7 月,《绣像小说》第 5 期选译《游记》卷一,署作者名"司威夫脱"。③ 其后的译介,虽如林译小说多集中于《游记》,④ 却也偶能涉及其他:如周作人 1927 年便移译斯威夫特讽刺名篇"A Modest Proposal"为《育婴刍议》,并收入《冥土旅行》中。⑤ 综观 150 年"斯学",不难发现其主要经历了早期的报刊改译、高校课程及教材评介,中期的系统译评及新中国成立后的深入研究三个时期。其中第三阶段又能大致分为新中国成立至 20 世纪 80 年代的评介研究,20 世纪 90 年代的专题研究和 2000 年后的系统化研究三个层次。本节现从较能体现"斯学"汉语学界研究特质、演变趋势的"期刊论文""学位论文"及"著述研究"三类形态出发,考察新中国成立以来的"斯学"面貌,并辨析其成就与问题。

一 期刊论文研究

期刊论文是我国"斯学"研究的主导形态。截止到 2019 年 12 月 15 日,中国知网搜索"斯威夫特",共有直接相关论文 239 篇(扣除学位论文)。从主题分类上看,这部分成果主要分为文本比较研究、讽刺手法研究、政治

---

① Irvin Ehrenpreis, *Swift: The Man, His Works, and the Age*, Vol. 2, Cambridge, Massachusetts: Harvard University Press, 1967, pp. 722 – 727.
② Patrick Hanan, "A Study in Acculturation – The First Novels Translated into Chinese," *Chinese Literature: Essays, Articles, Reviews*, Vol. 23, 2001, p. 56.
③ 葛桂录:《中英文学关系编年史》,上海:上海三联书店,2004,第 102 页。
④ 施蛰存主编《中国近代文学大系》第 11 集·第 26 卷·翻译文学集·1,上海:上海书店出版社,1990,第 215 页。
⑤ 刘炳善译著《伦敦的叫卖声》,郑州:河南人民出版社,2003,第 44 页。

主题研究、语言学研究、殖民理论研究、教育主题研究、心理学/美学研究等。不难指出，国内"斯学"主要围绕小说文本《游记》展开，其中又以讽刺手法和对比研究为重。讽刺及对比研究正是我国"斯学"的主要特质与研究切入点。

出于历史原因，新中国成立至"文革"结束后，"斯学"期刊研究大致处于空白状态，但值得指出的是1962年和1963年例外。首先，1962年5月吴千之发表的《从一篇散文的讲授谈起——关于英美文学选读课》，细致分析了《一个小小的建议》（即前文提到的《育婴刍议》，后文视情简称《建议》）的历史背景及行文逻辑，并持之为焦点进而衍射高校英美文学的教学经验；其文续接了民国高校文史课程讲授的"斯学"传统，颇为关键。① 同年8月，杨仁敬的长文《〈格列佛游记〉的讽刺手法》，精准地从斯威夫特的讽刺手法中提炼出"奇特的幻想、大胆的夸张、直接的议论、辛辣的反语、鲜明的对比和锋利的语言"六大特点。全文虽不免滞留彼时意识形态斗争痕迹，却仍旧极为敏锐地将《游记》置于西方讽喻传统并将之定义为"寓言小说"（allegory）。② 此一精要定位，跳脱了传统批评语境将斯威夫特和儿童文学挂钩的窠臼。而1963年李赋宁发表于《英语学习》第1、2期的两文，则以"讽刺手法"对《游记》及斯威夫特的杂文、隽语展开语义分析。尤须指出，李赋宁明确指证斯威夫特对宗教和道德虚伪主义的驳难，这一论断为日后"斯学"宗教思想批评中的讽刺研究指明了修辞学进路。③ 同年，徐燕谋的《英国散文的发展：16～18世纪》，以《游记》为例对斯威夫特的散文风格，尤其"粗鄙语的使用"④之特征予以论析，首开国内"污浊语"研究先河。

值得指出，老一辈英美文学研究者20世纪60年代初的奠基性研究趋势并未更进一步；60年代中后期的历史原因致使国内"斯学"基本停滞。直

---

① 吴千之：《从一篇散文的讲授谈起——关于英美文学选读课》，《外语教学与研究》1962年第2期，第39～41页。
② 杨仁敬：《〈格列佛游记〉的讽刺手法》，《厦门大学学报》1962年第1期，第53页。
③ 李赋宁：《蜜与蜡：西方文学阅读心得》，北京：北京大学出版社，1995，第157页。
④ 徐燕谋：《英国散文的发展：16～18世纪》，《外语教学与研究》1963年第2期，第14～15页。

至1984年，苏维洲《"我要烦扰世人"——谈谈斯威夫特的〈格列佛游记〉》一文才重新推动了"斯学"期刊论文研究的步伐。苏文结合时代背景，重点分析了《游记》所讽喻的唯理主义及彼时英国政坛的腐败怪象，又从"厌世"与"劝世"两种角度窥探斯威夫特的哲学思想，为其后"厌世主义"研究拓宽了道路。① 此外须特别指出，王捷同年发表的《〈镜花缘〉〈格列佛游记〉比较简论》重启了比较研究路数。② 文章敏锐地将斯威夫特的《游记》与晚清李汝珍的《镜花缘》并置，从主题、体裁、构思及艺术手段等方面对两个文本条分缕析，成为其后关于《镜花缘》与《游记》对比的20余篇研究论文无法回避的路标。

改革开放后，"理论热"思潮笼罩下的"斯学"研究出现相应演进，讽刺手法及对比研究理路逐渐多样化，研究视域亦愈发开阔，涌现出一批成果。其中1987年金耀发表于《语文学习》第1期的《〈格列佛游记〉是怎样讽刺和抨击英国现实社会的？》③一文秉持"党争潜文本"为小说政治背景，探析了"人兽颠倒"的艺术价值。沙昭宇的《〈格列佛游记〉的艺术价值和社会意义》④分析了《游记》的艺术价值，指出其反对剥削、揭露资产阶级虚伪面孔的社会意义。进入90年代后，学界又翻现一批卓有价值的成果，如李青丽的《两朵带刺的相似而又相异的玫瑰——斯威夫特〈格列佛游记〉和海涅〈阿塔·特洛尔〉比较分析》⑤，继王捷之后再次尝试文本比较分析。鲁春芳、成梅、裘新江等人的成果亦在讽刺及对比研究面向上多有研究建树。

基于上述成果，我们可以发现，改革开放至90年代的"斯学"在"讽

---

① 苏维洲：《"我要烦扰世人"——谈谈斯威夫特的〈格列佛游记〉》，《外国文学研究》1984年第2期，第95～101页。
② 王捷：《〈镜花缘〉〈格列佛游记〉比较简论》，《徐州师范学院学报》1984年第4期，第44页。
③ 金耀：《〈格列佛游记〉是怎样讽刺和抨击英国现实社会的？》，《语文学习》1987年第1期，第53～55页。
④ 沙昭宇：《〈格列佛游记〉的艺术价值和社会意义》，《福建外语》1988年第2期，第71～75页。
⑤ 李青丽：《两朵带刺的相似而又相异的玫瑰——斯威夫特〈格列佛游记〉和海涅〈阿塔·特洛尔〉比较分析》，《喀什师范学院学报》1995年第3期，第74～78页。

刺—对比研究"领域深耕厚植，使得我国"斯学"研究的身份意识和国别特质愈发明晰，尤其在"讽刺手法"和"文本比较"两条进路中确立了中国"斯学"的基本风貌。然而，值得特别注意的是伍厚恺于世纪之交发表的《简论讽喻体小说〈格列佛游记〉及其文学地位》一文，[1] 作为承前启后的"雄文"，其视界不再拘束于学界的"常规文本"——《游记》与《建议》，而辐射至《书战》（"The Battle of the Books"，1704）与"古今之争"，《木桶的故事》（A Tale of a Tub，1704，后文视情简称为《故事》）及其宗教背景等英国思想史上的关键事件。不仅如此，伍文更勾连"涂鸦社"（Scriblerus Club）的政治讽喻（Political Allegory）手法，笔涉"小说形式戏仿"与"乌托邦传统"等学界持续关注的热点。不难指出，伍文所旁及的"涂鸦社"，国内学界至今未见系统研究。可以说，伍文颇有奠定新时期《游记》研究基本框架的高远气概。

另外，21世纪以来，随着内外学术环境的优化以及各类资源共享平台的搭设，即便仍旧麇集于"讽刺手法"和"文本比较"两大范畴，我国"斯学"在细部特征上却也呈现出多元化、专业化、去学科边界化这三大新趋势。其中，不仅出现主题研究、语言学、心理学、教育学等专业化程度较高的研究理路，还添获异化理论、殖民理论、生态批评等时新理论的助力。相应地，"斯学"研究在质与量上都有所斩获。文本比较方面，陶家俊、郑佰青《论〈格列佛游记〉和〈赛姆勒先生的行星〉》及刘戈《笛福和斯威夫特的"野蛮人"》两文，可以说代表着21世纪以来"斯学"文本比较研究路数的高端水准。前文凸显了斯威夫特和索尔·贝娄小说中理性、社会、人性三重反思的价值共性，经由细致的文本比对，揭橥反理性话语在欧洲思想史不同时期的各异表征。[2] 后文则站在18世纪西方思想史的高度，审察笛福所青睐的"进步话语"与斯威夫特所厌恶的"绝对理性"之间的暧昧关联，挑拨出隐匿其间的"理性的悖论"，极具深度。[3]

---

[1] 伍厚恺：《简论讽喻体小说〈格列佛游记〉及其文学地位》，《四川大学学报》1999年第5期，第9~15页。

[2] 陶家俊、郑佰青：《论〈格列佛游记〉和〈赛姆勒先生的行星〉》，《外国文学研究》2004年第4期，第142~146页。

[3] 刘戈：《笛福和斯威夫特的"野蛮人"》，《外国文学评论》2007年第3期，第120~127页。

新的批评范式如主题研究，则以2002年孙绍先《论〈格列佛游记〉的科学主题》一文为典范。孙文引领主题批评潮流，着重分析斯威夫特在"飞岛国"中对"科技话语滥用"的抨击；文章指出了斯威夫特的反启蒙立场，[1] 为其后李洪斌及任晓玲的同型论文奠定基础。此外，异化研究较为杰出者则有曹波的《格列佛的异化：从经济人到政治人》[2] 及《经济人的政治话语：再论格列佛的异化》[3] 两文。曹文深入论述了18世纪英国思想脉络从笛福"经济人"到斯威夫特"政治人"的曲折走势，指出彼时英格兰政制之争中的异化问题在文学文本中的微妙映射，可谓"异化"研究的先声。

要指出的是，国内"斯学"期刊论文发轫之后主要局限于《游记》研究，至今仅有34篇以其他文类、篇目为论述主旨，不到总量的14%。但在改革开放后，学界也逐渐将研究视野扩散至散文、诗歌、政论等非虚构作品。其中，1986年居祖纯《关于 A Tale Of A Tub 的译名》结合国外研究成果对国内现有《故事》四种译名展开论辩，指出"A Tale of a Tub"的本意为"无稽之谈"，并成为其后《故事》研究的援引对象。[4] 紧接其后，葛良彦的《从〈一个温和的建议〉看反讽的"隔"与"通"》[5]，以讽刺研究介入《建议》，为"斯学"探究做出了有益探索。而文军《托物寓意　诙谐冷隽——斯威夫特〈扫帚说〉赏析》[6] 一文则较早涉及了《扫帚的沉思》(Meditation on a Broomstick)，扩大了散文研究的面向。然而较为遗憾，21世纪前十年，国内斯威夫特非《游记》研究基本止步于《建议》，占非《游记》研究总量的53%，出现了新一轮的"篇目困境"。

近年，尽管在数量上显著低于《游记》研究，非《游记》研究仍旧出现一个显著的发展趋势：深度和广度急遽扩张。其中刘明、徐晓东合撰的

---

[1] 孙绍先：《论〈格列佛游记〉的科学主题》，《外国文学研究》2002年第4期，第99~102页。
[2] 曹波：《格列佛的异化：从经济人到政治人》，《外语教学》2008年第5期，第78~80页。
[3] 曹波：《经济人的政治话语：再论格列佛的异化》，《西安外国语大学学报》2010年第4期，第54~57页。
[4] 居祖纯：《关于 A Tale Of A Tub 的译名》，《教学研究》1986年第1期，第61~62页。
[5] 葛良彦：《从〈一个温和的建议〉看反讽的"隔"与"通"》，《外国语》1986年第3期，第63~67页。
[6] 文军：《托物寓意　诙谐冷隽——斯威夫特〈扫帚说〉赏析》，《川北教育学院学报》1991年第1期，第43~44页。

绪 论

《讽刺与褒扬——斯威夫特作品中古典文学传统中昆虫象征》① 一文，钩沉西方古典文学传统中的蜘蛛和蜜蜂意象，以新鲜视角探索了斯威夫特的创作理念和人文诉求。而胡辛凯的《蜘蛛与蜜蜂——斯威夫特笔下的古今之争》② 一文协同刘小枫教授的《古今学问之战的历史僵局》③ 和《斯威夫特与古今之争——为新文化运动 100 周年而作》两文，立足"古今之争"（The Quarrel of the Ancients and the Moderns）等思想事件，④ 洞察《书战》一文的观念史意图——锚定了斯威夫特在"文艺之争"演进为"政制之争"的思想大潮中的位置。⑤ 刘文不仅极大地扩展了研究边界，更昭示着近年"斯学"的纵深发展趋势，不失为吹响国内"斯学"真正融入政治、宗教思想史研究的号角。

在此基础上，2017 年 1 月、2 月接踵出现以"古今之争"为题旨的三篇关联文章：历伟《"古今之争"与"离题话"：被忽略的事件及文本》⑥、成桂明《17、18 世纪英国"古今之争"与中国——以坦普尔和斯威夫特的中国书写为中心》⑦ 以及时霄《英格兰"古今之争"的宗教维度与斯威夫特的〈木桶的故事〉》⑧。特别是后两文，携手巫怀宇发表于《诗书画》2016 年第 3 期的《语言之轭——笛福与斯威夫特时代的政治、偏见与印刷文化》、蒋永影发表于《读书》2019 年第 8 期的《斯威夫特的中国趣味》及 2019 年 11 月 20 日《中华读书报》上的《斯威夫特与林语堂》三文，在对话国外"斯

---

① 刘明、徐晓东：《讽刺与褒扬——斯威夫特作品中古典文学传统中昆虫象征》，《译林》（学术版）2012 年第 2 期，第 77~85 页。
② 胡辛凯：《蜘蛛与蜜蜂——斯威夫特笔下的古今之争》，《书城》2014 年第 3 期，第 51~59 页。
③ 刘小枫：《古今学问之战的历史僵局》，《贵州社会科学》2015 年第 4 期，第 4~10 页。
④ Roberta Friedman Sarfatt, "Jonathan Swift and the Quarrel of the Ancients and Moderns," Doctorate Dissertation, University of California, San Diego, 1969, p. 3.
⑤ 刘小枫：《斯威夫特与古今之争——为新文化运动 100 周年而作》，《江汉论坛》2015 年第 5 期，第 75~76 页。
⑥ 历伟：《"古今之争"与"离题话"：被忽略的事件及文本》，《福建师范大学学报》2017 年第 1 期，第 101~110 页。
⑦ 成桂明：《17、18 世纪英国"古今之争"与中国——以坦普尔和斯威夫特的中国书写为中心》，《中国比较文学》2017 年第 1 期，第 39~52 页。
⑧ 时霄：《英格兰"古今之争"的宗教维度与斯威夫特的〈木桶的故事〉》，《外国文学评论》2017 年第 1 期，第 136~153 页。

学"研究最新成果的同时，表彰了"斯学"汉语学者的身份意识和国族情愫，尤其增补了西方"斯学"研究视域中最为欠缺的中国视角。

二 学位论文研究

学位论文，尤其高学历学位论文，在一定意义上体现着一门学科的研究程度及发展趋势，因而在开展个案评述时不容忽视。学位论文研究占研究总量的比重较大是中国"斯学"的第二特征。据知网统计，截止到2019年12月15日，共有斯威夫特相关硕士学位论文47篇，未见个案研究博士论文发表。在大方向上，学位论文研究同期刊研究基本一致，主要分布在讽刺手法、文本比较、语言学/翻译理论和政治主题研究等领域，且对象皆限定于《游记》，仅有1篇涉及斯威夫特散文的汉译研究。另外，尽管讽刺手法仍是研究重镇，学位论文研究的主攻方向，亦有向语言学、翻译理论方向挪移的态势。这部分研究共计16篇，占总量的34%，与《游记》语用特征及其汉译接受的复杂特性基本对应。当然，学位论文研究基于译介及期刊研究成果之上又具有特异的发展形态。统而论之，"斯学"学位论文写作肇端于20世纪90年代中期，零散但持续地发展至21世纪前十年，并于2009年之后数量激增，在研究策略逐步专业化的同时，出现了将对象关联于特定历史语境的思想史批评路径，而后者又对应了国内"斯学"发展的最新趋势。

碍于互联网的开放程度，国外研究资料取用难度较大，早期学位论文研究除讽刺研究以外，主要选取文本比较策略。其中杨健翔的《鲁迅与斯威夫特：两位讽刺家之初步比较研究》采用平行研究进路，将鲁迅与斯威夫特并列为讽刺大师加以剖析，琢磨两人著作的艺术特征及思想价值，饶有新意。[①]而陈幸子的《〈格列佛游记〉与〈镜花缘〉文体特征比较研究》则指出既往两部读本对比研究的不足，以讽刺语体为对象介入文本对读，推导《游记》的讽喻特色。[②]类似地，周晓刚《〈乌托邦〉和〈格列佛游记〉中的理想社

[①] 杨健翔：《鲁迅与斯威夫特：两位讽刺家之初步比较研究》，中山大学，硕士学位论文，1995。
[②] 陈幸子：《〈格列佛游记〉与〈镜花缘〉文体特征比较研究》，山东师范大学，硕士学位论文，2000。

绪 论

会的比较》一文以"地理位置、奖励和惩罚、法律、死亡、性和生育、教育、权利和财产"诸论点观照文本,反思人类物质及精神诉求之间的冲突。[①] 讽刺研究方面,江舒桦、秦雄彬和郭锦华等人论文在国内外既有研究基础上,分别从社会背景、反讽类型及乌托邦理论等进路贯穿《游记》;[②] 尤其是郭文,倚仗国外成果提炼出文学乌托邦(Literary Utopia)和斯威夫特式乌托邦(Swiftian Utopia)两对辩题,不乏新意。[③]

2009 年可谓学位论文研究的"井喷年",其中多有推陈出新的佳作。李洪斌《斯威夫特在〈格列佛游记〉中的教育观》一文以教育功能、教育形式、人文教育和道德教育等四方面统领文本论述,意图抓取"隐匿于作品深处的人文教育哲学思想",为文本批评和教育理论批评的两相结合提供了参考。[④] 周甄陶《〈格列佛游记〉与西方 18 世纪理性的反思》一文则基于欧洲启蒙运动"祛魅"与"施魅"的悖立视角,结合《游记》揭示出片面追求理性所带来的人性困局,探讨了斯威夫特对 18 世纪理性主义的质疑及对社会困境的殷忧。[⑤] 孙慧玲《从经济人到政治人——格列佛对鲁滨逊的超越》一文作为王伶伶《〈格列佛游记〉中人物的异化》的姐妹篇,在前述曹波《格列佛的异化:从经济人到政治人》的基础上,以马克思劳动异化理论及弗洛姆异化理论剖析格列佛由"经济人"(homines economici)向"政治人"(homo politicus)蜕变的过程,于其后的《游记》异化研究而言不乏借鉴之处。[⑥] 此外,还有杨秋红和宋洁的文章从译介学角度,对《游记》译本类型

---

① 周晓刚:《〈乌托邦〉和〈格列佛游记〉中的理想社会的比较》,哈尔滨工程大学,硕士学位论文,摘要,2002。
② 江舒桦:《〈格列佛游记〉与〈镜花缘〉中的反讽》,清华大学,硕士学位论文,2004;秦雄彬:《斯威夫特在〈格列佛游记〉中的讽刺艺术》,河北师范大学,硕士学位论文,2003。
③ 郭锦华:《从〈格列佛游记〉看乔纳森·斯威夫特的讽刺艺术和社会理想》,内蒙古大学,硕士学位论文,2008。
④ 李洪斌:《斯威夫特在〈格列佛游记〉中的教育观》,重庆大学,硕士学位论文,摘要,2009。
⑤ 周甄陶:《〈格列佛游记〉与西方 18 世纪理性的反思》,重庆师范大学,硕士学位论文,2009。
⑥ 孙慧玲:《从经济人到政治人——格列佛对鲁滨逊的超越》,湖南师范大学,硕士学位论文,2009;王伶伶:《〈格列佛游记〉中人物的异化》,湖南师范大学,硕士学位论文,2007。

批评进行了有益的批评探索。①

当然，在新一轮"理论热"影响下，2010年之后的学位论文研究同样呈现出批评形态多样化的趋势。其中，王姗姗《译者主体性的阐释学研究》一文因对主体阐释学的化用而具有代表性。② 更值得注意的是，陈秀云《〈格列佛游记〉的女性主义解读》一文挪用女权主义相关理论节点，探究《游记》的父权结构架设及其与性别话语的砥砺关系，不乏新意。③ 另有宋岩《亚里士多德伦理学批评视角下的〈格列佛游记〉》一文从伦理与政治、伦理与人性、伦理与理性三个维度合拢文本，有推陈出新之感。④ 而徐静霞《斯威夫特还是格列夫：弗洛伊德式心理分析理论解析乔纳森·斯威夫特的〈格列夫游记〉》一文则从心理批评理论出发，推导《游记》隐含的权力结构关系。⑤ 马静静《〈格列佛游记〉中斯威夫特对欧洲中心主义的矛盾态度》一文则通过对欧洲中心主义在政治、经济方面的多维表现及批判，及对"中心（自我）/边缘（他者）"格局的探析，揭示了斯威夫特对欧洲中心论的复杂态度，马文对其后的殖民主义研究有可资借鉴之处。⑥

较有意思的是，2012年的学位论文研究"不约而同"地集体转向译介、翻译研究。肖丹丹、张伟英、尚琼等文在围绕译介学相关理论轴心一端具有同质性。⑦ 其中尚文《从目的论视角看〈格列佛游记〉的三个中译本》简要梳理了早期译本的嬗变，佐以期待视野及"不确定性"（indeterminacy）等

---

① 杨秋红：《翻译中的注释——〈格列佛游记〉不同译本的个案研究》，中国海洋大学，硕士学位论文，2009；宋洁：《从目的论角度分析 Gulliver's Travels 的两个汉译本》，陕西师范大学，硕士学位论文，2009。
② 王姗姗：《译者主体性的阐释学研究》，天津商业大学，硕士学位论文，2010。
③ 陈秀云：《〈格列佛游记〉的女性主义解读》，宁波大学，硕士学位论文，2010。
④ 宋岩：《亚里士多德伦理学批评视角下的〈格列佛游记〉》，哈尔滨师范大学，硕士学位论文，2011。
⑤ 徐静霞：《斯威夫特还是格列夫：弗洛伊德式心理分析理论解析乔纳森·斯威夫特的〈格列夫游记〉》，上海外国语大学，硕士学位论文，2011。
⑥ 马静静：《〈格列佛游记〉中斯威夫特对欧洲中心主义的矛盾态度》，兰州大学，硕士学位论文，2011。
⑦ 肖丹丹：《〈格列佛游记〉王维东译本中的译者主体性》，南昌航空大学，硕士学位论文，2012；张伟英：《从期待视野视角看〈格列佛游记〉的两个中译本》，华中师范大学，硕士学位论文，2012；尚琼：《从目的论视角看〈格列佛游记〉的三个中译本》，长江大学，硕士学位论文，2012。

绪 论

翻译理论，细致比对了三个常用译本的语体特征。此外，颛宇的《〈格列佛游记〉在中国译介的意识形态思考》以阿尔都塞的意识形态国家机器（ideological state apparatus）理论和安德烈·勒菲弗尔（Andre Lefevere）的改写理论为依据，对《游记》在中国的译介情况做了概述。① 值得指出的是，王路平《美学视角下斯威夫特散文的汉译研究》一文进入语音、词汇、句法、意象等技术层面对译本展开深度探讨，从不同侧面抽取各个译本的美学特质，跳脱出《游记》"过度研究"的窠臼，令人眼前一亮。② 2013 年，王玲娟《〈格列佛游记〉中英国性的反思和重建》一文从帝国意识觉醒的角度透视斯威夫特的国族身份认知态度及其政治理想的位移，在"斯学"国族身份研究方面提供了一定的参考价值。③

然而须指出，在取得丰硕成果的同时，近年的学位论文研究也存在一些不容忽视的问题与学理误区。第一，狭促的学术视野导致多数论者纠缠于个别文本，特别是对《游记》的"过度研究"现象十分严重。第二，同期刊论文一致，对西方理论不加辨识的"盗用"和不予消化的"吞食"又是多数学位论文的主要痼疾，对西方"斯学"研究议题、视角的低效复述和拼凑、变装似有成为"恶习"的趋势。

例如，张荞荞的《选词、叙事、象征：论乔纳森·斯威夫特平易风格对其讽刺效果的作用》一文主要指向斯威夫特散文叙事风格的修辞要件及其与讽刺效果之间的关联。但较为费解的是，斯威夫特有多卷的散文（prose）留存，亦不乏反讽名篇如《建议》，研究者却挑选学界定义为小说（story/novel）的《游记》展开集中论证。④ 又如张勋《论英爱作家斯威夫特的爱尔兰身份》一文意欲彰显斯威夫特民族身份的爱尔兰性，强调与"英国性"的冲突情状，这无疑强化了"斯学"身份研究的特殊价值。⑤ 但略有遗憾的

---

① 颛宇：《〈格列佛游记〉在中国译介的意识形态思考》，中国海洋大学，硕士学位论文，2012。
② 王路平：《美学视角下斯威夫特散文的汉译研究》，上海外国语大学，硕士学位论文，2012。
③ 王玲娟：《〈格列佛游记〉中英国性的反思和重建》，湘潭大学，硕士学位论文，2013。
④ 张荞荞：《选词、叙事、象征：论乔纳森·斯威夫特平易风格对其讽刺效果的作用》，上海师范大学，硕士学位论文，2013。
⑤ 张勋：《论英爱作家斯威夫特的爱尔兰身份》，电子科技大学，硕士学位论文，2013。

是，张文强于作家生平与作品列举而弱于论点敷陈，且论证时或有认识困惑。其将斯威夫特为爱尔兰教会力争什一税及"初熟税"（First Fruits）一事[①]简便地视同于"斯威夫特服务于爱尔兰教会"，笔者以为此举仍有商榷空间。爱尔兰教会（The Church of Ireland）作为英国国教的分支，有复杂的成因和严格的界定，且"爱-英两分研究法"（Irish - English dichotomy）[②]自18世纪50年代的传记评述时期已然开始，至今愈发成为焦点。应当提请注意的是，国族身份研究幕后或隐伏着复杂的批评话语权力斗争，乃至研究者的政治身份诉求等促动因素。再如任晓玲《论〈格列佛游记〉中对自然科学的讽刺》一文，其从自然科学角度切入论题，不乏见地地指出斯威夫特的反科学乃基于"反对科技的滥用"。[③] 但任文论述过程中，又将结论牵引至科技理性、启蒙文学科学观与浪漫主义、人文精神的对抗，实践科学（technical science）与经院科学（spiritual science）的对抗此类"宏大观念"的主义之争，轻视了《游记》卷三"反科学"诉求背后极其"应景"和狭促的政治指涉[④]——其抗争目标乃是"伍德币事件"（Wood Half - pence Issue）及华尔波尔政府的爱尔兰政策。[⑤] 自然，对具体历史文化背景和地区事件关涉的忽怠与"观念先行"的方法论不无关系。

统而论之，学位论文作为我国"斯学"研究的主要内容与表现形式，相对期刊论文水平参差不齐的情况，能够较好地反映研究的深度及广度；虽不乏问题，其间还是涌现了一批杰出成果。可以说，学位论文连同期刊论文研究，搭建了汉语学界"斯学"研究的庞大框架体系，为斯威夫特个案专门研究的出现提供了多层的参考维度和丰腴的学术资源。

---

① F. Elrington Ball, ed., *The Correspondence of Jonathan Swift, D.D.*, in 6Vols, Vol. 1, London: G. Bell and Sons Ltd., 1910, p. 276.
② Daniel Cook, ed., *The Lives of Jonathan Swift*, Vol. 1, London and New York: Routledge, 2011, p. xxx.
③ 任晓玲：《论〈格列佛游记〉中对自然科学的讽刺》，浙江财经学院，硕士学位论文，2012。
④ 历伟：《文本指涉游戏的解码——重看〈格列佛游记〉卷三的"反科学"》，《外国语文研究》2019年第3期，第44页。
⑤ Gregory Lynall, "Swift's Caricatures of Newton: 'Taylor', 'Conjurer' and 'Workman' in the Mint," *British Journal for Eighteenth Century Studies*, Vol. 28, 2005, p. 20.

绪 论

三 著述研究

相较国外"斯学"研究专著、期刊论文并重的基本面貌，国内"斯学"仍以论文研究为主。据中国国家图书馆"文津搜索"及"读秀学术搜索"筛查，截止到2019年12月15日，未见斯威夫特个案研究专著出版。① 但我们知道，国内"斯学"经由150年的漫长发展，也从早期的译介研究演进至当代的专题研究；且在早期译本的序跋、译家、学人的学术随笔，高校文学、文类史的编撰、翻译卷首说明等著述工作中涵纳着极具深度与水准的研究成果。尤须指出的是，20世纪40年代初，钱锺书先生在论及"17、18世纪英国文学中的中国"时，有一段关于斯威夫特的评述文字，② 该评述可谓开启了斯威夫特中国关联研究的先河。不难指出，这些前人成果构成了我国"斯学"著述研究的基础。③

类似期刊论文研究，新中国成立后的"斯学"著述研究夹缠于政治动乱与文类偏见的缝隙而举步维艰。改革开放后，相较宽松的意识形态氛围使斯威夫特研究又以译介研究的形态回归学界，开始大量、系统地被编撰进各类英美文学史、文学作品选读中。而担此重任的多是我国英美文学及比较文学界功勋卓著的前辈。桂扬清、吴翔林编注的《英美文学选读》，④ 作为面向高校英文系的选读课本，对较早地重拾斯威夫特研究功不可没。而1983年

---

① 本书将洪涛2018年发表的《〈格列佛游记〉与古今政治》视为长篇论文，该论文于2018年以图书形式出版。
② Qian Zhongshu, "China in the English Literature of the Eighteenth Century," in Adrian Hsia, ed., *The Vision of China in the English Literature of the Seventeenth and Eighteenth Centuries*, Hong Kong: The Chinese University Press, 1998, pp. 121 – 122.
③ 晚清及新中国成立前我国斯威夫特研究综述因非本文时段而须另文论述，此处仅列举起论点支撑作用的关键文献。例如，王德威：《论晚清小说的翻译》，《想象中国的方法——历史、小说、叙事》，上海：上海三联书店，1998，第102页；韩南：《早期〈申报〉的翻译小说》，《中国近代小说的兴起》，徐侠译，上海教育出版社，2004，第141页；王燕：《晚清小说期刊史论》，长春：吉林人民出版社，2002，第69页；阚文文：《晚清报刊上的翻译小说》，济南：山东齐鲁社，2013，绪论部分；施蛰存主编《中国近代文学大系》第11集·第26卷·翻译文集·1，上海：上海书店出版社，1990，绪论部分；张珂：《民国时期我国的英美文学研究（1912—1949）》，北京：中央编译出版社，2017，第16~66页。
④ 桂扬清、吴翔林编注《英美文学选读》，北京：中国对外翻译出版公司，1985。

15

王佐良、周珏良主编的《英国文学名篇选注》选取刘师承选注的《游记》第二部分第6章，并附有作者简介，对小说进行了通评，极具洞见性。令人瞩目的是王佐良对《建议》的选注，其详尽的引征堪称典范，先生烛幽洞微地将隐含的英爱民族冲突提示与读者，还对斯威夫特讽笔艺术的多面特性条分缕析，在文化补课之际高瞻远瞩地重拾斯威夫特散文，为其后"斯学"散文研究打开了多扇窗口。①

进入20世纪90年代后，"英国文体文学史丛书"修纂工程的展开也进一步促动国内对"斯学"的深化。其中王佐良《英国散文的流变》一书在第3章"复辟时期与18世纪上半叶"中专辟一节"关键人物斯威夫特"，分别从语言观、语体风格及作品分析三个维度介入斯威夫特散文研究，全面拓宽了散文研究的视界，并为后续研究铺设牢靠的批评基础。先生对《建议》、《各种题目随想》（"Thoughts on Various Subjects"，1727）及《预拟老年决心》（"Resolutions When I Come to Be Old"，1699）等名篇的译介、评析，遣词精练而切中肯綮，其对斯威夫特"反暴政，爱自由"② 一语点评，可谓掷地有声。1997年先生写就厚重的《英国史诗》，其中斯威夫特虽与约翰逊、哥尔斯密斯同享一节，但其对长诗《咏斯威夫特教长之死》的剖析，洞察了斯威夫特"隽语中的讽喻""简爽的用韵"等诗歌特质。时至今日，其丝丝入扣的论断仍是"斯学"诗歌批评无法规避的典范。须特别指出，90年代初期，王佐良还精心选注了《致一位新任神职的青年先生的信》（选段）一文，此篇涉及国内学界此前未曾接触的陌生文本，足见"斯学"散文研究视域的扩宽趋势。③

与"英国文体文学史丛书"同期进行的"五卷本英国文学史"项目，则更侧重社会历史背景的考辨挖掘，同样在世纪之交为我国"斯学"研究添加了浓重一笔。吴景荣、刘意青教授主编的《英国十八世纪文学史》④ 在第8章"讽刺大师斯威夫特"中为后学围拢斯威夫特做了全面而深刻的奠基工

---

① 王佐良、周珏良主编《英国文学名篇选注》，北京：商务印书馆，1983，第361~379页。
② 王佐良：《英国散文的流变》，北京：商务印书馆，1994，第73页。
③ 王佐良：《并非舞文弄墨：英国散文名篇新选》，北京：生活·读书·新知三联书店，1994，第77~82页。
④ 吴景荣、刘意青主编《英国十八世纪文学史》，北京：外语教学与研究出版社，2000。

绪 论

作。该章第一部分以斯威夫特的生平为经，以其主要著作之概述为纬，宏观地构造出斯威夫特的文学概貌。该章第二部分则细致而深刻地评析了《故事》《书战》《游记》《建议》的历史文化背景和作品中蕴含的文学、政治、宗教因素，精到地阐发了斯威夫特的文化立场、宗教姿态及政治观念，为后起研究铺定了基本面向。须特别指出，在较为有限的篇幅中，编者不忘体现斯威夫特文学创作的多样性，译注了斯威夫特诗歌中"脍炙人口的上品"——《城市阵雨写景》（Description of a City Shower），分析了诗人藏于诗行纸背的古典主义情怀，这对斯威夫特诗歌研究无疑多有启示。[①]

21世纪以来，随着国外研究资料共享流通，学术互动愈发频繁，中生代学人逐渐接班。国内著述研究在注重译介新品的同时，出现了走向深广的专题化研究趋势。刘炳善教授译著的《伦敦的叫卖声》选译了斯威夫特《扫帚的沉思》（在《伦敦的叫卖声》中译为《关于一把扫帚的沉思》）、《育婴刍议》（A Modest Proposal）及《〈婢仆须知〉总则》3篇文章，以纯美、凝练的语言为斯威夫特散文批评标示了范例。[②] 而李维屏教授的《英国小说艺术史》[③] 在第3章"18世纪的小说样式及艺术特征"中亦辟有"《格列佛游记》：英国讽刺小说的先河"一节，该节集中考辨《游记》所指刺的对象，为讽刺研究的深化提供了参照。同时，杨自伍和黄源深[④]所做的散文选译工作也极大地丰富了后继研究的基础材料。此外，作为"英国文体文学史丛书"的余绪，侯维瑞、李维屏的《英国小说史》（上）在第3章专辟"乔纳森·斯威夫特"一节，该节重点探析《游记》的政治讽喻和社会理念并以详尽笔墨论证了斯威夫特在18世纪英国文学史中的位置。尤其值得指出，文中不忘对英美的《游记》批评展开扼要综论。[⑤] 另外，陈新的《英国散文史》亦辟有"斯威夫特的讽刺文"一节，文章厘定了《建议》的讽喻特色，

---

① 吴景荣、刘意青主编《英国十八世纪文学史》，北京：外语教学与研究出版社，2000，第87~102页。
② 刘炳善译著《伦敦的叫卖声》，郑州：河南人民出版社，2003，第42~53页。
③ 李维屏：《英国小说艺术史》，上海：上海外语教育出版社，2003。
④ 杨自伍主编《英国经典散文》，上海：上海文艺出版社，2004；黄源深主编《英国散文选读》，上海：上海外语教育出版社，2007。
⑤ 侯维瑞、李维屏：《英国小说史》（上），南京：译林出版社，2005，第120~133页。

精要地指出了斯威夫特"把恰当的词放在恰当的位置，这就是风格的真正定义"一语对语体学的贡献。① 而同期及稍后周保国、黄杲炘、张定铨等学者对国内学界较陌生的诗作、散文作品的选编、译注工作成果无疑也加深了学界对斯威夫特的学理认知。

然而，国内斯威夫特研究"由表及里"的扛鼎之作当推黄梅教授《推敲"自我"：小说在18世纪的英国》一书。书中辟有"讽刺的机锋"一章专论斯威夫特，先从斯威夫特致女友的一封信出发，勾连彼时"南海泡沫"（South Sea Bubble）此一重大事件，进而探究"在失范而多变的世界"中，人性的异化与拯救此一悖立命题。② 第二、三两节中，黄梅教授持"多重讽刺手法"的"哈哈镜"，透析了《游记》诙谐怪诞的语体风格背面所饱含的道德忧思，指出斯威夫特的狂欢笔触虽不乏对堕落世风的痛抵，但针砭之余阐发的更是自知无法逃离所讽陋世的"深刻的绝望"。黄梅教授据此将斯威夫特定位为"'启蒙的抵制者'和现代精神的敌人"，此一论断无疑是准确而牢靠的。③ 2006年，黄梅教授于《双重迷宫：外国文化文学随笔》④ 一书《金钱世界中的讽刺家》和《层层深入的讽刺》两文中，又以学术随笔的风格，秉斯威夫特讽笔为导游带领读者体悟彼时英格兰的世俗风貌铺设了道路。此类将文本嵌入时代精神加以砥砺，再从语言细部予之"还原"创作意图，进而比照背景以求互证的"整体细读"理路，使黄梅教授不仅在"斯学"领域开拓出恰切而新颖的批评形态，更为我国的外国文学研究提供了重要的方法论借鉴。

自黄梅教授始，著述研究开始走向专题化模式，大多数学者都注重将斯威夫特置于18世纪英国文学思想脉络中，追求更为整全而细致的研究形态。其中曹波应黄梅《推敲"自我"：小说在18世纪的英国》一书而作的《人性的推求：18世纪英国小说研究》可谓代表。该书"斯威夫特的寓言故事"

---

① 陈新：《英国散文史》，南京：南京师范大学出版社，2008，第70页。
② 黄梅：《推敲"自我"：小说在18世纪的英国》，北京：生活·读书·新知三联书店，2003，第99页。
③ 黄梅：《推敲"自我"：小说在18世纪的英国》，北京：生活·读书·新知三联书店，2003，第122页。
④ 黄梅：《双重迷宫：外国文化文学随笔》，北京：北京大学出版社，2006，第8~16、24~35页。

一章首先结合时代背景，简要评介了《书战》《故事》《建议》三文，并于文化倾向上将斯威夫特定于"科学和理性的怀疑者"。[1] 在第二节中，作者牵引"人性的堕落与讽刺的机锋"的线索，对《游记》展开片段细读；其中不乏"观念的对照是第一部游记缺乏的，却成为第二部游记的结构性原则，是斯威夫特讽刺艺术走向多样化的结果"[2] 此类独到见解。此外，赖骞宇《18世纪英国小说的叙事艺术》一书则从经典叙事学"话语—故事"理论出发，探究了18世纪英国小说的叙事模式、结构模式及人物模式。该书论述中斯威夫特的《游记》虽未居主导位置，却也能被给予较为普遍的关照。赖骞宇精辟地指出格列佛虽较以往流浪汉小说人物形象更为丰满，"其主要任务似乎仍然是'串联情节'"，[3] 此类叙事学角度上的细察自然对后发的叙事研究多有启示。另外，戴从容教授的新作《人类真的是耶胡吗？》续接着黄梅教授的研究思路，在指明了《游记》讽刺笔法内在局限的同时标示了《游记》与"复杂人性的探索"此一启蒙文学主潮的微妙呼应。[4] 作为英国启蒙哲学与斯威夫特文学思想"熨帖式研究"的最新成果，戴文对后续研究多有可资借鉴之处。同时，值得特别指出的是洪涛教授2018年出版的《〈格列佛游记〉与古今政治》，以政治思想史视角"古"与"今"的二维分析思路介入《游记》解读，剖析了"技术"与"理性"、"道德"与"自然"等西方思想史谱系中的关键词，[5] 在国内"斯学"政治思想史研究方面树立了极佳的典范。

近年，国内著述研究还有一个值得注意的动向：项目课题、翻译成果及博士学位论文接连涌现。2016年李春长教授曾以"斯威夫特与古今之争研究"为题获批国家社科基金项目，此前其已完整译出《故事》《书战》等文（见《图书馆里的古今之战》，北京：华夏出版社，2015）；其成果联合管欣翻译的《桶的故事·书的战争》（北京：商务印书馆，2016）极大地丰富了国内"斯学"研究的文献资料。同时，2017年、2018年皆有斯威夫特专题

---

[1] 曹波：《人性的推求：18世纪英国小说研究》，北京：光明日报出版社，2009，第80页。
[2] 曹波：《人性的推求：18世纪英国小说研究》，北京：光明日报出版社，2009，第85页。
[3] 赖骞宇：《18世纪英国小说的叙事艺术》，北京：中国社会科学出版社，2009，第152页。
[4] 戴从容：《人类真的是耶胡吗？》，上海：上海三联书店，2019，第222页。
[5] 洪涛：《〈格列佛游记〉与古今政治》，上海：华东师范大学出版社，2018，第3页。

研究获教育部基金立项（历伟2017年、蒋永影2018年），其人成果与时宵2018年以"斯威夫特宗教思想研究"为题旨写就的博士学位论文（未发表）及成桂明2019年完成的"古今之争"相关研究博士论文（未发表）形成掎角之势。可以说，上述成果在表明我国"斯学"研究走向纵深的同时，也意在彰明研究者的身份意识，以期同西方"斯学"成果直接对话。

总之，综观新中国成立后各类著述研究，我们不难发现一条从教材选编到专题研究的发展道路。此研究动向虽则漫长反复，却为后续研究浇筑了根基并拓展了面向。21世纪以来，特别是黄梅教授等人的专题研究，不仅于研究理路一端对后起研究多有启蒙，其凝聚笔尖念兹在兹的"中国立场"更是对英国文学汉语学界的身份提醒。

四　小结

150年以来，国内斯威夫特研究发轫于早期的译介、赏析，曾于新中国成立后的20世纪五六十年代出现短暂之"繁荣"。其后，出于历史原因其有停滞、中断，甚至反复、倒退；改革开放后，"斯学"研究率先以期刊论文之形式再度勃兴，发展出我国"斯学"研究"文本比较"的国别特质。21世纪以来，在学界同人共同努力下，"斯学"向纵深挺进，除去讽刺手法及文本比较两大范式，还涌现了翻译、殖民、女性主义、生态批评等理论观照，政治主题研究、思想史研究等新型路径，产出大批成果，为斯威夫特个案研究专著的出现铺平了道路。

国内"斯学"的研究优势主要体现在中国学者的比较视野、理论幅度及民族立场上。但综观新中国成立后"斯学"发展史，仍有不少问题须要指出。第一，既有研究长期禁囿于《游记》和《建议》两文。尤其前者近乎是各类理论的演武场，多数批评在进入文本时，既忽视17～18世纪英国社会历史的宏观背景，又鲜少浸润于隐幽却具体的文学、政治、宗教语境中。实则，剑桥大学出版社修葺中的评注本（*The Cambridge Edition of the Works of Jonathan Swift*）多达17卷之巨。[①] 《游记》及《建议》固然是斯威夫特的经

---

① Valerie Rumbold, ed., *Parodies, Hoaxes, Mock Treatises: Polite Conversation, Directions to Servants and Other Works*, Cambridge: Cambridge University Press, 2013, preface.

典读本，但仅倚靠对某个作品、选段的碎片化判读就提炼斯威夫特的各类价值取向并作概念性论断，容易失之偏颇。而黄梅、刘小枫、戴从容等几位教授示范的从语境探查到动机还原，兼顾时代思想背景与文本修辞特征的"整体细读"法，对上述研究困境不失为解题思路。第二，期刊论文及学位论文多有同题重复现象。这尤其表现在比较、讽刺研究两块"老招牌"上。自王捷1984年就《镜花缘》与《格列佛游记》比较后，20余年间学界竟同题发文15篇，包括不同年份硕士学位论文3篇，此"过度研究"现象堪忧。第三，不少成果存在对西方研究观点的"机械挪用"和"低效复述"等弊病。此现象集中体现在原创动机、本土视角和学理思想淹没、耗散于外部文献的围拢与堆砌上。当然，梳理既有成果并厘清学术积垢，为的是更好地推进发展，蕴含着150年有目共睹的学术积淀，斯威夫特研究应有喜人前景。

第二节　西方斯威夫特研究综述[*]

基于"记传评述"（1730—1900）、"作品整编"（1930—1960）、"专题研究"（1960—2000）、"综合研究"（2000—）四类时段区分与范式判别，西方斯威夫特研究已近300年，有着较为深厚的积淀和完备的研究形态。当然，近300年的研究史，在塑型西方"斯学"研究深厚的地形地貌的同时也造就了其难以忽略的复杂性。据明斯特大学斯威夫特研究中心不完全统计（A Bibliography of Critical Studies in the Ehrenpreis Center for Swift Studies, Münster），截至2011年，英语学界各类重要期刊上发表的论文便已近900种。[①] 繁重复杂且不断生长变异的批评遗产使得梳理整全的文献综述近乎为不可能的任务，且西方既有的综述类论著也多采取时段型或专题式研究进路。[②]

---

[*]　本节部分内容曾以《西方乔纳森·斯威夫特研究述略》为题名，发表在《浙江外国语学院学报》2020年第4期，第102~109页。
[①]　数据来源于明斯特大学斯威夫特研究中心编撰的未出版研究资料汇编（"A Bibliography of Critical Studies in the Ehrenpreis Centre for Swift Studies", Münster），数据更新时间为2016年。
[②]　Jonathan Swift, *The Critical Heritage*, Kathleen Williams, ed., London and New York: Routledge, 2002, p.27; Paul Degategno and Jay Stubblefield, *Critical Companion to Jonathan Swift: A Literary Reference to His Life and Work*, New York: Factis on File, Inc., 2006, pp. iv – vi.

本节论述据此，在照顾整体表征的基础上，力图以"典范性""倾向性""专题性"三个圈层围拢西方"斯学"研究经典专著进而描绘其演变与发展的总体趋势。

一 传记与传记评述研究

传记的生成及其批评通常是某一作家后续研究展开的基础，亦是其发轫之处。斯威夫特传记研究在其 1745 年过世后随即展开。第一位传记作者列蒂夏·皮尔金顿（Laetitia Pilkington，1709—1750）是斯威夫特 18 世纪 20、30 年代交往过的友人之一。须指出的是，虽为第一位传记批评者，但皮尔金顿《传记》（Memoirs，1748）的主要内容却多是其人诗作与通信的铺排，仅在脚注零星涉及斯威夫特。因此，哈罗德·布鲁姆（Harold Bloom）戏称其为"聒噪的话匣子"，且学界并不认同其传记批评的特异价值。但 20 世纪 50 年代，恩伦普瑞斯教授却指出，皮尔金顿作为与斯威夫特过从甚密的友人，博闻强识，其陈述仍具备不可忽略的史料意义。[①] 稍迟于皮尔金顿，同样与斯威夫特多有来往的约翰·波义耳（John Boyle，1707-1762），则于 1752 年以诫子书的模式，将斯威夫特的生平与著作串联，出版了《斯威夫特博士生平及作品评传》（Remarks on the Life and Writings of Dr. Jonathan Swift，1752，以下简称《评传》）一书。值得注意的是，此书成为 18 世纪后半叶斯威夫特传记研究绕不过去的底本。其后研究诸如库伯（J. Copper）与彼得·威尔森（Peter Wilson）合著的《斯威夫特的生平及著述》（Memoirs of the Life and Writings of Jonathan Swift，1755）不外是剥离了书信外形的《评传》改写而已。而同期出版的多卷本《斯威夫特主教时期大不列颠及爱尔兰诗人生平》（The Lives of the Poets of Great Britain and Ireland, to the Time of Dean Swift，1753）无论在材料端还是观点方面，同样难逃"剽窃"《评传》的嫌疑。[②] 据此不难推断，

[①] Irvin Ehrenpreis, *Swift: The Man, His Works, and the Age*, Vol. 3, Cambridge, Massachusetts: Harvard University Press, 1983, p. 637. 尤其在所引书第 5 条脚注中，恩伦普瑞斯教授令人信服地证实了除了"刻意强化自己与斯威夫特的熟络"此种虚荣表现外，皮尔金顿女士作为 18 世纪 30 年代斯威夫特社交圈较为重要的人物之一，其记叙大体可靠。

[②] Robert Shiells, *The Lives of the Poets of Great Britain and Ireland, to the Time of Dean Swift*, Vol. 5 in 5 Vols., London: Printed for R. Griffiths, ECCO, 1753, pp. 73-100.

绪　论

即便通常被学界称为"谬误且充满恶意"[①]以及"犹大式传记"（Judas-biography）[②]的《评传》仍旧是早期斯威夫特研究不可或缺的传记资料。

值得指出的是，自波义耳、约翰逊、麦考莱及萨克雷等传记批评家以来，19世纪之前的斯威夫特传记研究者逐渐形成学术认同：他们认为斯威夫特作品中的"愤世嫉俗"与"尖酸刻薄"，尤其诗歌作品中频出的"堕落、污秽"意象与传主败坏的德行不无关系。[③] 此类论调延续至19世纪40年代，学界终于在心理批评理论与医学研究成果的启发下，逐渐将斯威夫特的"污浊语"和谩骂风格归结为传主身心状况的恶化，及连年病痛的影响。[④] 尤其在1882年，巴科尼尔医生（J. C. Bucknill）令人信服地确证了斯威夫特所罹患的正是美尼尔综合征（Ménière Syndrome），学界对斯威夫特神经系统疾病与语体"癫狂"的类科学解释才开始浮现于传记研究之中，并在恩伦普瑞斯教授三卷本2000余页的《斯威夫特：其人、其作与时代》中得到丰满的展示。恩伦普瑞斯教授的皇皇巨著确实"销蚀了18世纪40年代以来悬浮在斯威夫特身上的种种谜团"，[⑤] 成为其后研究绕不过去的里程碑，并频繁出入于其后斯威夫特研究的开卷致谢与行文脚注之间。[⑥]

固然，恩伦普瑞斯教授的巨著以其考证之翔实，[⑦] 触及学科之驳杂，视

[①] Daniel Cook, ed., *The Lives of Jonathan Swift*, Vol. 1, London and New York: Routledge, 2011, p. xix.

[②] Harold Bloom, *Bloom's Classic Critical Review: Jonathan Swift*, New York: Bloom's Literary Criticism, 2009, p. 18.

[③] Jonathan Swift, *The Critical Heritage*, Kathleen Williams, ed., London and New York: Routledge, 2002, pp. 204–205.

[④] W. R. Wilde, *The Closing Years of Dean Swift's Life with Remarks on Stella, and Some of His Writings Hitherto Unnoticed*, Dublin: Hodges and Smith, 1894, pp. 12–17.

[⑤] Daniel Cook, ed., *The Lives of Jonathan Swift*, Vol. 1, London and New York: Routledge, 2011, p. xxii.

[⑥] Marcus Walsh, ed., *A Tale of a Tub and Other Works*, Cambridge: Cambridge University Press, 2010, p. xiii; David Oakleaf, *A Political Biography of Jonathan Swift*, London: Pickering & Chatto, 2008, p. vii.

[⑦] Irvin Ehrenpreis, *Swift: The Man, His Works, and the Age*, Vol. 1, Cambridge, Massachusetts: Harvard University Press, 1962, p. 167. 恩伦普瑞斯教授在所引书中指出了 F. Elrington Ball 教授6卷本书信集的讹误1处，更于第187页指出斯威夫特时间记忆的混乱，有一种倾向于把日期提前的"癖好"。

角之广阔，[1] 观点之新锐而著称；[2] 加诸其对前人成果的有效修正与深度推展，使之不仅成为斯威夫特研究，更是 18 世纪政治、经济、文化及文人社交研究的必备书目。但须指出的是，恩伦普瑞斯教授一方面声称要清除围绕传记研究所形成的藩篱——琐碎的"闲言碎语"；另一方面，他的成果却怪异地陷入了矛盾境地：该书行文之时也不免沉湎于传主难以割舍的逸事之间（某种程度上，正是大量逸事的穿插使其著作过于臃肿）。或基于此，丹尼尔·库克（Daniel Cook）教授戏言其在进行一桩"自我解构性质的工作"（Self-defeating Task）。[3] 同时，恩伦普瑞斯教授无疑又深受 20 世纪 60 年代风行的弗洛伊德心理分析理论的影响。在归纳斯威夫特生平，尤其论及斯威夫特与文学庇护人坦普尔及女性关系时，一种被抽象出来的"父爱缺失综合征"（fatherless complex）始终牵引其论述走向。[4] 虽因理据的恰切，于具体情境分析中弗洛伊德式批评颇见新意，但此类论辩又并非时时恰切；在扩展批评视域之时，反而会妨碍研究者对斯威夫特真实面目的抵近。这尤其表现在恩伦普瑞斯教授论及"坦普尔—斯威夫特"影响关系时略为草率的范式性论断上——他过于强调坦普尔对斯威夫特的塑型性影响。[5] 应当指出，恩伦普瑞斯所促成的批评模式对其后研究不乏负面影响，譬如在斯威夫特与中国

---

[1] Irvin Ehrenpreis, *Swift*: *The Man*, *His Works*, *and the Age*, Vol. 1, Cambridge, Massachusetts: Harvard University Press, 1962, pp. 9 - 12. 较早地触及了斯威夫特的爱尔兰立场，对其后"斯学"权威劳森（Rawson）教授 2014 年新作《斯威夫特的愤怒》（*Swift's Anger*）可谓多有启发。第 189 页，恩伦普瑞斯指出在研究《木桶的故事》一文时坦普尔相关文本必须囊括进批评视野，此点对笔者相关章节论述亦有启发。

[2] Irvin Ehrenpreis, *Swift*: *The Man*, *His Works*, *and the Age*, Vol. 1, Cambridge, Massachusetts: Harvard University Press, 1962, p. xvii, p. 252. 恩伦普瑞斯教授敏锐地指出了斯威夫特在 1701~1719 年的"老辉格党"（Old Whig）倾向，且 1710 年辉格党人眼中的"变节"是复杂的。这种政治立场的"飘移"，正是 1700~1710 年英格兰政治思想史中"宫廷派"和乡村派两种话语模式及其阵营抗辩复杂性的体现。

[3] Daniel Cook, ed., *The Lives of Jonathan Swift*, Vol. 1, London and New York: Routledge, 2011, p. xxii.

[4] Irvin Ehrenpreis, *Swift*: *The Man*, *His Works*, *and the Age*, Vol. 1, Cambridge, Massachusetts: Harvard University Press, 1962, pp. 243 - 245; Vol. 2 (1967), p. 3; Vol. 3 (1983), p. 549, p. 614, p. 630.

[5] Irvin Ehrenpreis, *Swift*: *The Man*, *His Works*, *and the Age*, Vol. 1, Cambridge, Massachusetts: Harvard University Press, 1962, pp. 169 - 181; Irvin Ehrenpreis, *Swift*: *The Man*, *His Works*, *and the Age*, Vol. 3, Cambridge, Massachusetts: Harvard University Press, 1983, pp. 455 - 458.

绪 论

关联研究领域,"坦普尔范式"已然成为逻辑陷阱。①

继恩伦普瑞斯教授之后,另一新锐"斯学"传记研究者安·凯莉(Ann Kelly)则走了一条与前者较为不同的道路。凯莉教授不但不回避,反而极为倚重斯威夫特生平的诸多逸事。在其著作《斯威夫特与流行文化》(*Jonathan Swift and Popular Culture*, 2002)中,凯莉教授将数个世纪来与斯威夫特相关的笑话书、文选、版本不一的作品改编都揉搓进研究之中,旨在提示读者:斯威夫特生平的"重构"不应再受制于过于琐碎的史料,而须树立更为宽广的参照系。② 此种观点在文学研究向文化唯物主义(cultural materialism)靠拢的趋势下,一时之间也不乏应者。但是,诚如大卫·诺克斯(David Nokes)教授所指出的,在传记研究中史料仍旧是研究根基:"我们老调重弹地使用这些史料,并非因为我们相信它们的真实性;而在于它们在斯威夫特名誉演变过程中扮演重要的角色。忽略它们,便无异于忽略了斯威夫特海市蜃楼般的形象流变构成要素中的关键因素。"③

据此,我们不难发现,西方斯威夫特传记研究至今仍面临的困境正是早期传记研究者甚至斯威夫特在自传中"虚饰"、堆砌起来的"(伪)史料"。西方学界传记研究成果的出版曾经盛极一时,如今应激于传记研究理论的技术更新,仍有大量质量参差不齐的研究正在进行。并且,斯威夫特传记研究形态远未定型:波义耳封存于哈佛大学、正陆续出版的未刊材料,便为传记研究的深化提供着新的线索与修正可能。如库克教授所指出的,即便基于现

---

① 西方学界关于文学庇护人威廉·坦普尔和斯威夫特关系的讨论自第一代传记研究者波义耳始便是"斯学"主题。恩伦普瑞斯教授尤其以弗洛伊德的"父子情结"进路笼罩斯威夫特意识形态研究,这种研究范式近来愈发受到学界的反思。恩伦普瑞斯教授及早先的"坦普尔—斯威夫特"研究可参 A. C. Elias, *Swift at Moor Park: Problems in Biography and Criticism*, Philadelphia: University of Pennsylvania Press, 1982, pp. 160–197; Arthur Case, "Swift and Sir William Temple: A Conjecture," *Modern Language Notes*, Vol. 60, No. 4 (April 1945), pp. 259–265; Irvin Ehrenpreis, "Swift and Mr. John Temple," *Modern Language Notes*, Vol. 62, No. 3 (March 1947), pp. 145–154. 关于学界对恩伦普瑞斯教授研究范式的反思详见后文"斯威夫特与中国"一节相关论述的脚注部分。

② Ann Kelly, *Jonathan Swift and Popular Culture: Myth, Media, and the Man*, New York: Palgrave, 2002, p. 4.

③ Daniel Cook, ed., *The Lives of Jonathan Swifts*, Vol. 1, London and New York: Routledge, 2011, p. xxii.

有史料，传记研究中特别是早年时段仍旧有许多基本的疑团未能解开，譬如：

①斯威夫特的确切生辰与出生地；
②斯威夫特幼年时是否被奶妈带往怀特黑汶（Whitehaven）；
③斯威夫特母亲何时离开都柏林前往莱彻斯特；
④谁支付了斯威夫特在基尔肯尼（Kilkenny）学校和圣三一学院（Trinity College）的学费；
⑤斯威夫特年幼和年少时节是否见过母亲，若有，其频率如何。

此类传记研究中的悬案都亟待新材料的发掘予以解决。另外，基于对西方传记研究发展历程的"鹰眼式"搜查，库克教授于2011年整理出其中较能聚合几代学者视线的研究热点，这些热点在研究者介入斯威夫特文本批评和思想批评时，于动机探究层面颇为关键，笔者现整理如下以备需求。

1. 关于《斯威夫特家谱》（*Family of Swift*）问题

18世纪20年代，斯威夫特曾遭第三人称视角以*Family of Swift*为题，写就了十席纸（sheets）、四大开本的传记，但晚至1755年才得以付印。先有斯威夫特侄亲迪恩·斯威夫特（Deane Swift）在为斯威夫特作传时附登此文；其后此文被托马斯·谢立丹（Thomas Sheridan）和霍克斯沃斯（Hawkesworth）在各自传记研究中重用。此后，该文本便被斯威夫特传记研究者引为圭臬，恩伦普瑞斯教授便称其为"最为珍贵的、增添众多史实的材料"。[1] 统而论之，传记研究者对此文的解读采取了大相径庭的两种态度。因为这份颇具自我剖白性质的"自传"并未为读者了解斯威夫特提供任何新的信息。而且，该文本的"虚构性"特征一直未能引起研究者重视。譬如，许多事件缺乏确切的地点信息，并附有极为浓重的杜撰色彩。实则，迪恩·斯威夫特已然在其《传记》中

---

[1] Daniel Cook, ed., *The Lives of Jonathan Swift*, Vol. 1, London and New York: Routledge, 2011, p. xxv. 值得注意的是，19世纪20年代，瓦尔特·司各特在研究斯威夫特传记时同样收录了此文，详见Sir Walter Scott, *Memoirs of Jonathan Swift*, Vol. 2, Cambridge: Cambridge University Press, 2011, pp. 202–225。

特别指出，附录此文仅为有意涉足斯威夫特传记研究者提供此一"特殊说明"，仅是聊备一说的用意，此举无疑表明迪恩已然意识到了《斯威夫特家谱》（以下简称《家谱》）中誊录事件的真实性是须打上问号的。此外，《家谱》一文尚有疑点：斯威夫特省略了1696~1699年所发生的事件，更潦草地结束于1704年。然而他此时于伦敦文学、政治界根基尚且不稳，最值得大书特书的辉煌的18世纪前十年尚未开启，是否斯威夫特突然对撰写自传失去兴趣了，抑或是他只想提供早年的信息，又或许他的身体状况已无法支撑一次长途的心灵之旅。疑问之外，结论却很可能如赫伯特·戴维斯（Herbert Davis）所指出的，"《家谱》似乎仅是斯威夫特耄耋之年的一次潦草凌乱的回忆，他甚至连确证日期的精力都没有了"。① 但无论如何，《家谱》作为斯威夫特唯一的"自传性"尝试，于其不甚确切的史料价值之外，其文学虚构特征的美学价值对整全的斯威夫特研究来说仍旧颇为重要。

2. 关于"特殊恩典"（speciali gratia）问题

斯威夫特在都柏林圣三一学院（Trinity College）是以"特殊恩典"之形式获得学位的。斯威夫特日后回忆时称之为"耻辱的标志"（this discreditable mark），因而引发了传记研究者的众说纷纭。其中，波义耳率先提出论断：斯威夫特负笈圣三一学院时并未刻苦学习，尤其对逻辑学、形而上学、数学及自然哲学等学科，几乎放任自由。其后的约翰逊博士也认为斯威夫特以"特殊恩典"毕业表明其在圣三一学院期间"德行不佳"（want of merit）。② 但大卫·诺克斯教授在一篇近文中指出，斯威夫特以"特殊恩典"形式毕业，并无法指证其课业差劲，因为他毕业那年，有37人都以"特殊恩典"这种形式毕业。③ 颇有意思的是，硕士入学时，牛津大学将斯威夫特毕业证书上的"speciali gratia"此一标记理解为品学兼优，而斯威夫特亦对此不做任何解释，方得以顺利入学。稍晚于波义耳的传记作家德兰尼

---

① Jonathan Swift, *Miscellaneous and Autobiographical Piece*, *Fragments and Marginalia*, Hebert Davis, ed., Oxford: Basil Blackwell, 1969, p. xxii.
② Samuel Johnson, *The Lives of the Poets, a Selection*, Roger Lonsdale, ed., Oxford: Oxford University Press, 2009, p. 318.
③ Cf. Daniel Cook, ed., *The Lives of Jonathan Swift*, Vol. 1, London and New York: Routledge, 2011, p. xxii.

（Delany）对此事亦含糊推诿，仅指出斯威夫特大体上以为学究式的钻营与亚里士多德经院哲学不应为讲求"经世致用"的绅士所推崇，故不屑"认真"。① 迪恩·斯威夫特对此倒有深入探究，并在《传记》中记录下了他和斯威夫特对学位事件的交谈。当涉及"speciali gratia"时，斯威夫特对牛津方面对其成绩旁附加一语的困惑倒是不无得意之感："至于我是否欺瞒他们，留与你去猜测。"② 但令人诧异的是，迪恩自述后来其在誊抄斯威夫特学位证书时却并没有发现"speciali gratia"字样。

3. 关于"被带至怀特黑汶"及坦普尔私生子问题

斯威夫特幼年时曾被奶妈私自跨越海峡携至英格兰怀特黑汶（"Been Taken to Whitehaven"）。就此，自波义耳起传记研究者便开始建构"英格兰 - 爱尔兰"身份的对抗特质。但值得指出的是，此事主要由斯威夫特事后回溯而成，其实于学理层面并无太多说服力。而在私生子事件上，波义耳认为并非古德温叔叔（Uncle Godwin）而是坦普尔爵士支持了斯威夫特在牛津大学的学业及费用。波义耳指出彼时的古德温已然昏昏老矣，无力支持斯威夫特，认为实际上是坦普尔在17世纪90年代扮演了斯威夫特父亲的角色（其时多有传言斯威夫特乃是坦普尔的私生子），③ 同时又否认了私生子传言，但此举无疑加速了此一"谣言"的传播。恩伦普瑞斯教授在其研究中也无法查证古德温支付斯威夫特学费的证据。令人疑惑的是，即便如此，在早

---

① 斯威夫特此一破除"亚里士多德阴魂"的文化态度，与彼时英国经验主义哲学潮流在爱尔兰的涌动不无关联。而更为直接的文化氛围则与彼时以"圣三一学院"为中心的"都柏林哲人圈"（Dublin Philosophical Society）中流行的理性神学、经验主义哲学研究思潮密切相关。莫里略爵士（Sir Thomas Molyneux）、阿什主教（Bishop Ashe）、马沙大主教（Narcissus Marsh）等人，乃至与斯威夫特过从甚密的威廉·金主教（Bishop William King）对斯威夫特的文化气质多有影响，这种影响较为具体地体现在了他在"古今之争"中的文化立场及其对待自然科技的基本态度上。恩伦普瑞斯教授对斯威夫特求学时期的思想特质多有高论，详见 Irvin Ehrenpreis, *Swift: The Man, His Works, and the Age*, Vol. 1, Cambridge, Massachusetts: Harvard University Press, 1962, pp. 79 - 81。

② Deane Swift, *An Essay upon the Life, Writings, and Character, of Dr. Jonathan Swift*, 2nd edition, London: Printed for Charles Bathurst, 1755, p. 46.

③ John Boyle, *Remarks on the Life and Writing of Dr. Jonathan Swift, Dean of St. Patrick's, Dublin, in a Series of Letters from John Earl of Orrery to His Son, the Honourable Hamilton Boyle*, 5th edition, London: Printed for A. Milar, 1752, pp. 5 - 8.

期传记研究中，古德温仍旧被认为是斯威夫特的恩主。但无可否认的是，古德温对斯威夫特的慷慨相助无疑同其与坦普尔之父约翰·坦普尔（Sir John Temple）互为挚友相关，而这一要素又隐隐约约将斯威夫特作为坦普尔私生子此一传言推向台前。

4. 英格兰-爱尔兰二元论（English-Irish dichotomy）

18世纪50年代的传记研究者中，除了迪恩之外，霍克斯沃斯对斯威夫特《家谱》做了最为细致的考察。除了详尽的族谱记录，其成果还记载了斯威夫特母亲一支的传承——指出其发源于福瑞斯特的埃里克（Erick the Forester）一族，更曾举兵反抗威廉入侵。可以说自霍克斯沃斯始，斯威夫特传记研究中的英格兰-爱尔兰二元论（English-Irish dichotomy）开始勃兴。批评各家都注重对盎格鲁-爱尔兰特征及爱尔兰民族意识的区隔（Anglo-Irishness and Irishness）。值得指出的是，斯威夫特78年阳寿之中有58年居于爱尔兰；基于此一事实，恩伦普瑞斯教授之后的研究者都较为注重强调斯威夫特的爱尔兰身份，以"制衡"正典批评中经久未衰的英格兰归属。[①] 尤其斯威夫特1714年任圣帕特里克大教堂主事（Dean）之后的生涯与创作，更加成为研究者借以彰显其爱尔兰性的重点关注阶段。譬如，安古斯·罗斯

[①] 19世纪以降及20世纪早期的传记研究，为了将斯威夫特纳入英国正典，通常以其难以忽略的爱尔兰性的"技术性抹除"为代价，刻意强调斯威夫特英国身份属性，例如萨克雷就曾坚称："斯威夫特的心属于英格兰。"埃德蒙·高斯更是认为："斯威夫特除了出生于都柏林之外，便没有其他的爱尔兰特质了。"不列颠百科全书同样作为此类论调的"权威"认定斯威夫特"并不能称为一位严格意义上的爱尔兰爱国者，他是无意间被遗落在爱尔兰的，并且以成为英格兰人为傲"。但凡此类论调，似都可以追溯至约翰逊博士那句："1714年之后，他只能想着如何与放逐之地爱尔兰共处了。"但较为奇怪的是，早期的传记作者对斯威夫特的爱尔兰身份并不十分感兴趣，及至约翰逊时期，才开始了关于其出生地的激烈的"英格兰-爱尔兰二元论"争执。不难指出，这种现象自然不乏政治文化立场的个体解读诉求，约翰逊事实上明白无误地知晓斯威夫特的出生地，却仍旧表示："让它们存疑吧，存疑亦无不可。"又譬如，身为爱尔兰人的谢立丹在其《传记》开篇显赫之处坚称："我写的是一位坚定的爱尔兰英雄的传记。"上述引证可参考 Ann Cline Kelly, *Jonathan Swift and Popular Culture*: *Myth*, *Media*, *and the Man*, London and New York: Palgrave, 2002, p. 173; Samuel Johnson, *Prefaces*, *Biographical and Critical*, *to the Works of the English Poets*, in 10Vols, Vol. 8, London: Printed for J. Nichols et al., 1779, p. 8 and p. 47; Thomas Sheridan, *The Life of the Reverend Dr. Jonathan Swift*, *Dean of St. Patrick's*, *Dublin*, London: Printed for C. Bathurst, W. Strahan, B. Collins et al., 1784, p. 1。

（Angus Ross）等人便曾强调"爱尔兰是斯威夫特全部创作的重心",[①] 另有安德鲁·卡朋特（Andrew Carpenter）、约瑟夫·麦克米恩（Joseph Mcminn）、卡罗拉·法布里肯（Carole Fabricant）、罗伯特·马洪尼（Robert Mahony）、列奥·达姆罗什（Leo Damrosch）、克劳德·劳森等学者，都在其人新近研究成果中强调斯威夫特的爱尔兰属性。但大多数学者都能体察到斯威夫特爱尔兰情绪中的矛盾性，譬如，马洪尼教授便将斯威夫特奇异的爱尔兰情绪置于彼时纠缠的英 - 爱政治、宗教社会冲突中以强调其"复杂情状"（ambivalence）。[②] 但学者间亦不乏较为激进者，其人以克里斯托弗·佛斯克（Christopher Fauskeg）教授为代表，后者在近文中已然将斯威夫特塑造为一位爱尔兰民族主义者。[③] 然而不论种种，各类传记、书信材料乃至文学书写都在不断提示读者，斯威夫特对爱尔兰复杂的厌恶之情从未消逝。就汉语研究者而言，我们一定要注意"英 - 爱二元论"两派阵营背后暗涛汹涌的民族身份促成动机，及其在特定历史时段与文化语境中的嬗变。实际上，西方学界于此一问题的主要分歧点并不在于爱尔兰之于斯威夫特是否是流放之所，在这个问题上他们是有广泛共识的。其人主要分歧真正聚焦之处在于斯威夫特对英格兰的政治态度及其臣民职责立场上。换言之，用库克教授的话，即

[①] Daniel Cook, ed., *The Lives of Jonathan Swift*, Vol. 1, London and New York: Routledge, 2011, p. xxx.

[②] Robert Mahony, *Jonathan Swift: The Irish Identity*, New Haven & London: Yale University Press, 1995, pp. 170 - 173.

[③] 实际上，如前所述，传记研究中的"英 - 爱二元论"现象自第一代传记作家波义耳肇始后便一直绵延至今。恩伦普瑞斯教授的批评中便多有小型专题研究涉及斯威夫特复杂的族裔身份特征，从中我们可以引譬出一种可以称之为"爱尔兰转向"（Irish Turn）的书写重心转移现象。值得注意的是，自爱尔兰民族独立运动之后，斯威夫特研究族裔问题愈发热烈，逐渐从传记批评扩散至整体批评，这种裹挟着政治身份促成动机的批评倾向自然值得汉语研究者特别注意。相关文献可参 Irvin Ehrenpreis, *Swift: The Man, His Works, and the Age*, Vol. 3, Cambridge and Massachusetts: Harvard University Press, 1983, pp. 295 - 317; Jonathan Swift, *Swift's Irish Writings: Selected Prose and Poetry*, Carole Fabricant and Robert Mahony, ed., New York: Palgrave Macmillan, 2010, pp. xv - xxvi; Leo Damrosch, *Jonathan Swift: His Life and His World*, New Haven and London: Yale University Press, 2013, pp. 338 - 356; John Stubbs, *Jonathan Swift: The Reluctant Rebel*, New York and London: W. W. Norton & Company, 2017, pp. 538 - 542; Claude Rawson, *Swift's Anger*, Cambridge: Cambridge University Press, 2014, pp. 19 - 47。

绪 论

斯威夫特是一位爱尔兰斗士,还是一位"愤懑的隐士"(Bitter Recluse)。[1] 无论如何,在跳脱"英-爱二元视角"的狭促性质之后,18世纪初危机四伏的教会政治(ecclesiastical politic)现实和暗生的民族主义情愫都是我们介入该议题时不可偏离的文本语境。

5. 斯威夫特与女性的关系

在斯威夫特与女性关系问题上,波义耳认为斯威夫特的寓所可谓是带着强烈暴政性质及性压迫意味的土耳其皇帝后宫(seraglio);更指出斯威夫特对其女性朋友有暴政倾向。然而,在此问题上,德兰尼再次为斯威夫特"鸣冤",后者声称作为多次被邀请到斯威夫特客厅的亲历者与见证人,他可以坦然地指出,根本不存在土耳其后宫及暴政一说。但同时,德兰尼也委婉承认,斯威夫特教长确实有许多"红颜知己",但他们的会见都精心选择在光天化日之下,而非灯烛深帷之内,且那些红颜知己多是一些倚靠教长慷慨接济的贫弱者。稍后的霍克斯沃斯也秉持德兰尼的观点,认为波义耳在诋毁教长,更指出除了怀特威女士(Mrs. Whiteway)以外,女性不许自由出入教长在圣帕特里克的宅邸。另外,斯特拉(Stella)一直是斯威夫特传记研究中"女性问题"长盛不衰的切入点。关于两人是否成婚,更是斯威夫特传记研究的头等悬案。早期传记研究者循着波义耳提供的线索,认为二者在1716年完婚,主持人为阿什主教(Bishop Ashe)。[2] 迪恩也指出:"斯特拉大约于1716年已与教长完婚。"[3] 相应地,斯威夫特的现代传记研究者对此事同样不乏争议,如道尼(J. A. Downie)教授在细致研究了斯特拉的法律签名后指出,包括遗嘱在内的众多法定文件都以"艾舍·约翰逊(Esther Johnson),一个都柏林公民,老处女"之形式出现。因而虔敬如此,斯特拉是断不会在诸如签订遗嘱这样庄重的时刻撒谎的。[4] 但大多数研究者则倾向于两人确实

---

[1] Daniel Cook, ed., *The Lives of Jonathan Swift*, Vol. 1, London and New York: Routledge, 2011, p. xxxii.

[2] John Boyle, *Remarks on the Life and Writing of Dr. Jonathan Swift, Dean of St. Patrick's, Dublin, In a Series of Letters from John Earl of Orrery to His Son, the Honourable Hamilton Boyle*, 5th edition, London: Printed for A. Milar, 1752, p. 15.

[3] Deane Swift, *An Essay upon the Life, Writings, and Character, of Dr. Jonathan Swift*, 2nd edition, London: Printed for Charles Bathurst, 1755, p. 92.

[4] J. A. Downie, *Jonathan Swift, Political Writer*, London: Routledge and Kegan Paul, 1984, p. 342.

于 1716 年在教长宅邸的高墙内由阿什主教主持完婚（尽管恩伦普瑞斯教授并不支持此一说法[1]）。对于斯威夫特为何隐瞒婚姻事实，早期传记研究者亦众说纷纭。波义耳从其诫子书的伦理诉求出发，认为斯威夫特因虚荣与个人荣辱，碍于斯特拉的仆人出身，不愿意宣布结婚的事实。[2] 迪尔沃斯（Dilworth）遵从了波义耳的观点，却只给出了更为牵强的解释："天赋异禀之材，通常都怪癖如此。"[3] 但亦有将批评鹄的引向斯特拉者，如迪恩便认为斯特拉或有勾引斯威夫特的嫌疑，与斯特拉结婚，在迪恩看来，多有降低斯威夫特身份的意思。[4] 霍克斯沃斯及德兰尼虽大体上抱持此种观点，但都指出了斯特拉优秀的品行亦须考量。[5] 关于另一位与斯威夫特多有羁绊的女子瓦涅莎（Vanessa），除却斯威夫特写成的诗歌一卷（*Cadenus and Vanessa*, 1713）及双方数封书信，时下并未留有太多史料。波义耳将诗歌作为传记材料使用的策略便遭到了迪恩的批评，后者认为前者对诗歌史料价值的矛盾性使用（contradictory use）是不合法理的。[6] 近年，随着女性主义批评话语向斯威夫特研究的漫溢，传记层面的斯威夫特与女性，乃至斯威夫特笔下的女性主义批评愈发蓬勃，尤其又在诗歌批评中多有成果斩获。[7] 斯威夫特与女性关系关联研究经历了较为复杂的衍化过程，这对斯威夫特汉语研究界想必

---

[1] Irvin Ehrenpreis, *Swift: The Man, His Works, and the Age*, Vol. 2, Cambridge, Massachusetts: Harvard University Press, 1967, p. 405.

[2] John Boyle, *Remarks on the Life and Writing of Dr. Jonathan Swift, Dean of St. Patrick's, Dublin, in a Series of Letters from John Earl of Orrery to His Son, the Honourable Hamilton Boyle*, 5th edition, London: Printed for A. Milar, 1752, p. 15.

[3] Cf. Daniel Cook, ed., *The Lives of Jonathan Swift*, Vol. 1, London and New York: Routledge, 2011, p. xxxviii.

[4] Deane Swift, *An Essay upon the Life, Writings, and Character, of Dr. Jonathan Swift*, 2nd edition, London: Printed for Charles Bathurst, 1755, p. 86.

[5] 此点可结合参看斯威夫特诗歌作品中的"斯特拉生日系列颂诗"及斯特拉过世后斯威夫特撰写的讣告性质之纪念文章。

[6] Deane Swift, *An Essay upon the Life, Writings, and Character, of Dr. Jonathan Swift*, 2nd edition, London: Printed for Charles Bathurst, 1755, p. 253.

[7] Margaret Doody, "Swift among the Women," *The Yearbook of English Studies*, Vol. 18, 1988, pp. 68–92; N. W. Bawcutt, "News from Hide-Park and Swift's a Beautiful Young Nymph Going to Bed," *British Journal for Eighteenth Century Studies* Vol. 23, 2002, pp. 125–134; Leo Damrosch, "Swift among the Women," in *Jonathan Swift: His Life and His World*, New Haven and London: Yale University Press, 2013, pp. 424–442.

绪 论

也多有启发。

6. 斯威夫特最后的日子（the Last Days of Jonathan Swift）

关于斯威夫特"疯狂"的最早记录，仍旧出自对其多有不公的波义耳笔下。都柏林官方曾于1742年将斯威夫特认定为"心志紊乱"（non compos mentis），免去其法人资格。但在彼时语境中，此术语多指涉某人无法辨识其行为，一度陷入精神及生理失调，并非等同于疯癫。或出于此，恩伦普瑞斯教授对文史批评中"斯威夫特陷入疯狂"此一论断予以严正的批驳；恩伦普瑞斯指出"斯威夫特自始至终都未曾陷入医学意义上的疯癫，他并不比蒲柏、约翰逊们更为怪癖或神经质，甚至比他们还要正常些"。① 波义耳在《评传》中抨击了斯威夫特的"愤世嫉俗"乃至虚荣高傲，更以《游记》第二部分为例，说明了斯威夫特对上帝造物——人类的恶意丑化，恰好罪有应得地使其在晚年遭受天谴，其继而将斯威夫特的凄惨晚景归结为"上帝惩罚的例证"（manifest of punishment by God）。② 事实上，波义耳将斯威夫特视为人类傲慢与疯狂的一个典型并予以批驳、警戒，无外乎是在配合其诫子书之批评模式的内在伦理需求罢了。波义耳处发端的"疯狂论调"，经由约翰逊博士延宕至萨克雷笔下，直到前述美尼尔综合征的科学解读进入斯威夫特传记批评，生理疾病引发的精神崩溃才逐渐洗清"疯狂"迷思。约翰逊笔下那由阴郁暴虐而走向疯狂最终沉沦于死寂的斯威夫特形象，③ 在引发其后诸多斯威夫特"疯狂"（"污浊语"）研究的同时，对汉语学界学者而言无疑更是一个文化批评的警示形象——传记批评者的文化动机施压于研究对象之时触发的"疯癫与惩罚"关系终归不可能是单纯且直接的。

综上所述，在回溯、梳理传记研究各时期的关注点及其衍变之后，我们不难指出传记研究作为西方"斯学"的滥觞与切入点，在近300年的层累过

---

① Irvin Ehrenpreis, *The Personality of Swift*, New York: Barnes & Noble; London: Methuen, 1969, p. 125.

② John Boyle, *Remarks on the Life and Writing of Dr. Jonathan Swift, Dean of St. Patrick's, Dublin, in a Series of Letters from John Earl of Orrery to His Son, the Honourable Hamilton Boyle*, 5th edition, London: Printed for A. Milar, 1752, p. 186.

③ Samuel Johnson, *The Lives of the Poets, a Selection*, Roger Lonsdale, ed., Oxford: Oxford University Press, 2009, pp. 339 – 340.

程中涵纳着丰富的史料价值。当然，学界对材料与观点的"循环阐释"（Hermeneutic Circle），在塑型传记研究批评理路的同时，同样制造了诸多学科疑点。近年来，西方传记研究从20世纪50、60年代对传主性格气质及心灵趣味的侧重逐渐转向熨帖社会历史背景与具体事件的文化考辨，凸显了文学文本和传主文化倾向的社会视角，产生了一批杰出的成果。[①] 其中尤其值得指出的是，道尼（J. A. Downie）教授1984年出版的《乔纳森·斯威夫特：政治作家》一书，将传主生平与重点文本批评细致勾连，颇有创见地为斯威夫特政论文研究指出了传记批评的补充视角。[②] 另外，传记材料的不断发掘、出版也保持了西方"斯学"传记研究的长久活力。因而，就汉语研究界而言，对西方传记研究的关注热点、存在问题展开辨析和厘整，无疑对我们掌握西方"斯学"整体风貌具有重要意义。

二 作品整理及编撰

作家作品的裒辑、整理与出版工作，是展开该作家个案综合研究的文献基础。斯威夫特大部分作品具有很强的时效性与应事特质，故而在生前即已出版。但其亦有不少政论文、小册子因过于敏感，在当时无法及时付梓，须留待晚年乃至殁后才得以面世。第一次斯威夫特作品结集出版发生在1735年，都柏林出版商威廉·福克纳（William Faulkner）在斯威夫特过问下，出版了第一套较为整全的《斯威夫特作品集》（*The Works of Jonathan Swift*, D. D., 4Vols, 1735）。1755年，约翰·霍克斯沃斯编辑了12卷的《斯威夫特作

[①] 此类转移的代表性著作可参见 John Murry, *Jonathan Swift: A Critical Biography*, New York: Farrar, Straus and Giroux, 1967; Ricardo Quintana, *The Mind and Art of Jonathan Swift*, London: Methuen & Co. Ltd., 1956; Ricardo Quintana, *Swift: An Introduction*, London: Oxford University Press, 1962; Irvin Ehrenpreis, *The Personality of Jonathan Swift*, London: Methuen & Co. Ltd., 1958; Deborah Wyrick, *Jonathan Swift and the Vested Word*, Chapel Hill & London: The University of North Carolina Press, 1988; Leo Damrosch, *Jonathan Swift: His Life and His World*, New Haven and London: Yale University Press, 2013; Claude Rawson, *Politics and Literature in the Age of Swift: English and Irish Perspectives*, Cambridge: Cambridge University Press, 2014; John Stubbs, *Jonathan Swift: The Reluctant Rebel*, New York and London: W. W. Norton & Company, 2017; J. A. Downie, *Jonathan Swift, Political Writer*, London: Routledge and Kegan Paul, 1984, pp. 135 – 160。

[②] J. A. Downie, *Jonathan Swift, Political Writer*, London: Routledge and Kegan Paul, 1984, pp. 135 – 160。

绪 论

品集》(The Works of Jonathan Swift, D. D., 12Vols, 1755) 在福克纳版基础上补录了斯威夫特的生平,更增补了不少插图及解释性脚注。[1] 此后,斯威夫特作品的整理和出版工作并无太多进展,后续工作大体围绕福克纳版展开。

19世纪初,托马斯·谢立丹整理出版的《斯威夫特作品集》相较福克纳版,撰录、收编不少流散市面的佚文,对福克纳版有所增补。而1892~1894年,亨利·克莱克(Henry Craik)在前人基础上编辑了《斯威夫特选集》,此部选集偕同谢立丹作品集、坦普尔·司各特(Temple Scott)的《斯威夫特散文集》及哈罗德·威廉斯(Harold Williams)20世纪30年代编撰的《斯威夫特诗集》一并搭建了20世纪上半叶"斯学"研究的基本参考资料库。[2]

20世纪中叶,斯威夫特作品编撰工作进入了最为关键的时期:赫伯特·戴维斯教授开始主持修纂新版斯威夫特文集。此一浩大工程从1939年起,至1968年方才结束,可谓其毕生事业。其中包括《爱尔兰论集1728—1733》《〈观察家〉及1710—1711年作品集》《政论集,1713—1719》《斯威夫特诗歌集》《杂集、自传片段和旁注》《爱尔兰论集,1720—1723》《斯威夫特散文集》《斯威夫特政论作品集》。[3] 此一涵括彼时最新材料的文集相较此前各版,除去材料的增补之外,最大的学术优势还在于戴维斯教授附于各卷卷首

---

[1] Jonathan Swift, *The Works of Jonathan Swift, D. D.*, Vol. 1, John Hawkesworth, ed., London: Printed for C. Bathurst, 1755, preface, pp. 4-16.

[2] 详见 Thomas Sheridan, *The Works of the Rev. Jonathan Swift*, New York: William Durell and Co., 1812-1813; Henry Craik, *Swift: Selections from His Works*, Oxford: Clarendon Press, 1892-1893; Temple Scott, *The Prose Works of Jonathan Swift, D. D. Literary Essays*, London: G. Bell and Sons, 1907; Harold Williams, *The Poems of Jonathan Swift*, Vol. 3, Oxford: Clarendon Press, 1937。

[3] 所引赫伯特版作品集依序为 *Irish Tracts: 1728-1733*, Oxford: Basil Blackwell, 1955; *The Examiner and Other Pieces Written in 1710-11*, Oxford: Basil Blackwell, 1957; *Political Tracts: 1713-1719*, Oxford: Basil Blackwell, 1957; *The Poems of Jonathan Swift*, Oxford: Clarendon Press, 1958; *Miscellaneous and Autobiographical Pieces Fragments and Marginalia*, Oxford: Basil Blackwell, 1962; *Irish Tracts: 1720-1723*, Oxford: Basil Blackwell, 1963; *Jonathan Swift: Essays on His Satire and Other Studies*, New York: Oxford University Press, 1964; *Swift: Poetical Works*, London: Oxford University Press, 1967。

的导读文字。这些包含精深论断的导读为其后西方"斯学"研究向纵深挺进奠定了大方向。事实上,我们甚至可以说,西方"斯学"正是在"赫伯特工程"的襄助下才得以真正走上专业化道路的。

20世纪60年代之后西方"斯学"研究成果的"井喷现象"无疑与斯威夫特作品集编撰的逐步完善密切相关。而进入21世纪前十年,剑桥大学出版社规划了"斯威夫特全集评注本"出版工程。目前面世的成果已有《英格兰政论文集,1711—1714》《英格兰政论文集,1701—1711》《〈故事〉及其他作品》《戏仿、闹剧与嘲拟:〈政治对话〉〈仆人指南〉及其他作品》《〈斯特拉信札〉,1710—1713》《1725年之后的爱尔兰政论文集:〈建议〉及其他作品》。[①] 剑桥版文集涵括大量专业的评注、详尽的互文对照以及版本参校索引,不仅把斯威夫特现存作品张罗成有机的生态网络,更注重将其浸润于17~18世纪英国文学传统之中加以审视,并以宏大而幽深的学术视野成为当今学界展开研究时不可或缺的参考与中介。不难预见,剑大出版社野心勃勃的全集工程竣工后,必将带来学界新一轮的研究高潮。

另外,相较作品编辑工作的稳步推进,书信集与交游考作为斯威夫特整体研究不能忽略的重要参照,其系统编撰与辨析工作却须迟至20世纪初才得以推展。斯威夫特特殊的政治身份及受迫害遭遇,使其交游书信的保存颇有难度;其过世后,大量书信散落于私人收藏,又使收集、编辑工作不易深化。因此,鲍尔(F. Elrington Ball)于20世纪前十年呕心沥血编撰而成的6卷本《斯威夫特书信集》(*The Correspondence of Jonathan Swift, D. D., in 6 Vols.*, Vol. 1, 1910; Vol. 2, 1911; Vol. 3, 1912; Vol. 4, 1913; Vol. 5, 1913; Vol. 6, 1914)可谓里程碑事件。在尽其所能地收集、寻访、誊录已

---

① 所引剑桥本作品集依序为 Bertrand Goldar and Ian Gadd, ed., *English Political Writings 1711 - 1714*, Cambridge: Cambridge University Press, 2008; Ian Higgins, ed., *English Political Writings 1701 - 1711*, Cambridge: Cambridge University Press, 2011; Marcus Walsh, ed., *A Tale of a Tub and Other Works*, Cambridge: Cambridge University Press, 2010; Valerie Rumbold, ed. *Parodies, Hoaxes, Mock Treatises: Polite Conversation, Directions to Servants and Other Works*, Cambridge: Cambridge University Press, 2013; Abigail Williams, ed., *Journal to Stella: Letters to Esther Johnson and Rebecca Dingley, 1710 - 1713*, Cambridge: Cambridge University Press, 2014; David Hayton and Adam Rounce, ed., *Irish Political Writings after 1725: A Modest Proposal and Other Works*, 2018。

绪 论

知所有书信的同时,鲍尔教授在文集脚注中还做了令人叹服的材料考辨工作;不仅用翔实的史料"恢复"并再现了斯威夫特的交游圈及其政治、宗教、文学观念特征,更勾勒出17~18世纪英国的风俗概貌,成为后续研究极为倚赖的参考史料。而随着书信材料的陆续公开与捐赠行为的涌现,大卫·尼克尔(David Nichol)1935年编撰的《斯威夫特致福特书信》对鲍尔版书信集而言便是颇为及时的增补,且正是基于尼克尔新成果的公布,学界得以大致推定《格列佛游记》的创作时段。[①] 同时值得一提的是,1937年蒂林克博士(Dr. H. Teerink)编撰的《斯威夫特作品批评年表》,以叹为观止的1574条编年批评条目"测绘"了20世纪30年代之前西方"斯学"的"批评地貌",为时人研究提供了极大便利。[②] 此基础上,威廉斯1963年推出的5卷本《斯威夫特书信集》(The Correspondence of Jonathan Swift, 1963)携手大卫·伍利(David Woolley)教授2007年编撰的5卷本同名书信集共同完善了17~18世纪斯威夫特交游圈与通信历史的文化语境,为研究者潜入斯威夫特内心世界、沉浸彼时社交场景,乃至充实文学文本的历史语境提供了严实的资料基础。

当然,各类作品编撰工作中值得一提的还有凯斯(Arthur Case)教授学术性极强的评注本《游记》[③] 以及罗杰斯(Pat Rogers)的《斯威夫特诗歌全集》。[④] 尤其后者,其附录部分的"人名词条"提供了凡斯威夫特诗中所涉及之190余人的生平及互文事件,[⑤] 为斯威夫特研究,尤其诗歌研究提供了必要的参照。又及,2010年卡罗尔·法布里肯(Carole Fabricant)、罗伯特·马洪尼编著的《斯威夫特爱尔兰作品集》[⑥] 则从族裔视角统摄作品选编,为愈发勃兴的爱尔兰专题研究提供了有效借鉴。

---

① David Smith, *The Letters of Jonathan Swift to Charles Ford*, Oxford: Clarendon Press, 1935, p. xlvi.
② Dr. H. Teerink, *A Bibliography of the Writings in Prose and Verse of Jonathan Swift*, Philadelphia: University of Pennsylvania Press, 1937, p. 407.
③ Arthur Case, ed., *Gulliver's Travels*, New York: Ronald Press Co., 1938.
④ Pat Rogers, *Jonathan Swift: The Complete Poems*, New Haven: Yale University Press, 1983.
⑤ Pat Rogers, *Jonathan Swift: The Complete Poems*, New Haven: Yale University Press, 1983, pp. 907-942.
⑥ Carole Fabricant and Robert Mahony, ed., *Swift's Irish Writings Selected Prose and Poetry*, New York: Palgrave Macmillan, 2010.

三 专题、专著研究阶段

相对于国内"斯学"以期刊论文研究为主的状况，专题、专著研究更能体现西方"斯学"研究风貌的典型形态。西方专题研究大致经历了由期刊论文及其评议到论文合辑再到个案研究的演变过程，其近300年历史所生产的成果可谓汗牛充栋，现择其要者以期宏观地呈现西方"斯学"专题、专著研究的特质及演进脉络。

由于学术性作品集的编修工程主要肇发于20世纪60年代，相应地，西方"斯学"专题、专著研究在此一节点之前主要体现为斯威夫特作品的评读和前人批评成果的评述、编辑，并出版了一批高质量的论文合集。其中较为杰出的有泰勒·邓肯（Taylor Duncan）汇编的《斯威夫特评论集》及路易斯·兰达（Louis Landa）教授编撰的《斯威夫特1895~1945年批评集》，两书总结了自传记批评始而绵延至20世纪三四十年代的研究成果，对后发的评述研究具有很高的参考价值。[①] 在传记评述方面，产出了罗西、约瑟夫·洪的《斯威夫特：自我主义者》，里卡多·昆塔那（Ricardo Quintana）的《斯威夫特的心智和艺术》以及丹尼斯·约翰斯顿（Denis Johnston）的《寻找斯威夫特》等成果。[②] 其中值得特别关注的是，马丁·普莱斯（Martin Price）教授的《斯威夫特的修辞艺术：结构与意义研究》（*Swift's Rhetorical Art*: *A Study in Structure and Meaning*，1953）一书，跳脱既往评述、综述研究的"低效杂糅"此一窠臼，从修辞视角抵临文本细部，其指出的斯威夫特"英雄叙事"的多面特性，[③] 对后世修辞研究多有启发。同样聚焦修辞研究，埃瓦尔德（William Ewald）教授的《斯威夫特的面具》则从"叙事面具"（personae）与修辞技巧的关联视角介入文本，并在格列佛的叙事声音和文本

---

① See Taylor Duncan, *Jonathan Swift*: *A Critical Essay*, London: P. Davies, 1933; Louis Landa, *Jonathan Swift*: *A List of Critical Studies Published from 1895 – 1945*, New York: Octagon Books, 1945.

② See Mario M. Rossi and Joseph M. Hone, ed., *Swift*, *or*, *the Egotist*, London: V. Gollancz Ltd., 1934; Ricardo Quintana, *The Mind and Art of Jonathan Swift*, London: Oxford University Press, 1953; Denis Johnston, *In Search of Swift*, Dublin: Hodges Figgis, 1959.

③ Martin Price, *Swift's Rhetorical Art*: *A Study in Structure and Meaning*, London and Amsterdam: Southern Illinois University Press, 1953, p. 103.

绪 论

间离效果层面做出了有益的探索。当下看来，埃文关于格列佛在与不同"主人"接触过程中调用了不断变异的叙事声音的提示仍未过时。①

另外，在"斯学"研究重镇"讽刺研究"领域，则有前述戴维斯教授于1947年推出的《斯威夫特的讽刺》(The Satire of Johnathan Swift)一书堪为典范。戴文颇具慧眼地划分"文学性讽刺"、"政治性讽刺"以及"道德性讽刺"3类主题，并按时序贯穿斯威夫特文学生涯。尤其在"道德性讽刺"部分，戴文将《游记》视为斯威夫特"文学技巧、政治境遇与人生经历"反讽表述的纯熟之作，②该论点对后世的讽刺及《游记》研究可谓影响深远。

步入60年代，随着书信集的完善以及评注版作品集修订工作的稳步推展，西方"斯学"迎来了真正意义上的"专题时代"，包括学位论文在内的各类成果叠加推进，令人耳目一新。其中查尔斯·鲍蒙特(Charles Beaumont)的《斯威夫特的古典修辞》在普莱斯教授成果基础上，于"古典修辞传统"研究层面多有推进。③同年，菲利普·哈斯(Phillip Harth)教授的立身之作《斯威夫特与安立甘宗理性主义》则以《故事》为轴心探查了彼时英格兰理性宗教的总体氛围，其关于斯威夫特自然神学(natural religion)倾向的精湛论析及其对斯威夫特"安立甘宗理性神学家"的关键定位，④至今仍是"斯学"宗教研究的不刊之论。同时还须指出，1962年特洛戈特编撰的《研讨斯威夫特》集中把握了20世纪50年代欧美学界"传记、修辞、历史形象及政治"4个热点，分别选编、收录约翰逊等人的斯威夫特小传。F. R. 利维斯的《斯威夫特的反讽》("The Irony of Swift"，1962)、普莱斯的《斯威夫特与象征写作》("Swift's Symbolic Works"，1962)、乔治·奥威尔的《〈游记〉细察》("An Examination of Gulliver's Travels"，1962)以及J. C. 贝克特的《作为教会政治家的斯威夫特》("Swift as an

---

① William Ewald, *The Masks of Jonathan Swift*, Cambridge and Massachusetts: Harvard University Press, 1954, p.142.
② Herbert Davis, *The Satire of Jonathan Swift*, New York: The Macmillan Company, 1947, p.85.
③ See Charles Beaumont, *Swift's Classical Rhetoric*, Athens: University of Georgia Press, 1961.
④ Phillip Harth, *Swift and Anglican Rationalism*, Chicago and London: The University of Chicago Press, 1961, p.34.

39

Ecclesiastical Statesman",1962)等文，为读者全方位了解斯威夫特打开多扇窗口，成为彼时较具影响力的作品。① 此外，值得一提的还有米里亚姆·斯塔克曼（Miriam Starkman）教授的《斯威夫特〈故事〉中的学究讽刺》（*Swift's Satire on Learning in A Tale of a Tub*, 1968）和鲍蒙特的《斯威夫特：一个小小的建议》（*Jonathan Swift: A Modest Proposal*, 1969）两部书，两书较早地深入《故事》和《建议》的文化背景，精要地把握了斯威夫特在"古今之争"中繁复的讽刺指向和微妙的文化立场，对其后讽刺研究不无启发。此类将作家作品"嵌入"时代风潮中加以砥砺的"语境分析"理路，在凯瑟琳·威廉斯（Kathleen Williams）教授《斯威夫特与折中时代》（*Jonathan Swift and the Age of Compromise*, 1968）一书中也得到了较为细致的演绎。

当然，综观20世纪60年代西方"斯学"，1967年《自由与公正即是他的全部诉求：斯威夫特诞辰三百周年纪念文集》（*Fair Liberty Was All His Cry: A Tercentenary Tribute to Jonathan Swift*, 1967）的付梓无疑是最令人瞩目的盛事。包括伍尔夫、奥威尔、叶芝、多布里（Bonamy Dobrée）、利维斯、尼克尔森（Marjorie Nicolson）及恩伦普瑞斯在内的20位文、研两界"明星"以文会友，为读者呈示了一场可谓代表20世纪上半叶最高学术水准的"批评盛宴"。其中梅修（George Mayhew）教授的《斯威夫特1722年的"埃比尼泽·艾利斯顿"闹剧》（"Jonathan Swift's Hoax of 1722 upon 'Ebenezor Elliston'",1967），麦琪尔（Vivian Mercier）的《斯威夫特与盖尔人传统》（"Swift and the Gaelic Tradition", 1967）两文涉及了学界关注较少的边缘文本及思想事件，且不乏奠基性论断和新型批评技巧的展示，② 在铺设相关专题研究文献基础的同时，极大地拓宽了西方"斯学"的研究面向。

值得指出的是，70年代以来，"斯学"专题研究的触手还伸向了诗歌研究，产出了辛纳格尔（Michael Shinagel）《斯威夫特诗歌索引》此般厚重的

---

① John Traugott, ed., *Discussions of Jonathan Swift*, Boston: D. C. Heath and Company, 1962, pp. ix – x.
② Vivian Mercier, "Swift and the Gaelic Tradition," in A. Norman Jeffares, ed., *Fair Liberty Was All His Cry: A Tercentenary Tribute to Jonathan Swift*, New York: Macmillan St Martin's Press, 1967, p. 281.

绪　论

索引性专著，成为其后诗歌研究者必备的案头书。① 在此基础上，于1977年、1978年，西方学界接连涌现了杰菲（Nora Jaffe）的《诗人斯威夫特》及沙克尔（Peter Schakel）的《斯威夫特的诗歌：用典与诗风发展》两部诗歌批评专论。前者在"斯特拉诗歌"（Stella Poems）与"污浊诗"（Excremental Poems）两个专题用力尤深，能够将18世纪社群身心卫生状况与斯威夫特个人诗歌符号系统相勾连，进而指譬颇为时兴的"日常生活批评"；② 在细致的诗歌文本肌肤之间延伸宏大的理论观照，为后续诗歌批评提供了典范。后者则将斯威夫特诗风塑型期的各类风格尝试同考利、德莱顿及维吉尔诗体的渊源特征提示与读者。此外，该书以精到的文本细读功夫指证了"用典"（allusion）作为斯威夫特诗风基础，如何随着诗人思想的成熟而被历史地超越。尤须指出的是，沙克尔教授在开展诗歌文本批评的同时，能以整体视角统领斯威夫特各类文学书写，其提示的"斯威夫特对古典思想资源的基督普世主义调试"，③ 诗歌中的"国家—船"之形象譬喻④等观点对斯威夫特宗教及政治思想研究同样多有启发。

其他专题研究方面，斯蒂尔（Peter Steele）的《斯威夫特：布道士和笑话大师》（*Jonathan Swift, Preacher and Jester*, 1978）一书较早地从民间文化和宗教文化关联此新颖角度切入，以文化研究路径分析了斯威夫特作品。于民族身份研究方面，马洪尼《斯威夫特：爱尔兰身份》（*Jonathan Swift: The Irish Identity*, 1995）一书堪称此类研究的集大成者。另须提请注意的是，放眼20世纪60~90年代西方"斯学"，无论在数量上还是质量上，学位论文研究都是不容忽视的一支力量，其中亦不乏精湛之作，1969年萨法特的未刊博士学位论文《斯威夫特与古今之争》敏锐地将斯威夫特早年的成名作《书战》置于"古今之争"的论辩脉络之中予以透析，做出了"斯威夫特对

---

① See Michael Shinagel, *A Concordance to the Poems of Jonathan Swift*, Ithaca: Cornell University Press, 1972.
② Nora Jaffe, *The Poet Swift*, Hanover, Hampshire: The University Press of New England, 1977, p. 120.
③ Peter Schakel, *The Poetry of Jonathan Swift: Allusion and the Development of a Poetic Style*, Wisconsin: The University of Wisconsin Press, 1978, pp. 172–176.
④ Peter Schakel, *The Poetry of Jonathan Swift: Allusion and the Development of a Poetic Style*, Wisconsin: The University of Wisconsin Press, 1978, p. 161.

坦普尔的崇古趣味并非一味遵从"此类令人信服的论断。① 更为可观的是，其对英国"古今之争"的背景性交代，为后人研究英国新古典主义思想内部不同倾向的拉锯提供了基础参照。但其未能将斯威夫特1704年之后的文化站位及政治立场与"古今之争"背后的秩序之争进一步勾连，算是白璧微瑕，亦在此处，斯威夫特的"古今之争"研究视域仍可延伸。而帕梅拉（Gossin Pamela）博士的《科学改革的诗学决断：天文学与多恩、斯威夫特及哈代的文学想象》（"Poetic Resolution of Scientific Revolution：Astronomy and the Literary Imagination of Donne, Swift, and Hardy", 1989）一文则采取了跨学科研究路数，深入剖析了《游记》中的科学/天文学观点与政治、文化背景之间的复杂关联，辨明了"斯威夫特对科技的中庸态度"，② 此一论断对其后的科技主题批评不乏启发。

世纪之交，西方"斯学"研究凸显了批评范式的转移倾向，学界出现由专题研究向综合研究演进的大趋势。这主要表现在，斯学研究不再局促于个别文本、主题的展示及个别理论的关照，而倾向于依托社会历史语境，糅合政治思想史、史学史乃至文化研究等技术路径，向"斯学"研究的纵深开掘，使成果呈现出"学科跨界、视角综合"的总体态势。学者们在批评中多把斯威夫特置于西方政治、宗教、文化思想谱系中予以重审，进而分析其作品所蕴含的思想转捩因子，试图还原17~18世纪意识形态的"地形图"。其中，希金斯（Ian Higgins）教授的《斯威夫特的政治观：一种异见研究》（"Swift's Politics：A Study in Disaffection", 1994）可谓上述新型思路的典范代表。继恩伦普瑞斯教授之后，希金斯教授气势如虹地将斯威夫特的政治立场置于17~18世纪波诡云谲的政治格局中加以推敲，试图在斯威夫特政治身份批评传统——"辉格党正统观念"——中寻找"托利-雅各宾"特征。③

---

① Roberta Friedman Sarfatt, "Jonathan Swift and the Quarrel of the Ancients and Moderns," Doctorate Dissertation, University of California, San Diego, 1969, p. 228.

② Gossin Pamela, "Poetic Resolution of Scientific Revolution：Astronomy and the Literary Imagination of Donne, Swift, and Hardy," The University of Wisconsin – Madison, Unpublished Ph. D. Dissertation, 1989, p. 239.

③ Ian Higgins, *Swift's Politics: A Study in Disaffection*, Cambridge：Cambridge University Press, 1994, pp. 7 – 8.

绪 论

希金斯教授不惜以"走向极端"之姿态采取"重构批评",尽管结论有待商榷,其仍旧更新了斯威夫特政治身份研究的学术版图,为后起的"托利党政治研究"锚定了基本格局,可谓"斯学"政治批评的学术标杆。

2001年,耶鲁大学18世纪研究专家克劳德·劳森(Claude Rawson)教授在《秩序源于混乱:从斯威夫特到考珀的18世纪文学研究》(*Order from Confusion Sprung: Studies in Eighteenth-Century Literature from Swift to Cowper*, 1985)基础上出版了《上帝、格列佛与种族屠杀——野蛮与欧洲的想象:1492—1945》(*God, Gulliver, and Genocide: Barbarism and the European Imagination, 1492-1945*, 2007)一书,劳森将《游记》置于食人族传统、火药与殖民、印第安及爱尔兰神秘主义、上帝权威与纳粹行动等新锐视角中加以体察,当属21世纪"斯学"推陈出新的力作。该书慧骃对耶胡的种族灭绝行为与纳粹主义并置研究部分,应是该书最具慧眼且颠覆性最强的部分,[1] 可谓重启了暗哑已久的"反慧骃崇拜研究"。稍后的2002年,佛斯克教授的《斯威夫特及爱尔兰教会,1710—1724》(*Jonathan Swift and the Church of Ireland 1710-1724*, 2002)则在宗教思想路线图上重估斯威夫特,对后者的宗教立场及其演变做了有益的梳理、考辨。2004年,又有贾斯特(Melanie Just)在博士学位论文基础上出版的《斯威夫特与〈论诗:狂想曲〉》。贾文彰显了翔实的文本考辨功夫和广阔的诗学源流视野,尤其对《论诗》第475行"鞑靼与中国"的文化背景析读,难能可贵地涉及了斯威夫特的中国关联研究,[2] 一定程度上代表了"斯学"诗歌批评在新时期的发展趋势及研究水准。

统而论之,21世纪前十年西方"斯学"在范式转移过程中更加侧重对社会历史文化背景的梳理与考辨,同时注意体察对象总体文学特征与文学传统之间的复杂关联。即便是以某一特定视角介入特定文本的专题研究,在展开论证时也能辅佐以"总体性"眼光勾连彼时思想史语境及政治、宗教、文

---

[1] Claude Rawson, *God, Gulliver, and Genocide: Barbarism and the European Imagination, 1492-1945*, New York: Oxford University Press, 2007, pp. 256-262.

[2] Melanie Just, *Jonathan Swift's on Poetry: A Rhapsody*, Frankfurt am Main: Peter Lang, 2003, pp. 215-216.

化事件。此类研究的集大成者当为 2003 年福克斯（Christopher Fox）教授选编的《剑桥斯威夫特研究指南》（以下简称《指南》）。《指南》收录了亨特（J. Paul Hunter）、希金斯、沃什（Marcus Walsh）、罗杰斯、杜迪（Margaret Doody）等"斯学"专家的最新成果，分别从"传记""政治身份""族裔""女性主义""语言与修辞""宗教""经济"诸视角围拢斯威夫特研究。[1] 不难指出，《指南》体现了"斯威夫特诞辰三百周年纪念文集"之后西方"斯学"研究的最高水准和发展趋向。在这个意义上看，此书出版对汉语研究界而言无疑意义重大。

近年，除去各类理论话语观照下的文本批评外，"斯学"研究在恩伦普瑞斯、希金斯、劳森等人开辟的新文化史、思想史研究理路的基础上又有所深化；出现了继 20 世纪 60 年代之后的第二轮高潮，新的研究成果层出不穷。其中哈德森和桑特索 2008 年选编的《斯威夫特的"游记"：18 世纪英国讽喻传统及其传承》值得我们特别关注。该书分为"斯威夫特及其前驱""斯威夫特的时代""斯威夫特之后"三部分，共收录 16 篇论文，主要将斯威夫特置于英国文学讽喻传统之中予以重审。其中希金斯的新作《谋而不杀：斯威夫特与政论传统》一文，注重以 17 ~ 18 世纪英国深厚的政论传统总摄斯威夫特的"册论"（pamphlets）书写，并将其与霍布斯及同时代的笛福"册论"相互参看；该文对斯威夫特"托利党时期"政论文的定性及分析精辟而准确，极具开拓价值。[2] 此外，值得一提的是，大卫·奥克里夫（David Oakleaf）教授同年出版的《斯威夫特的政治传记》可谓希文之后政治主题研究的佼佼者。奥文对希金斯的"托利党解释"路线不仅多有修正，更值得称道的是，奥文超越了一般意义的《游记》"讽喻解读"，能将隐藏于政治批评话语背后的爱尔兰视角提示于读者。[3] 当然，把族裔视角引入政

---

[1] Christopher Fox, *The Cambridge Companion to Jonathan Swift*, Cambridge: Cambridge University, 2003, pp. v – vi.

[2] Ian Higgins, "Killing No Murder: Jonathan Swift and Polemical Tradition," in Nicholas Hudson and Aaron Santesso, ed., *Swift's Travels: Eighteenth – Century British Satire and Its Legacy*, Cambridge: Cambridge University Press, 2008, p. 50.

[3] David Oakleaf, *A Political Biography of Jonathan Swift*, London: Pickering & Chatto, 2008, p. 188 – 197.

绪 论

治研究虽不是新题，但奥文推重的"英－爱二维双向操演阐释机制"对其后研究自然是有益的提醒。

此外，于专题研究方面，2010年出版了莫内瓦（Maria Moneva）教授的《爱尔兰册论视域下的〈建议〉：关联理论研究》与莫尔（Sean Moore）教授的《斯威夫特、书籍与爱尔兰金融革命》两部著作。前者以关联理论为抓手，将《建议》复杂的反讽特征置于自1707年《一位受辱女士的故事》（"The Story of the Injured Lady"，1707）处生发的"爱尔兰问题"（The Irish Question）视域中加以琢磨；[1] 后者则在书籍出版及族裔身份的合并研究方面做了大胆尝试，尤其"斯威夫特族裔研究中存在身份危机吗？"此一叩问，[2] 可谓震耳发聩。同样，在书籍出版、书写载体形态与文本文化关联研究方面，卡里安（Stephen Karian）教授2010年出版的《斯威夫特与印刷书和手稿》一书则不得不提，卡里安将斯威夫特政论文乃至诗歌作品置于手稿流通转向公共印刷领域的"革命性变革"中审视，不乏启发性创见。[3] 另外，布拉德和麦克拉维迪于2013年编著的《斯威夫特与18世纪图书》则以历史编撰学及物质文化史视角切入研究，让人眼前一亮。全书分为"斯威夫特作品及其环境""作品版本研究""宏观视域下的斯威夫特作品"3部分，共收文12篇，其间引得希金斯及劳森等权威助力。其中希金斯的最新成果《审查制度、毁谤与自我审查》分析了斯威夫特在出版审查制度下的"骂笔艺术"，及该艺术对传统讽刺策略于政治高压下所体现的"无效性"解构，[4] 这点对汉语学界极具启发性。稍后的2014年，劳森教授集结近年成果出版了《斯威夫特的愤怒》（Swift's Anger）一书。全书分"爱尔兰""小说作品""诗歌作品"3部分，从体例谋划上我们便不难看出劳森在既有研究不足之

---

[1] Maria - Angeles Moneva, *A Modest Proposal in the Context of Swift's Irish Tracts: A Relevance - theoretic Study*, Newcastle upon Tyne: Cambridge Scholars Publishing, 2010, p. 89.

[2] Sean Moore, *Swift, the Book, and the Irish Financial Revolution*, Baltimore: The John Hopkins University Press, 2010, p. 214.

[3] Stephen Karian, *Jonathan Swift in Print and Manuscript*, Cambridge: Cambridge University Press, 2010, p. 2.

[4] Ian Higgins, "Censorship, Libel and Self - Censorship," in Paddy Bullard and James McLaverty, ed., *Jonathan Swift and the Eighteenth - Century Book*, Cambridge: Cambridge University Press, 2013, p. 192.

处——诗歌及爱尔兰视角——所倾泻的心力。论述过程中，劳森秉持斯威夫特的"愤怒"为线索，打通虚构与写实作品的界限，深入浅出地剖析了斯威夫特的政治、宗教及文化思想特质，且在爱尔兰民族性格层面的分析尤见功力。劳文关于斯威夫特对爱尔兰人民"哀其不幸，怒其不争"之复杂姿态的条分缕析，[①] 可谓近年"斯学"爱尔兰研究的集大成者，为后续研究提供了更为深广的研究平台，算是惠泽学林。

新近的专论成果中，马绍尔（Ashley Marshall）教授于 2017 年出版的《斯威夫特与历史》（*Swift and History*，2017）同样不得不提。我们知道，1965 年约翰逊（James Johnson）教授在《斯威夫特的历史观》一文中曾指出斯威夫特历史书写作为边缘题材遭到了学界不公的忽略；约文梳理了斯威夫特的史观源流及历史－非历史文本的互文关系，为"斯学"历史研究奠定了基础。[②] 但较为遗憾的是，约翰逊教授之后近半个世纪，"斯学"历史研究屈指可数。这个意义上看，马文彰显的历史研究作为"斯学"整体研究不可或缺的拼图，可以说丰富了斯威夫特批评机体并扩宽了阐释空间。此外，如马文所指出，学界既有的"坦普尔—斯威夫特影响研究"范式已然固化为思维定式，因而大有重估的必要；其据此以历史文本折射创作意图，以解构姿态得出不少新鲜见解。譬如，马文"民粹与反民粹"一节对斯威夫特"政制平衡思想"及"弑君正义"理论的阐释，[③] 在促动了历史关联研究的同时，对斯威夫特政治研究也颇具启发价值。

四 小结

纵观国外"斯学"研究近 300 年的发展史，我们大致可以抽取一条从"立传评述"到"作品整理"，从"专题研究"到"综合研究"的嬗变线索。18 世纪不仅是小说兴起的时代，亦是传记文学发展的世纪。皮尔金顿、波义耳等人成果虽大于亲历者的史料价值，却不免于早期研究的"琐碎和聒噪"，

---

① Claude Rawson, *Swift's Anger*, Cambridge: Cambridge University Press, 2014, pp. 79 – 80.
② James Johnson, "Swift's Historical Outlook," *Journal of British Studies*, Vol. 4, No. 2, 1965, p. 52.
③ Ashley Marshall, *Swift and History*, Cambridge: Cambridge University Press, 2017, p. 6, pp. 180 – 183.

绪 论

乃至流于"谬误与恶意"（布鲁姆语）。20世纪60年代后，恩伦普瑞斯教授的3卷巨著使整体情况大为改观，但其又陷于精神分析的理论牵制。当代传记研究经由库克、达姆罗什、凯莉之后，则愈发标示文化唯物主义的发展倾向。20世纪60年代以降，戴维斯版作品集的编撰和剑桥校注版全集的陆续面世促动了西方斯学向纵深推进。普莱斯、昆塔那、特洛戈特等人则系统总结了18世纪以来约翰逊博士、奥威尔、萨义德诸君的批评遗产。但其人成果或因批评视域与思想背景的拘囿、狭促，未能澄清"斯学""负典传统"的批评动机。

20世纪70~90年代，西方学界另一特征是各路理论对文本的"穿透式"介入；其"万花筒"般的生产效力，在制造萨法特、帕梅拉等"跨学科"成果的同时，相应催生了西方斯学"传记批评、讽刺修辞、政治身份及小说研究"四大范畴。就此，西方学界基本塑型了后续研究文本判读的逻辑框架。近年，"政治身份研究"与"历史意识研究"发展为公认的"斯学"难题。而如何在斯威夫特丰饶庞杂的文学书写与应时应事的社群活动之间架构有效、明晰、互嵌的阐释机制则是摆在每一位研究者面前的首要难题。通过挪用"德国概念史学派"及"剑桥思想史学派"诸如波考克、斯金纳等人的阐释路径，来考察斯威夫特文学书写的政治思想史及史学史价值是一类新的破题思路。劳森、希金斯、奥克里夫及马绍尔是此类研究的代表。但无论种种，其人研究中启蒙背景虽有彰显，却仍旧缺乏整全考量与细部探查，启蒙思潮与斯威夫特"东方视角"、中国关联研究则一律付之阙如，背后凸显的可能是西方学界文化比较视域的不足。

总之，21世纪以来，以希金斯和劳森为首的西方"斯学"研究发展出18世纪思想、文化视角审察下的作品细读倾向，虽不乏研究误区，却依旧产出了一批令人瞩目的成果。尤其新型的"宏观—微观"两套批评话语结合的方法论，正是当下汉语"斯学"研究界亟须批判、借鉴的研究理路。另外，西方"斯学"虽已较为整全，但在东方关联研究、启蒙思想关联研究与文本比较研究等领域仍有推展空间，且在历史、诗歌书写及其与政论文、小说间的互文研究等面向仍不乏批评增长点，这些领域或许是汉语学界施展拳脚并后来居上的学术舞台。

第三节　问题的提出与可能的策略

一　困境、转向与可能的策略

作家、作品的研究与批评活动实际上也是研究者的理解结构融汇研究对象的动态交互过程。而在相互"接纳"过程中，研究者一般会遭遇结构差异导致的文化隔阂与视域错位等批评困境。这种批评困境一方面可能来自研究者与对象的时空距离、文化差异、语境（语言）隔裂等历史、技术原因；另一方面，即便处于同一时空，二者由于思维模式、意识形态立场及事件动机的不同，也会引致理解结构"接洽"时的断裂现象。正是上述差异/隔阂，使得研究者拥抱文本时会产生无从下手之感。

文本生成场域经验的缺失，致使没有创作实践基础的研究者倾向于在第一时间诉诸理论。理论的"指向性功能"确实便于框定文本的阐释边界。但是，理论天然的体系化需求也会导致阐释行为异化为不断封闭的认知结构（所谓自成一体），此类结构因其理论节点逻辑证据的自洽，确实能够"解码"一些文本的"编码"过程，从而展现文本生产过程中从修辞特征到心理意识等不同层次的美学价值。但问题也随即产生了。第一，理论的"操作"在分解文本时，想获取恰切的批评价值，需要大量的文本实践经验，而在对形态各异的文本长时段的理论操演过程中，还须有批评境界的提升，才能游刃有余；新手小试牛刀，则通常易于挑断文本的周身经脉，"把死人说得更死"。第二，即便持有大量的文本批评经验，从而上升至对方法论"抽象规律"的追求，理论的体系化宿命及其愈发闭锁的阐释结构仍旧在很大程度上规约了批评者进入具体文本的切入点及操演方式，批评被迫因循理论"理性的精准"得出趋同或趋异的论断。第三，理论的不断融合、断裂、分叉、渗透，导致批评范式/话语的种类、数量愈发惊人。[1]

自 20 世纪 80 年代以来的理论移植热潮，多少让本土学者生发出莫名的窒

---

[1] 关于批评家批评直觉的不可靠与文学经验之不足的相关论断，可参见诺斯罗普·弗莱《批评的解剖》，陈慧等译，天津：百花文艺出版社，2006，第 38 页。

绪　论

扼感。一方面，理论"拿来主义"很多时候是不加辨识的，并且时常忽略理论的内生危机及逻辑自洽错觉，而西方理论大多有其特定的生成机制与言说场域，并不具备阐释的普适性，国内不少学者却汲汲于"连根拔起"，周旋于理论范式的"断裂与自洽"之间，培植"狂热的错觉"与"天真的乐观主义"。另一方面，在绵密复沓、泥沙俱下的理论浪潮冲击中，国内外文学研究者若想秉持理论利器，难免疲于奔命：要么以辞害意，批评重心落在展示理论利器效用之上而忽略了文本阐释的研究主旨；要么投鼠忌器，面对隔在文本与理论之间汹涌的术语海洋，桴筏难觅，最终畏葸不前地患了文学批评的"失语症"。[①]

文学批评的危机意识与知识结构困境自此生发。实则，从20世纪中期始，西方学界已然开始反思文学理论的困局，韦勒克及沃论便曾指出："多数学者在遇到要对文学作品做实际分析和评价时，便会陷入一种令人吃惊的一筹莫展的境地。"[②] 1985年"现代派热"盛极一时，却也有论者提醒："哲学批评将会变成批评的表演，关于批评的批评也流于技巧的炫示。"[③] 文学理论危机更蔓延至主体性层面。在各种主义、意义建构性术语的堆砌与虚耗中，人性主体意识开始消解。[④] 2001年，有学者戏谑地称其时中国文学研究界在"海上逐'后'"，各种"后主义"导致了"理论与文学（或其他领域的具体研究）的'疏离'"。[⑤] 后现代主义语境中的文学研究危机与人文主义危机在伊格尔顿处更以"走向法西斯主义为归宿"这么一张令人惶惑的面孔出现。[⑥] 在稍后的《理论之后》（*After Theory*, 2003）中，伊格尔顿"文学（文化）理论上的悲观主义"裸露得更加明晰：

[①] 语言（文化）危机、文学语言的破产与批评家的沉默可参 George Steiner, *Language and Silence*, New Haven: Yale University Press, 1998, pp. 59 – 64；中译本可参乔治·斯坦纳《语言与沉默》，李小均译，上海：上海人民出版社，2020，第 60 ~ 65 页。

[②] 勒内·韦勒克、奥斯汀·沃伦：《文学理论》，刘象愚译，南京：江苏教育出版社，2005，第 155 ~ 156 页。

[③] Tracy Strong, Terry Eagleton, "The Function of Criticism: From the Spectator to Post-structuralism" (Book Review), in *Perspective*, Washington, D. C., 1985, p. 109.

[④] 杰姆逊：《后现代主义与文化理论》，唐小兵译，西安：陕西师范大学出版社，1987，第 178 页。

[⑤] 陆建德：《破碎思想体系的残编》，北京：北京大学出版社，2001，第 368 页。

[⑥] 伊格尔顿：《后现代主义的幻象》，华明译，北京：商务印书馆，2002，第 152 ~ 153 页。

文学理论允诺会解决许多根本性问题，然而它没有兑现诺言。在关于道德和形而上学的问题上，它是怯弱的；在关于生物学、宗教和革命的问题上，它令人困惑；对邪恶，它大体上是沉默的；在死亡和痛苦一端，它又三缄其口；关于本质、普遍性的问题，它是教条的；对于真理、客观与公正，它又是浮浅的。这些问题都是人类存在的重要命题，但文学理论却未能加以回应。正如前文提及的，现在是历史上一个十分难堪的时刻，因为我们对这些根本性问题几乎没有做出任何回应。①

混乱与喧嚣裹挟于悲观之中，文学批评出路何在？伊格尔顿的"文学（文化）理论上的悲观主义"并不彻底，他仍旧相信理论有超越后现代主义的可能，有一种废墟上重建的或然性，②并认为人类永远不能在"理论之后"，因为没有理论就没有文化反思。③但反思的可能具体何为，除了果敢地批驳文学理论中的基要主义并提出"文明基础的反思"与"批评的自由"等主张之外，④伊格尔顿并未确凿指明。

　　人性价值在历史中的复位（思想史最本质的问题之一⑤）恐怕是上述反思的一条有效出路。而具体至文学批评，如有论者曾指出的，反思"明智传统"与理论"科技化"之辩驳关系，用"非理论的智慧"甄选文学作品中应有的道德力量与神性经验，或许能更贴近文学的本质以及人的本质。⑥

　　正如在意识形态资本化时代，资本的精致操作及其残暴压榨并不能消灭文学活动，文学研究即便身陷理论泥淖也不会消亡。21世纪以来，"理论之后"的文学研究反而秉有"困兽犹斗"的强悍，提出了转向与重构的诉求。

---

① Terry Eagleton, *After Theory*, New York: Basic Books, 2003, p. 102. 中译本参见伊格尔顿《理论之后》，商正译，北京：商务印书馆，2009，第98页。
② 尹庆红：《"理论之后"的理论——读特里·伊格尔顿的〈理论之后〉》，《湖北大学学报》2008年第2期，第24～29页。
③ 伊格尔顿：《理论之后》，商正译，北京：商务印书馆，2009，第213页。
④ 伊格尔顿：《理论之后》，商正译，北京：商务印书馆，2009，第188、212页。
⑤ 陆建德：《破碎思想体系的残编》，北京：北京大学出版社，2001，第383页。又见 J. G. A. 波考克《马基雅维里时刻：佛罗伦萨政治思想和大西洋共和主义传统》，冯克利、傅乾译，南京：译林出版社，2013，第606页。
⑥ 陆建德：《明智——非理论的智慧》，《读书》1993年第1期，第40～47页。

绪 论

某种意义上，伊格尔顿"乐观的悲观主义"是正确的，文学理论作为与文学生产密切攸关的互动系统，本能地具有不可低估的调适能力，日常生活审美研究、空间诗学、文学地理学、文学伦理学、文学阐释学等新型批评话语的呈现，或许可视为文学理论自我调整诸多表现的一端，而其中文学批评的文化（文艺）研究转向，更引发了大规模的讨论。

2002年6月，英国伯明翰大学校方取消该校文化研究与社会学系之时就曾在学界引起轩然大波。创立于1964年的伯明翰大学当代文化研究中心（Centre for Contemporary Culture Studies，CCCS），可谓"文化研究"的代名词。此一机构中拥有诸如爱德华·汤普森（E. P. Thompson）、雷蒙·威廉斯（Raymond Williams）、斯图亚特·霍尔（Stuart Hall）和托尼·班内特（Tony Bennet）等闻名学界的文化研究健将。伯明翰学派（School of Birmingham）的文化研究，择其要旨便是将文学阐释视为"一种文本阐释和带变性社会语境阐释的混合"，并视之为内隐的文学批评技艺。同时，伯明翰学派文化研究还强调表现大众日常生活形态，要求"进入"民众，"与他们同呼吸共命运……真正了解民众所思所想、所信所崇、所忧所患"，[①] 进而将文化研究注入文学研究，启动文学批评要素的社会学重构进程，最终使其成为疗救文学理论濒死重症的"一剂猛药"。此种"激进的"转型口号自然备受国内外学者关注，其讨论之剧烈程度已然可用"笔战"来名状。[②] 一方面，文学研究"文化转向"后，突然宽阔的研究空间，让不少学者有惊喜之感，新鲜意义的施赋欲望与新型文本类型奔涌而出；[③] 另一方面，仍有不少学者担忧文学批评对文化研究理论的"援引"会加剧已然"危机深重"的文学理论的颓圮之势，甚至导致批评传统的崩塌，最终消解文学研究的美学核心。两造之间一时无法调和，甚至对于文学文化研究之实操弹性与理论出路，双方也提出了截然对立的观点。

关于文化研究能否拯救文学理论的论辩，并不是本节的论述重点，本文

[①] 张华主编《伯明翰文化学派领军人物评述》，济南：山东大学出版社，2008，第270页。

[②] 徐德林：《重返伯明翰：英国文化研究的系谱学考察》，北京：北京大学出版社，2014，第1~7页。尤其脚注部分对文化研究的"中国化"及具体论战有较为系统的呈示。

[③] 杨丽娟：《"理论之后"与原型-文化批评》，北京：中国社会科学出版社，2010，第26页。

引出文学研究危机及其文化研究的转向趋势，还在于使人们注意：文学理论内生的逻辑缺陷使其盘踞文本时生发的批评路数已有穷困之感，文学活动作为意识形态间性交流主导模式的时代（如果曾有这种时代的话）或已逝去。因而一方面，资本与权力张罗的文化审查网络中，文学理论逐渐呈现枯萎势态；另一方面，这种不断衰朽的困顿局面，与文论系统更新所急需的哲学范式重构进程迟迟无法突破有关。[①] 毕竟，西方文论原生的神学美学、形而上学及超验诉求，惯性地在殊相与共相两极之间折返追逐，这实际上迫使文学解读与哲学根基内生的矛盾不断激化。高耸的学科边界及其衍生的"阋墙之争"戏码四处上演。实际上，关于学科边界概念无效化特征的思考，杨乃乔在其近作《中西文学艺术思潮及跨界思考》中实则已然给出较为深邃的总结：

> 当下是一个不可遏制的全球化时代，学术知识及其相关交叉的多元信息呈现为几何级数的无限量增长，这种知识大爆炸的态势必然推动了学科边界的外向性扩张，学科与学科之间的交集，也必然构筑了当下知识分子生存的互文性知识领域。从人类历史的源头反思，文学艺术在发生的原初状态本然就秉有不可或缺的间性审美关系；从近现代以来，为人类知识做学科门类的划分，此举多少是在精致的逻辑界分中表现出一种筑墙围堰的学术部落主义意识。无论怎样，当下闭锁于一个学科既成的传统阴影下孤独思考的时代已经终结了。
> ……
> 其实，现下我们没有必要再度讨论跨界研究的合法性什么的，文学艺术研究的无界（boundaryless）时代已经到来。
> ……

[①] 维特根斯坦、海德格尔、伽达默尔乃至保罗·利科等欧陆哲人都曾致力于将语言从"逻各斯中心主义"的藩篱中解放出来，但他们又无法（或不愿）赋予"在"（Sein）与"此在"（Dasein）恰当的超验特征去超越语言（尤其欧陆语系）内含的逻各斯本质及其"间接性之痛苦"。他们所做的仅是坚信语言能克服此一局限性以达成"顿悟"（Verstehen），继而致发了各类"阐释"困境。详见卡西尔《语言与神话》，于晓等译，北京：生活·读书·新知三联书店，1988，第18~34页、第215页。尤其值得注意卡西尔指出的"只有当哲学思维找到一个既在这些形式之上而又不在这些形式之外的观点时，它才有可能避免这种封闭的危险"一语。

绪 论

不可抗拒的是，文学艺术研究的博物学（natural history）时代到来了。①

在上述"启示录"般的吁请批评背面，我们不难体味批评者的良苦用心。然而，笔者看来，这段文字更为关键之处还在于其提示了——文学（艺术）活动生成的博物学背景对批评者提出了相应的博物学智识能力要求（本文着重号为笔者所加，下例皆同，不再说明）。实则，布克哈特（Jacob Burckhardt）、潘诺夫斯基（Erwin Panofsky）及盖雷（Charles Gayley）诸君在各自研究领域中都特别强调批评行动与文本生成之于博物学智识结构层面的显著对应关系。② 因而，作为文论自我调节以及弥合文本与批评"本体论差距"（ontological gap）③ 重要表征的"文化转向"思潮，该事件的发生有着历史必然性。而笔者看来，这种必然性与文化研究批评范式建构过程中对历史主义的时时强调有千丝万缕的联系。如果说，我们对文学—历史—文化原始本体论上的统一的复归，④ 能适当地治疗"文学研究基要主义者"对文

---

① 杨乃乔主编《中西文学艺术思潮及跨界思考》，上海：复旦大学出版社，2020，序言。
② 布克哈特：《意大利文艺复兴时期的文化》，何新译，北京：商务印书馆，1983，第182~198页；潘诺夫斯基：《视觉艺术的含义》，傅志强译，沈阳：辽宁人民出版社，1987，第3~10页；米尔斯：《英美文学和艺术中的古典神话》，北塔译，上海：上海人民出版社，2005，第7~13页。
③ René Wellek, *Concepts of Criticism*, New Haven & London: Yale University Press, 1963, p. 293.
④ 文学文本与历史文本的交互特质是另一个较为宏大的论题。格林布拉特的新历史主义文化诗学或可视为此一论题较系统的阐述（可参见王进《新历史主义文化诗学——格林布拉特批评理论研究》，广州：暨南大学出版社，2012，第101~112页；西蒙·冈恩：《历史学与文化理论》，韩炯译，北京：北京大学出版社，2012，第40页）。就此论题，本文三言两语无法厘清，但仅对其进行朴素的学理解释同样有助于澄清笔者"文学—历史—文化原始本体论上的统一"此一提法（此提法与维谢洛夫斯基在《历史诗学》单行本第一章"远古时代诗歌的混合性与诗歌种类分化的开端"中提出的"混合艺术"概念有相似之处，但维谢洛夫斯基强调的是舞蹈、音乐与诗歌的混合；其在第39页处，提示了个体意识萌发及该意识对集体叙事的脱离导致诗歌的出现，此论点可参）。我们知道，在"荷马史诗时代"，人与自然及时空存在于纠合混沌的统一体之内（详见卢卡奇《小说理论》，商务印书馆，2012，第107~112页，或见巴赫金《小说理论》，河北教育出版社，1998，第280页），虚构与叙事的界限模糊莫辨，时人亦无辨查动机。历史事件作为文学文本无疑亦可视作政治文本以及宗教文本，其本质上是"历代风俗的朴素表征"。这类纠合"史与诗"以体现"风俗之镜"的本体论统一，在我国春秋战国时期，则典型地表现为《诗经》等文学经典在彼时所展现出的历史、政治特征。上述宇宙整体性的统一意识，大约在世俗意识快速发展的中世纪末期，以人与世（转下页注）

学边缘化态势感伤不已的"怀旧病",或能使其人收敛对"纯文学及其批评"(如果有的话)顾影自怜的悲戚之感,这种"复位"也许正是文化研究近年得以(甚至在斯威夫特研究领域)再次勃兴的奥义。

实则,文学批评对历史主义的"拉拢"在西方学界早有重大表现。① 被形容为奠定了文化研究理论基础的雷蒙·威廉斯在《文化与社会:1780 – 1950》一书中即指出了对"知识形式、制度、风俗、习惯"等"经验"重新加以审视的必要性。② 这点从威廉斯书中"文化共同体"③ 及"情感结构"(structure of feeling)④ 等关键概念对批评的"文献式/历史式"性质的不断强调可见一斑:

> 根据这个定义,文化是知性和想象作品的整体,这些作品以不同的方式详细地记录了人类的思想和经验。从这种定义出发,文化分析是批评活动,借助这种批评活动,思想和经验的性质、语言的细节,以及它们活动的形式和惯例,都得以描写和评价。……从这样一种定义出发,文化分析就是阐明一种特殊的生活方式、一种特殊文化隐含或外显的意义和价值。这种分析将包括总是被提及的历史批评,在历史批评中分析知性和想象的作品与特定的传统和社会联系起来,但是这种批评也包括

(接上页注④)界的对立方式逐渐涣散:"只有在行为领域使自己与人们区分开来",进而与物理世界对立,即物理世界从彼岸世界"荒谬的固定"中挣脱出来,并显示自身的无意义特性之后,小说才能完成"历史哲学上纯粹的从史诗向小说的过渡"(详见卢卡奇《小说理论》第61页)。这样,时间与空间逐渐从神恩王国的严密整体中脱离,具备人类赋予的理性气质。最终,在18世纪启蒙运动勃兴之后,现代意义上的历史主义鹊起,文学与历史漫长的分离过程可谓正式开始(详见沃格林《城邦的世界》,陈周旺译,南京:译林出版社,2008,第78页;弗里德里希·梅尼克:《历史主义的兴起》,陆月宏译,南京:译林出版社,2010,第176页)。

① 此一表现不妨以康德"纯粹理性批判"扩大到"历史理性批判",以及卡西尔在其基础上进一步推动的"文化的批判",进而为精神科学(Geisteswissenschaften)找到更为整全的哲学认知论基础为标志。详见卡西尔《语言与神话》,于晓等译,北京:生活·读书·新知三联书店,1988,第6~9页。
② 罗钢、刘象愚主编《文化研究读本》,北京:中国社会科学出版社,2000,第6页。
③ 雷蒙·威廉斯:《文化与社会:1780—1950》,高晓玲译,长春:吉林出版集团,2011,第327~345页。
④ Raymond Williams, *The Long Revolution*, London: Chatto & Windus, 1961, p. 48. 当然这种对文学、文化历史性质的重新强调,如威廉斯指出的,并不能简单地彼此化约:"两者间,任何因素都不应被赋予优先权,也不可简单地孤立研究。……而是一种互动交流模式。" See Raymond Williams, *The Long Revolution*, London: Chatto & Windus, 1961, pp. 46 – 47.

对生活方式中诸因素的分析,而文化其他定义的追随者认为这些因素根本不是"文化":生产组织、家庭结构、表现或制约社会关系的制度的结构、社会成员借以交流的独特形式。①

显而易见,文化研究"拥抱日常生活"诉求的背后,正是威廉斯将文化概念从具象的文学阐释网络中抽象成"实践中的表意系统"的热烈冲动。②思路扭转之后,文学批评急遽扩张的意涵与批评边界渐次消失的文化景象也体现在斯图亚特·霍尔对"文学 - 文化"关系的重新概括之中:

>……把论辩的全部基础从文学 - 道德的文化定义转变为一种人类学的文化意义,并把后者界定为一个"完整的过程"。在这一过程中意义和惯例都是社会地建构和历史地变化的,文学和艺术仅是一种,尽管是受到特殊重视的社会传播形式。③

>文化……与其说由诸如小说、绘画、电视节目及喜剧等物组成,毋宁说它是一个过程与实践。文化首先关注的是意义在一个社会及社群成员之间的生产与交换,换言之:"意义的施加与获取。"④

不难看出,伯明翰学派在转换"文学 - 文化"表意特征时紧紧扣住了对社会结构演变过程中概念的历史(或历史的概念)的考察。⑤其人对义学社

---

① 雷蒙·威廉斯:《文化分析》,转引自罗钢、刘象愚主编《文化研究读本》,北京:中国社会科学出版社,2000,第127~128页。
② Raymond Williams, *Culture*, London: Fontana, 1981, p. 209.
③ 斯特亚特·霍尔等编《文化·传媒·语言》,转引自罗钢、刘象愚主编《文化研究读本》,北京:中国社会科学出版社,2000,第8页。
④ Stuart Hall, "Introduction," in Stuart Hall, ed., *Representation: Cultural Representations and Signifying Practices*, London: Sage, 1997, p. 2.
⑤ 方维规在《关键词方法的意涵和局限——雷蒙·威廉斯〈关键词:文化与社会的词汇〉重估》(《中国社会科学》2019年第10期)一文中对威廉斯文化研究"历史语义学"(Historical Semantic)特征同德国概念史学派代表人物科塞雷克(Reinhart Koselleck)《历史基本概念》(Geschichtliche Grundbegriffe)所体现的概念史特征有精细的论断,可参。

会学基本概念施加的历史编撰主义强调同保罗·利科（Paul Ricœur）指证的"历史编撰活动（opération historiographique）的文学表象（représentation littéraire）是其表现文学归属的终极书写形态"[①] 此一论断可谓暗通款曲。这个意义上来看，利科言及的"归属感"实际上也正是上文论及的文学对历史语境的"复位"冲动——尽管不少文学研究者略带偏见与自卑地将其视为"被边缘化"。

至此，在论述了文论危机（包括这种危机中人类主体意识的存灭危机），文学批评的文化研究转向，该批评范式对"情感结构"与意识形态共同体等历史语境的强调等逻辑线索后，论者得以提出"思想史语境中乔纳森·斯威夫特"研究路径及其阐释效力等问题。

二　剑桥学派思想史[②]研究与文学研究的耦合

文化研究对文本在历史语境中流变的重视，是否与20世纪30年代柯林伍德（Robin Collingwood, 1889—1943）历史哲学研究"观念的历史"之提法所引发的史学乃至人文学科研究的"思想史转向"有关，二者又在何种范

[①] Paul Ricœur, *La Mémoire, L'histoire, L'oubli*, Paris: Le Seuil, 2000, pp. 302-303.

[②] 关于德国概念史及剑桥思想史等几类观念史研究倾向的厘整与论辩详见贺照田《橘逾淮而为枳？——警惕把概念史研究引入中国近代史》，《中华读书报》2008年9月3日；孙江：《近代知识亟需"考古"——我为何提倡概念史研究？》，《中华读书报》2008年9月3日；孙江：《跨文化的概念史研究》，《读书》2020年第1期；孙江：《概念、概念史与中国语境》，《史学月刊》2012年第9期；方维规：《臆造生断的"剑桥学派概念史"》，《读书》2018年第3期；方维规：《关于概念史研究的几点思考》，《史学理论研究》2020年第2期；李宏图：《观念史研究的回归——观念史研究范式演进的考察》，《史学集刊》2018年第1期；李宏图：《欧洲思想史研究范式转换的学术路径》，《世界历史》2015年第2期；李宏图：《关于西方思想史研究的几点思考》，《史学月刊》2005年第10期；李宏图：《语境·概念·修辞——昆廷·斯金纳与思想史研究》，《世界历史》2005年第4期。同时值得指出，李宏图在汉普歇尔-蒙克主编的《比较视野中的概念史》（华东师范大学出版社，2010）"中文版前言"中曾对德国概念史及剑桥思想史作出过学理辨析："以斯金纳为代表的剑桥学派主要从概念与修辞之间的关系入手来研究概念史，不仅考察概念的历时演变过程，而且关注概念所包含的意义维度与语言使用方式之间的关系，以及导致概念获得或失去合法性的原因；以科塞雷克为代表的德国概念史家深受社会史学术传统的影响，着重考察社会转型与概念变迁之间的关系，在社会变迁的长时段中把握概念的命运。"（李里峰：《概念史研究在中国：回顾与展望》，《福建论坛》2012年第5期，第93页）本节内容参照李宏图的辨析，选取与斯威夫特研究恰适度更高的剑桥思想史研究范式为讨论对象。

绪 论

畴及言说框架内如何关联,并不是本文研究的重点(这种关联在二者对文本于特定意识形态语境中的嬗变的即时关注中已然得到了不言自明的体现)。下文将简要厘清思想史——尤其剑桥学派思想史——研究方法的谱系及文学研究对其言说范式挪用的可能性;进而具体论述该进路之于斯威夫特研究的有效性和适用性。

1928 年,当柯林伍德在撰写《历史哲学纲要》"质"一节并写至"思想的历史"一语时,他把这几个字画了圈,又写一段:"因而,一切历史都是思想的历史";接着,他在这句话下画线强调。① 此举表明,柯林伍德对将要建构的"观念的历史"此一庞大体系(及其困境)有着敏锐的自觉性。

在断然拒斥学界对历史学家重演历史的"企图"不过是"粗暴的魔幻因素"的指责后,柯林伍德指出了其"历史的观念性"(the Ideality of History)的关键之处:

> 历史学家可以重演过去的事件,即使该事件本身是一种思想也可以重演。当阿基米德揭示出比重的概念,他是完成了一个思想行为,我们可以毫不困难地重复它:阿基米德从确定的数据中得出确定的结论,而我们可以从同样的数据中得出同样的结论。我们不但能够这样做,若是我们要撰写希腊科学史,就必须这样做,并且知道我们正在自己的心灵中重复阿基米德的思想。……若是叙述宪政改革史,我们必须看到在改革者面前呈现的事实,以及他以怎样的方式处置它们。……在所有这些情形下,也就是说,在所讨论的历史乃是思想的历史的所有情形下,就有可能在文字中重演过去,这也是一切历史的基本要素。不仅仅思想的历史是可能的,而且,倘若在更广泛的意义上理解思想,能够成为历史的也只能是思想。唯有思想,历史学家能够如此亲近地对待,而没有它,历史就不再是历史。②

---

① 手稿见于 Bodleian Library, Collingwood Papers, dep, 12.
② 柯林伍德:《历史的观念》,何兆武、张文杰等译,北京:北京大学出版社,2010,第 430~431 页。

57

在柯林伍德看来，历史学家是无法重复物质实体的，那是科学家的领域。历史学家只有对思想/观念进行一种"精神图像的复制"，[①] 才能再现历史。柯林伍德之后的美国学者洛夫乔伊（Arthur O. Lovejoy）将前者的"思想史"（history of thought）用"观念史"（history of ideas）此一类似概念续接，在柯林伍德"哲学家与历史学家合体"[②]的基础上，洛夫乔伊尤其强调从"哲学史"的抽象视角展开研究，成为美国"历史观念史"的开山鼻祖。[③] 值得注意的是，在《观念史》（*Journal of History of Ideas*）一刊的发刊语中，洛夫乔伊刻意指出艺术的审美享受与审美经验的生成与创作者的经验、教养、哲学态度、声望及影响有直接关联，"审美效力"（aesthetic efficacy）受制于读者及作者的观念在不同历史语境中的流变。[④] 这恰恰说明了思想史/观念史虽然主要作为一种史学哲学方法论，但其关注重点，或言其阐释框架并不局限于历史文本：

> 一个时代少数的伟大作家所具有的历史理解力，无论如何一定体现其人时代的智识生活、共同道德和审美评价的一般背景；而此一背景的特质也确实须通过实际地、历史地考察彼时流行观念的本质和间性关系

[①] 柯林伍德：《历史的观念》，何兆武、张文杰等译，北京：北京大学出版社，2010，第435页。此处可结合参见卡西尔1926年德文版《语言与神话》（*Sprache und Mythos*）一书中"'概念'又是什么东西呢？概念只不过是思维的表述，只不过是思维创造出来的东西罢了；概念根本无法向我们提供客体的真实形态，概念向我们展示的只是思维自身的形式而已"此一针锋相对的论断。中译本详见卡西尔《语言与神话》，于晓等译，北京：生活·读书·新知三联书店，1988，第35页。

[②] 柯林伍德：《历史的观念》，何兆武、张文杰等译，北京：北京大学出版社，2010，第476页。"只有在哲学家从内部研究历史时，即只有当哲学家和历史学家是同一个人，并且，这个人的哲学工作和历史学工作相辅相成时，这种困难（论者注：即上文指出的"模仿论与实在论"的哲学攻击，哲学把人类全部生活理论化的企图都会对历史书写制造"麻烦"，亦是对历史学科内"剪刀加糨糊"方法论的粗糙性产生的困难的强调）才会消除。这样哲学家必定相信历史学家和历史思想是合理的，因为他自己就是历史学家……历史为哲学提供资料，哲学为历史提供方法。"详见所引书第449页及第467页。

[③] Preston King, ed., *The History of Ideas: An Introduction to Method*, London & Canberra: Croom Helm, 1983, p. 8.

[④] Arthur O. Lovejoy, "Reflections on The History of Ideas," *Journal of History of Ideas*, Vol. 1, 1940, pp. 6–14.

绪　论

才能得以确定。①

洛夫乔伊关于"历史理解力"的论断无疑又切合了海登·怀特（Hayden White）对"历史的诗性洞见"此一判断的强调。怀特将"美学和道德而非认识论"作为历史阐释的终极模式，② 并把"历史诗学"作为《元历史》的副标题，"'系统地'拆除了'历史'与'文学'之间的隔墙"。③ 海登·怀特之后的新历史主义者如格尔兹（Clifford Geertz）和格林布拉特（Stephen Greenblatt）都热衷于秉持"历史—文化—文学"的综合批评视野可能亦出于此因。④ 当然，思想史/观念史对文学文本的亲近，与文学文本内含的反映时代风俗的本质有关。但无论如何，思想史的论述重点和发展趋向却不可能以文学文本为轴心，哲学思想及政治思想文本才是洛夫乔伊真正的演武场。⑤

但是，需要指出，洛夫乔伊对"伟大的政治思想经典文本"及"经典作家"的"限定"虽然能简便地勾勒出思想史的演变脉络，但此类"限定"却也是其观念史研究的主要弊病。即便洛夫乔伊在理论基础铺设时注意到了"次要作家"文本的观念史价值，并指出了观念史研究走向"想象的历史概括"此一批评陷阱的"偏激性"⑥ 及观念历史编撰学中"超学科合作的难度"。⑦ 但在理论的文本实操时，洛夫乔伊对特定时期特定"单元观念"（unit-idea）与特定"经典文本"的"互证"偏嗜，自然有抹杀观念史进程中的"褶皱"（plisse）现象或偶然事件的嫌疑。

---

① Arthur O. Lovejoy, *The Great Chain of Being*: *A Study of the History of an Idea*, Cambridge, Massachusetts: Harvard University Press, 1964, p. 20. 中译本参见洛夫乔伊《存在巨链》，张传有、高秉江译，北京：商务印书馆，2015，第 25 页。
② Hayden White, *Metahistory*, Baltimore: John Hopkins University Press, 1973, p. 4.
③ 张进：《新历史主义与历史诗学》，北京：中国社会科学出版社，2004，第 137 页。
④ Gallagher & Greenblatt, *Practicing New Historicism*, Chicago: The University of Chicago Press, 2000, p. 27.
⑤ 方维规《文学社会学新编》"导论"部分在梳理学界既往关于"文学社会学"的两类争衡之势时也曾指出："作为社会学的一个领域，文学社会学关注文学这一社会事实的总体条件及其作用，对文学文本及其表现形式的兴趣微乎其微。"此一论断与本文论述可相互参看，详见方维规主编《文学社会学新编》，北京：北京师范大学出版社，2011，第 6 页。
⑥ 洛夫乔伊：《存在巨链》，张传有、高秉江译，北京：商务印书馆，2015，第 25~27 页。
⑦ 洛夫乔伊：《观念史论文集》，吴相译，北京：商务印书馆，2018，第 14 页。

洛夫乔伊对应性极强的批评模式遭到了剑桥大学思想史研究者昆廷·斯金纳（Quentin Skinner，1940— ）的修正，后者将研究范式从经典文本扩展至语境。[1] 值得指出，斯金纳对其思想史研究重心从观念转向语境的原因曾有过扼要的表述：

> 我将捍卫着我对阅读和解释历史文本的一个特定的观点，我认为，如果我们希望以合适的历史方法来写历史观念史的话，我们需要将我们所要研究的文本放在一种思想的语境和话语的框架中，以便于我们识别那些文本的作者在写作这些文本时想做什么，用较为流行的话说，我强调文本的语言行动并将之放在语境中来考察。我的意图当然不是去完成进入并考察已经逝去久远的思想家的思想这样一个不可能的任务，我只是运用历史研究最为通常的技术去抓住概念，追溯他们的差异，恢复他们的信仰以及尽可能地以思想自己的方式来理解他们。[2]

此种系统主张，实际上在其立身之作《现代政治思想的基础》（*The Foundations of Modern Political Thought*，1979）中已然有着更为清晰的表达："我试图写一部以意识形态而非经典著作为中心的历史，而在任何特定时期可供使用的规范词汇的性质和限度也有助于决定选择对具体问题介入讨论的方式。"[3] 同一时期，剑大另一位思想史权威约翰·波考克（John Pocock，1924— ）则于《德行、商业和历史：18世纪政治思想与历史论辑》（*Virtue, Commerce, and History: Essays on Politic Thought and History, Chiefly in the Eighteenth Century*，

---

[1] Norman Wilson, *History in Crisis? Recent Directions in Historiography*, Upper Saddle River: Prentice Hall, 1999, pp. 75-76.

[2] Nicholas Phillipson, Quentin Skinner, *Visions of Politics*, Vol. 1: *Reading Methods*, Cambridge: Cambridge University Press, 2002, p. 8. 中文译文参考尼古拉斯·菲利普森、昆廷·斯金纳《近代英国政治话语》，潘兴明、周保巍等译，上海：华东师范大学出版社，2005，第4页。较为遗憾的是该译本将书名 *Visions of Politics* 误打为 *Vision of Politics*，复数形态的 visions 自然更切合斯金纳的多元性表述欲求。

[3] Quentin Skinner, *The Foundations of Modern Political Thought*, Vol. 1: *The Renaissance*, Cambridge: Cambridge University Press, 1978, p. xi. 中文译文参考奚瑞森《现代政治思想的基础》，南京：译林出版社，2011，前言。

绪 论

1985）一书，特别在其导论"技艺的状态"[①]中讨论（实际上附议了[②]）了斯金纳针对洛夫乔伊的"从思想史到概念史"的修正方案。[③] 无独有偶，剑大另一位政治思想史专家约翰·邓恩（John Dunn, 1940— ）也在《约翰·洛克政治思想研究："两个政府条约"论争的历史考察》（*The Political Thought of John Locke: An Historical Account of the Argument of the "Two Treaties of Government"*, 1969）绪论"历史中的约翰·洛克，问题的提出"中指出具体历史语境对洛克研究的重要性。[④] 自此，由三人构成中坚的"剑桥思想史学派"[⑤]成形。而斯金纳对洛夫乔伊、梅纳尔等传统思想史"经典文本派"研究范式的突破，在国外学界掀也起了一场"斯金纳革命"。[⑥] 这场从"观念到概念转向"的革命，毫无疑问与 20 世纪 60 年代"哲学的语言学转向"（the linguistic turn）有着难以割舍的关联；具体就政治思想史研究而言，分

[①] J. G. A. Pocock, *Virtue, Commerce, and History: Essays on Politic Thought and History, Chiefly in the Eighteenth Century*, Cambridge: Cambridge University Press, 1985, pp. 1 – 15.

[②] 关于谁是思想史从理论到话语"变革"的开拓者此一问题，学界倾向于把注意力集中在斯金纳的创举上，这从"斯金纳革命"的命名方式可见一斑。但在《近代英国政治话语》（*Political Discourse in Early Modern Britain*, 1993）一书的前言中，斯金纳和菲利普森两人似又将波考克视为自己的"导师"，称其为"政治思想史变革的急先锋与实践者"并"乐于承认波考克对我们的鼓舞和影响"（see preface）。然而，波考克在《德行、商业和历史：18 世纪政治思想与历史论辑》一书导论中却将"语境史"称为"斯金纳的方法"，再参考波考克对"次级语言言说"及其产生的"行动"（see *Virtue, Commerce, and History: Essay on Politic Thought and History, Chiefly in the Eighteenth Century*, pp. 5 – 13）———种他积极主张的古典"德行"的必然属性———的重视，进而结合其于 2002 年增补在《马基雅维里时刻》自我辩护性质的"跋"中对斯金纳"公民观"和自己主张的"德行—商业"阐释模式的区别的强调（see *The Machiavellian Moment*, pp. 559 – 562），我们无疑可以在两人的"谦辞"中进一步辨识出政治思想史历史拟制的"西塞罗式"和"马基雅维里式"两种模式的区别，及产生这种区别的学理基础差异。关于此种学理差异的讨论是极有意义的，然而这并非本文关注重点。本文仅能在梳理思想史转向的脉络时做出提醒：思想史转向语境史后，其内部具体阐释模式上的差异非但没有消弭，反而凸显了。

[③] 尼古拉斯·菲利普森、昆廷·斯金纳：《近代英国政治话语》，潘兴明、周保巍等译，上海：华东师范大学出版社，2005，第 4～5 页。

[④] John Dunn, *The Political Thought of John Locke: An Historical Account of the Argument of the "Two Treaties of Government"*, Cambridge: Cambridge University Press, 1969, pp. 1 – 10.

[⑤] 昆廷·斯金纳：《自由主义之前的自由》，李宏图译，上海：上海三联书店，2003，第 111 页。

[⑥] "斯金纳革命"语出凯瑞·帕罗内（Kari Palonen）《昆廷·斯金纳：历史、政治与修辞》（"Quentin Skinner: History, Politics, Rhetoric"）一文，中文详见《昆廷·斯金纳思想研究》，李宏图、胡传胜译，上海：华东师范大学出版社，2005，第 174 页。

61

析语言哲学的影响，密集地体现在思想史书写对"规范词汇""言语""语境"乃至"行动"的不断强调上。据此，凯瑞·帕罗内（Kari Palonen）便敏锐地注意到了斯金纳批评情态在 20 世纪 80 年代的修辞学转向（rhetorical turn），并综论了斯金纳从《现代政治思想的基础》到《霍布斯哲学思想中的理性和修辞》（*Reason and Rhetoric in the Philosophy of Hobbes*，1996）"并非自相矛盾"的重心迁移。在后书中，斯金纳创举性地将语言学与政治思想史结合在一起，提出英格兰议会作为一种"思想/修辞的论辩场域"，正好回应了霍布斯著作中的文艺复兴修辞传统。① 不难指出，斯金纳正是试图用特殊思想语境介入研究对象的阐释方法去规避思想史研究三大谬误——"学说神话"（The Mythology of Doctrines）、"连贯性神话"（The Mythology of Coherence）、②"预见性神话"（The Mythology of Prolepsis）——所产生的"思想欺骗史"。③

至此，一场大致经历半个世纪，从柯林伍德"思想史"到洛夫乔伊以经典文本和"观念的单元"为言说策略的"观念史"，再到"剑桥思想史学派语境史"的思想史谱系嬗变虽则粗浅，但已然较为明晰地描摹出来了。而论者最为关注的仍旧是，此类重心转向中，政治思想研究者对文学文本的极大兴趣和重视。所幸，仍旧是斯金纳曾言简意赅地概括了上述重视：

> 我希望这些反省会鼓励其他人去思考其他早期近代社会和政治哲学著作的文学特征。我说这一点，与其说我是鼓励理智的历史学家去研究更广泛的范围，"跨越"文学与其他历史文本的"分水岭"，倒不如说是因为我不相信任何这一类分水岭。哲学史上主要论著的准则（Canon）同时是重要的文学文本的一种准则。……但仍值得强调的是，

---

① Kari Palonen, "Quentin Skinner's 'Rhetorical Turn' and the Chances for Political Thoughts," *Philosophy Study*, Vol. 3, No. 1, 2013, pp. 9–22.
② 波考克在《德行、商业和历史：18 世纪政治思想与历史论辑》（*Virtue, Commerce, and History: Essays on Politic Thought and History, Chiefly in the Eighteenth Century*，1985）的"导论：技艺的状态"第 27~28 页讨论了思想史研究"连贯性神话"和"预见性神话"两类批评误区，提出"历史学家在阐释时，须警惕以传统面目出现的'连续体'"。
③ David Wootton, *Paolo Sarpi: Between Renaissance and Enlightenment*, Cambridge: Cambridge University Press, 1983, p. 4.

绪 论

作为哲学史家我们还需要向文学史和文学批评学科学多少东西!①

斯金纳此间对文学文本与政治文本"混合性"的重视,② 实际上正是上节所述的"文学的文化研究转向"恰切的逻辑下游。不言而喻,伯明翰学派本身即有在文化研究中坚守"文学批评严肃性"的利维斯主义气质。③ 这种倾向在雷蒙·威廉斯处也不难得到确认:"文学至关重要,因为它不但是正式的经验记录,而且每部作品还是文学与以不同方式保存下来的共同语言的契合点。"④ 据此,思想史语境和文学研究的耦合便具备了坚实的学理基础,而且似乎也是文学批评的大势所趋。综上所述,用思想史语境审视乔纳森·斯威夫特文学创作至此也便有了方法论上的"合理性"及言说策略上的"有效性"。⑤

三 思想史语境中斯威夫特研究的展开机制

波考克曾指明:尽管"思想史"与"观念史"以及受语言学转向影响后的"话语史(history of discourse)/语境史(history of context)"⑥ 在内涵

---

① 昆廷·斯金纳:《霍布斯哲学思想中的理性和修辞》,王加丰、郑崧译,上海:华东师范大学出版社,2005,第16页。
② 见前所论"文学的文化研究转向"中,论者"文学—历史—文化原始本体论上的统一"此一提法。
③ Stuart Hall and Paddy Whannel, *The Popular Arts*, New York: Pantheon Books, 1965, p. 40.
④ Raymond Williams, *Culture and Society: 1780 – 1950*, London: Harper Torchbooks, 1966, p. 255. 中文译文参考徐德林《重返伯明翰:英国文化研究的系谱学考察》,第125页。历史研究的文学资源并非新题,早在《元历史》中,海登·怀特便强调了历史书写所摄取的文学和语言学资源(或可视为斯金纳主义的源头),以及此类资源对历史拟制的塑型作用。据此,凯斯·詹金斯教授也曾在《评"什么是历史"》一书中指出历史编撰学向伦理、政治、文学风格的开放是怀特史学思想的主要价值之一。See Keith Jenkins, *On "What is History?": From Carr and Eltonto to Rorty and White*, London: Routledge, 1995, pp. 134 – 179.
⑤ 关于文学研究思想史路径的有效性问题,详见本节末脚注。
⑥ James Tully, *Meaning and Context: Quentin Skinner and His Critics*, Princeton: Princeton University Press, 1988, p. 5. 对斯金纳的"语境阅读"(Linguistical Context Reading)或言"意识形态背景阅读"(Ideological Context Reading)与拉斯莱特(Peter Laslett)的"社会背景主义"(Social Context Reading)做出了区分,后者是为了能够介入文本而被动关注文本生成的社会背景,而前者却要求阐释者"修复"或尽力"还原"文本产生时的社会语境,还原其社会、语言、宗教情况,以便阐释者融入文本语境,不至于望文生义。张芳山《斯金纳共和思想研究》,社会科学文献出版社,2013,第58页可参。

上有重大区别，其使用时仍旧保留此一称谓的唯一原因在于"思想史"已经是约定俗成的说法，也是各类学术机构和学术期刊的正式名称。① 因而我们排除概念认识惯性，简要厘清政治思想史研究过程中"语境主义"的开展机制，对理解思想史（语境史）批评范式挪用至斯威夫特批评时为何恰切此一问题，是大有裨益的。②

语言作为一种社会秩序符号，在斯金纳看来并不仅是简单的信息交流系统，语言同时还是"树立权威，激发谈话者的情感，创立交谈边界，以及参与其他社会控制的方式"。③ 因而，"任何一个社会都需要通过对一些名词的修辞运用来成功地建立、支持和改变它的道德认同……在政治思想史的研究中，任何词语或者更准确地说，任何修辞都与那个时期的政治和政治行动紧密相连"。④ 这样，在研究者展开介入特定文本这一追溯性（ex post facto）行动时，对文本中重要的"规范性词汇"⑤ 意义变迁的理解便愈发重要起

---

① J. G. A. Pocock, *Virtue, Commerce, and History: Essays on Politic Thought and History, Chiefly in the Eighteenth Century*, Cambridge: Cambridge University Press, 1985, p. 1.

② 因而，经过本节铺垫，本文使用的"思想史"并不等同于柯林伍德及洛夫乔伊的"思想史"，而贴近斯金纳、波考克、邓恩等人使用的"思想史语境主义"，可谓对其人政治思想史阐释机制的文学批评层面上的借用。但本文行文过程中同时注重吸收沃格林（Eric Voegelin）丰富的研究成果。作为对西方政治观念史研究范式备受忽略的重大转型，沃格林的"秩序与历史"（Order and History）进路——尤其"历史的秩序来自秩序的历史"一语对柯林伍德"一切历史都是思想的历史"的使命性颠覆——为"文学作为秩序表现"及后续的文学（文化）文本秩序符号研究提供了哲学基础。毕竟在沃格林看来各时段主导性"观念/概念"与历史实在的关系并不如人们臆想中的密切，反而是"秩序符号"而非观念与人类生存实在的关系更为根本。沃格林提示的从"观念"走向"秩序"和"经验"，与剑桥思想史学派凸显的"语境"和"意图"转向及二者同斯特劳斯－施米特"古今之争"之间的"明争暗斗"大有文章可做，因非本文主旨，无法尽墨，刘小枫《以美为鉴》（北京：华夏出版社，2017）及斯金纳《国家与自由：斯金纳访华讲演录》（李强主编，北京：北京大学出版社，2018）相关论述可参。沃格林从"观念史"转向"秩序史"的相关评述详见沃格林《政治观念史稿（卷1）：希腊化、罗马和早期基督教》，段保良译，上海：华东师范大学出版社"出版说明"（刘小枫），第2页，2019；霍尔维克、桑多兹：《政治观念史》，总序，前引第20～52页；沃格林：《新政治科学》，段保良译，北京：商务印书馆，2018，第27～31页。

③ Quentin Skinner, *Visions of Politics, Vol. 1: Reading Methods*, Cambridge: Cambridge University Press, 2002, p. 4.

④ 见李宏图主编"剑桥学派思想史译丛"，上海：华东师范大学出版社，2005，总序，第6页。

⑤ Quentin Skinner, *The Foundations of Modern Political Thought, Vol. 1: The Renaissance*, Cambridge: Cambridge University Press, 1979, p. xi.

来。波考克在《德行、商业和历史：18世纪政治思想与历史论辑》的导论"技艺的状态"中也着重阐释了以"语言"（langue）、"言说"（parole）、"次级语言"（second-order speech）主导的历史拟制行为获得重视的必要性。他进一步指出法学家、神学家、哲学家或者商人、文学家在文本中或口语中使用的"专业术语"，会在社会交往中逐渐被承认并被吸收为政治实践的一部分，进而挺入政治行动中，成为意识形态冲突论辩的共识用语。而在话语权力角逐过程中，不断有新的"词语"产生并加入巨大的意识形态论辩场域中，从而交织成一块巨大的思想织物，产生涵括大量思想因子的"词语"的衍化史。① 而值得我们特别注意的是这些词语一旦进入政治论辩场域中，随着政治思想的嬗变，它们便被赋予了多重的、复杂的甚至是自相矛盾的内涵和外延：

①不同的作者在运用着同样的习语，用以陈述不同甚至相反的言语；
②这种习语再次出现的文本和语境已不同于它们最初出现时的文本和语境；
③作者用词语表达着他们的意识，他们运用这种习语并发展出关键性的次级语言，以便批评并且调整他们对这种习语的运用。②

譬如，17~18世纪政治文本中较为常见的"爱国者"（patriot）一词，在1643年议会军首领罗伯特讨伐查理一世的檄文中的含义（它被用来指称那些不为专制权力卖命而是为了捍卫自身自由和国民正当权利并为之流血牺牲的人）③ 与17世纪60年代哈林顿主义者口中的"爱国者"就有着不同的内涵（后者指向的是对古代宪法三个等级制衡宪政模式的拥护，对共和军政的抨击，以及为自由与古老权利而战的人）；④ 及至18世纪50年代，"爱国者"在皮特首相的演说词中，又获得了它在18世纪中期的含义（支持海军

---

① J. G. A. Pocock, *Virtue, Commerce, and History: Essays on Politic Thought and History, Chiefly in the Eighteenth Century*, Cambridge: Cambridge University Press, 1985, pp. 7–8.
② 波考克：《德行、商业和历史：18世纪政治思想与历史论辑》，冯克利译，北京：生活·读书·新知三联书店，2012，第15页。
③ J. G. A. Pocock, *The Machiavellian Moment*, Princeton: Princeton University Press, 1975, p. 372.
④ J. G. A. Pocock, *The Machiavellian Moment*, Princeton: Princeton University Press, 1975, p. 409.

强国,制造伪共和派想象,并团结乡村派反对宫廷派的人);① 而到了 18 世纪 90 年代,"爱国者"一词又摆脱了共和主义和公民积极自由的含义,变成"保王党"人的代名词(在后辉格时代知识分子眼中,"爱国者"又颇具"沙文主义"风味,也只有在这个意义范畴内我们才能更好地理解约翰逊博士那句名言,"爱国主义是恶棍最后的避难所"一语)。② 实则,塔利(James Tully)在解释斯金纳语境主义时列举了更为简单的一个例子:古罗马语中仅有"imber"一词可用于表示"下雨",但通常表示的是倾盆大雨,因而当一位古罗马人与现代英国人相遇并遇到一场微雨(drizzle)时,除非他有完备的古罗马语言能力及历史知识,否则那位现代英国人是不会理解古罗马人"imber"一词的意思的。③ 因而,思想史研究在某种程度上确实是"以正确地识字断句为基础,以准确地放置合适的时间和空间背景为依托"。④ 如是故,阿兰·布鲁姆(Allan Bloom)才会在《文本的研习》一文中不遗余力地强调语言学习对于政治思想史研究的重要性。⑤ 毕竟,语言是进入语境的先决条件。

具体至斯威夫特所处的"奥古斯都王道盛世时期"(deep peace of

---

① J. G. A. Pocock, *Virtue, Commerce, and History*: *Essays on Politic Thought and History*, *Chiefly in the Eighteenth Century*, Cambridge: Cambridge University Press, 1985, p. 254. 值得指出,皮特首相演讲中的"爱国者"与 1736~1738 年博林布鲁克子爵《论爱国者精神》(*On the Spirit of Patriotism*)及《爱国君主之概念》(*The Idea of a Patriot King*)中的"爱国者"语义语境较为类似,可作对比研究。详见 Henry St. John Bolingbroke, *Bolingbroke*: *Political Writings*, David Armitage, ed., Cambridge: Cambridge University Press, 1997, pp. 193 – 294。

② J. G. A. Pocock, *The Machiavellian Moment*, Princeton: Princeton University Press, 1975, p. 575. 关于"爱国者"一词语义在 17~18 世纪各类政治情境中的流变可参看 Hugh Cunningham, "The Language of Patriotism," and Linda Colley, "Radical Patriotism in Eighteenth – Century England," in Raphael Samuel, ed., *Patriotism*: *The Making and Unmaking of British National Identity*, Volume I: *History and Politics*, London and New York: Routledge, 1989, pp. 57 – 89 and pp. 169 – 187。

③ James Tully, *Meaning and Context*: *Quentin Skinner and His Critics*, Princeton: Princeton University Press, 1988, pp. 250 – 251。

④ 葛兆光:《中国思想史:思想史的写法》,上海:复旦大学出版社,2013,第 132 页。

⑤ 转引自丁耘、陈新《思想史研究:思想史的元问题》,桂林:广西师范大学出版社,2005,第 212~213 页。

绪 论

Augustus），① 既往的文学研究过于关注启蒙思想的各类宏大观念，往往荫蔽了一些附生于具体语境中的文本的特定目的：每一个时期都形成了复杂的思想交织物，它既为当时的哲学家、文人、政客和商人提供活动场域，影响其行动方式和言语模式，亦能发挥独立作用。② 17~18世纪，在对古典共和主义资源不同政治取向挪用——围绕土地、贸易、信用、财政政策——而分化出来的两种意识形态四场大辩论中，③ 斯威夫特都是当之无愧的参与者甚至是摇旗者。所以，我们把斯威夫特及其文学文本视为17、18世纪之交不列颠意识形态论辩场中的一个研究标本，有其独特价值：斯威夫特特殊的教士身份及对各类文化、宗教事件的暧昧态度，其依附、效力的政治阵营的前后变更，复杂的爱尔兰-英格兰民族立场在各类书写中的杂糅，乃至"古今之争"中他在文化趣味上采取的古典与现代融合的折中姿态，他对彼时科技及"进步观"的复杂态度，他对"中国热"思潮中东方思想因子的文化保守主义态度，对启蒙理性的二元论立场，等等，都在其生平不同时期的创作活动中拖曳出密匝复沓的思想转捩轨迹。

斯威夫特思想的复杂性，尤其政治立场的复杂性，更在西方斯威夫特研

---

① J. G. A. Pocock, *The Machiavellian Moment*, Princeton: Princeton University Press, 1975, p. 20. 中文译法遵取冯克利教授译名。

② 波考克：《德行、商业和历史：18世纪政治思想与历史论辑》，冯克利译，北京：生活·读书·新知三联书店，2012，第78页。

③ 波考克教授定义的四次辩论如下。一、1698~1702年的"常备军之争"或言"笔墨大战"（paper war，关于笔墨大战可参 Caroline Robbins, *The Eighteenth-Century Commonwealthman: Studies in the Transmission, Development and Circumstance of English Liberal Thought from the Restoration of Charles II until the War with the Thirteen Colonies*, Cambridge: Cambridge University Press, 1959, pp. 103-105）。二、安妮女王"最后四年"，支持托利党的斯威夫特与辉格党人笛福、爱迪生的对抗（可参看 James Richard, *Party Propaganda under Queen Anne: The General Election of 1702-1713*, Athens: University of Georgia Press, 1972）。三、南海泡沫时期（South See Bubble），以报界的约翰·特兰夏和托马斯·戈登及其阵地《加图通信》（*Cato's Letters*）与辉格党人的《独立辉格党人》（*The Independent Whigs*）的笔战为主。四、1726~1734年，以博林布鲁克（Bolingbroke）的《手艺人》（*Craftsman*，后更名为 *The Country Journal*）对阵辉格党党魁沃尔波尔（Walpole）首相的机关刊物《伦敦日报》（*London Journal*）。详参 J. G. A. Pocock, *The Machiavellian Moment*, Princeton: Princeton University Press, 1975, pp. 426-427。中文译本详参波考克《马基雅维里时刻：佛罗伦萨政治思想和大西洋共和主义传统》，冯克利、傅乾译，南京：译林出版社，2013，第446页。关于《手艺人》期刊情况可参 Henry St. John Bolingbroke, *Bolingbroke: Political Writings*, David Armitage, ed., Cambridge: Cambridge University Press, 1997, pp. xi-xii。

究界制造了斯威夫特政治身份难题。① 斯威夫特于1689年初离开因"光荣革命"而哀鸿遍野的爱尔兰逃难至英格兰,投靠远亲威廉·坦普尔爵士(Sir William Temple, 1628—1699),后者于17世纪80年代已解甲归田,隐居"摩尔庄园"(Moor Park),却仍然被威廉三世(King William Ⅲ, 1650—1702)引为政治顾问。故而作为受庇护人(protege),寄寓坦普尔庄园十载的斯威夫特在整个政治立场和文学趣味的塑型上多受坦普尔旨趣及交游影响,② 总体上呈现辉格党情态。这种辉格党立场延续至1709年左右,随着斯威夫特对"辉格小团体"(Whig Junto)③ 在教会政策问题上的失望,以及新兴势力乡村派领袖——逐渐掌权的罗伯特·哈利(Robert Harley)对他的器重,自1710年秋起,斯威夫特实际上已然成为新政权的"宣传部部长",并主笔托利党喉舌《审查者》(The Examiner)。政治立场上的"变节"(apostasy),使斯威夫特政治身份在缺乏具体语境的现代读者看来充满了含混性。④ 然而,也正是这种含混性使得包括洛克、希金斯等一干"斯学"权威在内的研究者在论著中着力将斯威夫特从"正统辉格党阐释"阵营拉向"托利主义"阵营。但是,在既有的西方斯威夫特研究中(恩伦普瑞斯教授对斯威夫特"超党派性"意识就有较多的不自觉的强调⑤),除了简单的"辉格-托利"二元对立思维之外,还有一种"超党派声音"(虽然极为微弱)隐约可闻。"超党派批评"事实上构成了"斯威夫特政治身份难题"的隐题;而且在某种程度上无疑更加切合了波考克在论辩"王道盛世五十年"政治语境研究时指出的复杂情势——彼时政见对立的作家却含混地使用着同

---

① 关于"斯威夫特政治身份难题"更为翔实系统的论述请见本书第三章"斯威夫特与政治秩序"第三节"新哈林顿主义谱系中的斯威夫特"部分第一点"变节者与政治身份难题"。
② Irvin Ehrenpreis, *Swift*: *The Man*, *His Works*, *and the Age*, Vol. 1, Cambridge, Massachusetts: Harvard University Press, 1962, pp. 91–108.
③ Whig Junto 指辉格党党魁在威廉三世时期组建的一种政治攻守同盟,以政治姻亲为纽带,自1693年左右起把控不列颠政府近30年,主要成员有马布罗公爵(Duke Marlborough)、萨默斯勋爵(Lord Somers)、哈利法克斯勋爵(Lord Halifax)、彼得布罗勋爵(Lord Peterborough)以及戈多尔芬勋爵(Lord Godolphin)等廷臣。
④ David Oakleaf, *A Political Biography of Jonathan Swift*, London: Pickering & Chatto, 2008, pp. 1–7.
⑤ Irvin Ehrenpreis, *Swift*: *The Man*, *His Works*, *and the Age*, Vol. 2, Cambridge, Massachusetts: Harvard University Press, 1967, p. 178, p. 179, p. 253, p. 419.

绪　论

一套修辞术语去攻讦对方[①]——但亦如波考克所指出，我们至少能从斯威夫特身上找到一种比纷繁的政治、文学行动更具一致性的"思想框架"。这种隐匿的"思想框架"提供了德行与商业、共和主义与自由主义、古典主义与进步主义之间的观点对决，虽然政治论辩的双方在某种意义上分享着同一种言说策略，但老辉格党把自由等同于德行，并认为其属于过去，而现代辉格党（the Modern Whig）则把自由等同于财富、开明精神和走向未来的进步话语。[②]

如此观之，既有的斯威夫特研究之所以产生"斯威夫特政治身份难题"，或许正是缺乏对政治思想史语境细部纹理的深层探查（或探查力度不够），大多数研究者并未察觉，正是面对18世纪前30年社会财富模式从土地到资本的溘然转捩，斯威夫特的"辉格党"原则变得陈旧，自身亦成为其戏称的"不够资格的辉格党人"；对"美好的老事业"黄金秩序的缅怀，对古典共和德行和政治平衡的希冀，使得他同保守托利主义领袖哈利在1710年得以联袂而行。因而论者以为，斯威夫特政治身份难题作为"辉格党政治文化内部一条深刻的裂痕"，[③] 其解决或言阐明，必须回到17～18世纪启蒙时期——普拉姆伯（J. H. Plumb）教授指出的寡头制稳定成长、殖民贸易和商业化加剧、不列颠化的1680～1720年——那个危机四伏、思想暗流彼此冲击震荡的时代语境中，并严格地使用彼时"论辩双方频繁使用"的语汇的原初意义范畴去解释用该种语汇构成的各类文本。只有如此，我们才能更好地理解自诩为"一个失败的政治家"[④] 的斯威夫特在其丰富的文学创作——包括《木桶的故事》《书战》《格列佛游记》，以及诗歌作品《描述一只蝶

[①] J. G. A. Pocock, *The Machiavellian Moment*, Princeton: Princeton University Press, 1975, p. 446.
[②] J. G. A. Pocock, *Virtue, Commerce, and History: Essays on Politic Thought and History, Chiefly in the Eighteenth Century*, Cambridge: Cambridge University Press, 1985, p. 231. 译文参冯克利中译本。
[③] J. G. A. Pocock, *Virtue, Commerce, and History: Essays on Politic Thought and History, Chiefly in the Eighteenth Century*, Cambridge: Cambridge University Press, 1985, p. 215.
[④] F. Elrington Ball, ed., *The Correspondence of Jonathan Swift, D. D.*, in 6*Vols*, Vol. 1, London: G. Bell and Sons Ltd., 1912, p. 253. 值得注意，在给彼得布洛伯爵这封信中，极具政治预见性的斯威夫特在"加盟"托利党事业不久，正享受政治威望峰值之时，就已然预见了罗伯特·哈利所秉持的托利-辉格混合党见和托利党政府另一位主要支柱——博林布鲁克所秉持的激进托利主义之间的裂痕，他的文字预示了1713～1714年两人关系的崩塌和托利党政府的垮台。事实上，较为吊诡的是，斯威夫特在其一生政治生涯中，政治预判总是超前于"不合时宜"的文学表达。

螈》（*The Description of a Salamander*，1705）、《温莎预言》（*The Windsor Prophecy*，1711）、《泡沫》（*The Bubble*，1720）等作品中，或明或暗地传达了何种他在政治册论（political tracts）和小册子（pamphlets）中不敢或不便言明的关节，又隐讳地保留了何种沉默与绝望。这位"厌世者"的绝望是恶骂世人之际又饱含自嘲的绝望，而也正是抱持这种绝望，才使得斯威夫特在光辉的启蒙时代之幕徐徐揭开之际，他笔下分裂而疯狂的格列佛就已然能以一种警醒世人的目光巡检将要发生的一切了。①

---

① 关于文学研究挪用（剑桥）政治思想史路径的有效性问题，笔者欲作一点补充说明。上文所述文学文本与历史—政治文本本体论上的混合性，或言文学文本和政治文本的去边界化（de-territorialization）问题（可参金元浦《论文学艺术的边界的移动》一文，详见《文学，走向文化的变革》一书第65页），并不意味着文学文本与政治文本的同化，或言差异的去除；边界的"重新"开放（上文描述为对古老状态的回复）也不意味着持"边缘化"论调者所指出的文学自身审美独立价值的消亡；因在某种意义上，正是基于"新批评"以来对文学文本内部自律逻辑的无限抬高，各路理论话语对文学文本的肆意操练，导致文学批评困境的出现。此时，对"外部研究"他律逻辑的回调，似乎可视为文学研究自然规律的一种表征，因而文学批评中挪用政治思想史批评话语中与之相适应的阐释资源是有其合理性的。诺斯洛普·弗莱在论及"学科渗透"（inter-infiltration）与"文学研究自主性"的关系时，对文学批评"挪用"其他学科阐释框架一事，实际上采取了"迂回认同"的策略，这无疑侧面印证了前述"合理性"（详见《诺斯洛普·弗莱文论选集》，吴持哲编，北京：中国社会科学出版社，1997，第153～155页），但问题即在此种"与之相适应"限度的界定上。笔者以为，可以采取三种粗陋的评判标准。第一，在文类区分较不明确的时期，文学文本和历史—政治甚至法律文本（维科便在其《新科学》第1036、1037条中亦指出"古代法学全都是诗性的……公文程式都是一种'歌'……古罗马法是一篇严肃认真的诗……古代法律就是一种严峻的诗歌创作……"）具有较充分的混合性（譬如对小说"novel"文类发展的研究肯定不能仅是简单的"story、history、novel、romance"的词义分析过程，它必然涉及小说的独特性，尤其是其美学特性从故事"story"、历史"history"、罗曼司"romance"的美学共性中脱落的过程），思想史研究框架介入此一时期文学文本时有较大的吻合度。第二，在文学活动主体同时作为思想家和政治家时，其文学活动很可能浸润、渗透着其政治、宗教等思想，是其思想的"文学化表现"（法国启蒙运动中狄德罗、伏尔泰等人的"启蒙小说"即为例证），此种文本情态中，思想史研究路径也有较大的适用性。第三，具体的文学类型和文学创作主体的不同活动方式也会决定思想史路径的阐释效力。相对于叙事文体，诗歌、抒情散文等对逻辑性较少强调的文类，其文本判读的思想史研究适用性便相应较低；同样，具体作家和具体文本也必然限制思想史阐释模式效力。由此可见，政治思想史语境的文学阐释对研究对象具有严格的阐释门槛和技术要求。言而总之，如程巍在《文学的政治底稿：英美文学史论集》一书自序中指出的：文学的政治思想史阐释"……并不意味着作者视文学为一种政治用具（近年有学者刘锋杰、薛雯、尹传兰等提出'文学政治学'之口号，可参辨），而是"文学自身即为某种'政治史文献'或者说'社会史文献'。这里所谓'政治'不局限于狭隘的党派政治……这丝毫不减损文学作品的'文学性'，而且'文学性'的磨砺还有助于政治敏感性的磨砺……"笔者深以为然。

第一章
斯威夫特与文化秩序

欧洲知识界于18世纪前后爆发的"古今之争",作为勾连文艺复兴与启蒙运动两大思潮的一股暗流,近年来愈发得到国内外学界的重视。厘清17世纪90年代英格兰"古今之争"中的各类思想流向,指出其"进步观念"之争的文化秩序本质,并分析英国"古今之争"陷入"历史僵局"的原因,对指明斯威夫特文学、文化立场的塑型及其作品的思想背景不无裨益。据此,斯威夫特的《书战》也因其透视"古今之争"的标本意义而更多地被学界所涉及,但学界在展开关联研究时不乏误读。或简便地将斯威夫特划归至"崇古"阵营,忽略了文本"脱文"作为叙事艺术所包含的暧昧性,或忽略了其对"蜘蛛""蜜蜂"形象创造性挪用背后的深意,对此类被忽略因素的探察有助于还原斯威夫特对"古今之争"及文化秩序更迭的复杂态度。

第一节 科技之光与哲学分野:
英国"古今之争"溯源

正如恩斯特·卡西勒(Ernst Cassirer)在《启蒙哲学》中一再强调的:"启蒙思想的真正性质,从它的最纯粹、最鲜明的形式上是看不清楚的,因为在这种形式中,启蒙思想被归纳为种种特殊的学说、公理和定理。因此,只有着眼于它的发展过程,着眼于它的怀疑和追求、破坏和建设,才能搞清它的真正性质。"[1] 因而在某种程度上说,我们关于启蒙思想时代主潮的探究

---

[1] 卡西勒:《启蒙哲学》,顾伟铭译,济南:山东人民出版社,2007,第5页。

必然要回溯至对彼时各类支流（sub-currents）脉络的梳理上，而其中颇为关键的一环无疑又是影响深远的"古今之争"。而"古今之争"如下文将论及的那样，本质上即是一场对"进步观"的合理性持不同意见的思想论辩。因此，撇开以哥白尼－伽利略为开端的近代自然科学发展而谈启蒙思想中的进步观及其与"古今之争"的纠葛，即是无根之谈。因为可以说，中世纪以来神学主导的人类思想之锁的第一道裂纹是由自然科学敲出的，进步的观念亦与之息息相关。

处于"中世纪的冬眠"时期的西方世界，神学的多方禁锢导致自然与知识长久的区隔。"只要关于上帝的学说无可置辩地处于上升的趋势，那么进步的观念就不可能兴起。"① 人的认知对象主要局限于神（包括神的语言《圣经》）与神的"国度"——罗马教会所规定的范围之内，彼时人们的时空结构观念，"是从亚里斯多德－托勒密那里沿袭下来的。经过基督教神学的不断加工，整个宇宙成了以地球为中心的拟人化的和谐体"。② 人类的理智能力被经院哲学的精英们束缚且消耗于烦琐的神学论辩之内。因而，当哥白尼的"日心说"即便在哲学范畴内以缺乏实践检验的抽象演绎方式被提出时，仍然不啻在欧洲中世纪神学家们精心建构的宇宙结构城堡内部投下了一颗重磅炸弹。哥白尼时期欧洲的科学技术发展，虽然仍旧处于"神学的女仆"的地位，但是，古希腊—罗马以来的各类自然学科，在欧洲中世纪长达1000多年远非处于"停滞"的境地，或如有论者提出的处于"倒退"这么一种状况中。相反，把整个欧洲中世纪形容为"笼罩在一重重铅灰色的迷烟巨雾之中"③ 只是传统历史学家对缺乏灼见的华丽辞藻的自我迷醉。实际上，1000多年的物质生产实践与经验积累定然对自然科学的发展及人的世界认知能力起到潜移默化的影响，而各类技艺的更新也确实"通过不断地展示各种潜在的可能而不容置疑地巩固了进步的观念"。④

---

① 约翰·伯瑞：《进步的观念》，范祥涛译，上海：上海三联书店，2005，第16页。
② 陈修斋主编《欧洲哲学史上的经验主义和理性主义》，北京：人民出版社，1986，第12页。
③ 朱迪斯·M. 本内特、C. 沃伦·霍利斯特：《欧洲中世纪史》，杨宁、李韵译，上海：上海社会科学院出版社，2007，第1页。
④ 查尔斯·比尔德：《进步的观念》引言，约翰·伯瑞：《进步的观念》，范祥涛译，上海：上海三联书店，2005，引言，第13页。

第一章 斯威夫特与文化秩序

  16、17世纪之交，伽利略摒弃了哥白尼仍带有推理性质的假设，为近代自然科学奠定了一种综合了观察、实验、归纳及演绎的科学方法。他的自由落体和惯性这两条定律，把运动从神的手中归还给了物体本身，他对运动"第一因"的技术性忽视，在某种程度上又把目的论从自然科学研究中剔除：这为其后的，无论笛卡尔理性主义[①]对上帝的悬置，抑或是英国自然神论对上帝的架空都先行在物理学上树立了典范。但伽利略更新的物理学方法论及其实践，对整个欧洲近代哲学思想演进而言更为重要的作用在于："产生了后来历经两百多年而不衰的机械论的思维方式。……在某种程度上甚至可以说，近代哲学经验主义和理性主义的分野，最初就是从对机械论本身的两个主要因素，即力学原理和数学原理的偏重而开始的。"[②] 至此，人与自然、主体与客体的关系从神学思维控制的"混沌的渊面"中凸显出来。自然与人类作为彼此的客体，洗刷了中世纪神学所预设的"恶"名。如卡西勒所言："带有鲜明的古典特征和中世纪特征的世界观土崩瓦解，世界不再是可直接达到的事物顺序意义上的'宇宙'了。空间已无限扩展，时间已无限延长。"[③] 科瓦雷（Alexander Koyré）在指认这场精神变革时同样敏锐地说出："在这一时期，欧洲精神界经历或者完成了一场意义深远的精神革命（révolution spirituelle），它改变了我们的思维基础乃至框架。"[④] 自然王国从神恩王国中的分离，人类和宇宙新生的独立性，以不可分割的统一姿态铺展在人们面前；这种虽然仍旧"稍显信心不足而又试探性"地在各个领域挺进的"进步观念"在16~17世纪文人的笔下以"站在

---

① 狭义的理性主义亦被称为唯理主义。广义的理性主义与唯理主义的分野，事实上造成了以法国笛卡尔主义为首的大陆理性主义和培根 - 霍布斯 - 洛克为首的英国经验主义的区分，这种区分影响极为深远，直接指向"古今之争"中英法论辩双方焦点的不同，间接地指向启蒙运动在法国和英国发展的不同趋势，这种大趋势中，文学样式、政治形态、民族性格皆有其民族特性表征。广义的理性主义与唯理主义的分野详见陈修斋主编的《欧洲哲学史上的经验主义和理性主义》第一章相关部分。
② 陈修斋主编《欧洲哲学史上的经验主义和理性主义》，北京：人民出版社，1986，第16页。
③ 卡西勒：《启蒙哲学》，顾伟铭译，济南：山东人民出版社，2007，第34页。
④ Alexander Koyré, *Du Monde Clos à l'Univers Infini*, Paris：Gallimard, 1973, p.9, 转引自雷比瑟《自然科学史与玫瑰》，朱亚栋译，北京：华夏出版社，2019，第41页。

巨人的肩膀上"① 此一动态象征遽然耸立："古人的天赋与智识使我迷惑，我不屑于在他们的水平上提拔自己，我想唯一能越过他们攒动的人头向前望的可能，就是站上他们的肩头。"②

当然，在任何领域，无条件地夸大地理环境决定论都有流于文化偏执之虞，但毫不讲究特定民族与特定地理环境复杂作用下形成的特定民族气质，以及这种气质对其文化思维方式的特定影响，又容易向绝对的相对主义滑堕。确实，在这一时期，英格兰产生了一批独具民族气质的自然科学家。③他们以对实验、经验以及素材归纳的偏重形成了"观察的自然科学"，这种精神气质在弗朗西斯·培根处达到了顶峰。但如果我们把目光稍微放远，回溯整个中世纪时期，会发现实际上在英国自然科学和哲学发展史中，其实早就掩伏着一条与后来的哥白尼-伽利略体系类似的科学线索：从"奇迹博士"罗杰·培根（Roger Bacon，约1220—1292）到"精湛博士"邓斯·司各特（John Duns Scotus，约1263—1308）再到奥卡姆的威廉（William of Ockham，约1285—1349）。英格兰这些神学博士虽然没有，也不可能单独以科学实验者的

---

① 关于此一论述，较为人所熟知的自然是牛顿的"我之所以比别人看得更远，是因为我站在巨人的肩膀上"一语。实则，"巨人的肩膀"此一形象作为 16～17 世纪人类进步观念的一个典型象征，较为常见地散布在那个时期各种作品中，譬如，约翰·威尔金斯主教（Bishop John Wilkins，1614—1672）有"……他们传递我们各类知识一如我们坐在他们的肩头……"一语。见 John Wilkins, *A Discovery of a New World.... Unto Which is Added, a Discourse Concerning a New Planet...*, 4th edition, London: Printed by T. M. & J. A, 1684, pp. 21 - 22。Cf, Robert Friedman Sarfatt, "Jonathan Swift and the Quarrel of the Ancients and Moderns," Ph. D. Dissertation, San Diego: University of California, 1969, p. 24. 英国"崇古派"代表威廉·坦普尔，在驳斥"现代派"时，亦以彼之道还施彼身，用巨人的譬喻还击："侏儒立于巨人肩头……"见 Sir William Temple, *Miscellanea II*, pp. 30 - 31。另一位"崇古派"基督学院的威廉·金（William King）在嘲笑"现代派"本特利时，亦调用巨人形象："既然我们立于巨人肩头，自然登高望远……"见 William King, *Dialogues of the Dead Relating to the Present Controversy Concerning the Epistles of Phalaris*, London: Printed and Sold by A. Baldwin, 1699, p. 2。

② Richard Cumberland, *Memoirs of Richard Cumberland*, in 2Vols, Vol. 1, London, 1806, pp. 14 - 15; Cf, Joseph M. Levine, *The Battle of the Books: History and Literature in the Augustan Age*, Ithaca and London: Cornell University, 1991, p. 75.

③ 思维方式与民族性的关联研究可见叶普·列尔森《欧洲民族思想变迁：一部文化史》，骆海辉、周明圣译，上海：上海三联书店，2013，第 49 页："在欧洲民族分类学发展的过程中，还有一个显著的特征，那就是它与气候的关系，应当说从气候的角度来解释各民族的性格，在欧洲有悠久的历史传统。"又见第 51 页"启蒙哲学中的'民族性'问题"。

第一章 斯威夫特与文化秩序

身份出现,但他们在神秘主义幕帏遮蔽下开展的占星与炼金、医学实践,实际上已经包含了后来培根及牛顿开创的英国近代自然科学方法论的大部分要素;培根主义者所做的似乎只是把神学的幌子摘除而已。[1] 英国自然科学及哲学,其实正是在对英国中世纪经院哲学的自反中获得了雏形,这种思想观念形态在17世纪后半叶的牛顿和洛克那里,终于发展成既独立又互相影响的独具英国特色的经验主义思想。当然,从英国特定历史文化结构中孕育而出的气质,又反过来影响了整个英国社会、宗教、文学、政治、经济现代化的塑型之路,并如下节所示,进而影响了英国启蒙运动及更为直接的"古今之争"。

而就在伽利略用望远镜摧毁了中世纪神学宇宙观这个宏观结构的同时,英国近代医学和解剖学创始人哈维(William Harvey,1578—1657)用显微镜[2]解开了人体血液循环的秘密,以一种与哥白尼"日心说"同构的方式,把心脏而非灵魂,确定为人体动力的"太阳"。而哈维之前的吉尔伯特(William Gilbert,1540—1603)的《论磁石》在"宣告了科学的近代更新"[3]的同时为牛顿万有引力定律的提出埋下了伏笔。如果说,欧陆自然科学和哲学传统自中世纪起,便饱受"亚里士多德阴魂"的困扰,呈现出对经院哲学抽象思辨的偏嗜,那么英国自然科学及其哲学思想,在其发轫之初就致力于驱散亚里士多德的"阴魂",走上一条"从物到感觉"的实践路径。正是在这种独具民族气质的科学、哲学氛围里,作为"英国唯物主义和整个现代实验科学的真正始祖"[4]的培根发出了庄重而振奋人心的呐喊:"人是自然的仆役和解释者。"[5] 然而,在上帝和自然面前突然傲然独立出来,获得了思维合法性,却又失去了思维准则与目的的个体面临着似乎无法挣离的心灵困境——人性如何摆脱文艺复兴后期因自我解放而滑向放纵荫谷的失重感,又

---

[1] 沃格林:《政治观念史稿(卷2):中世纪至阿奎那》,叶颖译,上海:华东师范大学出版社,2019,第91页。
[2] 值得注意的是,《格列佛游记》中斯威夫特多次提到"眼镜""袖珍望远镜""放大镜""取火镜"等先进光学仪器,详见斯威夫特《格列佛游记》,张健译,北京:人民文学出版社,1979,第21页、第76页以及第140~141页。
[3] 罗伯特·金·默顿:《十七世纪英格兰的科学、技术与社会》,范岱年等译,北京:商务印书馆,2009,第33页。
[4] 马克思、恩格斯:《马克思恩格斯文集》(第1卷),北京:人民出版社,2009,第331页。
[5] 培根:《新工具》(第1卷),许宝骙译,北京:商务印书馆,2009,第1页。

如何才能真切地被理性之光照亮去认知自然,且认识的法则又是什么?在培根那里,他将知识与经验的获取及累积作为人类"灵肉困境"自我救赎的药方;知识(经验)作为认识自然与自我的手段及目的,作为英国启蒙思想肇始之际便打上的烙印——作为"奠定了科学实践观点和归纳法的基础"[①] 的方法论——其影响再怎么夸大也不为过。这种区别于大陆理性主义哲学的思维、实践方式,如前所述,是契合英国民族气质的必然的智识活动准则。因为,代表知识及其解放的信仰主义(fideism),一方面是英国前工业化时期资本积累要求的形而上学表达;另一方面正如弗里德里希·希尔(Friedrich Heer)所指出的:"每一种英国哲学都是当时英国政治情况的一座纪念物",[②] 它也是英国政治体制独特结构的思想缩影。这种对知识的强烈欲求,对知识的文化价值与社会功用须臾不离的强调,以极高的辨识度贯穿在培根及其后所有英国启蒙哲学家的著作之中,进而逐渐淬炼出迁延至今的英国性(Englishness)。

值得指出的是,信仰主义对知识、技艺社会功能的注重更为直接地指向了经济生产;并且如恩格斯所述:"如果说,在中世纪的黑夜之后,科学以意想不到的力量一下子重新兴起,并且以神奇的速度发展起来,那么,我们要再次把这个奇迹归功于生产。"[③] 13~17世纪的英国,经中世纪漫长的积累至圈地运动后而发展起来的家内制经济(Domestic System),实际上已然具备了早期资本主义发展的基本要素。而在社会结构层面上,英格兰形成了与生产力要求相适应的、一种高度分层与流动的秩序结构。相应地,政治制度上的议会制和国家法律体系也进行了不断的改良。彼时英国普遍的社会现实及其主要矛盾正是生产者即资本主体在意识形态上的受禁,及该种限制对社会发展所产生的阻力。因而,1660年成立的英国皇家学会,[④] 似乎可以视

[①] 徐新主编《西方文化史:从文明初始至启蒙运动》,北京:北京大学出版社,第232页。
[②] 弗里德里希·希尔:《欧洲思想史》,赵复三译,桂林:广西师范大学出版社,2007,第372页。
[③] 恩格斯:《自然辩证法》,《马克思恩格斯文集》(第9卷),北京:人民出版社,2009,第427页。
[④] David Wootton, *The Invention of Science: A New History of the Scientific Revolution*, New York: Harper Collins, 2016, pp. 44-46.

第一章 斯威夫特与文化秩序

为资本意识受阻后英国中产阶层缓解焦虑的迂回映射。因此,就17、18世纪之交的时代背景而言,英国自然科学和哲学发展形态表现出一种对经验、知识的攫取要求,对启蒙大众理性的侧重,乃至对进步观念的肯定,可以说有其历史必然性。

同时,我们知道,培根对旧的经院哲学逻辑方法的批判,对归纳法、分析法在自然科学研究中的倚赖,为人类深入了解自然提供了新的学理依据。同样,在哲学层面,他亦为人类理智找到了一个"稳当的、审慎的方法,作为心灵的指导"[1]——进步观及其历史意识。因而,某种意义上,培根可谓替英国启蒙思想和"古今之争"中的"现代派"(the Moderns)[2]进步观找到了"宿命论式"的历史起点:

> ……这种在航海和发现上的进步或许也进一步预示着所有自然科学的进步和增长,因为它们似乎是受到上帝的命令注定要成为同时代的东西……知识也将会增长(Plurimi pertransibunt, et multiplex erit scientia):仿佛世界疆域的开阔和通行无阻的发展以及知识的增长注定要在同时代出现;正如我们所见,在很大程度上已经实现了这一点:这些后来时代的知识并没有在很大程度上让位于以前的两个时代或让位于知识的回归,一是希腊时代,一是罗马时代。[3]

至此,英国近代经验哲学从培根处正式揭开帷幕。而从自然科学史的视角上看,经由哥白尼-伽利略模糊提出,至波义耳-培根所倡导的科学方法论,也终于在牛顿那里形成了"质的飞跃",并最终奠定了科学对神学的"圆满胜利"。[4] 我们知道,早前科学家零散、片段的知识与规律,并不足以

---

[1] 余丽嫦:《培根及其哲学》,北京:新华出版社,1987,第247页。
[2] 目前学界涉及"古今之争"中"the Moderns"及"the Ancients"的翻译主要有"现代派""现代人""厚今派",及相应的"古代人""厚古派";本文统一译"the Ancients"为"崇古派",而将"the Moderns"译为"现代派"。
[3] 约翰·伯瑞:《进步的观念》,范祥涛译,上海:上海三联书店,2005,第39页。
[4] 安德鲁·怀特:《科学-神学论战史》(第1卷),鲁旭东译,北京:商务印书馆,2012,第271页。

77

证明宇宙或自然的局部规律对于整体的普适特征,但牛顿完成了先贤所收集的一切,提出了根基性质的万有引力定律。① 牛顿作为一位科学巨匠,其特异地位如蒲柏诗中所描述:

> 自然和自然规律隐没在黑夜中,
> 上帝说:"要有牛顿"于是便有了光。②

启蒙之光驱散了神性灵韵。牛顿用万有引力定律构筑了一个同中世纪截然不同的物理世界。"这是一种崭新的世界观,在这个世界观之下,当时所知的自然界一切现象几乎都一览无遗了。"③ 世界/自然和主体/自我从上帝权威严密的包裹中纷繁崩裂,"自然秩序"对神圣秩序的驱逐制造了新的时代精神。④ 而新的精神内容必然产生新的形式与之配适;人类认知和陈述世界的形式与内容从此发生了质的跃变。因而,在斯威夫特《游记》中,望远镜、显微镜作为扩大人类感官的新型科技手段被浓墨重彩的渲染;而"天体的万有引力"⑤ 这一支配运动的新真理,刚从牛顿的《自然哲学的数学原理》中脱胎,墨迹未干之际就出现在斯威夫特的各类书写之中。

值得指出的是,罗伯特·金·默顿(Robert Merton)教授在《十七世纪英格兰的科学、技术与社会》中敏锐地观察到历史上杰出的宗教改革家和思想家及科学家集群出没的有趣现象。在对该现象进行解释时,默顿指出:"这是不能被轻易地归结为这些人物是偶然共生的……更合乎情理的解释应该从各种社

---

① 亚·沃尔夫:《十六、十七世纪科学、技术和哲学史》(上册),周昌忠等译,北京:商务印书馆,2016,第172页。
② Alexander Pope, *The Works of Alexander Pope*, Vol. 2, London: Printed for L. Gilliver, 1735, p. 160. 中文译文详见伏尔泰《哲学通信》,高达观等译,上海:上海人民出版社,2005,第88~94页,又见伏尔泰《路易十四时代》,吴模信等译,北京:商务印书馆,1996,第496页有关光学和牛顿影响的评述部分。有意思的是,卡西尔在论及"推演性概念"(discursive concepts)时也将其譬喻为"一道向四外扩散的光",详见卡西尔《语言与神话》,于晓等译,北京:生活·读书·新知三联书店,1988,第108页。
③ 陈修斋主编《欧洲哲学史上的经验主义和理性主义》,北京:人民出版社,1986,第19页。
④ 亚·沃尔夫:《十八世纪科学、技术和哲学史》(上册),周昌忠等译,北京:商务印书馆,2012,第11页。
⑤ 斯威夫特:《格列佛游记》,杨昊成译,南京:译林出版社,1995,第144、171页。

会学状况的结合中、从种种道德的、宗教的、美学的、经济的以及政治的条件的结合中去寻找……"① 这段话另加亚·沃尔夫（Abraham Wolf）教授"为了理解十八世纪，仅仅了解它在科学和技术上的成就是不够的"② 一语，或可作为本节力图阐释的自然科学发展与"古今之争"复杂关联的旁证。

　　实际上，正如上文所述，简单地对某种思潮进行地域或者民族区分是失之偏颇的，只有把该思潮放进特定的社会历史背景中，且只有在对该思想进行系谱学上的纵向追溯，并比对共时文化参照，才能得出该思想的民族气质而不显得草率。因而，英国启蒙哲学虽然不至于如恩格斯指出的那般"完全听从经验"，但对知识、经验及实践的侧重确实如其所说是"英国人的民族性所固有的特点"。③ 这种民族特征鲜明至让肯尼思·摩根（Kenneth Morgan）断言："假如英国有过启蒙运动的话，那就是实用思想上的启蒙。18 世纪引人注目的既不是神学上的论争，也不是哲学上的探索，而是应用技术。"④ 摩根之语虽略显偏激（英国无疑有过启蒙运动），却不失把握了彼时英国思想变动的关节。且该思潮的培根主义特性直接影响了"古今之争"中英法趣味的分野：法国"古今之争"双方就科技进步基本达成共识，而将焦点集中于文艺的优劣比较上；⑤ 而英国"古今之争"涉及面则相较更为广泛，除去对"进步观念"的争辩外，英国"崇古派"秉持学识的"道德教化"功用为主攻论据，以培根的知识效用理论为基础，强调实用主义的学识精神。⑥ 不言而喻，英国"古今之争""论争双方对笛卡尔-霍布斯机械论的培根式驱离"⑦ 恰恰体现了英国启蒙运动与法国启蒙运动的歧异之处。这

---

① 罗伯特·金·默顿：《十七世纪英格兰的科学、技术与社会》，范岱年等译，北京：商务印书馆，2009，第 33 页。
② 亚·沃尔夫：《十八世纪科学、技术和哲学史》（上册），周昌忠等译，北京：商务印书馆，2012，第 11 页。
③ 余丽嫦：《培根及其哲学》，北京：新华出版社，1987，第 32 页。
④ 肯尼思·摩根：《牛津英国通史》，王觉非译，北京：商务印书馆，1993，第 409~410 页。
⑤ Robert Friedman Sarfatt, "Jonathan Swift and the Quarrel of the Ancients and Moderns," Ph. D. Dissertation, San Diego: University of California, 1969, pp. 13–17.
⑥ Robert Friedman Sarfatt, "Jonathan Swift and the Quarrel of the Ancients and Moderns," Ph. D. Dissertation, San Diego: University of California, 1969, pp. 109–110, p. 21.
⑦ Richard Jones, *Ancients and Moderns: A Study of the Rise of the Scientific Movement in Seventeenth Century England*, Berkeley: University of California Press, 1961, p. 322.

种影响深远的英式启蒙作为内隐的文化背景,可以说显豁地贯通于斯威夫特的政治生涯和文学书写之中。

自此,《圣经·但以理书》中尼布甲尼撒之梦所昭显的人类终末景象(Eschatology)与"衰退灭亡论",[①]在自然科技递进发展的影响下,在人文主义挣脱宗教精神钳制的进程中,在历史主义与国族秩序兴起的背景里,逐渐被进步的历史观所淡忘或超越。16~17世纪科技观念在人类心灵结构中制造的"突变",[②]确实如巴特菲尔德指出那般,是除了基督教兴起之外,无以媲美的历史里程碑。[③]"进步意识"开始迅速萌发并生长于人们脑际。当然,基于目下"历史事实"的权威经验而生成的破拆冲动在各路文人盛赞所处时代非凡与伟大之时,歌颂者的唱词及声调仍须是谨慎而微弱的。火刑柱上张狂的烈焰与布鲁诺哀戚的尖嚎曾使哥白尼与伽利略畏葸不前,自然也让培根、笛卡尔之辈犹疑。"进步观念"的历史车轮要驶离宗教裁判所,驶过17、18世纪之交,继而开进英法"古今之争"论辩场——在实践而非学理层面像悬置上帝一般悬置了"终末论"以后——才能以古今高下的拷问者姿态长驱直进。

第二节 17世纪90年代英格兰思潮: "古今之争"中的思想拉锯

引 言

1699年3月17日,英国神学家、宇宙学家托马斯·伯内特(Thomas Burnett,约1635—1715)写了封信给蜚声宇内的至交约翰·洛克(John Locke,1632—1704),由信中内容我们得知,其时另一位杰出的古典学者、神学家理查德·本特利(Richard Bentley,1662—1742)正遭受"基督教堂

[①] 见《圣经·但以理书》2:9,2:41。

[②] Bernard Barber, *Science and the Social Order*, London: George Allen & Unwin Ltd., 1953, pp. 48 – 49. 中译本可参见巴伯《科学与社会秩序》,顾昕等译,北京:生活·读书·新知三联书店,1991,第57页。

[③] Herbert Butterfield, *The Origins of Modern Science 1300 – 1800*, New York: The Macmillan Co., 1950, p. 174.

学院才子派"(Christ Church Wits)青年才俊查尔斯·波义耳(Charles Boyle,1674—1731)的攻讦。前者遂邀界内先进伯内特伸出援手。信中伯内特向洛克坦言:"我……再三思虑,综观本特利博士对出版商班尼特①先生颐指气使,及班尼特先生对事情客观、坦然陈述之自我辩护,事态似乎明晰,即便博士才学兼备又有理据,但他的君子风度已荡然无存。"②洛克的回应虽左右言他,但有一点是十分明确的,就是尽管他早就密切关注此类论战,但他坚决表示"不喜争执",③不愿于晚年介入在当时欧洲知识界已然尘嚣甚上的"古今之争"(La Querelle des Anciens et des Modernes)——一场古人与今人孰优孰劣的论争之中。

这是一场彼时贤者不是参与站队介入论争就是密切关注、引为谈资的知识界盛事。④我们甚至可以认为"古今之争"正是从文艺复兴到启蒙时期西方思想史发展过程中极为关键的一环。然而,就是这样一股重要的思想流动,一直以来都不被学界重视。⑤因而当20世纪90年代,列维尼(Joseph M. Levine)教授指出"古今之争一直没有得到应有的关注……经常被时代错置地误读"⑥时,他并未危言耸听。这种或对"古今之争"的忽略,或以"时代误植"(Anachronism)之手法展开研究的状态至今仍未有太大改观。而原因不外乎:

---

① 指基督学院查尔斯·波义耳《法拉里斯信札》(*Epistles of Phalaris*, 1698)的出版商托马斯·班尼特(Thomas Bennet)。
② Cf, Joseph M. Levine, *The Battle of the Books: History and Literature in the Augustan Age*, Ithaca and London: Cornell University, 1991, p. 85.
③ Cf, Joseph M. Levine, *The Battle of the Books: History and Literature in the Augustan Age*, Ithaca and London: Cornell University, 1991, p. 85.
④ 刘小枫、陈少明主编《维柯与古今之争》,北京:华夏出版社,2008,第117页。
⑤ 约翰·伯瑞:《进步的观念》,范祥涛译,上海:上海三联书店,2005,第56页。伯瑞教授在1932年指出"这场关于古人和今人的争论过去一般被视为文学史上的一段奇怪而又相当荒谬的事件而不加考虑"之时,其显然还乐观地把文学史和"古今之争"联系在了一起,在其后半个多世纪,文学史中的"古今之争"论述几乎可谓付之阙如;因而,在1969年,加利福尼亚大学沙法特(Sarfatt)提交的博士学位论文之绪论中,"古今之争"讨论的缺失又一次被提及;对这种缺憾的喟叹一直到1991年列维尼教授的《书籍之战》(*The Battle of the Books: History and Literature in the Augustan Age*, 1991)中还在延续。
⑥ Joseph M. Levine, *The Battle of the Books: History and Literature in the Augustan Age*, Ithaca and London: Cornell University, 1991, p. 1.

人们只是将这场论争当成一个纯粹的大事件，认为其结果理所当然是支持今人。但是，如今我们可以清楚看到，该次论争更像一场有许许多多小冲突的持久战，而非只是鏖战一场；它铺天盖地地展开战斗，涉及了无数问题，但论战双方最终都没有（尽管不是完全没有）分出胜负，而是陷入了某种僵局。当人文主义者首推古人为我们模仿和效法的榜样时，可以说他们对古人是推崇备至的；但不久之后就遭到了各种各样现代观念的挑战，论争的结果也就莫衷一是。这个相持状态持续了很长时间，直到18世纪之交，法国论争和英国"书籍之战"的到来，才把这一切推向了高潮。①

列维尼提出的"相持甚久"却"涉及无数问题"的"古""今"两种观念之间的纠缠，确实包裹着极其丰富的思想因子：文艺复兴以来的"新科学"（New Science）的勃兴，"进步的观念"（ideas of progress）的形成，启蒙思想与"权威主义"（authoritarianism）、"世袭主义"（hereditarism）及正统论者（orthodoxy）之间的各类话语论辩。"古""今"两派内部的思想分歧的摩擦，尤其是"自然恒定论"和"循环衰退论"两种历史观念的交锋，实际上都可视为从文艺复兴到英国启蒙运动期间英国政治话语背后的几股暗流。刘小枫教授甚至将"古今之争"与文艺复兴及启蒙运动并称为欧洲文化思想史上"三足鼎立"的重大事件。② 因而厘清17世纪90年代英格兰"古今之争"中的各类思想流向，指出其"进步观念"之争的本质，并分析其陷入"历史僵局"的原因，对指明斯威夫特文学、文化立场的塑型及其作品的思想背景不无裨益。

学界目下对于"古今之争"的定义迟迟未有共识。古典学者吉尔伯特·哈艾特（Gilbert Highet, 1906—1978）对"古今之争"的界定虽然较为笼统却也基本揭示了其性质："一场爆发于传统与现代，创新与权威之间的论战。"③

---

① 刘小枫、陈少明编《维柯与古今之争》，北京：华夏出版社，2008，第107页。
② 刘小枫：《古典学与古今之争》，北京：华夏出版社，2016，第67页。
③ Gilbert Highet, *The Classical Tradition: Greek and Roman Influences on Western Literature*, New York and London: Oxford University Press, 1949, p. 261.

第一章　斯威夫特与文化秩序

广义上[①]的"古今之争"与"人文主义现代派"（Renaissance Moderns），如伊拉斯谟（Desiderius Erasmus，约 1466—1536）、蒙田（Michel Eyquem de Montaigne，1533—1592）等学者对古典思想现代意义的强调，以及他们对盘踞于各修道院及大学中逐渐形成"思维桎梏"的亚里士多德哲学的反拨有关。[②]

在反权威的思想体系中，一种较为系统的古人与今人孰优孰劣的比较观念逐渐显现在 17 世纪人文主义者的叙述话语中。[③]"今人胜于古人"的进步观念也得以在封建王权高度集中的路易十四大帝一朝喷薄而出，法兰西学院则率先展开对古典性的挞伐："自然并未衰疲枯竭，以致无法发展进步；在我们的时代，众多成果能够与前朝历代相媲美。大自然始终如初，因而今朝于实力与能力上强于历代也就并非不可能了。"[④] 这种对古人的"蔑视"及对今人成果的高扬在查理·佩罗（Charles Perrault，1628—1703）于 1687 年在法兰西学院上诵读的《路易大帝时代》一诗中得到了更为充分的体现：

> 高贵的古典性似乎永远可敬/可我不认为它讨人喜爱/若见古人，我并不屈膝而拜/其虽宏盛一时，也会变坏……/我们断不可盲从一切古典性/即便对自己的时代缺乏信心/我们科技的价值也不言自明[⑤]

[①] 概念上"古今之争"的溯源似乎是难以穷尽的，且必然可以推溯到前苏格拉底哲学时期。本文视"古今之争"为严格的学术术语，而将其源头指向 15～16 世纪的人文主义思想因子。其具体发轫，学界一般指向佩罗和布瓦洛之争，但亦有学者将其发端前推至意大利人文主义者塔索尼（Alessandro Tassoni，1565—1635）的《杂议》（*Miscellaneous Thoughts*，1620）。详见约翰·伯瑞《进步的观念》第 57 页。法国的伏马罗利教授（Prof. Marc Fumaroli）及安娜·乐蔻（Anne‑Marie LeCoq）则把"古今之争"上推至蒙田，详见 Fumaroli, Anne‑Marie Lecoq, ed., *La Querelle des Anciens et des Modernes*, Paris: Gallimard, 2001, p. 7。

[②] J. B. Bury, *The Idea of Progress: An inquiry into Its Origin and Growth*, New York: The Macmillan Company, 1932, p. 78.

[③] Richard Jones, *Ancients and Moderns: A Study of the Rise of the Scientific Movement in Seventeenth Century England*, Berkeley: University of California Press, 1961, p. 139.

[④] F. Watson, *De Disciplinis*, Cf, Robert Friedman Sarfatt, "Jonathan Swift and the Quarrel of the Ancients and Moderns," Ph. D. Dissertation, San Diego: University of California, 1969, p. 7.

[⑤] Charles Perrault, *Le Siècle de Louis le Grand en Parallèle des Anciens et des Modernes*, Paris: [s. n.], 1693. Cf, Robert Friedman Sarfatt, "Jonathan Swift and the Quarrel of the Ancients and Moderns," Ph. D. Dissertation, San Diego: University of California, 1969, p. 1.

于古典主义盛行之际，佩罗这首对古人极具挑衅意味的诗歌甫出，立即在法国文学界引起轩然大波。以布瓦洛（Nicolas Boileau Despréaux，1636—1711）为首的"崇古派"应声而起。虽然如乔治·索雷尔（Georges Sorel）指出的，"17世纪所有伟大作家在古今之争爆发时都站在布瓦洛一方"，[①] 且在"现代派"阵营，我们仅粗加审视的话，会发现皆是混迹于太太沙龙的二流作家。但细察之后会发现，其中亦不乏皮埃尔·培尔（Pierre Bayle，1647—1706）及伯纳德·丰特内尔（Bernard le Bovier de Fontenelle，1657—1757）这样的博学之士。凭此一点，似可以推论，帝国盛世光芒辉蔽之下，"进步观念"正在筚路蓝缕地渗透人心。然而，《路易大帝时代》不过是佩罗宏大框架下的一个简短序言。在1688~1697年，佩罗陆续出版了四卷本《古今通比》（*Parallèle des Anciens et des Moderns*, 4 Vols, Vol.1, 1688; Vol.2, 1690; Vol.3, 1692; Vol.4, 1697），以激昂的现代人与顽固的古代人对话此类情境设置方式试图将古今各类技艺，包括艺术、自然科学、诗歌以及修辞等成果纳入比较范畴，进而肯定知识及技艺的累积与进步。

实际上，《古今通比》中"进步话语"的各项主张在"对现代主义者抱持同情心"[②] 的丰特内尔的《亡灵对话录》（*Dialogues des Morts*, 1683）、《关于多重世界的谈话》（*Entretiens sur la pluralité des mondes*, 1686）及《古今闲谈》（*Digression sur les Anciens et les Moderns*, 1688）三书中即已完备。尤其苏格拉底与蒙田的一篇对话，更将"古今之争"双方论争的一个焦点置于案前：既然自然恒定不变，人类的知识又能不断累积，此种"进步"最明确无误的标志则体现在自然科学上。[③] 这一观点实际上契合了笛卡尔哲学体系中的科技进步观。于是，丰特内尔扮演了笛卡尔"自然恒定论"原理的阐释者；因而，虽是佩罗在法兰西学院对《路易大帝时代》的赞歌直接引发了法国的"古今之争"，实际上是丰特内尔奠定了法国"古今之争"的基调。

[①] 乔治·索雷尔：《进步的幻象》，吕文江译，上海：上海人民出版社，2003，第76页。
[②] Joseph M. Levine, *The Battle of the Books: History and Literature in the Augustan Age*, Ithaca and London: Cornell University, 1991, pp. 23 – 24.
[③] Bernard Fontenelle, *Conversations with a Lady on the Plurality of Worlds*, Joseph Glanvil, trans., 4th edition (London, 1719), Gale ECCO, Print Editions, 2010, pp. 198 – 207.

第一章 斯威夫特与文化秩序

一 威廉·坦普尔的"崇古德行"

自欧洲地理大发现之后，因商业活动的一体化、政治联姻乃至战事促进的国际交往以及情报交流，其程度虽不可高估，却也无法小觑。彼时欧洲知识界业已形成了以通信为主要交流手段的松散同人团体。[1] 彼时，莱布尼茨与伯内特及威廉·沃顿（William Wotton, 1666—1727）即通过飞鸿传书，跟进"古今之争";[2] 维柯（Giovanni Battista Vico, 1668—1744）也通过庇护人瓦列特（Giuseppi Valetta）在法国及英国的交游圈子详细地了解"古今之争"的进程。[3] 丰特内尔的《古今闲谈》《关于多重世界的谈话》等书付梓后不久即被翻译成英文并在不列颠流通也就不足为奇。因而，将"古今之争"引入英国的威廉·坦普尔爵士得以在1689年通览丰特内尔的著作。细读之后，坦普尔对伯内特和丰特内尔大肆夸耀今人的作品"义愤填膺以致无法卒读",[4] 立即起笔成就《古今学术略论》（"Essay upon Ancient and Modern Learning", 1690, 以下视情简称《略论》）[5] 一文大力维护古人。不料此举旋即引来博采沉奥的青年才俊威廉·沃顿写就《答古今学术略论》（*Reflection upon Ancient and Modern Learning*, 1694）一书攻评其"崇古"姿态，自此掀起讨论热潮，后续各类纷争再起。英国"古今之争"的序幕得以揭开。

实则，那位致使坦普尔爵士大怒的伯内特，就是本章文首致信洛克的神

---

[1] 关于彼时欧洲学术团体和"新科学"知识圈交游情况的论述可参 Marc Fumaroli, "The Republic of Letters," *Diogenes*, Vol. 143, No. 36, 1988, pp. 129 - 152; Marc Fumaroli, *Republic of Letters*, New Haven & London: Yale University Press, 2018, pp. 65 - 81; Peter Burke, *A Social History of Knowledge: From Gutenberg to Diderot*, Cambridge: Polly Press, 2008, pp. 57 - 59; Harcourt Brown, *Scientific Organizations in Seventeenth Century France 1620 - 1680*, Baltimore: The Williamsand Wilkins Co., 1934, p. 56。

[2] Joseph M. Levine, *The Battle of the Books: History and Literature in the Augustan Age*, Ithaca and London: Cornell University, 1991, pp. 88 - 89.

[3] 刘小枫、陈少明主编《维柯与古今之争》，北京：华夏出版社，2008，第113~115页。

[4] Joseph M. Levine, *The Battle of the Books: History and Literature in the Augustan Age*, Ithaca and London: Cornell University, 1991, pp. 15 - 20.

[5] 亦是在前一年的1689年，斯威夫特投靠威廉·坦普尔，为其文学秘书，时常代其誊撰书信或收集资料；至1699年坦普尔逝世，斯威夫特受其庇护长达10年之久。不难想见，斯威夫特自始至终对英国"古今之争"都有密切的关注。

85

学家托马斯·伯内特。他与坦普尔师出同门,两人早年皆负笈剑桥人文主义大师、新柏拉图主义者拉斐尔·卡德沃思(Raphel Cudworth,1617—1688)门下。因受笛卡尔、伽桑狄哲学及培根主义哲学的影响颇深,伯内特意欲调和基督教信仰与笛卡尔唯理主义,创立一种解释世界的哲学体系。这种宏大的野心,使他必然对掌握在基督教义手中的万物阐释权提出挑战,而其攻击的主要目标自然也是"创世历史"。于是,伯内特于1681年以拉丁文写就《地球的神圣原理》(Telluris Theoria Sacra,1681),并于1684~1690年将读本转译成英文。书中伯内特对《圣经》创世纪教义做出耸人听闻的修正(不论这种修正在《旁观者》作者看来如何符合"理性之光与天道之大能"①),伯内特事实上描述了一位自然神论者笔下的上帝——在赋予了最初的动能之后,就做了甩手掌柜。为了让自己的新型理论能被学界接受,伯内特攻击了"崇古"心理对今人成果的偏见:"……那些偏见总是反对新生事物与创新……而那些食古不化地崇敬着古人的今人又总贬低自己的时代……"② 伯内特一方面认为,他知道的不仅比柏拉图、亚里士多德多,也比笛卡尔和新柏拉图主义者多,因为他可以参看、学习前人的著述以改进、提高自己;按此理,哲学及神学随时代递进发展是合乎自然律的。③ 另一方面,不仅哲学、神学符合此种进步规则,整个人类文明都应是一种现代化的建构过程:人类原本贫乏无知,在需求的驱动下不断进步,人工技艺及机械技艺构成了人类文明。这种文明的进展在航海技术的进步、印刷术的发明、血液循环理论的发现中都得到了证明,因而:

> 当今的任何一位扶犁童子,如若带着现世业有的农业技艺活在古希腊,岂不就是一位神祇?甚至就算是要僭越宙斯王座也不为过。如果古

---

① Addison, Steele, and Others, *The Spectator*, Vol. 1, New York: Printed by Sammel Marks, 1826, pp. 196 - 197.
② Thomas Burnet, *The Sacred Theory of the Earth: Containing an Account of the Original of the Earth, and of All the General Changes … in Two Volumes … the Fourth Edition. Also, the Author's Defence of the Work, from the Exceptions of Mr. Warren Volume 1 of 2*, Gale ECCO, Print Editions, 2010, p. 465.
③ 安德鲁·怀特:《科学 - 神学论战史》(第1卷),鲁旭东译,北京:商务印书馆,2012,第370~377页。

第一章　斯威夫特与文化秩序

腾堡带着印刷术去了古代,他在德意志的地位及声誉也必然要超过墨丘利或宙斯。①

正是"现代派"这种目无前人的"狂妄姿态"激怒了坦普尔。在坦普尔看来,伯内特那还留有神学虚饰外衣的进步观念实际上和丰特内尔是一辙而出的——他们都以笛卡尔的哲学理论为基础,相信在理性之光的照耀下,经验与知识是有递进性的,因而今人不必崇拜古人。

不同于法国"崇古派"与"现代派"纠缠于文艺优劣之争,在坦普尔回击"现代派"的《古今学术略论》中,坦普尔首先对"现代派"立论的两大逻辑前提——"自然恒定论"及以之为基础的"知识进步观"——展开了批驳。针对"自然恒定论",坦普尔并未采用中世纪普遍盛行的"千禧年主义"(Millennialism)及"终末学说"(Eschatology)中的"衰亡论"②简单地予以回应,因为那样便有落入经院哲学窠臼的嫌隙,无疑等于授人以柄。而且,从主观层面上看,卡德沃思门下的坦普尔,早已经历人文主义精神的洗练,实际上对培根式的进步主义多有领会,因而不可能简单地采用宗教学理性极强的"末日学说",此一论点从"古今之争"爆发之前的1672年的坦普尔一段剖白中清晰可见:

对先人崇敬似已蔚然成风,此种风气又于观念上痼疾而成古人之权威。愚见以为,权威可赋予近代之贤者,但赋予远古微茫中平凡古人则大无必要。一代之人何以必然强于另一代?若诚然如此,何以不可后世

---

① Thomas Burnet, *The Sacred Theory of the Earth: Containing an Account of the Original of the Earth, and of All the General Changes ... in Two Volumes. ... the Fourth Edition. Also, the Author's Defence of the Work, from the Exceptions of Mr. Warren Volume 1 of 2*, Gale ECCO, Print Editions, 2010, p. 477.
② "终末论"("末世论")与"千禧年主义"虽包含一种世界走向毁灭的共性,但此二概念并非简单等同,且"末世论"所涵盖的中世纪历史观较为复杂,并非一种简单的衰亡模式,也有达到兴盛突然毁灭的可能。详见吉尔松《中世纪哲学精神》,沈清松译,上海:上海世纪出版集团,2008,第十九章"中世纪的历史"。关于"末世论"与"终末论"译名的讨论可参沃格林《政治观念史稿》,刘小枫主编,上海:华东师范大学出版社,2007,"中文出版说明",第3页。本书并未采用学界通例"末世论"译法而是遵从"终末论"译名。

之人强于前人？然天恩固同，后起之秀似可木秀于林。①

坦普尔这段出自《论政府起源及性质》（*An Essay upon the Original and Nature of Government*, 1672）的"进步话语"，因其成文环境，多少有应和威廉三世政府改良之景的意思，自然不可与17世纪90年代解甲归田参与"古今之争"时的情形同日而语。然而，秉持培根主义的坦普尔在无法使用"衰亡论"之后，较为机敏地选取了一种朴素的"环境决定论"去迎击"现代派"的进步观。因为，尽管丰特内尔指出用自然之手揉制荷马与德摩斯梯尼（Demosthenes）及柏拉图的泥土并不比揉制当今贤者的泥土更加精细，但坦普尔认为前者显然忽略了不同时代之歧异及具体的外部条件对人类成就的影响："人类似乎历朝历代皆恒定如此，但实则他们亦随其出生之时之地的不同气候，变幻着他们的容颜、体格与素养"，② 而每个时代贤才的禀赋塑型，光有天赋的英雄气概是远远不够的，还须佐以"出生"、"教养"与"命运之助力"。③ 因而，在坦普尔看来，尤其是命运造化和社会风俗对每一时代人类的成就影响最深：

> 有些时代缺少伟人却富于伟大的时刻；另一些时代则相反，富于英雄而匮乏营造英雄之时势……人类或因父母疏于抚育及生长的虚弱而衰亡；或因教养之荒疏、之败坏而流于愚顽暴烈；或因放荡之风习及纨绔之做派而自甘堕落；或因效尤人君、家长、缙绅之恶榜，沾染坊间流毒之恶习而毁灭……④

不言而喻，这种对出生、教育、社会习俗、政府等复杂的外部因素的考

---

① Sir William Temple, *An Essay upon the Original and Nature of Government* in *Miscellanea* Ⅰ, London: Printed for Jacob Tonson, 1697, p. 68.
② Sir William Temple, *An Essay upon the Original and Nature of Government* in *Miscellanea* Ⅰ, London: Printed for Jacob Tonson, 1697, pp. 45 – 46.
③ Sir William Temple, *Of Heroick Virtue* in *Miscellanea* Ⅱ, Jonathan Swift, ed., London: Printed for Benjamin Tooke, 1701, p. 105.
④ Sir William Temple, *Of Heroick Virtue* in *Miscellanea* Ⅱ, Jonathan Swift, ed., London: Printed for Benjamin Tooke, 1701, pp. 30 – 31.

第一章 斯威夫特与文化秩序

虑的重视,确实较为有效地击中了丰特内尔将人类活动背景视为固态恒定的进步观念。

另外,针对"现代派"知识累积进步此一论点,坦普尔相对地提出"知识代际传递"理论。细读之下不难发现,这种理论含有将基督教创世论与中世纪朴素史观混合的意味:知识是从东方向西方逐代传递的。[①]"今人所享有的从古人处传递下来的成果并不会比古人从其所称之为先辈的更古之人那里所得到的更多";[②]"帝国的革命,军队的暴乱,征服者的屠戮及被征服者的灾难;此间突然暴发的洪涛,彼处连绵不绝的瘟疫"[③] 都是上古贤者的知识在传承时可能遭遇的种种磨难,这些磨难实存于史料、文学记载之中。因而,中世纪"黑暗的年代"中古典性的凋敝与湮没、人类文明的"退步"则因之成为"现代派"进步观无法合理解释的历史现象,也进一步成为坦普尔"代际传递"理论的绝佳证据。远的不说,即便近于丰特内尔与坦普尔眼前的"九年战争"也为此一论据提供了难以辩驳的"确凿性"。接着,坦普尔论述了音乐、古代巫术、建筑及语言等技艺在代际传递过程中从古到今的失落与衰亡的各类例证。[④] 最终,以"现代派"最为喜爱的"巨人的肩膀"此一形象予其重重一击:"短视的侏儒即便站在了巨人的肩膀上,要么因为目光短浅,要么因为高处不胜寒而晕眩——这种情况就我们的心智与脑力来说是时常发生的,今人根本不可能看得比古代巨人更远。"[⑤]

笼统观之,坦普尔对"现代派"两大论点的反驳似乎不难简便地归入文艺复兴以来的人文主义者传统之中。据此,琼斯(R. F. Jones)教授曾指出

[①] 欧洲知识的历史层累与东方因素之间的微妙关联可参本书第四章第五节"斯威夫特与中国"一节。该节考察了在政治地理学视域下,启蒙早期欧洲心灵智识结构中的东西交融在坦普尔及斯威夫特两人作品中的不同表征。

[②] Sir William Temple, *Of Heroick Virtue*, in *Miscellanea II*, Jonathan Swift, ed., London: Printed for Benjamin Tooke, 1701, p. 23.

[③] Sir William Temple, *Of Heroick Virtue*, in *Miscellanea II*, Jonathan Swift, ed., London: Printed for Benjamin Tooke, 1701, p. 35.

[④] Cf, Roberta Friedman Sarfatt, "Jonathan Swift and the Quarrel of the Ancients and Moderns," Ph. D. Dissertation, San Diego: University of California, 1969, pp. 99 – 101.

[⑤] Sir William Temple, *Of Heroick Virtue*, in *Miscellanea II*, Jonathan Swift, ed., London: Printed for Benjamin Tooke, 1701, pp. 30 – 31.

坦普尔的《古今学术略论》"不外乎是王政复辟时期人文主义者对新科学和皇家科学院攻讦的二次复兴罢了"。[1] 但是，笔者更同意沙法特（R. F. Sarfatt）的观点：坦普尔的《略论》并不仅仅是对新科学的抨击，在其攻击"现代派"进步观的表层动机之后，更隐含着坦普尔对学术及人的道德问题的深度考量。这个意义上看，《略论》更应该被视为一部道德哲学作品（Moral Essay）。[2] 这样，我们也就不难理解充斥于《略论》中大段布道文（sermonic）似的推敲"进步"和"学识"道德属性的长篇大论了：

> 除了大能的上帝赐予我们的品性及能力之外，我们还能再希图什么？我们的身高或有六至七英尺，年寿亦可近百，我们难道能使之延长至十六尺并享有千岁天年？我们生于尘土，匍匐于地，竟可以翱翔天际？我们不解麦仁生长的智慧，不解蝼蚁与蜜蜂的身体结构及其勤勉劳作之缘由，难道我们又能参透物质、形态、过程及宇宙万物之间的影响关系吗？我们佯称能解释闪电——大能上帝的神鞭——的产生过程，声响传递的原理。我们似乎也对日冕星辰移动的原则了然于胸，然而又有哪位天文学者能解释众多天体间何者主动何者被动？我们甚至无法解释一枚石子掷至对街时的运动。上述一切都不是浮浅的人类理智所能企及的。正如古代贤者所讥诮的那样：虚妄的人企图明慧万物，殊不知自身卑微如穷智黔驴。
>
> 更为不幸的是，人类的高傲要甚于无知。人类本应虚心求知，却骄横自满，穷途末路之际就妄称此处即是巅峰；方积十数跬步，也觍颜以为千里已至；我们妄称的理智就是真理的标准，我们零星的学识也被称为自然法则——即便人类的心智如时下风尚一般七年一变，不，几乎三天一换——人类仍旧会信心满满地以为：目下的考量就是颠扑不破的真理。有此一立论支撑，无论于何类时代何种情事，人类都将立于不败之

---

[1] Richard Jones, *Ancients and Moderns: A Study of the Rise of the Scientific Movement in Seventeenth Century England*, Berkeley: University of California Press, 1961, p. 267.

[2] Roberta Friedman Sarfatt, "Jonathan Swift and the Quarrel of the Ancients and Moderns," Ph. D. Dissertation, San Diego: University of California, 1969, pp. 105 – 106.

第一章 斯威夫特与文化秩序

地。因而,黄口小儿一定比他阅尽世事的父辈更明智,一介白丁也可以贤能过于君上,至于那些现代学究,既然于历代学识之中浸淫甚久,超出他们的古代先师自然也就不在话下了。①

综观整部《略论》,正是通过渗透其间的对"进步话语"及"人类傲慢"的反讽,坦普尔有意无意间契合了洛克经验主义哲学极其关键的节点——"人类经验的限度"问题,由于人类感官经验能力的受限,"因此,我就猜想,在物理的事物方面,人类的勤劳不论怎么可以促进有用的、实验的哲学,而科学的知识终究是可望而不可即的"。② 因而,无论观念(concepts)是否在感觉中或反省中获得,人类也只能"拥有不超过我们观念范围的知识"。③ 英国早期启蒙思想家眼中人类本质属性上的局促特征,在坦普尔笔下更以"一条长度不足的毛毯"形象生动地体现出来:"人类官能又如何可能面面俱到?……人的能力就如一条狭窄的毛毯,盖头露脚,遮脚现脸,首尾不可两全。"④ 正是在主张人类经验能力的限度之后,坦普尔提出"现代派"所回避的,亦是其所倚重的观点,人的学识须是以教养(civility)、道德(morality)及人性(humanity)为旨归的;⑤ "现代派"的盲目自大,无非使得自身的傲慢与无知更为昭彰而已。

原本,争论之中坦普尔若停于此处便可算小胜。然而极为吊诡的是,遗忘了希腊文,"既非哲学家亦非古典学者,更像是一位没有广博古典知识的崇古者"⑥ 的坦普尔却偏偏在反击"现代派"之后,又将学界颇有争议的"法拉里斯信札"(Epistles of Phalaris)尊奉至"由古至今,未得见风情、

---

① Sir William Temple, *Of Heroick Virtue*, in *Miscellanea* Ⅱ, Jonathan Swift, ed., London: Printed for Benjamin Tooke, 1701, pp. 52 – 54.
② 洛克:《人类理解论》(下),关文运译,北京:商务印书馆,1997,第 548 页。
③ R. I. 阿龙:《约翰·洛克》,陈恢钦译,沈阳:辽宁教育出版社,2003,第 254 页。
④ Sir William Temple, *Of Heroick Virtue*, in *Miscellanea* Ⅱ, Jonathan Swift, ed., London: Printed for Benjamin Tooke, 1701, pp. 51 – 52.
⑤ Roberta Friedman Sarfatt, "Jonathan Swift and the Quarrel of the Ancients and Moderns," Ph. D. Dissertation, San Diego: University of California, 1969, p. 116.
⑥ Joseph M. Levine, *The Battle of the Books: History and Literature in the Augustan Age*, Ithaca and London: Cornell University, 1991, p. 17.

精神、才智及天赋之气魄出其右者"① 的雄伟高度。而此举在不少"现代派"看来本身就体现着"傲慢与无知"。这自然引起科技进步话语的"集中营"——皇家协会会员们的不快,但忌惮于坦普尔爵士在当时的声誉,多数学者都如托马斯·斯普拉特(Thomas Sprat, 1635—1713)及约瑟夫·格兰维尔(Joseph Glanvill, 1636—?)一般,虽私下谋划反驳却谁也不愿正面回应。同样,1691年约翰·谭盾(John Dunton, 1659—1733)等人组建的"雅典人社团"(Athenian Society)及其报刊阵地《雅典信使》(Athenian Mercury)上虽多刊载"古今之争"论辩议题,却也没有愿直接针对坦普尔爵士者。② 一时之间,英国"古今之争"锋镝暂收,针对坦普尔的正面回驳还须等到"博采沉奥、搜练古今"的世纪天才威廉·沃顿的毅然出击。

二 从《答古今学术略论》到《法拉里斯信札》

威廉·沃顿可谓其父亲亨利·沃顿(Henry Wotton)特殊教育的产物。沃顿6岁便熟练掌握拉丁、希腊及希伯来3种古典语言,不满10岁即升入剑桥大学,13岁已掌握欧洲十几种常用语言;1687年,22岁之际,更成为皇家科学院的院士。在加入论争的大作《答古今学术略论》一书中,沃顿径直批驳了丰特内尔及伯内特对今人高扬的"傲慢"语调,③ 更针锋相对地指出佩罗在《路易大帝时代》中处处凸显"法式傲慢"(France pride),认为其人将法国当今几位蹩脚的演说家与修昔底德相提并论,简直是荒谬透顶:"法人肆意翻译古代诗作,更于翻译之间强加自己意见……殊不知今人不知古语习俗便不能得古人雄辩术神韵一半。"④ 实际上,沃顿已于开篇奠定自己介入论争的基调——"既不师法崇尚古人者如坦普尔爵士,亦不效颦高扬今

---

① Joseph M. Levine, *The Battle of the Books: History and Literature in the Augustan Age*, Ithaca and London: Cornell University, 1991, p. 49.
② Joseph M. Levine, *The Battle of the Books: History and Literature in the Augustan Age*, Ithaca and London: Cornell University, 1991, p. 29.
③ William Wotton, *Reflection upon Ancient and Modern Learning*, London: Printed by J. Leake for Peter Buck, 1694, pp. 45 – 46.
④ William Wotton, *Reflection upon Ancient and Modern Learning*, London: Printed by J. Leake for Peter Buck, 1694, pp. 54 – 55.

第一章　斯威夫特与文化秩序

人者如丰特内尔，而是居间调停"。① 但同时沃顿在著述中也委婉地同意了"自然恒定论"："代际更迭之间，于各时代风情变幻之外，我们似乎不难得出结论——人性几近恒定。"② 不难看出，沃顿对"现代派"有限度的支持，目的并不在于纠缠于"古""今"孰优孰劣，而是为其"进步观念"铺垫。在文艺造诣上，沃顿确实是站向了坦普尔一方，认为"在那些我们统称为知人论世的方法论上，在使人们在协商时更为明智，经商时更为机敏，交谈时更为怡人的技法上，古人皆已熟习"。③ 而在道德及政治哲学、诗意及雄辩术上，古人亦堪为榜样，相较之下今人能做的不外乎努力研习，见贤思齐。另外，在"崇古派"于高雅艺术（fine arts）方面达成古人占优的基本共识之后，沃顿实际上将"古今之争"的焦点引向关于自然科技进步的讨论，指出"崇古派"断不能忽略造纸术、印刷术，放大镜、望远镜以及钟摆等器物的发明。甚至今人在逻辑学和形而上学方面对古代桎梏的跳脱也值得赞颂；而培根、笛卡尔及洛克诸位在上述方面的创造性见解也足以令前人汗颜。故而，在沃顿看来，"古今"之间各有千秋，未来仍不可知；但对今人来说只有一件事更为重要，那就是："在今人略胜古人的领域，融会贯通古今，并使其各为源头。"④

《答古今学术略论》的付梓可谓震动朝野。总体而言，学界反应褒贬参半。时任坎特伯雷大主教约翰·迪洛特森（John Tillotson，1630—1694）博士当即致信伯内特表明："此书所显示的见识及才学，其体面之气概，皆属非凡。……士绅应当人手一册。"⑤ 甚至彼时戏剧界翘楚约翰·伊夫林（John Evelyn，1620—1706）等人亦对《答古今学术略论》多有褒扬。当

---

① Joseph M. Levine, *The Battle of the Books: History and Literature in the Augustan Age*, Ithaca and London: Cornell University, 1991, p. 35.
② William Wotton, *Reflection upon Ancient and Modern Learning*, London: Printed by J. Leake for Peter Buck, 1694, p. 16.
③ William Wotton, *Reflection upon Ancient and Modern Learning*, London: Printed by J. Leake for Peter Buck, 1694, pp. 12 – 13.
④ William Wotton, *Reflection upon Ancient and Modern Learning*, London: Printed by J. Leake for Peter Buck, 1694, p. 358.
⑤ Cf, Thomas Birch, *The Life of the Most Reverend Dr. John Tillotson*, London: Printed for J. and R. Tonson, 1752, pp. 331 – 332.

然，攻击者则主要出自坦普尔的交友圈，尽管友人再三催促，坦普尔似乎无意于回复沃顿，仅作了非常简短且未完稿的《复议古今学术略论》（"Some Thoughts upon Reviewing the Essay of Ancient and Modern Learning"，1701）聊为应答。在《复议古今学术略论》中，被其时古典学巨擘伯纳德（Edward Bernard，1636—1697）讥为"好绅士、坏学者"的坦普尔并未针对沃顿在自然科技方面"不容置疑"的事实展开有效辩驳。实际上，坦普尔的学识亦不足以在该领域与之辩驳，因而文中多的是"古之已有，今仍将有，太阳之下，并无新事"[①]此类套话。针对沃顿特地挑明的科技进步，坦普尔基本上也仅是重复《古今学术略论》中对今人傲慢姿态的挞伐。并且，即便是此类回复也须待坦普尔过世后由斯威夫特编辑出版才得以面世，因而事实上坦普尔并未立即参与到对沃顿的抗辩中去。尽管如此，英国"古今之争"却并未歇止，反而在坦普尔和沃顿的笔战骚动中揭开了新的序幕。

或出于坦普尔在《古今学术略论》中对《法拉里斯信札》的尊崇，牛津大学基督教堂学院（Christ Church, Oxford）院长亨利·阿尔德里奇（Henry Aldrich，1647—1710）决定指派波义耳（Charles Boyle）重印《法拉里斯信札》。后者在与皇家图书馆（royal librarian）馆员本特利博士交涉使用"饱蠹楼"（Bodleian Library）中的法拉里斯手稿事宜时，支持"现代派"阵营的本特利自然不愿对"崇古派"多行方便。波义耳遂于新版《法拉里斯信札》前言中在维护坦普尔同时，指责本特利"毫无人文风度"（pro singulari suâ humanitate negavit）。[②] 作为回应，本特利则在友人沃顿《答古今学术略论》第二版（1697年）出版时附上《论法拉里斯信札》（"Dissertation upon the Epistles of Phalaris"，1697）一文予以回驳，从而引发了英国"古今之争"的第二次高潮。[③]

在《论法拉里斯信札》中，除了对手稿借阅事件展开辩护，指责校对者

[①] Sir William Temple, *An Essay upon the Original and Nature of Government*, in *Miscellanea I*, London: Printed for Jacob Tonson, 1697, pp. 285 – 286.

[②] Charles Boyle, *Phalaridis Agrigentinorum Tyranni Epistolae*, preface, Oxford: Excudebat Johannes Crooke, 1695.

[③] Miriam Kosh Starkman, *Swift's Satire on Learning in a Tale of a Tub*, New York: Octagon Books, 1968, p. 18.

第一章 斯威夫特与文化秩序

乔治·吉布森懒散无能，出版商托马斯·班尼特的贪婪之外，[1] 本特利将攻击目标主要指向了视信札为真迹的波义耳[2]及坦普尔，并不遗余力地贬损《法拉里斯信札》的真实性及其文学价值：

> 此处若是不吝笔墨地去控诉《法拉里斯信札》中各类事件的愚蠢及不合时宜的话，恐怕要罄竹难书了。统而观之，如果那位要人（按：指坦普尔爵士）原谅我的鲁莽，我觉得《法拉里斯信札》不过是平庸之物的堆砌，从行动到情境都既无生气又无感染力。……书中死物般的空洞，只会让读者觉得是在与一位手肘撑着桌子做白日梦的学究索然无味地交谈，而根本不是与一位活跃且极具野心，以手按剑统治万千臣民的人君在交流……这根本不是善用手腕、外强中干的法拉里斯的风格。[3]

在唾弃《法拉里斯信札》所谓的文学价值之后，本特利更不忘揶揄"编者们"，表示自己愿效绵薄之力，以助改进；继而列证了大量烦琐而味同嚼蜡的翻译、句法及语义等学理上的年代谬误，并以"所有这一切让我不禁想起一句希腊谚语：'罗肯（Leucon）背负着的事物和他的驴子背负着的事物简直判若云泥'，因为原文与这个版本之间的差异大到简直是两本书了"煞尾。[4] 戏谑傲慢的人身攻击之余，本特利还将编辑者（波义耳）刻意使用为复数——"那些博学的编者们"（editors），其剑锋所指自然是年轻的波义耳身后整个基督教堂学院了。但基督教堂学院在17~18世纪的英格兰学界颇有盛名，用史家麦考莱（Thomas Macaulay，1800—1859）的话便是"名冠

---

[1] Richard Bentley, *A Dissertation upon the Epistles of Phalaris*, London: Printed by J. Leake for Peter Buck, 1697, pp. xxiv – xxvi.

[2] 实际上波义耳并未在《法拉里斯信札》前言中断言《法拉里斯信札》便是真迹，反而承认其真伪可争辩。详见 Sarfatt, *Jonathan Swift and the Quarrel of the Ancients and Moderns*, p. 143。波义耳对坦普尔的赞同乃是基于对《法拉里斯信札》的道德教化及绅士、政客养成价值层面的注重。

[3] Richard Bentley, *A Dissertation upon the Epistles of Phalaris*, London: Printed by J. Leake for Peter Buck, 1697, pp. 62 – 63.

[4] Richard Bentley, *A Dissertation upon the Epistles of Phalaris*, London: Printed by J. Leake for Peter Buck, 1697, p. 71.

京都，权倾法学（Inn of Court）及医学（College of Physician）两院，在议会也举足轻重，京都的文学及时尚界都脱离不了他们的掌控"，[1] 学院上下多是出身于缙绅之家且左右逢源、积极入世之人，最为痛恨的便是本特利此类学究的犬儒迂腐气质。群策群力之下，基督教堂学院于1698年推出《波义耳先生议本特利博士〈论法拉里斯信札〉》（*Dr. Bentley's Dissertation on the Epistles of Phalaris and the Fables of Aesop Examin'd by the Honorable Charles Boyle, Esp.*, 1698）一书。此书开宗明义，先褒扬坦普尔爵士，继而驳斥本特利："毕竟，谁能有资格评判此书真伪及文学价值？是满口胡言、罔顾事实的炫学之士？还是终身勤勉于国事的明智贤人？自然，与各地国王讨论各类政务机要的坦普尔爵士肯定比同国外学究钻营学术的本特利更有资格评论一位国王的书信。"[2] 坦普尔以来"崇古派"对"现代派"惯用的指责——迂腐而无用的学究气——自然也就不断地倾泻到本特利身上："……虚妄、干瘪、无聊透顶的学识，既无法陶冶情操也不能增益世事，遑论润泽言谈，指点举止了。"[3]

当然，悬浮于论点上空的道德攻击还须辅以论据批驳才能立得住脚。彼时基督教堂学院在古希腊语研究上并没有太多专才，因而其人试图采取的"点对点"交锋，尤其显得论据不足：他们试图为法拉里斯未用王国所在地的多利安方言（Doric Dialect）转而采用阿提卡方言（Attic Dialect）以及他所处的年代和所用货币的尴尬状况强作辩护。此外，基督教堂学院才子派又试图解释各类年代错误，其中包括时间地点以及法拉里斯所使用的本应该出现在晚近著述中的语句；更试着找寻类似案例来解释为何如此杰出的《法拉里斯信札》却长久以来湮灭在史册之中，1000多年来都未曾被人发现。[4] 诚如列维尼教授指出的："基督教堂学院为回应本特利，只能旁征博引被对手忽略的古今作者，并校勘各类稿本以避免不利于己的情况。

---

[1] Thomas Macaulay, "Francis Atterbury," in *Critical Miscellaneous Writings*, London: Lonmans, Green, and Co., 1860, pp. 210-211.

[2] Charles Boyle, *Dr. Bentley's Dissertation on the Epistles of Phalaris and the Fables of Aesop Examin'd by the Honorable Charles Boyle*, *Esp.*, London: Printed for Tho. Bennet, 1698, preface.

[3] Charles Boyle, *Dr. Bentley's Dissertation on the Epistles of Phalaris and the Fables of Aesop Examin'd by the Honorable Charles Boyle*, *Esp.*, London: Printed for Tho. Bennet, 1698, p. 44.

[4] 事实上，《法拉里斯信札》确实是伪作。

第一章　斯威夫特与文化秩序

最终，他们也是最花功夫的，反而是他们为书信所体现出来的上乘品味及其一致性做辩护。"①

即便回驳时在学理论据上凸显着匮乏与无力——基督教堂学院上下或许也弱于无益社会实践的文献考据功夫，但怪异的是，在整个伦敦学界看来，波义耳们的胜利却仍旧毋庸置疑。一时间，《波义耳先生议本特利博士〈论法拉里斯信札〉》接连再版，连本特利执教的剑桥大学的学生们也纷纷效法恶搞："将本特利绘于法拉里斯卫兵之手，正被抓往主人的铜牛之中等待煎烤，② 而本特利的嘴中则伸出一行字条呼号：我宁可被煎炸（Roasted）也不要被水煮（Boyled）！"③

本特利一时之间没有回复。基督教堂学院学生欢欣鼓舞："不亦快哉！……未见真才实学完胜迂腐学究如此者……整个欧罗巴学朝都乐见此一埋首钻营于字典与词条之间二十年的狂妄学究被少年英才以其人之道还治其人之身。"④ 然而"古今之争"并未就此停歇。1698 年一位匿名为"T. R."的作者⑤出版了《论两种学识：批评及挑剔》（*An Essay Concerning Critical and Curious Learning*, 1698）一书，总结了自坦普尔《古今学术略论》以来的英国"古今之争"景况，此举无疑将"古今之争"又推出一个新的潮头。但

---

① Joseph M. Levine, *The Battle of the Books*: *History and Literature in the Augustan Age*, Ithaca and London: Cornell University, 1991, pp. 62 – 63.
② 暴君法拉里斯其人生平史册记载并不多，其治下的阿克腊加斯（Agrigentum，即现阿格里琴托，或阿格里真托地区）百业俱兴，出现治世。使得法拉里斯暴虐之名铭刻史传的正是他著名的铜牛。传说他为惩治敌手，将政敌活生生投入腹侧有活动门的铜牛腹中，再于底部加以烈焰灼烧，就可享受铜牛中人哀号声经由牛鼻而出后的悠长婉转音律。后法拉里斯作法自毙，被政敌投于铜牛之中而亡。详见 https://en.wikipedia.org/wiki/Phalaris.
③ 此处有一双关：铜牛加火自然属于熏烤"Roasted"而非水煮"Boiled"，18 世纪之前英文书写规范中字母"i"常做"y"，而本特利的敌手自然就是 Charles Boyle，剑桥学生作此画嘲讽本特利在《波义耳先生议本特利博士〈论法拉里斯信札〉》一书出版后，"败"得落花流水，不得不承认法拉里斯确有其人，还有其铜牛，但羞于落败波义耳，宁可选择死于法拉里斯的铜牛，也不要被波义耳"Boyle""水煮"（Boiled）。值得注意的是，斯威夫特在其《书战》中，采用了同一譬喻。
④ Monsieur de Voiture, *The Works of Monsieur Voiture*, in Two Volumes, London: Printed for Sam. Briscoe, 1705, pp. 133 – 134.
⑤ 匿名"T. R."者应是彼时博学之士，《条约、协议、公文及所有一般官方文件集》（*Foedera, Conventiones, Literae et Cujuscunque Generis Acta Publica*）一书编者托马斯·赖默（Thomas Rymer）的托名。

"T. R."行文之间多有自相矛盾之处,作者一方面肯定了文献考据之于当代学术发展的意义:"出版校勘过的古代书籍的新版本,让我们的学者勤勉地检索他们的书写,自然是有益于此类书籍流传后世的。"[1] 另一方面作者又指出:"文献编年对精准性过于吹毛求疵,往往纠结于荷马和赫昔俄德谁先出生,拘泥于某日某时辰某某国王驾崩,某某大臣过世这些细枝末节。……古典学就变成了钻营残碑、钱币、拓片、日期、文献、零碎手稿和籍籍无名的古籍的学科了吗?……考辨一枚锈蚀钱币、一本蠹迹斑斑的古籍的年份,难道会比习得钱币上印着的王者的政绩得失、古籍所教导的风格及事理更为重要?"[2] 即便论点或有矛盾,难能可贵的是"T. R."能同时指出论争双方的过失。沃顿、本特利之辈虽才高八斗,但流于迂腐,埋首故纸堆,而不晓得格物致理、经世致用之理。但基督教堂学院的才子们,用同样迂腐的文献法回应本特利,"也如黄口童稚玩闹一样,并没有显示出什么才趣"。[3] 但值得读者注意的是,尽管匿名者"T. R."激起的风潮不久便销声匿迹,但正是其论者采取的居间中庸之态为1704年携《木桶的故事》加入论战,打破"古今之争"僵局的斯威夫特提供了一条不失之偏激的参考思路。

在"T. R."《论两种学识:批评及挑剔》一书的催化下,伦敦学界对"波义耳-本特利"之争又掀起新一轮讨论热;这景况从古希腊学者托马斯·斯密斯(Thomas Smith,1638—1710)致友人的一封信中可见一斑:"波先生(Mr. B)与本博士(Dr. B)之间的论争可够公众消遣好一会儿了,那些明智而公正的读者自然会敬佩本博士批评术之高超,但也对他的卑劣笔法同样颇有怨言。"[4] 愈演愈烈的骂战中,基督教堂学院接连对本特利发起攻击,出版了小册子《浅析本特利博士的人文修养》(*A Short Account of Dr. Bentley's Humanity*,1699),指责本特利的《论法拉里斯信札》有剽窃嫌

---

[1] T. R. , *An Essay Concerning Critical and Curious Learning*, London: Printed for R. Cumberland, 1698, Gale ECCO, Print Editions, 2010, p. 10.

[2] T. R. , *An Essay Concerning Critical and Curious Learning*, London: Printed for R. Cumberland, 1698, Gale ECCO, Print Editions, 2010, pp. 14 – 17.

[3] T. R. , *An Essay Concerning Critical and Curious Learning*, London: Printed for R. Cumberland, 1698, Gale ECCO, Print Editions, 2010, p. 62.

[4] Cf. Joseph M. Levine, *The Battle of the Books*: *History and Literature in the Augustan Age*, Ithaca and London: Cornell University, 1991, p. 71.

疑。其激烈情状如彼时一位旁观者所言:"本特利只要还在世一天,基督教堂学院的才子们就会每月出一本书反对他。"①

正是在此情此景中,本特利的回复终于问世:《再论法拉里斯信札》(*A Dissertation upon the Epistles of Phalaris, with a Answer to the Objections of the Honorable Charles Boyle, Esquire*, 1699)。然而,在这部厚实的回应之中,本特利除了对基督教堂学院的批评逐条回驳,并相应增长人身攻击的比重之外,参比《论法拉里斯信札》,该再论鲜有新意。读者不难发现,读本中充斥着更为琐碎无聊的细节论证:整整 62 页关于法拉里斯一朝起讫年份的论证;6 页关于法拉里斯不可能操持阿提卡方言的论证;120 页关于信札是否有文学价值的论证;53 页关于法拉里斯一朝货币的论证②……面对这种琐碎且难以辩驳的回敬,基督教堂学院的才子们自然无法正面回应。但曾参与《波义耳先生议本特利博士〈论法拉里斯信札〉》一书撰稿的威廉·金(William King)仍旧出版了《亡灵对话录:关于目下法拉里斯信札之争执》(*Dialogue of the Dead Relating to the Present Controversy Concerning the Epistles of Phalaris*, 1699)一书,试图以戏谑的亡灵对话模式嘲讽本特利。

可惜,除了通过虚构死者,将本特利名字拉丁化,并对其"自恋""傲慢""迂腐"等缺乏新意的攻击点予以复述之外,威廉·金的《亡灵对话录:关于目下法拉里斯信札之争执》同本特利的《再论法拉里斯信札》一般,不过在"从坦普尔-沃顿之争以来的人身攻击倾向"③的道路上走得更远了而已。因而,及至 1701 年,基督教堂学院弗兰西斯·阿特伯里(Francis Atterbury,1663 - 1732)批驳本特利的收官之作——《反思波义耳先生及本特利博士之论战》(*A Short Review of the Controversy between Mr. Boyle and Dr. Bentley with Suitable Reflections upon It*, 1701)一书出版时,伦敦学界对此类论者已然意兴阑珊。因而,本特利及沃顿等一干"现代派"健将也便不再动笔。英国"古今之争"陷入"历史的僵局"。

---

① Joseph M. Levine, *The Battle of the Books: History and Literature in the Augustan Age*, Ithaca and London: Cornell University, 1991, p. 72.
② Roberta Friedman Sarfatt, "Jonathan Swift and the Quarrel of the Ancients and Moderns," Ph. D. Dissertation, San Diego: University of California, 1969, pp. 154 - 155.
③ Roberta Friedman Sarfatt, "Jonathan Swift and the Quarrel of the Ancients and Moderns," Ph. D. Dissertation, San Diego: University of California, 1969, pp. 140 - 141.

第三节 "古今之争"与"离题话"：
被忽略的事件及文本[*]

一 "古今之争"的分野与僵局

值得指出的是，前述列维尼教授对斯威夫特的研究虽然较为潦草，但因其有关于"古今之争"谱系较为宏大的阐释框架，他隐约地感觉到了斯威夫特对英国"古今之争历史的僵局"的突破：

> 斯威夫特一定知道自己作品的瑕疵，也越发了解它们体现了他的优势（his own merits）……基督教堂学院才子派无论如何努力，也无法打破僵局……讽刺及谩骂一直掺杂于"古今之争"中，在《书战》这里达到了新的高潮，因为它那奇异的形式（kind）及想象力在英国文学史上均是无与伦比的（unequaled）。[①]

遗憾的是，列维尼教授没有也无意于深入斯威夫特与"古今之争"关联的研究，因而没有指明基督教堂学院才子派为何无论如何也无法突破僵局。而"古今之争"中斯威夫特独特的"优势"和"无与伦比"的形式又何以能够突破僵局，反而是显然被其忽略的沙法特的博士论文为这种突破指明了方向。

确实如沙法特博士所指出的，基督教堂学院才子派在与"现代派"论争之时，迟迟无法突破僵局的原因，在很大程度上可归咎于其人所采取的"以彼之道还施彼身"策略所产生的形式问题。[②] 一旦回看自坦普尔处爆发的英国"古今之争"，我们不难发现，"崇古派"在指责以博学考据为招牌的沃顿、

---

[*] 本节部分内容曾以《"古今之争"与"离题话"：被忽略的事件及文本》为题名，发表在《福建师范大学学报》2017年第1期，第101~110页。
[①] Joseph M. Levine, *The Battle of the Books*: *History and Literature in the Augustan Age*, Ithaca and London: Cornell University, 1991, pp. 111 - 112.
[②] Roberta Friedman Sarfatt, "Jonathan Swift and the Quarrel of the Ancients and Moderns," Ph. D. Dissertation, San Diego: University of California, 1969, p. 121.

本特利缺乏学术精确性时，通常只能在回应中规避文献真伪、语用年代错误、史实谬误等学理问题，转而强调对"学问的德行"的张扬，以期打击"现代派"的学究、迂腐与埋首故纸堆等象牙塔气质。因而，我们可以说"崇古派"在回应时强调了学问作为手段（means）及学问作为目的（ends）的视域分野。

同时，值得注意的是，彼时英国"现代派"如掌握多门古典语言的天才沃顿，享誉古典学界的本特利、伯内特以及威廉·李洛伊德主教（Bishop William Lloyd, 1627—1717）诸君，在今世眼光看来多是本应不遗余力为古典性辩护的、穷经皓首的饱学之士。但英国"现代派"反而抱持着"学术仅为学术"的迂腐姿态，而学术走向公共领域，或言"学以致用，格物致理"此一观点反而被英国"崇古派"采纳。据此不难指出，与法国"古今之争"——"现代派"即新兴的中产阶层（如不会古希腊语的查理·佩罗、咖啡馆绅士、沙龙太太之流）趣味与学识的结盟，"崇古派"即布瓦洛等博学者对古典主义的大力维护——较为明晰的二元划分不同，英国"古今之争"在思想背景上有着更为复杂的纠葛。因而，欲探究英法"古今之争"在形式与内容上的错位，我们须回到彼时政治、宗教、文化立场的纠合体中，有针对性地梳理双方阵营中特殊个体的思想脉络才能作出合理评判。譬如"现代派"大将沃顿就认为在古典性中的文艺方面古人是必然强于今人的，今人能做的仅是看齐；而坦普尔对科技进步，特别是对培根思想多有推崇，其指出在文艺方面，今人也并非全盘皆输，今人在戏剧上，尤其是英国人的戏剧就超过了古人。同持进步观，伯内特《地球的神圣原理》中的进步观就不同于其后沃顿《答古今学术略论》及本特利《再论法拉里斯信札》中的进步观。前者无疑仍旧留有王政复辟时期浓烈的宗教气质，其进步观具有很强的宗教目的，而后者的进步观似乎就更趋近自然神论的进步观了，其与19世纪加尔文主义进步观可谓一层窗纸之隔。因而须指出的是，特别是在介入英国"古今之争"及放大后的"启蒙思想"等复杂的"观念交织物"时，贴标签的做法只能是权宜之计，更多时候是用描述性语言界定事物的无奈之举，标签背后密布着的是个人思想倾向变动的复杂性。

然而随着论战的深入，"崇古派"和"现代派"论辩双方一方面逐渐流于人身攻击，另一方面越发陷入极其琐碎的文献考辨泥淖。如前所述，本特利博士的皇皇巨著《再论法拉里斯信札》中，动辄成百页的钱币、方言、地址及年份考据，着实令人无法卒读。如1698年匿名"T. R."发表《论两种学识：批评及挑剔》一书者所言："古典学就变成了钻营残碑、钱币、拓片、日期、文献、零碎手稿和籍籍无名的古籍的学科了吗？"① 于是，在1701年基督教堂学院弗兰西斯·阿特伯里《反思波义耳先生及本特利博士之论战》一书出版后，"现代派"阵营迟迟未见回复，双方偃旗息鼓，英国"古今之争"一时陷入了列维尼教授指出的"历史的僵局"。②

不同于法国第一次"古今之争"以双方的和解告终，③ 英国"古今之争"之所以陷入僵局，究其原因，在很大程度上与论辩双方，尤其是"崇古派"所采取的论辩形式有关。④ 回看论战过程，我们不难发现"崇古派"在回应尤擅考据的沃顿、本特利指摘其人缺乏学术精确性时，通常采取的态度即是回避文献真伪、语用年代错误、史实谬误等学理问题，转而张扬"学识的德行"，以回击"现代派"诸学究迂腐、琐碎的象牙塔气质；高举一种学问作为手段（means）与学问作为目的（ends）的分野，意欲培养学问格物致理、经世致用的风尚。与法国"古今之争"大致囿于文艺争鸣不同，英国的"古今之争"确实对"政治制度与文明形态的关系"更关注。⑤

因而，就作为论争焦点之一的《法拉里斯信札》真伪问题，实则"崇古派"干将波义耳早于《法拉里斯信札》多次声明，自己并未认定《法拉里斯信札》是真迹，反而指出该伪作的作者身份值得推敲。⑥ 此举可谓先行排除了与"现代派"纠缠学理的必要。波义耳继而提出"崇古派"的论战

---

① T. R. , *An Essay Concerning Critical and Curious Learning*, London: Printed for R. Cumberland, 1698, Gale ECCO, Print Editions, 2010, pp. 14 – 17.
② Joseph M. Levine, *The Battle of the Books*: *History and Literature in the Augustan Age*, Ithaca and London: Cornell University, 1991, pp. 111 – 112. 刘小枫发于《贵州社会科学》2015年第4期的《古今学问之战的历史僵局》一文对此一问题有较为深入的论述，可参。
③ Nicolas Boileau, "Lettre à Monsieur Perrault," in *Oeuvres de Nicolas Boileau Despréaux*, Vol. 2, London: Printed for E. Sanger, 1718, p. 276.
④ Robert Friedman Sarfatt, "Jonathan Swift and the Quarrel of the Ancients and Moderns," Ph. D. Dissertation, San Diego: University of California, 1969, p. 116, p. 121, p. 135.
⑤ 刘小枫：《古典学与古今之争》，北京：华夏出版社，2016，第91页。
⑥ Charles Boyle, *Dr. Bentley's Dissertation on the Epistles of Phalaris and the Fables of Aesop Examin'd by the Honorable Charles Boyle*, Esp. , London: Printed for Tho. Bennet, perface, 1698.

诉求：但凡一切古典文艺作品，其核心价值并不在于形式真伪，而在于其所体现的"典雅风格"及所蕴含的道德寓意对于人类文明风行草偃般的社会功用，即其凿凿之言："我崇敬学识，崇敬好品味，但我尤其崇敬教养！"① 可见"崇古派"口中的"学识德行"，是同"现代派"——后者推崇"学术为学术"并奉文艺真实及精准为圭臬——将古典学识降格为象牙塔内思辨玩物的迂腐做派判然有别的道德主张。这种包含阶层意识的道德建构诉求同样见坦普尔《古今学术略论》一文。在坦普尔看来，对于"真正的学识"的评判，断不是以科学精密的文献考据为标准，而须以教养、德行及人性为绳墨；实际上与法国"现代派"所倡导的"雅趣"（bon goût）、"学绅"（honnêt homme）品味有异曲同工之处，非但指出了"学识"（learning）与"学术"（scholarship）的区分，更提示了学识与社会、政治变革的关联。② 自然，"崇古派"经世致用的学识观不齿学术考究的艰深晦涩与佶屈聱牙，不屑知识权威的傲慢姿态；"迂腐""学究""傲慢""浮夸"等字眼充斥于"崇古派"对"现代派"的攻击之中也就不难想见了。

然而，随之而来的是形式悖论的问题。首先，自坦普尔始，论辩双方来回交锋皆采用了散论形式（essay）；此一形式在调控叙事声音时，层次感并不丰富，读者容易产生叙事声音与叙事者甚至作者身份重合的错觉。行文阐述的主张容易被读者反求于作者，以叩问其人是否践行主张。但在

---

① Robert Friedman Sarfatt, "Jonathan Swift and the Quarrel of the Ancients and Moderns," Ph. D. Dissertation, San Diego: University of California, 1969, p. 167.

② Sir William Temple, *Of Heroick Virtue*in *Miscellanea Ⅱ*, Jonathan Swift, ed., 1731, Google Digital Editions, pp. 191–193. 值得指出，"学术本身作为目的"与"学术作为介入社会手段"的区分凸显着较为明晰的"笛卡尔理性主义"与"培根经验主义"的学理分野。英国"古今之争"中"现代派"成员多采纳（其人多语言背景及通信活动范围也使之倾向于采纳）"笛卡尔主义"，杂糅欧陆其他物质主义者学说——如其时较为新派、激进的"新哲学"（New Philosophy）和"新科学"（New Science）进而形成一套与极具盎格鲁-撒克逊民族特性的"培根主义"判然有别的哲学体系以作为知识解释框架。而我们知道，"笛卡尔唯理主义"相较于经验的归纳与收取更注重观念的抽象思辨与推演。而培根的以归纳法为主的经验主义哲学对知识改造自然、社会力量的强调，与古希腊哲学的"入世"深厚传统多有契合之处，因而被英国"崇古派"采纳。正是在这个意义上，"现代派"成员虽都是博古之士，却仍可谓之为"现代"，而旨趣大都类似法国"现代派"的英国"崇古派"也才可以谓之为"崇古"，这也部分解决了上文提出的英国"古今之争"的悖论。

"古今之争"的交锋中,双方论辩逐渐流于人身攻击,"崇古派"并未秉持"学绅"的文雅之道,频出谩骂污名之语;因而用"学识道德"谴责"现代派"时不异于投人以柄,没有太多效用。其次,"崇古派"唾斥迂腐琐碎、钻营文献为"现代派"通病,在回应中多将之与自我标榜的绅士学风两相比较;但事实上,"崇古派"的回应通常也是文献罗列。因而,"古今之争"生成的册子几乎都是艰深晦涩的考据文章,动辄卷帙浩繁,枯燥乏味,社会风气改良功用无从谈起。"崇古派"成员也明白自身回驳方式的效用是大有问题的:

> 当论争纠缠于语音及脚注的考辨等问题时,读者也一定认为论争已然走向琐碎无聊。我完全同意此种意见。但是除了采用本特利博士最青睐的方式去回应他之外,我又能如何呢?我无法使用自己的"武器"。①

这种"武器匮乏"导致的论辩形式与主张内容的"间离"困境,实际上在"崇古派"基本纲领的开山人坦普尔之处早已暴露:坦普尔指责"现代派"傲慢无知,但其作品却时常因古典知识匮乏而漏洞百出。② 古希腊语的遗忘,使得他在评判史实时常是"随意而毫无学理性可言的",③ 自身犯下的谬误,却用以攻击对方,自然不能服众;于是裹挟于形式与内容的悖论之间,"崇古派"泥足难前。这种"历史僵局"的解结要待到1704年斯威夫特《木桶的故事》的横空出世,才能又一次将悄然沉寂的英国"古今之争"重新推向高潮。

二 反讽与反崇高:"离题话"中的"崇古思想"

1689年始,斯威夫特便作为坦普尔的文学秘书及受庇护人寄寓于摩尔庄

---

① Charles Boyle, *Dr. Bentley's Dissertation on the Epistles of Phalaris and the Fables of Aesop Examin'd by the Honorable Charles Boyle, Esp.*, London: Printed for Tho. Bennet, 1698, p. 222.
② Lady Gifford, "Life and Character of Sir William Temple," in C. Moore Smith ed., *The Early Essays and Remarks of Sir William Temple*, Oxford: Oxford University Press, 1930, p. 6.
③ J. E. Spingarn, *Critical Essays of the Seventeenth Century*, Vol. 3, Bloomington: Indiana University Press, 1957, p. 306.

第一章 斯威夫特与文化秩序

园,他对"古今之争"事态的发展可谓了然于心。① 其创作于 1695~1696 年的《木桶的故事》② 一文从结构上看,包括"引论"和"结论"共计 12 个部分。文本较为怪异地分为"三兄弟及外套的故事"线索本身(由引论、第二、四、六、八、十一部分及结论构成)和穿插其间的"关于批评的离题话"(*A Digression Concerning Criticks*)、"一种现代的离题话"("A Digression in the Modern Kind")、"赞美离题话的离题话"("A Digression in Praise of Digression")及"关于某共和国中疯狂之源起、推广及改进的离题话"("A Digression Concerning the Original, the Use and Improvement of Madness in a Commonwealth")及未命名的"第十部分"③ 等看似与情节主线毫无关联的"离题话"两大部分。

尽管《木桶的故事》中的这五篇"离题话"充斥着大量可与《书战》做互文研究的"古今之争""现代派""崇古派"等指称,但文本不仅有着"复杂的结构"和"隐深的寓意",④ 更"挫败了任何使狂乱迷散的各部分条理化的企图"。⑤ 因此,彼时法国"现代派"批评家让·勒·克雷尔(Jean le Clerc,1657—1736)感慨:"全文是一个怪诞的游戏,读者常常不知某处作者是否在含沙射影地打趣,是的话又是指谁,更不知他此举意欲何为。"⑥ 同时,学界在涉及斯威夫特研究时,也苦于史料稀缺(除两封斯威夫特与出版商来往信件之外似再无其他文字涉及此一论战),⑦ 无不远而避之,概莫能

---

① 这一点从 1697 年 1 月至 1698 年,斯威夫特居住于坦普尔的摩尔庄园(Moor Park)时,所阅读书目清单中可见一斑。书单中除却部分宗教类书籍,及荷马、维吉尔、贺拉斯、卢克莱修、西塞罗等的古典学书目之外,坦普尔的杂集、丰特内尔的《亡灵对话录》及伯内特的《地球的神圣原理》亦赫然在列。详见 Jonathan Swift, *A Tale of a Tub and Other Works*, Marcus Walsh, ed., Cambridge: Cambridge University Press, 2010, pp. 273 – 274。
② 《木桶的故事》、《书战》及《论圣灵之机械操控》是既独立又相互关联的 3 个文本,1704 年出版时,后两个篇幅较短的文本附于《木桶的故事》之后,书名为《木桶的故事》。
③ Irvin Ehrenpreis, *Swift: The Man, His Works, and the Age*, Vol. 1, Cambridge and Massachusetts: Harvard University Press, 1962, p. 185.
④ 刘小枫:《古典学与古今之争》,北京:华夏出版社,2016,第 102 页。
⑤ G. Douglas Atkins, *Swift's Satires on Modernism*, New York: Palgrave Macmillan, 2013, p. 69.
⑥ Jonathan Swift, *A Tale of a Tub and Other Works*, Marcus Walsh, ed., Cambridge: Cambridge University Press, 2010, p. xlix.
⑦ Irvin Ehrenpreis, *Swift: The Man, His Works, and the Age*, Vol. 1, Cambridge and Massachusetts: Harvard University Press, 1962, p. 185.

外都选取与"古今之争"关联明晰的《书战》作为研究对象。但此种"偏废"不利于形成斯威夫特与"古今之争"关联的完整信息图谱,甚至会出现像列维尼教授此类较为轻率的论断:"他(按:斯威夫特)的观点如今也十分清晰地显现出来,其态度与坦普尔和'基督教堂学院才子派'的观点是完全一致的(exactly the same)……是对古人的毫无保留的崇敬(unreserved admiration)。"①

但实际上,我们细读文本后会发现,这五篇"离题话"不仅含有较为明晰的内在逻辑,更与"故事"主线及《书战》形成紧密的互文关联——某种意义上更像是《书战》的"前哨战"——可谓是斯威夫特与"古今之争"研究拼图中不可或缺的一块。而且,斯威夫特对"古今之争"及"崇古派"也并非简单地"毫无保留"的崇敬。

我们知道,伊拉斯谟以来不断勃兴的"人文主义批评"作为文艺复兴重要的思想遗产,其衍射的现代批评概念,是否有利于古典学术的进展是英国"古今之争",特别是沃顿与坦普尔交锋的一个重要论题。② 故而,在第一篇"关于批评的离题话"中,斯威夫特延续自"引论"起的"现代派"信徒的叙事声音,操控反讽之刃,开篇明义指出当今批评的性质:"是最尊贵的,亦是最当之无愧的批评(True Critick),有着久远的源起,皆是英雄血统",③甚至可上溯至纷争女神摩墨斯(Momus)与傲慢之神海布里斯(Hybris),子嗣繁衍,本特利和沃顿两位也荣列其间。且正是在这些批评家的恩泽之下"学术共和国"(the Commonwealth of Learning)才得享盛世。批评家的职责也就如古代英雄一般,"在广袤的文学世界里头巡游,挑剔、清除游荡其间的罪恶与野兽",是"最为高尚且为人称颂的"伟业。叙述者也在"高贵现代人"(Noble Moderns)"厚重"巨著的襄助之下——这些皇皇巨著乃是为

---

① Joseph M. Levine, *The Battle of the Books: History and Literature in the Augustan Age*, Ithaca and London: Cornell University, 1991, p. 120.
② Joseph M. Levine, *Humanism and History: Origins of English Historiography*, Ithaca and London: Cornell University, 1987, p. 158.
③ Jonathan Swift, *A Tale of a Tub and Other Works*, Marcus Walsh, ed., Cambridge: Cambridge University Press, 2010, p. 61.

第一章 斯威夫特与文化秩序

了匡扶济世并提升人类心智的[①]——才弄清了一个"真理":古代先贤沿袭的精华早就被今人发明并解释清楚;那些出自古人之手的崇高技艺及自然方面的发现也早被现代卓越的天才们做出了。[②]

在此种叙事面具的讽刺口吻渲染下,叙事者情理颠倒地指出:"古人漏洞百出……须各处皆以今人为师范",[③] 将"现代派"的傲慢姿态拔高;但接着,斯威夫特笔锋一荡,脱下叙事面具,转而论及"正牌批评家"的特质,指出凡是与智力要求相悖的,如浮浅感受、盲目直觉等因素就是今人批评的圭臬。因为"正牌批评家"有着悠久传统,就像古代史家笔下的驴子一样狂叫不已,似那些见诸历代志书中能生成毒瘤的野草、喷射毒汁的蛇豸,也如四下突窜寻找奶酪的耗子,更尤其像"流窜于宴席桌下的恶犬,脑袋和肚子一样空空如也,等着食客抛却的残羹冷骨,因而当得到的骨头最少时,咆哮之声反而最为猛烈"。[④] 不难发现,斯威夫特笔下的动植物譬喻除了形象生动,有益于讽刺功效之外,其作用更在于以本特利之道,还施本特利之身,后者曾在《论法拉里斯信札》中以"罗肯(Leucon)背负着的事物和他的驴子背负着的事物简直判若云泥"[⑤] 一语中伤"崇古派",此处斯威夫特彼伎重施,自然对本特利颇有杀伤力。

但更为关键之处还在于,斯威夫特讽刺"正牌批评家"的锋镝直指的虽然是"现代派",但影射与"现代派"几乎流俗一气的"崇古派"的意思也溢于言表。斯威夫特虽为批评冠以英雄出身使之看似崇高,但将学理批评譬喻为驴嚎、毒草、怪蛇、吠犬,此举本身已然消解了"古今之争"或有的崇高性,因而他指出:"愚见以为,这也是为何有论者指出,所有正牌批评家应如古代英雄一样,在功成名就之后也将自己交付于耗子

[①] 沃顿及本特利的作品中多出此类言语,斯威夫特此处为讽拟。
[②] 斯威夫特:《图书馆里的古今之战》,李春长译,北京:华夏出版社,2015,第130页。
[③] Jonathan Swift, *A Tale of a Tub and Other Works*, Marcus Walsh, ed., Cambridge: Cambridge University Press, 2010, p. 63.
[④] Jonathan Swift, *A Tale of a Tub and Other Works*, Marcus Walsh, ed., Cambridge: Cambridge University Press, 2010, p. 67.
[⑤] Richard Bentley, *A Dissertation upon the Epistles of Phalaris*, London: Printed by J. Leake for Peter Buck, 1697, p. 74.

药或毒芹",①流露出他对"古今之争"及双方批评家的隐含态度——论争本身已然流于一场滑稽的闹剧。因而,当叙事者论及"另有一类古代批评家……以学派命名",这群年轻的学生日常工作就是在戏院观剧,一丝不苟地观察、记录、探听最坏的部分,然后将情报报告导师②时,"基督教堂学院才子派"集全院之力合写《波义耳先生议本特利博士〈论法拉里斯信札〉》一书的情形自然也就滑稽了几分。所以"现代"批评不仅有古老的起源,"也与古时的自己如出一辙"。③

第二篇离题话"一种现代的离题话",细察之下可能也不尽如恩伦普瑞斯教授说的那般与前后毫无逻辑关联。④ 在上篇指出"正牌批评家"的源起及其性质之后,于此篇中,叙事者同样开篇称赞"享誉名号的现代作者",并进一步反讽:"杰出的今人已然辉蔽了古人屠弱的微光,并已经将他们从各类风尚之中驱离,我们时贤先进的典范已经以最为庄重的方式展开论辩:是否真的存在过古代人?"⑤ 而且于此处,斯威夫特的另一个叙事声音"出版商"也加了一条注释指出:"作者此处所指的那位饱学之士,已致力于根除古代作家甚久,似乎要到世人开始怀疑是否曾有古人之际才肯罢手",⑥ 明显地讽刺了沃顿及本特利。

但须要指出的是,斯威夫特对"古今之争"论战双方狂热的情绪即对"古今之争"本身的讽刺,在接下来的"荷马问题"中昭示得更加明晰:针对有些极端"崇古派"将荷马作为一切文明开创者此一明显有失公允的主张,斯威夫特又借叙事者之口说出"我们坦然承认荷马是罗盘、火药以及血

---

① 凡斯威夫特笔下对英雄的戏仿,其实多有贬抑其崇高性的意味。这种降格在《木桶的故事》中已然较为明显,他曾明确地指出赫拉克勒斯、忒修斯及帕修斯等半神并不比被其杀死的怪物下场更好。
② Jonathan Swift, *A Tale of a Tub and Other Works*, Marcus Walsh, ed., Cambridge: Cambridge University Press, 2010, p. 65.
③ 斯威夫特:《图书馆里的古今之战》,李春长译,北京:华夏出版社,2015,第134页。
④ Irvin Ehrenpreis, *Swift: The Man, His Works, and the Age*, Vol. 1, Cambridge and Massachusetts: Harvard University Press, 1962, p. 185.
⑤ Jonathan Swift, *A Tale of a Tub and Other Works*, Marcus Walsh, ed., Cambridge: Cambridge University Press, 2010, p. 82.
⑥ Jonathan Swift, *A Tale of a Tub and Other Works*, Marcus Walsh, ed., Cambridge: Cambridge University Press, 2010, p. 82.

第一章　斯威夫特与文化秩序

液循环说的发明者"[1] 此类"戏言"。当然，庇护人崇古旨趣的影响不允许斯威夫特走得太远，打击"现代派"仍是他的首要任务。因而，在对"古今双方"的极端分子尽数揶揄之后，斯威夫特遂与"崇古派"的回驳手法会合，将攻击重点放在"现代派"烦琐细碎的学究气质上，假装为自己此篇"离题话"的冗长烦琐及散漫的必要性高声辩护。实际上，读者此时早已明了，斯威夫特正在形式上讽拟德莱顿、本特利等人秉持的"厚重"却琐碎离题的学风。所以在《书战》中，当德莱顿及本特利"头脑轻浮而尾大不掉，全身披挂着七拼八凑的碎片"出现时，读者便一望而知其人。[2]

因此，叙事者指出"不可或缺的，且已放于自认最合适的位置，但英明读者大可自行调动至其认为更为合适之所"的第三篇离题话"赞美离题话的离题话"，实际上续接了上一篇离题话的话头。斯威夫特仍旧借叙事者声音通篇"指责"读者对"现代派"冗繁而迂腐的"离题话"多有"误解"，更满布嘲讽地指出"'离题话'实则是推动学术共和国进步的中流砥柱",[3] 因而沃顿诸君注重索引、脚注、尾注、旁注及考证的文献学批评法应是"既便捷又沉稳地成为学究和智者的独门秘技"。普通人践行这种只读文献索引及考据注释的学习准则，在"计算能手"的算术规则指导下，就可以简便地成为"学问筛选师"。因为此种"走后门的读法"正如抓鱼只须抓尾巴、偷袭敌军攻队末、医生体检探肛门[4]一样都是现代学问之父在"理论体系"上耕耘而得的"高贵的成果"，是两性生殖器引发愉悦的譬喻。[5] 可见，于此处将"现代派批评""学究傲慢""新哲学体系"关联一起的斯威夫特开始施展"污浊语"风格，脱下了叙事面具。

---

[1] Jonathan Swift, *A Tale of a Tub and Other Works*, Marcus Walsh, ed., Cambridge: Cambridge University Press, 2010, p. 84.
[2] 斯威夫特:《图书馆里的古今之战》，李春长译，北京：华夏出版社，2015，第 212~215 页。
[3] Jonathan Swift, *A Tale of a Tub and Other Works*, Marcus Walsh, ed., Cambridge: Cambridge University Press, 2010, p. 95.
[4] Jonathan Swift, *A Tale of a Tub and Other Works*, Marcus Walsh, ed., Cambridge: Cambridge University Press, 2010, p. 96.
[5] 斯威夫特:《图书馆里的古今之战》，李春长译，北京：华夏出版社，2015，第 157~158 页。

乔纳森·斯威夫特研究：秩序的流变与悖反

这样看，恩伦普瑞斯教授所指出在内容及关联性上与前三篇并未有较为紧凑的逻辑线索可供提取的[①]第四篇离题话"关于某共和国中疯狂之源起、推广及改进的离题话"也就紧接了上篇牵出的"理论体系"批判线索，更勾连/会合了《木桶的故事》主线"第八部分"杰克编制的"伊奥尼亚派"（Aeolists）的狂热理论体系，成为双线交汇的点睛之笔。因而验证了斯威夫特添加于1709年第四版《辩白》中"用'三兄弟及外套的故事'讽刺宗教狂热，而用穿插其间的离题话展示学问的谬误"的初衷。值得指出的是，第四篇"离题话"中斯威夫特几乎卸除叙事面具，其语言趋于犀利，讽刺程度更为深入，言辞也愈发流于污秽粗鄙。[②] 文本中，生殖器上窜的邪风灌入脑中对人的理智的侵占导致了人类头脑发热，遂而变为狂热、疯癫；新的哲学体系的推介者们正是这种下风上窜的狂热分子。[③] 他们企图将世间万物规约于其理论框架，用"统一工具"丈量。而且，斯威夫特对这些新体系推介者的抨击仍旧包括"古人与今人"（both Ancient and Modern）；更特地指出双方身份彼此混淆，除了狂热门徒之外，人们几乎难以辨别。[④] 于此，斯威夫特对"古今之争"双方的暧昧态度再次表露：他反对的是"新哲学"的狂热分子，主要是"现代派"人物，但亦包括"崇古派"中的狂热者。

剑锋已出，接着便直指"新哲学"的始作俑者儒内·笛卡尔（Rene Descartes，1596—1650）。笛卡尔的唯理主义哲学体系在斯威夫特看来，是古

[①] Irvin Ehrenpreis, *Swift: The Man, His Works, and the Age*, Vol. 1, Cambridge and Massachusetts: Harvard University Press, 1962, p. 185.

[②] 因而1704年《木桶的故事》甫出未久，基督教堂学院才子派的威廉·金（William King）才会在《略评〈木桶的故事〉》（*Some Remarks upon the Tale of a Tub*, 1704）中认为此书作者："首要目的是亵渎……其次目的是炫耀其欺凌恫吓、咆哮训斥他人时的才思敏捷，可谓极尽谩骂与诅咒之能事；再次目的是僭越谦逊的所有边界……最后目的就是显示其对肮脏事物的无限眷恋之情……几乎每一部分都有污秽之物拖曳的痕迹"；连笛福也因其文风得以揭橥斯威夫特小心藏掖的作者身份。详见 Daniel Defoe, *The Consolidator*; *or*, *Memoirs of Sundry Transactions from the World in the Moon*, London: Printed for B. Bragge, 1705, p. 62.

[③] 值得指出的是，弗莱在一篇论及文学（讽刺文）与医学关联的论文中曾敏锐地指出斯威夫特对中世纪以来的医学术语的化用，弗莱举例的文本正是《木桶的故事》。详见弗莱《诺斯洛普·弗莱文论选集》，吴持哲编，北京：中国社会科学出版社，1997，第67~68页。

[④] Jonathan Swift, *A Tale of a Tub and Other Works*, Marcus Walsh, ed., Cambridge: Cambridge University Press, 2010, pp. 107–108.

希腊伊壁鸠鲁、狄欧根尼、卢克莱修等物质论者在17世纪的集大成者,"此辈若仍旧苟活今世且远离门徒的话,必定招致放血、鞭笞、带枷锁及囚禁疯人院之灾。因为没有一个神志清醒、思维正常者,会妄图将人类各式定义,归纳(reduce)为完全相等的长度、宽度和高度!"① 此处指涉的自然是笛卡尔试图阐释万物的哲学体系,这一体系更被斯威夫特以"天体旋涡"作譬喻,嘲讽笛卡尔就如其天文理论中的"旋涡"一般,妄图吞噬千万行星。而其下场则在《书战》中被划定:"在剧痛的裹挟之中,旋转不断,直至死去,正如一颗行星被他臆造的旋涡(Vortex)② 吸走。"③

另外,篇中斯威夫特的叙事面具已然薄如蝉翼,讽刺之机锋亦多有谩骂的意味,文中对对应"皇家科学院"④ 的"皇家疯人院"(Academy of Modern Bedlam)内部屎尿横飞的污浊场面描写,以及对世相百态的疯癫与文明的拷问不仅预告了多年后《格列佛游记》中的"拉格多疯人院",更奠定了他讽笔的威名。更为重要的是,斯威夫特于此篇中完全脱离了"古今之争"学理交锋的窠臼,提出一种虽似为粗鄙污浊,却极其有效的、属于自己的讽拟方式。

因而,文本的第五个"未命名"部分离题话,则更像让刚从令人感官震怵的"皇家疯人院"中闯出来的读者喘口气的平和收尾了。在此部分,斯威夫特又戴上"现代派""好朋友"的叙事面具,平和地总结五篇离题话,煞有介事地赞颂"正牌批评家"为全人类谋福祉的"功勋伟业"。即便如此,斯威夫特仍旧不忘再次假"出版商"之手在脚注提示,批评家的本质无论如何乃是宴桌之下争夺骨头的群狗。从而回应第一篇离题话中的疯狗譬喻,更

---

① Jonathan Swift, *A Tale of a Tub and Other Works*, Marcus Walsh, ed., Cambridge: Cambridge University Press, 2010, p.108.
② 1725年10月15日,蒲柏在回复斯威夫特的一封信中也反讽了笛卡尔的旋涡理论。详见 F. Elrington Ball, ed., *The Correspondence of Jonathan Swift, D. D.*, in 6Vols, Vol.1, London: G. Bell and Sons Ltd., 1910, p.280。
③ Jonathan Swift, *A Tale of a Tub and Other Works*, Marcus Walsh, ed., Cambridge: Cambridge University Press, 2010, p.157.
④ 沃顿、本特利等"现代派"成员多属英国皇家科学院院士。

揭开了《书战》一文文首"狗的共和国"的序幕。① 以疯狗追逐骨头此一极富深意的引譬完成了结构上的合拢,收束了全篇。

三 小结

英国"古今之争"于1701年后陷入的"形式及内容背反的僵局"使斯威夫特《木桶的故事》介入论争的巧妙性得以体现。统而论之,于论战中他自然支持坦普尔等"崇古派"所强调的"学识道德"及其社会教化功效,但却也隐约认知到论战中逐渐凸显的"形式悖论",这一悖论模糊了"崇古派"的道德力量并暴露其自身弱点。② 因而斯威夫特在1709年《木桶的故事》再版前言中表示:"决定采用全新的方式写作。"③ 新形式的结果就是《木桶的故事》及其五篇"离题话"这么一个怪诞的文本,并因其散漫迷乱而在学界研究中被"刻意回避"。

实则,细读文本后,我们发现"离题话"在逻辑结构上仍有线索可循。五篇离题话实际上遵循从提出批评概念并讽刺虚伪的学究式批评,到揭露"正牌批评家"琐碎、迂腐、考据的癖性,再与主线故事会合痛讽"现代派"对"新哲学"体系的狂热崇拜,最终牵扯出隐伏其后的笛卡尔唯理主义,指出其是滋扰现世秩序与学风传承的不安因素这样一条清晰线索。因而,可以说构成了与主线故事批评宗教狂热主题并进的、批判"现代派"学识狂热的"第二战场"。

但值得注意的是,正是在对"现代派批评家"及其背后的"新哲学"狂热主义的抽丝剥茧过程中,斯威夫特将"崇古派"的狂热分子也纳入了攻击范围。在借助多维的叙事层次及声音调控手段,须臾不离地标榜"学识道德",反讽"现代派"迂腐与骄矜的同时,斯威夫特一方面使得自己免于落入文献例证的"崇古派"窠臼,另一方面,也通过对论战文章形式上的戏仿,暗讽了"崇古思想"中的极端主义,并消解了论战的崇高性,暗示这场

---

① Jonathan Swift, *A Tale of a Tub and Other Works*, Marcus Walsh, ed., Cambridge: Cambridge University Press, 2010, p. 67, p. 119, p. 143.
② Robert Friedman Sarfatt, "Jonathan Swift and the Quarrel of the Ancients and Moderns," Ph. D. Dissertation, San Diego: University of California, 1969, p. 167.
③ 斯威夫特:《图书馆里的古今之战》,李春长译,北京:华夏出版社,2015,第74页。

逐渐流于琐碎的论争正演变为一场滑稽的闹剧。从而彰显了一种既不同于坦普尔，又不同于"基督教堂学院才子"的古典主义情愫，这种"反狂热"的中庸情愫将以"滑稽英雄史诗体"的形式更为清晰地昭示在他附于《木桶的故事》之后的《书战》一文中。

第四节　调和古今：《书战》叙事裂缝中的文化抉择[*]

引　言

我们知道，《书战》一文是作为《木桶的故事》一书附录发表的，因而当属英国"古今之争"系列论战文章，[①] 但其一直未能得到研究界的重视。近年，政治思想史学界对启蒙运动和文艺复兴两股思潮的反思使得"古今之争"重回视野；同样，在英国文学研究界，国内外学者们也不约而同地将乔纳森·斯威夫特及其《书战》作为标本，进而透视英国"古今之争"。[②] 这些研究延展了"古今之争"各个向度，也铺开了斯威夫特与"古今之争"关联研究的基本面，但大部分研究在聚焦《书战》时，或忽视了"脱文"作为一种特殊的叙事技巧所涵纳的复杂动机，或忽略了斯威夫特"蜘蛛与蜜蜂"寓言所植根的批评传统及其"创造性叛逆"（creative treason），误读之

---

[*] 本节部分内容曾以《调和古今：〈书战〉叙事裂缝中的文化抉择》为题名，发表在《广东外语外贸大学学报》2017年第4期，第42-48页。

[①] Jonathan Swift, *A Tale of a Tub and Other Works*, Marcus Walsh, ed., Cambridge: Cambridge University Press, 2010, pp. xxxvi - xxxix.

[②] 斯威夫特研究专家克劳德·劳森（Claude Rawson）的新作《斯威夫特的愤怒》（*Swift's Angers*, 2014）及道格拉斯·阿特金（G. Douglas Atking）教授《斯威夫特对现代主义的讽刺：读与写的战场》（*Swift's Satires on Modernism: Battlegrounds of Reading and Writing*, 2013）两书对斯威夫特与"古今之争"之关联皆有涉及。国内学界也渐有涉猎：先有胡凯辛《蜘蛛与蜜蜂——斯威夫特笔下的古今之争》（《书城》2014年第3期）一文，后有刘小枫《古今学问之战的历史僵局》（《贵州社会科学》2015年第4期）、《斯威夫特与古今之争——为新文化运动100周年而作》（《江汉论坛》2015年第5期）两文，另有李春长翻译斯威夫特《图书馆里的古今之战》（华夏出版社，2015）、坦普尔《论古今学问》（华夏出版社，2016）两书。

下有论者甚至提出"斯威夫特的态度与坦普尔和基督教堂学院才子派们的观点是完全一致的……是对古人毫无保留的崇敬"此种较为轻率的论断。[①] 但经由细致的文本研读和内涵分析，我们发现斯威夫特对"古今之争"的态度实则是较为复杂的。

一 "学术共和国"的纷争

在常被忽略的文首"出版商致读者信"中，斯威夫特先假出版商的"客观"口吻交代了《书战》的创作缘由："1697年'古今之争'正如火如荼，坦普尔爵士《古今学术略论》一文招致威廉·沃顿和本特利博士的回应，后者污贬伊索和法拉里斯的名誉……查尔斯·波义耳（如今的奥雷里伯爵）以博学和巧智予以回应，本特利只好卷帙浩繁地反驳……争执中，学界不忍坦普尔人格与才识在毫无挑衅的情况下被上述两位可敬的绅士践踏，义愤纷纷。"[②] 我们知道，英国"古今之争"乃因坦普尔不忍英法"人文主义现代派"伯内特及丰特内尔等人大肆贬抑古人，张扬"进步话语"而书成《古今学术略论》一文才肇始的，本无"毫无挑衅"一说；因而斯威夫特假托"出版商"的"客观公义视角"如其在信尾所言"我必须敬告读者，后叙事项人物皆不可对号入座，仅是字面意思"[③] 一般都有"自我解构"倾向。这种"自我解构"除了饱含反讽意味外，更是一种叙事装置。

因为，作为《书战》姊妹篇的《木桶的故事》以散论的形式或隐或显地表达了斯威夫特对"古今之争"的基本态度，但其形式却有被指认出作者身份的忧虞（事实上其身份已被揭穿[④]）。因而在《书战》中，斯威夫特则颇具创见地选取了"寓言体"及"滑稽史诗体"等叙事声音调控更为灵活的多种形式，以奇异的视角再次审视了"古今之争"。

[①] Joseph M. Levine, *The Battle of the Books: History and Literature in the Augustan Age*, Ithaca and London: Cornell University, 1991, p. 120.

[②] Jonathan Swift, *A Tale of a Tub and Other Works*, Marcus Walsh, ed., Cambridge: Cambridge University Press, 2010, p. 141.

[③] Jonathan Swift, *A Tale of a Tub and Other Works*, Marcus Walsh, ed., Cambridge: Cambridge University Press, 2010, p. 141.

[④] 笛福和阿特伯里事实上就指出了斯威夫特的身份。详见 Jonathan Swift, *A Tale of a Tub and Other Works*, Marcus Walsh, ed., Cambridge: Cambridge University Press, 2010, pp. xlvii–xlviii.

第一章 斯威夫特与文化秩序

所以，文本在遵循中世纪文学传统以拟人化的寓言故事开头后，斯威夫特为包括"古今之争"在内的所有纷争指出了源头——傲慢，傲慢又源自贫乏与贪婪，这种贪婪就如"狗之共和国"中的情形一样，"整个国度在残羹冷炙丰足之际皆处于海晏河清的平和状态，直至一块巨骨恰好被某只领头狗（some leading Dog）衔住，共和国遂陷于内乱。如若巨骨被此狗与少数几只分享，则构成寡头制；若是独享则是僭主制……共和国陷入了所有狗反对所有狗的战争状态……"① 于此，斯威夫特在《木桶的故事》文中论及的"现代派正牌批评家"与"宴席桌下之狗"争骨头的譬喻再次浮现，② 乍看似是直击"现代派"文人傲慢贪婪，实则更隐含着对霍布斯国家理论的讥讽。霍布斯曾有如下断言："人类之中便会由于这一原因而产生嫉妒和仇恨，最后发生战争，但这些动物却没有这种情形。……其次，这些动物之中，共同利益和个体利益没有分歧"，③ 而狗群撕咬的情状无疑是对其的回驳，更讽拟霍布斯最著名的"每一个人对每一个人的战争"。④ 而霍布斯及其政治哲学体系与"现代派"又多有关联，如此一来，"现代派"进步话语所仰赖的"新哲学体系"便被斯威夫特贴以傲慢无知、贪婪等标签，同后文所痛讽的笛卡尔哲学相似，被纳入攻击范畴，可见，斯威夫特开篇便立意深远地为后文定下基调。

如"狗的共和国"一般，第二则寓言中的"学术共和国"也遵循"贫乏与傲慢引发争执"之理，因而帕纳索斯（Parnassus）神山上古人与今人的一高一矮两座山峰之间出现纷争也就不足为怪。纷争由今人挑起，事由是"今人不再安享现状，于是派出大使至古人峰交涉，抱怨今人峰屈于古人峰的遮蔽之下所受的无限委屈——特别是朝东那面⑤，'受灾'最重"。为免干

---

① Jonathan Swift, *A Tale of a Tub and Other Works*, Marcus Walsh, ed., Cambridge: Cambridge University Press, 2010, p. 143.
② Jonathan Swift, *A Tale of a Tub and Other Works*, Marcus Walsh, ed., Cambridge: Cambridge University Press, 2010, p. 67.
③ 霍布斯：《利维坦》，黎思复、黎廷弼译，北京：商务印书馆，2009，第130页。
④ 霍布斯：《利维坦》，黎思复、黎廷弼译，北京：商务印书馆，2009，第95页。
⑤ "崇古派"多数成员，及中世纪以来一些学者抱持一种观点，认为世界先进文明，高级知识皆来自东方国家如曾作为希腊文明源头之一的迦勒底（Chaldean）和埃及，文明传至希腊后又经罗马，再逐渐渗透进入西欧各国。这种观点，可能与《圣经》"东方三博士"传统有一定关联。

戈相向,今人向古人提供两个选择:"要么有劳古人屈尊纡贵搬到今人峰——于此我们乐于让位,并跃居高位;要么我们就带着锄铲将古人峰削平至我们认为适合的高度。"① 对此古人们则以为,作为历史悠久的附属,今人峰已经多受恩泽,却不安现状、以下犯上,古人居留此峰系世代相传,拱手让人是不可能的。锄铲古人峰的妄图简直可笑,因为古人峰是一整块磐石般完整坚固的山峰,"他们于是建议与其幻想拉低古人峰,不如设法提高自己的水平——关于后面这一点,古人们可不遗余力地倾囊相授"。②

一语不合,锋镝相见。战争中,墨河枯竭,双方的恶意亦与日俱增,③"作为兵器的鹅毛笔也不可尽数地被双方的勇士掷向敌军,以同等的力量与技巧④,好似发射于箭猪(porcupines)之背"。⑤ 行文至此,斯威夫特笔锋一荡,写至一种古今作家遗留在书本中的"精魂"(brutumhominis)。上文述及帕纳索斯仙境中古人峰与今人峰之间的战争,实则,与之平行,在人间也有这种贤者"精魂"之间的争执——发生在圣詹姆斯图书馆中。⑥ 馆中那位"以其慈爱而声名昭著的"管理员本特利是"帕纳索斯"之争中"现代派"一方的忠实拥趸,曾发誓要敲碎几位"崇古派"将领的脑袋以证身价,在攀爬古人峰时却由于笨重的身躯、空洞的大脑和笨拙的下身而未能成行;于是便将忌恨施泄在古人的著作上,将它们锁闭在图书馆中最为晦暗的角落任其败坏,而偏宠今人著作。这位被斯威夫特譬喻为专嗜在黑暗中生吃书虫因而头脑发热失去理智的图书管理员本特利昏聩冥顽,以至于在排书时盲目一气地将"笛卡尔放在亚里士多德旁边,可怜的柏拉图就被置于霍布斯和《罗马

---

① Jonathan Swift, *A Tale of a Tub and Other Works*, Marcus Walsh, ed., Cambridge: Cambridge University Press, 2010, p. 144.
② Jonathan Swift, *A Tale of a Tub and Other Works*, Marcus Walsh, ed., Cambridge: Cambridge University Press, 2010, pp. 144 – 145.
③ 讽刺的应该是随着"古今之争"的深入,双方渐渐从学理讨论流于人身攻击。
④ "同等力量与技巧",可见在斯威夫特看来,"古今之争"双方实际上是势均力敌的,但也就消解了"崇古派"的优越之处,表明其并非简单地站在"崇古派"的阵营中。
⑤ Jonathan Swift, *A Tale of a Tub and Other Works*, Marcus Walsh, ed., Cambridge: Cambridge University Press, 2010, p. 145.
⑥ 指涉的无疑是英国"古今之争"中以"法拉里斯信札"(Epistles of Phalaris)真伪问题而名噪一时的理查德·本特利及其与"崇古派"波义耳的《法拉里斯信札》手稿纷争。

七贤人史》①之间了，维吉尔则左挨德莱顿右接魏舍②"。记叙完昏聩愚昧却狂热的图书馆管理员，叙事者回笔续接主题。"现代派"点校兵马，发现有五万之众，由轻骑兵、重装步兵和雇佣军③构成。但这些军士不是衣衫褴褛，缺盔少甲就是朽木为棒、盔甲锈蚀的乌合之众，偏偏却又都自命不凡："'崇古派'妄称自有古典性，我等才是二者中历史更悠久的……我们的马都是自己喂养的，兵器也是自己锻造的，军服更是自己按自己样式缝制的。"④ 行迹卑猥却口出狂言，自然惹得隔壁书架的柏拉图听闻后哂笑不已："朽木、锈铁、破布拼凑起来的武装，天哪，当然不是源自我们古人。"⑤ 言语挑衅之间，战斗一触即发。忽而，在双方就要兵戎相接之际，斯威夫特突然荡开笔锋，插入了著名的"蜘蛛与蜜蜂"争执的寓言。

二 "蜘蛛与蜜蜂"形象的"创造性叛逆"

"蜘蛛与蜜蜂"的寓言可以说是"古今之争"问题中学界研究最为透彻的部分。但值得注意的是，斯威夫特对"蜘蛛与蜜蜂"形象此一传统的创造性挪用却较少被涉及。实则，"蜘蛛与蜜蜂"形象在18世纪之前的各类书写中，已经形成了较为固定的褒贬形式。尤其在现代早期众多的札记书中

---

① 《罗马七贤人史》(*The History of the Seven Wise Masters of Rome*) 在1673~1693年共再版7次，主要讲述泰勒斯、毕达哥拉斯、德谟克利特、希波克拉底及柏拉图、亚里士多德与伊壁鸠鲁七位贤者的生平及主张。详见 Jonathan Swift, *A Tale of a Tub and Other Works*, Marcus Walsh, ed., Cambridge: Cambridge University Press, 2010, p. 473。
② 魏舍（George Wither, 1588—1677），17~18世纪英格兰诗人，著有《牧羊人之猎》(*The Shepherds Hunting*, 1615) 及《教会颂》(*The Hymns and Songs of the Church*, 1623) 等诗篇，魏舍是斯威夫特屡次指涉的蹩脚诗人之一。
③ 1698年，基督教堂学院才子派集众人之力出《波义耳先生议本特利博士〈论法拉里斯信札〉》一书反驳本特利之后，一时之间"现代派"无人回应，此间沃顿写信给法国"现代派"让·勒·克雷克，多有"祈援"的意思，后者遂于其新闻阵地《文学共和国新闻报》(*Nouvelles de la République des Lettres*) 上发文支援英国"现代派"。因而，斯威夫特于此处指涉的"雇佣军"很可能讽喻的就是让·勒·克雷克等法国"现代派"。
④ Jonathan Swift, *A Tale of a Tub and Other Works*, Marcus Walsh, ed., Cambridge: Cambridge University Press, 2010, p. 148.
⑤ Jonathan Swift, *A Tale of a Tub and Other Works*, Marcus Walsh, ed., Cambridge: Cambridge University Press, 2010, p. 148.

(commonplace book) 多有体现。① 譬如培根在《学术的进步》(*Advancement of Learning*, 1605) 一书中就曾作文如下:

> 专心实验之人正如蚂蚁,他们只晓得收集材料并使用;推理者 (reasoners) 则像蜘蛛,他们以脑中的冥思苦想来织造蛛网。然而,蜜蜂走了一条折中之路,它采集旷野与花园间的花粉更用一己能力将之转化为花蜜。②

于此,蜘蛛和蜜蜂两种较为不同的秉性已然被呈示出来。斯威夫特笔下误闯图书馆一隅蛛网的蜜蜂被蜘蛛咒骂为"流浪汉一样既无家产又无祖业,除了一对薄翼和一管风笛之外身无长物,靠处处劫掠、偷盗为生,如果一时技痒,从荨麻到紫罗兰都不放过",后者则自诩是"居家动物,肚里有多少墨水写多少文章,这座体现了我在数学方面造诣的大城堡都是我一手搭盖的,所用原料都出自自身"。③ 其实,蜘蛛此种指向封闭式玄思的"自产自销"特性早在威尔金斯主教 (Bishop Wilkins, 1614—1672) 的文章中就被引譬为占星术士,更被着力凸显"极尽贫瘠空洞玄思之能事"④。略早于威尔金斯主教的约翰·韦伯斯特 (John Webster, 1580—1634) 也在其著作中将笛卡尔式的推理者比作"狡猾且东拼西凑地织造着除了遗人笑料之外一无是处的狂想的蜘蛛"⑤。故而,当斯威夫特再次以"蜘蛛与蜜蜂"寓言况喻"古今之争"时,他实则是站在了一个不可忽略的抨击冥想家的批评传统之

---

① 郝田虎:《〈缪斯的花园〉:早期现代英国札记书研究》,北京:北京大学出版社,2014,第 94~99 页。

② Francis Bacon, *Essays, Advancement of Learning, New Atlantis, and Other Pieces*, Richard Foster Jones, ed., New York: Odyssey Press, 1937, p. 313.

③ Jonathan Swift, *A Tale of a Tub and Other Works*, Marcus Walsh, ed., Cambridge: Cambridge University Press, 2010, p. 150.

④ John Wilkins, *A Discovery of a New World and another Planet*, 4th edition, Vol. 2, London: Printed for John Gillibrand, 1684, p. 176; Cf, Robert Friedman Sarfatt, "Jonathan Swift and the Quarrel of the Ancients and Moderns," Ph. D. Dissertation, San Diego: University of California, 1969, p. 194.

⑤ John Webster, *Academiarum Examen*, p. 15; Cf, Robert Friedman Sarfatt, "Jonathan Swift and the Quarrel of the Ancients and Moderns," Ph. D. Dissertation, San Diego: University of California, 1969, p. 194.

第一章 斯威夫特与文化秩序

高度上。

但值得注意的是斯威夫特对这一传统的"创造性叛逆"。蜜蜂形象原本较多出自"人文主义现代派"尤其是培根等人笔下,用于对照勤勉、实证、实干的科学家及娇纵、懈怠、玄思的"蜘蛛"哲学家。① 17世纪科学家乔治·斯塔奇(George Starkey,1628—1665)便曾盛赞科学实践的勤勉及其衍生的自我牺牲精神:"……我曾耗尽家资,竭尽所能地高举外债,以购入坩埚、煤块和烧瓶器皿,像蜜蜂一般制造蜂蜜,却只为造福他人……"② 然而,斯威夫特却在《书战》中将"现代派"专宠的蜜蜂,挪用为"崇古"话语资源,以表现一种古典德行:"如你所指,我确实只有一对羽翼和我的声响,但感谢上苍赐予我这些,天道(providence)若不是为了最为高贵的目的(按:蜜与蜡,即光明与甜美)是不会赐予些天赋的。诚然,我遍寻旷野花园,但我所以广为采撷,既增益了自身,又并未对花朵的容姿、气息与香甜有任何损害。"③ 于此,斯威夫特笔下对天道及劳作道德的凸显,直接指向了古典主义德行中的益人益己的出世原则;而对蜜蜂形象的借鉴,及对古典德行的凸显,无疑又将原先自拟为蜜蜂的"培根主义科学家"转移到了近乎笛卡尔主义的"蜘蛛"的形象上去了:"至于你所谓的建筑及数学才艺,我只想敬告:你工程浩大的城堡,确实也颇费劳力与方法,但你我皆知,它太过于空洞,没有真材实料,因而希望你能吸取教训,在考虑方式及技艺的同时也不应忽略持久性和材料。"④ 此番论辩过后,蜜蜂继而讽刺蜘蛛的狂傲,以迫害他人性命制造毒液来延续此种迫害,于世人毫无益处,与给世人带去蜜与蜡的自己自然高下立判。蜜蜂说罢也不再与蜘蛛争辩,飘然离去,留下蜘

---

① Peter Burke, *A Social History of Knowledge: From Gutenberg to Diderot*, Cambridge: Polly Press, 2008, p. 16. 中译本详见彼得·伯克《知识社会史(上卷):从古登堡到狄德罗》,陈志宏等译,杭州:浙江大学出版社,2016,第17页。

② George Starkey, *Nature Explication and Helmont's Vindication*, London: Printed for Thomas Alsop, 1657, p. 224; Cf, Robert Friedman Sarfatt, "Jonathan Swift and the Quarrel of the Ancients and Moderns," Ph. D. Dissertation, San Diego: University of California, 1969, p. 203.

③ Jonathan Swift, *A Tale of a Tub and Other Works*, Marcus Walsh, ed., Cambridge: Cambridge University Press, 2010, p. 150.

④ Jonathan Swift, *A Tale of a Tub and Other Works*, Marcus Walsh, ed., Cambridge: Cambridge University Press, 2010, p. 150.

蛛一人"如演说家做赛前准备一般继续不间断地喷骂"。①

蜜蜂离去后,因这场偶发激烈交锋而暂停的书战也得以恢复。同时,天庭也知悉了这场喧嚣的人间纷争,遂按照史诗叙事模式的"规定",分成两派加入论战:纷争女神摩墨斯及其子嗣傲慢、无知等神祇自然加入"现代派"一边,智慧女神及女战神雅典娜(Pallas Athene)和阿波罗则加入"崇古派"。战鼓三振,双方交兵。尽管有摩墨斯助阵,"现代派"仍旧败于古人阵前:亚里士多德向培根射出一箭,没击中培根却击中笛卡尔右眼,后者"在剧痛的裹挟之中,旋转不断,直至死去,正如一颗行星被他自己臆造的旋涡的超级引力吸走"。② 至于丰特内尔、佩罗之流则皆被荷马一刀斩于马下;"现代派"身形矮小却穿戴着厚重盔甲,因而显得不伦不类的德莱顿"头盔九倍于头颅……像一只耗子穿着斗篷,又似一个皱巴缩水的纨绔子弟藏在宽大而不合时宜的假发之下",③ 形容卑鄙地向维吉尔求饶并要求交换铠甲。

但叙事情节的高潮无疑是叙及沃顿与本特利的桥段。于"现代派"节节败退之中,本特利大发牢骚,认为军队颓败正是因为自己没有当选统帅。此言一出,"现代派"中一员将领斯卡里奇(Scarliger)顿时愤然回驳:"你的学识使你越发野蛮;你越是研究人性越是丧尽天良;你与诗人的交往使你更加可怜、肮脏和愚昧……比你更懦弱的胆小鬼也不会拖军队的后腿。"④ 在同一阵线的分歧之中,本特利暗下决心要立战功,夺回颜面,遂纠合沃顿企图趁夜色从侧面偷袭"崇古派"的伤兵阵营,或碰碰运气也许能偶遇瞌睡的古人。就在他们形迹卑猥地爬行前进过程中发现了熟睡的伊索及法拉里斯,就在本特利趁机偷走两人盔甲时,沃顿看见坦普尔伏在河边喝水,意欲扬名立万的他祈求母亲摩墨斯,用尽全力向坦普尔掷出了标枪,却只"轻擦了一

---

① Jonathan Swift, *A Tale of a Tub and Other Works*, Marcus Walsh, ed., Cambridge: Cambridge University Press, 2010, p. 150.
② Jonathan Swift, *A Tale of a Tub and Other Works*, Marcus Walsh, ed., Cambridge: Cambridge University Press, 2010, p. 157.
③ Jonathan Swift, *A Tale of a Tub and Other Works*, Marcus Walsh, ed., Cambridge: Cambridge University Press, 2010, p. 158.
④ 斯威夫特:《图书馆里的古今之战》,李春长译,北京:华夏出版社,2015,第216页。

下，掉落于地。坦普尔既没有丝毫察觉，亦没有听闻标枪落地之声"。① "崇古派"守护神阿波罗恼怒于这只污浊的"笔杆"弄脏他的神泉，遂助力英才波义耳，后者像在利比亚平原上的狮子追赶两只四处逃窜的野驴一样追逐沃顿、本特利两人后，掷出标枪，"就如一个技术娴熟的厨子……用铁制的烤肉扦穿过两只山鹬最柔软的侧面"② 结果了两人，沃顿、本特利也如同心一意的手足般，被渡亡人卡戎误以为仅是一人。③ 行文至此，叙事者落下"此时"二字，在数十星号之后就以"下文佚失"（desuntcatera）结束了叙事。

三 调和古今的文化立场

须要指出的是，《书战》文本提供的战事线索及其体现立场虽则貌似清晰明朗，但一旦我们结合作为"古今之争"前哨战的《木桶的故事》"离题话"一并分析，会发现斯威夫特对英国"古今之争"的态度又是较为复杂的。

这种复杂性绝非列维尼教授那较为轻率的观点——将斯威夫特的立场表现为"对古人的毫无保留的崇敬"④ 能够轻易概括的。从上文论述中可以看出，斯威夫特对"现代派"并非如坦普尔等"崇古派"那般近乎全盘否定，其态度之复杂性还表现在以下两方面。一方面，"崇古派"并非完美无缺。伊索为了逃回阵营也须化身为驴子，维吉尔也会被胆怯蒙蔽而同意与德莱顿交换盔甲。另一方面，"现代派"内部亦多有矛盾，说明并非所有"现代派"都是其打击对象。譬如，培根就在战斗中躲过了亚里士多德的致命一击，德莱顿虽然流于卑鄙，不仅得以苟活更与维吉尔交换甲胄。最为吊诡的还在于，斯威夫特高度赞扬了作为"现代派"轻骑兵指挥的亚伯拉罕·考利

---

① Jonathan Swift, *A Tale of a Tub and Other Works*, Marcus Walsh, ed., Cambridge: Cambridge University Press, 2010, p. 163.
② 斯威夫特:《图书馆里的古今之战》，李春长译，北京：华夏出版社，2015，第219页。
③ Jonathan Swift, *A Tale of a Tub and Other Works*, Marcus Walsh, ed., Cambridge: Cambridge University Press, 2010, p. 164.
④ Joseph M. Levine, *The Battle of the Books: History and Literature in the Augustan Age*, Ithaca and London: Cornell University, 1991, p. 120.

乔纳森·斯威夫特研究：秩序的流变与悖反

(Abraham Cowley, 1618—1667)：其与古代诗人品达之间的搏杀可谓势均力敌，虽最终落败身亡，[①] 遗骸却为爱神维纳斯所收殓，变为神鸽成为爱神座驾的装饰品，而得以永存。此举似乎令人意外，但实际上，一旦结合斯威夫特早期诗歌的师承"不论在格律、音部还是颂歌的细节上都在模仿考利"[②]，及其在政论文的引用上也对考利的诗歌不惜笔墨，[③] 此种"意外"也就得以落于"情理之中"。故而，文首"古人峰"与"今人峰"争执处常常被忽略的古人可以帮携今人"至同等高度"一语，顿时卓有深意，现代人如果师法古典，便不是绝对没有超越之可能的。可见，如恩伦普瑞斯教授指出的："对斯威夫特来说，好品味（bon goût）真正的敌人——无论挂以何种复杂的名头——都是学究式的批评家、兴风作浪的写手以及自我推销的蹩脚诗人，如本特利、沃尔西、莱斯特罕奇（Sir Roger L'Estrange, 1616—1704）之流。"[④] 然而，这种攻击重点又不仅局限于恩伦普瑞斯教授指出的文学范畴，实则更主要地指向沃顿、本特利等"现代派"学究主张的表现其进步观的笛卡尔主义哲学及霍布斯机械论哲学，因为正是这些人大力支持的、危及斯威夫特念兹在兹的教会权威的"新哲学"使其如坐针毡。

因而，斯威夫特对"崇古派"的基本态度，虽大体承袭其旧主，但并未一味尊崇。毫无疑问，斯威夫特的基本文学趣味塑型于旧主坦普尔庇护之下的 1689~1699 年。虽然斯威夫特在都柏林圣三一学院时期亦颇受"都柏林哲学团体"（Dublin Philosophy Society）中主要成员，也即其导师纳西索斯·马许（Narcissus Marsh, 1638—1713）"新哲学"思潮的影响，[⑤] 但从斯威夫

[①] 斯威夫特在作品中还不忘以出版商的身份标注了一条脚注："此处鄙人不同意作者的意见，愚以为考利的品达体诗歌是深得维纳斯喜爱的。"详见 Jonathan Swift, *A Tale of a Tub and Other Works*, Marcus Walsh, ed., Cambridge: Cambridge University Press, 2010, p. 159。

[②] Irvin Ehrenpreis, *Swift: The Man, His Works, and the Age*, Vol. 1, Cambridge and Massachusetts: Harvard University Press, 1962, p. 113.

[③] Jonathan Swift, *Swift's Irish Writings: Selected Prose and Poetry*, Carole Fabricant and Robert Mahony, ed., New York: Palgrave Macmillan, 2010, p. 14.

[④] Irvin Ehrenpreis, *Swift: The Man, His Works, and the Age*, Vol. 1, Cambridge and Massachusetts: Harvard University Press, 1962, p. 194.

[⑤] Irvin Ehrenpreis, *Swift: The Man, His Works, and the Age*, Vol. 1, Cambridge and Massachusetts: Harvard University Press, 1962, pp. 49 – 51.

第一章　斯威夫特与文化秩序

特的成绩单可以看出，斯威夫特对思辨哲学和物理学并不感兴趣。[1] 因而，摩尔庄园大量的藏书及坦普尔的文学旨趣对他文学主张的古典走向有着更关键的决定作用。[2] 这种影响最直接的体现便是1692年斯威夫特发表的《威廉·坦普尔爵士颂》（*Ode to the Honorable Sir William Temple*, 1692），颂诗将坦普尔的文功武德上比亚当，下比柏拉图，对其德行大加赞颂。[3] 这种不遗余力的赞颂又以熟悉的身影出现在《书战》中："坦普尔……古人之骄子，盖世之英雄"，"奋战英勇如神祇，雅典娜、阿波罗皆为其左膀右臂"。[4] 但即便斯威夫特对坦普尔多有尊崇——25岁之时他仍称坦普尔为"当代英语作家中我最喜欢的一位"[5]——他也并非完全赞同坦普尔那较为"固执"的崇古姿态。

这种区别着重地体现在两人对讽刺的不同态度上。坦普尔的《杂集》卷三中有这么一段话："冒犯性、无区别的讥笑（raillery）源自坏脾性和伤害他人的欲望，即使这种伤害亦于己不利"，[6] 加之坦普尔在掀起英国"古今之争"的《古今学术略论》一文中对"现代派大肆嘲讽严肃和正直的荣耀、德行以及学理和圣洁"[7] 的痛恨，以及他对斯威夫特高度欣赏的拉伯雷讽笔的极度厌恶[8]无疑可以看出他对"与古典德行多有扞格的讽刺"的总体态度是排斥的。而反观斯威夫特，其观点不仅渗透于《木桶的故事》"离题话"及《书战》中，而且贯穿斯威夫特整个文学生涯中极为重要的一个特

---

[1] Irvin Ehrenpreis, *Swift: The Man, His Works, and the Age*, Vol. 1, Cambridge and Massachusetts: Harvard University Press, 1962, p. 279.

[2] Irvin Ehrenpreis, *Swift: The Man, His Works, and the Age*, Vol. 1, Cambridge and Massachusetts: Harvard University Press, 1962, pp. 122 – 123.

[3] Jonathan Swift, *Poetical Works*, Herbert Davis, ed., London: Oxford University Press, 1967, pp. 18 – 24.

[4] Jonathan Swift, *A Tale of a Tub and Other Works*, Marcus Walsh, ed., Cambridge: Cambridge University Press, 2010, p. 148, p. 163.

[5] Irvin Ehrenpreis, *Swift: The Man, His Works, and the Age*, Vol. 1, Cambridge and Massachusetts: Harvard University Press, 1962, p. 111.

[6] William Temple, *Miscellanea III*, London: Printed for Benjamin Tooke, 1701, p. 335.

[7] William Temple, "Essay upon Ancient and Modern Learning," in *Miscellanea II*, London: Printed for Ri. Simpson, 1705, p. 71.

[8] Irvin Ehrenpreis, *Swift: The Man, His Works, and the Age*, Vol. 1, Cambridge and Massachusetts: Harvard University Press, 1962, p. 110.

质就是他的善讽之笔——其讽刺机锋之尖锐,其形式之多重,其语言之诙谐。因而在"一种现代的离题话"中,斯威夫特特地指出,"深入解剖人性后,我有一个奇特、新颖亦重要非凡的发现:人类公益的提升通常有两种方法——训诫(Instruction)与寓教于乐(Diversion)……如今人类无疑从寓教于乐中受益比从单纯训诫中要大得多"。[1] 因此,不难解释为何《木桶的故事》五篇"离题话"充斥着虫豸、野狗、笨驴、豪猪等禽兽譬喻,也充斥着屎尿、残渣等污秽物,更多畸形、扭曲、怪诞、变态的"秽语描写"。正是在这种荒诞不经的讽笔之下,"古今之争"双方的庄严性被消解,双方都成了争夺骨头的野狗,在上演着一出如《书战》中的"滑稽史诗"一般的滑稽闹剧。

当然,尽管《书战》中的古典英雄的崇高性被解构,堕如凡人一般易被蒙蔽,频频犯误;[2] 斯威夫特对"古典性"的维护态度也是确切无疑的,但这种尊崇区别于"崇古派"极端分子的"古典奴性"。这种无法简单一刀切的态度也解释了散布在《书战》手稿中的七处空缺及没有结尾的结局。"古今之争"在斯威夫特看来:第一,或许是一出闹剧,正确的做法可能应如《书战》中的蜜蜂一般,讲述完自己的理据后就转身离开,不再与对手纠缠于无谓的争执;第二,"古今之争"的双方实际上都有自己"局部的正确性",而且关于进步观念,彼时世人进行争论不仅是无益的,也是不可能的,社会进步与否除了大能的上帝之外,唯一可能的评判者就是后人。这也再次印证斯威夫特处处流露出来的"此文作于后人观"的姿态,[3] 这是一场不可能有结局且不必要的论争。从这个意义上看,罗奈尔德·鲍尔森(Ronald Paulson)教授那句"文中空缺与潦草之处要么说明斯威夫特将最糟糕的部分

---

[1] Jonathan Swift, *A Tale of a Tub and Other Works*, Marcus Walsh, ed., Cambridge: Cambridge University Press, 2010, p. 81, p. 148.

[2] Jonathan Swift, *Poetical Works*, Herbert Davis, ed., London: Oxford University Press, 1967, p. 278. 斯威夫特作品中的神祇与英雄并非总是崇高的,其在1724年发生"伍德币事件"时所作诗歌《普罗米修斯》中,盗取天火的普罗米修斯即被用于讥讽威廉·伍德,而收受1万镑贿赂以为伍德获取铸币特许状的肯黛尔夫人,则被譬为维纳斯。

[3] Jonathan Swift, *A Tale of a Tub and Other Works*, Marcus Walsh, ed., Cambridge: Cambridge University Press, 2010, pp. 16 – 18.

删去，要么说明他不过在对文首已然开始的战争敷衍了事"，① 很可能又是一种误读。斯威夫特在结尾处的"下文佚失"一语无疑是意味深长且多有暧昧值得推敲的。②

四 小结

英国"古今之争"无疑与文艺复兴以来"新科学"的勃兴、"进步的观念"的形成密切相关，也指向了启蒙思想与"权威主义"、"世袭主义"及正统论之间的各类话语论辩。"古""今"分歧及两派内部的思想摩擦，尤其是"自然恒定论"和"循环衰退论"两种历史观念的交锋，实际上可视为从文艺复兴到英国启蒙运动期间英国政治话语背后的几股暗流。而斯威夫特作为打破"古今之争"僵局的重要作家，其复杂的思想背景决定了其文化立场的复杂性。

笔者看来，斯威夫特对英国"古今之争"的态度应该分两个层面来理解。在学理和科技层面，斯威夫特的主张实际上离沃顿"融会贯通古今，并使其各为源头"③ 以及《论学问的批评及奇异》（*An Essay Concerning Critical and Curious Learning*, 1698）一书作者"修葺古书有益……纠缠于考据癖好无聊"④ 的主张相去不远。⑤ 但在自然万物的阐释权上，无论对于"现代派"

---

① Ronald Paulson, *Theme and Structure in Swift's "Tale of a Tub"*, Connecticut: New Haven University, 1960, p. 229.
② 值得注意的是，在弗莱看来，"刻意离题"与"残缺不全"又正是讽刺文学叙事技巧的两大特征。详见 Northrop Frye, *Anatomy of Criticism*, Princeton and Oxford: Princeton University Press, 2000, p. 234。
③ William Wotton, *Reflection upon Ancient and Modern Learning*, London: Printed by J. Leake for Peter Buck, 1694, p. 358.
④ T. R., *An Essay Concerning Critical and Curious Learning in Which Are Contained Some Short Reflections on the Controversies betwixt Sir William Temple and Mr. Wotton and That Betwixt Dr. Bentley and Mr. Boyle*, London: Printed for R. Cumberland, 1698, pp. 5 – 6.
⑤ 其时颇有一些学者采取了类似斯威夫特的"折中派"姿态，如与沃顿齐名皆为少年天才的亨利·多德维尔（Henry Dodwell, 1641—1711）及立场偏"现代派"的威廉·李洛伊德主教（Bishop William Lloyd, 1627—1717）等都提倡一种"融合古今"的主张；另不少学者采取一种虽紧密关切，但纯属看热闹的姿态，大学者洛克及其时古典学巨擘伯纳德（Edward Bernard, 1636—1697）和古希腊学者托马斯·斯密斯（Thomas Smith, 1638—1710）当属此类。

还是"崇古派"中抱持"新科学"的极端分子——尤其是笛卡尔主义及霍布斯机械物质论者——斯威夫特都是坚决打击的。作为英国国教高教派教徒,他目睹着威廉三世治下的宗教宽容政策及各类科技进步话语不断侵蚀岌岌可危的国教根基;在他看来,后者随时有被日趋体系化的"新哲学"及其宗教孪生物——自然神论一击而毁的可能。他对此是不会无动于衷的。

余论　英国"古今之争"的多个侧面

诚如陆建德在《思想背后的利益》一书自序中所言:"在很多场合下,思想有历史的根源,背后隐藏着十分复杂的利益。"[①] 这一观点可与以赛亚·柏林"对于各种观点、社会运动、人们的所作所为,不管出于什么动机,应该考虑它们对谁有利,谁获益多这些并非愚蠢的问题"[②] 一语互砥砺,它们无疑能作为深挖英国"古今之争"背后深层动机的理据:英国"古今之争"相较法国"古今之争"更为复杂,原因之一即可能是其深层动因上的政治、宗教性更为复杂。

如第一节中所述,"古今之争"的一个本质即"进步史观"与"循环/衰退史观"之间的秩序之争。与人类对时空的感知能力密切相关的"循环史观",实则较早地体现在阿那克西曼德(Auaximandros,约公元前610—前545)的"阿派朗"(apeiron)概念上。"阿派朗"即宇宙生产的恒定与无限[③]——"一切都生自无限者(按:即"阿派朗")。因此有无穷个世界连续地生自本原,又灭入本原"。[④]"阿派朗"观念在阿那克西曼德之后的阿那克西美尼(Anaximenes,约公元前588—前524)那里发展成"气动说":"宇宙都有生灭的过程,生于气而返于气。"[⑤] 之后,这种朴素的宇宙观经由达哥

[①] 陆建德:《思想背后的利益》,桂林:广西师范大学出版社,2005,自序,第1页。

[②] 拉明·贾汗贝格鲁:《伯林谈话录》,杨祯钦译,南京:译林出版社,2002,第121页。

[③] 泰勒主编《从开端到柏拉图》,韩东晖等译,北京:中国人民大学出版社,2003,第65~67页。

[④] 北京大学哲学系外国哲学史教研室编译《西方哲学原著选读》(上卷),北京:商务印书馆,2004,第16页。

[⑤] 仝增嘏:《西方哲学史》(上册),上海:上海人民出版社,1983,第38页。

第一章 斯威夫特与文化秩序

拉斯学派"逻各斯"化后，走向较为成熟的循环观念，并在《荷马史诗》中得到了较好的呈示。史诗中的时间之于英雄和神祇都不具备生理意义，他们有面容上老幼之分，亦有生死之别；但这种区分实际上与史诗对情节起讫的忽略类似，都可视为无意义的"时间"设定，体现着卢卡奇所谓的无时间性。① 中世纪时期，存在及其历史包裹在奥古斯都笔下"天使之城"与"尘世之城"之间的冲突之中，但这种冲突无疑又受辖于上帝的无限意志。至此，"人类的历史以创世和堕落为原初开端，以末日审判和复活为终极目标，是由固定的起点到终点的线性运动，是一种含目的的运动"。② 然而，此种神意观和"终末论"对历史的盘踞在文艺复兴时期的人文主义者那里遭受到了攻击。实际上，中世纪学者创立的年代分割法和以世俗目的为指归的历史编纂"企图"已然隐含着"先进和成熟的历史学思想"，③ 并进一步在人文主义者笔下被阐发为世俗性的要求，这种要求最终在英国启蒙思想家处以"新的历史见解，成为了后来一步步发展起来的历史主义的前奏"。④

弗里德里希·梅尼克（Friedrich Meinecke）并未言明的"新的历史见解"实际上包含了历史观脱离神意控制后所彰显的世俗性质。当然，这种世俗性质要求一整套与生产力发展相适应的时空阐释模式，而新的时空模式无疑又与其时政治、宗教发展的诉求休戚相关。因为"只有人们把握了人类的进步的观念，才能形成或阐述关于历史之于政治家和公民的事务之意义的正确观念"。⑤ 因而，"进步的观念"作为哈罗德·拉斯基（Harold Lask）指出的包含"资本主义精神"的"新的哲学"："最大限度地给予个人创新以行动自由，以获得更好的社会福利……人们发现，要开发新的资源就要建立新的阶级关系。但是，新的阶级关系反过来又需要一种新的哲学，以证明那些

---

① 巴赫金:《小说理论》，白春仁、晓河等译，石家庄：河北教育出版社，1998，第119页。
② 贺璋瑢:《圣·奥古斯丁神学历史观探略》，《史学理论研究》1999年第3期，第68页。
③ 柯林伍德:《历史的观念》，何兆武、张文杰等译，北京：北京大学出版社，2010，第55页。
④ 弗里德里希·梅尼克:《历史主义的兴起》，陆月宏译，南京：译林出版社，2010，第176页。
⑤ 查尔斯·比尔德:《进步的观念》，引言，见于约翰·伯瑞《进步的观念》，范祥涛译，上海：上海三联书店，2005，引言，第7页。

由其推动才建立的行为习惯的正当性。"① 最终，正是新型国家世俗自足性（self-sufficiency）的勃发，控制国家的新型阶级意识对财富的索求，使之要求一种"政府自然的新力量，需要发展出政府这种力量的新工具。他们的需要为科学家设定了范围，在这一范围中，出现了一幅宇宙的新景象和对自然的新控制"。②

不言而喻，这幅新景象中的新人（novi homines）无法想象一种衰退的、终将走向末日的历史进程。因为衰退进程无疑会从根本上消解越来越多的欲望，也没有哪个盛世中的帝王期待自己开创的盛世按照"终末论"走向衰亡。因而，17、18世纪之交的"古今之争"及其关于进步观念的秩序之争以及现代派对"进步与社会趋善论"信念的张扬，③ 虽然不能过于乐观地如拉斯基认定那般是"资产阶级美德的胜利……英国中产阶级发挥集体智慧，按照自身的目标重建了国家的框架"④——拉斯基建构自由主义谱系的宏远题旨使得他在描述被"攻击"的传统秩序之时总是呈现出异于常人的兴奋感，其言辞也经常饱含过于澎湃的热情——但拉斯基指出的那个"相信自己可以比前人更好地塑造人类的命运"⑤ 的新秩序确实在这一时期萌发了。所以拉斯基敏锐地指明了一种符合法国"现代派"的"资产阶级呈现出艺术的兴趣"，这种沙龙趣味对"雅趣"（bon goût）的追求，同英国"崇古派"对"真正的学识"（true learning）以教养、道德及人性而非文献考据为标准的学识评判在某种程度上是相通的。⑥ 不难指出，资产阶级艺术趣味旨在培

---

① 哈罗德·拉斯基：《欧洲自由主义的兴起》，林冈、郑忠义译，北京：中国人民大学出版社，2013，第13页。
② 哈罗德·拉斯基：《欧洲自由主义的兴起》，林冈、郑忠义译，北京：中国人民大学出版社，2013，第45页。
③ Bernard Barber, *Science and the Social Order*, London: George Allen & Unwin Ltd., 1953, p.66.
④ 哈罗德·拉斯基：《欧洲自由主义的兴起》，林冈、郑忠义译，北京：中国人民大学出版社，2013，第57页。
⑤ 哈罗德·拉斯基：《欧洲自由主义的兴起》，林冈、郑忠义译，北京：中国人民大学出版社，2013，第51页。
⑥ 值得注意，沙法特博士同样发现了英国"崇古派"和法国"现代派"的这种相通之处，因而也指出了"贴标签法"的效力范围是值得质疑的。详见 Robert Friedman Sarfatt, "Jonathan Swift and the Quarrel of the Ancients and Moderns," Ph.D. Dissertation, San Diego: University of California, 1969, p.17.

养"学绅"（honnêt homme）品味，因而英国"崇古派"在与"现代派"论辩过程中所秉持的"道德攻势"，① 乃至其人对学识的社会功用不遗余力的主张，不妨视为资产阶级获取新秩序合法性的必需步骤——而"古今之争"正是新旧秩序交替、新观念中不同主张之间拉锯的一次表现。这个意义上，我们不难理解为何乔治·索雷尔在谈到"古今之争"时，坚称"在17世纪，它们源起于政治意识形态而不是真正的科学。因而，当衡量它们的历史重要性时，我们首先应该考察的是政治现象"。②

另外，"进步的观念又推动了乐观主义的增长"，③"现代派"，特别是法国"现代派"的乐观主义者背后暗含的政治经济动因，要求一种"不必再援引基督教的许可"④ 的商业道德。因而，"于有教养的商业社会之内，文明人在回溯历史时必然察觉到一种未开化和野蛮的状态，倘若他们能证明在商业道德勃兴之前的社会是不道德的，他们就能反驳那些保守人士的理想"。⑤ 此处，新的道德建构背后的哲学支撑也被明白无误地指向了笛卡尔唯理主义、霍布斯机械主义及自然神论教义。因此，我们即便撇开斯威夫特复杂的历史观及其对科技的复杂态度不谈，单是梳理前述极力撼动英国国教地位的哲学体系，就能发现事态的繁复。

这个意义上看，一旦我们越发细致地审察"古今之争"的多个侧面，本文最初予之的定义范畴之边界便越发模糊。"崇古派"与"现代派"的标签效力范围亦越发局促。"崇古派"中既有托利党人也不乏辉格党人，有国教

---

① Robert Friedman Sarfatt, "Jonathan Swift and the Quarrel of the Ancients and Moderns," Ph. D. Dissertation, San Diego: University of California, 1969, p. 121.
② 乔治·索雷尔：《进步的幻象》，吕文江译，上海：上海人民出版社，2003，第87页。
③ 哈罗德·拉斯基：《欧洲自由主义的兴起》，林冈、郑忠义译，北京：中国人民大学出版社，2013，第91页。据梅森教授考证，"乐观主义"此一术语最早于1737年，以法文"optimisme"形式出现。该词经由蒲柏《人论》，博林布鲁克子爵对蒲柏思想的阐发及伏尔泰予之的推进，"乐观主义"进一步在欧洲流行。须指出的是，术语的出现必然迟于思想表现。可参 Mark Goldie and Robert Wokler, *The Cambridge History of Eighteenth - Century Political Thought*, Cambridge: Cambridge University Press, 2006, pp. 195 – 197.
④ 哈罗德·拉斯基：《欧洲自由主义的兴起》，林冈、郑忠义译，北京：中国人民大学出版社，2013，第64页。
⑤ J. G. A. Pocock, *Virtue, Commerce, and History: Essays on Politic Thought and History, Chiefly in the Eighteenth Century*, Cambridge: Cambridge University Press, 1985, p. 115.

徒也有不从国教者（Nonconformist）及天主教徒，反观"现代派"中亦是如此。但定义法的失效，并不妨碍描述法的界定效能。而于其间较为发人深省的是，坦普尔当年讽刺"现代派"科技进步时曾语出如下：

> 我曾听闻人们讨论关于学识与科技在当下及未来可能获取的进展的怪诞虚妄之事。譬如，包治百病的万金油（Universal Medicine），点石成金的哲人石（Philosopher's Stone），将年轻人的血液输往老人并使后者重焕新生的输血术，包学包会应对各种交往的世界语……飞行术……双底船……外星球上发现的新世界……如从约克镇到伦敦般便捷的地月旅行……①

如今看来，坦普尔300多年前的辛辣讽刺除了开头的万金油和哲人石外几乎已然一一应验。在连婴儿胚胎组织液都已经可用于抗衰老的纳米技术时代里，坦普尔和斯威夫特们肯定不会再如此讽刺，但他们会停止讽刺吗？不会，因为正如殷企平指出的，在距斯威夫特不过100年的维多利亚时期，当"'进步'终于成为一个社会的主流话语"之时，仍旧有马修·阿诺德（Matthew Arnold, 1822—1881）、托马斯·卡莱尔（Thomas Carlyle, 1795—1881）、约翰·纽曼（John Newman, 1801—1890）、约翰·罗斯金（John Ruskin, 1819—1900）等去警惕"现代生活的病态的匆忙"。②

现在看来，"进步话语"固持的理性逻辑，在本体论意义上似乎不可避免地包含了消解诗意的冲动；商业道德无论如何"柔滑"，却总与古典德行多有背反。然而，无论"进步话语"如何大张旗鼓，英国文化传统中似乎总会有一种自我调整的相对力量（counterpoise），调动它的守望者们去警惕"进步的幻象"可能带来的道德沦丧。斯威夫特在这场绵延而浩大的"文化秩序论争"中，更多的时候站在了被命名为"保守主义者"的守望者及担

---

① William Temple, "Essay upon Ancient and Modern Learning," in *His Works*, in 4Vols, Vol. 3, London, 1814, pp. 281–283.
② 殷企平：《推敲"进步"话语——新型小说在19世纪的英国》，北京：商务印书馆，2009，第4～8页。

第一章 斯威夫特与文化秩序

忧者行列中。他的文化"悲观主义"与半个世纪后的卢梭不无类似。1749年,卢梭在《论科学与艺术的复兴是否有助于使风俗日趋纯朴》中愤然立论:"随着我们的科学和艺术的日趋完美,我们的心灵便日益腐败。"① 再往后看,他们的忧忡与索雷尔指出的对"精巧而骗人的笛卡尔机械主义所激起的热情所感受到的恶劣情绪"② 的警惕实际上并无太多区别。

---

① 卢梭:《论科学与艺术的复兴是否有助于使风俗日趋纯朴》,李平沤译,北京:商务印书馆,2011,第14页。
② 乔治·索雷尔:《进步的幻象》,吕文江译,上海:上海人民出版社,2003,第93页。科学技术与暴政的结合及其对社会整体文化结构的反叛景象可参看 Bernard Barber, *Science and the Social Order*, London: George Allen & Unwin Ltd., 1953, pp. 72 – 83。中译本可参见巴伯《科学与社会秩序》,顾昕等译,北京:生活·读书·新知三联书店,1991,第85~99页。本书第四章第四节"文本指涉游戏的解码——重看《游记》卷三的'反科学'"一节亦有相关论断。

第二章
斯威夫特与宗教秩序

第一节 闹剧与秩序之争:"比克斯塔夫系列文章"研究[*]

乔纳森·斯威夫特发表于1708~1709年的"比克斯塔夫系列文章"(Bickerstaff Papers),因其对欧洲政治生活核心事件的离奇预测,曾掀起轩然大波,更触发文坛一系列"占星术闹剧",并经久未衰。"比克斯塔夫系列文章",作为表现英格兰近代早期宗教与政治"紧张关系"及秩序结构跌宕整合的典型标本,于其"身份面具""延滞""拆解"等叙事技巧之后,隐伏着斯威夫特作为国教高教派神职人员,对彼时宗教秩序崩弛的殷切忧思。

引 言

1708年2~3月,伦敦各咖啡、酒馆及市政厅皆被一篇名为《1708年预测》(*Prediction for the Year 1708*, 1708)的小册子弄得鸡犬不宁。一时间街谈巷议皆是此文,缙绅之士几乎人手一册。其售价虽已低至1便士,却仍有半便士的盗版四下流窜,更招徕续写、改写接踵而至。[1] 署名"比克斯塔夫

---

* 本节部分内容曾以《闹剧与秩序之争——"比克斯塔夫系列文章"研究》为题名,发表在《外国文学》2018年第4期,第22~32页。

[1] Irvin Ehrenpreis, *Swift: The Man, His Works, and the Age*, Vol. 2, Cambridge, Massachusetts: Harvard University Press, 1967, p. 202.

乡绅"（Isaac Bickerstaff Esq.）的"预测者"所做30余条预测中不乏如下骇人听闻的事件：

> 4月因几位要人的亡故而显得特别重要。先于4日，巴黎大主教、诺埃耶红衣枢机（Cardinal de Noailles）将会死去；11日，奥地利小王子亦即安茹公爵之子亦将夭折；14日，本国一位权贵将于乡墅中亡故……如不是无须再劳烦读者知晓，我还能提及国内外余下为数众多的将死于此月的无名小卒们。
>
> 至于公共事务方面，4月7日，由于人民不堪其苦，道芬（Dauphiné）地区将会发生暴乱，且将持续数月之久。15日，法国东南沿海地区将有一次风暴袭击，船舰损毁不少。……9日，法国一位大元帅将不幸坠马摔断腿，但无法推测他是否因之命丧黄泉。11日，全欧洲都将瞩目于一场极为重要的围城战——恕不能更加详细了，因此事涉及同盟国机要事宜，因而与本国国祚相关，读者诸君想必也知道出于何因我无法加以详述。①

接下来的几个月中，在预测了十几位显贵的暴亡及一场具体至时刻的战役后，比克斯塔夫先生居然先后预言了欧洲最具权势的"太阳王"路易十四和教皇克莱门十一世的驾崩：

> 然而，令此月铭于青史的当属法王路易十四的亡故。7月29日这一天，在马里（Marli）连绵病榻数周之后，约于傍晚6时左右，法王将会薨毙；至于病因，大概是胃部的痛风引发痢疾所致。3日后，卡米拉先生②也会因中风追随旧主驾西而去。……教皇自上月起将萎靡不振，腿部的肿疮亦要流脓，肌肉也将腐烂，11日那天必定仙逝。③

---

① Jonathan Swift, *Parodies, Hoaxes, Mock Treatises: Polite Conversation, Directions to Servants and Other Works*, Valerie Rumbold, ed., Cambridge: Cambridge University Press, 2013, pp. 50 – 51.
② 米歇尔·卡米拉（Michel de Chamillard, 1652—1721），路易十四一朝的财政与战争事务大臣。
③ Jonathan Swift, *Parodies, Hoaxes, Mock Treatises: Polite Conversation, Directions to Servants and Other Works*, Valerie Rumbold, ed., Cambridge: Cambridge University Press, 2013, pp. 54 – 55.

直观可见，文本中"预言家"虽处处本着"客观"口吻，为照顾猎奇心理将预测局限于"权贵显要"命数的同时，也不忘自夸本领——如果读者乐意，他可以列出一长串死亡名单；继而又一本正经地指出预言仍有局限，亦有"无法推测"之时，谨小慎微地"点到为止"。① 凡涉及国家政务机密预测者则讳莫如深，既保持神秘权威也安抚了政府：在接下来的预测中比克斯塔夫将如火如荼的"西班牙王位继承战"（War of Spanish Succession, 1702—1715）的胜利天平全然倾向英格兰同盟，更几近将敌对的波旁王朝继承人"谋杀"殆尽。这篇"预测"甫出，伦敦文坛随即为之一片哗然。

一 死亡预言与身份剥夺

尽管迷信思想在18世纪早期仍旧盛行，彼时年历上也偶有权贵殒命的预测，② 但"预言者"对欧陆敌对势力如此大规模的"谋杀"，自然契合了战争年代悄然兴盛的爱国风潮。然而，这部周密的《1708年预测》一时间能在伦敦成为焦点，其关节还在第一个预测："第一个预测虽不足为道，但鄙人仍乐意一提，好让那些无知的苏格兰占星贩子能有自知之明。它事关年历出版商帕特里奇，鄙人根据自创的理数，已参尽此君的星相命运：斯人将毫厘不差地因热病暴亡于次月即3月29日晚约11点之际。因之，鄙人奉劝帕特里奇先生及早准备后事。"③ 就这样，比克斯塔夫耸人听闻地"预测"了帕特里奇之死。因文中涉及的帕特里奇不是他人，而是多年垄断"伦敦书商行业公会"（Company of Stationers）畅销年历《自由的默林》（*Merlinus Liberatus*）出版特许状的约翰·帕特里奇（John Partridge，约1644—约1715），而化名比克斯塔夫先生的也正是因《木桶的故事》一书蜚声文坛的

---

① Frank Palmeri, "History, Nation, and the Satiric Almanac, 1660 - 1760," *Criticism*, Vol. 40, No. 3, 1998, p. 383. 帕莫里指出的"年历戏仿"（parodic almanac）此一"亚文类"自拉伯雷1532年《庞大固埃的1533年预测》（"Pantagrueline Prognostication Pour L'an 1533", 1532）一文起，经由"可怜的罗宾"（"Poor Robin"）系列年历至斯威夫特"比克斯塔夫系列文章"时已形成一套固定技巧，文中此种故作"客观冷淡、谨小慎微"视角即是一种。

② W. H. Greenleaf, *Order, Empiricism and Politics*: *Two Traditions of English Political Thought 1500 - 1700*, London: University of Hull, Oxford University Press, 1964, p. 120, p. 142.

③ Jonathan Swift, *Parodies, Hoaxes, Mock Treatises*: *Polite Conversation, Directions to Servants and Other Works*, Valerie Rumbold, ed., Cambridge: Cambridge University Press, 2013, p. 49.

第二章　斯威夫特与宗教秩序

乔纳森·斯威夫特。

我们知道，中世纪以来，神学神秘主义（Occultism）和早期自然科学的结合为秘术、炼金及占星术留下较大的推展空间。[1] 知识精英在开展秘术活动时，其思想与理论下行迁移，与底层延续已久的民间迷信传统汇合。因而，即便在教权挤压之下，民间方术和神秘主义思想仍旧延续至启蒙早期，其普遍情形如弗雷泽在《金枝》中指出一般："人们只是在长辈的教诲下假装虔诚，表面上遵从教义，口头上承认教条，但真正在他们心中生根发芽的还是古老的巫术。"[2] 可以说，在整个近代早期，巫术、占星术并非隐匿进行，而是"在各个方面与教会融合在一起并存"，成为人们"实现与世界及自然交往"的主要方式。[3] 彼时都柏林一位名为约翰·瓦莱（John Whalley）的制鞋匠就以占星、制作年历、秘术寻物、贩售药水为生，更招徕大批民众为其信徒。[4] 另外，威廉三世治下英格兰相对宽松的宗教环境也为欧陆各国江湖游医、极端教派思想家、游方术士提供了生存土壤，其中包括南特赦令（Édit de Nantes）废除后避难至英格兰的清教徒、从苏格兰迁徙至爱尔兰北部阿尔斯特地区的长老派教徒、漫游全欧的吉卜赛人等。这种泥沙俱下的"宗教–秘术"混合群体定然对英格兰宗教—社会结构秩序的稳定性提出考验。

同为鞋匠出身的约翰·帕特里奇可视为约翰·瓦莱的英格兰翻版，但帕特里奇更是一位狂热的清教同情者和反国教分子。[5] 其早年即有激进的反国教言论："高教派——人类之诅咒，国族之耻辱，仅是教皇派的别称而已"；[6] 后又曾在《自由的默林》1699年年历上对国教高教派教士（High

---

[1] Douglas Bush, *English Literature in the Earlier Seventeenth Century: 1600 – 1660*, London: Oxford University Press, 1959, p. 260.
[2] 詹姆斯·乔治·弗雷泽：《金枝》（上），赵昶译，合肥：安徽人民出版社，2012，第73页。
[3] 里夏德·范迪尔门：《欧洲近代生活：宗教、巫术、启蒙运动》，王亚平译，北京：东方出版社，2005，第86~87页。关于彼时"民间巫术"的基本状况亦可参看诺斯洛普·弗莱《诺斯洛普·弗莱文论选集》，吴持哲编，北京：中国社会科学出版社，1997，第67~68页。
[4] Irvin Ehrenpreis, *Swift: The Man, His Works, and the Age*, Vol. 2, Cambridge, Massachusetts: Harvard University Press, 1967, pp. 197–198.
[5] Jonathan Swift, *Parodies, Hoaxes, Mock Treatises: Polite Conversation, Directions to Servants and Other Works*, Valerie Rumbold, ed., Cambridge: Cambridge University Press, 2013, p. 39.
[6] Cf. Irvin Ehrenpreis, *Swift: The Man, His Works, and the Age*, Vol. 2, Cambridge, Massachusetts: Harvard University Press, 1967, p. 199.

Chunh Anglican) 乔治·帕克 (George Parker) 大肆攻击: "帕克是个卖刀具的……改业行医, 为了 300 镑嫁妆娶了老婆, 弄到钱后就不再干游医行当, 转而加入国教会, 现在就是个雅各宾佬!"① 1707 年, 在国会试图重启 "防止间或遵从国教提案" (bills for preventing occasional conformity) 时, 帕特里奇曾做如下评判: "就是这个前所未闻的提案, 榨干了臣民, 烦忧了女王。"② 综观其反国教立场, 极端辉格党姿态较鲜明的帕特里奇或可称为 "政治占星术士"。因而于斯威夫特之前, 国教阵营中已有《绝对可靠的占星家》(The Infallible Astrologer, 1700) 笔者汤姆·布朗 (Tom Brown)③、乔治·帕克及《伦敦探子》(London Spy) 主编内特·瓦德 (Ned Ward) 等人撰文回应。其中帕克曾责斥帕特里奇: "国教中定有能人雅士来教训你这放肆行径的。"④ 而于彼时渴于仕途擢升, 且坚定拥护高教派⑤的斯威夫特自然乐于成为帕克所谓的能人雅士。

斯威夫特的 "能" (able) 与 "雅" (polite) 首先体现在修辞技巧上。于文本《1708 年预测》中, 不同于 "帕特里克射杀游戏" (Partridge - shooting) 发起者或攻击谩骂或直接反讽以求揭穿骗术, 叙事者在开篇处反而辩驳占星术并不仅是坑蒙拐骗的奇技淫巧, 应该责备的是对占星术的滥用: "占星技艺本身无可厚非, 错孽在于那些打着占星招牌的不良行骗者。"⑥ 于此, 斯威夫特首先将叙事焦点置于占星术学理的深厚传统中, 并视

---

① John Partridge, *Merlinus Liberatus...for 1699*, London, Gale EEBO Copy from Bodleian Library, 1699. See also, Jonathan Swift, *Parodies, Hoaxes, Mock Treatises: Polite Conversation, Directions to Servants and Other Works*, Valerie Rumbold, ed., Cambridge: Cambridge University Press, 2013, p. 38.

② Cf, Irvin Ehrenpreis, *Swift: The Man, His Works, and the Age*, Vol. 2, Cambridge, Massachusetts: Harvard University Press, 1967, p. 199.

③ 汤姆·布朗与 "帕特里奇闹剧" 详见 William A. Eddy, "Tom Brown and Partridge the Astrologer," *Modern Philology*, Vol. 28, No. 2, 1930, pp. 163 - 168。

④ George Parker, *Merlini Liberati Errata: or, the Prophecies and Predictions of John Partridge, for the Year of Our Lord, 1690...* London Gale EEBO Copy from Bodleian Library, 1692, p. 20.

⑤ Jonathan Swift, *Prose Works*, H. Davis and Others, ed., in 14Vols, Vol. 8, Oxford: Blackwell, 1953, p. 120. 关于斯威夫特宗教身份是否为 "高教派倾向" 学界尚余论争, 但已有总体共识。

⑥ Jonathan Swift, *Parodies, Hoaxes, Mock Treatises: Polite Conversation, Directions to Servants and Other Works*, Valerie Rumbold, ed., Cambridge: Cambridge University Press, 2013, p. 43.

第二章　斯威夫特与宗教秩序

之为"高贵的艺术",再通过对比法揭示出"连基本句法都不甚了了的"帕特里奇对占星术的"滥用"。继而指出与自身敢于精确地指名道姓、具体至时刻的预言不同,游方术士的伎俩不过是"用模棱两可的言辞说出适用于世界上任何时代国度的诨语",诸如"某月某日紫微星黯淡,多有玄机,恐怕有灾变与叛乱等待揭示"之类的囫囵话则更是在贩售辞藻,毫无新意。最后,叙事者荡开笔锋,指出相较于"潜心占星术又不忍其横遭滥用",致力复兴古典技艺,"更不为蝇头小利而操心"的自己,帕特里奇之流的真正生计恐怕在于"出售治疗性病的饮品与药丸"。[1] 讽刺的机锋下,真假预测与职业操守也在俯仰之间高下立判。

但值得注意的是,比克斯塔夫对"占星术士"看似轻巧的反讽之辞并非毫无根由,反而有一个经典炼金术士(Judicial astrology)抨击江湖术士的文学传统作为背景。早在 1652 年,炼金术士艾利阿斯·艾什摩尔(Elias Ashmole)就撰写并出版了《不列颠炼金术状况》(*Theatrum Chemicum Britannium*,1652)一书,在这部读本中,他曾慨然抨击招摇撞骗的游医对占星术的染指:"令人诧异而又倍感荒谬的是,人们居然无法区分占星术士与施行法术、念诵咒符之流的差别。正如野猪闯进了精美瑰丽的花圃一般,这些唱咒、行巫蛊之术的江湖骗子野蛮地侵扰占星术的殿堂。"[2] 此外,1686 年的《希波克拉底之笑》(*Hippocrates Ridens*,1686)虽则是一部短寿期刊,该刊编者还是收罗并嘲讽了江湖游医的劣迹及骗术。[3] 另外,彼时的经典占星术士如威廉·李利(William Lilly)、托马斯·沃恩(Thomas Vaughan)等人,虽因其术业的伪科学性(pseudo-science)而不乏攻讦者,但在"科学"一词的十七八世纪语境中,他们开展的占星术与民间方术仍旧有天渊之别。[4] 因而,文本在区分江湖游医及炼金术士两类职业性质之后,帕特里奇

---

[1] Jonathan Swift, *Parodies, Hoaxes, Mock Treatises: Polite Conversation, Directions to Servants and Other Works*, Valerie Rumbold, ed., Cambridge: Cambridge University Press, 2013, pp. 45–46.

[2] Elias Ashmole, *Theatrum Chemicum Britannium*, Facsimile, London and New York: Routledge, 1967, p. 443.

[3] James Sutherland, *English Literature of the Late Seventeenth Century*, London: Oxford University Press, 1969, p. 240.

[4] Douglas Bush, *English Literature in the Earlier Seventeenth Century: 1600–1660*, London: Oxford University Press, 1959, pp. 259–260.

安身立命的术业在比克斯塔夫看来并非占星术——文法不通,连签名都屡屡讹误更不用说拉丁文了[1]——而是"操持着关于占星术陈词滥调的诈骗"。[2]于此,叙事者率先在职业身份的学理合法性上"谋杀"了帕特里奇。

另须特别指出的是,在《1708年预测》中,斯威夫特戴着"比克斯塔夫"此一叙事面具,除去文首对占星术"合法性"的"辩护"及结尾对占星学识滥用的反驳之外,文本主体部分皆留与"引人入胜的、精确的、真挚的预测",并未如帕特里奇与布朗及帕克诸君的"占星术论战"一般,对敌手的论据逐条回驳。再者,凡涉及政治、宗教等公务时叙事者或三缄其口,或闪烁其词,更有意将预测指向法国,展现出必要且不容置喙的爱国心态,从而将论点集中于帕特里奇"已然失去身份"的占星预测,免于扩大至帕特里奇最狂热亦其最青睐的党派议题中,并导致后者回应时的"政治失语"。从这个意义上说,比克斯塔夫在政治身份上又"谋杀"了帕特里奇一次。因而,在预测帕特里奇"自然身体"消亡的同时,斯威夫特实际上褫夺了帕特里奇汲汲于自我确证的——亦更为重要的——政治身体,帕特里奇在"法人"层面也"被迫死亡"了。[3]

二 悬念的延滞与拆解

时值三月,《1708年预测》仍在街谈巷议之际,斯威夫特乘势又发一文

---

[1] William Alfred Eddy, "The Wits vs. Partridge, Astrologer," *Studies in Philology*, Vol. 29, No. 1, 1932, p. 30.

[2] Jonathan Swift, *Parodies, Hoaxes, Mock Treatises: Polite Conversation, Directions to Servants and Other Works*, Valerie Rumbold, ed., Cambridge: Cambridge University Press, 2013, p. 56.

[3] "自然身体"(body natural)与"政治身体"/"法人"(body politic)及其二重性作为中世纪早期以来政治神学思想史演变过程的核心概念,绵延至18世纪政治、宗教言说场域时已然形成较为固定的话语资源。斯威夫特此处于叙事策略上对帕特里奇易于"转移复生"的职业属性及"政治身体"的"斩首",其意义须重于自然身体之消除,从这个角度才不难理解下文令"剑桥本"编者困惑的"再次处死"一语其后或有的深意。关于"身体二重性"见 Ernst H. Kantorowicz, *The King's Two Bodies: A Study in Medieval Political Theology*, Princeton: Princeton University Press, 1957, pp. 13 – 18。中译本详见《国王的两个身体》,徐震宇译,上海:华东师范大学出版社,2018,中译本前言。关于职业身份与身体关联参见 Heather Keenleyside, *Animals and Other People: Literary Forms and Living Beings in the Long Eighteenth Century*, Philadelphia: University of Pennsylvania Press, 2016, p. 63, p. 115。

第二章 斯威夫特与宗教秩序

《比克斯塔夫先生第一个预测的达成》（以下简称《预测的达成》）①。文中，叙事者假借一位公务人员口吻，自诩以"极其客观"之视角"验证"比克斯塔夫对帕特里奇死亡预言的"达成"。"帕特里奇之死"作为《1708年预测》一系列预测的第一个，其成败必然决定这场"占星闹剧"的众多观众是否仍将留场，其效力验证，在心理期待上定然是一处峰值。因而，"比克斯塔夫系列文章"第二篇《预测的达成》"实际上是游戏真正的高潮"。②

文本《预测的达成》中，叙事者秉持冷淡的看客心态，以向一位好事贵族汇报情况的形式记录了帕特里奇衰亡的各类细节。由转述读者可知，在问询时，帕特里奇矢口否认是比克斯塔夫的预测及其影响导致自己身染沉疴——但欲盖弥彰之举无疑反向"确证"了比克斯塔夫预测的"权威"。值得注意的是，帕特里奇咽气之前有一番临终忏悔式的剖白：

> 我发自内心为愚行懊悔，如今能对您倾诉的便是，年历上印制的观测与预言全是欺瞒大众的骗术……我们有套话模版，天气预报不掺和，留给印刷商，他们会从旧年历上挑出合适的来填写，其余的预测就是我的发明了，须用以促动销售。我有妻儿待养，补鞋生计难以糊口。真希望我的售药营生带来的危害小于占星术，其实我从祖母那儿倒也真继承了些秘方，也研制了些应该没什么副作用的方子。③

在承认自己是一位不从国教者，并矢忠追随一位狂热牧师之后，帕特里奇咽气死了，预测竟离奇"达成"。须特别指出，系于此处，斯威夫特"比克斯塔夫占星闹剧"背后严谨的宗教动机明白无误地宣示了出来：就如《木桶的故事》中的伪学究及宗教狂热分子一般，不从国教者在异端思想指导下

---

① 其首版版权页上标题为：《比克斯塔夫先生第一个预测的达成；本月29日对年历制作者帕特里奇先生的死的记叙》（*The Accomplishment of the First of Mr. Bickerstaff's Predictions; Being an Account of the Death of Mr. Partridge, the Almanack-Maker, Upon the 29th Instant*）。

② Irvin Ehrenpreis, *Swift: The Man, His Works, and the Age*, Vol. 2, Cambridge, Massachusetts: Harvard University Press, 1967, p. 204.

③ Jonathan Swift, *Parodies, Hoaxes, Mock Treatises; Polite Conversation, Directions to Servants and Other Works*, Valerie Rumbold, ed., Cambridge: Cambridge University Press, 2013, p. 63.

同样热衷于蛊惑大众。而文本结尾，叙事者看了钟表后"严苛地"指出比克斯塔夫的预测比实际死亡时间早了近 4 小时，因而将信将疑地表示要等死亡名单上的第二位，巴黎大主教诺埃莱（Cardinal de Noailles）的死亡预测达成后才为比克斯塔夫欢呼——不难想见，叙事者故作苛刻的怀疑姿态正是斯威夫特用以延滞游戏悬念的"叙事装置"。

有趣的是，彼时竟有读者对约翰·帕特里奇如约"死"去信以为真，开始等待死亡名单上第二位的死讯。斯威夫特则借机发表诗歌《致已故年历制作者帕特里奇先生的挽歌》（An Elegy on Mr. Patrige[①], the Almanack – maker, 1708），率先为后者撰写墓志铭：

> 此地三尺之下躺着他的躯体/一位补鞋匠、占星术士与江湖游医/他占卜星辰乃出于善意/一如他的尊容曾经傲然挺立/洒泪吧，每一位顾客，只要你/曾买过他的药丸、鞋履或年历/哭泣吧，如果你曾找他将命数寻觅/请每周一次步向他的茔地/这泥土已含有他身躯的印记/你将发现它们不乏功效与法力/因而，我敢保证它们会显灵/解你们的各类燃眉之急/无论是病体，丢了东西或恋情/必定都会验灵，一如他生前所行[②]

一时之间，伦敦文人圈相继效仿，纷纷加入"闹剧"。其中《探查比克斯塔夫先生》（"Squire Bickerstaff Detected", 1708）一文尤为杰出。约瑟夫·爱迪生（Joseph Addison，1672—1719）曾暗示作者实为戏剧大师康格里夫（William Congreve，1670—1729）。确实，文本也极富戏剧性地演绎了帕特里奇在"被迫死亡"之阴影中惶惑不安的情态：亲友陆续前来吊丧，教堂司事亦来问询入殓事宜，甚至帕特里奇夫人都拿出了"前夫"的相关司法文件。高潮场景当属教堂司事与帕特里奇对话一幕：

[①] 原文如此。斯威夫特应是在讽刺帕特里奇屡次错拼自己的名字。其初版的宽边传单（Broadside）上原文为：An Elegy on Mr. PATRIGE, the Almanack – maker, who Died on the 29th of this Instant March, 1708。

[②] Jonathan Swift, *Poetical Works*, Herbert Davis, ed., London: Oxford University Press, 1967, p. 70.

第二章　斯威夫特与宗教秩序

"我是内德司事",那人答道,"特来询问是否留有遗嘱涉及葬礼布道安排,何处安葬,墓室是简洁处置或须有修潢?"

"呸!你这是干吗!"帕特里奇叫道,"你我熟识,难道没见我活蹦乱跳吗?竟口出诳语侮辱我?"

"呜呼——哀哉",司事回道,"先生啊,可是不仅报纸上有讣告,全市人民都知道你已经死啦!"①

帕特里奇成了荒诞的"活死人"。眼见着"闹剧"愈发有所兴味,于3~4月斯威夫特又撰一文《答比克斯塔夫》②("An Answer to Bickerstaff",1708)。不同于"比克斯塔夫系列文章"前几文,斯威夫特于此文中采取了迥异其惯常风格的叙事模式,署名为"一个有身份的人"的叙事者,实则极其贴近"经验作者"③ 斯威夫特。叙事者笔下,"不乏智趣与学识"的比克斯塔夫虽投身荒谬的占星行当,其预测却也不失为"平民的惊奇事,上等人的消遣,智者的笑柄",目的无外乎讽刺愚民及愚民的游医们。文本中,望着全城千万笨伯被闹剧搅得将信将疑、不辞辛劳稽核各条预言,比克斯塔夫及友人却私自偷着乐的聪明情态,让叙事者颇为赞许。然而,令后者之所以感慨"想象的力量"的,还是帕特里奇于"死亡预测"阴影中惶惶不可终日的凄惨景况。④ 但同时,叙事者也"拆解"了比克斯塔夫设置的"闹剧机关",指出事件关节在于3月29日晚——预测帕特里奇暴亡之日——并于此前将众人置于悬念之中。如果帕特里奇果真像叙事者那位朋友一样死于"想象的力量"——其友人因收到写着"最近有人将在你杯中下毒"一语的匿名信而几乎郁郁而终——比克斯塔夫将声誉更隆,愚弄民众的悬念游戏又可以延续至死亡名单上的第二位。不难得知,斯威夫特借此篇小文叙事之精

---

① Jonathan Swift, *Prose Works*, H. Davis and Others, ed., in 14Vols, Vol. 2, Oxford: Blackwell, 1939, p. xvi.
② 或因其极强的自我解构性质,此文未应时发表,且须迟至1765年的合集中才初版,但无疑属于"比克斯塔夫系列文章"中颇为关键一文,故于此一并讨论。
③ 关于"经验作者"、"模范作者"及叙事层次问题详见安贝托·艾柯《悠游小说林》,俞冰夏译,北京:生活·读书·新知三联书店,2005,第22~25页。
④ Jonathan Swift, *Parodies, Hoaxes, Mock Treatises: Polite Conversation, Directions to Servants and Other Works*, Valerie Rumbold, ed., Cambridge: Cambridge University Press, 2013, p. 574.

141

巧，拆解"闹剧机关"的同时也在延滞游戏的高潮——因为帕特里奇如果真的死在 3 月 29 日呢？

然而，我们不能忽略的是，《答比克斯塔夫》作为这场"杀人游戏"的"自毁装置"，隐伏其后的仍是斯威夫特在"比克斯塔夫系列文章"中须臾不离的宗教诉求：与迷信、秘术及异端崇拜休戚相关的占星术，其相较于基督教教义——尤其是英国国教思想——的荒谬、极端使其成为愚弄/拉拢民众偏离宗教道德控制的有力推手，不但干扰了既定秩序，更是滋生帕特里奇等反国教狂热分子的温床。基于此，"有身份的"叙事者指出，路易十四除了 8 月的狩猎期外，一年之中绝无可能再次造访马里，因之不会于 7 月薨于马里。所以比克斯塔夫此处预测不仅谬误，更需要"一些外事常识教育"。① 但叙事者旋即又笔锋一转，表示自己虽不是占星术士，"也斗胆预言一句：比克斯塔夫先生已经死了，就死在他的《1708 年预测》行将付印之际"。② 兴致正浓的斯威夫特索性将占星术士比克斯塔夫也就地"处死"，完成了"自毁装置"最精巧的环扣。

三 "闹剧"幕后的秩序隐忧

然而"剧情"并未终止。3 月 29 日是夜已过，帕特里奇当然并未如期死去，紧接着的 4 月，相关预测也接连落空。③ 但令人诧异的是，闹剧居然仍旧延续。无可奈何的"被迫死亡"及其身份抹杀所带来的屈辱让约翰·帕特里奇四处"追凶"。不仅在《自由的默林》1709 年年历的"夏季观察"（"Summer Quarter"）和"二月观察"（"Monthly Observation for February"）

---

① Jonathan Swift, *Parodies, Hoaxes, Mock Treatises: Polite Conversation, Directions to Servants and Other Works*, Valerie Rumbold, ed., Cambridge: Cambridge University Press, 2013, p. 577.
② Jonathan Swift, *Parodies, Hoaxes, Mock Treatises: Polite Conversation, Directions to Servants and Other Works*, Valerie Rumbold, ed., Cambridge: Cambridge University Press, 2013, p. 577.
③ 较为戏剧性的是，斯威夫特曾借比克斯塔夫之口"预测"的波旁王朝的多芬（Louis the Grand Dauphin, 1661—1711）在 1708 年 5 月死亡，多芬确实于 3 年后暴亡；其预测的路易十四继承人勃艮第公爵（Louis de France, 1682—1712），虽其王位继承顺序优于菲利浦五世，但也不幸因麻疹死于 1712 年，波旁王朝血脉确实如斯威夫特所"预测"般难以为继。

第二章　斯威夫特与宗教秩序

上高调回应闹剧,[①] 更于1708年4月24日致信友人伊萨克·曼利（Issac Manley）[②]："你或许还记得不久前有个册子预测我将死于1708年3月29日晚,是日后那个无耻之徒还敢宣告世人我弥留之际他也在场。上帝保佑,我活得很好,再好不过了……比克斯塔夫是个假名……总之,他就是个卑鄙小人。"[③] 不难看出帕特里奇急于证明自己存活的焦虑溢于言表。但此种"证明自己存在"的滑稽姿态,引得斯威夫特乐意再"谋杀"他一次。于是,1709年斯威夫特推出《伊萨克·比克斯塔夫先生的自白》（以下简称《自白》）[④] 一文。

值得指出,作为"比克斯塔夫系列文章"的最后一篇即《答比克斯塔夫》一文之回应,《自白》一文虽则秉持彼时论战文章的应答模式,但作为"机巧的身份游戏"[⑤],斯威夫特寓身的叙事者"比克斯塔夫先生",其"性格"和《1708年预测》中已有较大区分,可以说指向并延续了《答比克斯塔夫》所显的解构性质。另外,在"闹剧"的收官阶段,斯威夫特更不忘提醒读者《自白》与《木桶的故事》的互文关系,并将占星术作为迷信与极端宗教思想和杂交物予以挞伐。文本表面上虽仍旧处处讥讽帕特里奇,然而凡执占星术为业者,无论是"正统"如比克斯塔夫还是仿冒如帕特里奇,实则已然被置于靶子的同一个鹄的上等待击杀,而斯威夫特此番射出的利刃正是其拿手的"多重反讽"。

文本开头,比克斯塔夫表现出一副和蔼面孔,先引帕特里奇为同道,指出后者在1709年年历中对其攻评不应该是"一个绅士对另一绅士该有的礼

---

① George P. Mayhew, "Swift's Bickerstaff Hoax as an April Fools' Joke," *Modern Philology*, Vol. 61, No. 4, 1964, p. 274.
② 此伊萨克·曼利乃爱尔兰邮政官（Postmaster – General of Ireland）,与斯威夫特熟识,1710年曼利因私拆要人信件而职位不保之时,斯威夫特曾替其说项。
③ Jonathan Swift, *The Correspondence of Jonathan Swift, D. D.*, in 5Vols, David Woolley, ed., Vol. 2, Frankfurt am Main: Peter Lang, 1999, pp. 189 – 190.
④ 其首版版权页上标题为:《伊萨克·比克斯塔夫先生的辩护书;针对帕特里奇先生在其1709年年历上对他的反驳;由伊萨克·比克斯塔夫先生本人撰写》（*A Vindication of Isaac Bickerstaff Esq; Against What Is Objected to Him by Mr. Partridge, in His Almanack for the Present Year 1709; By the said Isaac Bickerstaff Esq*）。
⑤ Judith C. Mueller, "A Tale of a Tub and Early Prose," in Christopher Fox, ed., *The Cambridge Companion to Jonathan Swift*, Cambridge: Cambridge University Press, 2003, p. 214.

节……也是他的教养所不许的"。继而，比克斯塔夫诉诸"学界"，指出其预测不应遭此诬蔑，更主张"世代以来，哲学家皆有分歧，他们中最谨慎的也总是彼此争执，这也正是哲学精髓……学者之间论辩，偶有刻薄激烈之辞也是对事不对人，且多有难言之隐：我的预测也是为了我们'文学共和国'的名誉，而非一己私利，帕特里奇先生这般非难我，不也毁了'文学共和国'的清誉了？"① 寥寥数语，比克斯塔夫已然将原先贬斥成补鞋匠、江湖游医的帕特里奇一同拉进了哲学殿堂，更彼此"学者"相称，嘲讽之意跃然纸上。

需要注意的是，此处饱蘸讽喻的"文学共和国"（Republic of Letters）一语，不仅暗中勾连了《木桶的故事》中滥用学识的"批评家"，更触及了江湖游医麇集的"学术共和国"此一意象；② 同时又讥讽了法国"现代派"批评阵地《文学共和国新闻报》（Nouvelles de la République des Lettres）③；最终回应了《书战》里寓身于"群狗共和国"（"the Republick④ of Dogs"）中"狂吠不止"的宗教狂热分子。⑤ 因而，斯威夫特对知识滥用与极端宗教思想"苟合"的抨击，在"共和国"此一于18世纪初仍旧饱含着党争战乱、血腥暴力、秩序崩坏等消极意象⑥的语词之后牵动着宽阔的意义空间，正是在这个意义空间中，斯威夫特的政治、宗教、文化等诉求——尤其是宗教诉求得到了较为饱满的呈示：清教极端主义与政治占星家的疯狂即是宗教秩序

---

① Jonathan Swift, *Parodies, Hoaxes, Mock Treatises: Polite Conversation, Directions to Servants and Other Works*, Valerie Rumbold, ed., Cambridge: Cambridge University Press, 2013, p. 67.

② Jonathan Swift, *A Tale of a Tub and Other Works*, Marcus Walsh, ed., Cambridge: Cambridge University Press, 2010, p. 95. "学术共和国"（Respublica Literaria）或"人文共和国"（the Commonwealth of Learning）概念的缘起及流变可参看 Marc Fumaroli, *Republic of Letters*, New Haven & London: Yale University Press, 2018, pp. 13 – 25; Peter Burke, *A Social History of Knowledge: From Gutenberg to Diderot*, Cambridge: Polly Press, 2008, pp. 57 – 59。

③ Joseph M. Levine, *The Battle of the Books: History and Literature in the Augustan Age*, Ithaca and London: Cornell University, 1991, p. 73.

④ 原文如此，应为 Republic。

⑤ Jonathan Swift, *A Tale of a Tub and Other Works*, Marcus Walsh, ed., Cambridge: Cambridge University Press, 2010, p. 143.

⑥ 详见 W. Paul Adams, "Republicanism in Political Rhetoric before 1776," *Political Science Quarterly*, Vol. 85, 1970, pp. 397 – 421。

第二章 斯威夫特与宗教秩序

失范的肇始。

似是为了进一步凸显《自白》与《木桶的故事》的关联,叙事者将比克斯夫塔塑造成一位"古今之争"中"本特利式"的占星狂人。除了葡萄牙王室对《1708 年预测》颇有微词之外,欧陆政商、教俗两界及人文学界都"对我颇有厚待,如果将其人致于我的拉丁文贺信印制出来,怕得有五大卷之巨……学界先进莱布尼茨先生也不吝赐信三封称我为'煊赫的比克斯塔夫,占星术的奠基人',让·勒·克雷尔先生①更夸我是'英格兰当世之星',②另有一位学界巨擘撰文如下涉及鄙人:'高贵的英国人比克斯塔夫,是我们时代里当之无愧的占星王子'"。③ 比克斯塔夫"声誉"如此,难怪乌德勒支的天文学教授仅在一处细节上与其"预测"相有扞格,且必须归咎于印刷商,"因为比克斯塔夫是博采沉奥的饱学之士"。④ 最终,这位自誉"闻过则喜"的哲学家开始切题"论证"为何帕特里奇"仍旧死了"。第一,因为众多士绅看了帕特里奇的年历后指出:"没有一个活人会写出如此文法不通的东西",所以,帕特里奇应是死了。第二,"所有哲学家都将死亡定义为

---

① 英国"古今之争"中"现代派"代表人物理查德·本特利、威廉·沃顿与让·勒·克雷尔颇有深交。1698 年,"基督教堂学院才子派"《波义耳先生议本特利博士〈论法拉里斯信札〉》一书横空出世之后,"现代派"一时无人应战,沃顿便修书与克雷尔祈援,后者遂于其新闻阵地《文学共和国新闻报》上发文声援英国"现代派"。另外,本特利在回驳"崇古派"的文章中处处显露自己与欧陆哲学圈的交游之广。斯威夫特于此虽是旁移的一笔讽刺,实际上将"古今之争"中干扰秩序的"现代派"哲学家与滋扰民生的占星术士勾连起来,饶有深意。

② 原文为"Ità nuperrime Bickerstaffius magum illud Anglia sidus",剑桥本英译为"And so at the present time Bickerstaff is the great star of England",其间"star"一语自然有指涉比克斯塔夫操持"占星术"的双关之意。另,此处所引几位欧陆学者的"溢美之词"皆为拉丁语,笔者以为斯威夫特于此一方面讽刺帕特里奇目不识丁,另一方面也意在讽刺比克斯塔夫骄矜自夸。

③ Jonathan Swift, *Parodies, Hoaxes, Mock Treatises: Polite Conversation, Directions to Servants and Other Works*, Valerie Rumbold, ed., Cambridge: Cambridge University Press, 2013, pp. 69 – 70. 斯威夫特对比克斯塔夫头衔做如此浮夸处理,讽拟的正是帕特里奇签名时添附其上的各类称谓,详见 William Alfred Eddy,"The Wits vs. Partridge, Astrologer," *Studies in Philology*, Vol. 29, No. 1, 1932, p. 29。

④ Jonathan Swift, *Parodies, Hoaxes, Mock Treatises: Polite Conversation, Directions to Servants and Other Works*, Valerie Rumbold, ed., Cambridge: Cambridge University Press, 2013, pp. 69 – 70. 此处应是讽刺牛顿《自然哲学的数学原理》印刷讹误风波,结合参看牛顿"数学"哲学体系对彼时宗教秩序之冲击则意味深长。

肉体与灵魂的分离"，鉴于帕特里奇夫人曾经走街串巷呼号"我丈夫已没有灵魂与生气了"，[1] 因而，如今的帕特里奇仅是一具行尸走肉。第三，帕特里奇曾声称能未卜先知、寻获失物，而不与恶魔订约或通染邪灵何以能此？而众人皆知只有亡魂才尤善此道。第四，帕特里奇当时严正申明"他不仅现在活着，而且29日当日也活着"，但他并不敢声称"他自29日晚起就一直活着"，可见他"是29日当晚死的，至于之后是否又复生了，我不便妄猜"。[2] "哲学家"口中吐出此类逻辑不严谨的"诡辩"，强制"证明"帕特里奇的死亡，其交互指涉的反讽意味也就不言自明。但为了坐实帕特里奇与异端巫术的勾结，叙事者最后言之凿凿地表明："巫蛊之术复生了帕特里奇，而我也像必须杀死敌人两次的将军一样，再次处死他。"[3]

虽已荒诞至此，帕特里奇两次"被迫死亡"的闹剧却还未完结。1709年，见"伊萨克·比克斯塔夫"一名风头正旺，理查德·斯蒂尔（Richard Steele，1672—1729）便将其用作新办报刊《闲话报》（Tatler，1709—1711）的编者名，在首卷献词上签署；表示自己曾被"某位绅士冒用了名字，写了三两个预测的册子，不想风靡欧洲，以不可比拟的程度享誉宇内"[4]，更在《闲话报》"创刊号"（1709年4月12日）的结尾再次"杀死"帕特里奇：

> 某本1709年年历上，帕特里奇先生表示他不仅当下活着，曾经也活着，而且在我记叙他死亡之际也活着。我曾于别处明白无误地表明他是个死人；如果他还有羞耻心的话——当然他对其亲友保证他有——就不该如此狡辩。因为，尽管人的手足与躯干仍可以像动物一样行动，但

---

[1] Jonathan Swift, *Parodies, Hoaxes, Mock Treatises: Polite Conversation, Directions to Servants and Other Works*, Valerie Rumbold, ed., Cambridge: Cambridge University Press, 2013, pp. 71-72.

[2] Jonathan Swift, *Parodies, Hoaxes, Mock Treatises: Polite Conversation, Directions to Servants and Other Works*, Valerie Rumbold, ed., Cambridge: Cambridge University Press, 2013, p. 72.

[3] Jonathan Swift, *Parodies, Hoaxes, Mock Treatises: Polite Conversation, Directions to Servants and Other Works*, Valerie Rumbold, ed., Cambridge: Cambridge University Press, 2013, p. 74.

[4] Richard Steele, Joseph Addison, and Others, *Tatler*, Philadelphia: Desilver, Thomas & Co., 1837, p. 7.

如我在他处已言明的,他已经失掉了心智;他早已死了。①

数次被迫证明自己存活的帕特里奇,数次被"处死"。"占星术闹剧"及身份褫夺游戏产生效力如此之大,恐怕是斯威夫特始料未及的。② 直至1720年3月4日,密友马修·普莱尔(Matthew Prior,1664—1721)致信斯威夫特时还作如下语:"你为何不像埋葬帕特里奇那样对待我,再让斯蒂尔、艾迪生等'时贤'登场,好让你一时的神思又有七年的话头让他们嚼舌根去。"③ 看似"一时"玩闹④的"神思"有如此长久影响,原因首先在于其"叙事面具"设置精巧,富于层次。但是,如斯蒂尔在《闲话报》中指出比克斯塔夫之所以名扬欧陆,"如此小事竟掀起如此尘嚣",⑤ 究其根源,还在于斯威夫特对秩序动摇引发的社群危机及思潮震荡有洞幽烛微般关切:看似青萍之末的小事,背后实则搅动着时局丕变的风潮。

四 小结

马克思·韦伯(Max Weber,1864—1920)在论及宗教与政治世俗化过程中的"暴力紧张"关系时曾指出:"任何一种奠基于宗教之无等差主义的爱,以及实际上任何的伦理性宗教,在大致相同的处境与原因下,都曾与政治行为的世界出现过紧张的关系。一旦宗教发展成与政治团体具有平等地位

---

① Richard Steele, Joseph Addison, and Others, *Tatler*, Philadelphia: Desilver, Thomas & Co., 1837, p. 12.
② Frank Palmeri, "History, Nation, and the Satiric Almanac, 1660 – 1760," *Criticism*, Vol. 40, No. 3, 1998, p. 390; George P. Mayhew, "Swift's Bickerstaff Hoax as an April Fools' Joke," *Modern Philology*, Vol. 61, No. 4, 1964, pp. 270 – 280.
③ F. Elrington Ball, ed., *The Correspondence of Jonathan Swift, D. D.*, in 6Vols, Vol. 3, London: G. Bell and Sons Ltd., 1912, pp. 50 – 51.
④ George P. Mayhew, "Swift's Bickerstaff Hoax as an April Fools' Joke," *Modern Philology*, Vol. 61, No. 4, 1964, pp. 272 – 273. 梅修教授令人信服地论证了"比克斯塔夫系列文章"的"愚人节游戏"性质。笔者以为,结合斯威夫特生平对"愚人节游戏"的偏爱,其论断固然正确,但作品深意更在于游戏心态背后对秩序的忧思。
⑤ Richard Steele, Joseph Addison, and Others, *Tatler*, Philadelphia: Desilver, Thomas & Co., 1837, p. 7.

的事物时，紧张即随之而来。"① 二者不断紧张拉锯的临界状态，可以政治神学从奥古斯丁、阿奎那等人走向霍布斯、哈林顿之后逐渐抛却的宗教躯壳为表征。但政治学（science of politics）对政治神学（ecclesiastical politics）的游离，或言前者的世俗化是一个持续的过程。② 确实，在 17～18 世纪的英格兰，宗教行为仍旧面临着内外交互作用下的调整需求："自然律"与启示的关联及其与政治机体几乎每个动作之间都形成了错综纠合的动态关联/冲突，而这种关联/冲突在沃格林（Eric Voegelin, 1901—1985）"秩序历史"视域看来，正是新旧秩序震荡更迭的表征。③

因而，从彼时英格兰严峻的宗教氛围和斯威夫特维护正统宗教秩序的诉求上讲，"比克斯塔夫系列文章"并不是"一件小事"。1689 年通过的《宽容法案》（Toleration Act）即便没有实现各教派的平等，却给予不从国教者较大的伸展空间；加诸威廉国王采取荷兰式宗教宽容立场，非国教教徒的政治影响力可能是超乎今人想象的——在斯威夫特多年后发表的布道文《圣君查理一世殉道》中（"A Sermon upon the Martyrdom of King Charles Ⅰ", 1726），不从国教者仍旧是混乱与罪恶的渊薮，④ 其指向的就是在 18 世纪前十年出现的"老不从国教者异端思潮的周期性复活"。⑤ 自由思想者（latitudinarian）、自然神论者（deist）和阿里乌斯教派（Arianism）、苏西尼教派（Socinian）及江湖术士等国教正统派眼中的异端（亦即沃格林笔下倾覆秩序的灵知主义煽动者⑥）借着相对宽松的出版环境在此间蜂拥而出。尽管这股临时混杂的

---

① 马克思·韦伯：《宗教社会学》，康乐、简惠美译，桂林：广西师范大学出版社，2005，第 268 页。
② 英国内战时期清教政治思想从宗教激情向自然理性转移的相关论述可参迈克尔·扎科特《自然权利与新共和主义》，王崇兴译，长春：吉林出版集团有限责任公司，2008，第 2 页，第 64～65 页。
③ Eric Voegelin, *The World of The Polis*, in *Order And History*, Vol. 2, Columbia and London: University of Missouri Press, 2000, pp. 79 – 80.
④ Jonathan Swift, *Irish Tracts*: *1720 – 1723 and Sermons*, Herbert Davis, ed., Oxford: Basil Blackwell, 1963, p. 223.
⑤ J. C. D. Clark, *English Society 1660 – 1832*: *Religion, Ideology and Politics during the Ancien Regime*, Cambridge: Cambridge University Press, 2000, p. 319.
⑥ Eric Voegelin, *Plato and Aristotle*, in *Order and History*, Vol. 3, Columbia and London: University of Missouri Press, 2000, p. 6.

乱流内部存在严重分歧,[①] 但在反正统——罗马教廷解缚之后自然指向国教安利甘宗——和扩大政治机能以塑型新的社群秩序两点上,他们"通过一系列杂乱的联姻结合成一个缜密的集团"。[②] 正统派眼中的宗教极端思想与政治激进主义的合流对盘踞四处的国教权益提出权力主张,撼动了既定秩序。

对国教矢忠派斯威夫特而言,帕特里奇乃至比克斯塔夫等江湖术士的"占星秘术",作为知识滥用与极端宗教思想"交媾"的产物,一旦危及宗教秩序,自然免不了要被"刺杀"。但若从更大的视域通览,一时之间沸沸扬扬的比克斯塔夫"占星闹剧"或只是斯威夫特宗教书写的冰山一角。实则,这个宏大"剧本"早于1704年《木桶的故事》涉及"三兄弟及外套的故事"时就写起了,并贯穿于斯威夫特一生的各类写作之中。

第二节　隐没的上帝:宗教世俗化与自然神论背景

然而,我们究竟如何界定自然神论运动?乔纳森·克拉克(Jonathan Clark)教授在论及其演变时曾有如下论述:"英国自然神论的肇发大致归因于查尔斯·布朗特在17世纪70年代晚期对其思想的复兴。"[③] 克拉克教授极为准确地使用了"复兴"一词,提示我们在描述18世纪上半叶政治、宗教领域颇具影响力的英国自然神论运动和斯威夫特关联研究时,须在其思想背景上有所梳理。

[①] 可参 B. Worden, "Classical Republicanism and the Puritan Revolution," in Hugh Lloyd‑Jones et al., eds., *History and Imagination: Essays in Honor of H. R. Trevor‑Roper*, London: Duckworth, 1981, p. 195; B. Worden, "English Republicanism," in J. H. Burns, ed., *The Cambridge History of Political Thought 1405–1750*, Cambridge: Cambridge University Press, pp. 473–474。亦见迈克尔·扎科特《自然权利与新共和主义》,王紫兴译,长春:吉林出版集团有限责任公司,2008,第131~134页; Henry St. John Bolingbroke, *Bolingbroke: Political Writings*, David Armitage, ed., Cambridge: Cambridge University Press, 1997, p20.

[②] Caroline Robbins, *The Eighteenth‑Century Commonwealthman*, Cambridge and Massachusetts: Harvard University Press, 1959, p. 381.

[③] J. C. D. Clark, *English Society 1660–1832: Religion, Ideology and Politics during the Ancien Regime*, Cambridge: Cambridge University Press, 2000, p. 325.

一 启蒙思想、宗教改革与自然神论

我们知道，就在近代自然科学突破中世纪神学樊篱，率先在人类旧的思维图示中打开缺口、引导哲学变化的同时，宗教思想领域也发生了一次精神地震。基督教思想内部一直以来存在关于原罪教义和神正论问题的分歧，这种思想上的裂痕，自然可以追溯至基督教父时期的灵性主义者对人性的持续关注。[①] 而早期基督教"灵俗"的分歧经由"格拉西乌斯原则"（the Gelasius Ⅰ Principle）、"主教叙任权之争"（Investiture Controversy）[②] 以及13世纪"左翼"和"右翼"民众宗教运动，特别是经过激进属灵主义者的瓦尔登派对世俗政治权力的"援引"后，[③] 已然埋伏着宗教改革及启蒙运动的思想因子。其后，托马斯·阿奎那的理性神学及其追随者如布拉班的西格尔的"机械论神学"，实际上"为新兴的国家权力绝对论铺平了道路"。[④] 各类民族国家意识纷纷剥去蒙于其上的启示录外衣，现代国家意识对圣恩王国与"永恒教会"（Ecclesia Perennis）"绝对时间观"——亦即对无时间及无历史性的无限张扬——的拆解在佛罗伦萨一句颇为流行的政治口号中得以彰显："爱你的国家甚于爱你的灵魂。"[⑤] 不在少数的基督教人文主义思想家在现代

[①] 冈察雷斯：《基督教思想史》（第1卷），陈泽民等译，南京：译林出版社，2019，第84~88页；科林·布朗：《基督教与西方思想史》（卷1），查常平译，上海：上海人民出版社，2017，第79~83页。

[②] 关于"格拉西乌斯原则"对于宗教神圣权威（auctoritas sacrata pontificum）与世俗王权（regalis potestas）的隔离与制衡，以及"帝国转移"（translatio imperii）理论与"主教叙任权"论争幕后"灵俗之争"及其与人性关联的探讨可参见沃格林《政治观念史稿（卷2）：中世纪至阿奎那》，叶颖译，上海：华东师范大学出版社，2019，第56~57页，第108~117页。而关于早期大学人文主义神学派别思想主张及托钵僧派别思想主张中的"灵俗之争"可参看冈察雷斯《基督教思想史》（第2卷），陈泽民等译，南京：译林出版社，2019，第226~231页；沃格林"前揭书"，第76~80页。

[③] 弗里德里希·希尔：《欧洲思想史》，赵复三译，桂林：广西师范大学出版社，2008，第120~123页。类似的宗教民主运动如"公会议运动"（General Council）的有关论述可参沃格林《政治观念史稿（卷3）：中世纪晚期》，段保良译，上海：华东师范大学出版社，2019，第275~289页。

[④] 弗里德里希·希尔：《欧洲思想史》，赵复三译，桂林：广西师范大学出版社，2008，第157页。

[⑤] J. G. A. Pocock, *The Machiavellian Moment*, Princeton: Princeton University Press, 1975, p. 53.

第二章 斯威夫特与宗教秩序

国家的兴起和罗马教廷的衰朽之间，已然做出了历史选择。从中世纪发展至文艺复兴时期，前述"灵俗之争"发展而来的人文主义神学观念，在沃格林看来即便不乏灵知主义沉沦的历史绝望，却也"通过将宗派运动的精神资源注入西方国家的公共生活，展示了1517年巨变之前西方文明之智识与精神传统解体的程度"。① 至此，新型的普罗宗教虔敬（popular religiousness）终于在伊拉斯谟处发展成一种"人性范围内的宗教"。②

另外，几乎也就在哥白尼撼动天主教基柱的同时，前述汹涌的思想浪潮在"宿命般的"（沃格林语）1517年，从马丁·路德钉在维滕贝格诸圣堂大门上的《九十五条论纲》（"Disputatio pro Declaratione Virtutis Indulgentiarum"）处遽然"决堤"。如海涅指出的："自从路德在帝国议会上否定了罗马教皇的权威并公开宣布说：'人们必须用圣经里的话或用理性的论据来反驳他（按：指教皇）的教义'以后；德国开始了一个新时代。"③ 而从宗教改革④与英国启蒙思想相互关联的意义上说，由路德引导的，经加尔文激化后的宗教改革开启了英国自然神论思想源流的阀门。路德"因信称义"思想中的"天职"

---

① 沃格林：《政治观念史稿（卷4）：文艺复兴与宗教改革》，孔新峰译，上海：华东师范大学出版社，2019，第125页。
② 卡西勒：《启蒙哲学》，顾伟铭译，济南：山东人民出版社，2007，第127页。
③ 《海涅选集》，张玉书编选，北京：人民文学出版社，1983，第233页。
④ 值得注意的是，英国文学汉语研究界在使用"宗教改革"此一定义时通常未能像政治、宗教研究界那般精准，从而对此一概念的内涵乃至外延皆不乏误读，因而于此处简单厘清"宗教改革"定义不无裨益。16世纪罗马教廷危机四伏之际，欧陆及英伦三岛开展了宗教改革，其两种较为直接的刺激因素是：第一，国族意识的兴起对罗马教廷国际事务宰制合法性的挑战；其二，净化基督教，祛除教廷腐败影响。举凡宗教改革的方式，主要可以归结为两种，一种是与罗马教廷决裂自立宗教，譬如英格兰国王亨利八世1534年的《至尊法案》（The Supremacy Act, 1534）规定国王是"英格兰教会的最高领袖"，有权力监督指导、纠正教会事务，开始创立安利甘宗（The Church of Anglican）。另一种乃是在罗马教廷的指导下开展改良运动，在内容上大致保持天主教神学传统。研究界一般把第一种改革称为"宗教改革"（Reformation），而把第二种称为"宗教改良"（柴惠庭教授将"Counter-Reformation"译为"反宗教改革"，笔者以为容易望文生义，故译为"宗教改良"），此"宗教改良"是罗马教廷应对"宗教改革"而主导的一场"抗拒性的自救运动"，实则这两种运动某种意义上都是对16世纪罗马教廷的抗逆。所以，宗教改革运动实际上是由"宗教改革"与"宗教改良"两股势力交错组成的。详见柴惠庭《英国清教》，上海：上海社会科学院出版社，1994，第16~17页。亦可参托马斯·林赛《宗教改革史》（下卷），刘林海等译，北京：商务印书馆，2016，第483~488页。

(calling) 概念"正如这个词的含义一样,这种思想也是崭新的,它是宗教改革的产物。……天职概念中包含着对尘世日常活动的肯定性评价,……即把履行世俗事物的义务奉为个人的道德行为所应承担的最高形式"。[①] 过于积极的世俗劳动,尤其以获得金钱作为报酬的劳动,在中世纪神学观念中一般被冠以"贪婪"和"卑劣",且作为恶的象征遭到精神生活的排斥,但如今却在宗教改革神学思想体系中得以"正名"。可以说,在肯定世俗价值层面上,宗教改革运动对于启蒙运动及文艺复兴运动有一种承上启下的历史作用。宗教改革所提倡的个人理性在宗教信仰中的本质效力,加诸加尔文宗苦行主义于劳动生活场景中对节制与虔敬的强调,对经历农业改革和圈地运动,且亟须在全国范围内积累资本生产要素的英国来说,不亚于一剂良药。从这个意义上说,英王亨利八世在1533年预谋已久的宗教决裂——于1534年赦令《至尊法案》(The Supremacy Act)创立英国国教并自称"英国人于尘世中的最高宗教首脑",[②] 并不只是一桩简单的婚姻政治阴谋。另外,宗教改革后,基督教教义世俗化的特征之一正是伦理道德意义的加强。而神学理性与神学伦理学特征的强化及"启示与理性"的辩驳正是英国自然神论思潮的一个显著标志。如约翰·奥尔所言:"他们(按:英国自然神论者)将个人理性置于至高无上的地位,并且几乎完全将宗教变成了道德伦理的问题,几乎或者是完全没有为制度、教规或仪式留下任何的位置。"[③]

据此,不难指出英国自然神论思想作为英国宗教世俗化的表现,是英国启蒙思想的题中之义——如克拉克教授指出的"'启蒙运动'可以在基督教会内部找到一个起源"[④]——但碍于全书主旨,本节无法在自然神论是否构

[①] 马克思·韦伯:《新教伦理与资本主义精神》,李修建、张云江译,北京:中国社会科学出版社,2009,第52页。
[②] G. R. Elton, *The Tutor Constitution*: *Documents and Commentary*, Cambridge: Cambridge University Press, 1982, p. 365.
[③] 约翰·奥尔:《英国自然神论:起源和结果》,周玄毅译,武汉:武汉大学出版社,2008,第14页。
[④] J. C. D. Clark, *English Society 1660 – 1832*: *Religion*, *Ideology and Politics during the Ancien Regime*, Cambridge: Cambridge University Press, 2000, p. 28.

第二章 斯威夫特与宗教秩序

成一种运动、自然神论与"自然神学"概念辨析、[1] 自然神论者与启蒙哲学家身份区分这类问题上费墨过多,[2] 而更愿意在其"祛魅"效用,即其对大众世界观的启蒙过程亦即其作为英格兰宗教世俗化运动的重要历史表征此点上着重论述。

在英国启蒙思想发展过程中,作为与彼时哲学上经验主义/机械唯物主义并行出击的英国自然神论思想,无疑裹挟着宗教启示与自然证据对立时所辨鉴而出的普遍理性。因而,不难指明英国自然神论涵括的从阿里乌斯教派及苏西尼教派等"异端"思潮以来便不断强化的反正统倾向。[3] 我们在1774年唯一神教派信徒约翰·杰巴（John Jebb）为自然神论者所下的定义中可以很好把握上述自然神论者神学认识论上的怀疑主义：

> 自然神论者是这样一类人,他们承认上帝及其意志的存在,但是认为除了自然的缘由所要求之外,上帝将不再显现于人类之前。他们承认上帝是世界的创造者,且是一切创造物的大能的父；但同时他们又指出,摩西的信仰,穆罕默德的宗教和耶稣的宗教都是建立在欺瞒与谎言之基础上的。[4]

这段话中,值得注意的是自然神论在其发轫之际便携带着鲜明的民族气

---

[1] 关于自然神学传统与英国自然神论渊源关系及概念延异的讨论可参柳博赟《传统自然神学与英国自然神论》,《世界宗教文化》2012年第3期,第57~61页。

[2] 赵林教授在"英国自然神论译丛"系列的总序中对这一问题有较为详细的论述,可参。然而遗憾的是,国内英国宗教史学界对"英国自然神论"思潮于彼时英国宗教的重要性此一问题上至今仍未能提起足够的重视。譬如,不知出于何因,李韦《宗教改革与英国民族国家建构》（人民出版社,2015）一书中竟然忽略了对促进宗教世俗化及社会伦理建构颇为关键的"自然神论"问题。

[3] J. C. D. Clark, *English Society 1660–1832: Religion, Ideology and Politics during the Ancien Regime*, Cambridge: Cambridge University Press, 2000, p.326.

[4] John Disney, ed., *The Works Theological, Medical, Political and Miscellaneous, of John Jebb*, in 3Vols, Vol.3, London, 1787, pp.253–254.

质:一种英国式的,对宽容、对道德强调和对理性的"有限度"的张扬。①这种"有限度的理性张扬"在作为"英国自然神论之父"的雪堡的赫伯特(Herbert of Cherbury,1583—1648)《论真理》一书中曾得到了更为明晰的概括:"1. 存在一个至高无上的上帝;2. 他应该被崇拜;3. 神圣崇拜的主要内容是美德和虔诚;4. 我们应该为自己的罪而悔改;5. 神确实在此世和来世都施行奖惩。"②赫伯特5条基本原则中尤其是第3条,通过对宗教外在仪式和圣礼程式的批判,希图把信徒引向脱离教会中介的、"个体-上帝"式直接交流系统。而交流过程中,天赋理性与个人德行的调配便尤为关键。另外,赫伯特对5条天赋观念原则普遍性的肯定,又摒弃或弱化了任何外在启示和人定教义的作用。这样,赫伯特便强调了个体的理性能力和自然宗教的伦理特征。

赫伯特之后,在沙夫茨伯里伯爵(Earl of Shaftesbury,1671—1713)处,自然神论者对基督教教义伦理学特征的强调达到了顶峰。正如沙夫茨伯里在《人、风俗、意见与时代之特征》("Characteristics of Men, Manners, Opinions, Times",1711)中指出的:"存在的目的不仅是为了美德、友谊、诚实以及信仰,同样也是为了宗教、虔诚、崇拜,以及将他的心灵慷慨地交托给一切由他所认为的完全公义和完美的最高原则或者说事物的秩序所产生的东西。"③ 从这段话中我们不难看出,伦理、道德可谓已然完全脱离神学母体,作为与人类秩序相关的独立研究对象,立于宗教之侧,或者毋宁说居于其上了。

---

① "有限度"乃是英国自然神论者与其时英国经验主义哲学家采取的一种二元论的态度,并在一开始便采取了一种对理性的警惕姿态。英国人思想中始终有一种实用主义、经验主义、怀疑主义立场(详见约翰·奥尔《英国自然神论:起源和结果》,周玄毅译,武汉:武汉大学出版社,2008,第57页),这种"限度"使得英国宗教以自然神论的面目出现,不同于法国于宗教意识形态理性化方面的激进姿态,英国理性神学并没有立即走向无神论。理性的提出,并没有成为一种丈量一切的绝对的工具,这是英国经验哲学区别于大陆理性主义,并在启蒙思想中体现出来的一个特点,这个特点在斯威夫特小说上造成的表现,也是后文力图展示的一个问题点。
② 约翰·奥尔:《英国自然神论:起源和结果》,周玄毅译,武汉:武汉大学出版社,2008,第67页。
③ 转引自约翰·奥尔:《英国自然神论:起源和结果》,周玄毅译,武汉:武汉大学出版社,2008,第151页。

而且不可忽略的是，英国启蒙哲学家在自然哲学作品中同样涵括着极为丰富的自然神论思想，因而可谓构成了考察英国自然神论运动时重要的面向。作为英国机械唯物主义创始人的托马斯·霍布斯（Thomas Hobbes，1588—1679），在其唯物主义哲学的"伪装"之下，对启示宗教大加挞伐。霍布斯从认识论的角度解释了宗教的起源，指出上帝形象不过是人类对于第一因的不断探究而必须"制造"的一个海德格尔式的"此在"（dasein）："要深入研究自然原因，就不能不使人相信有一个永恒的上帝存在。"① 宗教不过是人类出于对不可知事物的恐惧而培育的"自然种子"，② 宗教的神秘权威在霍布斯的机械唯物主义面前几近消殂：上帝在本质上转化为物质性的精神合成物。当然，霍布斯哲学中的自然神论思想，不同于赫伯特－沙夫茨伯里主义者，因为前者并不认可将宗教视同纯粹个人的经验和伦理性的建构，他更乐意于让宗教适配于政治理论架构，即把无上的教权置于他设计的绝对君主制之下，并赋予宗教世俗工具论的合理性。尽管霍布斯将宗教政治化的"无神论"立意使其在彼时宗教氛围中曲高和寡，且不乏抨击者；③ 但17世纪70年代的自然神论复兴者④查尔斯·布朗特（Charles Blount，1654—1693）在理论资源层面正是霍布斯宗教思想的受益人，可见霍布斯对后世自然神论者的影响仍是不容忽视的："其机敏的才智极大激励了他那个时代的宗教理性主义，而自然神论正是这种理性主义的主要表现形式之一。"⑤

二 约翰·洛克与自然神论

约翰·洛克作为霍布斯之后英国经验主义哲学的集大成者，对彼时及之后欧洲的思想史发展之影响，是再如何夸大也不为过的。但较不引人注目的

---

① 霍布斯：《利维坦》，黎思复、黎廷弼译，北京：商务印书馆，2010，第78页。相关表述亦可参见胡景钊、余丽嫦《十七世纪英国哲学》，北京：商务印书馆，2006，第231页。
② 胡景钊、余丽嫦：《十七世纪英国哲学》，北京：商务印书馆，2006，第78页。
③ R. E. R. Bunce, *Major Conservative and Libertarian Thinkers 1 : Thomas Hobbes*, London: Bloomsbury Publishing Inc., 2009, pp. 81 - 82.
④ J. C. D. Clark, *English Society 1660 - 1832: Religion, Ideology and Politics during the Ancien Regime*, Cambridge: Cambridge University Press, 2000, p. 325.
⑤ 约翰·奥尔：《英国自然神论：起源和结果》，周玄毅译，武汉：武汉大学出版社，2008，第89页。

是洛克的宗教思想及自然神论相关文本。其实，晚年洛克的主要学术注意力已从哲学转移至宗教领域："他就宗教问题所写的著作——《基督教的合理性》及其《辩护》、连同《使徒书注》，辑成了比《人类理解论》更大的一卷。"① 或出于此，有论者毫不避讳地将洛克称为"苏西尼主义者"(Socinianism)。② 洛克对自然神论的影响除却其在《论宗教宽容》提出的宗教宽容主张之外，恐怕还在于他对经验哲学理论和启示宗教的天才结合。这种洛克式的结合，在本体论基础上不同于赫伯特把自然宗教作为"普遍接受"的先验观念（赫伯特的"五条原则"植根于抽象的先在性或曰笛卡尔式的天赋性）；同时也不同于霍布斯的理性主义宗教观——霍布斯将宗教想象成达成（或阻碍）政治实践的合法（非法）途径，在洛克那里"政治秩序不再被设想为以上帝的统治为根据"。③ 洛克颇有创见地改装了霍布斯唯物主义宗教观所充斥着的机械论粗糙性，在铺设"启示和理性"界墙的同时悉心预留二者关联的"秘密通道"。所以，洛克之后的英国自然神学者"无一例外地把自己的自然宗教的原则表述为一种经验主义推论过程的逻辑结果"。④

然而，悖论随之产生。与认识论上深陷二元论困境类似，洛克在神学问题上也"被迫"采取了二元论立场。⑤ 在认识论问题上，洛克为人类的理智能力的施展划定了极其狭促的上限，并时时流露对人类感觉/观念认知事物"真实本质"能力的怀疑及对人类经验的虚弱及其无效判定的不信任之感。但

---

① R. I. 阿龙：《约翰·洛克》，陈恢钦译，沈阳：辽宁教育出版社，2003，第324页。书名有改动，原为《理智论》。亦可参 Victor Nuovo, *John Locke and Christianity*: *Contemporary Responses to "The Reasonableness of Christianity"*, London and New York: Thoemmes Continuum, 1997, pp. 177 – 191; "The Margins of Orthodoxy: Heterodox Writing and Cultural Response, 1660 – 1750", in Roger D. Lund, ed., *Margins of Orthodoxy*, New York: Cambridge University Press, pp. 73 – 96。

② H. McLachlan, *Socinianism in Seventeenth – Century England*, Oxford: Oxford University Press, 1951, pp. 325 – 327.

③ 潘能伯格：《神学与哲学》，李秋零译，北京：商务印书馆，2014，第202页。

④ 约翰·奥尔：《英国自然神论：起源和结果》，周玄毅译，武汉：武汉大学出版社，2008，第97页。

⑤ 洛克在论述世俗权威的干预诉求与理性个体宗教自由欲求纠葛时也表现出明显的二元论倾向，详见 Eric Mack, *Major Conservative and Libertarian Thinkers 2*: *John Locke*, London: Bloomsbury Publishing Inc., 2009, pp. 106 – 124。

第二章　斯威夫特与宗教秩序

即便如此，洛克还是（在笛卡尔主义的阴影中）为理智确定了两个无疑的认知对象：自我和上帝。我们在感知上帝或者反躬自身的时候能够确信"自我"的存有，而虚无不可能产生出存在，于是上帝是存在着的。秉持理性为中介进行"上帝存在"的逻辑证明，便能驳斥启示对权威与真实的真理垄断。但须指出的是，洛克之所以如此倚重上帝及基督教信仰的实存特征，其落脚点仍在于将后者视为"道德以及社会本身的绝对根基"。① 因而，诚如卡西勒所指出的："由此可见，即便是在英国自然神论的发展过程中，重心也已经从纯理智领域转移到了'实践理性'领域；'道德的'自然神论取代了'建构的'自然神论。"② 论证上帝存在的必要性成了证明道德存在必要性的逻辑前提。

据此，我们可以指明，对伦理道德的关注一直贯穿于整个英国宗教思想现代化进程之中。无论于自然神论者一端，如沙夫茨伯里主义者对宗教道德的社会价值的强调，对清教伦理中实践道德的重视；抑或在哲学思辨过程中，如培根对知识之于人性完善之价值与功能的高举，都可谓宗教从神学活动走向社会活动的世俗伦理化表征。当然，把秩序与道德作为研究对象纳入道德哲学范畴，探究认知原理与社会实践之间的动态纠缠本就是洛克《人类理解论》的鹄的与指归："我以为最合人生目的和适应人的理智水平的东西，就是为了今生的方便以及调整自己，以获得来世幸福的道路改进自然经验——即道德哲学（我认为也包含宗教），或人的整个义务。"③ 因此，当道德哲学发展到《道德哲学研究》时期时，休谟将以哈奇森为首的"苏格兰启蒙思潮"对于"激情"和道德秩序的关联研究进一步系统化也便顺理成章。④ 值得注意

---

① R. I. 阿龙：《约翰·洛克》，陈恢钦译，沈阳：辽宁教育出版社，2003，第73页。相关表述亦可参见《英国自然神论：起源和结果》，第101页。
② 卡西勒：《启蒙哲学》，顾伟铭译，济南：山东人民出版社，2007，第162页。
③ R. I. 阿龙：《约翰·洛克》，陈恢钦译，沈阳：辽宁教育出版社，2003，第95页。
④ 约翰·罗尔斯：《道德哲学史讲义》，顾肃、刘雪梅译，北京：中国社会科学出版社，2012，第33~43页；克里斯托弗·贝里：《大卫·休谟：启蒙与怀疑》，李贯峰译，武汉：华中科技大学出版社，2019，第44~47页。当然，"激情"在17世纪欧洲哲学的大范围讨论一早便在马勒伯朗士和霍布斯、洛克等人著述和哲学体系中占据重要位置。相关内容可参苏珊·詹姆斯《激情与行动：十七世纪哲学中的情感》，管可秾译，北京：商务印书馆，2017，第175、315页；亚当·斯密：《道德情操论》，蒋自强等译，北京：商务印书馆，2016，第28~47页。

是，关于对宗教德行须臾不离地强调须回至彼时英国社会变革的背景中看待：启蒙思想熏陶下勃兴的中产阶层，在频繁的经济实践与文化联系当中朴素并自发地形成了一套不同于旧式礼制的道德秩序。但这种从旧的思想窠臼中脱离出来的行为准则，并没有在全国范围内形成一整套规整的、自足的阶层观念。我们知道，与旧有的封建贵族统治相适应的道德体系是悖论性地建立在基督神学道德架构之上的，而自然科学及"进步观念"，宗教改革与"古今之争"，则在很大程度上推倒了这种曾经如中世纪城堡般稳固的封闭结构。旧制度、旧秩序的分崩离析，[1] 使散乱下来的无序的道德碎片被各个阶层以与其行为方式相适应的方式拾取，这样一来，整个英国社会濒临于一种主导道德价值无力支持，而各阶层道德观紊乱甚至对立[2]的混乱局面。

上述社会道德秩序的紊乱症候尤其表现在中产阶层的阶层道德意识析出过程中。从16世纪始便通过吸收处于社会结构上层的新型贵族及下层约曼农（Yeoman）而逐渐壮大的中产阶层（Middling Sorts），及至18世纪中期时，已然凭借其出色的商业能力和务实的政治野望，愈发成为社会的主导阶层，并盘踞在社会经济活动的各方面。同时，中产阶层及其"压力集团"（pressure groups）不断通过议会和文化、舆情行动表达对政治、法律、宗教制度改革及调整的诉求。尤其在议会改革活动中，他们着力规训旧秩序政治结构的核心——国王/女王及大贵族：17世纪40年代的英国革命便不妨视为前述权力角逐的极端事件。终于，最高权力在上帝及其人间代表教皇与世俗王权之间反复纠缠千余年之后，权重开始落向中产阶层及其逐步控制的议会（King in Parliament），法律、人权、战争、殖民、经济、帝国这几个关键词则愈发成为启蒙时代不列颠社群秩序的凝练表征。

然而，随着旧有道德体系的崩塌而来的道德真空状态和秩序失范困局，

---

[1] J. G. A. Pocock, *Virtue, Commerce, and History: Essays on Politic Thought and History, Chiefly in the Eighteenth Century*, Cambridge: Cambridge University Press, 1985, p. 56.

[2] 需要指出的是，此处无意抹除各阶层固有的（或用哈耶克的话来说即是自发的）行为准则之间的分歧，而是在肯定这种分歧的前提下强调主导道德与主导阶层错位而产生的价值体系及社群秩序的失调现象。查尔斯·泰勒（Charles Taylor）在其皇皇巨著《世俗时代》中对前述秩序倒挂现象使用了极为形象的描述性定义——"大脱嵌"（the Great Disembedding）。详见查尔斯·泰勒《世俗时代》，张容南等译，上海：上海三联书店，2017，第169~182页。

第二章　斯威夫特与宗教秩序

使新的掌权阶层亟须用与政治、经济要求相配适的道德体系填补空缺。故而，在这个意义上看斯威夫特介入的"古今之争"，辉格文人与托利党政府的笔战不外都是波考克称为"礼仪辉格党"思想运动的诸端表现。因此不难理解，"礼仪辉格党"的文化举措，诸如爱迪生、斯蒂尔、笛福等辉格报人及其报刊舆论空间所构筑的旨在抗衡古典德行的新型商业德行，正是与霍布斯、洛克、休谟乃至亚当·斯密等"信奉自然神论的'启蒙哲学家'"①——乃至英国国教内部低教派人士②——所做的宗教启示道德化哲学努力并行不悖的第二类启蒙。据此，彼时英国宗教及启蒙哲学对伦理道德的大力提倡，无疑可视为"启蒙之后则如何？"的后续"思考"（回应）。尤其就以洛克为首的英国经验主义哲学研究而言，其人难以突破的"二元论"特征也便诡异地指明了英国启蒙思想对唯理主义自觉且朴素的反拨。这种反思无论在剑桥柏拉图学派③的哲学倾向中，还是在洛克经验哲学的"二元论"

---

① J. G. A. Pocock, *Virtue, Commerce, and History*: *Essays on Politic Thought and History*, *Chiefly in the Eighteenth Century*, Cambridge: Cambridge University Press, 1985, p.236.

② J. G. A. Pocock, *Virtue, Commerce, and History*: *Essays on Politic Thought and History*, *Chiefly in the Eighteenth Century*, Cambridge: Cambridge University Press, 1985, p.237.

③ "'剑桥柏拉图主义者'是彼时一个常见的标签，指的是这样一群哲学、神学家，他们在神学上有自由倾向，于17世纪上半叶在剑桥大学接受教育。"（详见斯图亚特·布朗主编《英国哲学和启蒙时代》，高新民等译，北京：中国人民大学出版社，2009，第25页）因其人对宗教宽容的强调和超然于政治斗争的态度而在当时被世人冠以"自由主义者"（Latitudinarians）的蔑称，其代表如亨利·摩尔（Henry More, 1614—1687）和拉尔夫·卡德沃思（Ralph Cudworth, 1617—1688）。"感到在理性主义和科学思潮日益高涨，亚里士多德经院哲学江河日下的形势下，有必要寻找另一种哲学以捍卫基督教，反对无神论。"（详见胡景钊、余丽嫦《十七世纪英国哲学》，北京：商务印书馆，2006，第242页）而文艺复兴时期在佛罗伦萨兴起的新柏拉图主义经由伊拉斯谟和托马斯·莫尔（Thomas More, 1478—1535）引入英国，为英国人文主义者提供了思想资源。对宗教狂热主义和唯理论的警惕，使他们力图在调整理性和宗教的框架之下发扬一种净化过的宗教道德。霍布斯以来的机械唯物主义和英国自然神论者提倡的宇宙设计论，实际上把上帝作为一个钟表匠放逐到了世俗生活之外，而脱离上帝这个终极且无限大能的存在而谈论的基督来世观和惩罚观，即便其间再如何强调伦理道德意义，其人主张多少也流于"虚无感"。正是有感于自然神论者的理性愈发趋向于工具并弱化宗教道德力量，剑桥柏拉图主义者力图在理性范围内重新树立宗教灵性的道德权威。即便作为17世纪英国哲学发展史上的一股"乱流"（turbulence），剑桥柏拉图主义者对理性的自觉反思仍旧暗合了洛克以后英国经验主义哲学反思理性的线索，也正是对道德的强调和理性限度的划定使得英国哲学"缺乏法国启蒙思想所具有的那种反教权主义、反现存制度的唯物主义精神"。详见斯图亚特·布朗主编《英国哲学和启蒙时代》，高新民等译，北京：中国人民大学出版社，2009，第4页。

性质上,抑或是经由巴克莱(George Berkeley)而发展至休谟的英国怀疑主义思潮里都不乏表现。当然,上述哲学思辨、宗教改革与道德建构三者之间的互释互嵌特征,更是在彼时不列颠方兴未艾的小说创作中得到了淋漓尽致的表现。

然而须指出的是,前述洛克诸君思想的"二元论"困境恰当地表现了彼时英国整体思想状况的论辩特性,这种悬而不决的论辩特性又具体表现在启蒙哲人用个体理性砥砺宗教启示时所采取的暧昧态度。譬如,虽然高扬理性宗教,洛克却仍旧毫不犹豫地断言启示的实存,并把启示定义为:"认同任何不是像那样从理性的演绎得来,而是基于对陈述者的信任的命题,把它们看成是通过某种非同寻常的传达方式来自于上帝的。……这种将真理向人类揭示的方式,我们称之为启示。"[①] 另外,洛克虽用人类理性把启示的必要性降到了最低,但其仍然坚持超乎理性范围的宗教启示的必要性:"有些真理是理性根本无法认识的,比如在上帝和人类之外还有其他具有灵性的存在者(Spiritual Beings),天使的堕落以及死者在未来的复活,获得关于这些事情的认识就需要启示。"[②] 当然,洛克之所以力求证明启示的实存与必要,还在于彼时现实需求:道德约束的需要。忏悔制度的建立和赎罪券的发售,使得基督教的圣洁和权威受到大众的质疑。毕竟,在保有以物质交换为中介的"补赎和献祭"作为洁净(可能的)罪恶的制度保障之后,较之参与一种严谨、克己(self-denial)、虔敬而充满节制(sōphrosunē)的生活,趋利避害的自然法则使得人类更倾向于宣泄欲望而犯下各种罪孽。因而,"既然美德并不总是能在此生之中得到报偿,因此如果不是由于来生的报偿和惩罚的约束,人们就可能会将美德弃之如弊履"。[③] 这时,我们再回过头去查看17~18世纪英国社会的道德状况,洛克于此处对宗教启示的道德化,其重要性则

[①] 洛克《人类理解论》,关文运译,北京:商务印书馆,1997,第688页。相关表述亦可参见约翰·奥尔《英国自然神论:起源和结果》,周玄毅译,武汉:武汉大学出版社,2008,第107页。

[②] 洛克《人类理解论》,关文运译,北京:商务印书馆,1997,第693页。相关表述亦可参见R. I. 阿龙《约翰·洛克》,陈恢钦译,沈阳:辽宁教育出版社,2003,第109页。

[③] 洛克:《基督教的合理性》,王爱菊译,武汉:武汉大学出版社,2006,第150页。

第二章 斯威夫特与宗教秩序

自不待言。因为洛克曾在"论宗教宽容的信系列文章"① 中指出:"不论人们信奉的是纯正的宗教还是伪教,都不妨碍其臣民的世俗利益——而这利益是唯一属于由国家掌管的事情。"② 这段话可谓加剧了其后英国绵延许久的"宗教虚伪有利论"③ 辩证。且于20年后,斯威夫特更以《奖掖宗教和移风易俗的一项建议》一文介入论争,斯威夫特行文之时脑子里或许正回荡着洛克这段话的声响。此外,这段话的第二关节乃是"政教分离"之诉求。洛克在《论宗教宽容》中更明确地表达了该诉求:"必须严格区分公民政府的事务与宗教事务,并正确规定二者之间的界限。如果做不到这一点,那么那种经常性的争端,即以那些关心或至少是自以为关心人的灵魂的人为一方,和以那些关心国家利益的人为另一方的双方争端,便不可能告以结束。"④ 洛克极为高妙地挪用了1300年前的"格拉西乌斯原则"及其伴生的教会政治语汇(ecclesiastical politics)⑤ 将宗教事宜与政府权威截然划分。至此,理性和启示作为知识的源始,其内生的悖立结构——英国古典理性思潮发展到培根处衍生的"信仰主义"(fideism)危机便是一个好的例子——被洛克不甚严谨地暂时性取消了,"宗教真理"作为理性知识获得了新的内在统一,但新生的统一意义及其权重俨然被放置在社群道德秩序建构上而非其他方面上了。

当然,洛克哲学思想对宗教宽容的重视,其生成动机并不简单地等同于他的自然神论者前辈"逃避迫害之苦"的努力。洛克是在调和理性与信仰的诉求下指出宗教宽容的必要性的,因为"人类的理智不能被盲目地交托给他人的意志,使用强力也不能通过引起人们的感觉,而总是间接地将他们引向

---

① 包括1689年的《论宗教宽容的第一封信》(*First Letter on Toleration*);1690年的《论宗教宽容的第二封信》(*Second Letter on Toleration*)及1692年的《论宗教宽容的第三封信》(*Third Letter on Toleration*)。
② 洛克:《论宗教宽容》,吴云贵译,北京:商务印书馆,1982,第38页。
③ 当然从更大的视域通览,我们不难发现"宗教虚伪"问题还同下文将要论及的《测试法案》(*Test Act*)之争,曼德维尔《蜜蜂的寓言》引发的大论辩,乃至18世纪后半叶的"边沁主义"及"功利主义"之争等几场政治、文化秩序论辩休戚相关。
④ 洛克:《论宗教宽容》,吴云贵译,北京:商务印书馆,1982,第7页。
⑤ 沃格林:《政治观念史稿(卷2):中世纪至阿奎那》,叶颖译,上海:华东师范大学出版社,2019,第56页。

救赎，因为这反而损害了它所支持的信仰"。① 不难指出，洛克抱持的宗教宽容诉求有着深刻的社会、阶级基础：斯图亚特王朝，从亨利八世到爱德华六世，从"血腥女皇"玛丽到"童贞女王"伊丽莎白，乃至最后的清教革命，此过程中英国法定宗教的主导倾向变动频仍，广大基督教信徒深受随宗教政策变动而来的迫害之苦。部分英国人，尤其不从国教者——无论就其阶级的经济属性要求还是其政治属性要求而言——极力渴望宽松的宗教政策。因此，这一时期与辉格党党派意识有"共同语言"的英国自然神论思想大力批驳"教权主义"，不断强调宽容和稳定的宗教环境便也是情理之中的事了。

三 英国自然神论的结果及影响

洛克之后的英国自然神论思想走向了繁盛。思想家和著作层出不穷，如约翰·托兰德（John Toland，1670—1722）②的《基督教并不神秘》（*Christianity not Mysterious*，1696）和马修·廷代尔（Matthew Tindal，1656—1733）的《基督教与创世同龄》（*Christianity as Old as the Creation*, *or the Gospel a Republication of the Religion of Nature*，1730）等。时代对宗教宽容、宗教理性、宗教德行的需求，无论从深度和广度上都达到了一个前所未有的程度。英国自然神论思想也跨越英吉利海峡，散播至欧陆。也正是在这种思想氛围之下，在光荣革命后的第二年，英国颁布了《宽容法案》（1689），该法案虽未真正实现宗教信仰自由与平等，但基本上为英国国内各种宗教派别和思想在18世纪的发展提供了政治合法性。尤其值得指出的是，英国加尔文宗思想与自然神论思想，在强调宽容、破除启示，以及取消圣礼、仪式等方面具有很高的吻合度。如柴惠庭在《英国清教》中所指出的："……从17世纪起，清教被引出了严格的宗教领域，逐渐与政治耦合。清教与政治的耦合，

---

① 洛克：《著作集》，转引自约翰·奥尔《英国自然神论：起源和结果》，周玄毅译，武汉：武汉大学出版社，2008，第127~128页。
② 约翰·托兰德，爱尔兰天主教徒，16岁皈依新教。在格拉斯哥、爱丁堡和莱顿大学接受教育；1694~1695年在牛津大学任教。1697年，爱尔兰议会宣判其《基督教并不神秘》一书有罪后，其流亡英格兰。依靠写作小册子为生。1710年参加了废除《宣誓法案》的论战，在论战中进一步阐明其自然神论思想。关于托兰德生平及其自然神论思想详见 R. E. Sullivan, *John Toland and the Deist Controversy*, Cambridge: Cambridge University Press, 1982。

第二章 斯威夫特与宗教秩序

或者说清教的政治化，实际上就是清教与中等阶级在互相作用和彼此影响的基础上达成结合。"[①] 从英国国教分离出来的清教，正是其世俗化运动的主导表现。相应地，如前所述，英国自然神论则可以视为彼时宗教思想世俗化在精神层面的表现。

在经过近半个世纪的繁盛之后，英国自然神论思想在小亨利·多德威尔（Henry Dodwell Jr.，不详—1784）和大卫·休谟（David Hume，1711—1776）处走向了终结。我们知道，为了应对自然神论的冲击，彼时宗教保守主义者同样采用理性为正统思想及《圣经》辩护。作为对理性神学"经院哲学论辩浪潮"的反击，自然神论者多德威尔选择斩断了洛克暂时调和的理性和信仰之间的微妙关联："我完全相信，对于宗教信仰问题的判断根本就是理性不应该干涉，或者说确实是与理性没有任何干系的事情。"[②] 不言而喻，在区隔理性与信仰的问题上，自然神论比正统基督思想受到的打击更大，因为后者从来不是建立在理性的基础上的。因而，颇为悖论的是，"不是神学教义，而是彻底的哲学怀疑论，最终打退了自然神论的进攻，阻止了它的前进"。[③] 这个意义上看，休谟的怀疑主义不仅从英国启蒙哲学体系内部把经验主义从感觉到物的因果逻辑链条斩断；更重要的是，休谟揭开了原来覆在自然神论者脸上"温情脉脉的面纱"，公然将宗教教义直接等同于社群道德的秩序需求，而不再讨论教义与启示的逻辑或然。休谟之后，上帝存在的笃信便逐渐消弥在怀疑论者（及无神论者）略具嘲讽的口吻之中了。

综上所述，大致产生于17世纪初并在18世纪上半叶走向繁盛的英国自然神论思想，作为该时期英国宗教思想世俗化极具哲学特征的历史表现，对彼时英国宗教思想和社会思潮产生了极大的影响。彼时自然神论思想家们对神学真理和理性知识关系的论辩，对神秘主义/宗教蒙昧主义、启示、繁复的宗教仪式的批判，对宗教宽容的诉求，对宗教道德伦理价值的提倡等的探讨在英国思想界激起了持久而广泛的大讨论并形成论辩传统。可以说彼时所

[①] 柴惠庭：《英国清教》，上海：上海社会科学院出版社，1994，第113页。
[②] 约翰·奥尔：《英国自然神论：起源和结果》，周玄毅译，武汉：武汉大学出版社，2008，第207页。
[③] 卡西勒：《启蒙哲学》，顾伟铭译，济南：山东人民出版社，2007，第165页。

有杰出的哲学家与神学家都参与了这场讨论，斯威夫特加入论辩时所使用的修辞语汇亦大致形成于彼时。论辩过程中，上帝作为钟表匠的形象也频繁出现在17~18世纪英国自然神论者的著述之中："自然神论守护上帝创造了世界的观念，但赋予世界不需要上帝一直在场或进行干预就可以自己发展，发挥功能的能力……世界视为钟表，上帝是表匠。上帝给予世界一种自我持续的设计，这样，随后它就不再需要持续的干预而可以一直发挥功能了。"① 牛顿的机械宇宙论与物质神学在18世纪初紧密的结合使自然科学发展的启蒙效果甚至在政治实践中也得到了恰如其分的表述——正如雷比瑟教授指出的："新宇宙论的发展与17世纪凸显的政治与宗教剧变绝非毫无关联。"② 而在沙夫茨伯里那里，近代伦理学挣脱神学成为极具实践可能的道德规则，就像卡西勒在谈到英国自然神论对18世纪精神生活的影响时所指出的那样："自然神论的态度，亦即它对真理的真诚的追求，它在批判教义时所持有的道德严肃性，比它的所有理论演绎更有影响力。"③ 悖论的是，也正是卡西勒言及的对"道德严肃性"的过分倚重相应削弱了英国自然神论社会变革的潜能；同时也正是自然神论的"妥协性"让急需社会革命理论指导的狄德罗扼腕："自然神论从宗教九头蛇上下了八个脑袋，但这条九头蛇残存的一个脑袋上还会重新生长出另八个脑袋。"④ 其实，抛开狄德罗稍显"年代误植"的超时空诉求，我们不难发现英国自然神论思想的"妥协特征"⑤，不仅与彼时英国社会政治经济结构相适应，而且与英国哲学谱系中惯见的"二元论"状况互为匹配，可谓是对笛卡尔唯理主义万能工具论的深度反思。并且，英国自然神论对真理的孜孜追求及其对道德秩序不遗余力的伸张，既是彼时英国启蒙思想的内在动力，又体现了后者不同于唯理主义及其政治后果——法国大革命与"冷漠的暴力"——的温和气质。

---

① 阿利斯科·麦克格拉思：《科学与宗教引论》，王毅译，上海：上海人民出版社，2008，第93页。
② 雷比瑟：《自然科学史与玫瑰》，朱亚栋译，北京：华夏出版社，2019，第41~42页。
③ 卡西勒：《启蒙哲学》，顾伟铭译，济南：山东人民出版社，2007，第162页。
④ 转引自卡西勒《启蒙哲学》，顾伟铭译，济南：山东人民出版社，2007，第125页。
⑤ 弗里德里希·希尔：《欧洲思想史》，赵复三译，桂林：广西师范大学出版社，2008，第393~394页。

然而问题在于，对于高教派教士斯威夫特而言，自然神论者貌似温和的"妥协性"与催促旧式权威退场的鼓噪诉求，加诸其人对"自然道德"的盲目信任，不但容易滋生宗教狂热与宗教（过分）宽容，而且易于致发主导道德秩序重构后的世风堕落恶果，并引起教会利益的严重缺损。这种利益缺损可能造成的秩序失范在他的头号宗教敌人——18世纪前十年极为活跃的自然神论者——马修·廷代尔的各类宗教册论中不乏体现。

第三节 《木桶的故事》：戏谑之笔背后的虔敬之心

一 斯威夫特VS廷代尔：失败的尝试

被约翰·奥尔教授称为"最能代表自然神论运动"的马修·廷代尔早年从安利甘宗改宗天主教，晚年又转皈安利甘宗，在1690~1700年被称为"自然神论的伟大使徒"。[①] 虽然使其曝得大名的《基督教与创世同龄》直至1730年才得以付梓面世，但1694年廷代尔发表的几个对国教教士肆意攻讦的小册子也早已使他"声名狼藉"：

> 总而言之，教士们贪婪、富于野心又傲慢自大，他们掌握着权势与暴力，教唆民众与地方官员分庭抗礼，更让人民盲目尊崇教士的指导，这些都是基督王国因信仰自身原因而导致受害与苦楚的根源，亦是信仰极度衰败的根源……[②]

更准确地说，新教牧师不也是如此吗？尽管他们不如天主教教士那样

[①] 约翰·奥尔：《英国自然神论：起源和结果》，周玄毅译，武汉：武汉大学出版社，2008，第176页。
[②] Matthew Tindal, *Four Discourses on the Following Subjects*: viz. I. of Obedience to the Supreme Powers, and the Duty of Subjects in All Revolutions, London: Printed for Richard Baldwin, 1694, pp. 3-4.

165

狂热，却也奴役人民，支持专制，宣扬消极服从（passive obedience），① 一如他们宣扬的对基督的服从一样；他们尤善于维持一教专制的各类手段，首先乃是在国内建立专制制度，继而使专制带来普遍的赤贫与奴役，因之可使人民意志消沉，丧失思考能力，最终盲目地服从于教士们的决定。②

廷代尔笔下"偶像崇拜""奴役""暴政""迫害""教权""迷信"等词语无疑构成了自然神论者眼中教权主义与世俗暴政勾连所衍生的腐败的代称。③ 正是在1689年《宽容法案》，1696年《肯认法案》（Affirmation Act, 1696）④ 及1695年《出版许可法》松绑刺激之下涌现的廷代尔式"毁谤言论"，使得英国国教处于"罗马天主教与不从国教者夹击之下的危机之中"。⑤ 另外，自由思想者乃至无神论者因与辉格党人"军事-信贷财政体系"所要求的宗教自由环境需求多有契合，也冲击了主导的宗教道德秩序，江河日下的世风凸显的是物欲的膨胀和社会道德控制的松弛。此一背景下，自然神论者纷纷发难，各类攻击教权、呼吁宗教自由的文章层出不穷，⑥ 其中廷代尔于1706年发表的《论教会权力》（The Rights of the Christian Church Asserted）一书开宗明义区分教权与世俗权威，并断言"人们有根据自身意志选取最合适之方式信仰上帝的义务"，⑦ 提倡信仰

---

① 关于自然神论者及辉格党人对国教高教派"消极服从"的指责，斯威夫特在《审查者》1710年3月22日第33期有非常明确的回复。详见 Jonathan Swift, *The Examiner and Other Pieces Written in 1710–11*, Herbert Davis, ed., Oxford: Basil Blackwell, 1957, pp. 110–121。

② Matthew Tindal, *Four Discourses on the Following Subjects: viz. II. of the Laws of Nations, and the Rights of Sovereigns*, London: Printed for Richard Baldwin, 1694, pp. 130–131.

③ J. C. D. Clark, *English Society 1660–1832: Religion, Ideology and Politics during the Ancien Regime*, Cambridge: Cambridge University Press, 2000, p. 342.

④ 1689年的《宽容法案》以法律形式允许不从国教者在不从国教教堂及牧师的指导下开展宗教活动；1696年的《肯认法案》允许贵格派信徒通过承认国教而非宣誓的方式开展宗教活动，两个法案都极大地营造了英格兰的宗教宽容氛围。

⑤ Jonathan Swift, *A Tale of a Tub and Other Works*, Marcus Walsh, ed., Cambridge: Cambridge University Press, 2010, p. lxii.

⑥ Irvin Ehrenpreis, *Swift: The Man, His Works, and the Age*, Vol. 2, Cambridge, Massachusetts: Harvard University Press, 1967, p. 256.

⑦ Matthew Tindal, *The Rights of the Christian Church Asserted, Against the Romish, and all Other Priests Who Claim an Independent Power Over it. With a Preface ...*, London: [s. n.], 1706, p. 14.

第二章 斯威夫特与宗教秩序

自由并驳斥教会主权，挑战了国教地位，引起了不小的风波。包括斯威夫特旧敌威廉·沃顿在内的数十位国教人士奋起反驳，[①] 其中不宣誓牧师（Non-Juror）查尔斯·莱斯利（Charles Leslie，1650—1722）撰文《披着牧羊人外套的狼第二部：回应最近著名的〈论教会权力〉一书》（"The Second Part of the Wolf Stript[②] of His Shepherds Cloathing: In Answer to a Late Celebrated Book Intitled *The Rights of the Christian Church Asserted*"，1707）精辟地指出"自然神论者、苏西尼教派和所有与其人同流合污的自由思想者们反对国教教会和一切制度化的宗教体制的信条……他们对国教仅是凭着自己的意志和喜好加以肆意攻击……就如辉格党人是国家层面的狂热分子一般，不从国教者就是宗教层面的狂热分子……"[③] 对廷代尔等异端思想展开逐条批驳。不难指出，沃顿和莱斯利等人的论战，续接了世纪初以韦克（William Wake）博士和阿特伯里（Francis Atterbury）主教为首的"灵俗之争"。[④]

[①] 廷代尔《论教会权力》甫出不久，沃顿便在林肯主教（Bishop of Lincoln）的到访布道（Visitation Sermon）上以《论教士在教会中的权力》（"The Rights of the Clergy in the Christian Church Asserted"，1706）为题回击前者。廷代尔则于 1707 年发文《针对近来攻击〈论教会权力〉的名为〈基督教会牧师权力〉的到访布道的辩白》（"A Defence of *The Rights of the Christian Church*, Against a Late Visitation Sermon, Intitled, *The Rights of the Clergy in the Christian Church*"，1707）对沃顿择要批评。

[②] 原文如此。为"Strip"在彼时印刷体中的写法，"Cloathing""Intitled"皆同。

[③] Charles Leslie, "The Second Part of the Wolf Stript of His Shepherds Cloathing: In Answer to a Late Celebrated Book Intitled The Rights of the Christian Church Asserted," London: [s. n.], 1707, pp. 1–5.

[④] 世纪之交，英国教权与王权之争以威廉·韦克和阿特伯里为首掀起不小论辩浪潮。相关论战文章可参 William Wake, *The Authority of Christian Princes Over Their Ecclesiastical Synods Asserted with Particular Respect to the Convocations of the Clergy of the Realm and Church of England...*, London: Printed for R. Sare, 1697; Francis Atterbury, *The Rights, Powers, and Priviledges, of an English Convocation, Stated and Vindicated in Answer to a Late Book of D. Wake's...*, London: Printed for T. Bennet, 1700; Francis Atterbury, *Additions to the First Edition of The Rights, Powers, and Privileges of an English Convocation, Stated and Vindicated. In Answer to A Late Book of Dr. Wake's...*, London: Printed for Tho. Bennet, 1701; Samuel Hill, *The Rights, Liberties, and Authorities, of the Christian Church. Asserted Against All Oppressive Doctrines, and Constitutions. To Which Is Added...*, London: [s. n.], 1701; John Turner, *A Vindication of the Authority of Christian Princes, Over Ecclesiastical Synods. From the Exemptions Made Against it by Mr. Hill, and the...*, London: Printed for A. and J. Churchil, 1701; Charles Leslie, *The Case of the Regale and of the Pontificat Stated. In a Conference Concerning the Independency of the Church, upon any Power on Earth...*, London: Printed for C. Brome, G. Strahan, & c. 1702。

可以想见，于1707年正活跃于伦敦政教两界且希图谋求高阶教职的斯威夫特自然不会错失加入攻击自然神论者以维护教会权威的任何机会。大约1707~1708年，就在"比克斯塔夫系列文章"面世前不久，回驳马修·廷代尔一事便一直盘桓于斯威夫特的脑海之中。① 1707年复活节之后，斯威夫特开始撰写《评〈论教会权力〉》("Remarks upon a Book, Intitled, the Rights of the Christian Church Asserted", 1707) 一文。但除了驳斥《论教会权力》不过是"一篇由貌似精细齐整实则混乱矛盾、斑驳庞杂的'碎屑'（shreds）拼凑而成的文章；像是彼此折冲抵牾、互相拆台的格言与论断被撮合在一块儿"② 之外，斯威夫特并没能完成此文的写作，仅留下稀疏残缺的底稿。在1708年3月8日致友人福特的信中，斯威夫特说道："不，关于我正在回应廷代尔那本书的传闻是多有舛误的，我曾经是费了点功夫试图回应，但已经罢笔不写有段时间了。"③

至于斯威夫特何以无法继续该文的写作，笔者以为主要有两个原因。一方面，如恩伦普瑞斯教授指出的：除嘲讽，斯威夫特擅长的文学武器便是穿戴"叙事面具"以戏拟、反讽等叙事装置或"曲解"或"解构"对手。④ 在此次教义论辩（christian apologetics）中，端庄和严肃的学理回驳方面已然有沃顿、莱斯利及阿特伯里等杰出的神学家操刀，斯威夫特似也无意加入其人阵营。我们知道，因1704年《故事》一书对宗教的恣意"反讽"，"对严肃主题的戏谑化处理"已然使斯威夫特遭到不少国教内部势力的攻讦，⑤ 更颇

---

① 斯威夫特图书馆及其阅读史显示，他持有廷代尔《论教会权力》的1707年第三版。详见 Dirk Passmann and Heinz Vienken, *The Library and Reading of Jonathan Swift: A Bio-Bibliographical Handbook*, Vol. 3, Frankfurt am Main: Peter Lang, 2003, pp. 1862 – 1863.
② Jonathan Swift, *Prose Works*, H. Davis and Others, ed., 14Vols, Vol. 2, Oxford: Blackwell, 1939, p. 68. Cf. Jonathan Swift, *Parodies, Hoaxes, Mock Treatises: Polite Conversation, Directions to Servants and Other Works*, Valerie Rumbold, ed., Cambridge: Cambridge University Press, 2013, p. 18.
③ Jonathan Swift, *The Letters of Jonathan Swift to Charles Ford*, David Nichol Smith, ed., Oxford: Oxford University Press, 1935, p. 5.
④ Irvin Ehrenpreis, *Swift: The Man, His Works, and the Age*, Vol. 2, Cambridge, Massachusetts: Harvard University Press, 1967, p. 258.
⑤ Marcus Walsh, ed. *A Tale of a Tub and Other Works*, Cambridge: Cambridge University Press, 2010, pp. 6 – 7.

第二章　斯威夫特与宗教秩序

具讽刺意味地背上"自然神论者"的骂名。① 斯威夫特论敌塞缪尔·克拉克（Samuel Clarke）就指责《木桶的故事》"如自然神论者一般亵渎神圣且堕落";② 威廉·沃顿也在《答古今学术略论》第 3 版中将《故事》称为"有史以来……关于基督教最为亵渎的嘲弄";③ 丹尼尔·笛福更是第一个明确揭露《故事》作者身份的攻击者："亵渎之语烧毁了文章的神韵，留有恶臭……即便作者潜至爱尔兰以防猜臆，每个读者还是能闻到他的遗臭……"④ 教会内外的批评之声，尤其来自安妮女王的压力确实让斯威夫特在宗教事务文章的嘲讽策略方面须有收敛。⑤

另一方面，斯威夫特罢笔的另一个原因或许在于，彼时的斯威夫特于思潮谱系的学理素养仍无力回应马修·廷代尔文中大量挪用的从霍布斯、洛克衍生至约翰·托兰德处逐渐完善起来的自然神论教会政治论调（ecclesiastical politics）——这无疑意味着整全细致的回驳要求斯威夫特直面霍布斯与洛克

---

① Louis Landa, "Swift, the Mysteries, and Deism," *Studies in English*, Vol. 24, 1944, p. 239; Louis Landa, *Essays in Eighteenth - Century English Literature*, Princeton, New Jersey: Princeton University Press, 1980, p. 89.

② Samuel Clarke, *A Discourse Concerning the Unchangeable Obligations of Natural Religion, and the Truth and Certainty of the Christian Revelation*, London: Printed for for James Knapton, 1706, p. 28.

③ William Wotton, *Reflection upon Ancient and Modern Learning*, London: Printed for Tim Goodwin, 1705, p. 48; Cf, Marcus Walsh, ed., *A Tale of a Tub and Other Works*, Cambridge: Cambridge University Press, 2010, p. xlvii. 沃顿将《故事》称为"有史以来……关于基督教最为亵渎的嘲弄"。详见 William Wotton, *Reflections upon Ancient and Modern Learning*, 3rd ed, London: Printed for Tim Goodwin, 1705, p. 534。

④ Daniel Defoe, *The Consolidator*; or, *Memoirs of Sundry Transaction from the World in the Moon*, London: Printed for B. Bragge, 1705, p. 62; Cf, Marcus Walsh, ed. *A Tale of a Tub and Other Works*, Cambridge: Cambridge University Press, 2010, p. xlvii。

⑤ 《故事》的作者是"不敬神的作者"此一污名一直伴随斯威夫特，成为其敌手攻击的主要把柄之一。《故事》之后，无论斯威夫特出版何种作品，敌手皆将其嘲讽为"亵渎宗教的自然神论者、苏西尼教派分子及自由思想家（Free-Thinker）"（详见 Marcus Walsh, ed., *A tale of a Tub and Other Works*, Cambridge: Cambridge University Press, 2010, p. xlviii）。也正是基于《故事》反讽的大量使用在阅读层面所引致的"不敬"此一事由，约克大主教夏普博士（Dr. Sharp）将该书呈报与安妮女王，这对汲汲于提升教职的斯威夫特无疑是重大打击；后者在 1713 年 4 月 23 日、26 日致信女友斯特拉时亦论及此事，信中似有因压力而与夏普和解之意。且鉴于 1714 年《我的自白书》（*The Author upon Himself*, 1714）一诗"可怜的约克主教，他人私愤的无知工具，祈求我的宽宥却已忏悔太迟"一语（详见 Jonathan Swift, *Poetical Works*, Herbert Davis, ed., London: Oxford University Press, 1967, p. 149），不难想见斯威夫特对夏普告御状一事仍旧愤恨。

169

的教会政治学说。我们知道，17~18世纪自然神论者的教会政治与20世纪60年代以来施密特学派"政治神学"（political theology）多有类似之处，但前者在处理世俗政权与教权关系时着重强调了英格兰国教作为世俗政治附庸的工具性质，驳难教会任何关于独立权威的宣扬。[①] 此种观点无疑从霍布斯《利维坦》第四十二章"论教权"中可以找到直接源头："在每一个基督教体系的国家中，世俗主权者既然是最高的牧者，全部臣民都交给他管辖；因之所有其他教士的任命、传教的权力以及执行其他教士职务的权力都是根据他的权力而来……他们不过是他的下属"；[②] 加之第三十九、四十、四十一章这3章，霍布斯将宗教传统"历史化"后，实际上"取消了基督和使徒，特别是基督教会对信徒的政治统治权"。[③] 于此，斯威夫特虽在《评〈论教会权力〉》一文中试图对"人类合法的权力"与"神圣真理的权威"两组概念进行区分并加以辩驳，却不得不落入"教会无法同时宣称既属于宪政一部分又高于宪政"此种矛盾境地中（英格兰宗教改革后政教分离的趋势使得这种矛盾在学理上愈发复杂起来）。[④] 在某种意义上，斯威夫特此处陷入的困境同世纪初阿特伯里主教在同韦克论争时陷入的困境极为相似；毕竟，自"格拉西乌斯原则"之后的"灵俗之争"，宗教内部新旧的割裂与分离发展至伊拉斯谟时已然象征着"一个时代的终结"。[⑤] 资本与世俗权威新秩序的确立历史及其携带着的超乎经验的压迫力并未留给事件旋涡中心的个体太多腾转挪移的空间。由此观之，斯威夫特对廷代尔讨伐之战的罢笔或属无奈之举。

二 散漫各处的线索：指向《木桶的故事》

如前所述，"灵俗之争"自基督教兴起之际便从未停止。在两造博弈格

[①] J. C. D. Clark, *English Society 1660-1832: Religion, Ideology and Politics during the Ancien Regime*, Cambridge: Cambridge University Press, 2000, pp. 343-345.
[②] 霍布斯：《利维坦》，黎思复、黎廷弼译，北京：商务印书馆，2009，第437页。
[③] 王利：《国家与正义：利维坦释义》，上海：上海人民出版社，2008，第139页。
[④] Irvin Ehrenpreis, *Swift: The Man, His Works, and the Age*, Vol. 2, Cambridge, Massachusetts: Harvard University Press, 1967, p. 259.
[⑤] 冈察雷斯：《基督教思想史》（第3卷），陈泽民等译，南京：译林出版社，2019，第20~21页。

第二章 斯威夫特与宗教秩序

局中,随着民族意识在 16 世纪的兴盛,"宗教改革"和各国教派分离运动潮流涌动,二者拉锯状况固然激烈。① 18 世纪初,"灵俗之争"格局又增加资本主义意识形态在社会经济和伦理层面上与世俗政治权力合谋此一变量;新的变量无疑加剧了前述权力博弈的动荡程度。而具体至 17~18 世纪的英格兰,宗教势力逐渐退出角斗场。在政治势力急遽扩张的局面下,激越的清教主义在与政治势力耦合②之后随即迅速地"不从国教化"。狂热的异端思想和政治军事行为的同构使得此一时期不列颠的宗教问题总是处于与政治意识形态斗争纠合的吊诡状态。

如狄金森教授指出的,在 18 世纪早期大众激进思想公共空间的生产过程中,宗教与政治事件总是同时被讨论的。③ 宗教政策(ecclesiastical policy)在政治事件的演进中仍旧扮演着举足轻重的角色。④ 因而正如莱斯利在回驳自然神论者时用"就如辉格党人是国家层面的狂热分子一般,不从国教者就是宗教层面狂热分子……"⑤ 一语将宗教狂热分子与辉格党人狂热性格颇为自觉地联系起来一样,斯威夫特在 1710~1711 年主笔的托利党政府党报《审查者》中也将方下野不久的辉格党人比作"将长老派、独立派和无神论者、再洗礼派、自然神论者、贵格派和苏西尼主义者公开并广泛地召集在自己麾下"的乌合之众。⑥ 同时,辉格党人自威廉国王上台之际便在议会两院大张旗鼓地推进"废除《宣誓法案》"的提案运动(Bills for Repealing the

---

① 毕尔麦尔:《古代教会史》,雷立柏译,北京:宗教文化出版社,2009,第 14~18 页;毕尔麦尔:《中世纪教会史》,雷立柏译,北京:宗教文化出版社,2010,第 296~297 页。
② 柴惠庭:《英国清教》,上海:上海社会科学院出版社,1994,第 109 页。
③ H. T. Dickinson, *The Politics of the People in the Eighteenth-Century Britain*, New York: Palgrave Macmillan, 1995, pp. 214-215.
④ Irvin Ehrenpreis, *Swift: The Man, His Works, and the Age*, Vol. 2, Cambridge, Massachusetts: Harvard University Press, 1967, p. 88.
⑤ Charles Leslie, "The Second Part of the Wolf Stript of His Shepherds Cloathing: In Answer to a Late Celebrated Book Intitled The Rights of the Christian Church Asserted," London: [s. n.], 1707, p. 5.
⑥ Jonathan Swift, *The Examiner and Other Pieces Written in 1710-11*, Herbert Davis, ed., Oxford: Basil Blackwell, 1957, p. 92.

Sacramental Test Act),[①] 此举于斯威夫特而言实际上同自然神论者的"宗教宽容"诉求一般无二,故而他将二者关联表述如下:"廷代尔、柯林斯、克莱顿、科沃德、托兰德代表他们本人及其数以千计的门徒(其中不乏贵院议员)在请愿书中请求能获尊允通过一项法案以让无神论者、自然神论者和苏西尼教派有资格在包括教职、公职及军职等各类职位上都能为国效力。"[②] 此语无疑饱含嘲讽地将自然神论者与辉格党人捆绑一处。

因而,如果说1707年,因话题禁忌和学理困局斯威夫特无法痛斥廷代尔及其自然神论思想的话,1710~1711年已然成为托利党政府宣传喉舌的他,在将宗教话题引入党派意识形态论辩场域的运作过程中,显然获得了托利党党魁允诺的开火权。于是,自然神论者、狂热宗教分子、辉格党人被归咎为世风腐化、道德衰败的罪恶根源并被刺穿在一条线上后,又被置于斯威夫特讽笔的炙烤之下。[③] 斯威夫特讽笔艺术如此杰出,以至辉格党元老瓦顿勋爵(Lord Wharton)和位高权重的马布罗公爵(Duke Marlborough)都难辞其咎,分别被污名为在神龛上屙屎和纳妾淫乱的亵神者与狂热分子。斯威夫特笔下,其人狂热的宗教意识更与整日旋转的疯狗及巴托罗缪集市

---

① 彼时英国国教的法律保障主要体现在《宣誓法案》上,其由一系列惩罚性条款构成,其中包括1661年的《市政法案》(Corporation Act, 1661)、1672年《测试法案》和1678年《测试法案》。《宣誓法案》是国教为惩戒并阻止不从国教者涉足公职的重要制度建设。按其规定,凡不列颠公民意欲加入公职、教职或教研机构者则必须参加国教集会并宣誓支持国教教义各条规定,尤其承认"三十九条信纲"(the thirty nine articles);《宣誓法案》因之被称为"国教最后的堡垒"。但威廉国王上台后因内政外交及个人宗教需求,使辉格党政府不断削弱《宣誓法案》效力。先有1689年《宽容法案》及1696年《肯认法案》,后又默许"间或遵从国教行为"制度化,即认可不从国教者在就职宣誓时临时服从国教教义。同时,与传统土地贵族(Landed Man)对立,代表"经济人"(Moneyed Man)利益的辉格党更在议会两院大张旗鼓地推进"废除《宣誓法案》"的提案运动。至1708年,在辉格党小团体的寡头统治下,政府试图在爱尔兰废除《宣誓法案》来为英格兰"废约"打开突破口,并借斯威夫特代表爱尔兰教会向政府提请返还"初熟税"之机,提出爱尔兰教会以支持其事业为交易条件,遭斯威夫特及爱尔兰宗教会议拒绝。
② Jonathan Swift, *The Examiner and Other Pieces Written in 1710 – 11*, Herbert Davis, ed., Oxford: Basil Blackwell, 1957, p. 71.
③ Jonathan Swift, *The Examiner and Other Pieces Written in 1710 – 11*, Herbert Davis, ed., Oxford: Basil Blackwell, 1957, p. 55, p. 122, p. 130.

第二章 斯威夫特与宗教秩序

(Bartholomew – Fair) 上以转圈为生的妓女毫无分别了。①

尽管彼时斯威夫特的主要任务并不是驳斥自然神论者与宗教狂热分子，但从 1711 年《审查者》第 25 期到第 39 期对后者愈发凌厉尖刻的反讽中，我们不难发现斯威夫特最擅长的"嘲骂"与"讽拟"论战策略的悄然回复，行文之间已然涵有 1704 年《故事》的讽喻笔触。实际上，如果我们将恩伦普瑞斯教授称为"使人无法卒读的道德哲学散文"②——落款日期为"1707 年 8 月 6 日"的那篇《心智官能的陈腐论调》（"A Tritical③ Essay upon the Faculty of the Mind"，1711，后文简称《论调》）纳入视域，便会发现从 1711 年《审查者》回溯至《故事》，贯穿其间的反自然神论、反宗教狂热分子、反极端辉格党思想线索其实从未中断。

斯威夫特在《论调》一文中指出，作为自然神论者与自由思想家理论渊薮的伊壁鸠鲁"原子论"思想，与伊索寓言中丢弃衔着的骨头而追逐骨头影子的疯狗无异，是舍本逐末的谬论（false opinion）。"其根基之弱，必然使基于其上的上层建筑毁于一旦。"④ 因而，此类笛卡尔式的"哲学家"们妄图建立解释宇宙秩序根源的万能理论体系的狂热与傲慢，也就如"披着狮皮的驴子"一般不过是在用异端去蛊惑民众。

值得特别注意的是，行文之间除了生动的动植物譬喻与直讽笔法，在引出"秩序根基"问题后，斯威夫特对于自然神论"哲学家"奉为圭臬的经验主义哲学机械论思想，精妙地采用"以彼之道，还施彼身"的技法。如前所述，我

---

① 值得指出的是，沙夫茨伯里在 1708 年出版的《论狂热的一封信》（*A Letter Concerning Enthusiasm*, 1708）中也把宗教狂热分子同巴托罗缪集市上的滑稽演出相提并论，详见 Anthony Ashley Cooper, *A Letter Concerning Enthusiasm*, London: Printed for J. Morphew, 1708, pp. 43 – 44; Jonathan Swift, *The Examiner and Other Pieces Written in 1710 – 11*, Herbert Davis, ed., Oxford: Basil Blackwell, 1957, p. 147。

② Irvin Ehrenpreis, *Swift: The Man, His Works, and the Age*, Vol. 2, Cambridge, Massachusetts: Harvard University Press, 1967, p. 191. 斯威夫特行文之间堆叠大量的生僻典故和特定概念，确实如恩伦普瑞斯教授所论，让现代读者无法抵近文本原始语义。然而，斯威夫特可能在以文体戏仿的形式批评学识的滥用和学究式的文风。

③ Tritical 一词似为斯威夫特所生造，即 Trite "陈腐平庸"与 Critical "批评"合成，牛津英语辞典作"具有平庸的或平凡陈腐的性质"解。

④ Jonathan Swift, *Parodies, Hoaxes, Mock Treatises: Polite Conversation, Directions to Servants and Other Works*, Valerie Rumbold, ed., Cambridge: Cambridge University Press, 2013, p. 23.

们知道在霍布斯-洛克哲学体系中，人类知识的获取是通过从物体到感觉而获得之观念及观念之反省这两条路径来实现的。然而对于观念自身的存在论证问题，洛克则假以"某种基质（substratum）"作为观念实体（substantia）存有的归宿和产生它们的源泉。① 然而，洛克这种类似地球由大象驮着，而大象又由乌龟托着的循环论证，终究无法清晰明锐地解释物质实体的存有问题，在移步至此一巨大的哲学断崖面前，洛克不得已地走向了二元论。据此，洛克哲学思想凸显了本体论上的"实在性"和认识论上的"不可知性"这么一个关于实体概念本体论论证的矛盾结构。所以，洛克体系实际上为经验及理性能力划定了极为狭促的限度："我们底知识比我们底观念较为窄狭……不但达不到一切实际的事物，而且甚至亦达不到我们观念底范围。"② 不难推论，作为哲学支撑，洛克哲学思想为自然神论者提供理论武器之时也为宗教启示的反驳留下回旋余地。因之，斯威夫特在《论调》醒目位置指出："我不认为哲学家必须解释自然界的所有现象，如若不能解决某一问题——如潮汐的涨落——就必须像亚里士多德一般投水而亡——'既然我无法带走你，那就请你带走我吧'（Quia te non capio, tu capies me）③……自称一无所知的苏格拉底却被神谕示为最聪明之人……万物皆有秩序与目的，如果我们能潜入自然秘密的居所，便不难发现，飘渺一苇或不起眼的野草都有它们的用处；最微末最不起眼的虫豸也蕴含着自然最神秘的技艺。"④ 不难指出，斯威夫特通过引譬

---

① 约翰·洛克：《人类理解论》，关文运译，北京：商务印书馆，1959，第 266 页。
② 约翰·洛克：《人类理解论》，关文运译，北京：商务印书馆，1959，第 530 页。
③ 在庇护人亚历山大大帝死后，亚里士多德被指控犯有亵渎罪和蔑视宗教言论罪，继而缺席审判被处以死刑。其时，亚里士多德正避居于埃维厄岛（Euboea）的卡尔基斯（Chalcis）。传闻，获知判决后，亚里士多德跃入厄里帕海峡溺毙。该海峡因把埃维厄岛同希腊大陆分开来，且洋流走向日夕更变而闻名。据传，亚里士多德因苦于无法破解洋流奇异的更替现象才投水自杀的，且临终留言："愿厄里帕的潮水吞没我吧，既然我无法理解它。"斯威夫特此处自然妙用了拉丁词"capio"（understand/take possession of）的双关语义以增进嘲讽之功效。
④ Jonathan Swift, *Parodies*, *Hoaxes*, *Mock Treatises*: *Polite Conversation*, *Directions to Servants and Other Works*, Valerie Rumbold, ed., Cambridge: Cambridge University Press, 2013, pp. 24–25. 此处的"飘渺一苇"（the Smallest Blade of Grass），若结合参看帕斯卡尔《思想录》中的"人类是会思考的芦苇"（Man is but a reed, the weakest in nature, but he is a thinking reed）一语则颇有意趣。

第二章　斯威夫特与宗教秩序

"宇宙设计"、"目的论"及"存在巨链"的神圣权势，两相对照之后的"人类理性"与"傲慢"便不免黯然失色。于此，某种程度上，斯威夫特成了比自然神论者更接近洛克的思想家，他洞察到洛克在宗教、哲学层面与自然神论者精微却极为重要的歧异："宗教永远不会同理性冲突……因为我们是有限的、智力有缺陷的存在物，理性不可能给我们启示……道德使上帝存在成为必然。"①

此外，值得注意的是，文本中描绘的狂热演说家（orators）热衷于"煽动民众由疯狂抽搐而构成的怒焰"② 以昭示其人的"才思与技能"，此般特性自然与《故事》中居于"演讲器械"（Oratorial Machine）上蛊惑民众的"哲学家"③ 构成了显著的互文关联。《故事》曾被斐迪安教授称为"一切定论皆无法得出的'弃儿文本'（orphaned text）"。④ 因其富含众多迷离错综的"离题话"，又多有文本戏拟等叙事装置的恣意安插，更不乏互文指涉的迷离散乱及叙事面具的随意切换，斯威夫特在《故事》中炫耀的种种技法着实使之成为极具现代特征的拼贴文本——一个文本迷宫。这个意义上，法国"现代派"评论家让·勒·克雷尔才将之称为"一个怪异的游戏，我们不知作者是否在打趣，又在指涉谁人，目的又何在"。⑤ 直到 1816 年，身为《爱丁堡评论》（*Edinburgh Review*）创办人之一的弗兰西斯·杰弗里（Francis Jeffrey，1773—1850）仍在抱怨《故事》"……充斥着不易接近且晦涩的隐喻，是夸大其词的荒诞和怪异的持久暴露"⑥。自然，具体指涉的错综迷乱致发的阅读难度是存在的，但必须指出，如果我们将《故事》中 5 篇"臭名昭著"的

---

① R. I. 阿龙：《约翰·洛克》，陈恢钦译，沈阳：辽宁教育出版社，2003，第 331~334 页。
② Jonathan Swift, *Parodies, Hoaxes, Mock Treatises: Polite Conversation, Directions to Servants and Other Works*, Valerie Rumbold, ed., Cambridge: Cambridge University Press, 2013, p.31.
③ Jonathan Swift, *A Tale of a Tub and Other Works*, Marcus Walsh, ed., Cambridge: Cambridge University Press, 2010, p.37.
④ Robert Phiddian, *Swift's Parody*, Cambridge: Cambridge University Press, 1995, p.140, p.193.
⑤ Kathleen Williams, ed., *Jonathan Swift: The Critical Heritage*, London and New York: Routledge, 2002, p.59.
⑥ Kathleen Williams, ed., *Jonathan Swift: The Critical Heritage*, London and New York: Routledge, 2002, p.318.

"离题话"暂时性悬置于斯威夫特宗教批评视域之外,[①] 则不难发现"主线故事"所凸显的宗教教谕极为清晰。而也正是在这个意义上,威廉·沃顿、塞缪尔·约翰逊乃至瓦尔特·司各特(Walter Scott)才指摘斯威夫特的幽默诙谐是"以牺牲宗教庄重为代价的"。[②]

三 显著的寓言与炙燃的讽刺

《故事》[③] 的主线以寓言体的形式讲述了这样一个故事。从前,一位濒死之人将一室而出的三兄弟——大哥彼得、二哥马丁与小弟杰克叫到床前交代后事,指出自己并无丰盛的土地、动产授让,只能赠予三兄弟每人一件"永世常新并能随着你们年岁增长而自动变化的外套"[④] 外加一份遗嘱,且在遗嘱之中严格规定了衣服的使用方式及滥用的惩罚后果。父亲过身后,三人便结伴闯荡世界,初始倒也谨遵父训爱护各自外套,不想进入市镇之后渐

[①] 如时霄指出的,西方学界确实存在一种倾向,将"离题话"部分与主体部分区隔对待,但这种倾向不利于分析斯威夫特介入彼时宗教论争乃至"古今之争"的整全特质,此一问题详见后文。相关论述可参时霄《英格兰"古今之争"的宗教维度与斯威夫特的〈木桶的故事〉》,《外国文学评论》2017 年第 1 期,第 138 页;Phillip Harth, *Swift and Anglican Rationalism: The Religious Background of a Tale of a Tub*, Chicago: The University of Chicago Press, 1961, p. 6。

[②] Jonathan Swift, *A Tale of a Tub and Other Works*, Marcus Walsh, ed., Cambridge: Cambridge University Press, 2010, p. xlix - l; Louis Landa, "Swift, the Mysteries, and Deism," *Studies in English*, Vol. 24, 1994, p. 239.

[③] 斯威夫特在《木桶的故事》前言中将此一题目的指涉关联提示出来了:欧洲渔民出海打鱼有一个传统,如果遭遇鲸鱼袭击,为了避免鲸鱼攻击船舰,水手们会将一个木桶系于绳上抛掷船后以迷惑、逗弄鲸鱼。而斯威夫特的"鲸鱼"指涉的正是霍布斯的"利维坦"此一水中巨兽,船舰则象征教会国家。详见 Jonathan Swift, *A Tale of a Tub and Other Works*, Marcus Walsh, ed., Cambridge: Cambridge University Press, 2010, pp. 25 - 26。

[④] Jonathan Swift, *A Tale of a Tub and Other Works*, Marcus Walsh, ed., Cambridge: Cambridge University Press, 2010, p. 47. 须指出,以"衣物服饰"或"外套"作为政制、宗教形式之譬喻在 18 世纪之前欧洲文坛中已有此修辞传统。与斯威夫特关联甚深的哈林顿便曾在《大洋国》(*Oceana*)一书中两度以"衣服"譬喻"政体",详见 James Harrington, *The Commonwealth of Oceana and a System of Politics*, J. G. A. Pocock, ed., Cambridge: Cambridge University Press, 1992, p. 41, p. 140. 当然,斯威夫特此处的"外套比喻"直接针对的更是自然神论者——尤其托兰德——将宗教形制及仪式类比为"虚装衣物"的论调。详见 Kenneth Craven, "A Tale of a Tub and the 1697 Dublin Controversy," *Eighteenth - Century Ireland* Vol. 1, 1986, pp. 100 - 102。

第二章 斯威夫特与宗教秩序

而沾染世故，三人分别爱上了"金钱女爵"、"头衔夫人"和"傲慢女士"，更浸淫于"涂鸦、调笑、赋诗、吟哦、聒噪、酗酒、斗殴、狎妓、赌咒、吸鼻烟、赶戏场、逛饮品店、殴打守夜人、席地而睡、罹患淋病、坐霸王车、抵赖店主债务、勾引他人妻女……混迹上流社会，僭称与贵人交熟"等劣迹。① 总而言之，三人堕落为不折不扣的纨绔浪荡子。忽而，坊间流行起注重服饰装扮的偶像崇拜风尚。先是肩章（Shoulder-Knot）开始流行，身着父亲遗馈之朴素外套的三人，发现居然无法出入日常嬉闹的各类场合了："如果他们寻访某个戏院，看门人则将他们引向门票12便士的低级场子……如果他们想去露丝酒馆喝上一杯，酒保则干脆辩称不卖酒水；最重要的是，他们拜访女士时，门房居然让他们吃闭门羹。"② "困难当前"，兄弟三人只能合计着从遗嘱中翻找"漏洞"以便在外套上补饰肩章。奈何遗嘱并未提及任何佩戴肩章的事宜，于是"博学"的兄长彼得创造性地意图对遗嘱做出"字面意义"（verbis）和"音节意义"（syllabis）的"学理阐释"，但问题在于他们找遍遗嘱全文也无法寻获"K"的音节，然后，彼得又指出"K"是"C"的语音流变此一"不争事实"，而三人佩戴肩章亦由此顺理成章。③ 于是乎，兄弟三人戴上了最显赫的肩章顺利地抛头露面。但时尚易变，坊间接踵流行起金边蕾丝、花哨衬里、银饰流苏，兄弟三人也都分别通过"书面遗嘱"和"口头遗嘱"的区分，"遗嘱还有附录"，遗嘱阐释的字面与隐喻之延异来"规避"惩罚，渡过"难关"。最终，兄长彼得更因其"渊博学识"

---

① Jonathan Swift, *A Tale of a Tub and Other Works*, Marcus Walsh, ed., Cambridge：Cambridge University Press, 2010, p. 48.
② Jonathan Swift, *A Tale of a Tub and Other Works*, Marcus Walsh, ed., Cambridge：Cambridge University Press, 2010, p. 54.
③ 由前一节的分析不难得出，此处斯威夫特借彼得阐释"遗嘱"（《圣经》）时的"语音－语义"二分法，一方面指涉基督教——尤其天主教"教义辩护传统"的语义考辨和"经院哲学"阐读倾向的道德恶疾；另一方面引譬的自然是"古今之争"中本特利、沃顿诸君"琐屑饾饤、舍本逐末的学究作风"。详见 Charles Boyle, *Dr. Bentley's Dissertations on the Epistles of Phalaris, and the Fables of Aesop*, London：Printed for Tho. Bennet, 1698, pp. 67 - 69；时宵：《英格兰"古今之争"的宗教维度与斯威夫特的〈木桶的故事〉》，《外国文学评论》2017年第1期，第144页。

篡改了某贵族遗嘱窃取了他人庞大家财得以跻身权贵之列。①

但也就在彼得发迹之后，他利令智昏地狂热于权势与财富的诸般"发明"。先后参与殖民地投机倒把生意，发明除虫秘方和忏悔免罪制度，还涉足保险行业、木偶游园会投资，"研制"出不仅可用于保护房屋、市镇、男女老少、牲畜以免于蜘蛛、耗子、黄鼠狼侵扰，更可以防止狂犬病的"万能秘方"。此外，彼得还豢养了一群威逼利诱以令他人屈服的恶牛（the Bull）。②然而，彼得最得意的发明恐怕还在于签售各地通用的免罪券，卖与各类有所需求的罪犯，其标准制式如下：

> 致所有市长、治安官、狱卒、巡警、法庭监守、行刑人诸君，吾人听闻此某某仍羁留于你或你等手中以候死刑。吾人责成你或你等见此赦令后，无论其累犯谋杀、鸡奸、强奸、渎神、乱伦、叛国、毁谤等罪愆，立即释放此某某。此赦令即具释放效力，你等如若逆而不遵，吾当以上帝之名诅咒你等于万劫不复！望好自为之。
>
> 你最为谦逊的人中之人
彼得君上③

正是这位已然自称君主并给自己戴上"三级冠冕"④的彼得长兄，某日突发奇想先是驱逐出自己连同兄弟各人的妻子，而后更指称"面包——生命之要件——包含着牛肉、羊肉、小牛肉、鹿肉、鹧鸪肉、梅子布丁和乳冻"，

---

① 文本此处影射的应是 8 世纪教廷制造的"君士坦丁赠礼"事件。"君士坦丁赠礼"亦被称为《君士坦丁诏令》（*Constitutum Constantini*）。该文件最早公布于伪《伊西多尔教令集》（*Pseudo-Isidorian Decretals*, 约 847—852），于 11~15 世纪，该伪诏素来是教廷伸张教俗权利并对抗王权的主要理据。根据《君士坦丁诏令》，公元 330 年，君士坦丁命令各地王侯及教会归顺罗马教皇希尔维斯特（Sylvester, 约 314~335 年在位）及其继任者，并将"罗马城、意大利地区和帝国西部诸行省"皆赠予教皇。可参 Dimiter Angelov, *Imperial Ideology and Political Thought in Byzantium, 1204-1330*, New York: Cambridge University Press, 2007.
② 双关语，意指教皇颁布的各类谕令与责罚。
③ Jonathan Swift, *A Tale of a Tub and Other Works*, Marcus Walsh, ed., Cambridge: Cambridge University Press, 2010, p. 72.
④ 隐射教皇的三级冠冕。

第二章　斯威夫特与宗教秩序

井水本身就含有酵母而当为佳酿。① 在马丁与杰克无法承受上述"虐待"之后，彼得强行驱逐了兄弟两人。

被"绝罚"后马丁与杰克兄弟只得四处浪荡。颠沛流离之中便也痛定思痛，重读父亲遗嘱的教谕，发现"几乎违犯了所有规定"，遂决心返璞归真地将"外套"恢复至初始状态，却碍于几年来盲目追随潮流添设虚饰众多，已然积重难返："自他们堕入世风以来，全衣覆满花边、缎带、流苏、绣饰和点缀（points），几乎难以寻见原来外套的一丝一线。"② 于是两人纷纷撕扯外套上的饰品，但率先动手的马丁在头一阵狂热过去后便冷静思忖：当年那些绣饰与点缀都是能工巧匠细致缝缀所成，针脚细密，猛然撕扯必然伤毁外套。此般，马丁便谨小慎微地拆解，而遇到那些他认为必要的增补之处，则认为留下那些针脚亦不失为明智之选。反观杰克的"改革"动机，与其说出自对外套本原的回复，毋宁说出于对大哥彼得虐待的愤怒。③ 这般，"被怒焰点燃之后"，杰克"仅用了三分钟就完成了马丁耗费几小时功夫才做完的事……将外套的主体部分从头撕扯到尾……原本需要精巧之手与澄明之心去拆解的绵密针脚，杰克则于狂怒之下一气撕毁，弃若弊履扔于沟渠之中"。④

---

① Jonathan Swift, *A Tale of a Tub and Other Works*, Marcus Walsh, ed., Cambridge: Cambridge University Press, 2010, p. 74. 此处影射的应是基督神学论辩的关键议题——"圣餐变体论"（transubstantiation/transsubstantiatio），可参《东方宗主教通谕》（*Encyclical of the Eastern Patriarchs*），"我们相信，在此一神圣的仪轨中，主耶稣基督的临在，并非以象征之方式（typikos），更非以寓意之方式（eikonikos）……我们还相信，在饼与酒圣化之后，它们就不再是饼与酒，而是在饼酒的外在与形表之下的主的体血"。亦可参《圣经》："因为我的肉，是真实的食品；我的血，是真实的饮料（若6：55）。""你们拿去吃罢！这是我的身体…这是我的血，新约的血，为大众流出来的（谷14：22，24）。"同时，值得特别指出的是，斯威夫特后来在《游记》"卷四"同样借格列佛之口论及了"圣餐变体争论"（《游记》231）。

② Jonathan Swift, *A Tale of a Tub and Other Works*, Marcus Walsh, ed., Cambridge: Cambridge University Press, 2010, p. 88.

③ 文中斯威夫特不断渲染加尔文教派出于对罗马教廷的愤怒的"为反对而反对"，以凸显其人"改革"的激进与疯狂。清教徒（Puritans）的激进气质及其在斯威夫特眼中相生相随的狂热倾向在20年后的1726年的《圣君查理一世殉道》此一布道文中还有回应："他们如此做（按：变革原始教会的形式，如废除主教制），并非因为那些制度是邪恶的，而仅因为天主教使用过这些制度。"详见 Jonathan Swift, *Irish Tracts: 1720-1723 and Sermons*, Herbert Davis, ed., Oxford: Basil Blackwell, 1963, p. 221。

④ Jonathan Swift, *A Tale of a Tub and Other Works*, Marcus Walsh, ed., Cambridge: Cambridge University Press, 2010, p. 92.

此外，杰克还不顾马丁劝说，反而要求后者将外套撕扯成自己的模样。胡乱撕扯之下"他看起来一如烂醉如泥又被洗劫过的花花公子一般……又像穿着破天鹅绒衬裙的老鸨似的在人群中搔首弄姿"。① 杰克发现自己"改革"后的外套居然和彼得大哥的极其相似，而又无法说服马丁加入阵营，一气之下不断咒骂马丁并与之决裂，疯狂之中得了脑病，被人授予"光头杰克"（Jack the Bald）、"灯笼杰克"（Jack with a Lanthorn）之名，有时又被称为"荷兰杰克" "法国胡格诺"②。然而，其时恰逢"伊奥尼亚教派"（Æolist）③ 大行其道，杰克因其狂热最甚也就被广大信徒奉为始祖竟然"发迹"起来。

"发迹"后的杰克，绝类其长兄彼得，迷恋于"思维的发明"及"教条的设计"。杰克先是对父亲遗嘱任意阐释，指认遗嘱的羊皮卷为"哲人石"与"万金油"，可应各类不时之需，不仅可视同于暖床睡帽、遮雨之伞、涂抹痛风的膏药，疟疾犯病之时烧其些许灰烬吸嗅几口后还可药到病除，于腹痛之际，刮削少许（满置一银币之量）吞服之后更可缓解症结。此外，杰克还做出诸如在寒冬腊月将身体一股脑儿浸入水中清洗，或在街市通衢以上帝名义要求路人殴打自己等极端行为。④ 杰克疯狂至此，以至于人们已无法区分他和彼得，甚至连他们各自的信徒也时常混淆二人。果不其然，身居高位的两人突然在一个雨夜共谋迫害马丁，囚禁后者。走笔至此，叙事者借口余下事件"无可挽回地溜出了我的记忆"便溘然罢笔。

---

① Jonathan Swift, *A Tale of a Tub and Other Works*, Marcus Walsh, ed., Cambridge: Cambridge University Press, 2010, p. 93.
② 分别指涉加尔文教徒、获圣灵者、再洗礼派和胡格诺教派，皆为清教徒中的激进教派。当然，"光头"亦可能指向"圆颅党人"（Roundhead）的极端宗教背景。
③ "Æolist"可能是"圣灵"和"风"的合成词，"Æolus"即为"风神"，词源意义上与古希腊伊奥尼亚（Aeolian）神话（包括西西弗斯神话）及其宗教崇拜亦多有关联。马库斯·沃许教授评注的《故事》"剑桥本"将之解释为斯威夫特对加尔文宗狂热的圣灵崇拜的讽刺，并牵扯出历史上宗教批评家将"属灵狂热"与"风"属性之间关联的各种讽刺版本，结合斯威夫特在《木桶的故事》第八部分特地对"Æolist"专文"解释"及其对加尔文宗狂热主义的攻讦，笔者看来，沃许教授的评注应是极有据的。详见 Jonathan Swift, *A Tale of a Tub and Other Works*, Marcus Walsh, ed., Cambridge: Cambridge University Press, 2010, pp. 416 – 417。
④ 分别讽刺再洗礼派与自我鞭笞派的极端行为。

第二章 斯威夫特与宗教秩序

  自然，对基督教史了然于胸的读者，通读文本之后，当然对"外套"即"基督教义"，遗嘱乃是"《圣经》"，三兄弟彼得、马丁、杰克分别意指"罗马天主教"、"路德宗"和"加尔文宗"，① 三人的堕入"红尘"则象征基督教会的败坏等互文指譬较为明了。而"博学的"长兄彼得对"遗嘱"的语义阐释及名相区隔则或许讽刺了某些基督教神学辩护文章的琐碎无聊与牵强。行文间，叙事者对彼得建立的告解制度，"万能研制秘方"与圣水、圣盐等"圣器"，以及威逼利诱他人的恶牛（谕令）与"逐出教门"等权能的讽刺也溢于言表；而面包、水所借代的圣餐变体论与"唯识唯名之争"，② 三人及其父亲与圣嘱的"位格"（persona）之争，③ 免罪凭证与兜售免罪券等论辩与事件的互文指涉在彼时文化背景下也就愈发显而易见。另外，三弟杰克的狂热行径及其与"贵格派"、"再洗礼派"和"自我鞭笞派"的演变渊源也在斯威夫特的讽笔之下不言自明。尤其是疯狂的杰克"尤好'虎口夺食'④ 和吸食燃焰的鼻烟，并乐此不疲，无怪乎其人肚子里总燃着一股焰火，眼、鼻、口之中不断冒出浓烟，使他的头颅在深夜也炯炯如炬"。⑤ 斯威夫特寥寥数语便将加尔文宗狂热分子的口腹之欲及其人不断渲染的"受圣灵"状况以漫画手法加以刻画。因而，三弟杰克最终与罗马天主教皇"俨然一人"，两人通力合谋欲加害马丁在英国宗教史的对照层面上看也就"顺理成章"起来了。

  当然，须指出的是，《故事》中斯威夫特对马丁形象的刻画并不出色，恩伦普瑞斯教授指出马丁形象性格拟构活动中不乏极其浓重的威廉·坦普尔

---

① 斯威夫特在《木桶的故事》中添加了数量令人瞩目的（相比时人作品）旁注及脚注，实际上与正文构成了一种极为复杂的互文关系。文中在马丁（Martin）和杰克（Jack）名字甫一出现之际就打了脚注告知读者马丁为"马丁·路德"（Martin Luther），杰克为"约翰·加尔文"（John Calvin）。
② 毕尔麦尔：《近代教会史》，雷立柏译，北京：宗教文化出版社，2011，第14页。
③ 冈察雷斯：《基督教思想史》（第1卷），陈泽民等译，南京：译林出版社，2019，第318～335页。
④ "虎口夺食"，原文"Snap-Dragon"，牛津英语辞典解释为一种快速地在点燃白兰地的酒盘中将仍旧着火的葡萄等食物投入口中食用的玩乐把戏。
⑤ Jonathan Swift, *A Tale of a Tub and Other Works*, Marcus Walsh, ed., Cambridge: Cambridge University Press, 2010, pp. 124-125.

宗教思想因子在起作用：坦普尔仅将基督教视为理性的、简单的内部一致且和谐的信仰体系。[1] 这种不乏自然神学（natural theology）乃至自然神论气质的宗教态度——斯威夫特自己亦曾在1727年《斯特拉生日颂诗》（*Stella's Birthday*, 1727）中难辨庄谐地自称"非为极其虔诚的教士"（not the gravest of divines）[2]——曾引发了彼时宗教界人士对斯威夫特神学倾向的质疑与攻讦。[3] 然而，须特别指出的是，马丁形象之所以不够鲜明，一方面在于斯威夫特《故事》的主旨指向的是对宗教极端主义的两个向度——罗马天主教与加尔文宗——的批驳，论述过程中自然对路德宗及其在英国的继任人——"马丁"（安利甘宗）着墨不多。另一方面，彼时微妙而严苛的宗教环境也无法让斯威夫特针对"马丁"尽情书写。即便如此，文本通过描摹马丁在《圣经》的口传权威与书面权威问题上，乃至伪经（私加"遗嘱附录"）等问题上对彼得的规劝与质疑；以及通过渲染马丁在"撕扯饰品"即教会改革事宜上谨小慎微的保留姿态——与杰克激进主义判若有别的宗教立场——斯威夫特可谓皮里阳秋地彰显了马丁及其所代表的安立甘宗的"中庸姿态"：熟谙教会史的斯威夫特自然明白，充满争议的源起和夹缠于世俗政治角斗格局的困顿使安立甘宗不可能成为圣奥古斯丁笔下的"完美教会"，且他对国教内部的各类倾向及教义缺陷也心知肚明。因而，或许正是在这个意义上，斯威夫特颇为矛盾且冒

---

[1] Sir William Temple, *Miscellanea III*, London: Printed for Benjamin Tooke, 1701, pp. 260 – 270; Cf, Irvin Ehrenpreis, *Swift: The Man, His Works, and the Age*, Vol. 1, Cambridge and Massachusetts: Harvard University Press, 1962, p. 188.

[2] Pat Rogers, *Jonathan Swift: The Complete Poems*, New Haven: Yale University Press, 1983, p. 314.

[3] 彼时持理性神学态度的塞缪尔·克拉克便直言不讳地指责斯威夫特为"渎神而堕落的自然神论者"（Profane and Debauched Deists）。相关论述可参时霄《英格兰"古今之争"的宗教维度与斯威夫特的〈木桶的故事〉》，《外国文学评论》2017年第1期，第152页；Frank Boyle, "Profane and Debauched Deist: Swift in the Contemporary Response to a Tale of a Tub," *Eighteenth – Century Ireland*, No. 3, 1988, p. 29; David Bywaters, "Anticlericism in Swift's Tale of a Tub," *Studies in English Literature*, *1500 – 1900*, Vol. 36, No. 3, 1996, pp. 579 – 598; Miriam Starkman, "Quakers, Phrenologists, and Jonathan Swift," *Journal of the History of Ideas*, Vol. 20, No. 3, 1959, p. 403.

第二章　斯威夫特与宗教秩序

险地将国教置于讽笔之中,[1] 但同时，他无疑也清醒地认识到，在新的、更贴近不列颠社会环境的教会出现之前，安利甘宗都将是维系英国社会秩序和秉持国族德行的最后堡垒。

然而，彼时时局却是"现代派"哲学家、自然神论者、教会异端、狂热的辉格党人，乃至教会内部"低教派"激进分子通过文化、宗教、政治诸方面的合谋，持续不断地对教会主导的既定秩序提出权利主张。1708年和1732年，辉格党人两度掀起的废除《宣誓法案》动议[2]便是前述宗教改革意图的绝佳表现；伴之而来的"现代派"、自然神论者思想家的册子论战在学理层面不断骚扰国教教会政治秩序持存的"合法性"。动荡局势使得对出版审查制度一向颇有腹诽的斯威夫特悖论性地支持在宗教论争领域实行更加严格的审查及惩罚制度。[3] 而极端宗教思想与政治党派狂热情绪汇流所引致的"傲慢、自大、狂热、革新"等概念对斯威夫特而言不但意味着既有平衡的失调及社群秩序格局的重铸，更意味着人性与灵性体验的腐化与堕落。因而，用讽刺之刃刺入这腐朽躁动的政治身体（body politic）/神秘身体（corpus mysticum），使之因疼痛而呐喊是斯威夫特所选取的疗救乱世的药方。

无奈的是，斯威夫特苏格拉底式的"牛虻疗法"悖论却宿命般地在教内人士看来正是与自然神论者沆瀣一气的渎神行径。为此抱郁愤懑的斯威夫特在

---

[1] 在对抗自然神论乃至理性神学各派系或隐或显的威胁时，斯威夫特的宗教书写（非布道文）或出于修辞策略的要求，或出于"对宗教的悲观主义姿态"（兰达语，详见前揭书第71~73页），确实幻化、呈现出"亵渎"及"理性"的多副面孔，毕竟，双刃的讽刺、叙事面具及声音的多维调控在斯威夫特宗教文本中结构出层次纷繁的受释空间，并生成了语义混乱的"误读"与"过度阐释"。讽刺极端教义和思潮，归根结底仍旧是在讽刺（讨论）本不需要讨论的神性。或许，如兰达教授指出的，在讨论斯威夫特宗教姿态时，不可丢失的重要参照便是斯威夫特布道文中的正统思想及其所涵括的"启示神学"作为一切根基的笃定意念。也正是在较少叙事声音调控和嘲讽语态干扰的布道文中，我们得以临摹出面目更清晰的斯威夫特宗教肖像画。兰达教授论断可参 Louis Landa, "Swift, the Mysteries, and Deism," *Studies in English*, Vol. 24, 1944, p. 256; Louis Landa, *Essays in Eighteenth-Century English Literature*, Princeton, New Jersey: Princeton University Press, 1980, pp. 105–106。

[2] Irvin Ehrenpreis, *Swift: The Man, His Works, and the Age*, Vol. 3, Cambridge and Massachusetts: Harvard University Press, 1983, pp. 723–724.

[3] Irvin Ehrenpreis, *Swift: The Man, His Works, and the Age*, Vol. 2, Cambridge and Massachusetts: Harvard University Press, 1967, p. 126.

1710年《木桶的故事》第4版面世之际特地添附了一篇辩护性质的《自白》，并在《自白》中愤然说道："教内兄弟为何对宗教狂热及迷信行径暴露于讽刺——即便是以滑稽的方式开展的讽刺——之下而感到愤怒呢？难道讽刺它们不正是治愈它们，或者说防止它们流毒漫溢的最好方法吗？"[①] 选择在1710年这个时间节点增补此一《辩白》，显然是斯威夫特深思熟虑的结果。毕竟不列颠宗教政治复合纠缠的历史潮流摇荡至1710年时，已然将秉持"老辉格原则"的斯威夫特推到了辉格党小团体倒台后新组阁的托利党政府"宣传部部长"职位上，并背上了"变节者"的污名。但同样奉行中庸平衡之道的托利党党魁罗伯特·哈利，于其宗教倾向上或可视为斯威夫特和国教"天然的盟友"。斯威夫特此时此刻推出的宗教问题《辩白》，定然不仅是在愤慨自己苦心孤诣的"疗救"横遭敌我不分的"误读"如此简单了。这位1695年1月13日入职国教受圣俸后便捍卫教会利益的"教会斗士"，即将用其主笔的《审查者》昭告世人，他戏谑之笔背后那颗虔敬之心究竟还可以笃定到何种程度。

第四节　移风易俗与秩序之争：论斯威夫特布道文中的德行

17、18世纪之交，英格兰国教的社群控制力饱受考验，犯罪现象和道德败行层出不穷。以理性神学为理论基础的商业道德正积极地挑战着旧制度的宗教道德根基。斯威夫特布道文对彼时社群伦理秩序移变的关切，对宗教论战关键议题的介入，对"移风易俗运动"多面效果的忧思，及其对唯理主义、异端分子乃至国教内部不同思想倾向的复杂态度，使其在表现新型经济关系的道德诉求及旧秩序予之的反制等问题上具有价值特性。

引　言

20世纪四五十年代，路易斯·兰达（Louis Landa）教授在研究斯威夫特

[①] Jonathan Swift, *A Tale of a Tub and Other Works*, Marcus Walsh, ed., Cambridge: Cambridge University Press, 2010, p. 5.

第二章　斯威夫特与宗教秩序

宗教思想时，曾提醒学界对其教士身份及布道文（sermon）价值的重视。[1] 然而，半个多世纪以来，在零散涉及斯威夫特布道文的研究者笔下，对其遭忽略的喟叹仍旧不断出现。[2] 学界对斯威夫特布道文的忽视，与布道文的文体特征有关。布道文作为宗教文学领域的特殊文类，其主题及内容的"应制"痕迹较为明显，且有一套固定的逻辑敷衍结构，[3] 加诸其美学价值对现代受众普遍经验的疏离，因而较难引起重视。另外，学界的文类偏见及研究视域的局促也在一定程度上限制了其对布道文的纳入，多视之为小众读本。实际上，布道文与宗教读物，无论于质于量都可谓是彼时出版界的中流砥柱。[4] 并且，英国文学发展史中一直有一条极其深厚却较为隐蔽的布道文文学线索。[5]

反观英国史学界，却极为重视宗教书写特别是布道文，在表现社群秩序观念结构嬗变时的标本价值。[6] 尽管深入具体文本并分析布道文在文学思想史领域的建设作用不是其指归，史学研究对宗教文学资源的挪用与倚重，特

---

[1] Louis Landa, "Swift, The Mysteries, and Deism," *Studies in English*, No. 24, 1944, p. 240; Louis Landa, *Swift and the Church of Ireland*, Oxford: Clarendon Press, 1954, pp. xv – xvi; Jonathan Swift, *Irish Tracts: 1720 – 1723 and Sermons*, Herbert Davis and Louis Landa, ed., Oxford: Blackwell, 1968, p. 97.

[2] James Brown, "Swift as Moralist," *Philological Quarterly*, No. 33, 1954, p. 368; James Sutherland, *English Literature of Late Seventeenth Century*, Oxford: Clarendon Press, 1969, p. 314; Christopher Fanning, "Sermons on Sermonizing: The Pulpit Rhetoric of Swift and of Stern," *Philological Quarterly*, No. 76, 1997, p. 413; Paddy Bullard, "Pride, Pulpit Eloquence, and the Rhetoric of Jonathan Swift," *Rhetorica: A Journal of the History of Rhetoric*, Vol. 30, No. 3, 2012, pp. 252 – 253.

[3] Douglas Bush, *English Literature in the Earlier Seventeenth Century 1600 – 1660*, Oxford: Clarendon Press, 1962, p. 305; Jonathan Swift, *Irish Tracts: 1720 – 1723 and Sermons*, Herbert Davis and Louis Landa, ed., Oxford: Blackwell, 1968, pp. 102 – 103.

[4] Wilfrid Prest, *Albion Ascendant: English History, 1660 – 1815*, Oxford: Oxford University Press, 1998, p. 144；琳达·科利：《英国人：国家的形成，1707—1837 年》，周玉鹏等译，北京：商务印书馆，2017，第 10 页。

[5] Bonamy Dobrée, *English Literature in the Early Eighteenth Century 1700 – 1740*, Oxford: Clarendon Press, 1964, p. 10; Sanford Lehmberg, "Writings of Canterbury Cathedral Clergy, 1700 – 1800," *Anglican and Episcopal History*, Vol. 73, No. 1, 2004, pp. 53 – 55.

[6] H. T. Dickinson, *The Politics of the People in the Eighteenth – Century Britain*, New York: Palgrave Macmillan, 1995, pp. 273 – 274; J. C. D. Clark, *English Society 1660 – 1832: Religion, Ideology and Politics during the Ancien Regime*, Oxford: Cambridge University Press, 2000, p3.

别是近年来凸显的"重估18世纪教会保守主义思想"之趋向,[①] 还是为布道文批评指出了修辞审美范畴以外的多重可能。当然,对于两栖甚至多栖身份作家——如入职领取圣俸长达50年的教士乔纳森·斯威夫特——而言,其布道文虽不能简易地视同为彼时社群道德状况的脚注,但在"斯威夫特并未试图建立系统而规整的道德观"[②] 的情况下,布道文自然成为我们于政治、文学书写之外探查其复杂道德立场的"第二陈列馆"。

一 "普遍的堕落"

1711年4月18日,出使维也纳的彼得布罗伯爵(Earl of Peterborough)致信斯威夫特,言及英国各阶层间一种"难以名状"(je ne sais quoi)的"普遍堕落"(universal corruption)。17日后,斯威夫特复信如下:"听闻阁下在淳朴的日耳曼人中亦遭遇了同样的——尽管用哲人的话是'表现不同的'——风俗沦落(degeneracy of manners)与公义忽怠,我甚是欣慰,并希望至少我们的堕落要表现得更为文雅(polite)。"[③] 虽带着惯常的反讽意味,从中我们仍不难探察到,斯威夫特对彼时政局动荡与道德沦丧之间因果关联的忧思。马克思·韦伯在论及此种宗教伦理与世俗道德的"紧张关系"时曾指出:"救赎宗教愈是循着'信念伦理'(Gesinnungsethik)的途径体系化与内化,与现世的关系就愈是紧张……其与此一世界诸秩序间的伦理紧张似乎

[①] Sanford Lehmberg, "Writings of Canterbury Cathedral Clergy, 1700 – 1800," *Anglican and Episcopal History*, Vol. 73, No. 1, 2004, p. 53.

[②] Jonathan Swift, *Irish Tracts: 1720 – 1723 and Sermons*, Herbert Davis, ed., Oxford: Basil Blackwell, 1963, p. 111. 至今,斯威夫特名下有11篇布道文存世,此一数目对于从业50年者而言过于单薄。这与其对布道文看似轻率的态度及焚毁作品的习惯不无关联。而且,斯威夫特早年因"爱尔兰初熟税事宜"(The First Fruits Issue, 1707 – 1713)及托利党舆情事业常年流连英格兰,后又多延聘代理牧师(curate)履职,确实难逃旷职教士(Absentees)此一指责,对教区布道职分的忽怠定然影响布道次数及其印制数目。后文所引布道文文本皆出自此版本,为避免频繁征引,下文仅于引文后括弧中标识页数。

[③] Jonathan Swift, *The Correspondence of Jonathan Swift*, Vol. 1, Harold Williams, ed., Oxford: Clarendon Press, 1963, pp. 217 – 218, p. 226. "Manners"一词在17~18世纪文献中因具体语境不同尤难翻译,其与秩序之关联亦受F. R. 利维斯、雷蒙·威廉斯及伊格尔顿等人重视。本文此处译为"风俗"以增强其与秩序之关联,殷企平教授《文化即秩序:康拉德海洋故事的寓意》(《外国文学》2017年第4期)相关表述可参。

第二章　斯威夫特与宗教秩序

就显得更尖锐与更基本；当世俗秩序（Ordnungen）依其固有之法则体系化时，尤其如此。"① 我们发现，韦伯指出的"信念伦理"与"世俗秩序"的"紧张关系"与沃格林关于秩序"侵蚀与维持""紧凑及分殊"②的论述多有相通之处；此类提法的一个关键指涉正是18世纪早期不列颠道德秩序的紧张状况。

确实，18世纪转型期的英格兰，保守主义者笔下社会的各个阶层都处在道德失控的混乱之中，其人斥为"前所未闻"的犯罪现象和道德败行层出不穷。格罗斯特郡的教长乔赛亚·塔克（Josiah Tucker）便曾在1745年抱怨："'下层人民'完全堕落了。……我们大众化的城市里的普通人是地球上最无耻、最放肆卑鄙的人……这样的野蛮、傲慢，这样道德败坏、无节制，这样游手好闲、漠视宗教信仰、谩骂诅咒……我们的人民在用自由之杯来酗酒。"③ 实际上，不仅下层民众呈现宗教淡漠（religious indifference）之势，上层的丑恶和败坏程度也令斯威夫特似有错愕："权贵阶层与缙绅之士，百人之中亦无一人用宗教律令约束自身。……不仅不像过去那样懂得稍作遮掩或收敛丑态，反将其罪行如日常之事一般公之于众，却又丝毫不为世人所谴责，亦不受其良心拷问。"④ 诚然，18世纪上流社会中利用"裙带关系"以免除债务、谋权求职已蔚然成风，色情话"学问"

---

① 马克思·韦伯：《宗教社会学》，康乐、简惠美译，桂林：广西师范大学出版社，2005，第252~255页。
② 埃里克·沃格林（Eric Voegelin）《秩序与历史》文集中对"世俗伦理"及"神圣秩序"之间的紧张关系多有高论，相关表述可参沃格林《城邦的世界》，陈周旺译，南京：译林出版社，2009，第50、100页；沃格林：《以色列与启示》，霍伟岸、叶颖译，南京：译林出版社，2010，第111、141页；沃格林：《记忆：历史与政治理论》，朱成明译，上海：华东师范大学出版社，2017，第425页。
③ 爱德华·汤普森：《共有的习惯》，沈汉、王加丰译，上海：上海人民出版社，2002，第407页。关于世风的普遍堕落及道德控制松懈的哀叹充斥于彼时几乎所有保守主义道德家的各类论著之中，撇开"终末论"思想固有的消极立场，此种续接"古今之争"中"崇古派"的抱怨，在文艺复兴以来的各类思想论争中已有深厚的论辩传统，可视为一类思维/修辞惯性，故近年多有学者重估其历史效力。
④ Jonathan Swift, *Bickerstaff Papers*, *Tracts Relating to the Church*, *Contributions to the Tatler*：1706 - 1710, Herbert Davis, ed., Oxford：Basil Blackwell, 1939, p. 45.

与包养情妇更是贵族的"牌面"①：查理一世及王政复辟时期的宫廷可谓是"性自由"的代名词；乔治一世包养情妇后告知皇后，后者也仅为情妇的名誉担忧而已。上行下效，彼时伦敦各大报刊启事栏中细节露骨的"交友广告"更是不乏其数。② 私生子出生率也在此间显著提高。③ 无怪乎，斯威夫特要在《格列佛游记》中痛陈此类丑行，"有的人承认自己犯了鸡奸、乱伦的罪行，有的人迫使自己的妻女卖淫"④ 这句警语无疑可作为"道德清教主义在1660年后崩塌的第一个结果不是婚姻与性激情的合流，而是性欲的放纵"⑤ 一语很好的旁注。

婚姻、家庭秩序作为上帝的恩泽与神圣秩序的类比（analogy），自教父时代起即被视为宗教道德及世俗秩序的指示。⑥ 17~18世纪，英格兰宗教道德控制的松弛和民众家庭伦理观念悄然改变还集中体现在"秘密结婚"（clandestine marriage）和"买卖妻子"两类家政现象上。首先值得注意的是婚姻诉讼率在1690~1700年及1720~1730年两个范围内的上扬。⑦ 除传统的重婚罪及暴力婚姻外，"秘密结婚"行为在当时的抬头也对案件数量之激增多有贡献。国教相关法规对婚姻的严格调控在此间形同虚设，实无太多警

---

① James Sutherland, *English Literature of Late Seventeenth Century*, Oxford: Clarendon Press, 1969, p. 16; Wilfrid Prest, *Albion Ascendant: English History, 1660 – 1815*, Oxford: Oxford University Press, 1998, p. 27.

② 爱德华·傅克斯：《欧洲风化史：风流世纪》，侯焕闳译，沈阳：辽宁教育出版社，2000，第276~277页；劳伦斯·斯通：《英国的家庭、性与婚姻1500——1800》，刁筱华译，北京：商务印书馆，2011，第339页。

③ Peter Laslett, *The World We Have Lost: Further Explored*, London: Methuen Publishing, 1983, p. 158.

④ 乔纳森·斯威夫特：《格列佛游记》，张健译，北京：人民文学出版社，1979，第186页。

⑤ 劳伦斯·斯通：《英国的家庭、性与婚姻1500——1800》，刁筱华译，北京：商务印书馆，2011，第337页。

⑥ W. H. Greenleaf, *Order, Empiricism and Politics: Two Traditions of English Political Thought, 1500 – 1700*, Oxford: Oxford University Press, 1964, p. 59. 亦见伯恩斯主编《剑桥中世纪政治思想史》（上），程志敏等译，北京：生活·读书·新知三联书店，2009，第347、354页；康托洛维茨：《国王的两个身体》，徐震宇译，上海：华东师范大学出版社，2018，第326~330页。

⑦ Lawrence Stone, *Road to Divorce: England 1530 – 1987*, Oxford: Oxford University Press, 1990, pp. 34 – 37.

第二章　斯威夫特与宗教秩序

戒效力，[1] 遑论彼时更有许多不良牧师专以举行"秘密结婚"为业并中饱私囊。[2]

虽然昂贵的手续花费及对父权钳制的反抗冲动使"秘密结婚"主要指向中产及贵族阶层，但是中下层民众也同样设法规避教会的婚姻管控，生发出类似的"对策"。一方面，群氓如斯威夫特所言大多不理法度，通奸淫乱，肆意结离；[3] 另一方面，在休离之时为了免除高昂的费用，他们重启了"鬻卖妻子"的风习。[4] 此一"金钱买卖权利"现象实为盎格鲁－撒克逊人遗风，因其非为体面之事而在史载数量上并不显著，"但并不妨碍此一风俗在英格兰大部分地区实存这个事实"。[5] 这从斯威夫特两度致信友人戏言"要去市集上买个老婆"[6] 可作一孔之窥。不难想见，婚姻的金钱象征意味和女性的"物化"表征昭示着彼时宗教道德松弛的一般景况，婚床则于肉体经济

---

[1] 劳伦斯·斯通：《英国的家庭、性与婚姻1500——1800》，刁筱华译，北京：商务印书馆，2011，第13~15页。

[2] Lawrence Stone, *Road to Divorce: England 1530 - 1987*, Oxford: Oxford University Press, 1990, p. 112. 舰队街监狱（Fleet Prison）附近因此形成了一个"秘密结婚"的产业园区：旅馆、酒店门牌上公然写着"入内结婚"和"先生，想进来结婚吗？"等广告语。私奔的新人们等候在旅馆外头，不良牧师则在内做着流水作业。一位叫约翰·莫特罕（Rev. John Mottram）的牧师更是以此渔利2000镑之巨。关于斯威夫特与斯特拉是否秘密结婚的讨论可参 Irvin Ehrenpreis, *Swift: The Man, His Works, and the Age*, Vol. 3, Cambridge, Massachusetts: Harvard University Press, 1983, p. 405; Daniel Cook, ed., *The Lives of Jonathan Swift*, Vol. 1, London and New York: Routledge, 2011, p. xxxviii。

[3] Jonathan Swift, *Swift's Irish Writings: Selected Prose and Poetry*, Carole Fabricant and Robert Mahony, ed., New York: Palgrave Macmillan, 2010, p. 124.

[4] 关于英格兰"买卖妻子"习俗及表现，可参爱德华·汤普森《共有的习惯》第七章"买卖妻子"；劳伦斯·斯通：《英国的家庭、性与婚姻1500——1800》第19~20页；《离婚之路》第六章"遗弃、私奔与买卖妻子"；爱德华·傅克斯：《欧洲风化史：风流世纪》，沈阳：辽宁教育出版社，2000，第290~296页；王晓焰：《18~19世纪英国妇女地位研究》，北京：人民出版社，2007，第51~53页。19世纪小说家托马斯·哈代《卡斯特桥市长》开头部分对此现象亦有细致描述。

[5] E. P. Thompson, *Customs in Common: Studies in Traditional Popular Culture*, London: The Merlin Press, 1991, p. 409.

[6] F. Elrington Ball, ed., *The Correspondence of Jonathan Swift, D. D.*, in 6 Vols, Vol. 4, London: G. Bell and Sons Ltd., 1913, p. 236; F. Elrington Ball, ed., *The Correspondence of Jonathan Swift, D. D.*, in 6 Vols, Vol. 1, London: G. Bell and Sons Ltd., 1913, p. 333.

象征之外又多了一重道德病症的隐喻特征。①

宗教秩序的社群控制力一旦松懈，人们便如《论彼此顺服》（"On Mutual Subjection", 1744）一文指出的那般：既不愿承担应有的责任，又不安于神赐的"存在之链"而犯上作乱，进而引致"家事的讹乱"及"朝纲的崩毁"。(142~143) 而在斯威夫特看来，不论症结种种，不去教堂自然是基督徒职责疏忽并迈向堕落的第一步。因之，在《良心的凭据》（On the Testimony of Conscience, 1744）此篇中，斯威夫特描述了近年来诱发民众背离国教、不赴教堂的几类动机："那些不信教者"秉持"良心自由"（liberty of conscience）、"道德诚实"（moral honesty），甚至"荣誉观"为德行基础，(151、153) 认为"归附宗教不过是狡诈之徒用以顺服世人的发明"(156)。② 对此，斯威夫特指出：其人的"良心"与"诚实"不过是短视的自利自爱，"荣誉观"更是世代移变不足为凭，因而"唯有宗教指导之下的良心，才是坚牢的德行基础"；(152、154) 而假良心之自由而背弃教义者，不过是想推翻具有正统信仰的狂热分子，若不是为了奸恶的党争诡图便是为了荒淫堕落的一己私欲。(151、157)

但倘若不赴教堂因"谬误的良心"尚"情有可原"的话，在教堂听布道时酣睡则是民众道德败坏的极致体现了。于《论在教堂里酣睡》（"Upon Sleeping in Church", 1762）一文中，斯威夫特历数了民众对布道的蔑视和怠慢之缘由及表现：除去交头接耳、议论私事、打趣布道内容之外，打盹儿发呆、神游故国的也不在少数。还更有类似《旁观者》（The Spectator）

---

① 实际上，除《格列佛游记》外，于彼时的小说作品中，不论是笛福的以都市社群关系为背景的《摩尔·佛兰德斯》（Moll Flanders, 1722）和《罗克珊娜》（Roxana, 1724）两部小说，抑或是其后理查森、菲尔丁的作品，我们都不难概括出笛福在《婚姻的淫欲》（"Conjugal Lewdness or Matrimonial Whoredom", 1727）一文中指示的"婚姻卖淫"和"肉体作为资本"这组隐题。

② "良心自由"作为背弃教义、颠覆道德秩序的"借口"此一论点在斯威夫特1708年所撰《论在英格兰废除基督教》（"An Argument on Abolishing of Christianity in England"）一篇中亦有论述。详见 Jonathan Swift, *Bickerstaff Papers and Pamphlets on the Church*, Herbert Davis, ed., Oxford: Basil Blackwell, 1966, p. 28。

第 20 期中所描摹的窥视女性者（Starers）[①]："将他们的目力和神思长久地聚焦于某些物件上，以满足那最不可取的欲望。"（212）"但于听布道时所有的轻慢与不敬中，没有一项比在上帝的屋邸内瞌睡更为致命"，因为那些调笑、出神的人还可能被某句警语惊醒，而熟睡者就如聋人一般彻底锁闭了救赎之门。（215）世人种种渎神行为，[②] 实际上使斯威夫特的针对超脱特指，进而引证了教义道德批判传统中的久远隐喻：基督徒对神圣义务和道德律令的放逐，对感官愉悦与尘世权力的迷醉，正将他们的灵魂救赎之旅衍化为罪孽深重的游乐之路，神谕指定的炼狱于其人而言已然成为肉体与欲望喧腾的地狱。

二 "移风易俗"

斯威夫特布道文中隐幽折射的范序丕变，还呈现在宗教秩序对现世欲望采取道德管控时不断显露的虚弱态势中。然而，我们不应高估宗教世俗化思潮及经济个人主义在"欲望最大化"过程中所凸显的历史效力。即便彼时国教和世俗政权的动态关联在具体教条上扞格不入，高低教派和托利—辉格两党的四维错位格局也渐而清晰，但总体而论，"安立甘宗教义仍旧是英格兰社会和政治制度的统治原理"，英格兰仍是在旧制度框架下分化整合的"教会国家"。[③] 宗教改革而来近 300 年深厚的论辩传统（apologetic literature tradition），使国教保守主义者对异端思想及其衍生的道德混乱具有天然的警惕性。"进步主义者"和无神论思想在向社会生活角落延伸触须时，定然会遭到旧有宗教伦理意识及社会道德规则的"规训与惩罚"。于此，无论是彼时甚嚣尘上的各类论战——及其所伴生的充斥坊间、数量巨大的教义辩护

[①] Addison, Steele, and Others, *The Spectator*, Vol. 1, New York: Printed by Samuel Marks, 1826, p. 58.

[②] 斯威夫特在 1716 年 8 月 30 日复信亚历山大·蒲柏时亦曾提及"在教堂中酣睡"与异端秘术通灵以及弥尔顿诗作《失乐园》的关联，可作参考。详见 Jonathan Swift, *The Correspondence of Jonathan Swift*, Vol. 1, Harold Williams, ed., Oxford: Clarendon Press, 1963, p. 214。

[③] J. C. D. Clark, *English Society 1660 – 1832: Religion, Ideology and Politics during the Ancien Regime*, Oxford: Cambridge University Press, 2000, p. 424.

文，还是不厌其烦的议会立法都是佐证。①

实际上，17世纪90年代，伦敦的贵族、法官与士绅及宗教人士便曾设立"移风易俗社团"（societies for the reformation of manners），旨在通过法律、教义控制来遏止不正之风。基于民众腐败源自背离宗教此一认知，以托马斯·布莱（Thomas Bray）为主的一批伦敦教士更创办了影响深远的"基督教教义促进会"（SPCK, Society for the Promoting of Christian Knowledge）和"域外福音传道会"（SPG, Society for the Propagation of the Gospel in Foreign Parts），希图通过"主日学校"及慈善学校的教义传播来促进识字率的提升，从而重塑中下层民众的信仰及道德情操。

值得指出，除了对《通奸法案》（*Adultery Act*, 1651）等律令的重申之外，各类举措中成效最直接、显著的还当属"移风易俗社团"对安息日法规（Blue Laws）的严格执行。② 彼时下层民众在安息日不仅不赴教堂，反而买醉于酒馆、沉溺于赌场、流连于妓院，非法营业、加班工作、赌咒辱骂等行为更是司空见惯。中上层人士除前文所述淫乱成风外，亦以剧院、沙龙、咖啡馆中的消遣为时尚。就此，"移风易俗社团"成立了专门的委员会，声势浩大地在全国大部分地区掀起了一场以地方治安官（Justice of the Peace）和教区牧师为主导的整风运动。此运动大致持续至1738年，且每年都有大量年鉴报告出版。从1709年报告中我们可知，仅就伦敦一地而言，早年的提审成果便有：男女淫乱者1255人，经营妓院者51人，开设赌场者30人，安息日非法营业者1187人，亵渎神灵者626人，醉酒滋事者150人。③

---

① T. R. Preston, "Biblical Criticism, Literature, and the Eighteenth-Century Reader," in Isabel Rivers, ed., *Books and Their Readers in Eighteenth-Century England*, Leicester: Leicester University Press, 1982, pp. 98–99. See also, Pat Rogers, *The Context of English Literature: The Eighteenth Century*, London: Holmes & Meier Publishers, 1978, pp. 51–52.

② Faramerz Dabhoiwala, "Sex and Societies for Moral Reform, 1688–1800," *Journal of British Studies*, Vol. 46, No. 2, 2007, p. 294.

③ *The 14th Account of the Progress Made in Suppressing Profaneness and Debauchery by the Societies for the Reformation of Manners*, London: [s. n.], 1709. Cf. Maurice J. Quinlan, "Swift's Project for the Advancement of Religion and the Reformation of Manners," *PMLA*, Vol. 71, No. 1, 1956, p. 203.

第二章 斯威夫特与宗教秩序

　　须注意，英格兰上层人士发起的这场"移风易俗运动"自生成之初，其锋芒便主要指向中下阶层，即无作法自毙的决心，不免难以服众，甚至国教内部对其亦不乏反对之声。[1] 18世纪初，眼看运动渐而式微，英格兰贵族、士绅阶层又故技重施发起新一轮改良运动。安妮女王更于1708年8月11日昭发公告表示要"移风易俗，奖掖懿德"："兹欲彰明虔敬及懿德于方方面面，以皇家恩宠选举忠烈正直之士。望名誉之人及身居要职者能以身垂范、树立榜样，更能警鉴、挫败奢靡腐败、淫荡不羁之徒。"[2] 民众反应方面，则以笛福的言论最为典型，其一早便对上层人物监守自盗的虚伪嘴脸极为反感，曾在《穷人的呼吁》（"Poor Man's Plea"，1689）一文中，把导致道德混乱状况的矛头直指上层社会："贵族、缙绅、治安官和教士们难道会去净化自身德行（Manners）、克制内在腐败，并在违犯之时能以相同的公义与条律去惩罚自己吗？在他们做到之前，我强烈反对并认为，上等人将贫民对号入座并视为德行败坏之源头，是目下最为不公不义之事……移风易俗社团所拟定的条律不过是'蛛网法则'——网住蚊蝇，'大块头们'却穿梭而过……这项神圣工作的重担，乃是在上等人物的肩头，他们才是我国世风日下的根源。"[3]

　　反观斯威夫特，却在安妮女王"亲国教政策"（Queen Anne's Bounty）[4]的鼓励下借势写就《奖掖宗教和移风易俗的一项建议》（"A Project for the

---

[1] Garnet Portus, *Caritas Anglicana, or, an Historical Inquiry into those Religious and Philanthropical Societies that Flourished in England between the Years 1678 and 1740*, London: A. R. Mowbray & Co. Ltd., 1912, pp. 83-94.

[2] Great Britain, Sovereign (1707—1714: Anne). By the Queen, *A Proclamation for the Encouragement of Piety and Virtue, and for the Preventing and Punishing of Vice, Prophaneness, and Immorality*, Gale ECCO, Source from the National Library of Scotland. 实际上，英格兰史上不乏此类御令及公告，御令发布后每座教堂每年至少须宣读四次，以感化民众。彼时各类报刊亦多有转载，上所引公告由安妮女王签发后即印行在8月23日的《伦敦公报》（*London Gazette*）上。Irvin Ehrenpreis, *Swift: The Man, His Works, and the Age*, Vol. 2, Cambridge, Massachusetts: Harvard University Press, 1967, p. 293 可参。

[3] Daniel Defoe, *The Poor Man's Plea…*, London: [s. n.], 1698, Gale EEBO, Copied from Yale University Library, p. 8 and p. 27.

[4] Geoffrey Best, *Temporal Pillars: Queen Anne's Bounty, the Ecclesiastical Commissioners, and the Church of England*, Cambridge: Cambridge University Press, 1964, p. 28, p. 78.

193

Advancement of Religion and the Reformation of Manners", 1709, 以下简称《一项建议》) 一文。文中开门见山即不无反讽地立论:"据观察,我不无遗憾地指出,在这个建言献策之时代所呈于世人的各类建议中,还未有涉及宗教与道德之改进者,二者改良不仅是推进国家公益和个人现世福祉的天然途径,其所促成的虔敬更对来世多有影响。"[①] 而其大力推陈的独异计策竟是让虔敬、守德与个体的现世利益,特别是职权利益捆绑一起,[②] 更要对由此可能产生的"虚伪"拷问有所准备:"我坦陈将信仰作为私利与恩惠(favour)的垫脚石,可能会使虚伪之风盛行。但如果二十人之中有一人因此一或类似建议而变得虔诚,哪怕其余十九人仍流于虚伪,这项事业仍旧大为可观。毕竟,虚伪总比公然的渎神与腐败要适宜得多。"[③] (157)

粗一读来,不禁令人侧目。尘俗之士勠力抨击"虚伪"之时,教职中人竟公然标榜"虚伪"及"私利"的益处。教俗两端言论参看之下,颇见深意。斯威夫特这篇小文阐发的"虚伪有利论"及其对功利主义信仰观的"推重",在20世纪六七十年代曾引发欧美学界一桩公案,对于《一项建议》一文及其主要观点是否基于反讽,多位学者展开论辩。[④] 当然,斯威夫特对"移风易俗社团"衍生的"道德警察"、监控-疏离型社群关系及道德物化等恶果自然多有忧虑,[⑤] 更警惕运动的深层政治动机:世俗司法对教会

[①] Jonathan Swift, *Bickerstaff Papers and Pamphlets on the Church*, Herbert Davis, ed., Oxford: Basil Blackwell, 1966, p. 44.

[②] Jonathan Swift, *Bickerstaff Papers and Pamphlets on the Church*, Herbert Davis, ed., Oxford: Basil Blackwell, 1966, p. 47, p. 50.

[③] Jonathan Swift, *Bickerstaff Papers and Pamphlets on the Church*, Herbert Davis, ed., Oxford: Basil Blackwell, 1966, pp. 56 – 57.

[④] Maurice J. Quinlan, "Swift's Project for the Advancement of Religion and the Reformation of Manners," *PMLA*, Vol. 71, No. 1, 1956, pp. 201 – 212; Leland Peterson, "Swift's Project: A Religious and Political Satire," *PMLA*, Vol. 82, No. 1, 1967, pp. 54 – 63; Phillip Harth, "Swift's 'Project': Tract or Travesty?" *PMLA*, Vol. 84, No. 2, 1969, pp. 336 – 343; Jan R. Van Meter, "On Peterson on Swift," *PMLA*, Vol. 86, No. 5, 1971, pp. 1017 – 1025; Donald Greene, "Swift's Project Continued," *PMLA*, Vol. 87, No. 3, 1972, p. 520.

[⑤] Faramerz Dabhoiwala, "Sex and Societies for Moral Reform, 1688 – 1800," *Journal of British Studies*, Vol. 46, No. 2, 2007, p. 305.

第二章 斯威夫特与宗教秩序

社群控制权的剥夺——实质就是改写秩序链条。但综合斯威夫特将此文献给伯克利伯爵夫人（Countess of Berkeley）并期望后者呈与安妮女王一事——此举无异于公开作者身份，以及从其对斯蒂尔《闲话报》第 5 期"作者无疑乃恪守虔诚并富于智慧之人"[1] 此一评语的自喜程度来看，[2] 可以认为斯威夫特对移风易俗事业总体上是支持的。毕竟安妮女王在国家决策层面对国教不同于威廉三世的"特殊爱护"[3]——教士阶层自然排在"奖掖虔敬计划"受益人名单的最前列——让斯威夫特看到巩固国教势力，增强其对抗异端、遏止世俗流毒能力的希望。

然而仍须指出，宗教秩序的失控、主导德行的败坏及其调整/重构都是复杂的历史过程。实际上，《一项建议》一文触及了宗教伦理中"自爱/自利"（self-love）此一核心概念在 17~18 世纪的演进，以及由此生成的功利主义道德辩题。[4] 我们知道，圣奥古斯丁以来的理性神学经由文艺复兴理性主义（Renaissance Rationalism）和新柏拉图主义，行经霍布斯、培根处时，已然发酵成信仰主义（fideism）——对知识和宗教信条的隔离及由此衍生的内外两类道德意识及评判标准。此后的"剑桥柏拉图主义者"、"宗教宽容主义者"（Latitudinarians）、"自由思想家"（free-thinker）、"自然神论者"，其人无论于具体教条指向方面如何殊异，无外乎都在寻求理性和宗教的调和可能，并张扬一种挣脱教义牵缠的道德观。这股思潮根基宏大并且深远，清教内部亦不免受其影响，催生出"阿里乌主义"（Arianism）、"索齐尼主义"（Socinianism）及"反圣三一主义"（Anti-Trinitarianism）等非正统思想。此类思想对耶稣的人格化诉求勾连了信仰主义的外部道德观，为现世幸福和道德至臻寻获了新的可能及理论依托。因而，在未领圣职牧师（lay churchman）约翰·迪士尼（John

---

[1] Richard Steele, Joseph Addison, and Others, *Tatler*, Philadelphia: Desilver, Thomas & Co., 1837, p. 19.

[2] Irvin Ehrenpreis, *Swift: The Man, His Works, and the Age*, Vol. 2, Cambridge, Massachusetts: Harvard University Press, 1967, p. 292.

[3] William Hutton, *The English Church: From the Accession of Charles I. to the Death of Anne (1625-1714)*, London: Macmillan and Co., Limited, 1903, p. 255.

[4] Sanford Lehmberg, "Writings of Canterbury Cathedral Clergy, 1700-1800," *Anglican and Episcopal History*, Vol. 73, No. 1, 2004, p. 57.

Disney）的册论中，"宗教'虚伪'强于公然渎神"[1] 此一论调便不足为奇了。

三 "秩序之争"

实则，宗教虚伪于彼时并非新事。百年来，战乱之余英格兰还面临着动荡的宗教环境。天主教与极端清教思想在两头撕扯，使居中的国教不由地"高低"分裂，宗教迫害和宗教立法层出不穷。纵观整个都铎王朝，亨利八世定立后，安立甘宗先是经历了玛丽女王对天主教的"血腥回归"，其后便遭遇伊丽莎白一世到詹姆斯二世的立场摇摆，及至极端清教势力蔓延的1640年革命时期和其后的"大空位时期"（Interregnum，1649—1660），安立甘宗的国教地位几遭废除。作为宗教教义精髓的"虔敬"与"笃信"两组概念在世俗宗教政策的反复腾挪之间不断消弭，阳奉阴违的宗教面孔悄然兴盛。不从国教者因政治经济利益而开展的"间或遵从国教行为"（Occasional Conformity）也成为公开的秘密，在其政治代表的努力下渐而获取了制度保障。[2]

当然，就斯威夫特而言，旧秩序瓦解的病症，其根源自然指向极端辉格党人、教派狂热分子建构新秩序的"非法"诉求；予之批判可谓其宗教及政治书写须臾不离的主题。然而，于彼时消费与商业风潮暗涌之间，思想敏锐的斯威夫特还捕捉到一种新型商业道德的呼求[3]——时间作为经济要素从宗教道德约束中的脱落是其首要特征[4]——正极大地挑战着宗教道德的价值根基。在斯威夫特看来，理性神学思潮乃至国教内部非正统论中隐匿着的经济

---

[1] John Disney, *A Second Essay upon the Execution of the Laws Against Immorality and Prophaneness...*, London, 1710, Gale ECCO, Source from the British Library, p. 48.
[2] 彼时英国国教的法律保障主要体现在《宣誓法案》上，斯威夫特与《宣誓法案》废除运动之间的关系可参本书第172页注释①。
[3] 琳达·科利：《英国人：国家的形成，1707—1837年》，周玉鹏等译，北京：商务印书馆，2017，第69页，第103页；伯恩斯主编《剑桥中世纪政治思想史》（下），程志敏等译，北京：生活·读书·新知三联书店，2009，第813~822页。
[4] E. P. Thompson, *Customs in Common: Studies in Traditional Popular Culture*, London: The Merlin Press, 1991, p. 270.

第二章　斯威夫特与宗教秩序

扩张主义，因其对新型商业—资本道德（Merchandise Moral）[①] 的"理论建设"效用，使之成为"秩序之争"的关节，因之必须特别防范。这种溢出纸面的焦虑在其布道文中也得到了充分的表现。

作为"秩序之争"的关键一环，绵延甚久的"德行之辩"无疑是主战场。因而，在《论手足之情》（"On Brotherly Love", 1717）此篇布道文中，"经济人"（Trading People）作为理性经济个人主义的典型，在与世俗政治纠合成利益共同体后，即成为秩序失范、王纲解纽的肇因，更是"对所有信仰不屑一顾"的"主力军"。（173~175）而且，不论是喧嚣党争对社稷的冲击，或是宗教狂热分子、自然神论者对民众的荼毒，在斯威夫特看来，其最终根源——如《论圣三一》（*On the Trinity*, 1744）所示——皆源自对以基督教教义为根基的神圣道德的背离，及对"新型"德行的恶意阐发。这种阐发集中体现在对"三位一体"教义的误读上：狂热分子对邪灵的盲目崇拜，自然神论者对"外部道德"的张扬，恰好体现了人类理性的两个极端；前者完全抛却理性，后者完全滥用理性。尤其后者，迷醉于"想象的快感"，以为理智足以解释上帝神秘的创作，殊不知某些以启示形式展现的"经文"是"超乎人类理智范围的"。（164、167）

此一论断与洛克在《人类理解论》中对人类理智范围的规约互通款曲，矛头指向的正是约翰·托兰德的《基督教并不神秘》与沙夫茨伯里的《人、风俗、意见与时代之特征》两文。后者领衔的"伦理学中的情感主义学派"（Sentimentalist），[②] 作为"新德行"的奠基人，认为德行基于人类的自然情感与自我情感，存在于社会公益与个人利益的恰当比例之中。情感判断是美德的首要尺度，理性则是确保该情感得以正当抒发，各类行为动机、原则处于正确关系中的必要手段："一个人或善或恶，适当地说，只能源自其自然的性情。"[③] 在斯威夫特看来，这种"大逆不道"的思想不过

[①] Bonamy Dobrée, *English Literature in the Early Eighteenth Century 1700–1740*, Oxford: Clarendon Press, 1964, p.2.
[②] 斯图亚特·布朗主编《英国哲学和启蒙时代》，高新民、曾晓平等译，北京：中国人民大学出版社，2009，第244页。
[③] 沙夫茨伯里：《人、风俗、意见与时代之特征》，李斯译，武汉：武汉大学出版社，2010，第152页。

是"主张非宗教道德的计谋",同《论基督教的卓绝》("Upon the Excellence of Christianity",1765)中无限推崇古代异教贤者(Gentile Philosophers)"非凡德行"的论调一样,是对"人类理性"和"良心自由"的滥用。(246)持此论者,一来没有明辨"神圣理性"和"个人意见"之不同,二来不知分辨"尘世易变的德行"与"神圣恒久的律令"之差异。(247、250)而"强制阐释与窥探"超乎人类感官能力及理性限度的基督神秘性,只会将"神圣宗教卖与不信教者和渎神者"并引发神圣秩序在人间的崩塌。(157、166、250)

不可否认,布道文中遍布的格言警句和雄辩反诘在修辞技巧方面彰显着斯威夫特的才思。然而,其布道文在控诉彼时英格兰社会风俗画卷中人性扭曲、正义缺失等晦暗色块时,并没有太多的修辞创举,(112)他的辩驳仍旧立于悠远的教俗、教权斗争的论辩传统之中。[①] 但须特别指出,斯威夫特的布道文在表现新型经济关系的道德诉求及旧秩序的反制等方面仍具有价值特性。它们一方面展现了在秩序与德行缺失的动荡时代(trouble times),人人自危及彼此监视如何沦为常态,(172~176、181~183)而作为第一天性的"自我保存"/"自爱"则成为"生活境遇中手段与目的的道德冲突的牺牲品"。[②] 另一方面,它们还体现了于"疏离型"社群关系中,世人为扶植"温柔的商业"(le doux commerce),培养新型道德根基而不得不对神圣道德采取"智性—非智性"双向阐释此一困局。[③]

然而,正是在斯威夫特对基督教教义援护之时,我们得以看到游离政

[①] 伯恩斯主编《剑桥中世纪政治思想史》(上),程志敏等译,北京:生活·读书·新知三联书店,2009,第230页。

[②] 伊恩·瓦特:《小说的兴起》,高原、董红钧译,北京:生活·读书·新知三联书店,1992,第102页。

[③] J. G. A. Pocock, *Virtue, Commerce, and History: Essays on Politic Thought and History, Chiefly in the Eighteenth Century*, Cambridge: Cambridge University Press, 1985, pp. 115 – 117;埃里克·沃格林:《记忆:历史与政治理论》,朱成明译,上海:华东师范大学出版社,2017,第450页。关于"温柔的商业"或有的伦理建设作用及其是否可行的讨论可参阿尔伯特·赫希曼《欲望与利益》,冯克利译,杭州:浙江大学出版社,2015,第67~70页;刘小枫:《以美为鉴》,北京:华夏出版社,2017,第117~119页。

治、文学书写特征的"矛盾的斯威夫特"。① 他曾在"古今之争"及《书战》中——虽有保留——勉力推崇异教先哲的古典德行,却在《论基督教的卓绝》一文里,对古希腊贤者"所谓的智慧和德行"展开逐条批驳。(243~245)于《论在教堂里酣睡》文中,他责斥用"讽刺之机巧"去调侃宗教的恶行,(212~213)却又在《木桶的故事》1710年第5版,特地添补《辩白》并言之凿凿:"讽刺是治愈宗教疾病的良方。"② 在《良心的凭据》一文中,他否认"自爱""虚伪""良心自由"为德行基础的效力,但在《一项建议》及《同胞之爱》两文中又对其似有认同。他反对"温柔的商业"之德行诉求,却又青睐其"雅趣"(bon goût)及"学绅"(honnêt homme)品味;既认可人类的自然理性(natural reason),又对其与教义的抵牾深感不安……

四 小结

或许正是出于对自身"政治-宗教人格"分裂隐约的认知,斯威夫特不愿出版布道文,并束之高阁。而透过被布道文形制"装饰"过后的诸多论点,我们探察到斯威夫特布道文中可能隐含着的反智主义(anti-intellectualism)和愚民思想。但更值得注意的是,在社群秩序跌宕、宗教道德隳落的转型背景下,各类世俗化运动与保守思潮论战大旗漫天招摇之际,他对"移风易俗运动"多面效果的忧虑,对唯理主义、异端分子乃至国教内部不同倾向的复杂态度,个人政治、宗教环境的衍化加诸特定事件的裹挟,使其对古典德行、宗教德行和商业德行何者为秩序根基的判断并不总是截然而明晰的。且必须指出,斯威夫特并不单纯地反对智性本身,其宗教气质对理性神学时有贴近,③ 在制裁不从国教者和天主教徒时,并不同意极端高教

---

① 一旦涉及教义问题,斯威夫特所秉持的科学观亦多呈现矛盾情态,可参 Colin Kiernan, "Swift and Science," *The Historical Journal*, Vol. 14, No. 4, 1971, pp. 717-722。
② Jonathan Swift, *A Tale of a Tub and Other Works*, Marcus Walsh, ed., Cambridge: Cambridge University Press, 2010, p. 5.
③ 斯威夫特屡屡被指认为自然神论者匿名作品的作者。1708年沙夫茨伯里匿名发表《论狂热的一封信》,坊间盛传作者即为斯威夫特。后者于当年9月14日、11月12日及次年1月12日三度致信友人澄清,如此频繁的自证清白多少令人怀疑其动机。详见 Jonathan Swift, *The Correspondence of Jonathan Swift*, Vol. 1, Harold Williams, ed., Oxford: Clarendon Press, 1963, p. 100, p. 110 and p. 122。

派"赶尽杀绝"的原则。① 这呈现了一个与其政治、文学书写所塑就的"极端的教会斗士"形象稍有偏差、略显中庸的形象，但温和的宗教保守主义和看似矛盾的辉格党高教派立场，很可能是教士斯威夫特的本真姿态。

---

① 在《同胞之爱》此篇中，斯威夫特指出："一个真正'稳健持中'（Moderate）的人应当恪守国教信条，但又会对那些因良心故而不愿遵从之人报以恰当的基督仁爱。他亦会认同，只要不假以权势并滥用，良心之自由是值得应许的。"（178）在《圣君查理一世殉道》一文中其亦有如下论断："如果某人的信仰与国教不同，且政府愿意包容……他应感到知足，但不可像不从国教牧师那般以言行冒犯国教。然而他若有异端思想，私自怀揣并保持沉默便是他的职责，断不能以劝说他人改宗之狂热去侵扰邻人。"（227）此番对待异端的态度自然与国教极端高教派大异其趣，实际上其离默许"间或遵从国教行为"是不远的。斯威夫特的狂怒大抵是在异端思想家及辉格党人碰触国教利益底线之际被激发的，而彼时教俗关系的遽然紧张，便易于制造"极端的教会斗士"这个假象。

第三章
斯威夫特与政治秩序

　　斯威夫特的政治思想是复杂的,特别是其党派立场的"摆荡"所造成的学理困扰,在学界制造了一个"斯威夫特政治身份难题"。既往学界依据斯威夫特政治身份"辉格"与"托利"两党标签,形成了较为对立的两派。[1] 统而观之,斯威夫特作为威廉·坦普尔的门生(protege),在政治理念的塑型上受坦普尔交游圈之影响可谓是不言自明的。[2] 斯威夫特对自身政治立场亦有着清晰的认知,在其近半个世纪的通信交游史中,党派问题一直是他的主导话题。来往信函之间,"辉格党""温和派辉格""托利党""高教派"及"雅各宾派"(Jacobite)[3] 等字眼俯拾皆是。[4] 在给友人的一封信中,他有较为明确的政治立场表态:

　　　　直到那时我才开始思索辉格托利两党政治原则的分歧……我对希

---

[1] 学界对此一问题的具体区分详见本书"绪论"部分"第三节"第三点"思想史语境中斯威夫特研究的展开机制"相关论述。
[2] Irvin Ehrenpreis, *Swift: The Man, His Works, and the Age*, Vol.1, Cambridge, Massachusetts: Harvard University Press, 1962, pp.91-108. 值得注意的是,近年西方学界开始反思坦普尔对斯威夫特意识形态影响的实质及其他可能。
[3] 本书中使用的"雅各宾派"(Jacobite)乃是"王位觊觎者"(the Pretender)詹姆斯父子支持者的拉丁转写,与法国大革命期间的"雅各宾派"判然有别,但鉴于学界通译仍旧沿用"雅各宾派",为免概念混淆,特此说明。
[4] F. Elrington Ball, ed., *The Correspondence of Jonathan Swift, D. D.*, in 6Vols, Vol.1, London: G. Bell and Sons Ltd., 1912, p.57, p.119.

腊、罗马作者多有研习，① 因而亦热爱自由，我觉得自己在政治上倾向于辉格党立场；此外，我不觉得还有其他原则可以保卫或荣耀"光荣革命"的成果。但在宗教上，我承认我是一位高教派教士（High-Churchman），并且我无法设想以教职为其天命者还能持有何种相反态度……②

此类立场或隐或显地贯穿在斯威夫特书信之中。③ 按理，较为明晰且一贯的立场似不应引发学界纷争，可见问题更为复杂。因而，我们或许还应当

---

① 1701 年斯威夫特发表了一个亲辉格党倾向的政论文册子《论雅典和罗马贵族与平民的辩论与纷争》（*A Discourse of the Contests and Dissensions between the Nobles and the Commons in Athens and Rome*），自此开始了漫长的政论文生涯。从册子的选题上便不难看出霍布斯《利维坦》及哈林顿《大洋国》相关论题对其的影响。详见 Jonathan Swift, *A Discourse of the Contests and Dissensions between the Nobles and the Commons in Athens and Rome*, London: Printed for John Nutt, 1701。中译本详见斯威夫特《图书馆里的古今之争》，李春长译，北京：华夏出版社，2015，第 240~273 页。

② Jonathan Swift, *Prose Works*, H. Davis and Others, ed., in 14Vols, Vol. 8, Oxford: Blackwell, 1951, p. 120.

③ 1709 年 1 月 12 日，斯威夫特致罗伯特·亨特（Robert Hunter）的信中，指出"辉格党人似胜券在握，他们是否乘胜追击，我等'不够格辉格'（Underrate Whigs）者自当无法预言"。（See F. Elrington Ball, ed., *The Correspondence of Jonathan Swift, D. D.*, in 6Vols, Vol. 1, p. 134）1713 年 3 月 27 在给理查德·斯蒂尔的信中又称"我曾公开表白自己的政治立场——我属于我们曾经称之为辉格党的一派"。(See F. Elrington Ball, ed., *The Correspondence of Jonathan Swift, D. D.*, in 6Vols, Vol. 2, p. 39) 值得注意的是，恩伦普瑞斯教授着重指出"曾经"（formerly）一词在信中的含义，似欲表达一种斯威夫特政治主张挪移的情态。论者认为恩伦普瑞斯教授的论断还应结合参看斯威夫特 1711 年 5 月 4 日给彼得布洛伯爵（Lord Peterborough）那封信中"如阁下所知，如今辉格党与托利党已不再如从前所意味的那样了"一语，故而恩伦普瑞斯教指出的 1713 年信中"曾经"一词涵括的或许仅是辉格党党派内部原则变动的语意，并未有跨党派挪移的语境。另外，1716 年 12 月 22 日，斯威夫特在给都柏林大主教金（Archbishop King）的信中再度指明："当在下与前朝（指哈利领衔的托利党政府）交好时节，为辉格党人利益奔走可谓人尽皆知，如此以致，某朝中贵人曾指责我总是混迹于辉格党群之中……"（See F. Elrington Ball, ed., *The Correspondence of Jonathan Swift, D. D.*, in 6Vols, Vol. 2, p. 353.）1733 年 1 月 8 日，在写给伊丽莎白·杰嫚（Elizabeth Germain）的信中斯威夫特更略带戏谑地指出："我知道你一直是个狂热的辉格党人，我如今也是啦！但天性并未赋予你多少张狂党性。至于我呢，我总是抱持老辉格原则，一点儿新派辉格的党性和做派都没有。"（I Know you have been always a zealous Whig, and so I am to this day, but nature has not given you leave to be virulent. As to myself, I am of the old Whig principles, without the modern articles and refinements.）

第三章 斯威夫特与政治秩序

潜入"王道盛世五十年"政治论辩的具体语境中,进而将"超党派性"思维涵纳进"斯威夫特政治身份难题"此一命题中予以重新考虑。

也只有在此种新的进路中,哈贝马斯的公共空间结构转型理论、中产阶层政治批评冲动、斯威夫特政治书写与新哈林顿主义谱系的微妙关联、斯威夫特的爱尔兰视角等一系列与其政治身份塑型相关的阐释场域才得以打开。尤其斯威夫特的爱尔兰视角,更为我们理解斯威夫特复杂的政治身份及立场的嬗变提供了多维的参考。

第一节 咖啡馆里的喧嚣:中产阶层与公共舆论空间

1711~1712年,出于健康考虑,安妮女王将摄政宫从威斯敏斯特迁至温莎城堡。其时已身为哈利政府喉舌的斯威夫特,自然跟随摄政大臣前往温莎。由于身份颇为显要,一时之间斯威夫特身边求访者云集。约两年半后,斯威夫特的一位政敌这样形容当年他在温莎某咖啡馆中的情形:

> 斯威夫特博士步入咖啡馆,除了我之外所有人都向他鞠躬致意。直到我去前厅(antechamber)祈祷之前,斯威夫特博士可谓整个咖啡馆中的事务及谈话主导对象,好似扮演了宴饮集会中的东道主一角。他向艾伦伯爵(Earl of Arran)请求,要求后者务必在其兄长奥蒙德公爵面前替一位哈尔营队的军中牧师菲德斯先生美言几句,以便菲德斯先生能获得教职⋯⋯他又向西奥罗德先生许诺,他必将确保并背书他递交给财政大臣以谋求国教在鹿特丹一个200镑年俸教职的申请。他还叫住了正准备觐见女王的弗兰西斯绅士,大声地告诉后者,财政大臣有话要转达;他更对正准备出国的达文南特博士公子面授机宜,并不时掏出笔记本撰写备忘供后者参考。继而,他转向壁炉,掏出他的金怀表,告诉后者时间,并抱怨天色已晚;此时一位绅士插言说道:"您的表太快啦。""我又能怎么办呢?"博士回答道,"如果大臣送给我一块不准时的金表"。接着,他又教导那位年轻的贵族,今世最好的诗人当属亚历山大·蒲柏(一位教皇派),蒲柏已经开始《伊利亚特》

的翻译工作，而他则要让在座诸君人手订购一本，"因为，如果没有帮蒲柏订足1000畿尼，他大概就不会出版啦"。不久，财政大臣在谒见女王之后，来到咖啡馆，示意斯威夫特博士跟他走，两人遂离去，而这时候祈祷正准备开始。[1]

在这段看似平常无奇却绵里藏针的描述之间，实际上隐含着"政治事务""庇护制度""文学作品出版传播""党派分歧"等一系列典型地构成哈贝马斯指出的中产阶层公共领域建构的各类因素，这些因素都在"政治动乱的温床"[2]——咖啡馆此一特殊空间中聚合了。咖啡于英伦三岛本是外来之物，但到18世纪20年代，17世纪中期人们口中那种"既不合营养，又无助放纵之兴"[3]的异域风物已逐渐风靡，已全然被吸收进入英国社会结构之中。[4]彼时伦敦已有3000多家咖啡馆，且几乎每个咖啡馆都形成了特定的社交圈。[5]而"围绕着文学和艺术作品所展开的批评很快就扩大为关于经济和政治的争论"。[6]作为一份将咖啡馆读者视为目标读者群的刊物，《闲话报》文章正是以"那些更多地生活在咖啡馆，而非他们的店铺里的富裕市民"为讲述对象。[7]《旁观者》中的咖啡馆话题更俯仰皆是，无怪乎创刊者分外明确地表示："我们的野心在于将哲学引出私室、书房、学校和大学，将之请进俱乐部和议事厅、茶桌旁及咖啡馆中。"[8]可见，彼时英格兰从咖啡馆中勃兴的政治批评冲动，作为中产阶层公共领域建构的关键一环，已然开启了从

---

[1] Irvin Ehrenpreis, *Swift*: *The Man*, *His Works*, *and the Age*, Vol. 2, Cambridge and Massachusetts: Harvard University Press, 1967, p.608.
[2] 哈贝马斯：《公共领域的结构转型》，曹卫东等译，上海：学林出版社，1999，第69页。
[3] 戴维·罗伯兹：《英国史：1688年至今》，鲁光桓译，广州：中山大学出版社，1990，第23页。
[4] Brian Cowan, *The Social Life of Coffee*: *The Emergence of British Coffeehouse*, New Haven and London: Yale University Press, 2005, p.4.
[5] L. Stephen, *English Literature and Society in the 18ᵗʰ Century*, London: Methuen & Co. Ltd., 1947, p.37.
[6] 哈贝马斯：《公共领域的结构转型》，曹卫东等译，上海：学林出版社，1999，第38页。
[7] 哈贝马斯：《公共领域的结构转型》，曹卫东等译，上海：学林出版社，1999，第65页。
[8] Addison, Steele, and Others, *The Spectator*, Vol. 1, New York: Printed by Sammel Marks, 1826, p.48. 中文译文参考王佐良《英国散文的流变》，北京：商务印书馆，1994，第55页。

第三章　斯威夫特与政治秩序

"阶层的兴起"到"新闻业革命",从"公民教育"到"公众接受"的启蒙之旅。

因而,"1781年,当约翰逊谈到一个'读者的国度'时,他的脑子里已经有了对在很大程度上于1750年后便已出现的一种形势估计"。[①] 其实,在彼时公共阅读兴趣和政治热情异样爆发并呈几何倍数增长的文化景观之下,已然孕育着绵厚的政治、经济、哲学、宗教……几乎涵括了所有社会学科门类的变革因素。在这个深不可测的"文化土壤"表层,我们看见:近代教育勃兴,识字率提高,流通图书馆涌现,读者群体成熟,小说的兴起,近代期刊、书报的出现,印刷发行制度建立,咖啡馆文化的勃兴,格拉布街(St. Grub)[②] 文化景观的出现,政治批评家(political essayist)、小册子作家(pamphleteer)及政论者(polemic tracts writer)蜂拥而出,职业书报人逐步成形等一系列哈贝马斯称为"公共舆论的政治功能"[③] 的因素和条件正以一种类似宇宙射线抛散的炫目方式,互相碰撞并聚合裂变,进而引起了可被称为文化地形学意义上的精神地震现象。在这个花繁果硕的文化之树上,我们又较为明显地可以考察到"中产阶层"和"舆论空间"两个关键词是其间最大的两个分枝。这两个特征,同时作为艾布拉姆斯"世界—作家—读者"

[①] 伊恩·瓦特:《小说的兴起》,高原、董红钧译,北京:生活·读书·新知三联书店,1992,第35页。

[②] 亦意译为"寒士街";格拉布街位于特拉法加广场以东。因彼时穷苦寒士、三流文人(scribbler)、打油诗人(doggerel)等卖文求生者多流寓此地遂逐渐引来各类报馆书局麇集,外加江湖郎中(mountebank)、讼棍与刀笔吏、妓女、鸡鸣狗盗之徒(charlatan)流窜聚集,故于彼时上层人士眼中,格拉布街逐渐成为蹩脚文人及道德败坏之人的指代,亦算一种颇为新奇的文化景观。以斯威夫特、蒲柏、盖伊、阿巴思诺特为首的"涂鸦社"文人俱乐部对格拉布街"街景"多写过讽刺文章,可以参看。格拉布街与新闻出版关联研究可参Bob Clarke,*From Grub Street to Fleet Street: An Illustrated History of English Newspaper*, Oxford: Oxford University Press, 2004; Pat Rogers, *Grub Street: Studies in a Subculture*, London and New York: Routledge, 2014。中文文献可参考吴伟《格拉布街:英国新闻业往事》,北京:北京大学出版社,2010;彼得·伯克:《知识社会史(上卷):从古登堡到狄德罗》,陈志宏等译,杭州:浙江大学出版社,2016,第32页。

[③] 哈贝马斯:《公共领域的结构转型》,曹卫东等译,上海:学林出版社,1999,第68~77页。

互嵌关系中的生产-消费对象,[①] 可谓是理解斯威夫特政论文写作及中产阶层阅读兴起之背景的关节。由此,弄清了这一时期英国中产阶层的发展状况及其与政治舆论空间塑型之间的复杂关联,便捏住了解读斯威夫特政论文文本迷宫的阿里阿德涅的线团。[②]

一 咖啡馆·阶层景观·政治冲动

我们知道,社会阶级或阶层的学理划分历来是社会学的一个难题。关于阶层或阶级这组概念,[③] 究竟是客观的社会现象,还是一种主观性的意识区隔,至今在各社会学派论辩场中仍未有一定之规。但无论种种,一旦我们排除静态定义,转用描述性定义法,社会结构内部还是能够呈现出各异的价值观、思维方式与经济动机,以及这类动机观念所引发的不同生活方式和行为倾向(自发规则)。如此一来,不同行为倾向所凸显的阶层文化秩序标志也便明晰化。[④] 英国社会史学者 E. P. 汤普森就曾这样定义阶层/阶级:"我强调阶级是一个历史现象,而不把它看成一种'结构',更不是一个'范畴',我把它看成是人与人的相互关系中确实发生(而且可以证明已经发生)的某种东西……当一批人从共同的经历中得出结论,感到并明确说出他们之间有共同的利益,他们的利益与其他人不同(而且常常对立)时,阶级就产生了。"[⑤] 在相同的意义上讲,"英国中产阶层"这一提法作为一个动态范畴,

---

[①] 艾布拉姆斯:《镜与灯:浪漫主义文论及批评传统》,郦稚牛等译,北京:北京大学出版社,1989,第 5~7 页。

[②] 当然,本文并无意夸大彼时英国民众教育与"阅读革命"的历史效益。诚如伯克教授指出的,彼时英国的"严肃阅读"读者人数有 80000 人左右,离约翰逊的"阅读国度"仍旧有很大差距。相关论辩可参彼得·盖伊《启蒙时代》(下),王皖强译,上海:上海人民出版社,2016,第 55~56 页。

[③] 这两个概念本身便具有较大的学理区别,详见舒小昀《分化与整合:1688—1783 年英国社会结构分析》,南京:南京大学出版社,2003,第 20~33 页;Peter Burke, *History and Social Theory*, Ithaca and New York: Cornell University Press, pp. 58 - 67。

[④] Friedrich Hayek, *The Constitution of Liberty*, London and Chicago: The University of Chicago Press, 1960, p.59; Friedrich Hayek, *Law, Legislation and Liberty: Rules and Order*, Vol. 1, London and Chicago: The University of Chicago Press, 1973, p. 43. 经济因素与自由主义关联以及个人主义与阶层意识及自发规律的研究可参邓正来《哈耶克方法论个人主义的研究》,《浙江学刊》2002 年第 4 期,第 54 页,尤其脚注③。

[⑤] E. P. 汤普森:《英国工人阶级的形成》,钱乘旦等译,南京:译林出版社,2001,第 2 页。

第三章 斯威夫特与政治秩序

从历史发展的角度看,便是可以成立的。

然而,十七八世纪英国中产阶层作为现代社会学视域中的历史现象,我们在探究其形成和扩大时,还需把眼光放远到被克里斯托弗·戴尔(Christopher Dyer)教授称为"转型的时代"的中世纪晚期(1300—1500)。作为传统史观中常被冠以"黑暗"开头的中世纪后半段,该时段被戴尔教授以"从下往上看"的"长时段路径"重构为涌动着活跃因子的积淀时期。农业技术革命和生产实践的及时结合,早期圈地运动的平缓推行,使得在"12世纪,主要的农业景观类型已成形"。[①] 农业在弱资本主义经济环境下的有序竞争,使得约曼作为极富资本主义精神的自由农,从雇佣队伍中分离出来,成为庄园经济结构中独特的一个(伪)阶层。而早期工商业和城市化水平的稳步发展与提高,尤其1348年"黑死病"之后英国农村纺织业的"应激性"增长,又使得"社会底层阶级尤其是工资劳动者富裕起来"。[②] 因为,"乡村工业化与农业革命是相辅相成的。乡村工业的发展几乎让每个农民家庭都与工商业发生了关系,同时使得大批农民以工资劳动的形式向非农业生产部门转移"。[③] 与农业的商业化过程相应的是新兴的工业城镇及技术革命对农业的渗透,[④] 这使得城镇手工业不断细化并迅速发展,工业行会制度(guild system)随之产生。如戴尔指出的,"在15世纪晚期16世纪早期,英国已可以被描绘成一个商业化的社会。在那里,人们常常通过信贷进行复杂的交易,农场主大规模地进行耕种,城市已形成统一的国内市场网络并与国际贸易体系相连"。[⑤]

另外,彼时英国的城市化程度则在城镇人口数量激增上可见一斑。"截

[①] 克里斯托弗·戴尔:《转型的时代》,莫玉梅译,北京:社会科学文献出版社,2010,第17页。
[②] 克里斯托弗·戴尔:《转型的时代》,莫玉梅译,北京:社会科学文献出版社,2010,第31页。
[③] 杨杰:《从下往上看——英国农业革命》,北京:中国社会科学出版社,2009,第112页。
[④] 张卫良:《英国社会的商业化历史进程(1500—1750)》,北京:人民出版社,2004,第103~118页。
[⑤] 克里斯托弗·戴尔:《转型的时代》,莫玉梅译,北京:社会科学文献出版社,2010,第5页。

至 1300 年，居民超过 1 万人的英国城镇为数很少，很多城镇人口不到 5000 人";[1] 而在 16 世纪早期，英格兰超过 5000 人的城市便有 14 个。像纽卡斯尔、诺里奇、约克这些大型市镇的人口甚至超过 20000 人，而 1631 年伦敦 130 个教区的人口甚至已经达到 76000 人，房屋近 14400 间。[2] 及至斯威夫特活跃的 18 世纪初，伦敦的人口已然迅猛增长至 500000 人，[3] 俨然已是欧洲的第四大城市。

农业经济发展的后果之一便是，从农业阶层内部分离出来的约曼农首先具备了中产阶层的阶级属性与文化秩序观念。相应地，手工业和商业的跨区域发展，使通过技术竞争而致富的熟练工匠和商人在城镇生活中构成了中间阶层的主体部分。此外，原先主要依靠货币地租与实物地租等庄园经济体制为生的贵族阶层内部也悄然分化：大贵族通过 16～18 世纪的圈地运动和蓬勃发展的工矿业、国内商贸及海外殖民投资，逐渐资本家化；但总体而言仍旧保持在社群秩序结构的最顶层，拥有为数不多的爵位及头衔称号。[4] 同时，大贵族的次子（second sons）和大多数中小贵族则有向中产阶层下行迁徙的趋势，他们作为"正在成长的专业人士阶级"（professional class），[5] 主要从事神职、医生、律师、法官、低阶军官及公证人等工作，这部分专业人士的

---

[1] 谷延方：《英国农村劳动力转移与城市化》，北京：中央编译出版社，2011，第 130 页。

[2] Roger Finley, *Population and Metropolis*: *The Demography of London 1580 - 1650*, Cambridge: Cambridge University Press, 2009, p. 173.

[3] 由于文献匮乏，彼时伦敦人口数据于历史学界至今未有定数。而且不少文献涉及人口数据时差距较大，于此仅举三例：许洁明教授《十七世纪的英国社会》（北京：中国社会科学出版社，2004）一书中第 49 页处指出，17 世纪末伦敦人口才达到 550000 人；而在《十八世纪英格兰的书籍与读者：新论》（Lasabel Rivers, *Books and Their Readers in Eighteenth-Century England*: *New Essays*, London and New York: Continuum, 2003）一书第 3 页处，拉文（James Raven）教授得出的数据是 1700 年伦敦人口已经达到 675000 人；而陈晓兰教授在《城市意象：英国文学中的城市》（桂林：广西师范大学出版社，2006）中第 7 页处援引罗伊·波特教授之数据，则指出"进入 18 世纪时，伦敦人口为 70 万"。笔者此处援引许洁明教授的数据。

[4] 劳伦斯·斯通：《贵族的危机（1558—1641 年）》，于民、王俊芳译，上海：上海人民出版社，2011，第 144～155 页。

[5] 约翰·斯梅尔：《中产阶级文化的起源》，陈勇译，上海：上海人民出版社，2006，第 4 页。关于"专业人士"（professionals）亦可参 Peter Burke, *Popular Culture in Early Modern Europe*, New York & London: Harper Torchbooks, pp. 92 - 102; Peter Burke, *A Social History of Knowledge*: *From Gutenberg to Diderot*, Cambridge: Polly Press, 2008, pp. 18 - 30，尤其比较"professionals"、"intelligentsia"与"clerisy"之间的内涵差异。

第三章 斯威夫特与政治秩序

阶层文化最终将成为整个中产阶层文化的主导因素，并且"在'公众'范围内占据核心的地位"。[1] 及至 17 世纪末，英国已然"存在着一种人们想像为'社会集团簇群（clusters of social groupings）'的东西，它们预示着一种较 17 世纪初更加简单的社会分层的纵剖面已经在孕育之中"。[2] 确实，18 世纪中期以后显现出来的"上中下三层"截面区隔，在 17 世纪已经具有模糊的边界："17 世纪晚期的英格兰人在日常生活中越来越频繁地使用'上等人'（the better sorts）、'中等人'（the middle sorts）和'下等人'（the lower sorts）这三种术语。"[3]

终于，在经过数个世纪漫长的分化与整合，"1688 年之后，它们终于成形，在英国社会上层和社会下层之间出现了一个成分复杂的中间阶层。乡绅、约曼和富裕的市民集团迅速崛起，组成一个极具实力的社会阶层"。[4] 处于中间集团的人们，由于相似的阶层经验和秩序意识，在同一阶层内部长时段地与世界及其他阶层相互作用之后，必然生成一种以集团认同为基准的阶层文化规则，以作为与其他阶层区分的标志。[5] 这种阶层文化范式的结晶化过程（processes of crystallization）类似"从隐含在社会经济经历中的阶级向公开表达阶级意识的阶级过渡"[6] 过程。同时，正如上文所述，旧的神学道德体系及社群秩序在自然科学、哲学和宗教改革洗练之后，已然面临历史效力的考验。并且，在与"旧制度"相配适的贵族道德体系中，忠君护教、荣

---

[1] 哈贝马斯：《公共领域的结构转型》，曹卫东等译，上海：学林出版社，1999，第 21 页。
[2] 许洁明：《十七世纪的英国社会》，北京：中国社会科学出版社，2004，第 66 页。关于英国现代早期"中产阶层"术语界定的研究可参李新宽《关于近代早期英国"中等阶层"的术语争议及定义标准》，《世界历史》2020 年第 3 期，第 133～143 页。
[3] 许洁明：《十七世纪的英国社会》，北京：中国社会科学出版社，2004，第 63 页。彼时英国社会阶层的精湛研究请参见 W. A. Speck, *Stability and Strife：England, 1714-1760*, Cambridge, Massachusetts: Harvard University Press, 1977, pp. 31-50。
[4] 舒小昀：《分化与整合：1688—1783 年英国社会结构分析》，南京：南京大学出版社，2003，第 116 页。
[5] 哈耶克：《自由秩序原理》（上），邓正来译，北京：生活·读书·新知三联书店，1997，第 28～30 页。
[6] John Smail, *The Origins of Middle-Class Culture：Halifax, Yorkshire, 1600-1780*, Ithaca and New York: Cornell University Press, 1994, pp. 116-117. 社会结构及其分层与定义的研究亦可参 Robert K. Merton, *Social Theory and Social Structure*, New York: The Free Press, 1968, pp. 186-187.

誉、骑士之爱等信条和逐步占据社会主导的中产阶层的经济、政治、文化诉求出现了"全面的历史错位"。因而，在这个意义上讲，以咖啡馆启蒙[①]和报刊阵地为典型的中产阶层政治文化公共领域建构活动——在经济实力与政治地位倒挂现象引致的"政治批评冲动"及"道德义愤"的催化下——既是自觉的又是自发的。

正是在这个意义上看，柯万（Brian Cowan）教授指出了："咖啡馆的流行与'党争'（the rage of party）的盛行密切相关，正是后者塑型了咖啡馆政治的内涵。"[②] 毕竟，作为最新出版物、手抄稿及政治宣传品的"集散地",[③] 违背市政营业条例经常"入夜经营"（late-hour coffeehouses）,[④] 更提供宽敞大厅及私密包间的咖啡馆，确实如哈贝马斯所指出的，为中产阶层为主的"现状"（status quo）反叛者开展政治动员与阶层舆论扩散提供了不可多得的公共领域：

> 人们以为有一种自由，不仅在咖啡馆里，而且在其他地方和聚会上，不论是公共场所还是私人场合，随意评论和诋毁国家事务，大谈他们并不懂得的事情有多少弊害，在英国臣民的头脑中制造和鼓励一种普遍的猜测和不满。[⑤]

同时容纳数十人的咖啡馆自然成为政府眼中"压力集团"的代表，17~18世纪的历届政府也不乏针对咖啡馆政治的舆情煽动能力的法令。譬如，

[①] 吴伟：《格拉布街：英国新闻业往事》，北京：北京大学出版社，2010，第74~87页。
[②] Brian Cowan, *The Social Life of Coffee*: *The Emergence of British Coffeehouse*, New Haven and London: Yale University Press, 2005, p. 193.
[③] Peter Earle, *The Making of the English Middle Class*: *Business, Society and Family Life in London, 1660-1730*, Berkeley and Los Angeles: University of California Press, p. 54.
[④] Brian Cowan, *The Social Life of Coffee*: *The Emergence of British Coffeehouse*, New Haven and London: Yale University Press, 2005, p. 86.
[⑤] Jürgen Habermas, *The Structural Transformation of the Public Sphere*: *An Inquiry into the a Category of Bourgeois Society*, Thomas Burger, trans., Cambridge, Massachusetts: The MIT Press, 1991, p. 59. 中译本见哈贝马斯《公共领域的结构转型》，曹卫东等译，上海：学林出版社，1999，第69~70页。

1702年3月26日，安妮女王便签发了"惩处散布谣言、印制反宗教及煽动性、毁谤性言论的公告"。但不论出版审查如何针对咖啡馆，彼时的咖啡馆政治已然牢固嵌入英国政治景观（political landscape）之中。① 因此，当麦考莱言及此一景观时不禁感叹：咖啡馆已然成为不少伦敦人真正的家，以至"当人们通常想找一位绅士时，不问这位绅士是否住在舰队街或赞善里（Chancery Lane），反倒问他是'希腊人'（Grecian）的熟客还是'彩虹'（Rainbow）的老主顾"。②

二 识字率与教育革命中的宗教因素

当然，咖啡馆作为彼时中产阶层政治意识建构的公共领域，除了必要的闲暇与经济基础外，对参与者自然还提出了识文断字此一最低技术要求。盖伊（Peter Gay）教授曾一针见血地指出阶层意识的启蒙与识字率的关系："启蒙运动与识字的普及息息相关。"③ 对此，亚·沃尔夫教授在论及18世纪欧洲知识传播与启蒙运动关系的一般状况时也作过如下评判：

> 十八世纪里，知识空前广阔地在知识界狭小圈子以外传播。这个时期的特征是拉丁语迅速为国语所取代。整个著作家队伍把普及知识，包括科学知识作为自己的使命，以推进启蒙运动的事业。传播知识的媒介包括百科全书、期刊和普通书籍；及至世纪末，为此目的还建立了专门的机构。跟其他方面一样，这些方面也都在十七世纪就已开始了；但是，只是在十八世纪，这整个运动才获得势头。④

---

① Brian Cowan, *The Social Life of Coffee: The Emergence of British Coffeehouse*, New Haven and London: Yale University Press, 2005, p. 218.
② Cf, Peter Earle, *The Making of the English Middle Class: Business, Society and Family Life in London, 1660–1730*, Berkeley and Los Angeles: University of California Press, p. 54. 中译本可参考托马斯·麦考莱《麦考莱英国史：从历史的黎明到詹姆斯二世权力的顶峰（1685—1702年）》，刘仲敬译，长春：吉林出版集团有限责任公司，2014，第208页。
③ 彼得·盖伊：《启蒙时代》（下），王皖强译，上海：上海人民出版社，2016，第58页。
④ Abraham Wolf, *A History of Science, Technology, and Philosophy in the Eighteenth Century*, London: George Allen & Unwin Ltd., 1952, p. 37. 中译本详见沃尔夫《十八世纪科学、技术和哲学史》，周昌忠译，北京：商务印书馆，2012，第14页。

乔纳森·斯威夫特研究：秩序的流变与悖反

　　我们知道，提高民众读写能力及文化扫盲，既是英国启蒙运动的题中应有之义，又是中产阶层开展商业、生产实践时的必需技能。从文化秩序角度而言，民众读写技能的提升更是其人建构政治公共领域的必要前提。因而，受教育程度在哈贝马斯看来不仅是"公众舆论"空间各类意见形成的先决条件，① 也是私人领域中个体道德自律实践的基本前提之一。② 也正是这个意义上，范迪尔门（Richard van Dülmen）教授指出：17~18世纪的启蒙运动旨在"通过克服迷信和无知、通过发展教育机构和学校，以及通过在家庭和教区的社会伦理来追求人的完美"。③ 而一旦我们综观彼时英国社会风貌，确实能够发现，宗教与教育和中产阶层道德体系建构以及公共领域的兴起之间有着微妙的交互作用：中产阶层政治、宗教体制的改革诉求引发了宗教改革与教育革命，宗教改革及教育发展又对识字率提高多有影响；而识字率的大幅提高又激发了报刊读者群体的勃兴，报刊读者群体的滋生反过来又为中产阶层的政治、宗教体制改革蓄积了阶级力量。据此不难指出，那些在与旧秩序结构对抗过程中夯筑新阶层各类公共领域的"叛逆者们""已经意识到了将大众媒体作为一种社会控制手段所具有的价值"。④ 而通过报刊阵地、小册子、政论文来传播新阶层道德意识及政治诉求进而介入政治论辩场域，无疑是中产阶层对整合中的国家政权和社会秩序施加影响的有效尝试。当然，此类尝试又是通过彼得·伯克（Peter Burke）文化传播理论中的"中介人"（mediator）——作家及其作品实现的。⑤ 而这种互动关系的逻辑前提一如彼得·盖伊教授断言地指向了民众的启蒙和识字率的提高："文人共和国的繁荣昌盛的首要条件就是要有广大的阅读公众；只有拥有广大的读者，作家才能摆脱任性专横的赞助人，自由决定自己的题材，确立自己的独特风格。"⑥

---

① 哈贝马斯：《公共领域的结构转型》，曹卫东等译，上海：学林出版社，1999，第77页。
② 哈贝马斯：《公共领域的结构转型》，曹卫东等译，上海：学林出版社，1999，第51页。
③ 里夏德·范迪尔门：《欧洲近代生活：宗教、巫术、启蒙运动》，王亚平译，北京：东方出版社，2005，第236页。
④ 彼得·伯克：《欧洲近代早期的大众文化》，杨豫等译，上海：上海人民出版社，2005，第87页。
⑤ Peter Burke, *Popular Culture in Early Modern Europe*, New York & London: Harper Torchbooks, pp. 66-77.
⑥ 彼得·盖伊：《启蒙时代》（下），王皖强译，上海：上海人民出版社，2016，第55页。

第三章 斯威夫特与政治秩序

中世纪以来，书写和阅读作为权力秩序和维护该秩序的象征性力量，主要在基督教教会及"修道院—大学"神职人员阶层之内流转。其时，世俗贵族主要把重心放在武功征战之上而无意于文化水平的提高，人君国胄尚尤如此，更遑论一般的平头百姓。在近代早期，"很多贵族和教士并不会读书写字，或者只能吃力地读书写字，就像农民一样。在1565年前后的克拉科夫，80%以上的穷贵族是文盲"。① 直到17世纪末"法国只有29%的成年男子能识字"；及至18世纪上半叶，法国香槟省"当地成年男子的识字率还低于10%"。② 然而，这种极低的识字率并不与上文所提及的17~18世纪英国阅读革命发生冲突。因为，如伯克教授所指出的："欧洲的文化地理必须是历史性的，必须关注长期的变化。它还必须考虑到大量的文化差异或对立，而这些文化差异和对立往往是互相重叠，而不是互相巧合的。"③ 不同经济生产方式、地理环境、宗教形态对识字率的影响是截然不同乃至彼此对立的。一般而论，信仰新教地区的识字率会高于天主教和东正教；④ 高原地区（纺织、工矿业地区）高于平原地区（农业地区），欧洲北部寒带地区（室内文化）高于南部温带地区（户外文化）。并非巧合，英国新兴的工业、商业城镇地区的中产阶层几乎集合了上述所有有利于提高识字率的地形与文化因素。⑤ 17世纪70年代，英格兰威灵哈姆地区成年男子的识字率已经达到了74%，而牛津主教区和格洛斯特主教区，有71%~72%的约曼农和43%~52%的农夫签署了自己的结婚登记表；东安格利亚教会法庭的材料更表明1580~1700年的前半段，该地区的专业人员阶层已经没有文盲了，绅士中也只有

---

① 彼得·伯克：《欧洲近代早期的大众文化》，杨豫等译，上海：上海人民出版社，2005，第34页。
② 彼得·伯克：《欧洲近代早期的大众文化》，杨豫等译，上海：上海人民出版社，2005，第87~88页。
③ Peter Burke, *Popular Culture in Early Modern Europe*, New York & London: Harper Torchbooks, p. 65. 中译本见彼得·伯克《欧洲近代早期的大众文化》，杨豫等译，上海：上海人民出版社，2005，第68页。
④ Peter Burke, *Popular Culture in Early Modern Europe*, New York & London: Harper Torchbooks, pp. 47 – 51.
⑤ 这一点通过克雷西教授对1641~1644年414个教区的识字率的细致普查可见一斑，详见David Gressy, *Literacy and Social Order: Reading and Writing in Tudor and Stuart England*, Cambridge: Cambridge University Press, 2006, pp. 191 – 201。

2%的人不能识文断字。① 加之书写比阅读更难,因此可以说,及至17世纪末,严格意义上的英国中产阶层已然摆脱了阅读障碍,而且他们中的大部分已经能进行较为流利的书写。② 因而,这种中产阶层两代人之间快速完成的脱盲,被劳伦斯·斯通(Lawrence Stone)称为"17世纪英国的教育革命"。③ 而且,我们一旦深入探究斯通所谓的教育革命,又不免发现宗教改革运动与教育改革之间的悖论性关联。盖伊在描绘这种悖论性关联时曾生动地指出:"启蒙哲人最恼火的是,从深奥的神学著作、优美的布道词,到拙劣的《教理问答》或是配有鲜艳插图的圣徒传记,各个层次的宗教著述一直大行其道,广为流传。"④

实际上,意大利文艺理论家葛兰西也描述过宗教活动促进中产阶层文化进步的历史悖论:"教士阶层……垄断了许多重要的公共事业:宗教意识形态,即当时的哲学与科学,以及学校教育、道德司法、慈善事业、社会救济等等。教士阶层可以看做是属于与有土地的贵族有机结合在一起的知识分子范畴。"⑤ 然而须指出的是,经历过清教革命洗礼之后的英国教士阶层,已不能视同为中世纪天主教中的教士阶层。首先在经济层面上,从安妮女王颁布的一条法令中我们可以窥知,其时英国教士阶层中普通教职人员经济窘迫的普遍状况:"由于对教区牧师助理没有给予充分的给养与奖励,所以有些地方,这些教区牧师助理的给养很不充分。兹特授权各地主教,以签字盖章,发放足够维持生活的俸金或津贴,每年不得超过五十镑,

---

① 许洁明:《十七世纪的英国社会》,北京:中国社会科学出版社,2004,第175~178页。
② 值得指出的是彼时书写技能的进展仍旧难以避免地带有性别差异特质,其中女性的书写技能较之男性稍弱,这一点从斯威夫特交游中同女性来往书信中其人的书写程度可见一斑。此处可结合参看斯威夫特在《游记》"小人国游记"部分对英国女性书写的潦草及不合文法的嘲讽以及斯威夫特在《关于矫正、改进并厘定英语的建议》("A Proposal for Correcting, Improving and Ascertaining the English Tongue", 1712)一文中的相关建议。可参 Peter Burke, *Popular Culture in Early Modern Europe*, New York & London: Harper Torchbooks, pp. 49 – 50。
③ 许洁明:《十七世纪的英国社会》,北京:中国社会科学出版社,2004,第166页。
④ 彼得·盖伊:《启蒙时代》(下),王皖强译,上海:上海人民出版社,2016,第58页。教会机构与世俗教育之间的悖论性关联亦可参看 Peter Burke, *Popular Culture in Early Modern Europe*, New York & London: Harper Torchbooks, pp. 23 – 25。
⑤ 葛兰西:《狱中札记》,葆煦译,北京:新华出版社,1983,第3页。

第三章　斯威夫特与政治秩序

也不得少于二十镑。"① 据波森统计，18世纪初英国10000个教区中5000多个教区的教士年薪在80镑以下，3000个多教区在40镑以下，而当时伦敦一个制鞋帮工的年薪都能达到40镑。由此，17～18世纪，特别是清教革命之后的英国各教派的普通教士不妨涵括在中产阶层范畴之中。② 最关键的是，由于教士职业特殊的文化优越性——入职教士都接受过系统的大学教育——即便初衷不同，从历史结果上看，教士阶层对社会启蒙和扫盲、道德归化，乃至兴办教育以加速中产阶层文化建设有着独异价值。

里夏德·范迪尔门教授在考察前述宗教与教育之间的隐秘关联时就曾敏锐地发现："虔信派并不只是新教路德宗教会的内部事务，而是扩展到了正在上升的市民阶层教育的历史中。……只要虔信派是因为反对路德宗的正统观念而宣传虔诚实践和现代教育纲领，那么它就是启蒙运动早期最生气勃勃的力量。"③ 确实如此，新教脱离教区结构而进行的野外布道和聚会布道，加诸其对《圣经》亲身阅读与掌握的强调，使其在提高群众识字率和普及宗教道德层面功不可没。诚如伯克教授所言，"新教文化是一种布道文化"，④ 布道的职业需求，使得新教教士经常性地吸收、融合民间口头文化，并在布道过程中大量使用双关语、押韵、身体语言等，因而对彼时民众具有较强的吸引力，从而间接起到一种变相的普及教育功用。所以，在17世纪著名牧师的布道常常吸引成千上万的信众也就不足为奇："奥利维尔·马雅德曾经到

---

① 转引自舒小昀《分化与整合：1688—1783年英国社会结构分析》，南京：南京大学出版社，2003，第147～148页。
② 各教派教职阶层差异较大，且不同地区不同教派、教阶的教职人员收入差异也很大，仅以英国国教为例，教区普通牧师或助教的收入约为年薪40镑，而教区教长一职则约为100镑（Irvin Ehrenpreis, *Swift：The Man, His Works, and the Age*, Vol. 1, Cambridge and Massachusetts：Harvard University Press, 1962, p. 155可参），普通教区主教一职能有600镑，某些大的教区主教年薪有1500镑，斯威夫特1695年任基尔路特（Kilroot）牧师一职时，年俸不足100镑（Irvin Ehrenpreis, *Swift：The Man, His Works, and the Age*, Vol. 1, Cambridge and Massachusetts：Harvard University Press, 1962, p. 159）；当然，此处涉及普通教职阶层当然是指占教职人员多数的低阶牧师。
③ 里夏德·范迪尔门：《欧洲近代生活：宗教、巫术、启蒙运动》，王亚平译，北京：东方出版社，2005，第143页。
④ 彼得·伯克：《欧洲近代早期的大众文化》，杨豫等译，上海：上海人民出版社，2005，第274页。

奥尔良去进行过一次访问布道。自他走后,这个城市仅修缮屋顶就用了64天的时间。"① 可见,新教改革不能仅视为宗教内部的思想运动,也应视之为一场有益于民众启蒙的教育运动。

不言而喻,古腾堡1434年改进的铅体活字印刷术②又是文化史上一个重要的转折。③ 相较传统手抄本,活字印刷使得书籍印刷达到一天300页,④ 各类非宗教类书籍由此得以大量印行,诚如爱森斯坦(Elizabeth Eisenstein)教授指出的:"从手抄到印刷是西方文明的一次根本性变革。"⑤ 这种变革还更为直接地体现在印刷工厂数目的激增上:"欧洲到1500年,在250多个城市中心建立了印刷厂,印刷的书籍达4万版次,一次印刷就达两千万册,而此时欧洲人口仅略多于八千万人。"⑥ 新型的印刷术于15世纪下半叶业已传入英格兰,但其继发社会化学反应要在17~18世纪识字率普遍提升之后才真正地显现出来。即便印制数量急遽攀升,此时的印刷品仍主要集中于宗教读物,如《圣经》、赞美诗、教义问答书、教义小册子、布道书及宗教手册等,由于"修道院运动"(monastic movement)需要大量书籍及僧侣作为书籍最主要的供给来源与消费主导的中世纪晚期形态在彼时仍未出现本质改变。⑦ 这样,宗教教义及其衍生的思想文化作为书籍、知识市场的主导"产品",

---

① 彼得·伯克:《欧洲近代早期的大众文化》,杨豫等译,上海:上海人民出版社,2005,第84页。
② 古腾堡印刷术之影响及苏格兰启蒙运动"常识派"同《格列佛游记》卷三"勒皮他、巴尔尼巴比、拉格奈格、格勒大锥、日本游记"第五章"拉格多科学院"科学家发明的"书籍制造机"及科学家们的"语言计划"遭"妇女和俗人、文盲联合反对"此二场景可作一个有趣的互文批评。详见斯威夫特《格列佛游记》,张健译,北京:人民文学出版社,1979,第168~171页。
③ Jonathan Dewald, ed., *Europe 1450 – 1789*: *Encyclopedia of the Early Modern World*, Vol. 5, New York: Charles Scribner's Sons, 2004, p. 66.
④ 欧洲中世纪手抄本书籍产量详见扬·范赞登《通往工业革命的漫长道路:全球视野下的欧洲经济,1000—1800年》,隋福民译,杭州:浙江大学出版社,2016,第88~97页。
⑤ Elizabeth Eisenstein, "The Advent of Printing and the Problem of the Renaissance," *Past and Present*, No. 45, 1969, p. 19.
⑥ 彼得·伯克:《欧洲近代早期的大众文化》,杨豫等译,上海:上海人民出版社,2005,第303页。亦可参彼得·盖伊《启蒙时代》(下),王皖强译,上海:上海人民出版社,2016,第58页。
⑦ 扬·范赞登:《通往工业革命的漫长道路:全球视野下的欧洲经济,1000—1800年》,隋福民译,杭州:浙江大学出版社,2016,第99页。

第三章　斯威夫特与政治秩序

自然又成为"常识"启蒙乃至民众自我教育的重要环节。①

另外，新教运动在英国的一个显著动作，或换言之，英国圣公会建立过程中对路德宗和加尔文宗的一次重要发扬便是其对新版《圣经》的引进、翻译和批判工作②："新教改革派认为最紧迫的问题是向普通民众提供《圣经》，而且是用他们能懂的语言写的《圣经》。"③而被赫胥黎称为"三百年来，英国历史里最好的、最高贵的一切"的詹姆斯一世"钦定本"《圣经》(King James Version of the Bible, KJV)，正是写给普通英国人看的《圣经》，如编写者威廉·廷代尔（William Tindal，约1490—1536）所说："要让扶犁的童子懂得的经文比神学家还要多。"④《圣经》对西方人之影响毋庸赘言，具体至17~18世纪，它仍旧是大多数英国人的启蒙读物和日常阅读之书，对大多数无法消费其他书籍的民众——即所谓的"只读一本书的人"（man of one book）——而言，他们的自我教育、所识得的字、所归化的德行，甚至行为准则和社群秩序观念都是从《圣经》而来的。同时，《圣经》亦是其时无论天主教或是新教开办的慈善学校（charity school）及主日学校（Sunday school）的主要教材。⑤但当时并不是每个英国人都能买得起《圣经》。18世纪初，一本十二开普通装订的《圣经》，售价在3~5先令，相当于当时伦敦普通工人两周的工薪。⑥因此，除去《圣经》，当时更为流行还有印张更小且页数更少，因而售价低廉（一般在1先令以内）的布道文、赞美诗、祈祷

---

① 关于欧洲近代早期的印刷术革命、宗教学理论争出版物数量激增与民众启蒙之间的关联研究可参爱森斯坦教授《作为变革动因的印刷机》一书，尤其第4章部分有极为出色的论断，详见 Elizabeth Eisenstein, *The Printing Press as an Agent of Change*, Cambridge: Cambridge University Press, 2005, pp. 320 - 367。中译本参见伊丽莎白·爱森斯坦《作为变革动因的印刷机》，何道宽译，北京：北京大学出版社，2010，第187~262页。

② Isabel River, *Books and Their Readers in Eighteenth - Century England: New Essays*, New York: Continuum, 2003, pp. 34 - 44.

③ 彼得·伯克：《欧洲近代早期的大众文化》，杨豫等译，上海：上海人民出版社，2005，第223页。关于欧洲近代早期宗教书籍出版及社会影响的一般状况论述可参 Luciano Febvre and Henri - Jean Martin, *The Coming of the Book*, London: Verso, 1976, pp. 249 - 252.

④ 转引自杨周翰《十七世纪英国文学》，北京：北京大学出版社，1985，第16页。

⑤ Isabel River, *Books and Their Readers in Eighteenth - Century England: New Essays*, New York: Continuum, 2003, p. 46.

⑥ Isabel River, *Books and Their Readers in Eighteenth - Century England: New Essays*, New York: Continuum, 2003, p. 50.

手册，以及被称为"平民百姓的《圣经》，整个《圣经》的简要概括"① 的教义问答（catechism）。有些书籍由于对当时民众影响极大，至今留下了踪迹，如阿瑟·登特的《普通人通往天国的坦途》40 年中再版了 25 次，约翰·班扬的《天路历程》在当时则是地位仅次于《圣经》的宗教读物，20 年间再版了 22 次，《神灵的战斗》则于 1609 ~ 1786 年再版了 23 次，《效仿基督》也多次再版。②

构成彼时英国宗教与教育革命关系表现另一端的则是前述慈善学校、主日学校和宗教机构创办对民众教育所带来的促进效用。斯威夫特在《爱尔兰凄惨景况之根源》（"Cause of the Wretched Condition of Ireland"）一文中便曾描述慈善学校与儿童读写能力提升的关联。③ 这一时期新教教派，尤其威尔士清教徒，根据"传播福音法案"在许多商业城镇建立了大量的慈善学校，加之非国教派别建立了"巡回学校"，这些学校对农村地区识字率的提高大有帮助。④ 值得指出的是，这些新教学校注重提倡自然科学教育，强调对学生商业技能的培养和宗教道德的灌输，启发了后世的公立学校和实用中学，实质上塑型了"与早期启蒙运动的教育纲领相同的事物"，笛福与塞缪尔·理查逊（Samuel Richardson）即是在这些清教学校中接受了基本教育。⑤ 另外，18 世纪早期以

---

① 彼得·伯克：《欧洲近代早期的大众文化》，杨豫等译，上海：上海人民出版社，2005，第 273 页。
② 彼得·伯克：《欧洲近代早期的大众文化》，杨豫等译，上海：上海人民出版社，2005，第 274、284 页。其余畅销的宗教作品如夏洛克（John Sherlock）主教的《地震之际伦敦大主教致伦敦教士及信众的信》出售、分发了不下 10 万册［详见彼得·盖伊《启蒙时代》（下），王皖强译，上海：上海人民出版社，2016，第 58 页］；萨舍维尔博士（Dr. Sacheverell）1709 年著名的布道文《论教会与国家中假弟兄的凶险》（"The Perils of False Brethren, both in Church, and State"）可谓一石激起千层浪，不仅出售 10 万册之多，更被移译为多种语言，掀起莫大论辩并间接引发 1710 年英伦政坛地震。可参 J. A. Downie, *Robert Harley and the Press Propaganda and Public Opinion in the Age of Swift and Defoe*, New York and Cambridge: Cambridge University Press, 1979, p. 116。
③ Jonathan Swift, *Irish Tracts: 1720 – 1723 and Sermons*, Herbert Davis, ed., Oxford: Basil Blackwell, 1963, p. 202.
④ 彼得·伯克：《欧洲近代早期的大众文化》，杨豫等译，上海：上海人民出版社，2005，第 306 页。
⑤ 里夏德·范迪尔门：《欧洲近代生活：宗教、巫术、启蒙运动》，王亚平译，北京：东方出版社，2005，第 148 页。

第三章 斯威夫特与政治秩序

来一些自发的宗教机构，如"基督教知识促进会"（the Society for Promoting Christian Knowledge）和其后的"不列颠及域外《圣经》社团"（the British and Foreign Bible Society）时常免费发放或低价发售《圣经》，此举自然对促进《圣经》教义知识的传播、普及民众基础教育起了难以估量的作用。[①]

实际上，上述可作为宗教人文主义运动成果表现一端的新教学校和传教机构，其历史意义更在于，它们提供一种与中世纪至18世纪仍"阴魂不散"的经院哲学判然有别的思想体制和教育精神，一种处处闪耀着理性光辉的心灵模式。这种新的思维秩序使"学校成为一个很重要的社会化机构，把一个几乎还都不识字的、只有少量知识分子精英的社会转变为一个有文字文化的社会"。[②] 此外，与各类公设学校建立并行不悖，彼时慈善家资助创立的一些注重基础知识和实用技能学科的基础学校（elementary school）和私立学校也逐步发展起来，[③] "在17世纪的英国，在各集市城镇和教区中心私人资助的文法学校成倍增加。……在诺福克郡，北沃尔夏姆的威廉·帕斯顿爵士[④]一人就出资捐助了一所学校。"[⑤] 即便如里夏德·范迪尔门指出的，我们不应该对这一时期乡村教育机构的实际效用抱有过于乐观的态度；但不容置喙的是，彼时一个由世俗政权主导的，以宗教机构、商人和贵族资助为辅的全新教育体制俨然在英格兰范围内初具规模地建立起来了。启蒙思想亦在这种民众教育普及过程中得到了最为直接的体现和尝试。上述教育普及实践的结果便是识字率在一个世纪内的大幅提升。"英格兰的男子识字率1642年为30%，18世纪后半期提高到了60%"；[⑥] 及至1850年，英格兰成年男子识字

---

① Isabel River, *Books and Their Readers in Eighteenth – Century England：New Essays*, New York：Continuum, 2003, pp. 47 – 50.
② 里夏德·范迪尔门：《欧洲近代生活：宗教、巫术、启蒙运动》，王亚平译，北京：东方出版社，2005，第187页。
③ 斯威夫特密友托马斯·谢立丹（Thomas Shridan）即为私立学校创办人。另外，欧洲现代早期的印刷书市场中"新科学"与技术类书籍亦已有一定销售量，详见 Luciano Febvre and Henri – Jean Martin, *The Coming of the Book*, London：Verso, 1976, pp. 258 – 260。
④ 即"红白玫瑰战争"中声名显赫的并留有《帕斯顿信札》于世的帕斯顿家族后人。
⑤ 许洁明：《十七世纪的英国社会》，北京：中国社会科学出版社，2004，第168~169页。
⑥ 彼得·伯克：《欧洲近代早期的大众文化》，杨豫等译，上海：上海人民出版社，2005，第305页。

率已经达到了 70%，苏格兰更高达 80%。识字率的大幅提高，还能从 18 世纪前十年风靡一时的杂志《旁观者》的发行量上做一孔之窥，该刊编者曾在第 10 期中自得地说："保守估计，读者业已六万。"①

三　出版印刷业的爆炸奇观

在前述背景下再看 17～18 世纪英国印刷业的蓬勃发展，各类印刷品异彩纷呈的爆炸现象便不显得特别突兀。一套完备的创作—印刷—销售网络已经创立起来，印刷业和书籍销售业作为新兴的营利行业，引得入者如过江之鲫。1691 年约翰·谭盾等人组建了"雅典人社团"，发行报刊《雅典信使》，采取问答模式回答各类读者的各类问题，在当时的都柏林颇有影响力。② 同年 3 月，约翰·谭盾又创办《阿森利亚时报》；1692 年，《绅士杂志》问世；1704 年，政论性周报《评论报》（Review，1704—1712）由丹尼尔·笛福创办；1709 年，理查德·斯蒂尔创办《闲话报》；1711 年《闲话报》停刊，斯蒂尔携爱迪生续办《旁观者》（The Spectator，1711—1712、1714）；斯威夫特也先于 1710～1711 年接手托利党报《审查者》，又于晚年协同友人谢立丹在都柏林办过一个短寿刊物《信息员》（The Intelligencer，1728）。当时还出现了一些专业的图书市场和二手书市场，如伦敦史密斯哥尔德广场、圣保罗大教堂广场、法国的九桥市场。黄梅教授在《推敲"自我"：小说在 18 世纪的英国》一书中以翔实的数据描绘了这种出版业的爆炸奇观：

世界上第一张报纸《每日新闻》（The Daily Courant）1702 年在伦敦面世，大约二十年后伦敦已经有了三种日报、七种每周出版三次的报

---

① Addison, Steele, and Others, *The Spectator*, Vol. 1, New York: printed by Sammel Marks, 1826, p. 47.
② Joseph M. Levine, *The Battle of the Books: History and Literature in the Augustan Age*, Ithaca and London: Cornell University, 1991, p. 29. 颇有意思的是，斯威夫特第一部公开发表的诗作正是其寄给"雅典人社团"的《"雅典人社团"颂》（*Ode to the "Athenian Society"*, 1692），斯威夫特无论自觉与否都是新兴出版印刷业的受益人。该诗见 Jonathan Swift, *Poetical Works*, Herbert Davis, ed., London: Oxford University Press, 1967, pp. 7–17。

第三章 斯威夫特与政治秩序

章外加六种周刊。1712年艾狄生和斯蒂尔把《旁观者》合订本的一半版权卖了近六百镑,到1792年便已印了九版。爱德华·凯夫(1691—1754)于1731年创办的《绅士杂志》(The Gentleman,又有中译为《君子杂志》、《君子人》),在短短八年就使发行量扩大到上万份。……1724年伦敦有75家印刷出版商,到1785年则有了124家。①

不少作家如斯威夫特、笛福、理查逊更是于此文化产业链中身兼数职,"对生活在印刷术时代充满自觉",他们同时作为创作者、印刷者和销售商,② 游离于印刷技术制造的党派政见和阶层文化秩序趋同性与同样受惠于印刷术的"文化个人主义"之间,更在"价值共识之内"与"集体认同之外"双重维度上辨识启蒙、资本、教养与文化秩序的迷乱纠葛。③ 读者大众作为消费群体逐渐成熟和图书市场的巨大利润空间,使得众多英国文人和书商麇集于伦敦格拉布街,"格拉布文人"大多绞尽脑汁追逐各类时新事件、量产作品以求一夜成名,同时混迹于伦敦各类咖啡馆、贵妇沙龙期待达官贵人的赏识奖掖。如前所述,一时之间格拉布街成为英国18世纪早期一道刺目的文化景观,就连英国文坛巨擘塞缪尔·约翰逊博士早年都曾蜗居格拉布街一隅,还因5英镑的债务差点身陷囹圄,多亏已功成名就的理查逊搭救才免于牢狱之灾。④

充斥彼时文化市场的印刷品,除了上文论及的宗教书籍和宣传品外,发行量同样很大,对市民阶层影响更为深远的当属政治宣传册、报纸、历书(Almanacks)、小开本故事册,以及缩写版的小说。尤其历书,在民间迷信、

---

① 黄梅:《推敲"自我":小说在18世纪的英国》,北京:生活·读书·新知三联书店,2003,第280页。
② 英国早期印刷(printing)和出版(publishing)行业从15世纪末开始,其实并无明显区分,二者的独立、分离须待18世纪乃至19世纪以后;出版编辑者和印刷者、作者的严格分离也须待到18世纪末。详见张乃和《近代早期英国特许权研究》,北京:人民出版社,2014,第144页。
③ 巫怀宇:《语言之轭——笛福与斯威夫特时代的政治、偏见与印刷文化》,《诗书画》2016年第3期,第19页。
④ 黄梅:《推敲"自我":小说在18世纪的英国》,北京:生活·读书·新知三联书店,2003,第281页。

堪舆方术与宗教信仰纠合不清的 17~18 世纪，更因其对政治事件的预测，对婚丧嫁娶出行饮食宜忌的广泛覆盖，拥有极为广大的读者群体。1708 年，由"伦敦书商行业公会"① 出版商约翰·帕特里奇印制的产销年历《自由的默林》就因其占星预测对国教权威的攻击而招致前述斯威夫特"比克斯塔夫系列文章"的无情讽拟。② 另外，由于 17 世纪之前造纸技术仍旧落后，英国印刷品使用的纸张主要仰赖欧陆进口，交通运输费便占了纸张成本大半。因而，17 世纪下半叶苏格兰出现的造纸技术革新，则极大地减轻了英国出版业的用纸压力，同时也大幅降低了印刷成本。③ 据汤姆森·阿里斯泰尔统计，从 1700 年到 1800 年的 100 年间，英国国内造纸年产量从 2000 吨增加到了 15000 吨。而全英范围内，造纸厂、造纸工坊的数量也从 1700 年的 200 余个激增到 1800 年的 417 个。④ 纸张成本的降低和质量的提高、出版特许权垄断的打破与 1695 年书报审查制度的废止，⑤ 为大规模发行印刷品和图书市场的繁荣提供了必要的条件。但装订过的宗教书籍和小说读本在当时售价仍旧不菲，普通印制的小说如笛福的《鲁宾逊漂流记》、理查逊的《帕梅拉》及菲尔丁的《阿米莉亚》通常售价是 2~3 先令，收藏本则会卖到 1 畿尼，而蒲柏翻译的《伊利亚特》高达 6 畿尼⑥的价格则与同时期的普装本《圣经》相

---

① 关于"伦敦书商行业公会"及"近代早期英国印刷出版特许权的兴起"相关问题，可参看张乃和《近代早期英国特许权研究》，北京：人民出版社，2014，第 144~182 页。
② Irvin Ehrenpreis, *Swift: The Man, His Works, and the Age*, Vol. 2, Cambridge and Massachusetts: Harvard University Press, 1967, pp. 198 - 201.
③ Luciano Febvre et Henri - Jean Martin, *L'apparition Du Livre*, Paris: Albin Michel, 1971, pp. 353 - 357; Luciano Febvre and Henri - Jean Martin, *The Coming of the Book*, London: Verso, 1976, pp. 29 - 70; Jan Luiten Van Zanden, *The Long Road to the Industrial Revolution*, Leiden: Brill Academic Publishing, pp. 178 - 179; 中译本可参费夫贺、马尔坦《印刷书的诞生》，李鸿志译，桂林：广西师范大学出版社，2006。
④ Alistair G. Thomson, *The Paper Industry in Scotland, 1590 - 1861*, Edinburgh and London: Scottish Academic Press, 1974, p. 74. 关于造纸技术的改进及纸张价格随之下降的相关论述还可参见 Dard Hunter, *Papermaking: The History and Technique of an Ancient Craft*, New York: Dover Publications, Inc., 1978, pp. 309 - 355, pp. 241 - 242.
⑤ Douglas M. Ford, "The Growth of the Freedom of the Press," *The English Historical Review*, Vol. 4, No. 13, 1889, pp. 1 - 12.
⑥ 畿尼或有译为基尼、吉尼、几尼，为英国旧币币制一种，用几内亚黄金制成，于英国币制改革前可等于二十一先令，即 1.05 镑。

第三章　斯威夫特与政治秩序

差无几，都是伦敦一个熟练工的周薪，故而如查尔斯·吉尔顿所言："没有哪位老妇人能走到价目表前，而且买一本《鲁滨孙漂流记》。"① 所以，当时普通民众所购买的文化消费品同行脚书商漫游偏远地区兜售的印刷品大多是以8页、16页、32页形式组成的小册子故事书，或是缩写本："笛福的《鲁宾逊漂流记》和《摩尔·佛兰德斯》在18世纪都以简写本的形式流行，价格很低。"② 再或者，民众还能通过购买售价低廉的报纸阅读所刊载的分章节读物。

同时，涉及彼时英格兰文化现象，不得不提的乃是报纸、小册子的发行。"如果说有什么东西至少在城镇里把政治变成了18世纪英国普通民众日常生活的一部分的话，那件东西肯定就是报纸。"③ 1695年书报审查制度的废除，"标志着公共领域发展到了一个新的阶段；这使得理性批判精神有可能进入报刊，并使报刊变成一种工具，从而把政治决策提交给新的公众论坛"。④ 公共领域的结构转型，进一步加剧了英国报纸业的发展。1704年英国每周发售报纸43800份，而这个数字在1753年时变成了165600份。当时的时事政治小册子也是非常流行的，如斯威夫特的《盟军的行为》（1711年）销售量就达到了11000册，普赖斯的《公民自由权的性质之我见》（1776年）在几个月内销售量便达到60000册。⑤ 因此，大清早或闲来无事时上附近街道的咖啡馆看报纸，已经成为伦敦绅士阶层象征性地从私人领域过渡到公共领域的标志。

另外，随着识字率的提升和书籍的大量发行，读者群体数量级地迅猛增长，而书刊价格却碍于技术突破需要较长的历史年限，无法快速下调，英国文化市场出现了读者软性需求较大、书刊成本高昂，产量却不能相应提升的怪

---

① 《对鲁滨孙·克鲁梭的研究与评论》，转引自伊恩·瓦特：《小说的兴起》，高原、董红钧译，北京：生活·读书·新知三联书店，1992，第39页。
② 彼得·伯克：《欧洲近代早期的大众文化》，杨豫等译，上海：上海人民出版社，2005，第313页。
③ 彼得·伯克：《欧洲近代早期的大众文化》，杨豫等译，上海：上海人民出版社，2005，第320页。
④ 哈贝马斯：《公共领域的结构转型》，曹卫东等译，上海：学林出版社，1999，第69页。
⑤ 伊恩·瓦特：《小说的兴起》，高原、董红钧译，北京：生活·读书·新知三联书店，1992，第34页。

异矛盾。于是，在盗版书横行的同时，"流通图书馆"（circulating libraries）应运而生。"在18世纪中叶以前，流通图书馆并不多见，但是在1750年以后它们开始越来越多地在整个英国出现，至少在比较重要的地区中心是如此。"[1]约翰·斯梅尔（John Smail）提到的流通图书馆，最早产生于18世纪20年代，[2] 它们由伦敦图书销售商提供的一种"特定图书出借服务"（ad hoc lending services）演变而来。[3] 在40年代，部分书商开办了商业流通图书馆，在特定场馆内为自己印刷的书籍提供出借和销售服务。[4] 流通图书馆随后渐渐开始在大中城市普及起来。这种图书租赁服务的订阅费一般在半年半畿尼到一畿尼之间，"人们在那里通常可以很方便地花一便士借一册书，或者花三便士借一般是三册的小说"。[5] 而一便士，在当时的伦敦，只是一杯淡啤酒的价格。

诚如纪元文教授指出的，"十八世纪的英国文坛已然从宫廷传奇、英雄

---

[1] 约翰·斯梅尔：《中产阶级文化的起源》，陈勇译，上海：上海人民出版社，2006，第167页。值得指出的是，"library"或言"bibliothèque"在词源意义上含有"概念实体"（conceptual entity）的意义，不一定非要有"物质在场"（material presence）。另外，该词亦可指向"类书"（thesaurus）或"书目"（catalogus）、"索引"（index）等资料汇编类工具书籍。关于现代早期"library"词义的衍化可参考 Roger Chartier, *The Order of Books*: *Readers, Authors, and Libraries in Europe between the Fourteenth and Eighteenth Centuries*, Lydia Cochrane, trans., Stanford: Stanford University Press, 1994, pp. 61 – 88。中译本见罗杰·夏蒂埃《书籍的秩序》，吴泓缈等译，北京：商务印书馆，2013，第69~86页。

[2] 关于流通图书馆，《牛津英国文学词典》指出，其由苏格兰人艾伦·拉姆齐在1726年首创于爱丁堡，后风行英伦，繁盛于18世纪40年代，并延续至20世纪70年代，后逐渐被公共图书馆（Public Library）和读书俱乐部（Book Club）取代。详见《牛津英国文学词典》"library" "circulating"词条及"ramsay"词条（德拉布尔：《牛津英国文学词典 第6版》，北京：外语教学与研究出版社，2008，第595、836页）。

[3] 实际上，13世纪初的意大利大学便存在一种被称为"pecia system"的图书租借制度，该制度在13世纪后半叶传入法国。该制度主要把教科书分割成数章，学生可以租借其中某部分用于抄写复制，有助于满足教学需求及学生求学经济压力的缓解。"pecia system"同18世纪流行的"流通图书馆"自然多有关联，具体可参 Richard H. Rouse and Mary A. Rouse, *Manuscripts and Their Makers*: *Commercial Book Producers in Medieval Paris*, London: Harvey Miller Publishers, 2000。

[4] Isabel River, *Books and Their Readers in Eighteenth – Century England*: *New Essays*, New York: Continuum, 2003, p. 12.

[5] 伊恩·瓦特：《小说的兴起》，高原、董红钧译，北京：生活·读书·新知三联书店，1992，第41页。

第三章　斯威夫特与政治秩序

史诗脱胎而出，孕育以散文式的写实手法，摹绘新兴中产阶级的经验，小说成为表征理性主义时代的工具。理性主义波涛汹涌的浪潮，已淹没蒙昧无知的中古世纪神话——教会绝对的权威、君权神授、对尘世的弃绝……"① 而这种脱胎与转折，需要的乃是一个阅读的国度、阅读的阶层的兴起。尽管民众教育于彼时在很大程度上仍滞留在宗教机构主导的层面，出版业也出现了产业初期"高度垄断与高度联营"的不利竞争之模式，书籍报刊印制业同样须遵循资本规则与市场政策，承担极高的破产风险；② 即便如此伦敦的书报产业还是"成为了欧洲启蒙运动中的一项辉煌事业"。③ 因而，劳伦斯·斯通的"开放的精英"在这个意义上，又不妨视为"精英的更迭"，抑或"精英的消失"。书写，曾经作为权力，在启蒙早期已从社会的上层通过教育通道对下层开放，书写及其精英秩序结构也便逐渐不再具备原始的权力特质。当然，这是一个漫长的"发明传统"的过程，布满了"历史的连续与中断"。④ 启蒙运动作为欧洲范围内全方位的思想"改造"运动，就其在教育方面而言，它走过了从教会控制，到教会与世俗政权结合，再到世俗政权逐渐独掌大权的历史过程，这也是历史经验被不断打开、不断普及、不断展开启蒙的折返运动。这个过程在德国近代教育家夸美纽斯那里既可作为一个节点，又能视为新的起点。至此，中产阶层介入并分享了作为话语权力的知识（历史经验），并频繁且愈发熟稔地在公共领域的舆论空间建构过程中利用知识（及其传播）作为意识形态论辩及夺取文化霸权（hegemonic order）的武器。

另外，前述秩序重构过程无疑还呈现出政治文化和商业文化及道德伦理文化杂糅的诡异特征——用麦克卢汉教授的话便是："印刷术的统一性和可

---

① 纪元文：《帝国、殖民与文本：以〈鲁宾逊漂流记〉为例》，李有成主编《帝国主义与文学生产》，台北：中研院欧美研究所，1997，第162页。
② 马歇尔·麦克卢汉：《谷登堡星汉璀璨：印刷文明的诞生》，杨晨光译，北京：北京理工大学出版社，2014，第322页。
③ 张鑫：《英国19世纪出版制度、阅读伦理与浪漫主义诗歌创作关系研究》，上海：复旦大学出版社，2012，第23页。
④ Eric Hobsbawm, *The Invention of Tradition*, Cambridge: Cambridge University Press, 2000, pp. 7–8. 中译本参见埃里克·霍布斯鲍姆《传统的发明》，顾杭等译，南京：译林出版社，2020，第8~10页。

重复性建构了17世纪的政治算术和18世纪的享乐主义的微积分。"[1] 实际上，任何阶层的文化建构无不体现出多方参与、互相渗透的立体弹性。启蒙早期英国中产阶层的文化建构所呈现的各类次级阶层观念的秩序冲突，无疑可以作为哈贝马斯《公共领域的结构转型》1990年再版序言中所修正后的"亚文化公共领域"与主导公共领域之间斗争关系的绝佳例证。[2] 上文提及的教士阶层，作为其时英国中产阶层的特殊成员，因其转型前与旧文化秩序的天然联系，故而在新教改革和英格兰教育大发展的早期，确实担纲了领路人的角色。但在其后短短一代人时间内，随着商业精英和专业人员阶层在政治权力结构中的越发重要，加诸旧结构中居于上层的部分贵族，在资本主义化后与前者的"历史合流"，三者逐步塑型了一个形态趋于集中、边界愈发明晰的中产阶层。他们作为秩序重建的主导阶级力量，开始了"新传统的发明"——引导并调控了公共领域文化建设和文化整合之旅。[3]

巫怀宇在论及前述文化秩序整合复杂的历史过程时曾对"新传统的发明"有以下精要的论断：

> 意识形态话语的不稳定性在安妮时代白热化的党争中造就了小册子宣传家们的黄金时代；印刷文化的飞速发展和乔治时代的政治稳定催生了小说这一新形式。笛福与斯威夫特选择以虚构文学宣扬其意识形态或针对意识形态进行讽刺，将整个识字中产阶级抑或更遥远的人想象为自己的读者。一种新的关于财产与拯救的中产阶级意识形态，与同样新的

---

[1] 马歇尔·麦克卢汉：《谷登堡星汉璀璨：印刷文明的诞生》，杨晨光译，北京：北京理工大学出版社，2014，第323页。

[2] 哈贝马斯：《公共领域的结构转型》，曹卫东等译，上海：学林出版社，1999，序言，第5页。值得指出的是，通过考察"小册子"（pamphlet）的历史流变，亚历山大·哈拉兹（Alexandra Halasz）教授在《印刷品的市场》一书中指出：因在社会各个层面所达成的理性化，18世纪可谓印刷品的社群关系组织结构的分水岭时期。哈拉兹认为，印刷品在18世纪时俨然构筑了哈贝马斯意义上的"经典公共空间"。详见 Alexandra Halasz, *The Marketplace of Print: Pamphlets and Public Sphere in Early Modern England*, Cambridge: Cambridge University Press, 2006, p. 205, pp. 160–163。

[3] 舒小昀：《分化与整合：1688—1783年英国社会结构分析》，南京：南京大学出版社，2003，第379页。

第三章　斯威夫特与政治秩序

针对意识形态心智的讽刺批判，借当时最畅销的两部印刷品，即鲁滨逊与格列佛的航海传奇启航了，劈开了18世纪西欧文化史的两条航线：要求消除偏见，同时铸造中产阶级文化认同；承认人性的可能性是平等的，同时要求财产与教养来实现这种平等；渴慕自然，同时赞美文明；要求审美判断力的非意识形态性，同时将某一阶层的"趣味"视作审美的要旨；追求个人主义，让天才如自然般地行动，同时要求情境各异的人遵循同样的直言律令。在活字铅印的海洋里两者很快就难以分辨，看似化为一体了。①

然而值得提出的是，这种由不断熔炼并汇合的中产阶层所建构的文化舆论空间，作为与政治、商业权力甚至宗教诉求紧密结合的历史实践，同样具有不可忽视的普及民众教育、提高识字率、移风易尚的启蒙"副作用"；当然，这种启蒙效果断不以建构者之主观意志为转移的。② 而这也正是启蒙进程中"政治动物"（zoon politikon）、"基督信徒"（homo Christianus）同"自然人"（homo natura）、"经济人"（homines economici）之间反复移变所导致的秩序冲突，③ 为彼时纷繁冗乱的政治思潮乱流提供了流泻的渠道与抗辩的对象，更不乏讽喻地体现在辉格党政治格言"舆情即神谕"（Vox

---

① 巫怀宇：《语言之轭——笛福与斯威夫特时代的政治、偏见与印刷文化》，《诗书画》2016年第3期，第20页。
② 须指出的是，印刷书对启蒙思想与新秩序观念并不仅是"刺激作用"，早期传统经典的大量印制品实际上也构筑了思维堤坝并成为新思想漫延的障碍。正是这个意义上，费夫贺教授指出（尽管主要针对的是印刷书与宗教改革的关系）："在将印刷书乃至传教士视为改革的重要角色时，我们必须十分谨慎；毕竟将宣传与传播者视为改革的主要动因是有问题的。" 详见 Luciano Febvre and Henri-Jean Martin, *The Coming of the Book*, London: Verso, 1976, p.288。
③ 心灵秩序与人的条件（conditio humana）在秩序历史中的"存有"和移变讨论可参沃格林《希腊化、罗马和早期基督教》，谢华育译，上海：华东师范大学出版社，2007，第56~57页，第163~164页；沃格林：《政治观念史稿（卷2）：中世纪至阿奎那》，叶颖译，上海：华东师范大学出版社，2019，第261~263页；沃格林：《政治观念史稿（卷7）：新秩序与最后的定向》，李晋、马丽译，上海：华东师范大学出版社，2019，第276~301、341~354页。

Populi Vox Dei)一语中。① 最终，上述复杂局面以极为微妙的方式，既体现在斯威夫特的笔下，又体现于斯威夫特介入论辩时略显分裂的政治身份投影之上。

第二节　《审查者》的政治审查：1710~1711年英格兰政治图式

一　时局变幻中的舆情交锋

1708年的英格兰，斯威夫特其时已年过四十。《木桶的故事》（1704）一书所制造的舆论喧嚣似已尘埃落定。且除去1701年《论雅典和罗马贵族与平民的辩论与纷争》（"A Discourse of the Contests and Dissensions between the Nobles and the Commons in Athens and Rome"）一文，直至1709年的《爱尔兰下院议员致英格兰下院议员关于〈忠诚法案〉事宜的一封信》（"A Letter from a Member of the House of Commons in Ireland, to a Member of the House of Commons in England, concerning the *Sacramental Test*"），斯威夫特并未发表涉及当局政治的册论文章。② 其间，斯威夫特忍受了8年之久的沉寂，并放逐式地流连于爱尔兰一个只有15位国教信众的乡村牧区当牧师。③ 这几年间，斯威夫特虽然几度往返英格兰与爱尔兰，并汲汲于谋求职位。虽然通过庇护人坦普尔的旧圈子，斯威夫特与权倾一时的"辉格党小团体"诸位廷臣不乏交游，但他始终被百般玩弄，受尽虚与委蛇之待，仅得口惠而无实利

---

① 海报（placard）、招贴（handbill）印刷与大众政治文化秩序的关联研究可参 Christian Jouhaud, "Readability and Persuasion: Political Handbills," in Roger Chartier, ed., *The Culture of Print: Power and the Uses of Print in Early Modern Europe*, Cambridge: Polity Press, 1989, pp. 235-261。

② Irvin Ehrenpreis, *Swift: The Man, His Works, and the Age*, Vol. 2, Cambridge and Massachusetts: Harvard University Press, 1967, p. 82.

③ Irvin Ehrenpreis, *Swift: The Man, His Works, and the Age*, Vol. 2, Cambridge and Massachusetts: Harvard University Press, 1967, p. 152.

第三章　斯威夫特与政治秩序

之获。尽管于1704年,斯威夫特被爱尔兰教会委派要职以争取"初熟税"①——这使他得以"明目张胆"地求见掌权的辉格诸廷臣,但无奈仍旧四处碰壁,被各方推诿。

从1704年夏斯威夫特从伦敦写给同乡及日后论敌威廉·提斯代尔(William Tisdall)的一封信中不难看出前者对抑郁不得志、蜘蛛悬挂般的朝廷生计的厌烦:"除了一个衰朽政府的几句好言和空泛许诺,(这件事)一无是处。我的心志很可能在他们能为我做些什么或他们达成自身企图之前就消磨殆尽了。因而,我愈发觉得,不如像个不满的大臣一样隐退算了,将诸种愤懑发泄在书房里与沉思中,直到我的情绪或目下态势能有改观之时。"②斯威夫特壮志难酬的抑郁情状一直延续到1708年。1704~1707年他因经济困难困居爱尔兰,待筹措旅英经费之后于1708年再次被委派至英格兰游说"初熟税"。不承想,斯威夫特却再一次遭受挫败。数度萌生退意的斯威夫特于1709年6月意气消沉地回到都柏林。③ 然而,历史转机突然而至,约半年后,斯威夫特终于在1710年初等到了他期盼已久的政局变动,只是这次变动剧烈到多少令他有些措手不及。④

---

① "初熟税"(First Fruit)一般和"二十分税"(Twentieth Parts)一同征收,是基督教会循旧例向信众征收的一类赋税。其源起可见《圣经·出埃及记》23:22"三大节期":"谁也不可空手朝见我,因为你是这月出了埃及。又要守收割节,所收的是你田间所种、劳碌得来初熟之物……地里首先初熟之物要送到耶和华你神的殿。"英国国教沿天主教制,征收此赋税,但亨利八世对教会"敛财行动"后改旧例为教会收集后支付与国王并质押于国库,国王时有返还。1704年2月,安妮女王同意英格兰教会的请求,返还"初熟税"用于改善贫困教区生计,同年爱尔兰教会也提出申请,斯威夫特便担任此差使之代表。
② F. Elrington Ball, ed., *The Correspondence of Jonathan Swift, D. D.*, in 6Vols, Vol. 1, London: G. Bell and Sons Ltd., 1910, p.47.
③ Irvin Ehrenpreis, *Swift: The Man, His Works, and the Age*, Vol. 2, Cambridge and Massachusetts: Harvard University Press, 1967, p.323.
④ 斯威夫特的政论文"空白期"(1701~1709年)英格兰的政治走向大致如下。1701年爆发的"西班牙王位继承战",使坚决反对前朝僭主("The Pretender")复辟的辉格党势力蒸蒸日上。而战争带来的物价上扬及税收倍增则使其主要受害者土地乡绅的代言人托利党苦不堪言。但大战在即,任何反对战事的政治主张都不免沾染"支持僭主"的"雅各宾派"嫌疑,多有叛国倾向。1702年3月8日,威廉国王摔落马下,不久驾崩,安妮女王继位。青睐国教事业的安妮一改威廉的"荷兰辉格主义",重启高教派托利党(High Church Tory)党魁罗切斯特伯爵(Laurence Hyde, Earl of Rochester)于高位,并重用索尔斯伯里主教吉尔伯特·伯内特(Gilbert Burnet, 1643—1715)。但其姻亲辉格党党魁马布罗公爵(转下页注)

乔纳森·斯威夫特研究：秩序的流变与悖反

时局变换，使得爱尔兰教会重新燃起争取"初熟税"的热望。1710年8月31日，斯威夫特带着6位主教署名的委任状，①第3次开始"突然而意外的旅程"，动身前往英格兰。甫至英格兰，斯威夫特旋即加入辉格党的老圈子中，混迹于辉格党人聚首的圣詹姆斯咖啡馆，捕捉时局动向与内政情报。1710年9月9日，在回复他的上级都柏林大主教威廉·金（Archbishop King）的第一封信中，斯威夫特刻意表明自己已处于被两党拉拢的微妙形势之中："方到此地（按：伦敦），我便发现同时受到两党安抚。一方以吾人

（接上页注④）（Duke of Marlborough）——"西班牙王位继承战"的英军统帅——仍旧是英格兰权倾一时的重臣。欧陆战事日臻胶着，英格兰政治图示亦逐渐"辉格化"——战争伴随的殖民贸易、信贷投机要求其牟利者不断扩张政治基础，由此"辉格党小团体"的政策亦愈发明朗：主张重商主义的宗教宽容政策，吸纳各类因《检测法案》及《忠诚法案》而被排除在公职之外的"人力资源"为己所用，以实现荷兰联合省"共和国样板"所昭示的"军事－商业帝国"愿景。上述愿景必然要求废除横亘在不从国教者和公职权力面前的《忠诚法案》。此种极具侵略性的政治及宗教变革诉求，自然对以土地地租及其秩序稳固性为安身立命之本的托利党触动极大。1703年，托利党以罗切斯特－诺丁汉伯爵联盟为主对辉格党马布罗公爵－戈多尔芬联盟把持的军事和政府两类职位发起冲击未果；1705年英格兰议会选举，托利党全面失势，除了代表新兴的偏有托利倾向的"乡村党"（Country Party）代表罗伯特·哈利（Robert Harley）仍留入内阁之外，内阁其余各职位皆由"辉格小团体"把持。为了垄断内政外交大权，以便推行宗教宽容政策以建构"全面自由"的殖民贸易共和国，辉格党面临的最后障碍就是下议院议长（The Speaker）哈利及其首要僚属亨利·圣·约翰（Henry St. John）。1707年，辉格党政府越发一意孤行，强行推举"废除《忠诚法案》法案"，未果。此外，国民对绵长而耗资不菲的战事渐渐厌倦，民怨四起；教士阶层对政府废除《忠诚法案》的举动更是如鲠在喉，心惊胆战；地主乡绅则疲于苛捐杂税，早已腹诽颇深。民心越发集中于哈利代表的乡村－教会－托利党（Country Church Tory）。1708年，哈利私人牧师威廉·格雷格（William Greg）的法国间谍身份暴露，"辉格小团体"刻意组建全员皆为辉格党人的审查委员会，意欲以此案为契机革除最后的心头之患。不想结果证明哈利清白无辜，抑制已久的民愤在报刊舆论推波助澜之下循势爆发，安妮女王亦借机想革除戈多尔芬，留用马布罗；但不料戈多尔芬、马布罗二者皆主动请辞。哈利欲领命组阁，但遭受其余"辉格小团体"成员阻挠，遂组阁失势。1709年，血腥的马尔普拉克（Malplaquet）一役的"虽胜犹败"又一次掀起英国人的反战声势，加诸前述高教派牧师亨利·萨舍维尔（Henry Sacheverell）宣扬忠君爱教的布道横遭辉格党政府指控并收押其人展开审判，引发了民意和舆论的最终爆发。1710年3月，民心所向之下，安妮女王以令人诧异的速度革除了"辉格小团体"一干众人的职位，哈利自此成功组阁上台。相关内容可参考 Irvin Ehrenpreis, *Swift: The Man, His Works, and the Age*, Vol. 2, p. 77, p. 117, p. 370; Caroline Robbins, *The Eighteenth-Century Commonwealthman*, New York: Atheneum, 1968, pp. 78－86。

① F. Elrington Ball, ed., *The Correspondence of Jonathan Swift, D. D.*, in 6 Vols, Vol. 1, London: G. Bell and Sons Ltd., 1910, p. 191.

第三章 斯威夫特与政治秩序

为落水之际的救命稻草；另一方则因我等对前朝不够尽忠且处处遭欺压而颇为不满，因而认为我等似可支持其人目下事业。"① 政局确实如斯威夫特形容的处于"普遍的不确定之中（universal uncertainty），谣诼纷纷，三人成虎，无人可信"。② 在给同僚斯特恩（Dean Sterne）的信中斯威夫特更直言不讳："每天都有廷臣请辞……我所言情况仅限今晨，因为时局消息通常每日一变；小册子更是多如牛毛，从早到晚都层出不穷，出于不可尽读的绝望，我已不再阅读它们。"③ 值得注意的是，在政局骤变之际，虽有托利党人抛伸橄榄枝，但或出于政治惯性，斯威夫特仍旧将"政治任务"首先诉诸落马中的辉格党人。9月，他拜谒下野赋闲的辉格党党魁戈多尔芬（Godolphin），不想却"意料之外地，遭受生平之中从未有过的简短、干瘪、憋屈的冷遇"。斯威夫特一怒之下，作诗《希德·哈梅特与法师魔术棒的美德》（*The Virtues of Sid Hamet the Magician's Rod*, 1710）痛讽戈多尔芬，指其帮派不过是"魔术棒圈划出的丑恶灵邪，一旦魔术棒毁裂，也即如恶臭烟雾一般消散不现"。④ 而倒台的党首戈多尔芬就如顽童弄坏了魔术棒，最终"无法调戏情妇……只剩股间那根'魔术棒'"⑤——斯威夫特简直是在用污言秽语发泄私愤了。几年来的旧愁新恨、公私恩怨纠缠一处，1710年10月4日，斯威夫特转身投向正为其新立政府开展宣传攻势而求贤若渴的罗伯特·哈利。

当然，终于得以组阁的哈利此番招徕斯威夫特等时贤并非心血来潮之举。17世纪90年代，威廉国王一系列欧陆战争，引发了波考克指誉为比"光荣革命"影响力更为深远的"财政革命"。⑥ 以英格兰银行为主脑，辉格政权创立了一套"军事－财政－贸易扩张"政治制度，这种"基于投机而非成本计算的资本主义认知模式"很快"造就了一个由大大小小投资者组成

---

① F. Elrington Ball, ed., *The Correspondence of Jonathan Swift, D. D.*, in 6 Vols, Vol. 1, London: G. Bell and Sons Ltd., 1910, pp. 193－194.
② F. Elrington Ball, ed., *The Correspondence of Jonathan Swift, D. D.*, in 6 Vols, Vol. 1, London: G. Bell and Sons Ltd., 1910, p. 195.
③ F. Elrington Ball, ed., *The Correspondence of Jonathan Swift, D. D.*, in 6 Vols, Vol. 1, London: G. Bell and Sons Ltd., 1910, p. 198.
④ Jonathan Swift, *Poetical Works*, Herbert Davis, ed., London: Oxford University Press, 1967, p. 90.
⑤ Jonathan Swift, *Poetical Works*, Herbert Davis, ed., London: Oxford University Press, 1967, p. 91.
⑥ J. G. A. Pocock, *The Machiavellian Moment*, Princeton: Princeton University Press, 1975, p. 426.

的新阶层……他们把资本借给政府,使其变得大为稳定,规模急遽扩张,其人便继而在对这些可让渡之回报的期待中度日"。① 然而,传统的土地阶层无论意识形态左右两翼的宣传家都从上述"财产性质变革所引发的政治结构、道德风尚甚至心理模式的剧变"② 过程中看到了贸易和制造业市场的革命性扩张,以及议会庇护制度的革命性扩张。其中,托利党人察觉到的是早期资本家渗入政治结构后,通过创办"英格兰银行"操控社会"信用"——虚幻且极不确定的新型欲望——对古典时代附着于土地上稳固的政治德行的腐蚀。前述关于商业、资本信用、古典德行及其相对应新旧辉格党与托利党的意识形态秩序竞争影响之深远,援引波考克教授的话就是"可以毫不夸张地说,18世纪所有的历史哲学都是围绕着这些观点的对抗而展开的"。③ 当然,17世纪60年代以来公权秩序摆荡与重建模式的论辩亦围绕此处展开,因而在普拉姆伯教授称为"寡头制成长"的"第二个危机时期"的1680~1720年,④ 哈贝马斯描绘的公共舆论意识形态控制拉锯战,正从启蒙哲学家的手中"转向文人和半职业报人的手中"。⑤ 由此观之,哈利政府在戈多尔芬下台之前数日创办的《审查者》⑥ 便是新旧政治秩序之争的应然举措——他的对面是以"小猫俱乐部"(Kit-Cat Club)为中心,含有爱迪生、斯蒂尔等杰出刀笔吏,以《闲话报》、《旁观者》和《群英》(*Medley*)为阵地的辉格党

---

① J. G. A. Pocock, *Virtue, Commerce, and History: Essays on Politic Thought and History, Chiefly in the Eighteenth Century*, Cambridge: Cambridge University Press, 1985, pp. 68 – 69. 值得特别指出的是,威廉三世治下由宫廷辉格党人最终创立"激进-扩张型军事财政体系"甚至步入18世纪30~40年代之际,仍旧是"乡绅政治话语"急于批判的目标,这点在博林布鲁克子爵的政论文中不乏体现,详见 Henry St. John Bolingbroke, *Bolingbroke: Political Writings*, David Armitage, ed., Cambridge: Cambridge University Press, 1997, pp. 175 – 177。

② J. G. A. Pocock, *Virtue, Commerce, and History: Essays on Politic Thought and History, Chiefly in the Eighteenth Century*, Cambridge: Cambridge University Press, 1985, p. 67.

③ J. G. A. Pocock, *Virtue, Commerce, and History: Essays on Politic Thought and History, Chiefly in the Eighteenth Century*, Cambridge: Cambridge University Press, 1985, p. 231.

④ J. H. Plumb, *The Growth of Political Stability in England: 1675 – 1725*, London: Palgrave, 1967, pp. iii – vi.

⑤ J. G. A. Pocock, *Virtue, Commerce, and History: Essays on Politic Thought and History, Chiefly in the Eighteenth Century*, Cambridge: Cambridge University Press, 1985, p. 68.

⑥ 目前国内学界对 *Examiner* 并无定译,常见有译为《观察者》《考察家报》《考察者》等,为不与持亲辉格党倾向的 The Observer(《观察家》)混淆,本书将 *Examiner* 译为《审查者》。

第三章 斯威夫特与政治秩序

人时评好手。诚如恩伦普瑞斯教授所指出的,哈利政府"急需一名有能力收集乡村党、教士阶层及托利党员舆情——这些阶层即构成了当局主要的政治利益集团——的宣传员,能将他们麇集于新领导人的麾下"。① 因而,一方面,丹尼尔·笛福及其《评论报》因之被哈利早早暗中收编;且另一方面,新创的《审查者》由于核心供稿成员如圣·约翰及阿特伯里等人因为政见过于混杂且倾向极端托利(High-flying Tory),并不符合罗伯特·哈利的平衡政府主张②——这种主张实际上与斯威夫特"政府超于党派之上"的辉格党温和主张相去不远——因此急需一位居间调和者。这样,郁郁不得志且身负"初熟税"事项须事事求告新任政府的文章好手斯威夫特"突然"与哈利情投意合实在不足为奇。③ 1710年10月7日,斯威夫特携"初熟税"相关文件至哈利官邸密谈一晚,接下来两周哈利四度向女王陈告爱尔兰"初熟税"事宜,并知会斯威夫特:"完全如我备忘录中所请求的那般,('初熟税'事项)已获圣允。"④ 10月21日,斯威夫特致信女友斯特拉:"……从来没有什么事项如此迅捷地被应允,并且如此仰赖我与哈利先生的私交,哈利先生拳拳之心,除了让另一党派(the other party)的蠢材们悔恨他们曾怎样虐待

---

① Irvin Ehrenpreis, *Swift: The Man, His Works, and the Age*, Vol. 2, Cambridge and Massachusetts: Harvard University Press, 1967, p. 390.

② Irvin Ehrenpreis, *Swift: The Man, His Works, and the Age*, Vol. 2, Cambridge and Massachusetts: Harvard University Press, 1967, p. 396.

③ 值得注意的是学界较为忽略的一个情节:罗伯特·哈利与斯威夫特的接触虽看似原本分属不同派系的人物在风潮搅动下的历史性"遇合",且1710年两人的联合似不乏"将遇良才"的宿命色彩;然而,实际上早在1704年斯威夫特发表《木桶的故事》之后不久,"崇古派"阵营"基督教堂学院才子派"中的高教派托利党人亦即身为《审查者》创办人的弗兰西斯·阿特伯里就曾力荐斯威夫特文章与哈利(详见 Joseph M. Levine, *The Battle of the Books: History and Literature in the Augustan Age*, Ithaca and London: Cornell University, 1991, p. 112)。可见哈利对斯威夫特的文学能力与其政治动向早已多有密切关注,加之哈利网罗文人(如笛福)时不乏前期"忠诚考核"等秘密行动,不难想见被喻为"18世纪墨丘利"的罗伯特·哈利对招徕斯威夫特早有周密计划。我们甚至可以大胆推臆,戈多尔芬对斯威夫特令后者莫名其妙的"虐待"便是哈利暗中行使的离间计,以便挑拨斯威夫特归顺也未可知。可参见 J. A. Downie, *Robert Harley and the Press Propaganda and Public Opinion in the Age of Swift and Defoe*, New York and Cambridge: Cambridge University Press, 1979, pp. 110-120。

④ Irvin Ehrenpreis, *Swift: The Man, His Works, and the Age*, Vol. 2, Cambridge and Massachusetts: Harvard University Press, 1967, p. 399.

了一位大有可用之才，我真不知还能如何报效哈利先生。"① 11 月 2 日，已经将辉格党称为"敌党"的斯威夫特所接手的第 1 期（即总第 13 期）《审查者》付印并出版。

二 新朝政府合法性的证词

一般而言，《审查者》作为斯威夫特沉寂许久之后的政治评论作品，碍于政府喉舌定位，本应多出制造、调控舆情所需的"应制文章"。但实际上《审查者》却因斯威夫特接手时提出"保留文章最终决定权"（final say must be his own）② 的诉求并未显露太多的政令掣肘与干预痕迹。因而，斯威夫特在 1711 年 8 月结束《审查者》任务之后发表的《论"致七位贵族的一封信"》（"Some Remarks upon a Letter to the Seven Lords"，1711）中曾以"没有任何人权势大到足以命我为其效劳的地步"③ 一语回驳辉格党论敌对其"御用文人"之攻讦。或可推论，斯威夫特于彼时之所以介入以《审查者》为主的公共舆情论辩事业，不乏个人政见因素。毕竟"辉格党小团体"军事扩张、海外贸易和宗教宽容等党派诉求直接侵害了斯威夫特拥戴的教会政治利益。另外，"哈利也并不愿建立一个全然托利化或全然辉格化的政府……他希求的是一个超越党派的温和政府以便支持女王和国家的事业"。④ 据此不难推断，以"中庸平衡"为政制诉求的斯威夫特在时局动荡中与乡村托利党的耦合，更像是同道中人互相施以援手，而非雇佣文人的为稻粱谋。因而，其主笔之下从第 13 期至第 45 期共 33 篇的《审查者》多有因国恨家仇而起的肺腑之言，可谓言辞犀利、技法圆熟，前接《故事》，后衔《盟军的行为》（"The Conduct of the Allies"，1711），可谓斯威夫特政论文水准之作的

---

① Jonathan Swift, *Journal to Stella*, J. K. M. ed., London: J. M. Dent & Sons Ltd., 1964, p. 35.
② Irvin Ehrenpreis, *Swift: The Man, His Works, and the Age*, Vol. 2, Cambridge and Massachusetts: Harvard University Press, 1967, p. 408.
③ Jonathan Swift, *The Examiner and Other Pieces Written in 1710 – 11*, Herbert Davis, ed., Oxford: Basil Blackwell, 1957, p. 194.
④ G. M. Trevelyan, *England under Queen Anne*, Vol. 2, London, 1932, p. 217. 亦可参看 J. H. Plumb, *The Growth of Political Stability in England: 1675 – 1725*, London: Palgrave, 1967, pp. 142 – 147。

第三章　斯威夫特与政治秩序

代表，因而大为可观。①

如赫伯特·戴维斯教授在《审查者》"编者前言"中所指认的，风云突变中新立的哈利政府，其首要宣传目标及政治诉求无疑是为自身的合法性正名（to justify the changes）。② 安妮女王在外患方殷之际骤然更替政府，必然引得辉格党人哗声四起："欧陆鏖战之际，临危换将无异鲁莽而多欠考虑。"③ 因而，《审查者》第13期，在开篇明志地指出编者绝不似落难党徒般焦躁偏狭并"定将对两党皆铁面无私地予以公正审查"④ 之后，斯威夫特旋踵便指出为何女王此时必须将辉格党政府更换为托利党政府。第一，从威廉国王一系列欧陆战争中衍生的财政税收体制滋生了依仗资本市场进行投机活动的新富阶层。此一阶层如波考克教授所言，已然挑明了"哈林顿和伍林就预见到的不动产和动产之间作为'既定事实'（verità effettuale）的历史冲突"。⑤ 这些在伦敦市镇乘着私人马车的食利新贵：

> 与革命之前已知的任何阶层都迥然有别，他们若不是些将军和校尉

---

① 须指出的是，尽管相关批评文献汗牛充栋，国外学者在涉及斯威夫特18世纪前十年政治身份研究时，给笔者的直觉印象便是其人对《审查者》的纵深开掘还不够，并未在文献细部上开展深度作业，更多将之作为佐证材料综合使用。尤其值得注意的是，1711年5月13日印行的第43期，通篇可谓斯威夫特对辉格—托利两党意识形态流变的细致梳理，作为亲历者"在场性经验材料"，其对参评斯威夫特政治立场而言无疑是至关重要的。然而略有遗憾的是，包括伊安·希金斯（Ian Higgins）1995年的《斯威夫特的政治》（*Swift's Politics: A Study in Disaffection*, 1995）和大卫·奥克里夫（David Oakleaf）2008年的《乔纳森·斯威夫特的政治传记》（*A Political Biography of Jonathan Swift*, 2008）在内的多数政治研究权威在论及《审查者》时均未给予同43期特例地位相匹配的深度细察。反而是恩伦普瑞斯教授对《审查者》系列文章有专文论述，详见 Irvin Ehrenpreis, *Arts of Implication: Suggestion and Covert Meaning in the Works of Dryden, Swift, Pope, and Austen*, Berkeley and London: University of California Press, 1978, pp. 51–83。

② Jonathan Swift, *The Examiner and Other Pieces Written in 1710–11*, Herbert Davis, ed., Oxford: Basil Blackwell, 1957, p. xiii.

③ Jonathan Swift, *The Examiner and Other Pieces Written in 1710–11*, Herbert Davis, ed., Oxford: Basil Blackwell, 1957, p. 4, p. 132.

④ Jonathan Swift, *The Examiner and Other Pieces Written in 1710–11*, Herbert Davis, ed., Oxford: Basil Blackwell, 1957, p. 3.

⑤ J. G. A. Pocock, *Virtue, Commerce, and History: Essays on Politic Thought and History, Chiefly in the Eighteenth Century*, Cambridge: Cambridge University Press, 1985, p. 64.

就是全副家当都寄生于基金、股票的投资人。因而，原先根据古老秩序基于土地的权力，如今已然转移至金钱。乡间绅缙如同被公证人（Scrivener）把持的未成年继承者一般，财产孳息一半被后者侵食，家产更抵押贷款与后者，而公证人则坐享骄奢淫逸。如此，如若战事绵延数年，于军人和公共税收的盘剥之下，土地士绅（Landed Man）怕是都要落魄如佃农了。①

在斯威夫特看来，军阀财团政治的权力笼罩之下，早前作为国家支柱且基于"土地权力"的宗教政治秩序定将危如累卵更或毁于一旦。而前朝辉格党政府为扩充其政治基础大量吸收的新贵阶层，执意牺牲国教利益以通过《宽容法案》，更意图变更财政制度"制造了一群尤善信贷之人"，因为变更财政制度"收取居民本金而仅支付利息，总归易于直接征收赋税……但战争僵持且开销日盛，赋税相应增加，利息亦逐年倍涨，直到如今已至耸人听闻的高度……"② 国家财富不再植根于较稳固的土地及其附加价值，而试图抱持变幻涨落的利率和难以捉摸的信用为根基，进而被股市掮客（Stock-Jobber）玩弄于股掌之间，徒生腐败与党争。如是之故，国家财政早已不堪前朝政客把持，濒于崩溃，改换政府势在必行。③

第二，交战双方数国之中，未有见国情怪异如英格兰者。"既非基于抵御外侮之需，又非必须防强敌于国门，为何长久地于臣民项上逐年盘剥以縻集巨资去应付战事？……法兰西和荷兰，涉事最深的两个参战国不久就能恢复国力，前者国王为其国土王臣的绝对首脑，倏忽之间便能敛财还债（而不需引发反抗）；后者因其行政的审慎、贸易的强盛、出名的节俭和臣民对各项赋税的服膺也能及时应对债务。且最为关键的是，战事乃在其人境内生发，故而当中散耗的钱财也即是变相消费流通。而我军跨越海峡，无论行至

---

① Jonathan Swift, *The Examiner and Other Pieces Written in 1710 – 11*, Herbert Davis, ed., Oxford: Basil Blackwell, 1957, p. 5.
② Jonathan Swift, *The Examiner and Other Pieces Written in 1710 – 11*, Herbert Davis, ed., Oxford: Basil Blackwell, 1957, pp. 6 – 7.
③ 彼时托利党在财政端的反抗策略和立法诉求及其内在复杂动因可参看 J. H. Plumb, *The Growth of Political Stability in England: 1675 – 1725*, London: Palgrave, 1967, pp. 145 – 151.

第三章　斯威夫特与政治秩序

弗兰德斯或是西班牙抑或是葡萄牙,每花费的一文钱都再也无法收回。"[1] 因而,前朝治下不仅"罪恶滋孳,腐败与职权滥用俨然达到了令人发指的地步",[2] 国家财政机体紊乱、臣民不堪苛捐杂税,种种征兆业已预示暴政的来临;女王临危换朝,正是明智之举。[3] 而那些质疑女王决定与当朝合法性的论敌则如斯威夫特在《审查者》第 18 期中指出的一般,无疑是"居心叵测之徒"。[4] 实际上,读者通览各期一望可见,读本之间对女王改朝英明之举的赞颂及对前朝治下社稷崩坏、朝纲紊乱、罪孽丛生、腐败横行、生灵涂炭的修辞化渲染均匀地散布各处。[5] 不难指出,为新政府合法性立言此政治目的正是斯威夫特《审查者》的主诉动机。

同时,在对"为何女王突然更换政府"的质疑之声做出及时回应之后,斯威夫特在接续几期继续深入,以揭批前朝政府高官令人触目惊心的腐败行迹为主题展开论述。文本中,斯威夫特先将盘踞于前政府的"辉格党小团体"定义为结党营私、狂热的宗教分裂分子,仅是乌合之众基于共同利益临时拼凑而成的帮派(Faction),甚至构不成党派。[6] 在选贤用能时,"他们有一种从不引发争论的共识,他们并不顾虑真理,而是考虑候选人是否能够为己所用加入'事业':选拔标准就如同赌棍玩牌,如果候选人的老千不能像他们一样出得厉害自然就丧失资格。……把持着他们手中所有的职位,在君

---

[1] Jonathan Swift, *The Examiner and Other Pieces Written in 1710 – 11*, Herbert Davis, ed., Oxford: Basil Blackwell, 1957, p. 7. 可结合参看《手艺人》1734 年 12 月 28 日,第 443 期。
[2] Jonathan Swift, *The Examiner and Other Pieces Written in 1710 – 11*, Herbert Davis, ed., Oxford: Basil Blackwell, 1957, p. 32.
[3] 但值得指出的是,在《审查者》系列文章中斯威夫特对女王的态度是较为微妙的,结合参看《游记》中"小人国王宫灭火事件",《审查者》对安妮女王的歌功颂德颇为可疑。可参 Irvin Ehrenpreis, *Arts of Implication: Suggestion and Covert Meaning in the Works of Dryden, Swift, Pope, and Austen*, Berkeley and London: University of California Press, 1978, pp. 53 – 54.
[4] Jonathan Swift, *The Examiner and Other Pieces Written in 1710 – 11*, Herbert Davis, ed., Oxford: Basil Blackwell, 1957, p. 31.
[5] 其中直接展开论述的有第 1、13、18、19、21、30、35、37 期。
[6] Jonathan Swift, *The Examiner and Other Pieces Written in 1710 – 11*, Herbert Davis, ed., Oxford: Basil Blackwell, 1957, p. 33, p. 122, p. 129. "少数人"(a set of people, an handful of men)、"秘密集团"(cabal)、"一股势力"(a faction) 等词语同样频繁出现在博林布鲁克的论著中,详见 Henry St. John Bolingbroke, *Bolingbroke: Political Writings*, David Armitage, ed., Cambridge: Cambridge University Press, 1997, p. 7, p. 181 and p. 188。

主与臣民之间散布了一张无形的网,使英俊沉沦下僚而奸佞宵小得蹑高位"。① 斯威夫特笔下的辉格党人,之所以连党派都不算,不外是因为辉格党臭名昭著的"鱼龙混杂"特性:"他们混乱杂质拼凑而成,各部分互相冲突,除了共享蹂躏劫掠国民之利益外并无相同本质。"因而就算辉格党重新得政,在毁灭了教会和国家之后,其内部分歧仍将使其自动灭亡。因为,在商讨宗教形式时,长老会(Presbyterian)不会同罗马天主教徒(Papists)携手,而苏西尼教派则不能同意任何其他教派教义,更不会凝合自然神论者和自由思想者。在政治体制方面,帮派中的一些人倾向于威尼斯城邦式的有限君主制;另一些人则试图践行荷兰联合省的共和国模式;第三批人则青睐贵族寡头制(Aristocracy),其余众人亦各有奇思妙想。② 所以,辉格党高高推举的宗教宽容政策,在斯威夫特看来不过是其人为了扩大"群众基础"而图谋击打国教秩序命门的手段,目的是引入长老会、苏西尼教派甚至罗马天主教,以求纠集自然神论者,并放任无神论者流毒遍野。行文至此,自《故事》以来就不断被斯威夫特抨击的"宗教狂热思想"③便明显不过地体现在不遗余力废除《忠诚法案》(Sacramental Act)——斯威夫特眼中教会与国家对抗异端的最后的堡垒④——并实行"宗教宽容"的辉格党人身上。

值得注意的是,在第 22 期中,斯威夫特调整叙事策略,假托一位对《审查者》进行"审查"的辉格党党徒之反讽口吻"指证":"前朝政府及其煽动者其实是教会'真正的朋友'",因为如圣保罗教导的,"教会中必有异端,真相则要大白于天下",辉格党为了验明真理,便不遗余力地彰显自己

---

① Jonathan Swift, *The Examiner and Other Pieces Written in 1710 – 11*, Herbert Davis, ed., Oxford: Basil Blackwell, 1957, pp. 37 – 39. 值得指出的是,斯威夫特此番对辉格党人"选贤用能"规则的嘲讽,在 10 余年后的《游记》"卷一"小人国国王选贤场景中无疑得到了回应,二者可作互文批评。《游记》相关情节详见斯威夫特《格列佛游记》,张健译,北京:人民文学出版社,1979,第 21 ~ 23 页。

② Jonathan Swift, *The Examiner and Other Pieces Written in 1710 – 11*, Herbert Davis, ed., Oxford: Basil Blackwell, 1957, p. 122.

③ Marcus Walsh, ed., *A Tale of a Tub and Other Works*, Cambridge: Cambridge University Press, 2010, p. xiii. See also, David Oakleaf, *A Political Biography of Jonathan Swift*, London: Pickering & Chatto, 2008, p. xlviii.

④ Irvin Ehrenpreis, *Swift: The Man, His Works, and the Age*, Vol. 2, Cambridge and Massachusetts: Harvard University Press, 1967, pp. 267 – 269.

第三章 斯威夫特与政治秩序

的异端特性。并且，既然殉道是彰显教士虔诚的不二法门，党徒们对教士肆意加害便无疑对促进后者的虔诚多有献力了。① 无怪乎辉格党政权下每一届议会召开期间，全不列颠的国教教士都"如临大敌，如果该届议会有幸并没有通过何种决议如风暴般损害教会，教士们便齐呼上帝保佑，侥幸逃过一劫，戮觫不已直至下届议会召开"。② 故而，在斯威夫特看来辉格党人和马修·廷代尔、托兰德、柯林斯等自然神论者无异于一丘之貉，③ 他们都打着宗教宽容的旗帜，实际上却干着毁灭教会和国家的无耻勾当，安妮女王及时改弦更张实乃必要。

三 "经济人"、信用与女性譬喻

文本在抨击完辉格党人的宗教政策之后，斯威夫特重拾在文首处即已言明的"辉格党人发迹话题"，将剑锋直指辉格党的经济基础。恰如斯威夫特在《审查者》第 24 期中论述的，辉格党前政府的基本运作可谓围绕着"英格兰银行和东印度公司两大巨头的利益"而展开，④ 这自然与传统土地乡绅党派代表托利党的主张大异其趣，故被指称为"新颖的疯狂"。⑤ 辉格党军事-资本政体中的"金钱人"（Moneyed Man）与托利党土地-教会政体中的"土地人"（Landed Man）之间的冲突，作为两党党派意识形态斗争，亦可谓辉格党政权与国教教会政治冲突的主要表现，仍在萌发躁动之际，便被斯威夫特敏锐地把

---

① Jonathan Swift, *The Examiner and Other Pieces Written in 1710 – 11*, Herbert Davis, ed., Oxford: Basil Blackwell, 1957, pp. 54 – 55.

② Jonathan Swift, *The Examiner and Other Pieces Written in 1710 – 11*, Herbert Davis, ed., Oxford: Basil Blackwell, 1957, p. 158.

③ 维护国教利益，捍卫其在宗教政治秩序结构中的稳固地位与主导效力，是斯威夫特作为国教教士孜孜以求的一项事业。因而，《审查者》中揭批辉格党人的"宗教不正确"，将其人的"宗教宽容"与自然神论者和无神论思想等同起来，便作为斯威夫特攻讦前朝腐败堕落的主要着力点，因之得到了浓墨重彩的铺陈。除了第 22 期外，相关内容还见诸前揭书第 19 期（第 37 页），第 25 期（第 71 页），第 35 期（第 122 页），第 36 期（130 页）及第 39 期（第 142、145 页），这些篇目具体切入点虽略有不同，但大体论调总是较为一致的，于此不复赘述。

④ Mark Goldie and Robert Wokler, *The Cambridge History of Eighteenth – Century Political Thought*, Cambridge: Cambridge University Press, 2006, pp. 65 – 66.

⑤ Jonathan Swift, *The Examiner and Other Pieces Written in 1710 – 11*, Herbert Davis, ed., Oxford: Basil Blackwell, 1957, p. 66, p. 134.

握到了——这种敏锐性在他 1710 年 9 月 9 日抵达伦敦，仍未加入托利党事业时写给大主教金的一封信中有着深刻的体现：在斯威夫特看来，辉格党企图不断拖延迫在眉睫的和平无疑有着深层的经济动机①——以军事扩张及与之俱来的殖民贸易扩张为基础建构起来的"史无前例的新型国家财政制度"，② 已然把政制秩序从土地及其货币表现——地租挪移到抽象的国债制度和公共信用上。确实，于安妮女王时代愈发繁盛的国债财政及公信制度诚如波考克指出一般：

> 是通过质押未来的税收以维持并扩张英国政府、军队和贸易的方案。这使得不断地依赖投机和信用成为一种社会范式，亦即依赖于人与人之间在未来的行为及其践行诺言的能力。信用机制是一种动态的、扩张性的社会生存范式，因而，人与人之间必须形成并维持基本的信任……公共信用的增长使得投资者的社会产生一类从未有过的意识形态：世俗的、基于未来的历史观，因为如果不相信技艺的进步，从事投资的商业社会便无法自我维持。③

此一世界观与斯威夫特在"古今之争"中所抱持的"崇古"思想自然多有抵牾。然而，斯威夫特警惕新型社会结构的组成方案及其进步史观也并非事出无因。因为，所谓"对未来的信心"、"社会公信力"及"人与人之间的信任基础"于斯威夫特而言"并非经验，因为未来无法经验；亦非理性的，因为以经验和认识论为基础的理性无法预测未知事物的诸多表征。它更

---

① F. Elrington Ball, ed., *The Correspondence of Jonathan Swift, D. D.*, in 6Vols, Vol. 1, London: G. Bell and Sons Ltd., 1910, p. 195. 斯威夫特察觉到的信贷经济与政治格局的转换亦可参见 Mark Goldie and Robert Wokler, *The Cambridge History of Eighteenth - Century Political Thought*, Cambridge: Cambridge University Press, 2006, p. 488。

② J. G. A. Pocock, *Virtue, Commerce, and History: Essays on Politic Thought and History, Chiefly in the Eighteenth Century*, Cambridge: Cambridge University Press, 1985, p. 108.

③ J. G. A. Pocock, *Virtue, Commerce, and History: Essays on Politic Thought and History, Chiefly in the Eighteenth Century*, Cambridge: Cambridge University Press, 1985, p. 98. See also, Henry St. John Bolingbroke, *Bolingbroke: Political Writings*, David Armitage, ed., Cambridge: Cambridge University Press, 1997, pp. 175 – 179.

第三章　斯威夫特与政治秩序

不是基督教教义，因为没有任何启示与揭示市场的未来状况有所关涉"。① 在斯威夫特看来，"未来信用"不外是人们可欲求的幻象和权力、经济欲望赋予心灵的一种可能，因而也是"进步的幻象"。但颇有意思的是，时常把信用人格化，拟构为一个朝三暮四的女人的反而是辉格党文人而非托利党文人，"尤其是笛福②和爱迪生的作品，当时他们正遭受斯威夫特的攻击，后者在《审查者》上抨击了土地之外的财产形式，认为那些形式'不过是转瞬即逝的臆造之物'"。③ 确实，笛福在《评论报》卷3第5～7期及第126期中都专文论述了公共信用"女性化形象"：

>　　货币有位姊妹……芳名"信用"……是位难以置信的、害羞的小姑娘，忸怩怕事，但也是个极为必要且勤勉有益的生灵。她蕙心纨质，举止优雅……一旦得罪于她，就休要妄想再让她成为我们的朋友……这位固执的女士，行为倔强任性……想要她回心转意，总免不了长期的哀告和殷勤之事……④
>
>　　战争反而能促进国富。英格兰因海盗猖獗而多损商船，国力却不退反增，贸易似比战争还神秘；船只被掠，东印度公司的股价竟然还在上涨；资本告急，矿产却能扶高年金，矿脉挖罄，又还能从股市中收益；此间种种莫名其妙之怪现象难道不正如谜团一般地每日上演吗？如果有人想寻求答案——无非就是人类那无所不及的想象力！……它会变异，

---

① J. G. A. Pocock, *Virtue, Commerce, and History: Essays on Politic Thought and History*, *Chiefly in the Eighteenth Century*, Cambridge: Cambridge University Press, 1985, p. 98.

② 笔者认为此处波考克可能忽略了笛福被哈利政府收买一事，波考克或出于论述需求，语义笼统地将笛福不分时段地放置在了辉格党文人阵营中（值得注意的是，10年前《马基雅维利时刻》一书中涉及相近内容时，波考克又曾敏锐地指出了笛福立场的转移，详见 J. G. A. Pocock, *The Machiavellian Moment*, Princeton: Princeton University Press, 1975, p. 426）。当然，我们不能排除彼时文人不分党见对资本公信现象本能的担忧；然而我们一旦将彼时笛福作为偏向托利党政府的刀笔吏，波考克此处有欠考虑的"悖论性"反而能够减少。"信用"及女性化譬喻同时可参看 Mark Goldie and Robert Wokler, *The Cambridge History of Eighteenth-Century Political Thought*, Cambridge: Cambridge University Press, 2006, p. 66。

③ J. G. A. Pocock, *The Machiavellian Moment*, Princeton: Princeton University Press, 1975, p. 454.

④ Daniel Defoe, *The Review*, in 23 Vols, Vol. 3, Facsimile Text Society, New York: Columbia University Press, 1928, pp. 17–18.

歇斯底里般混乱而不可名状……今天它还遵循着自然常理，服从因果定律，转眼明天就被人们一时的癖好和狂热的妄想与奇技淫巧所衍生出来的发明物所掌控，再不久却又翻转回去，变幻莫测……①

并非偶然地，笛福作于1706年的前引两文，其对公共信用和新型商业秩序宰制下社会心理结构稳定性的隐忧，在1711年3月3日《旁观者》第3期中，以"女性化"的譬喻模式被爱迪生和斯蒂尔再次拾起：

在大厅的上首，我瞥见一位风姿绰约的处女，端坐于黄金王座之上……她的芳名（如我所被告知的）乃是公共信用（Public Credit）……她一笑一颦皆如此腼腆，或因脆弱的本性所致，或因耽溺于空想投机——如她的一位毁谤者透露于我的，她时常因风声鹤唳而觉得草木皆兵，倏忽间变幻脸色……眨眼之间便容颜失色、脸色惨白，体质也瞬间消弱，枯朽成一具髑髅；但她的恢复却也同病瘦一般迅捷，转瞬又神采丰奕起来。②

斯威夫特应是专门回应爱迪生和斯蒂尔对"公共信用"问题——此一本应属于土地利益捍卫者托利党"分内之事"——的"干涉"，在1711年4月19日《审查者》第37期上，他针锋相对地把公共信用比作善变的女士，但牵引参照的却是古典贵族基于土地而生发出的"另一种国家信用"③：

---

① Daniel Defoe, The Review, in 23Vols, Vol. 3, Facsimile Text Society, New York: Columbia University Press, 1928, pp. 502–503.
② Addison, Steele, and Others, The Spectator, Vol. 1, New York: printed by Sammel Marks, 1826, p. 40.
③ 值得指出的是，关于信用经济的虚幻性及其滋孽的"操盘与放贷的好手"（stockjobber and veteran sharpers）并引发的风俗堕落，博林布鲁克亦仿效斯威夫特作出了大量的负面评判。比如，博林布鲁克将股市操纵譬喻为"掩映在财富的面纱之下，转动着信用的人造之轮，并使系于其上的纸扎屋宇起落跌宕"（turn the artificial wheel of credit, and make the paper estates that are fastened to it, rise or fall, lurk behind the veil of the treasury）。详见Henry St. John Bolingbroke, Bolingbroke: Political Writings, David Armitage, ed., Cambridge: Cambridge University Press, 1997, p. 182.

第三章　斯威夫特与政治秩序

听闻某些值得敬重的推论家谈及信用问题时，将其形容得哀婉动人之同时，却又把她描绘得神经兮兮，骄矜善变，让人不禁以为他们在形容一位罹患幻想症（troubled with Vapours）和疝气痛的女士，除了用串钢疗法（course of steel）和吞食弹丸疗法之外便无药可救。按他们狭促的思维，世界就像伦敦交易大厅一样逼仄？当然，如此病弱癫狂的女士生长于交易厅倒也可能，鉴于她所以抚养成才的环境，仅获两类病症算是幸事了。实际上，国家信用（National Credit）绝非那些推论家所描摹的那般善变而病态，反而丰腴健美、平和稳重，她的生命力和存在根本乃植根于万千英人的国祚命脉之中。不难想见，那些金钱政客们（Money-politician）在看到自己大献殷勤的信用女士最近又变身为彩票（lottery）之后，怕又要是好一阵喧闹了。①

文本中直观可见，斯威夫特对唯理主义思维与个体欲望扭合而成的新型"经济人"（homines economici）歇斯底里的生存形态是着实感到焦虑的。实际上，对理性化的欲望肆意膨胀，私利等于公德等观点的驳斥之作已然充盈在17、18世纪之交众多道德哲学书写之中。从这些作品中，我们侧敲旁击地可以发现时代更迭浪潮之中某些先知先觉者的惊忧：通过古希腊民主制、罗马父权制流转传承的公民道德与和政权形影相依的刚健清廉男子气概似乎被阴鸷、善变、喜怒无常的女性形象替代。不少辩护士笔下，阴柔善变的女性形象源自以"信用""投机"为商业准则的"经济人"，后者意图生产新的商业美德以抗衡古典土地德行。在斯威夫特的时局"审查"中，柏拉图《法律篇》里的哀叹——"商业腐蚀淳朴的风俗"② ——毫不意外地回荡在18世纪英格兰的上空，但资产阶层意识形态鼓吹者却乐观持之，以为黄金时代要重临，即便不少

---

① Jonathan Swift, *The Examiner and Other Pieces Written in 1710 – 11*, Herbert Davis, ed., Oxford: Basil Blackwell, 1957, p.66, pp.134 – 135.
② 金钱、财富滋生腐败并摧毁公民德行的观点自苏格拉底时期经由维吉尔绵延至18世纪启蒙早期时，已有极其深厚的修辞传统；且作为"公民共和传统"与"人文主义传统"的核心概念，古典德行在17~18世纪英格兰政治论辩场域中又经常性地被引入辉格党与托利党的论争中。与斯威夫特关系密切的哈林顿《大洋国》中便多处可见（James Harrington, *The Commonwealth of Oceana and a System of Politic*, J. G. A. Pocock, ed., Cambridge: Cambridge University Press, 1992, p.107, p.226）。

文士如笛福、斯蒂尔仍旧警惕"信用"的多变，却更肯定它惊人的效用，意欲制造"温柔的商业品德"（le doux commerce）。① 如波考克所言，理解此二种意识形态的纷争与拉锯"是理解18世纪社会思想的关键"。② 因而，从《审查者》笔端那饱蘸辛辣的洞察之中，我们不难瞥见站斯威夫特列于古典德行一方以期对抗唯理主义、"经济人"、非理性诉求的焦躁身影。

四 有破有立：党魁们的性格特写

《审查者》系列文章一个显著的逻辑转折便是斯威夫特在攻击辉格党于宗教和财政制度两端的腐败之后，开始转向对"辉格党小团体"成员的攻击。其中，战事的倡导者和受益者马布罗公爵之流自然首当其冲。尤其于第16期、第21期及第27期中，③ 辉格党及马布罗公爵的战争政策可谓被"审查者"批驳得体无完肤。第16期文本中，"审查者"搬用表格巨细无遗地排列出马布罗公爵自战事开始后从各方所得各类奖励共计540000镑，其间包括获赠庄园、宅邸价值240000镑，奖励及战争掠夺130000镑。并且，"审查者"技术性地将古罗马声名煊赫的大将军们并列一旁，累计其各类收入共计994镑11先令，鸿沟般的数额差异不禁令人咋舌，俯仰之间，奸贤立判。④ 更为反讽的是，斯威夫特分别为两列数据安插的名目："不列颠人的悭

---

① J. G. A. Pocock, *Virtue, Commerce, and History*: *Essays on Politic Thought and History, Chiefly in the Eighteenth Century*, Cambridge: Cambridge University Press, 1985, p. 117. 斯威夫特与彼时古典美德、商业风俗的关联研究亦可参见 David Wootton, *Republicanism, Liberty, and Commercial Society*: *1649 - 1776*, California: Stanford University Press, 1994, pp. 205 - 213. 本译本可参见戴维·伍顿《共和主义、自由与商业社会：1649—1776》，盛文沁、左敏译，北京：人民出版社，2014，第187~199页。

② J. G. A. Pocock, *Virtue, Commerce, and History*: *Essays on Politic Thought and History, Chiefly in the Eighteenth Century*, Cambridge: Cambridge University Press, 1985, p. 115.

③ 间接影射马布罗公爵的还有第37期、第42期。可结合参看1734年12月28日第443期《手艺人》中博林布鲁克对马布罗公爵的影射，不难想见博林布鲁克撰写《手艺人》文章时，斯威夫特当年的《审查者》一定置于案头。

④ 值得注意的是，英国早期共和主义思想家马沙蒙特·尼德汉姆（Marchamont Nedham）曾在1652年1月1日的《政治信使》（*Mercurius Politicus*）中挪用古罗马将军的武勇与清廉典故暗讽"残余议会"（the Rump Parliament, 1648—1653）及克伦威尔的贪腐与权力欲望。斯威夫特对尼德汉姆虽然较为鄙夷，但不可否认其对后者的论述资源同样较为熟悉；这种熟悉便体现在斯威夫特对马布罗公爵——类似克伦威尔的权力觊觎者——的古罗马将军类比批评中。详见戴维·武顿《共和主义、自由与商业社会：1649—1776》，盛文沁、左敏译，北京：人民出版社，2014，第28~66页。

第三章 斯威夫特与政治秩序

咨"及"罗马人的慷慨",用意明显在于回击辉格党报人"国人对卓有战功之将领不知感激"等论调。① 在利用数据"令人信服"地佐证了辉格党党魁利用战争中饱私囊后,"审查者"继而在第 20 期中将题旨引向马布罗的"权欲":且不论灰色收入,已然富可敌国,享尽英格兰最高荣誉(由第 16 期中读者可知马布罗已经获得公爵头衔和嘉德骑士勋章)的公爵居然觍颜要求"终身大将军"(General for Life)一职。"审查者"指明,此种恬不知耻的要求即便在古罗马也未曾听闻,下一步无非就是要女王拱手让冠了,马布罗克伦威尔式的虎狼之心日月可昭:不外是把持朝政,豢养党羽继而搜刮民脂民膏以中饱私囊,最终摧毁教会国家自立为王罢了。②

文本抨击至此,"审查者"忽而笔锋一转,先指出自己虽非行伍之人,但深知"军队亦旧受腐败",故不可免于审查。③ 此番论断无疑切合了斯威夫特"平衡政制"理想的关节:军权必须服从民权,军队必须服从政府,而不能听命于党派。"民政与军政历来冲突,据此,我认为对自由之政府而言,军队必须绝对服从于民权;如若相反,两造之间必起冲突,要么举国陷于混战,要么沦为军事独裁。"④ 因而,君主超越党争,政府超越党见,军队超越党派,三者对国计民生共同负责以免除军事暴政——哈林顿《大洋国》中不断声明的"哥特式古典平衡观念",⑤ 于此处也就鲜明地被斯威夫特揭示出

---

① Jonathan Swift, *The Examiner and Other Pieces Written in 1710 - 11*, Herbert Davis, ed., Oxford: Basil Blackwell, 1957, p. 66, pp. 22 - 23.

② Jonathan Swift, *The Examiner and Other Pieces Written in 1710 - 11*, Herbert Davis, ed., Oxford: Basil Blackwell, 1957, p. 66, pp. 42 - 44.

③ Jonathan Swift, *The Examiner and Other Pieces Written in 1710 - 11*, Herbert Davis, ed., Oxford: Basil Blackwell, 1957, p. 66, p. 59. 同时要指出的是,斯威夫特此处列表对比,指出人民不应忽视军队腐败问题,应是对哈林顿在《大洋国》中细致罗列议会及军队财政开支,使其透明公开化以避免腐败一事的呼应。详见 James Harrington, *The Commonwealth of Oceana and a System of Politic*, J. G. A. Pocock, ed., Cambridge: Cambridge University Press, 1992, pp. 175 - 177 and pp. 261 - 263。

④ Jonathan Swift, *The Examiner and Other Pieces Written in 1710 - 11*, Herbert Davis, ed., Oxford: Basil Blackwell, 1957, p. 66, p. 61.

⑤ James Harrington, *The Commonwealth of Oceana and a System of Politic*, J. G. A. Pocock, ed., Cambridge: Cambridge University Press, 1992, pp. 285 - 286; Jonathan Swift, *The Examiner and Other Pieces Written in 1710 - 11*, Herbert Davis, ed., Oxford: Basil Blackwell, 1957, p. 66, p. 122.

来了。

当然，反观"辉格小团体"中的另一要员——曾担任爱尔兰摄政王（The Lieutenant）的瓦顿勋爵——在斯威夫特笔下之所以被讽拟得不成人形，除开公务需求之外多少也夹带着私人恩怨。[①] 在斯威夫特笔下，瓦顿变成一位朝秦暮楚、翻云覆雨、满嘴谎言的卑鄙小人："此君素不考虑事实真伪，仅考虑当前他的否定或允诺是否便利，你若费心想揣测他口中某句话的意思，就如痴人说梦一般，无论相信与否，你都会发现自己被玩弄于股掌之间。应对此君的唯一办法便是交谈时权当你听到的只是一串喃喃呓语，没有任何意义的声音。"[②] 不仅如此，斯威夫特笔下，瓦顿还成了一位胆敢"公开承认自己既不信神也不信基督"的渎神者。[③] 尤其值得指出的是，如前述及，第22期《审查者》假托的那位辉格党文人曾复信声言"实际上辉格党人对国教多有贡献"，叙事者还特地指明瓦顿和马布罗公爵的"贡献"：

> 瓦顿——值得尊敬的爱国者和教会忠诚的守卫者，时常觉得受虔敬之心激发而须践行教会慈善事业，但苦于不知如何着手方能以最为体面、慷慨的方式完成捐献。冥思苦想之后心生一计，他于某个清晨或黑夜偷溜进教堂并爬上神坛，在那里遗下我们雅称"自然排泄"的事物，

[①] 1708年英格兰议员大选以辉格党完胜告终，史称"最为辉格化的一届议会"。"辉格党小团体"全面掌权，瓦顿升任爱尔兰摄政王。斯威夫特先于谋职之路受阻于瓦顿，后因在爱尔兰"初熟税"及《废除〈忠诚法案〉》上与辉格党人将"初熟税"作为废除《忠诚法案》诱饵的政策意见相左，两人矛盾激化。二者初次会晤后斯威夫特记录如下："那是我首次面见瓦顿伯爵，他冷淡地敷衍我，以极为拙劣和蹩脚的借口回应我的请求。"（Davis VIII. p. 212, see also, Irvin Vol. 2, p. 321）可见两人并无信任可言。事后，斯威夫特与辉格党党魁交恶，并明确表示不会接受瓦顿私人牧师一职；及至1711年斯威夫特接手《审查者》时，瓦顿已经是斯威夫特的"辉格天敌"（Arch－Whig）了。详见 Irvin Ehrenpreis, *Swift: The Man, His Works, and the Age*, Vol. 2, Cambridge and Massachusetts: Harvard University Press, 1967, pp. 305 – 320, p. 420。

[②] Jonathan Swift, *The Examiner and Other Pieces Written in 1710 – 11*, Herbert Davis, ed., Oxford: Basil Blackwell, 1957, p. 11, p. 66.

[③] Jonathan Swift, *The Examiner and Other Pieces Written in 1710 – 11*, Herbert Davis, ed., Oxford: Basil Blackwell, 1957, p. 11, p. 66.

第三章　斯威夫特与政治秩序

不料被抓个正着，缴了 1000 镑的罚金——遂完成了他捐献教会的慈善行为。①

而前述马布罗公爵则"深知离婚手续费用是教会收入的主要来源"，便在结发妻子尚在人世之际，迎娶二房，以绵薄之力缴纳罚款以襄助教会。② 诚然，斯威夫特"叙事面具"此策略结构的反讽效力基于其文本意图和修辞效果语义差制造的"真诚性"，一旦"真诚性"被读者揭露，辛辣的讽刺意味自然溢于言表：瓦顿勋爵、马布罗公爵之流无外乎都是堕落、邪恶之人。尤其对瓦顿的抨击中公愤裹挟私仇，便曾让斯威夫特在 1710 年 8 月 30 日特地撰写《尊贵的托马斯·瓦顿伯爵，爱尔兰摄政王的性格特写》（"A Short Character of His Excellency Thomas Earl of Wharton, Lord Lieutenant of Ireland", 1710）一文，将瓦顿在爱尔兰独裁之残暴、政治谎言之觍颜无耻、横征暴敛之可怖佐以翔实的例证揭批出来。③ 以斯威夫特的视角看来，辉格党党徒上行下效，"小团体"把持之下的朝纲究竟腐败至何种程度已经自不待言；因而，君主更换内阁正是摘除腐朽的内核，乃是必要之举。

终于，在"审查者"的层层揭批之后，辉格党一朝诸般怪现象背后的党派精神逐一浮出。第一，辉格党常年以新内阁意图引入斯图亚特余脉僭主詹姆斯（The Pretender）为"政治话题"、舆情手段，辅之以"内忧外患之际突然换政不利民心"等论调，意图颠覆托利党政府挽回败局。于此，"审查者"回应：辉格党不断渲染僭主威胁论，一来在于转移国内矛盾；④ 二来实在是"狼来了"的老把戏，企图在民众烦厌并掉以轻心后率先

---

① Jonathan Swift, *The Examiner and Other Pieces Written in 1710 – 11*, Herbert Davis, ed., Oxford: Basil Blackwell, 1957, p. 57, p. 66.
② Jonathan Swift, *The Examiner and Other Pieces Written in 1710 – 11*, Herbert Davis, ed., Oxford: Basil Blackwell, 1957, pp. 57 – 58, p. 66.
③ Jonathan Swift, *The Examiner and Other Pieces Written in 1710 – 11*, Herbert Davis, ed., Oxford: Basil Blackwell, 1957, p. 66, pp. 178 – 182.
④ Jonathan Swift, *The Examiner and Other Pieces Written in 1710 – 11*, Herbert Davis, ed., Oxford: Basil Blackwell, 1957, p. 65, p. 66.

引入僭主。① 第二，辉格党不断呼吁宗教宽容，如前所述，不过意在扩大其"政治基础"，进而与自然神论者和无神论者同流合污，最终推翻国教，实现商业-军事共和国。基于第二点，狂热的变革意识则成为辉格党人的显著标志。"彻底的变革"② "对改变的嗜好"③ "宗教和政治上的全新谋划"④ 等求新求变的字眼充斥于"审查者"的讽笔之下便不足为奇。"审查者"秉持的文化保守主义姿态，使其看来"锐意改革"的辉格党人就像"一条老是转圈儿的疯狗，在旋转（certain revolutions）⑤ 几圈之后，它伏下休息，满脑子却涌动着天旋地转的空想。再则，辉格党人的生计都基于战事与改革，就像巴托罗缪集市上的妓女——为了一便士要转上一百圈，当然，手里还拿着刀剑"。⑥

辉格党人之"党派精神"被《审查者》公布于众之后，因循逻辑线索和政治诉求，"审查者"自然要牵出新朝托利党政府的政绩以供对照。虽然彼时党报喉舌理应以政绩鼓吹为主，但"审查者"忙于政权合法性的确证与宣传工作，更疲于应付辉格党报人蜂拥四起的攻击，主要篇幅皆用于揭露前朝腐朽与失序。因而，除在第42期集中介绍了新政府的各项政绩之外，并未有太多余力为新政鸣锣开道。但哈利之所以赏识斯威夫特，也在于后者

---

① Jonathan Swift, *The Examiner and Other Pieces Written in 1710–11*, Herbert Davis, ed., Oxford: Basil Blackwell, 1957, p. 17, p. 66. 值得注意的是，斯威夫特彼时对哈利内阁"私通"流亡与法国的僭主一事可能并不知情，否则便不会做关于"僭主阴谋"此类无异于"引火烧身"的话题论辩。同时，笔者认为，从斯威夫特的政治、宗教来看，其并不支持斯图亚特王朝以复归天主教、牺牲国教为代价的复辟事业。

② Jonathan Swift, *The Examiner and Other Pieces Written in 1710–11*, Herbert Davis, ed., Oxford: Basil Blackwell, 1957, p. 47, p. 66.

③ Jonathan Swift, *The Examiner and Other Pieces Written in 1710–11*, Herbert Davis, ed., Oxford: Basil Blackwell, 1957, p. 66, p. 128.

④ Jonathan Swift, *The Examiner and Other Pieces Written in 1710–11*, Herbert Davis, ed., Oxford: Basil Blackwell, 1957, p. 66, p. 104.

⑤ 此处便是斯威夫特讽刺文"双关反讽"的典型例证，斯威夫特将"revolution"的两个释义："改革""转圈"拆分组合使用以嘲弄辉格党人的改革意识。值得指出，斯威夫特此处对"狂热党派意识"与激进的变革诉求的嘲讽在博林布鲁克1736年《论爱国精神》（"On the Spirit of Patriotism"）一文中得到巧妙的回应。详见 Henry St. John Bolingbroke, *Bolingbroke: Political Writings*, David Armitage, ed., Cambridge: Cambridge University Press, 1997, p. 195。

⑥ Jonathan Swift, *The Examiner and Other Pieces Written in 1710–11*, Herbert Davis, ed., Oxford: Basil Blackwell, 1957, p. 66, p. 147.

第三章 斯威夫特与政治秩序

"无暇他顾"之间,也能敏锐地调用对比手法见缝插针地将托利党政府的合法性、公正性、高尚性细密缝缀进对辉格党腐败的控诉之中。① 譬如第 25 期中,斯威夫特为排泄几年来因"初熟税"事宜周旋于辉格党政府而被百般玩弄、推诿之恨,不吝辞藻地褒扬托利党政府甫上台就说服女王将"初熟税"赐予爱尔兰。② 迥异于辉格党对教会的戕害,托利党政府则处处为教会谋求福利,并获女王恩准在伦敦新修 55 座教堂。③ 因而,与辉格党人徇私舞弊、中饱私囊、卑鄙猥琐大异其趣,托利党人则彰显出一种古典悲剧式的英雄人格(heroical virtues)。④ 如第 26 期中所述,在"审查者"笔下托利党人在宗教表现上近乎完美,在政治行动中更是女王治国的良臣贤相,于公益层面则更不愧为极具自我牺牲精神的人民卫士。⑤

极为巧合的是,1711 年 3 月 8 日女王加冕日的一次突发事件,得以让"审查者"赞颂不已的托利党悲剧英雄人格再次高扬。同时,事件中的人物性格对照也让"审查者"笔下辉格党人的卑劣猥琐毕露无遗。这件事让话题愈发枯竭且陷于文思窘境的"审查者"终于得到了一个契合舆论风潮的新鲜话题。3 月 8 日刚过午后,法国人马尔契·德·居斯卡尔(Marquis de Guiscard)⑥ 因间谍罪被包括托利党党魁罗伯特·哈利和圣·约翰在内的内阁成员审讯时,突然用事先藏匿的笔刀连刺哈利两次,企图谋杀后者,

---

① 这种对照手法在《审查者》中俯拾皆是,如第 22、68、76、78 页,及第 78、100、136 页。
② Jonathan Swift, *The Examiner and Other Pieces Written in 1710–11*, Herbert Davis, ed., Oxford: Basil Blackwell, 1957, p. 66, p. 74.
③ Jonathan Swift, *The Examiner and Other Pieces Written in 1710–11*, Herbert Davis, ed., Oxford: Basil Blackwell, 1957, p. 66, p. 157.
④ Irvin Ehrenpreis, *Swift: The Man, His Works, and the Age*, Vol. 2, Cambridge and Massachusetts: Harvard University Press, 1967, p. 412.
⑤ Jonathan Swift, *The Examiner and Other Pieces Written in 1710–11*, Herbert Davis, ed., Oxford: Basil Blackwell, 1957, p. 66, p. 79.
⑥ 马尔契·德·居斯卡尔出自法国煊赫的望族,但居斯卡尔因纨绔之气而深陷缧绁,为避起诉逃匿至英格兰。因家族背景深厚,其在军队中博得高阶军衔,但在欧陆战争中却多次被挫败,返回英格兰时发现自己的年金被削减,不满于此的他遂贩卖情报给法国。1711 年 3 月 8 日,居斯卡尔于女王加冕日上午在王宫附近因形迹可疑被卫兵捕获,审判之际他原本想刺杀圣·约翰,但因距离不够转而刺杀罗伯特·哈利。详见 Irvin Ehrenpreis, *Swift: The Man, His Works, and the Age*, Vol. 2, Cambridge and Massachusetts: Harvard University Press, 1967, pp. 464–465。

未想刀刃刺入肋骨时折断,哈利因之身负重伤,虽没有当场罹难但生死未卜。一时之间朝野上下震惊无比,斯威夫特亦惊愕失措,在慌乱之余写给大主教金的汇报信中,他这样写道:"……他(按:哈利)一直待我如慈父,从未拒绝我为自己或替朋友提出的任何请求,因而希望大人能原谅此信语调凌乱……"① 而在同一日写给女友的信中,他则抛却了社交矜持自剖心迹:"我现在想念他对我的种种仁爱,快可怜可怜我,我需要安慰。"② 辉格党人自然在此次突发事件中看到哈利亡故、其人重掌权力的契机,故愈发蠢蠢欲动,托利党人一时之间阵脚不稳。但斯威夫特很快于《审查者》1711年3月15日第32期中,遣用"圣徒传式"(hagiographic)笔调详尽地记叙了刺杀事件的经过,运用对照手法刻画了行刺现场巨大混乱中哈利过人的沉着和刚毅品质:"他面不改色,也没有语无伦次,他站起身并在一派混乱中镇定地勉力支撑着走过房间。当医生到达时,他摒去众人,想得知自己是否性命难保,如若不幸,他好安排后事。"③ "审查者"接着将哈利形容为受难圣徒式的民族英雄并连发数问:如此刚毅坚强地盘查法国间谍的英雄何以是里通外国引入僭主的国家叛徒?而意图谋害民族英雄的又仅是居斯卡尔一人吗?这次事件岂不正是1708年"辉格党小团体"趁哈利私人秘书威廉·格雷格间谍身份败露之机以借刀杀人一案的重演吗?轻描淡写几笔,"审查者"将矛头直指企图构陷谋害罗伯特·哈利的辉格党人和法国罗马天主教,并"创造性"地将原本看似对立的二者联系在了一起。④

自然,辉格党人对"审查者"的"创举"和"反诬"并非毫无反应。针对《审查者》第32期将居斯卡尔案与格雷格案"合并讨论"一事,辉格党文人立即草就《致委员会七位贵族的信》(A Letter to the Seven Lords

---

① F. Elrington Ball, ed., *The Correspondence of Jonathan Swift*, D.D., in 6Vols, Vol.1, London: G. Bell and Sons Ltd., 1910, p. 241.
② Jonathan Swift, *Journal to Stella*, J. K. M. ed., London: J. M. Dent & Sons Ltd., 1964, p. 128.
③ Jonathan Swift, *The Examiner and Other Pieces Written in 1710 – 11*, Herbert Davis, ed., Oxford: Basil Blackwell, 1957, p. 66, p. 109.
④ Irvin Ehrenpreis, *Swift: The Man, His Works, and the Age*, Vol. 2, Cambridge and Massachusetts: Harvard University Press, 1967, p. 471.

of the Committee，1711) 一文，回应并指出托利党及其"审查者"混淆视听、污蔑毁谤。作为对策，斯威夫特先在《审查者》第 33 期中，后于 1711 年 8 月纠合相关论点出版小册子《论"致七位贵族的一封信"》回驳："辉格党那些臭名昭彰的'笔妓'(prostituted pens) 极尽毁谤造谣之能事。"① 文本中，叙事者透露，当年"格雷格案"中，辉格党党徒在审讯格雷格时曾威逼利诱欲使其构陷、出卖哈利。后者虽为叛徒，却仍有敬神之心，不愿曲意逢迎。相较之下，"辉格党小团体"实在连叛徒都不如，与居斯卡尔之流根本就是狼狈为奸。因此，"前朝政府对君上是否忠诚，又是否有效忠的心思与行动，我留予欧罗巴境内君主以及无论敌友的民众自行判夺吧"。②

月余之后，哈利伤愈归来，名望达到顶点。早已厌倦战事的英国民众越发拥戴托利党政府。不久，哈利又被女王授予牛津伯爵（Lord of Oxford）一衔，官至财政大臣（Lord Treasurer）。6 月，托利党政府上台后第一届议会结束，权贵返乡度假，哈利政府顺利实现对"过渡时期"局势的掌控，斯威夫特的宣传攻势据此告一段落。另外，或出于作者身份暴露，③ 在内阁授意下，斯威夫特于 1711 年 6 月 14 日第 45 期潦草结束了《审查者》任务，退出主笔，转而开始"英国政治册论文章中最为重要的一篇"④——也是托利党政府最为成功的宣传战典范——《盟军的行为》的写作工作。

第三节　新哈林顿主义谱系中的斯威夫特

1711 年 10 月 16 日，正紧锣密鼓地与托利党首脑罗伯特·哈利及圣·约

---

① Jonathan Swift, *The Examiner and Other Pieces Written in 1710 – 11*, Herbert Davis, ed., Oxford: Basil Blackwell, 1957, p. 66, p. 187.
② Jonathan Swift, *The Examiner and Other Pieces Written in 1710 – 11*, Herbert Davis, ed., Oxford: Basil Blackwell, 1957, p. 66, pp. 204 – 205.
③ David Oakleaf, *A Political Biography of Jonathan Swift*, London: Pickering & Chatto, 2008, p. 113.
④ David Oakleaf, *A Political Biography of Jonathan Swift*, London: Pickering & Chatto, 2008, p. 113.

翰磋商《盟军的行为》写作事宜的斯威夫特①发现他的名字出现在辉格党报人阿贝尔·波义耳（Abel Boyle）一篇名为《关于目下和谈形势与进展的说明》的文章中，赫然与"政治叛变"（political tergiversation）并置一处。基

---

① 斯威夫特6月不再执笔《审查者》后也并未有太多闲暇，西班牙王位战争的局势彼时已突然变幻。以英格兰、荷兰联合省及神圣罗马帝国为主的反法同盟主要的政治诉求乃是防止西班牙无嗣的"疯王"卡洛斯二世将西班牙包括美洲殖民地在内的广大领土让继给波旁王朝的安茹公爵。其中，英格兰主要忌惮腓力五世取得西班牙王位后在欧陆出现"普世王朝"（universal power）；荷兰联合省则意在夺取西班牙控制的弗兰德斯低地地区；而神圣罗马帝国的哈布斯堡王朝的主导诉求则是王位继承权。"西班牙王位继承战争"从1701年持续至1711年时，英格兰财政已不堪重负。然而，1711年4月，神圣罗马帝国国王约瑟夫一世因天花暴亡，其弟查理大公继位为王，此一戏剧性逆转使得哈布斯堡家族对西班牙王位的要求直接与英格兰、荷兰联合省防止欧陆出现超级帝国的政治诉求相抵牾（详见 J. S. Bromley, ed., *The War of the Spanish Succession in Europe* in *the New Cambridge Modern History*, Vol. 6, Cambridge: Cambridge University Press, 1971, pp. 410 – 445）。1711年7月，托利党政府派遣斯威夫特密友马修·普赖尔（Matthew Prior）密访法王路易十四，接洽停战事宜（the Preliminaries），无奈普赖尔潜返多佛港时被海关疑为间谍而强行扣留，迫使伦敦方面遣使保释。但如此一来，政府接洽法国密谋和谈的消息自然泄露。面对政府公关危机，斯威夫特9月11日立即出版《巴黎之旅》（*A New Journey to Paris*, 1711），以惯用的叙事面具及反讽笔触煞有介事地大肆夸大、渲染普赖尔访法密谈过程，以混淆视听（详见 Jonathan Swift, *The Examiner and Other Pieces Written in 1710 – 11*, Herbert Davis, ed., Oxford: Basil Blackwell, 1957, p. 66, pp. 209 – 218）。8~9月，托利党政府秘密接洽法国特使梅纳杰（Mesnager）初步敲定有利于英格兰的和平协议。9月28日，斯威夫特致信女友斯特拉云："我们已经与法国达成协定，协议不仅荣耀且有利于英格兰，女王给予首肯；但所有一切都是秘密行事，人民仅捕风捉影地知道：和平要来了。"（Jonathan Swift, *Journal to Stella*, J. K. M. ed., London: J. M. Dent & Sons Ltd., 1964, pp. 239 – 241）但此种秘密协商无疑违背了当年盟军签署协议时"参盟任何一国不可私自与法国求和平"此一规定，且协议中多有"损害"荷兰联合省及神圣罗马帝国利益之条款，遑论国内主战的辉格党人可预见的激烈反对（Irvin Ehrenpreis, *Swift: The Man, His Works, and the Age*, Vol. 2, Cambridge and Massachusetts: Harvard University Press, 1967, p. 482）。因而，深谙舆情引导工作在政府管理中起关键作用的托利党党魁哈利及圣·约翰自然未雨绸缪，在公开和谈之前必须掌控接踵而至的各类舆论战场的"民情制高点"。此外，同年11月即将召开的两院议会中如若能让托利党和辉格党及全国人民接受事实上已经敲定的对法和平协议，则对后续政府工作大有裨益（Jonathan Swift, *English Political Writings 1711 – 1714: The Conduct of the Allies and Other Works*, Bertrand A. Goldgar and Ian Gadd, ed., Cambridge: Cambridge University Press, 2008, p. 2）。这项艰巨的舆情引导工作再一次落在斯威夫特肩上。故斯威夫特在罢笔《审查者》直至11月初期间，寄给女友的十几封信札中不断感慨自己忙于"费时费力的某一任务"，这件斯威夫特无法言明却让他"累成一只狗"的政治任务，就是《盟军的行为》的写作与出版工作（Irvin Ehrenpreis, *Swift: The Man, His Works, and the Age*, Vol. 2, Cambridge and Massachusetts: Harvard University Press, 1967, pp. 483 – 484）。

第三章 斯威夫特与政治秩序

于斯威夫特写与斯特拉的信札中扬言要让圣·约翰教训阿贝尔这只"法国狗"[1] 一事，我们不难想见斯威夫特发现自己被贴上"变节者"（apostasy）标签时恼羞成怒的情状。[2] 实际上，在斯威夫特辉格党旧友圈子中，接手托利党宣传事业的斯威夫特被视为"叛党者"早已是不争"事实"。且早在1710年9月朝政更迭之际，斯威夫特从都柏林至伦敦遭戈多尔芬"冷遇"并与罗伯特·哈利接触后，旧时辉格党友人爱迪生、斯蒂尔等便与其渐渐疏离。斯威夫特曾在1710年10月22日致斯特拉的信札中这般形容他与爱迪生的一次会面："党见已然主宰了他，不难发现他言语之间对我已有芥蒂之感，他似乎不再信任我所说的任何事情了。"[3] 那位在5月份写信给斯威夫特仍旧声称"我迫不及待地想见你，我珍视与你同处时愉悦的交谈胜于一切"[4] 的辉格党人爱迪生，1711年9月在街上偶遇斯威夫特时却连招呼也不愿打了。[5]

一 "变节者"与政治身份难题

斯威夫特18世纪前十年效力罗伯特·哈利领衔的托利政府后，其政治主张是否出现转向，其是否转换政治阵营——成为辉格党人眼中的"变节者"，已构成斯威夫特研究的"政治身份难题"。辉格党文人对斯威夫特使用的"变节者"标签，使得后者政治身份在缺乏具体语境的现代读者看来充满了含混性。[6] 不仅读者，连斯威夫特的研究者也在此问题上多有分歧：乔治·奥威尔

---

[1] Journal Williams, JST, p. 384, Cf, Jonathan Swift, *English Political Writings 1711–1714: The Conduct of the Allies and Other Works*, Bertrand A. Goldgar and Ian Gadd, ed., Cambridge: Cambridge University Press, 2008, p. 3.
[2] 博林布鲁克对彼时政治标签的局促性曾颇有见地，详见 Henry St. John Bolingbroke, *Bolingbroke: Political Writings*, David Armitage, ed., Cambridge: Cambridge University Press, 1997, pp. 48–49。
[3] Jonathan Swift, *Journal to Stella*, J. K. M. ed., London: J. M. Dent & Sons Ltd., 1964, p. 36.
[4] Qtd. in Irvin Ehrenpreis, *Swift: The Man, His Works, and the Age*, Vol. 2, Cambridge and Massachusetts: Harvard University Press, 1967, p. 373.
[5] Jonathan Swift, *Journal to Stella*, J. K. M. ed., London: J. M. Dent & Sons Ltd., 1964, p. 248.
[6] David Oakleaf, *A Political Biography of Jonathan Swift*, London: Pickering & Chatto, 2008, pp. 1–7.

坚称斯威夫特是"反动派"（reactionary cast of mind）；① 萨义德在《世界、文本、批评家》一书中也将斯威夫特视为"托利派安那其主义者"（Tory Anarchy）；② 学者路易斯·布雷沃尔德（Louis Bredvold）更制造了在学界颇为著名的一个词语"阴郁的托利讽刺家"（the gloom of the Tory satirists），专门用来形容斯威夫特的政治挫败感及辉格党人带给他的政治压迫。③ 即便在对斯威夫特政治思想颇有研究的洛克（F. P. Lock）教授那里，《斯威夫特的托利政治观》（Swift's Tory Politics, 1983）一书也曾这样定义斯威夫特："他并非自由斗士，在语境中，不如说他是一位极端保守的甚至是反动的政治思想家。"④ 同时，受洛克教授亲灸的新生代"斯学"权威伊恩·希金斯（Ian Higgins）教授尽管注意到斯威夫特早期的辉格背景，也认为斯威夫特在安妮王朝及汉诺威王朝时期，已然是"本体论上的，被归化的托利党人"。⑤

另外，反对将斯威夫特视为托利党人，即不同意"变节"一说的研究者詹姆斯·唐尼（James Allen Downie）教授则认为，用正统观点看，斯威夫特实际上一直秉持老辉格党（Old Whig）原则。不论细节区隔，应该说唐尼教授在指出的斯威夫特对党派极端意识的厌恶此一要点上是正确的；但他把老辉格党派意识径直视同于安妮王朝的托利党意识⑥则有待商榷。⑦ 唐尼教授

---

① George Orwell, "Politics Vs. Literature: An Examination of Gulliver's Travels," in Orwell and I. Angus, ed., *The Collected Essays, Journalism and Letters of George Orwell*, in 4Vols, Vol. 4, New York: Harcourt, Brace and World, 1968, pp. 205 – 223.

② Edward Said, "Swift's Tory Anarchy," in *The World, the Text, the Critic*, Cambridge, M. A.: Harvard University Press, 1983, pp. 54 – 71.

③ L. I. Bredvold, "The Gloom of the Tory Satirists," in J. L. Clifford and L. A. Landa, ed., *Pope and His Contemporaries: Essays Presented to George Sherburn*, Oxford: Clarendon Press, 1949, pp. 1 – 19.

④ F. P. Lock, *Swift's Tory Politics*, Newark: University of Delaware Press, 1983, p. vii.

⑤ Ian Higgins, *Swift's Politics: A Study in Disaffection*, Cambridge: Cambridge University Press, 1994, p. 8.

⑥ James Downie, *Jonathan Swift: Political Writer*, London and Boston, M. A.: Routledge, 1984, pp. 83 – 84; Cf, David Oakleaf, *A Political Biography of Jonathan Swift*, London: Pickering & Chatto, 2008, p. 4.

⑦ 见上文所述，"老辉格党"在对抗"辉格党小团体"时对新哈林顿主义的话语、思想资源的挪用，确实导致了很多党员党见的前后转变，甚至是党派阵营的转变，但这并不意味着老辉格党和托利党政治原则是一致的。可参迈克尔·扎科特《自然权利与新共和主义》，王崟兴译，长春：吉林出版集团有限责任公司，2008，第 221~227 页。

第三章　斯威夫特与政治秩序

的"反变节说"观点,实际上可以在恩伦普瑞斯教授那里找到源头,恩伦普瑞斯教授在《斯威夫特:其人、其作与时代》卷二"前言"部分曾开宗明义地指出:"在斯威夫特的政治思想进程中,我用了'新''旧'辉格之分,来弱化其党派变节一说。"① 实际上,如本章导语所述,斯威夫特对自身的政治立场一直有着较为清晰的认知和声辩,在其近半个世纪的通信史中,党派问题一直是轴心话题。在多封书信中,斯威夫特曾不厌其烦地强调自己的政治立场,但即便如此仍旧引发学界纷争。譬如,在"斯学"权威克劳德·劳森教授的新作《斯威夫特的愤怒》政治身份研究相关部分中,我们不仅无法寻获政治身份批评的明确结论,劳森反而在行文间对斯威夫特"超党派特性"多有强调。② 实际上,在既有西方斯威夫特研究中(恩伦普瑞斯教授对斯威夫特"超党派性"意识就有过多处不系统的强调③),上述"超党派"特质事实上构成了"斯威夫特政治身份难题"复杂表征的一个面向;且在某种程度上切合了波考克介入"王道盛世五十年"政治论辩语境研究时指出的著名论断:

> 斯威夫特、达文南特和笛福——遑论其余作者——在他们一生的不同时期有不同的志同道合者。同样,与他们的前辈类似,要想对这些立场的变化做出恰切的解释,我们则不能以党派信念、一致性、贪欲和野心为评价标准;而是要认识到,他们采用了非常含糊不清的措辞,其中充满了各种选择、冲突和混乱,而他们尽管对此有清醒的认知,却难以自拔。④

因而,虽然希金斯教授将其之前政治身份研究中的"老辉格党"学派略带嘲讽地指譬为"现代研究的正统派",并欲重估被正统派过于简化的"辉

---

① Irvin Ehrenpreis, *Swift: The Man, His Works, and the Age*, Vol. 2, Cambridge, Massachusetts: Harvard University Press, 1967, p. xvii.
② Claude Rawson, *Swift's Angers*, Cambridge: Cambridge University Press, 2014, pp. 6 – 10.
③ Irvin Ehrenpreis, *Swift: The Man, His Works, and the Age*, Vol. 2, Cambridge, Massachusetts: Harvard University Press, 1967, p. 178, p. 179, p. 253 and p. 419.
④ J. G. A. Pocock, *The Machiavellian Moment*, Princeton: Princeton University Press, 1975, p. 446.

格党/老辉格党"论断,以揭示斯威夫特的极端托利即雅各宾派特征。[①] 但如奥克里夫教授指出的,希金斯试图将斯威夫特向极端托利一方"轻推"(nudge)[②] 的举动仍旧不乏自相矛盾之处。[③] 当然,希金斯教授的"解构行为",确实在某种程度上揭示了波考克所指出的斯威夫特政治立场的模糊性(或毋宁说是应时性)。但他执意将斯威夫特"雅各宾化"的研究意图,无疑回避了卡罗琳·罗宾斯(Caroline Robins)教授指出的"顽固的辉格党异见传统"此一关键因素,即彼时政坛在野势力及辉格党乡村派内在的对"辉格党小团体"政权持久的批评冲动,亦即辉格党政治文化中一

[①] Ian Higgins, *Swift's Politics: A Study in Disaffection*, Cambridge: Cambridge University Press, 1994, pp. 2 – 8.

[②] David Oakleaf, *A Political Biography of Jonathan Swift*, London: Pickering & Chatto, 2008, p. 4.

[③] 不知何故奥克里夫教授并未细究希金斯教授论断的微妙之处。笔者看来,希金斯教授所持观点虽理据整全且不乏创见,但有四处尚可商榷。其一,其论据多援引"时人"对斯威夫特的评价(见 *Swift's Politics*, p. 4),然而斯威夫特在书信、《故事》、《辩白》、《审查者》及多处都曾不厌其烦地表示自己的书写及立场常被"时人"误读,不仅被辉格党人误读,更被托利党人误解,希金斯教授引用时人评论的出发点、立足点和目的以为佐证,此点或可商榷。其二,希金斯对斯威夫特雅各宾倾向的论据主要取自斯威夫特的宗教著作(或以《故事》为标本),政治与宗教在现代早期以前的纠合确实为宗教、政治倾向的对应批评提供一定的"合理性",但值得指出的是斯威夫特秉持的"高教派"立场,本身就与托利党及雅各宾主义有天然的政治联系;虽然如希金斯指出的,"高教派辉格党人"(High Church Whig)确实是一种罕见现象(idiosyncratic figure),但不能因其罕见而抹杀其可能性。而且以宗教文本为对象证明斯威夫特政治"行动"上的雅各宾主义,其有效性值得讨论。其三,希金斯教授认为斯威夫特自 1710 年政治"变节"之后,"敏锐地感觉到自己的境地",故而不断强调自己曾经的"老辉格党"原则,这种刻意的立场辩白是"时代误植的老辉格党"。此一论断虽不乏道理,但或许忽略了 1710 年之前,斯威夫特就已经多次标榜了自己的"老辉格党原则"(详见 F. Elrington Ball, ed., *The Correspondence of Jonathan Swift, D. D.*, in 6Vols, Vol. 1, London: G. Bell and Sons Ltd., 1912, p. 109, p. 111, p. 134),"年代误植说"值得推敲。其四,希金斯教授采用的"雅各宾证词"皆出自彼时辉格党文人之口,而彼时辉格党人攻击托利党人除了"教士腐败"及宗教宽容问题外不外就是雅各宾主义"罪名"罢了(《审查者》第 15 期、第 24 期及《盟军的行为》等文章都指出了辉格党人将"僭主危机"夸大为俗套的政治攻势,除了挥舞这根陈旧的大棒外已黔驴技穷),在辉格党人看来,所有的托利党人都有雅各宾倾向。故而,笔者以为,斯威夫特的高教派宗教倾向被辉格党人攻评为雅各宾主义,自然多有政治套话的成分需要考量。

第三章　斯威夫特与政治秩序

道深刻的裂痕。① 所以，笔者认为，在讨论1710年斯威夫特的"变节"问题时，应该将之放入辉格党原则内部文化裂痕中②——也即传统辉格党意识与威廉三世财政改革及欧陆战争等举措催生的"辉格党小团体"寡头制逐渐分野的过程中予以考量。③ 因而斯威夫特的"变节"最迟应该上延至1708年，放置于辉格党寡头在英格兰、爱尔兰两院连续建议企图废除《忠诚法案》的更大背景中，尤其注重英-爱国族因素予之的促动作用。我们知道，斯威夫特1708年与戈多尔芬政府接洽时，后者意图以爱尔兰教会争取的"初熟税"

---

① Caroline Robbins, *The Eighteenth-Century Commonwealthman*, New York: Atheneum, 1968, pp. 88-125. See also, J. G. A. Pocock, *Virtue, Commerce, and History: Essays on Politic Thought and History, Chiefly in the Eighteenth Century*, Cambridge: Cambridge University Press, 1985, p. 215. 亦可参迈克尔·扎科特《自然权利与新共和主义》，王紫兴译，长春：吉林出版集团有限责任公司，2008年，第133页。

② 辉格党内部政治原则的历史迁移，因非本书主旨而无法于此处尽墨，但简单梳理则对理解斯威夫特政治身份变动不乏裨益，其过程扼要提之便是：于1678~1681年的"排斥法案危机"（the Exclusion Crisis）中，为防止查理二世第一顺位继承人——信仰天主教的詹姆斯二世改变国家宗教模式，议会中的长老派教徒（Whiggamores，即Whig一词来源）试图借用国教派势力排斥天主教复辟的可能，以捍卫内战时期其获得的既得利益。其人因而聚合成松散的政治利益团体，与支持詹姆斯二世继位的托利党人形成对抗。在辉格党人塑型"辉格党霸权"的1690~1740年，辉格党内部掌权的"小团体"（Whig Junto）形成了"辉格宫廷派"，通过庇护制度把持政治资源，这批人控制了国家的政治动向，实际上形成了以马布罗公爵家族为首的"寡头统治"。其人以军事-信贷-商业为秩序基础，且主张限制议会中没有分享行政权力的辉格党人的扩张，而后者则主张"议员独立于行政权、财产独立于庇护权"，构型了古典共和倾向的"辉格乡村派"，因而在扩大议会权能上与受排挤的托利党人有共同利益。"乡村辉格党"以地租-古典德行为根基，理论话语如波考克教授指出的亦不乏——"在打击自由派时，革命情绪是不挑剔盟友的"（见波考克《德行、商业和历史：18世纪政治思想与历史论辑》第326页）——与"新哈林顿派"结盟的政治意愿。正是此类反抗"辉格党小团体"及其羽翼政治思维、行动模式的辉格反对派——他们的底线，亦即其人与雅各宾党人（Jacobite）的本质区别是前者承认"光荣革命"的宪政基础——组成了老辉格党（Old Whig），即罗宾斯教授的"辉格党异见传统"（See also, Caroline Robbins, *The Eighteenth-Century Commonwealthman*, Cambridge: Cambridge University Press, 1959, p. vii.）中的一支主导势力。这个大传统中其他辉格党意识包括："真正的辉格党"、"忠诚的辉格党"及"辉格党死硬派"等。See J. G. A. Pocock, *Virtue, Commerce, and History: Essays on Politic Thought and History, Chiefly in the Eighteenth Century*, Cambridge: Cambridge University Press, 1985, pp. 319-331. 亦可参考黄丽媛《排斥法案危机与英国政党起源：1678—1681》，硕士学位论文（未出版），南京大学，2011。

③ 关于威廉三世扩张型财政政策对英国政治秩序的影响可参 Henry St. John Bolingbroke, *Bolingbroke: Political Writings*, David Armitage, ed., Cambridge: Cambridge University Press, 1997, p. xi.

为筹码，换取爱尔兰宗教议会对"废案"的支持来作为英格兰"废案"的前哨战。此举自然招致持高教派立场又身处爱尔兰"现场"的斯威夫特及金等人的坚决反对。如此观之，急于"解构正统"并把斯威夫特用于"历史的雅各宾派解释"的希金斯教授或许忽略了鲍尔教授在斯威夫特1708年6月10日致大主教金信中夹评于脚注的那句"斯威夫特对辉格党人的忠诚被极大地动摇了"。[1]

实际上，1710年左右的辉格党意识形态与17世纪80年代的党派意识相较已有不容否认的差异。[2] 我们因之不妨如波考克教授称其为"现代辉格主义"（the Modern Whig）。[3] 也正是这个意义，斯威夫特在1711年5月4日致彼得布洛伯爵的信中才会点明："阁下知道，辉格与托利的称谓已很大程度地变换了它们的内涵了。"[4] 另外，斯威夫特在《审查者》第43期里，实际上已然系统地梳理了17世纪80年代以来托利党与辉格党的起源与嬗变过程，更深刻地指出时人对两党内部不同原则的误读。[5] 最为关键之处还在于，斯威夫特敏锐地发现，及至18世纪前十年（即辉格党寡头政治盛期之后），17世纪80年代活跃的保皇党/托利党意识经过时局及风潮的演变，事实上已经十分贴近共和党人/辉格党的"王权在议会中行使"（King in the parliament）

---

[1] F. Elrington Ball, ed., *The Correspondence of Jonathan Swift, D. D.*, in 6Vols, Vol. 1, London: G. Bell and Sons Ltd., 1910, p. 94.

[2] 值得注意的是，博林布鲁克多年后在1734年回顾17~18世纪英格兰政治版图及党派格局移变时曾作出极其细致的描述。博林布鲁克明确地指出光荣革命之后的"托利"及"辉格"两党称谓内涵的转化，以及"超越党派格局"的"全国党"（national party）的出现。详见 Henry St. John Bolingbroke, *Bolingbroke: Political Writings*, David Armitage, ed., Cambridge: Cambridge University Press, 1997, pp. 8–9, pp. 60–62 and pp. 70–72。也正是在这个意义上，斯佩克（W. A. Speck）教授才会指出："（彼时）党派斗争的狂怒已然被派系摩擦所取代。"（The rage of party was superseded by the strife of faction）详见 W. A. Speck, *Stability and Strife: England, 1714–1760*, Cambridge, Massachusetts: Harvard University Press, 1977, p. 4。

[3] J. G. A. Pocock, *Virtue, Commerce, and History: Essays on Politic Thought and History, Chiefly in the Eighteenth Century*, Cambridge: Cambridge University Press, 1985, p. 231.

[4] F. Elrington Ball, ed., *The Correspondence of Jonathan Swift, D. D.*, in 6Vols, Vol. 1, London: G. Bell and Sons Ltd., 1910, p. 254.

[5] Jonathan Swift, *The Examiner and Other Pieces Written in 1710–11*, Herbert Davis, ed., Oxford: Basil Blackwell, 1957, p. 163.

第三章　斯威夫特与政治秩序

原则。[①] 两党对"承认光荣革命，反对僭主篡权，支持汉诺威王朝，排斥绝对君主制，但并不免除君主行政权，保留谨慎的良心自由"[②] 等基本政制原则已有共识。因之，18 世纪上半叶的英国党派政治可谓越发移向"乡村派与宫廷派、辉格党与托利党合流交织的场域"。[③] 因而，党派政治发展至 18 世纪前十年，"大部分托利党人如斯威夫特一般，都可自称老辉格党人"。[④] 也正是在这个意义上，斯威夫特一再声称自己反对的并不是与托利党携手同行的（乡村）辉格党人，而是"被一小撮人[⑤]的个别原则蒙蔽的辉格党人"。[⑥] 据此，我们才不难理解，斯威夫特 1713 年 3 月 27 日在给"政敌"理查德·斯蒂尔的信中声称"我曾公开表白自己的政治立场——我属于我们曾经称之为辉格党的一派"一语时的良苦用心。[⑦]

尽管公私场合公然以托利党面目示人的斯威夫特无法完全免除被政敌扣上"变节者"帽子的嫌疑，但一旦我们深入"辉格党的异见传统"，"变节"一说又不乏深究的必要。也正是在这个意义上，丹尼尔·埃龙（Daniel Eilon）教授对斯威夫特政治身份问题所下的结论（final verdict）——"秉持

---

① 亦正是因为 1700 年初期党派意识形态的变动融合的"未凝"阶段，才有史学家坚持当时并不存在足以称为托利党的某个政党此一历史"事实"。详见 Ian Higgins, *Swift's Politics: A Study in Disaffection*, Cambridge: Cambridge University Press, 1994, p. 11. "王权在议会中行使"（King in the parliament）思想亦可参考 Henry St. John Bolingbroke, *Bolingbroke: Political Writings*, David Armitage, ed., Cambridge: Cambridge University Press, 1997, pp. 83 – 84, pp. 102 – 103。

② Jonathan Swift, *The Examiner and Other Pieces Written in 1710 – 11*, Herbert Davis, ed., Oxford: Basil Blackwell, 1957, p. 166.

③ J. G. A. Pocock, *Virtue, Commerce, and History: Essays on Politic Thought and History, Chiefly in the Eighteenth Century*, Cambridge: Cambridge University Press, 1985, p. 222, p. 245, p. 345.

④ David Oakleaf, *A Political Biography of Jonathan Swift*, London: Pickering & Chatto, 2008, p. 108.

⑤ 用"一小撮人"（a set of men/persons）指涉结党营私的"辉格党小团体"进而指明其人党派利益的家族性俨然成为斯威夫特攻击辉格党寡头时的修辞特征（见《审查者》第 15 期、第 21 期、第 25 期、第 31 期及第 4 期等各处）。从对打击目标的精确化命名及攻击范围的谨慎圈定，我们不难指出斯威夫特对托利党与辉格党的合流与分化是有明晰而自觉的认识的。关于"一小撮人"及党派斗争亦可参 Henry St. John Bolingbroke, *Bolingbroke: Political Writings*, David Armitage, ed., Cambridge: Cambridge University Press, 1997, p5, p. 188。

⑥ Jonathan Swift, *The Examiner and Other Pieces Written in 1710 – 11*, Herbert Davis, ed., Oxford: Basil Blackwell, 1957, pp. 165 – 166.

⑦ F. Elrington Ball, ed., *The Correspondence of Jonathan Swift, D. D.*, in 6Vols, Vol. 2, London: G. Bell and Sons Ltd., 1912, p. 39.

辉格原则的托利气质"[1]一语虽不免于"学理姿态的模糊",无疑又有其恰切成分。埃龙教授的论断提醒我们,只有在谱系学视域中真正摸清辉格党内部不同原则,及其与托利政府具体政治动作及特殊事件的复杂关涉之后,我们才能真正弄清这场意识形态论战中斯威夫特为托利政府做的最为成功的辩护——《盟军的行为》(后文简称《行为》)及《论辉格党人公共精神》(*The Publick*[2] *Spirit of Whig*,1714)——在彼时伦敦文界掀起惊涛巨浪的深层原因。

二 作为危机公关的《盟军的行为》

上文言及的辉格党报人阿贝尔·波义耳对斯威夫特的"人身攻击",不过是彼时"两党最大规模册子论战"[3]中的冰山一角。须指出,作为主战场,1710年《审查者》与《卫报》(*Guardian*)的论辩绵延至1711年11月时,论战焦点逐渐集中于"政府密谋和谈行为"及"有利的和平"两组议题上。其间,托利阵营以《邮政童报》(*Post Boy*)、《晚报》(*Evening Post*)及《审查者》为主要阵地,积极应对在野辉格文人的《快报》(*The Flying Post*)和《每日邮报》(*Daily Courant*)不停喷发的诘难。但11月间突转的政局影响了形势走向。上议院托利党人诺丁汉伯爵(Earl of Nottingham)毫无征兆地转投辉格阵营,并在上议院开议致辞时领衔提交"没有西班牙,就不要和平"(No peace without Spain)此一动议。此举无异于对托利政府当头一击。辉格党欲乘胜追击,希冀取得下院多数议席;不料安妮女王当机立断,迅速敕封12位贵族,[4]确保了罗伯特·哈利政府在上议院的多数席位。但形势仍旧岌岌可危,哈利政府此时急需一波既能凝聚托利党人,又能引导逐渐散涣的签订和平协议决心的宣传攻势——斯威夫特《行为》的写作可谓

---

[1] Daniel Eilon, *Factions' Fiction: Ideological Closure in Swift's Satire*, Oxford: Basil Blackwell, 1955, p. 114.

[2] 原文如此。

[3] Irvin Ehrenpreis, *Swift: The Man, His Works, and the Age*, Vol. 2, Cambridge, Massachusetts: Harvard University Press, 1967, p. 483.

[4] Jonathan Swift, *English Political Writings 1711–1714: The Conduct of the Allies and Other Works*, Bertrand A. Goldgar and Ian Gadd, ed., Cambridge: Cambridge University Press, 2008, p. 166.

第三章　斯威夫特与政治秩序

临危受命。

实则，在久战师疲、物价飞涨、民怨载道的板荡背景下，《行为》逻辑线条分外简洁：于一场并非利益攸关的战事中英格兰已然不堪重负，遑论国家利益备受同盟国损害。如今欧陆局势丕变，已无意义再借债举战，因而停战势在必行。[①] 基于此一逻辑线索，文本中斯威夫特开门见山地指出："鉴于辉格党人在每日产出的千百册论中并没有提出哪怕一条站得住脚的理由，鄙人不禁好奇那批已失信于君主与国民，又背离国土乡民利益的一众党徒又是如何在缔结和平的这个节骨眼上制造出如此嘈杂噪声的。"[②] 不待读者思索，作者又立即将《行为》的论辩基调定牢：失势的"军事－金融"利益代表"辉格党小团体"与土地乡绅的对立使得"发战争财"的前者"不顾国家惨状而意欲颠覆国事现状来谋求党势"，旨在打破国家秩序。[③]

接着，在描述英格兰质押岁入、高举国债，因参与战争而入不敷出、濒临崩溃的财政状况之后，斯威夫特指出祸害根源不外乎是当年穷兵黩武，虽贵为英国国王却一心拥护荷兰利益[④]的威廉三世所推行的"养战财政改革"[⑤]。不列颠每年土地收入和各类麦税（Land and Malt Max）共计250万镑，此外的各类税赋收入都已透支用于支付此前举债的利息；而每年新的战

[①] J. A. Downie, *To Settle the Succession of the State: Literature ans Politics, 1678－1750*, London: Macmillan, 1994, p. 87.

[②] Jonathan Swift, *English Political Writings 1711－1714: The Conduct of the Allies and Other Works*, Bertrand A. Goldgar and Ian Gadd, ed., Cambridge: Cambridge University Press, 2008, p. 47.

[③] Jonathan Swift, *English Political Writings 1711－1714: The Conduct of the Allies and Other Works*, Bertrand A. Goldgar and Ian Gadd, ed., Cambridge: Cambridge University Press, 2008, p. 47.

[④] 斯威夫特包括《审查者》及《游记》在内的多数作品中都不难发现或隐或显的"反荷情绪"。其"反荷情绪"可理解为17世纪40年代因"英荷战争"产生的反荷情绪的回潮，当然彼时的"反荷情绪"亦与英荷海外殖民军备竞赛及贸易冲突休戚相关，相关论述可参本书第四章第五节相关内容。

[⑤] 以后代的视角（见《盟军的行为》第52、55、60页，及第61、64、82、96等页）"回溯"这场战争及其激进的国家财政抵押信贷制度的恶实，是斯威夫特《盟军的行为》书写过程中较为值得注意的一种手法。它不同于此前的《审查者》及其后的政论文，这种当代之利与千秋之功的比较视域在囊括了"子孙福祉"此一命题后，不仅对读者有一种天然的感召力和鼓动性（盎格鲁－撒克逊"氏族/家系"文化的传统意识可以说无意识地植根于每一位三岛居民的理解结构中，构成威廉斯所谓的情感结构），更赋予其论点一种"政治预言"色彩。综观斯威夫特一生，其笔下的"政治预言"多一语成谶。

争支出高达 600 万镑，扣掉土地及麦税收入仍须再举债 350 万镑之多，但"去年战争支出超出国家竭尽所能的收入之外仍需 100 万镑；政府不得已只能削减其他各类开支腾出 120 万镑。事态再明了不过：只要再延续一场战役，除了质押土地岁入和各类麦税，或遭以其他极端的权宜之计，国库根本别无他法"。① 斯威夫特以"最无知的读者"都能轻易看懂的加减法直观地告诉英格兰人民，偿付利息尚须勉力而为的情况下，偿清逐年累加的本金是无望的："要多久的时间，多平稳的政局，多么安定的国内外环境，读者诸君自己想象吧。"② 斯威夫特给出的预计年限是：50~100 年。

而如此沉重的国家负担，却有人不愿停止战事，其动机若揭昭然。那些斯威夫特指称为"食利者"（Monied③ Men），与土地士绅（Landed Man）对立的辉格党人，正是在财政制度改革中出现的信贷资本新贵。他们多以公债制度及国债利息买卖为生，成为名副其实的食利阶层。④ 且在斯威夫特看来，正是这些终日逡巡于交易巷（Exchange Alley）及威斯敏斯特大厅，混迹伦敦市大小咖啡馆的辉格党人，围绕以马布罗家族利益为内核的"辉格党小团体"，在明知国家利益受损、人民不堪税捐重负的情况下，仍旧执意提出"没有西班牙，就不要和平"的政治口号，想尽千方百计阻挠和平。盖因一旦战争终止，那些"征战"在外的将军一来无法收受同盟国贿赂好继续流英格兰的血为同盟国卖命；二来无法克扣军费中饱私囊。另外，将军们国内的党羽则无法继续发国难财。⑤ 不难指出，斯威夫特于此续接了《审查者》中对马布罗将军和瓦顿伯爵讽刺的机锋，一针见血地将事态拆解于公众面前：英格兰举全国之力不过在打一场仅关乎一个家族和他国利益的惨烈战争。"我们丢失千万同袍性命，耗尽全国财力，并不为祖国的利益"，不过是

---

① Jonathan Swift, *English Political Writings 1711 – 1714*: *The Conduct of the Allies and Other Works*, Bertrand A. Goldgar and Ian Gadd, ed., Cambridge: Cambridge University Press, 2008, p. 96.
② Jonathan Swift, *English Political Writings 1711 – 1714*: *The Conduct of the Allies and Other Works*, Bertrand A. Goldgar and Ian Gadd, ed., Cambridge: Cambridge University Press, 2008, p. 96.
③ 原文如此。
④ J. G. A. Pocock, *The Machiavellian Moment*, Princeton: Princeton University Press, 1975, pp. 438 – 439.
⑤ Jonathan Swift, *English Political Writings 1711 – 1714*: *The Conduct of the Allies and Other Works*, Bertrand A. Goldgar and Ian Gadd, ed., Cambridge: Cambridge University Press, 2008, pp. 83 – 85.

"增益了荷兰的领土,养肥了几位将军"。① 并且,膏脂肥硕的自然还有"那些以买卖股票和基金囤积财富,收成来自永恒的战乱,我们称为'食利者'的辉格党人"。②

同时,在指明国内"食利阶级"与"土地士绅"的对立,指出前者反对和平主要出于一己私利后,斯威夫特自然不忘提醒不列颠人民,退出战争缔结和平和约还须关注外部因素衍生的各类条件。③ 斯威夫特将这些条件系统地归结为三点加以论证。第一,极不谨慎亦不理智地,不列颠以主战国(Principals)身份参加了这场本应以从属国(Auxiliaries)身份参与的战争。第二,不列颠耗尽人力物力并未实现参战目的,且在战争中并未在削弱敌人之后为不列颠博取应得利益。第三,同盟各国几乎违背了原先签订并应受约束的各类条款与协议,更将重担卸于不列颠的肩头。④

同盟国中尤其荷兰联合省对不列颠"虐待"最甚。因而,斯威夫特于1712年8月间腾出手发表了与《行为》声气相通的《论边境条约⑤》("Some Remarks on the Barrier Treaty",1712)。文中斯威夫特将不列颠的"质朴"与荷兰联合省的"背信弃义"脸孔概括得更加淋漓尽致:在全国举

---

① Jonathan Swift, *English Political Writings 1711–1714*: *The Conduct of the Allies and Other Works*, Bertrand A. Goldgar and Ian Gadd, ed., Cambridge: Cambridge University Press, 2008, p. 62.
② Jonathan Swift, *English Political Writings 1711–1714*: *The Conduct of the Allies and Other Works*, Bertrand A. Goldgar and Ian Gadd, ed., Cambridge: Cambridge University Press, 2008, p. 83.
③ J. A. Downie, *To Settle the Succession of the State*: *Literature ans Politics*, *1678–1750*, London: Macmillan, 1994, pp. 84–85.
④ Jonathan Swift, *English Political Writings 1711–1714*: *The Conduct of the Allies and Other Works*, Bertrand A. Goldgar and Ian Gadd, ed., Cambridge: Cambridge University Press, 2008, p. 57.
⑤ 《英荷边境条约》,全称 *The Barrier-Treaty between Her Majesty and the States-General*,签订于1709年9月29日,全文共21条条款。其中仅第2条与第12条涉及荷兰联合省支持《继承法案》并保证英格兰继承权留在汉诺威王室中;荷兰不能在法国继续支持僭主的情况下对法国缔结合约。其余条款主要涉及英格兰如何以财政和军事力量支持荷兰在西属尼德兰地区建立反法边境,而且反法边境条款中划定的各城堡,荷兰都将享有绝对的领土主权。实际上,《英荷边境条约》对英格兰而言不妨用"丧权辱国"一语评价,无异于举英格兰之力为荷兰联合省获得领土。譬如,按第14条款,女王在为荷兰联合省攻克边境要塞之后还有义务为其驻军支付每年10万克朗(100000 Crowns)的军费,且按第6、7条款及第11条款,荷兰不仅享有边境各要塞市镇的税收权力,还实际上掌握了行政主权。更为不合理的是,在这些市镇是英格兰为荷兰攻克的前提下,依照第15条款,不列颠商船经过划归边境的各市镇时仍须缴纳关税;此种无理条约在斯威夫特看来无异于"'人头你死字我活,(转下页注)

债 2000 万镑、流尽 10 万名将士鲜血并耗费 10 年之久[①]终于夺下敌军 20 余座城池后,眨眼之间却轻易地拱手让人:

> 我们并未增益一寸国土:我们引以为傲的贸易本未受限于边境条约;原先也不用缴纳关税,却反而日渐为其所累丧失优势。我们所见无非举国上下哀鸣于苛捐杂税重负之下,此种猛于虎的税捐却仅能勉强偿付战争贷款的利息。再来看这"军功章"的另一面,原本于水深火热之中而呼告我方援救的这位邻居,独独仰赖此一条约,即便在休战之时也能称霸原不属于他们的领地,55000 虎狼之师如今如悬头之剑,随时能从我们为其攻克的城池中突袭我们……[②]

不仅如此,于斯威夫特看来,荷兰联合省更是背信弃义、阳奉阴违之徒。在 1702 年同盟盟约中,各国相约增兵,英格兰由 4 万人再增兵源 1 万人,而荷兰约定由 6 万人再增兵源 1 万人,但此项规定与之前盟约中英格兰兵员不得多于其余两国三分之一的协议相抵牾,故而议会提议荷兰断绝与法国贸易往来作为平衡。但荷兰联合省含糊推诿,待议会闭会,便置之不理。此后,每一新发战役,英国都不断被要求增补兵力,而荷兰却暗中减少兵员,将战争重担慢慢加于英格兰肩头。[③]

(接上页注⑤)我的都是你的,你的仍旧属于你'此类儿童游戏"(.... to be perfect Boys Play, *Gross I win, and Pile you lose, or, What's yours is mine, and what's mine is my own*, See The *Conduct of the Allies*, p. 129)。故而连时任谈判特使之一的马布罗公爵都拒绝在条约上签字,仅由唐斯恒德伯爵(Lord Townshend)签署生效。斯威夫特在《论边境条约》一文中曾将《英荷边境条约》全文附上,详见 Jonathan Swift, *English Political Writings 1711 – 1714*: The *Conduct of the Allies and Other Works*, Bertrand A. Goldgar and Ian Gadd, ed., Cambridge: Cambridge University Press, 2008, pp. 136 – 144。

① Jonathan Swift, *English Political Writings 1711 – 1714*: The *Conduct of the Allies and Other Works*, Bertrand A. Goldgar and Ian Gadd, ed., Cambridge: Cambridge University Press, 2008, p. 52.
② Jonathan Swift, *English Political Writings 1711 – 1714*: The *Conduct of the Allies and Other Works*, Bertrand A. Goldgar and Ian Gadd, ed., Cambridge: Cambridge University Press, 2008, p. 135.
③ Jonathan Swift, *English Political Writings 1711 – 1714*: The *Conduct of the Allies and Other Works*, Bertrand A. Goldgar and Ian Gadd, ed., Cambridge: Cambridge University Press, 2008, pp. 71 – 72.

第三章 斯威夫特与政治秩序

揭批荷兰人虚伪嘴脸后，文本转而指责盟军中更为主要的涉事者——对西班牙王位提出继承权要求的哈布斯堡家族——出于私利对联盟条约和其他契约的违背。哈布斯堡对英格兰利益乃至盟军利益的损害在斯威夫特看来已经到了"令人发指"的地步。英格兰、荷兰联合省和神圣罗马帝国三国原本约定共同支付普鲁士雇佣军的军费，其中英格兰出资20万镑，荷兰出资10万镑，神圣罗马帝国出资3万镑。但神圣罗马帝国却从未支付，且当萨伏依王子尤金（Prince Eugene of Savoy）途径柏林，遭遇柏林廷臣索要军费时，尤金王子竟告诉普鲁士人让英格兰和荷兰多出7万镑。荷兰人断然拒绝，于是重担又落在英格兰身上。①葡萄牙驻军军费分摊事宜上，帝国皇帝又一次故技重施，背信弃义，荷兰也又一次甩包袱，导致英格兰几乎独力支持加泰罗尼亚（Catalonia）战区。不仅如此，神圣罗马帝国皇帝时常撇下盟国战事，分兵镇压国内清教徒运动；在颇为关键的多隆战役（Battle of Toulon）中，奥地利一方和尤金王子宁愿分兵攻打更贴近自己利益的那不勒斯，也不愿合围多隆，最终错失挫败法军的良机。

不仅如此，盟军各国对英格兰的欺凌瞒骗、转嫁负担已经严重到了连葡萄牙此等小国都敢在与英格兰签订合约时提出并实现了"英格兰为葡萄牙装备优于敌军的海军，并支付葡萄牙12000人的军费开支"此等要求。而作为对应条款，葡萄牙只需为英格兰装备十艘战舰，且战舰仅在葡萄牙沿海效力。无怪乎斯威夫特将之比喻为"葡萄牙国王与大臣拟订好并交与英格兰政府签订的条约"。②而这种不合常情的条约以及怪异的战争何以能持续如此之久？在斯威夫特看来，无外乎盟军贿赂了大将军马布罗公爵，而国内"辉格党小团体"又以战为生，中饱私囊。

论证至此，在斯威夫特看来盟军两面三刀，而英格兰举国尽在为别国及一党私利服务。征战十年，没有一丝利好惠及民生国计，只有连年累月、不知何日能偿清的巨额债务。义愤填膺的斯威夫特最终在文末疾号：盟军各国

---

① Jonathan Swift, *English Political Writings 1711 – 1714*: *The Conduct of the Allies and Other Works*, Bertrand A. Goldgar and Ian Gadd, ed., Cambridge: Cambridge University Press, 2008, p. 75.

② Jonathan Swift, *English Political Writings 1711 – 1714*: *The Conduct of the Allies and Other Works*, Bertrand A. Goldgar and Ian Gadd, ed., Cambridge: Cambridge University Press, 2008, pp. 67 – 68.

心怀鬼胎，约瑟夫暴毙之后，再将西班牙王位置于神圣罗马帝国麾下无异于又增设一位欧洲霸主，所以"没有西班牙，就不要和平"根本就是托词，为英格兰的生计和恢复欧洲的平静，师老民疲，战可休矣！①

《行为》定稿之后的1711年9月25日，也正是下院开席前一周，议员们几乎已人手分得一册。两天后，《行为》公开刊行，不出意料的是，《行为》在一天之内售罄第1次印刷的1000册，第2次印刷也在5小时内卖完。12月3日，《行为》第2版也销售一空，次年1月底，第6版销售也告罄，至此，《行为》一共售出11000本，此举在彼时已然创下销售纪录。② 1712年2月4日，功成名就的斯威夫特这样致信女友："下院今日一致认同，我方利益一直被盟军损害。那些进言的辩论者一字不落地引用我书中的观点（按：《行为》）为论据，他们的投票也证实了我所说的一切。议席最终以150票的压倒性优势通过。是我的书激发了他们（缔结合约）的决心。"③ 时隔一年之后，连斯威夫特后半生的宿敌（archenemy），辉格党新生代首脑罗伯特·华尔波尔（Robert Walpole）在《议会简史》（*Short History of the Parliament*, 1713）中都不得不承认："这部杰作甫一行销就充斥坊间巷里，缙绅之士几乎人手一册，即便充斥着谎言与扭曲，它仍旧达到了目的……对同盟国的忌恨与污蔑。"④ 而斯威夫特则在他所购的《议会简史》该段的页边干净利落地写下旁注："全然真相"（It was all true）⑤。12月，议会介入调

---

① Jonathan Swift, *English Political Writings 1711 – 1714*: *The Conduct of the Allies and Other Works*, Bertrand A. Goldgar and Ian Gadd, ed., Cambridge: Cambridge University Press, 2008, p. 106.

② Irvin Ehrenpreis, *Swift*: *The Man*, *His Works*, *and the Age*, Vol. 2, Cambridge, Massachusetts: Harvard University Press, 1967, p. 485.

③ Jonathan Swift, *Journal to Stella*, J. K. M. ed., London: J. M. Dent & Sons Ltd., 1964, p. 315.

④ Cf, Jonathan Swift, *English Political Writings 1711 – 1714*: *The Conduct of the Allies and Other Works*, Bertrand A. Goldgar and Ian Gadd, ed., Cambridge: Cambridge University Press, 2008, p. 9.

⑤ Cf, Jonathan Swift, *English Political Writings 1711 – 1714*: *The Conduct of the Allies and Other Works*, Bertrand A. Goldgar and Ian Gadd, ed., Cambridge: Cambridge University Press, 2008, p. 9. 有意思的是，多年后约翰逊博士在《英国诗人传》中也认为斯威夫特仅是"陈述事实"，并指出《行为》的历史性成功应归因为激愤的民情。详见 Samuel Johnson, *The Lives of the Poets*, Oxford: Oxford University Press, 2009, p. 326。

第三章 斯威夫特与政治秩序

查马布罗克扣军饷2.5%为己所用一事。[1] 不日后,马布罗解职,托利党人奥蒙德公爵(Duke of Ormond)接任大将军一职。英格兰迎来了和平的曙光。一时之间,托利党政府气势如虹,斯威夫特也如特里维廉(G. M. Trevelyan)教授指出的:"英国史册所载录的文人,第一次如此直接地主导了政党与国家的命运走势。"[2] 或许作为政治"回报",斯威夫特于4月底获得爱尔兰圣帕特里克大教堂主教一职(Dean of St. Patrick)。特里维廉教授所言非虚,毕竟作为"前所未有的成功"(enormous success),《行为》在影响议会内政之余,甚至直接引导了荷兰联合省的外交政策。荷兰在不久之后,"被迫"(rail-roaded)追随英格兰签署了对法合约。[3]

然而,在恩伦普瑞斯教授看来,《行为》之所以有"爆炸性的效果",与罗伯特·哈利和圣·约翰及时提供枢密院会议中的绝密信息有关。这些内部信息包括准确的军费开支及人员数量在内的"鲜活数据"。[4] 而我们知道,英国议会讨论的内容一直以来都是政府机密。尽管1681年之后,有关议会投票结果的简报可以依法印刷成文,但政府仍旧严格禁止普通民众接触这类简报:"到1738年,议会甚至紧缩了旧法令,把泄露在两届会议之间发表议会辩论记录视为侵犯议会特权。"[5] 无怪乎辉格党文人在回应《行为》时愤愤然地指责其作者泄露国家机密。[6] 确实,为确保意识形态宣传战的关键一役能旗开得胜,托利党党魁不仅全程参与《行为》的写作,更私下传递了不少对彼时平头百姓极具吸引力的议会机密。1711年11月10日,斯威夫特给斯特拉的信札中就特地记录:"三四位要人正确保事件情况的准确无误。"[7]

---

[1] Jonathan Swift, *The History of the Four Last Years of the Queen*, Herbert Davis, ed., Oxford: Basil Blackwell, 1963, p. 66.

[2] G. M. Trevelyan, *England under Queen Anne*, Vol. 3, London, 1934, p. 254.

[3] J. A. Downie, *To Settle the Succession of the State: Literature ans Politics, 1678–1750*, London: Macmillan, 1994, p. 87.

[4] Irvin Ehrenpreis, *Swift: The Man, His Works, and the Age*, Vol. 2, Cambridge, Massachusetts: Harvard University Press, 1967, p. 494.

[5] 哈贝马斯:《公共领域的结构转型》,曹卫东等译,上海:学林出版社,1999,第72页。

[6] Irvin Ehrenpreis, *Swift: The Man, His Works, and the Age*, Vol. 2, Cambridge, Massachusetts: Harvard University Press, 1967, p. 495.

[7] Jonathan Swift, *Journal to Stella*, J. K. M. ed., London: J. M. Dent & Sons Ltd., 1964, p. 284.

甚至直到《行为》发行到第4版，罗伯特·哈利还在亲自校对稿件。[①] 因而，我们在推导《行为》作为政府舆论战胜利的重要手段之余，自然须考量"信息不对称"所致发的轰动效应。

三 为托利最后一辩：《辉格党人公共精神》

在和谈局势的后续走向方面，托利党政府曾争取到法国让出敦刻尔克（Dunkirk）要塞并将要塞质押与英格兰以英方驻军作为和谈的保证，此举本是极为关键的和谈协议，却被法方借故拖延。整个1712年6月，身体抱恙的斯威夫特郁结于此事。他26日致信大主教金："……欲报告关于和平的某些决定性消息，但一切都仍未有定局，我也仍旧沮丧不堪，尽管主事者们谈笑中揶揄我对和谈为何如此提心吊胆。"[②] 然而，斯威夫特的"过度"堪忧并非没有道理：安妮女王已有病入膏肓之势，继承权问题同时被两党提上议事日程。因而"僭主危机"在此种情态之下愈发凸显，敦刻尔克作为防止僭主奔袭英伦三岛的津要，不扼其艰险则不列颠皇权就无法安稳过渡与汉诺威王朝，辉格党人也便多有口实。果然，8月7日理查德·斯蒂尔主笔的《卫报》借"敦刻尔克危机"率先发难，又起哥德加尔教授称为"册子战争"[③]的意识形态笔战。

与同阿贝尔·波义耳、笛福[④]等人交锋稍有差别，作为托利党政府"宣

---

① *Journal*, JST, p. 428. Cf, Jonathan Swift, *English Political Writings 1711 – 1714*: *The Conduct of the Allies and Other Works*, Bertrand A. Goldgar and Ian Gadd, ed., Cambridge: Cambridge University Press, 2008, p. 2.
② F. Elrington Ball, ed., *The Correspondence of Jonathan Swift, D. D.*, in 6Vols, Vol. 1, London: G. Bell and Sons Ltd., 1910, p. 329.
③ Jonathan Swift, *English Political Writings 1711 – 1714*: *The Conduct of the Allies and Other Works*, Bertrand A. Goldgar and Ian Gadd, ed., Cambridge: Cambridge University Press, 2008, p. 34.
④ 《行为》刊行引发的轰动效益自然招致辉格报人的群起攻击。其中"受雇"于哈利的笛福，其人摇摆立场颇有意思，《行为》刊前后笛福接连撰文评论和谈与斯威夫特的文章。详见 Daniel Defoe, *Reasons Why This Nation Ought to Put a Speedy End to this Expensive War*, London, 1711, pp. 3 – 9; Daniel Defoe, *A Defense of the Allies and the Late Ministry*, or *Remarks on the Tories New Idol*, London, 1712, p. 7. 结合事件的历史走向，以政治嗅觉敏锐著称的笛福或许已然预见到了1714年政治地震的"异象"，在为辉格党重掌政权后的人身安全"购买保险"；当然，不排除巫怀宇所言，笛福的"叛变"正出自"对辉格党的意识形态忠诚"。相关文献及论述可参巫怀宇前揭文。

第三章　斯威夫特与政治秩序

传部部长"斯威夫特此番主战的敌手正是旧时交游[①]好友斯蒂尔。后者于1713年10月1日停止《卫报》撰稿,新创办了一份政治性极强的党派报纸《英国人》(*English*,1713—1714)。国际时局方面,虽然约翰·希尔(John Hill)将军早于1712年7月8日驻扎敦刻尔克,但要塞城堡的拆除工作一直为法方所拖延;一时之间谣诼纷纷,"僭主危机论"又卷土重来。此情此景之中,斯威夫特于1712年7月6日及17日接连发文《一位辉格党人与一位托利党人关于敦刻尔克的谈话》("A Dialogue upon Dunkirk, between a Whig and a Tory",1712)及《凄凉景况之后的高呼》("A Hue and Cry after Dismal",1712),意欲澄清谣言,但淹没于辉格报人潮水似的舆情文章中,未能起轰动。终于,1713年4月,《乌德勒支和约》签订(The Treaty of Utrecht),西班牙王位继承战争结束。依照1711年7月英法密谈的"停战意向"(the Preliminaries),安茹公爵(Duke of Anjou)放弃法国王位继承权而

[①] 斯威夫特接手《审查者》更成为托利党政府喉舌之后,便与1708年以后交游的,以爱迪生、斯蒂尔为核心的辉格党文人圈逐渐疏离。1711年1~3月,斯威夫特致信斯特拉言及爱迪生、斯蒂尔时已不乏芥蒂之心(见 Jonathan Swift, *Journal to Stella*, London: J. M. Dent & Sons Ltd., 1964, pp. 96 - 97, p. 132)。即便如此,旧友圈里之间总归保留一层心照不宣的温情面纱,并未继续交恶。斯蒂尔与斯威夫特的公开决裂发生在1713年5月。是月12日,斯蒂尔在当日《卫报》的署名文章中回应友人讥笑其曾与"审查者"过从甚密而表示:"我十分遗憾须称呼他为'恶棍'(miscreant),一个我认为应该形容渎神者的词……我毫不关心他是以一位疏远的友人身份还是以一位泼辣的情妇(按:隐射时任《审查者》主笔曼妮女士,曼妮是托利党出版人约翰·巴别的情妇)之身份攻击我。"(见 *Guardian*, 12 May 1713)实际上,彼时斯威夫特如其在《审查者》中所言,无法穷尽蜂拥而出的辉格党文人攻讦,因而似乎没有关注《卫报》;他是在友人告知的情况下得知斯蒂尔对自己的人身攻击的。5月13日,他在时隔近3年后再次致信爱迪生,澄清自己早已不再主笔《审查者》,并指出1710年朝政更迭之际曾在罗伯特·哈利面前替斯蒂尔说项使其保留《公报》(*Gazetteer*)职位,更陈情将职位年薪从60镑加至300镑(按:斯威夫特在这件事上确实被罗伯特·哈利蒙在鼓里,哈利实际上与斯蒂尔有私下交易,加薪毋宁作为"封口费",平息斯蒂尔对新立政府的攻击。详见 Swift: *The Man, His Works, and the Age*, Vol. 2, p. 437)爱迪生似不愿介入两人事端,直接转信与斯蒂尔,后者遂讥笑斯威夫特在自以出力替友人保职一事上的天真;并不忘讥讽:"很高兴听闻你荣升圣帕特里克教长。"斯威夫特复写就长信与斯蒂尔,怒斥后者毁谤并忘恩负义;斯蒂尔潦草复信,意言两人已是秦楚之别;自此两人决裂,开始笔战(详见 F. Elrington Ball, ed., *The Correspondence of Jonathan Swift, D. D.*, Vol. 2,1713年5月13日、5月19日、5月23日及5月26日三人通信)。及至5月29日致信斯特拉再次言及辉格党文人圈时,斯威夫特甚至表示:"如今你再也听不见我谈起爱迪生、斯蒂尔、亨莱和露西女士、芬奇女士及萨默尔、哈利法克斯伯爵等人了。"详见 Jonathan Swift, *Journal to Stella*, London: J. M. Dent & Sons Ltd., 1964, p. 177。

继承西班牙王位,英格兰终于迎来了久违的和平。

和平实现之后,两党笔战稍事缓和。然而,1714年2月,斯蒂尔以预售方式推出的《危机》(The Crisis, 1714)一书再次引起轩然大波,二度激发笔战。从传媒角度而言,《危机》一书的流通可谓具备了现代图书发售及营销的诸多要素:尚未完稿便蓄力投放广告营造声势,并采取不合常规的1先令价格征订①此种低价预售模式。虽有数月以来辉格文人在各类报刊上不断堆叠的舆情声势铺垫,但迟至12月《危机》仍未按时脱稿,斯蒂尔只得再次四处发布广告佯称延迟刊发乃是为了让广大女性朋友亦能有征订的机会。②作为应对,斯威夫特则于1714年1月4日作诗《拟贺拉斯颂第二书第一篇:兼赠友人理查德·斯蒂尔绅士》一首(The First Ode of the Second Book of Horace Paraphras'd: And Address'd to Richard Steele, Esq, 1714),以其惯用的八音步双韵体及"叙事面具",假托斯蒂尔的一位低俗友人之口对后者发出如下"奉劝":

老兄啊,听说你意志坚定
有干一番奇崛伟业的豪情
欲借助那生花妙笔的神力
把美好的旧时伟业③再度拾起

---

① 如斯威夫特在《辉格党人公共精神》中指出,征订预售通常只适合价格较高的图书,斯蒂尔这种低价预售无疑有明显的政治动机(见 English Political Writings 1711 – 1714: The Conduct of the Allies and Other Works, p. 245)。恩伦普瑞斯教授也指出这种低价预售是"极为荒诞"的(见 Irvin Ehrenpreis, Swift: The Man, His Works, and the Age, Vol. 2, Cambridge, Massachusetts: Harvard University Press, 1967, p. 697)。

② Irvin Ehrenpreis, Swift: The Man, His Works, and the Age, Vol. 2, Cambridge, Massachusetts: Harvard University Press, 1967, p. 698.

③ "美好的旧时伟业"(the Good Old Cause),是17世纪50年代克伦威尔议会军提出的政治口号,主张反对绝对军权,建立共和国。其理论资源可以上溯至17世纪20年代的塔西佗主义;17世纪60年代,王政复辟时期,曾经参与革命的共和派也提出了"美好的老事业"口号,哈林顿的各类书写中便不乏涉及;该指称至1700年后多用于指譬具有激进倾向的共和派人士的思想作风。此处斯威夫特用之形容斯蒂尔的"事业",讽刺意味溢于言表。波考克《马基雅维里时刻》第402页注释2可参。

第三章 斯威夫特与政治秩序

>而在伯内特①精明的建议下
>你贴上诨名《危机》给它②
>……

叙事者接着笔锋一转,挪揄斯蒂尔"干一番充满意志坚定的壮志豪情的伟业"从威廉三世时期就一直吹捧至今,"伟业"却不见踪迹。其人不过如野猪拱地(rout)般嗅寻党争"事迹",暗中破坏和平谈判,于是"友人"又劝斯蒂尔:

>听我一句,你在做的蠢事
>无疑要断送你日后的伙食
>你见疯子愚人蠢子和童稚
>摆弄过超出其理解的理智?
>既然你有赴汤蹈火的勇气
>不愿就此善罢甘休地退离
>我只得劝你别再胡搞瞎闹
>更别把打油诗蹩脚地拼造③
>……

当然,斯威夫特对斯蒂尔"酒馆文人"般(doggerel)的贬讽并无法阻止《危机》的行销。在辉格党中新近成立、以待安妮女王过世后迎接汉诺威

---

① 本文所引的赫伯特·戴维斯教授编撰的《斯威夫特诗集》(*Poetical Works*)中编者并未注释伯内特为何人,联系《盟军的行为》及《安妮王朝最后四年历史》两书指涉,应为索尔斯伯里主教吉尔伯特·伯内特(Gilbert Burnet, 1643—1715),正是此君协助威廉三世系统地提出了斯威夫特最为痛恨的国债财政制度。伯内特作为复辟时期"英格兰流亡集团成员"之一与洛克过从甚密,其激进辉格党倾向详见迈克尔·扎科特《自然权利与新共和主义》,王萦兴译,长春:吉林出版集团有限责任公司,2008,第139~152页。
② Jonathan Swift, *Poetical Works*, Herbert Davis, ed., London: Oxford University Press, 1967, p.139.
③ Jonathan Swift, *Poetical Works*, Herbert Davis, ed., London: Oxford University Press, 1967, p.140.

选帝侯（The Elector）的汉诺威俱乐部（Hanover Club）的推波助澜之下，《危机》仍旧一时之间惹得"伦敦"纸贵。斯蒂尔文中对托利党政府和平政策、教士阶层的腐朽不乏讽刺，更在王位交接的关头，对托利党人愈发蠢动的雅各宾倾向提出批驳，渲染了国族危难关头的"历史景象"。尤其《危机》一文对马布罗"受难英雄"形象的营造对激发爱国情绪颇有功效，故而在坊间多有影响。① 斯蒂尔在家书中也告慰妻子：《危机》"全国范围内都在流通"。② 面对《危机》，托利党文人奋起反驳却不见功效。有力回驳的重任如哥德加尔教授指出的，终归还须"政府发言人"斯威夫特担当。③ 1714年2月23日，"有多种因素可将之称为斯威夫特最为杰出的作品之一"④ 的《辉格党人公共精神：受〈危机〉作者慷慨鼓励而作》（"The Pubilck⑤ Spirit of the Whigs: Set Forth in Their Generous Encouragement of the Author of The Crisis", 1714, 后文简称《公共精神》）一文终于面世。

然而须要指出，在托利党1710年开始把持朝政数年期间与辉格党文人进行无数笔战的大背景中来看，"《公共精神》论战"中，除了安妮女王病危引发的继承权问题及随之而来的"僭主危机"之外，斯威夫特已然无法提出更为新颖的论调。但笔战的时局又要求斯威夫特须有创新。据此，斯威夫特在此一文本中的"创新"正是大胆采用的"非斯威夫特式"辩论术：文本没有惯见的戏仿、讽拟乃至自我反讽，也缺乏精致的叙事装置与多重音部。⑥ 可以说，在《公共精神》一文中，斯威夫特较为罕见地卸下了常用的

---

① Richard Steele, *The Crisis: or, a Discourse Representing, from the Most Authentick Records, the Just Causes of the Late Happy Revolution...*, London: Printed by Sam. Buckley, 1713, p. 31.

② Richard Steele, *Correspondence*, pp. 292–293. Qtd. in Jonathan Swift, *English Political Writings 1711–1714: The Conduct of the Allies and Other Works*, Bertrand A. Goldgar and Ian Gadd, ed., Cambridge: Cambridge University Press, 2008, p. 36.

③ Jonathan Swift, *English Political Writings 1711–1714: The Conduct of the Allies and Other Works*, Bertrand A. Goldgar and Ian Gadd, ed., Cambridge: Cambridge University Press, 2008, p. 37.

④ Stephen Karian, *Jonathan Swift in Print and Manuscript*, Cambridge: Cambridge University Press, 2010, pp. 173–175. See also, Irvin Ehrenpreis, *Swift: The Man, His Works, and the Age*, Vol. 2, Cambridge, Massachusetts: Harvard University Press, 1967, p. 702.

⑤ 原文如此。

⑥ Irvin Ehrenpreis, *Swift: The Man, His Works, and the Age*, Vol. 2, Cambridge, Massachusetts: Harvard University Press, 1967, pp. 705–706.

第三章　斯威夫特与政治秩序

"叙事面具",并以一以贯之的坚毅语调及平白无误的言辞与斯蒂尔的《危机》展开了一场点对点的"理据白刃战"。

文本开篇,斯威夫特当即指出辉格党人收容刀笔吏时着实不择手段并且尤为"宽容"。因为连斯蒂尔此种连标题都不知拟定[①]的文人亦不假分辨地加以网罗,究其原因不外乎辉格党人急需论辩册子:"任何能够反对政府的册子,任何涉及奴役状况、法兰西及僭主的主题皆可。如此这般便可以混淆视听、织构谣言、引导愚民、煽风点火,哪怕读者并没有真的看过册子的内容。"[②] 因而,"就如罗马天主教国家骗子招摇撞骗时高呼:'这是一个奇迹!这是一个奇迹!'并非为了使异端改宗,而是为了欺瞒愚昧的大众,辉格党人同此理也呼号:'一个册子!一个册子!危机来了!'也并非为了说服敌手,而是为了聚拢散兵游勇,并振奋党情"。[③] 所以辉格党人的"公共精神"便是——豢养"咖啡馆写手"为其吹鼓手。

接着,读本似为证明斯蒂尔《危机》不过同《卫报》《英国人》一般,也是"怨念与谎言及娱人的无稽之谈"而已,斯威夫特不断纠缠于斯蒂尔"语无伦次"的逻辑漏洞及基本语法错误。譬如,《危机》开篇在谈论自由时,斯蒂尔曾有"自由,我希冀能被理解,意味着人之生活的幸福"[④] 一语,其后三个段落斯蒂尔又渲染:"没有自由,上天赋予我们的健康、力量,

---

[①] 斯威夫特在论点中指出《危机》的副标题用了"论……"但议论的主体却为议院议案的摘录(第22页),议论部分仅有2页,因而不能算为"论……",且定价也应当按比例减去9便士。此语自然不乏"强词夺理"的意思。

[②] Jonathan Swift, *English Political Writings 1711–1714: The Conduct of the Allies and Other Works*, Bertrand A. Goldgar and Ian Gadd, ed., Cambridge: Cambridge University Press, 2008, p. 245.

[③] Jonathan Swift, *English Political Writings 1711–1714: The Conduct of the Allies and Other Works*, Bertrand A. Goldgar and Ian Gadd, ed., Cambridge: Cambridge University Press, 2008, p. 246.

[④] "By liberty, I desire to be understand to mean, the happiness of men's living under laws of their own making by their personal consent, or that of their representatives." See Jonathan Swift, *English Political Writings 1711–1714: The Conduct of the Allies and Other Works*, Bertrand A. Goldgar and Ian Gadd, ed., Cambridge: Cambridge University Press, 2008, p. 259. 实则,此处可能是斯蒂尔笔误,在"to be understand"前后语境中省略"by the readers"。若加上虽然冗繁啰唆,是不会产生太大歧义的。斯威夫特在《公共精神》中颇有几处这种抠字眼式的回驳,但另一方面,不难发现斯蒂尔《危机》中行文风格多流于臃肿呆滞,或限于主题,全然失却了《旁观者》中的生趣灵动(即便主笔《旁观者》时笔法尚属灵动,深得学界青睐的仍旧是爱迪生的笔触)。

便会被暴君恣意摧毁我们及同胞的自由。"① 实际上，斯蒂尔《危机》开篇频繁引譬"自由与幸福"，自然意在牵引 17 世纪英格兰政治思想史中霍布斯-洛克乃至哈林顿多有关注的"自由"论题。深谙英格兰政治传统读物的斯威夫特对此自然心知肚明，但论辩策略仍旧驱导他将斯蒂尔的"话题"贬斥为"学徒造句般干瘪可笑的句子"。② 同时，文章的政治主旨"要求"斯威夫特将斯蒂尔的"饶舌之语"阐发为"被意味着去意味，或曰被理解去理解"。③ 因而，在斯威夫特看来，对《危机》"所充斥的恶意与毁谤需要及时回驳，但《危机》字里行间的无聊与荒谬又无法回应"。④ "无奈之下"斯威夫特只得"承认"辉格党人对口齿不清的御用文人的宽容恰好彰显了其人"公共精神"。

同时，于"僭主危机"此一旧题，《危机》虽未能提出任何新的"名目"，但在安妮女王病危的新背景下，《危机》一方面"焦躁地等待女王之死"；⑤ 另一方面"来来回回并不厌其烦"⑥ 地重复并刻意夸大早已被法王按《乌德勒支和约》请出法兰西并蜗居于巴赫勒杜克宫（Bar Le Duc）的僭主及其"威胁"。此外，《危机》更影射除了僭主之外，欧陆觊觎英格兰王位的罗马天主教君主大有人在，这无疑扩大打击面且有树敌的嫌疑。对此，斯

---

① "Without liberty, even health, and strength, and all the advantages bestowed on us by nature and providence, may at the will of a tyrant be employed to our own ruin, and that of our fellow creatures." See Richard Steele, *The Crisis: or, a Discourse Representing, from the Most Authentick Records, the Just Causes of the Late Happy Revolution...*, London: [sn.], 1713, p. viii.

② Jonathan Swift, *English Political Writings 1711 - 1714: The Conduct of the Allies and Other Works*, Bertrand A. Goldgar and Ian Gadd, ed., Cambridge: Cambridge University Press, 2008, p. 259.

③ "to be meant to mean, or to be understood to understand." Qtd. in Jonathan Swift, *English Political Writings 1711 - 1714: The Conduct of the Allies and Other Works*, Bertrand A. Goldgar and Ian Gadd, ed., Cambridge: Cambridge University Press, 2008, p. 260.

④ Jonathan Swift, *English Political Writings 1711 - 1714: The Conduct of the Allies and Other Works*, Bertrand A. Goldgar and Ian Gadd, ed., Cambridge: Cambridge University Press, 2008, p. 249.

⑤ Richard Steele, *The Crisis: or, a Discourse Representing, from the Most Authentick Records, the Just Causes of the Late Happy Revolution...*, London: [sn.], 1713, p. 37. See also, Jonathan Swift, *English Political Writings 1711 - 1714: The Conduct of the Allies and Other Works*, Bertrand A. Goldgar and Ian Gadd ed., Cambridge: Cambridge University Press, 2008, p. 267 and p. 272.

⑥ Jonathan Swift, *English Political Writings 1711 - 1714: The Conduct of the Allies and Other Works*, Bertrand A. Goldgar and Ian Gadd, ed., Cambridge: Cambridge University Press, 2008, p. 281.

威夫特不无辛辣地回驳：按血统，我们对欧陆几乎所有国家，尤其法国都有王位继承权，若按斯蒂尔高见，"那我们难道就要把所有和英格兰有姻亲血缘关系的欧陆天主教君主毒死或谋杀了吗？"① 最终，或出于党见，或出于私愤，斯威夫特抱怨：回复《危机》那俗套论调中粗鄙无知的语言与混乱不堪的逻辑，是他承担过的最为艰苦的任务。②

四 新哈林顿主义：古典德行的脆弱平衡

实则，在笔者看来，作为斯威夫特"为哈利政府的最后一辩"，③《公共精神》在坚守党派意识形态最后一个街垒的同时，亦是在捍卫斯威夫特笃信的宗教信念与政治操守：以"军事—财政"寡头政客手下的食利者阶层为主聚拢起来的乌合之众，对内把持朝政以培植党羽，对外延续战争以中饱私囊，不断撼动不列颠政治秩序支柱——土地士绅及国教的利益。在斯威夫特看来，此种"不断求新的现代精神"④ 代表的必然是腐败/堕落及平衡的失控，因而其对辉格党派宗旨的"挞伐"从《审查者》到《行为》再到《公共精神》之时，已经如恩伦普瑞斯教授指出的那般，"是以一个完全自主的公民之身份去为受凌虐的正义观念而战了"。⑤

---

① Jonathan Swift, *English Political Writings 1711 - 1714: The Conduct of the Allies and Other Works*, Bertrand A. Goldgar and Ian Gadd, ed., Cambridge: Cambridge University Press, 2008, p. 268, p. 282.
② Jonathan Swift, *English Political Writings 1711 - 1714: The Conduct of the Allies and Other Works*, Bertrand A. Goldgar and Ian Gadd, ed., Cambridge: Cambridge University Press, 2008, p. 250.
③ Stephen Karian, *Jonathan Swift in Print and Manuscript*, Cambridge: Cambridge University Press, 2010, pp. 173 - 174.
④ 从《故事》中"现代派"对"新型哲学体系"的狂热到《审查者》中辉格党人对"狂热变革"的嗜好（见 Jonathan Swift, *The Examiner and Other Pieces Written in 1710 - 11* 第91、104、119 及第124、125、137 页），再到《行为》中辉格党人为一己私欲狂热地推崇战争并干扰和平的缔结（见 Jonathan Swift, *English Political Writings 1711 - 1714: The Conduct of the Allies and Other Works* 第60 页及第75 页），最终到《公共精神》中辉格党人挑起事端、制造恐慌企图颠覆现状以期从中渔利的"公共精神"；不论具体论述总总，前述文章的内里都有一条清晰的线索指向辉格党人的"现代性"与"狂热革新特征"。
⑤ Irvin Ehrenpreis, *Swift: The Man, His Works, and the Age*, Vol. 2, Cambridge, Massachusetts: Harvard University Press, 1967, p. 701. See also, J. H. Plumb, *The Growth of Political Stability in England 1675 - 1725*, London: Macmillan Press, p. 189.

因而，不难指出，斯威夫特于18世纪前十年秉持的亲托利党意识形态及其"正义观念"含有以下几点基本内涵。第一，对"辉格党小团体"军事扩张型财政及其激进型信贷经济模式的严重不信任。第二，对随之而来的海外殖民扩张战争及常备军（Standing Army）[①] 和因之转嫁[②]至土地士绅阶级的军费等苛捐杂税的抗议。第三，作为信贷经济支撑的商业一旦急遽膨胀，则必然威胁土地经济的稳固，进而威胁建构在土地稳固性上的政治秩序。第四，与土地休戚相关的[③]国教教会首当其冲地在动产侵略性扩张面前收入萎缩；加之现代辉格党商业活动过程中利益最大化的资本主义意识形态因素必然使其欲求宽松宗教环境——在基督教教义看来"宽松"意味着堕落、淫荡、罪恶、贪婪等渎神罪愆。上述诸点内容，无疑是作为国教教职人员的斯威夫特在阐述政治观念时不可忽略的深层动因。

因而不难发现，扣着"变节者"帽子的斯威夫特所秉持的政治信念，可谓明白无误地响应着"王道盛世时期"（the deep peace of Augustans）"新哈林顿主义"政治思想主流辩论思维——一种探讨土地政治、权力均衡、信贷经济、商业扩张、古典德行、常备军及腐败等政治、道德观念在特定历史语境中的制衡关系的古典共和主义思维。[④] 而从斯威夫特藏书中哈林顿的《大

[①] "常备军之争"是17~18世纪"共和主义"政治理论中的一个关键议题。在斯威夫特时期，"常备军之争"随着党派政治及国际政治形势不断移变，但在威廉三世激进型军事财政政策之后，其主要被"托利党人""新哈林顿主义者"及18世纪中期的"乡村派"用为政治武器以攻击政敌。可参 Henry St. John Bolingbroke, *Bolingbroke*: *Political Writings*, David Armitage, ed., Cambridge: Cambridge University Press, 1997, p. 10, p. 51, p. 63 and p. 117。同时，可以互文参照的是《格列佛游记》（张健译，北京：人民文学出版社，1979）"小人国"部分第24~25页以及"大人国"部分第121页的几次阅兵与军事操练。

[②] 英格兰彼时并未制定系统的针对新型信贷经济的税收制度。因而转化为"食利阶层"的现代辉格党人自然乐意让战争不断持续，支持国家经济采取扩张型财政赤字信贷模式，使自身得以在转嫁负担的同时从中渔利。

[③] 教会税收的主要形态——"什一税"及"初熟税"主要来自土地，以动产为经济基础的现代辉格党的经济扩张，自然会导致土地地租的收缩和土地的资本化。

[④] "新哈林顿主义"（Neo-Harringtonism）是17世纪60年代以《大洋国》作者哈林顿（James Harrington, 1611–1677）和"罗塔俱乐部"（"Rota Club"）活跃分子内韦尔（Henry Neville）等人的政治理念为核心延伸出来的，以秉持土地稳固性和权力均衡为主导诉求的古典共和政治理念。该理论话语在1690年前后曾围绕着弗莱彻（Andrew Fletcher）对"封建土地保有权"和"武装自由民与国家平衡的关系"等内容做出过"老辉格党式"的修正。（转下页注）

第三章　斯威夫特与政治秩序

洋国》一书被其标注"＊"且多有旁注此点来看，两人思想内在关联自不待言。①

我们知道，哈林顿在集中体现其政治思想的《大洋国》(The Commonwealth of Oceana, 1992)一书中把产权作为一切权力及其展开的根基，而土地作为产权的根基又是权力均衡的关节：

> 如果一个或多数的土地所有者或地主以某种比例占有部分土地或全国领土，产权的均势或地产的比例是怎样的，国家的性质也将就是怎样的。……无论是君主制国家、贵族国家，还是民主国家，没有土地法便不能长期存在……而动产或金钱的所有权，往往会刺激莫利乌斯或曼利阿斯②这样的人物……这种所有权是极其危险的……因为国家是在产权的基础上建立的，所以便需要一定的根基或立足地。但除了土地以外，就不可能有其他根基，因为没有土地，权力就像空中楼阁一样。③

土地对财产的均衡，作为大洋国——哈林顿共和主义理想样板——的基础正是"大洋国的基本法的核心"。因为"土地法通过所有权的均势在根本上保持了平等"；④ 因而在土地的平衡基础上才有包括立法、行政、司法在内

（接上页注④）及至1708年前后，"新哈林顿主义"又经历了辉格党政治文化内部裂痕所引致的"老辉格党"与托利党的合流，乡村派和宫廷派的合流等思潮、事件影响，因而内涵相较原初有所衍变。笔者认为斯威夫特的政治观念或可归入新哈林顿主义阵营，且恰好介于弗莱彻和博林布鲁克子爵（按：即圣·约翰）之间，处在较为微妙（博林布鲁克子爵的新哈林顿主义已然有极端化趋势）的一个节点上。波考克《马基雅维里时刻》第12、13章可参，详见第415~455页。

① Dirk F. Passmann and Heinz J. Vienken, *The Library and Reading of Jonathan Swift: A Bio - Bibliographical Handbook*, Vol. 2, Frankfurt am Main: Peter Land Press, pp. 800 - 801.
② 莫利乌斯和曼利阿斯都是古罗马债务人的辩护者，皆以叛国罪被处死。
③ James Harrington, *The Commonwealth of Oceana and a System of Politic*, J. G. A. Pocock, ed., Cambridge: Cambridge University Press, 1992, pp. 10 - 11. 中译文参考《大洋国》，商务印书馆1981年何新译本。
④ James Harrington, *The Commonwealth of Oceana and a System of Politic*, J. G. A. Pocock, ed., Cambridge: Cambridge University Press, 1992, pp. 100 - 101.

的整个上层建筑结构的均衡——进而人类才能构筑一种基于哥特人纯朴的均势原则的平衡结构。"公正的均衡"①（balance）作为哈林顿政治思想的核心观念可以说一以贯之地细密缝缀在全部《大洋国》文本肌肤内里；而商业贸易对土地的冲击致发的所有权失衡及"土地法的动摇"，则是一切混乱、堕落、腐朽、党争及衰亡的根源。② 据此，哈林顿在论述罗马帝国衰亡肇因时，明确指出罗马衰亡正源于土地根基的失衡与贸易贪欲之风的兴盛。其中，哈林顿引用了诗人卢坎（Lucan）的四句诗作为参照：

> 高利贷如狼似虎，利息增长得极快，
> 信用彻底破产啊，人们大发战争财。③

对读之下不难发现，哈林顿笔下"土地"与"资本"的抗衡情状，与斯威夫特在《审查者》《行为》《公共精神》中对"辉格党小团体"的指责如出一辙：党徒把持朝政，操纵公共信贷以中饱私囊。④ 哈林顿对土地失衡产生的党争及内乱的堪忧，以及对党派合作的必要性的强调——"保皇党究竟是休戚与共的人……如果情形是共和党坚决迫使保皇党采取反对立场，那便是共和党的过失……其中任何一方面没有对方，都是不完整的"⑤——算

---

① 施尼温德：《自律的发明：近代道德哲学史》（下），张志平译，上海：上海三联书店，2012，第359页。
② 詹姆士·哈林顿：《大洋国》，何新译，北京：商务印书馆，1981，第15、237页。
③ James Harrington, *The Commonwealth of Oceana and a System of Politic*, J. G. A. Pocock, ed., Cambridge: Cambridge University Press, 1992, p. 111.
④ "新哈林顿思想"在斯威夫特及博林布鲁克作品中皆有极为明显的"拖曳痕迹"与互文特征，斯威夫特作品中的哈林顿主义本节多有论及，博林布鲁克作品中的哈林顿主义可参Henry St. John Bolingbroke, *Bolingbroke: Political Writings*, David Armitage, ed., Cambridge: Cambridge University Press, 1997, p. 84, p. 98, pp. 104 – 105 and p. 124。
⑤ James Harrington, *The Commonwealth of Oceana and a System of Politic*, J. G. A. Pocock, ed., Cambridge: Cambridge University Press, 1992, pp. 61 – 62. 此处自然可与《游记》卷一"利立浦特游记"的"党争场景"作极为有趣的互文批评。值得指出的是，卷二"布罗卜丁奈格游记"中，当格列佛向大人国国王描述英格兰政治图景时，国王颇具意味的一句反问："问我是一个托利党还是辉格党？"详见斯威夫特《格列佛游记》，张健译，北京：人民文学出版社，1979，第90页。

第三章　斯威夫特与政治秩序

是斯威夫特秉持的"超党派政府"（government above party）[①] 或言"混合制政府"理念的先声。而罗伯特·哈利的温和辉格党姿态及其向"乡村托利"（country Tory）挪移的政治倾向，使其青睐与斯威夫特政治理念吻合的混合政府制度（mixed government）——这从1710年朝政更迭之后"内阁成员"中辉格党的人数便可见一斑。亦正是不满于党魁哈利未能清空足够的职位以犒赏推翻辉格前朝时多有出力的托利党人，以圣·约翰为首的"十月俱乐部"（October Club）[②] 才不断责难哈利施政纲领过于温和。

因而，斯威夫特1712年1月的《给十月俱乐部成员的建议》（"Some Advice Humbly Offer'd to the Member of th October Club", 1712）不妨视为修补托利党内部裂痕的一次努力。文本之间彰显的"超党派"性质，[③] 如上所述，使得斯威夫特政治身份在1710前后再次出现表象层面的游移（"变节者"亦从此出）。但值得注意的是，哈利－斯威夫特秉持的与哥特宪政类似的"简朴却精巧的政治均衡"，[④] 离哈林顿的政治乌托邦"大洋国的均衡"实在相去不远。

然而，此种公民古典共和主义政治均衡理想体现在新哈林顿主义者身上时不免带有农业主义挽歌的悲怆情调。[⑤] 他们确实在勠力同心地企求一种

[①] Irvin Ehrenpreis, *Swift: The Man, His Works, and the Age*, Vol. 2, Cambridge, Massachusetts: Harvard University Press, 1967, p. 396.

[②] "十月俱乐部"（October Club）由一批来自外省乡下持高教派激进托利主张的后排年轻议员（backbenchers）组成。及至1711年4月时，其势力已壮大至140人，由于其人经常聚集饮用10月份出窖的啤酒，且热衷于在议院附近酒馆讨论政务而被命名为"十月俱乐部"。罗伯特·哈利对"十月俱乐部"不断壮大的势力颇为忌惮，盖因140人的票数往往左右议案通过与否。斯威夫特亦必须与其人保持一定联系。关于斯威夫特与"十月俱乐部"，其1711年2月致斯特拉的信札相关内容可参，详见 *Journal*, pp. 194 - 195. Qtd. in Jonathan Swift, *English Political Writings 1711 - 1714: The Conduct of the Allies and Other Works*, Bertrand A. Goldgar and Ian Gadd, ed., Cambridge: Cambridge University Press, 2008, p. 10。

[③] Jonathan Swift, *English Political Writings 1711 - 1714: The Conduct of the Allies and Other Works*, Bertrand A. Goldgar and Ian Gadd, ed., Cambridge: Cambridge University Press, 2008, p. 116.

[④] J. G. A. Pocock, *The Machiavellian Moment*, Princeton: Princeton University Press, 1975, p. 366.

[⑤] 诺斯罗普·弗莱在论及传奇文学英雄之死的哀歌情感特征时，曾恰切地指出了"秩序更迭"此一重大内涵，此处斯威夫特等新哈林顿主义者的悲怆情调可与之参照。详见 Northrop Frye, *Anatomy of Criticism*, Princeton and Oxford: Princeton University Press, 2000, pp. 36 - 37。

"脆弱的平衡"[1]与"病态的稳定性"。[2]之所以悲观,乃是因为超党派的政治平衡如今要对抗现代辉格党人逐渐成熟且愈发自信的商业德行建构能力——波考克谓为"文雅的辉格党人"的爱迪生、斯蒂尔等人以咖啡馆为公共领域[3]已经在《闲话报》《旁观者》等期刊上为新兴的中产阶层文学、政治、宗教上的品位制定了新的规范。"历史的辉格阐释"已然楔入早期英格兰启蒙思想之中,并在某种程度上主导了它的流向。产生于新的社会秩序的阶级伦理,已然被公共舆情在社会方方面面用以驱赶公权衰亡时期"经济人"眼中刻板的——因土地根基而凝重的——古典政治美德及其伦理价值观。因而,我们只有想象一种对冰冷理性的"经济人"温柔化、文雅化处理的社会运动,才足以"还原"被斯威夫特"愤怒笔墨"遮蔽的真正的辉格党人公共精神的另一个向度:后者的进步观念与乐观精神对前者抱持的"衰朽的农业主义平衡理想"的替换,或许是历史的要求。另外,斯威夫特在《审查者》及《行为》等文中不断提倡的和平,其所指向的"欧洲均势政策"作为不列颠政治平衡的外部要件,[4]在国际政治实践中的可调控性简直低到近乎不可能。这个意义上看,斯威夫特主义者或言新哈林顿主义者的政治平衡,不可不谓挽歌一般悲壮的"脆弱理想"。[5]

---

[1] J. G. A. Pocock, *The Machiavellian Moment*, Princeton: Princeton University Press, 1975, p. 497. "古典共和主义"对哥特宪政的追忆性缅怀,对平衡政治及"不朽的共和国"(immortal commonwealth)的执念确实较为普遍地体现在哈林顿、博林布鲁克的大多数作品及斯威夫特的某些片段文字中。可参 Henry St. John Bolingbroke, *Bolingbroke: Political Writings*, David Armitage, ed., Cambridge: Cambridge University Press, 1997, p. xviii.

[2] J. G. A. Pocock, *Virtue, Commerce, and History: Essays on Politic Thought and History, Chiefly in the Eighteenth Century*, Cambridge: Cambridge University Press, 1985, p. 113.

[3] J. G. A. Pocock, *Virtue, Commerce, and History: Essays on Politic Thought and History, Chiefly in the Eighteenth Century*, Cambridge: Cambridge University Press, 1985, pp. 235-236.

[4] 虽然无论哈林顿、霍布斯或是洛克,对政府建立后权力平衡的外部条件均多有涉及,但笔者认为外部均衡对权力内部平衡的重要性随着国家主体不断发展,在此一阶段反而显得愈发重要起来。如果说在霍布斯-哈林顿时代,内部平衡重于外交平衡的话,在斯威夫特所处的现代化和世界一体化初期阶段,外部平衡的重要性已然通过连绵不断的战争对国内局势的影响此一形态明显地表现出来了。

[5] 有意思的是,瓦特金斯教授在论述斯威夫特与约翰逊的一部小书《艰险的平衡》(*Perilous Balance*)中颇有见地地将斯威夫特与哈姆莱特比照,并指出:"斯威夫特的忧郁正是哈姆莱特的忧郁,它们的根基极为相似:都是对'理想世界'与'身处其间的世界'(转下页注)

第三章　斯威夫特与政治秩序

此外，值得指出的是，以"积极自由"为标志的公民"古典美德"和新型商业美德在对英格兰价值观主导位置展开拉锯战时，断然不是截然对立的。哈林顿便曾在《大洋国》中给商业贸易，尤其是海洋贸易留有重要的位置："大洋国的土地法不会妨碍贸易往来。"① 只是工商业的强调必须以土地为基础。如此这般，"土地法却可以使他们的工业流出牛奶和蜜糖"。② 斯威夫特亦在《行为》和《论边境条约》等文中，对不列颠在西属北美殖民地潜在的贸易利益及荷兰在边境要塞诸镇的贸易垄断权对不列颠的海外贸易影响等经贸问题③念兹在兹。其中，《论边境条约》文后更附上《布鲁日商人代表陈边境条约情》（"The Representation of the English Merchant at Bruges, Relating to the Barrier‑Treaty", 1712）一文，隐伏之间斯威夫特仿佛也在为商人利益奔走呼号。

由此，我们看到了斯威夫特意识形态结构中一条诡异的裂纹。他是否意识到自己秉持的"食利者"与"土地士绅"的两分法是过于简单的，④ 我们无从知晓。虽然"食利者"的动产往往有回归土地的"原始冲动"，但在资

（接上页⑤）之间差距的过分敏感，导致了他们在自我表达时走向分裂。"详见 W. B. C. Watkins, *Perilous Balance: The Tragic Genius of Swift, Johnson, and Sterne*, Princeton: Princeton University Press, 1960, p.1。斯威夫特对政治平衡理想与政治现实间的差距过于清醒，这是他"愤世嫉俗"的主要根源。而不无巧合地，哈罗德·布鲁姆同样把斯威夫特同哈姆莱特联系一处，称他们为"疗救型的讽刺诗人"（therapeutic ironist）。详见 Harold Bloom, "Introduction," in Daniel Cook, ed., *Bloom's Classic Critical Review: Jonathan Swift*, New York: Bloom's Literary Criticism, 2009, p. xii。

① James Harrington, *The Commonwealth of Oceana and a System of Politic*, J. G. A. Pocock, ed., Cambridge: Cambridge University Press, 1992, p.110.
② James Harrington, *The Commonwealth of Oceana and a System of Politic*, J. G. A. Pocock, ed., Cambridge: Cambridge University Press, 1992, p.182.
③ 《盟军的行为》中即指出荷兰占据低地弗兰德斯之后将垄断羊毛制造业，则英格兰羊毛贸易自然受损，详见 *English Political Writings 1711–1714: The Conduct of the Allies and Other Works*, p.70；而根据同盟盟约所有盟国的军队运送皆由英格兰海军负责，因而英格兰海军一不能保护商船，二不能遏制、偷袭法国海军从美洲西属殖民地源源不断输入金银，可谓两举皆空，详见 *English Political Writings 1711–1714: The Conduct of the Allies and Other Works*, p.80。
④ David Oakleaf, *A Political Biography of Jonathan Swift*, London: Pickering & Chatto, 2008, p.120. See also, Irvin Ehrenpreis, *Swift: The Man, His Works, and the Age*, Vol.2, Cambridge, Massachusetts: Harvard University Press, 1967, p.396, p.487.

本主义经济原始积累阶段的商业实践中，斯威夫特的上述区分乃是基于他所处的社会现实，这也是他笃定地站于新哈林顿主义阵营中的信条。即便如此，斯威夫特还是无可避免地成为时代制造的"分裂的人"：博林布鲁克信中称为"掉进钱眼里"的人。① 更为戏谑的是，斯威夫特在哈利为缓解财政危机而创办南海公司②经历"南海泡沫"之后，还默许友人约翰·盖伊（John Gay）替其购入数百镑的股票，此事若参照其"土地理想"来批评，简直有云泥之别；③ 遑论斯威夫特晚年虽具慈善心却仍收取利息的借贷营生了。于是，我们看到古典德行和商业利益剧烈碰撞制造的分裂人格的各种侧面。而古典德行辩护士尚且无法自我说服，自然"不可能恢复这种统一性，他们反而学会了——无论是出于乐观的希望还是身不由己——与这种被历史分裂的人格共处"。④ 这样看来，"脆弱的平衡理想"悲剧又多了一重内在冲突的面向。

1714 年 3 月，出乎托利党人意料，《公共精神》中涉及苏格兰与英格兰合并的内容在上议院被瓦顿伯爵宣读，相关人员被判"毁谤罪"。斯威夫特发现自己被悬赏 300 镑巨款。哈利多方疏通才使此事平息，但出版商与印书商皆锒铛入狱。4 月，圣·约翰领衔的"十月俱乐部"逼宫哈利，托利政府内部分裂加剧，斯威夫特调节未果，遂于 5 月隐退伦敦郊野。6 月、7 月应友人急邀再次出面调解，仍旧失败。其间与友人通信里密布着斯威夫特内心的焦苦与政治理想落空后的幻灭感。7 月底，圣·约翰即博林布鲁克子爵

---

① F. Elrington Ball, ed., *The Correspondence of Jonathan Swift, D. D.*, Vol. 3, London: G. Bell and Sons Ltd., 1912, p. 90.

② 反讽的是托利党政府居然用辉格党的财政制度去缓解该种制度本身制造的苦难；这种反讽正是上文所述的"人格分裂"在国家政治制度层面的直观反映。

③ F. Elrington Ball, ed., *The Correspondence of Jonathan Swift, D. D.*, Vol. 4, London: G. Bell and Sons Ltd., 1913, p. 221. 斯威夫特于 1732 年 5 月 4 日致信盖伊："我希望你能像处理你自己的股份一样小心打理我的南海公司股票"，详见 F. Elrington Ball, ed., *The Correspondence of Jonathan Swift, D. D.*, Vol. 4, London: G. Bell and Sons Ltd., 1913, p. 293。又 1732 年 7 月 24 日盖伊复信斯威夫特："我准备离开伦敦，我会把你南海公司的 2 份债券连同我的 4 份先交与豪尔先生（Mr. Hoare）代理，他会替我们收取孳息。"详见 F. Elrington Ball, ed., *The Correspondence of Jonathan Swift, D. D.*, Vol. 4, London: G. Bell and Sons Ltd., 1913, p. 324。

④ J. G. A. Pocock, *Virtue, Commerce, and History: Essays on Politic Thought and History, Chiefly in the Eighteenth Century*, Cambridge: Cambridge University Press, 1985, p. 148.

第三章 斯威夫特与政治秩序

(Viscount Bolingbroke)夺权,7月24日罗伯特·哈利下台,8月1日安妮女王薨。旋即,汉诺威王室乔治一世继位,托利党政府全面崩溃,辉格党人准备组阁。8月24日,在伦敦担纲托利党政府喉舌近4年的斯威夫特结束其一生中最辉煌的政治生涯,离开伦敦返回都柏林。7、8月,斯威夫特拒绝苟延残喘的托利党政府新任首脑博林布鲁克提出的参政邀请,[①] 作了他"老辉格党人"及"新哈林顿主义"最后也是最为明确的一次政治表态——他秉持的古典德行内在要求的平衡观使他拒绝加入任何具有极端主义倾向的党派事业。[②]

[①] Irvin Ehrenpreis, *Swift: The Man, His Works, and the Age*, Vol. 2, Cambridge, Massachusetts: Harvard University Press, 1967, p. 396, p. 758.

[②] 值得指出的是博林布鲁克的托利党派意识也有一个从激进趋向温和的转变过程。尤其1716年詹姆士党叛乱(Jacobite rising)及1734年托利-辉格反对派议会选举失利后,在英格兰政治格局走向宫廷派和乡村派对抗的情形下,托利党意识形态愈发同辉格党异见意识合流,体现了一种向古典共和主义(classical republicanism)回归的态势。这一态势中,极端托利思想得到了适应时局的改造,博林布鲁克的思想转变正是其中一个代表。可参 Henry St. John Bolingbroke, *Bolingbroke: Political Writings*, David Armitage, ed., Cambridge: Cambridge University Press, 1997, p. xxi, p. xxiv。

第四章
斯威夫特与国族秩序

第一节 盗贼的两个身体:"艾利斯顿的临终演说"研究[*]

乔纳森·斯威夫特发表于1722年的《埃比尼泽·艾利斯顿的临终演说》,作为打破"沉默的十年"重出文坛的关键文本,鲜少得到学界关注。实际上,该文不仅因文类戏仿与游戏精神之特质可视为"比克斯塔夫系列文章"的延续,更因对后续经典如《游记》《布商的信》的直接启发而在评估斯威夫特书写重心之"爱尔兰转向"时富于意义。通过文本对读,不难发现在"模仿""双重叙事""复生"等文本结构背面,一则隐匿着斯威夫特对"道德代理型"社群秩序的讽拟,二则凸显着其对"英-爱"国族二重关系的深重忧思。

引 言

1722年4月25日,都柏林臭名昭著的匪首埃比尼泽·艾利斯顿(Ebenezor Elliston)在逃匿两年后,于克伦梅尔(Clonmell)被捕并被遣送回都柏林受审。此君两年前在一起团伙入室盗窃案中因转作"污点证人",不仅免于刑罚更多受褒奖表彰,此后却重操旧业、罪案累累。此事于彼时引起

---

[*] 本节部分内容曾以《盗贼的两个身体——"艾利森的临终演说"研究》为题名,发表在《外国语文研究》2020年第6期,第47–57页。

第四章 斯威夫特与国族秩序

不小骚动，多家地方报纸争相报道。[①] 人赃俱获的情况下，审理极为顺利，艾利斯顿被判处绞刑，定于7日后执行。令人闻风丧胆的大盗落网一事在社群舆论的渲染之下自然引起了蛰居都柏林的斯威夫特的注意。我们知道，死刑围观作为欧洲中世纪以来普遍的城市文化景观，一则涵括市政当局教化、规训民众的政治、宗教动机；二则可作为市民阶层狂欢意识和游戏精神的反叛出口与减压阀。这样，人数众多、阶层交错的死刑场或可视为便利各类权力话语操演的临时政治空间。[②] 并且，死刑围观在现代早期的不列颠俨然发展出一套规整的仪式，有诸般程序及章则；而临终犯人在行刑牧师的"指导下"——这种指导多数情况下都衍化为牧师代笔——写作宗教忏悔意味极浓的"临终讲演"便是其中主要的一条。

一 二维叙事与死亡游戏

不言而喻，艾利斯顿5月2日的绞刑定然是都柏林全城瞩目之事。巧合的是，艾利斯顿临终讲演的出版商正是与斯威夫特过从甚密的约翰·哈丁（John Harding）；不难想见正是在看过仍未刊发的艾利斯顿与监牢牧师"合著"之《埃比尼泽·艾利斯顿对此瞬息人世的告别》（*The Last Farewell of Elliston to This Transitory World*，1722，后文简称《告别》）样稿后，颇有"愚人节情结"与"游戏精神"的斯威夫特于两日内挥笔写就《埃比尼泽·艾利森的临终演说》（*The Last Speech and Dying Words of Ebenezor Ellison*[③]，1722，后文简称《演说》）。从标题的讽拟上，明眼人一望而知其同14年前"比克斯塔夫占星闹剧"的互文性质，死亡游戏和文类戏仿的闹剧之幕再次徐徐打开。[④] 有趣的

[①] George Mayhew, "Jonathan Swift's Hoax of 1722 upon Ebenezor Elliston," in A. Norman Jeffares, ed., *Fair Liberty Was All His Cry*, New York: St Martin's Press, 1967, pp. 294–295.
[②] 亨利·列斐伏尔：《空间与政治》，李春译，上海：上海人民出版社，2018，第47~52页。
[③] 原文如此。笔者认为此处斯威夫特将艾利斯顿（Elliston）之名"误拼"为艾利森（Ellison），虽不排除制版工人之粗疏或语用习惯使然，但更在于指出彼时囚犯文化程度较低（即后文艾利森自述"多为文盲"），不应如《告别》等通行的"临终演说"一般富于辞采。二则勾连了"比克斯塔夫占星闹剧"中的伪冒占星贩子帕特里奇屡次误拼自己姓名。因之，此细节可谓文类戏仿游戏的关键环节，特此指出。
[④] 关于"比克斯塔夫占星闹剧"详见拙文《占星闹剧与秩序之争："比克斯塔夫系列文章"研究》，《外国文学》2018年第4期，第22~32页。

是，较"占星闹剧"更为复杂，且为了使其富于噱头，应是斯威夫特授意下，哈丁在其名下报刊《哈丁的公正报道》（*Harding's Impartial News – Letter*）4月28日版特地刊登广告一则如下：

> 埃比尼泽·艾利斯顿那真实的且于公众颇有裨益之"临终演讲"将指定由本报印刷商承印，其余印商无权染指。给出此通告乃是为了让市民不被其他借机仿冒出版《埃比尼泽·艾利斯顿的临终遗言演说》者有机可乘，尤须提防某来自蒙特拉斯街（Montrath Street）的菲茨杰拉德，此君专以盗印文章欺瞒公众为业。①

如此一来，《告别》作为艾利斯顿自述的"蓝文本"（Hypotext），其真实性便被"承文本"（Hypertext）②《演说》分走，而通过对文本性权力差异的解构，斯威夫特率先为戏仿文本的"可信度"取得"合法"身份。因而，在两文面世的4月28日和29日直至5月2日行刑前宣读《告别》这段时间内，聚焦此事的读者及市民将被悬置于真假莫辨的疑云之内。

如前所述，彼时出版的"临终演说"多充斥着犯人临刑前的恶行悔过与宗教劝诫，加诸不乏牧师代笔成分，故离借死囚之口布道实则相去不远。一般无二，署名"埃比尼泽·艾利斯顿口述与监狱牧师乔治·德里"的《告别》，开篇即涌现极为浓厚的审判氛围与救赎意味："我是将死之人，不久便要去见我的造物主。届时，记录我一切罪孽（Sins）的'记忆之书'（Book of Remembrance）将会在我面前展开；但是我信靠我主，他那纯洁的羔羊之血定将圣洁地刷洗我的罪孽。"③ 宗教术语的绵密重复织造出浓郁的宗教奇喻

---

① *Harding's Impartial News – Letter*, Dublin, April 28, 1722; Cf, George Mayhew, "Jonathan Swift's Hoax of 1722 upon Ebenezor Elliston," in A. Norman Jeffares, ed., *Fair Liberty Was All His Cry*, New York：St Martin's Press, 1967, pp. 295 – 296.

② "蓝文本""承文本""转换"等互文理论概念详见 Gérard Genette, *Palimpsests: Literature in the Second Degree*, Channa Newman, trans., Lincoln：University of Nebraska Press, 1997, pp. 3 – 6。

③ Jonathan Swift, *Parodies, Hoaxes, Mock Treatises*, Valerie Rumbold, ed., Cambridge：Cambridge University Press, 2013, p. 607. 后引文本皆引自此版本，为避免烦琐引证，后仅于引文后括弧内标注页数。

第四章　斯威夫特与国族秩序

效果加诸精巧的"心理氛围"写法，文本显而易见地暴露了作者身份的可疑之处。相较之下，《演说》开篇第一句，斯威夫特的叙事者"我"反而巧妙地遭用"将要遭受"（to suffer）此一被动词态断然质疑个人罪行（Crimes）与上帝裁决之间的逻辑自洽；不仅将"罪孽"与"罪行"悄然替换，更把宗教审判的绝对权威降格至与世俗政治强力（Law of God and My Country）并置之次序。（205）不仅如此，"我"干脆还声明："知道落此下场的死囚都会照老例被'安排'个演说（made for them），他们上刑场时还都得听在耳里。依我看，这些演说根本虚伪荒诞，就算干我们这行的多是不知廉耻的文盲，也知道这种狗屁不通的假冒演说要让那个走向绞刑架的人蒙羞哩。"（205）

似是为了"坐实"蓝文本的"仿冒"性质与虚假成分，针对《告别》虽有自夸成分却基本属实的"出身自述"，（608）斯威夫特的"艾利森"进一步"抱怨"："那些演说不仅捏造了我们的出身与背景、伏法的罪状，还臆造我们真诚的悔过，宣告我们的信仰。"（205）须特别指出，艾利斯顿在《告别》中坦白乃是在运送赃物马匹返回都柏林时被捕；（608~609）且艾利斯顿受审时，都柏林地方报《瓦莱通讯》（*Whalley's News–Letter*）已明确公布其罪名为"盗马罪"（for stealing a mare）。[①]事项如此，斯威夫特笔下的"艾利森"仍旧因两年前被宽恕的盗窃罪受刑多少难以自圆其说，且对好事者而言文本的"真实性"便大打折扣。但微妙之处在于，斯威夫特此处"捏造""臆造"等倒打一耙的"抱怨"不仅再一次消解蓝文本的可靠性，而且令本以为掌握真相的好事者如坠云雾，更不乏指刺彼时官府腐败无能之意：还有什么比罪名相同而判决却大相径庭这类"二次审判"对所谓的司法公正更具讽刺意味呢？

这样，通过文类戏仿与意涵颠覆，斯威夫特的叙事者将《告别》那乏味俗套且不甚诚恳的说教者"转换"为更贴近公众想象的死不悔改的恶盗形象，拆离了代笔者德里与艾利斯顿杂糅的二重叙事。此举驱散了蓝文本虚设的宗教救赎意味，揶揄了监牢牧师德里例行公事般的越俎代庖，同时也将主

[①] *Whalley's News–Letter*, Dublin, April 25, 1722; Cf. George Mayhew, "Jonathan Swift's Hoax of 1722 upon Ebenezor Elliston," in A. Norman Jeffares, ed., *Fair Liberty Was All His Cry*, New York: St Martin's Press, 1967, p.294.

旨挪移至法律审判，从而使公众对 5 月 2 日艾利斯顿刑场表现的心理期待拉高阈值。毕竟不知悔改的恶匪竟以多重身份、不同形象跻身数个文本，近乎同时跃入都柏林读者群中，着实令闹剧观者难辨真伪。死亡判决的笃定无疑与死者身份的重叠莫辨结构出悬念丛生的剧场效应，而观众的疑虑和好奇心理则被悬置在行刑前短短 3 日之内持续发酵——这不禁又让人想起 14 年前斯威夫特假占星术士比克斯塔夫之口所做的骇人听闻之"死亡预测"，搅得伦敦甚嚣尘上，惹全城千万笨伯将信将疑，不辞辛劳前去稽核各条预言是否确证。因此，从文类戏仿和游戏精神两个意义上看，我们不妨将《演说》视为"比克斯塔夫系列文章"的延续。

二 双重身份与道德代理

但要指出，该案之所以于彼时都柏林搅动风潮，与匪首艾利斯顿两年前出任"污点证人"协助治安官端掉自家团伙不无关联。原来，艾利斯顿于 1719 年圣米迦勒节便曾因入室盗窃罪被收监，但因证据不足无罪开释；其后便于 1720 年 3 月赴值季法庭（Quarter-Sessions）坦诚认罪并指认其余团伙。此举不仅使其免受刑罚、赢得奖金，还让他摇身一变成为当地的"犯罪克星"。吉尔伯特教授所编撰的《都柏林古代纪事志》（*Calendar of Ancient Records of Dublin*）有艾利斯顿"洗白"一事，并描摹其"邀功"嘴脸："兹有埃比尼泽·艾利斯顿，因侦获（detecting）多起盗窃行为并起诉违犯者，使受害者宽于忧患而对维护公共安全颇有犬马之劳。今提请（ordered）司库应遵照市长令书，拨款 10 英镑，作为检举并致使恶名昭彰犯人服罪正法之奖赏。"[①] 不知该段是否为文书逐字听写，但从其择用"侦获"与"提请"两词之语气来看，不难想见揭发同党后的艾利斯顿不仅没有因做"污点证人"而收敛，反而表现出"赏金猎手"的正义情态。

艾利斯顿将"盗匪"与"证人"双重身份戏剧化翻转之手腕亦值得特别注意。艾利斯顿供认自己曾经参与超过 24 起抢劫案，并愿意揭发其他 4

[①] Sir John T. Gilbert, *Calendar of Ancient Records of Dublin*, in 7Vols, Vol. 7, Dublin: Dubin Corporation, 1898, p. 130.

个帮派；更指出不乏本市缙绅要人子弟共谋其间，但又对个中细节讳莫如深。如此"操作"不可不谓老谋深算，不论出于对团伙其余成员报复的反制，抑或出于对官府的制衡或勒索，艾利斯顿指涉的那份或是虚构的"秘密名单"对仍旧逍遥法外的盗匪以及家中恰巧有不肖子孙的达官贵人都形成了真切的心理震慑。颇为戏剧性的是，虚构不存在的"死亡"名单恰巧又是斯威夫特"文学游戏"的拿手好戏：斯威夫特"曝光"于《闲话报》1709年第68期的一篇虚构名单，便曾"警示"过伦敦名望之士的违法犯罪行为。①《演说》同样不惜笔墨地传达"警示"信息：

> 我有一份名单，上头写着我所有邪恶同伙的姓名以及他们藏身的贼穴，更简述了每人所犯的罪行，那些罪行我要么是共犯要么就曾听他们自己说过。我还把那些替我们"钓鱼"（Setters）的同谋也记在上头，更把我们经常办案的地点以及收赃人也都统统记下。我已经把这份名录托予一位诚实人士——实际上他是我认识的人中唯一正直的，我嘱咐此事于他，他亦郑重承诺我：一旦他听闻任何抢劫案件，就立即查对名单，如果犯案者名列其上就将整份名单交与官府。（207）

我们难以推断虚构名单及其"连坐制度"的实际效力。毕竟与《演说》形成对照，艾利斯顿在牧师德里参与较少的中段部分颇有"义气"地表示："无意公布同伙的姓名，只愿将他们交与具有怜悯之心的上帝，希望上帝某天能让他们认识到自己的罪孽与愚行，而在一切太迟之前能回头是岸。"（608）更有替同伙开脱罪名的嫌隙。（609）这样一来，彼时读者——包括逍遥法外的罪犯在面对两个文本时又是疑窦丛生：是否真的有名录？但有一点可以肯定，怀案在身的盗匪和为非作歹的纨绔子弟在5月2日真正的临刑演说宣读之前，必将不得安宁。其人忧虑情形离斯威夫特所述不差：整日有"无名之物"悬于颈上，夜里须与妓女和同伙醉生梦死，白昼行于街市又因

---

① Richard Steele, Joseph Addison, and Others, *Tatler*, Philadelphia: Desilver, Thomas & Co., 1837, p. 148.

带着一副显而易见的"惊惶多疑而痉挛扭曲的面孔,时常突然掉头潜行到小巷里去"。(208)梅修教授据此指出《演说》的文本结构动机和"犯罪心理分析笔触"针对的一个面向是艾利斯顿的身份翻转手段和心理震慑策略。[①]梅文论断不无道理,但笔者以为《演说》机锋的关键指向更在于其对政府"污点证人"和告密行为等绥靖政策之效用与后果的反思上。

要知道,饱经宦海沉浮的斯威夫特平生最痛恨一事便是告密。而彼时复杂多变的国际局面和云谲波诡的党争形态使密探和告密营生不仅极为兴盛,还以"渗透至权力的毛细血管"之态下行迁移至日常生活。[②]不仅上层生活中仆从偷窥、窃听主人,为一己私利告发、泄密,临庭指控、作伪证之事时有发生[③]——斯威夫特为此还特地写了本《仆从指南》(Direction to Servants, 1745),揪出门户之中的害群之马"告密者"(Tell-tale),痛讽一番,[④]中下阶层"自发"形成的功利主义"道德经济学"亦持续发酵出专以检举他人违法悖德行为以获取酬劳的"职业告密人"。[⑤]当然,这一方面反映着彼时不列颠宗教伦理控制松弛,群治秩序紊乱的不争事实。[⑥]但如笛福所论:"上等人将贫民对号入座并视为德行败坏之源头,是目下最不公不义之事……移风易俗社所拟定的条律不过是'蛛网法则'——网住蚊蝇,'大块

[①] George Mayhew, "Jonathan Swift's Hoax of 1722 upon Ebenezor Elliston," in A. Norman Jeffares, ed., *Fair Liberty Was All His Cry*, New York: St Martin's Press, 1967, p. 294.

[②] 彼时告密者及间谍行为较为常见,除去上文言及的1708年"格雷格间谍案"、1711年"居斯卡尔间谍案",哈林顿在《大洋国》中还特地设立情报部门。详见 James Harrington, *The Commonwealth of Oceana and a System of Politics*, J. G. A. Pocock, ed., Cambridge: Cambridge University Press, 1992, p. 175。

[③] Lawrence Stone, *Road to Divorce*, Oxford: Oxford University Press, 1990, pp. 223-228. See also, Lawrence Stone, *Uncertain Unions & Broken Lives*, New York: Oxford University Press, 1995, pp. 384-403.

[④] Jonathan Swift, *Directions to Servants and Miscellaneous Pieces 1722-1742*, Herbert Davis, ed., Oxford: Basil BlackWell, 1959, p. 15.

[⑤] E. P. Thompson, *Customs in Common: Studies in Traditional Popular Culture*, London: The Merlin Press, 1991, pp. 207-212.

[⑥] 彼时下层民众的违法乱纪与中上层人士的淫乱风习等败坏德行之行为层出不穷,教俗两界屡屡成立"移风易俗社"意欲匡扶社会正气亦于事无补,相关内容可参见 Maurice J. Quinlan, "Swift's Project for the Advancement of Religion and the Reformation of Manners," *PMLA*, Vol. 71, No. 1, 1956, p. 203;傅克斯:《欧洲风化史·风流世纪》,侯焕闳译,沈阳:辽宁教育出版社,2000,第209~255页。

第四章　斯威夫特与国族秩序

头们'却穿梭而过。"① 由上层领导的"移风易俗运动"仅把罪恶渊薮归咎中下阶层，毫无作法自毙姿态，自然不能服众。不仅如此，其倡议的"监视与检举"群治模式不仅衍生出以经济目的为旨归的"道德警察"，还不免致发监控－疏离型社群关系及道德物化等诸般恶果。②

而且，1714 年英格兰政治地震后，辉格党即着手进行对前托利内阁要人的追诉行动；身为前朝喉舌的斯威夫特虽被"贬逐"至爱尔兰都柏林，但仍不免于"清算"的波及。这表现在其信件屡遭密探拦截私拆一事上，③ 不得不藏匿文件的斯威夫特愤懑地将职业告密者的劣行嗤为"生意"（trade）。④ 大约撰于彼时的两篇布道文《论作伪证》（"On False Witness"）与《论行善》（"Doing Good"）更将罔顾良心和事实出于肮脏私利（filthy lucre）举报邻里之徒归为八类之外，进而渲染背叛与监视之下人人自危乃至"道路以目"的恐怖情境。⑤ 斯威夫特对告密者的厌恶更直接影响了 18 世纪 20 年代他对《游记》的构思——其在《游记》中将告密行径及社群监视的道德恶果表现得淋漓尽致。⑥

须指出，艾利斯顿以"告密者"翻身为"道德警察"后不久便又继续"监守自盗"的贼匪生涯，此事足以见得官府欲用"污点证人"等绥靖手段"招安"恶匪的政策是失败的。或出于此，斯威夫特在《演说》中特地借艾

---

① Daniel Defoe, *The Poor Man's Plea...*, London：[s. n.]，1698，EEBO，Gale，Copied from Yale University Library, p. 8 and p. 27.

② Faramerz Dabhoiwala, "Sex and Societies for Moral Reform, 1688 - 1800," *Journal of British Studies*, Vol. 46, No. 2, 2007, p. 305.

③ F. Elrington Ball, ed. , *The Correspondence of Jonathan Swift*, Vol. 2, London：G. Bell and Sons Ltd. , 1911, p. 283.

④ Harold Williams, ed. , *The Correspondence of Jonathan Swift*, Vol. 2, Oxford：Clarendon Press, 1963, p. 137.

⑤ Jonathan Swift, *Irish Tracts：1720 - 1723 and Sermons*, Herbert Davis, ed. , Oxford：Basil Blackwell, 1963, p. 181.

⑥ 《游记》卷一第六章结尾述有密探告发"财政大臣之妻与'巨人'格列佛'私通'"一事。卷三第四章，格列佛由孟诺第大人陪同造访首府拉格多时，其"毫无挂虑"的指摘和孟诺第左右言他的深加隐晦形成鲜明对照。直至到了后者宅邸且"没有第三人在场"之时，后者才倾诉衷隐。幽默滑稽的轻松讽笔背面，白色恐怖的政治压迫与社群监控绝境中人人自危的抑郁情志可谓溢于言表。详见斯威夫特《格列佛游记》，张健译，北京：人民文学出版社，1979，第 48～49 页，第 160～162 页。

291

利森之口指出彼时死囚采用的一类逃生伎俩——在受绞刑后由同伙尽快取下"尸体"运往最近的酒馆,切开颈静脉放血并注酒,便偶有"复生"之奇效。[1] 死里逃生并"转换身份"的死囚大致都如艾利斯顿般变本加厉地为非作歹。但盗贼们于自然人及法人之间两个身体(身份)[2] 的巧妙转换不过是对政府群治政策的二度讽刺;毕竟,社群秩序方面以邻里监察、检举告发及其赏金制度"代理"道德律令与宗教虔敬的直接恶果正是德行的败退。

三 爱尔兰的"织工"与"布商"

因之须指出,又是在身份游戏与叙事策略上斯威夫特续接了"比克斯塔夫闹剧"的机巧结构。但事过境迁,无论就不列颠 18 世纪 20 年代大环境而言,还是彼时斯威夫特个人遭遇来论,相较 1708 年都判然有别。时局的移换集中体现在案件的核心问题上:出身优渥的熟练织工艾利斯顿何以由小康之家堕向亡命贼匪呢?因据《告别》自述,艾利斯顿双亲皆是都柏林市颇有名号之人(so well-known),且留有丰厚家业,他本可衣食无忧地终老此生。(608)另引《瓦莱通讯》1720 年 3 月 5 日的审判报道,艾利斯顿甚至还带有学徒。艾利斯顿似也没想通自己位列中产阶级且身为师范却为何不愿

---

[1] Sir John T. Gilbert, *History of Dublin*, in 3Vols, Vol. 1, Dublin: Dubin Corporation, 1861, pp. 271 – 273. 值得注意的是,诺斯洛普·弗莱在论及文学与医学的关联时亦曾指出彼时文学作品中"临床判断死亡的不可靠"与屡见不鲜的"复生"情节。这类情节曾体现在爱尔兰"泥瓦匠"民间故事中,故事里"泥瓦匠摔断脖子'死去',却在守灵夜中'复活'并要求一杯威士忌",詹姆斯·乔伊斯《芬尼根的守灵》(*Finnegans Wake*)一书开端便改写自此故事。详见诺斯洛普·弗莱《诺斯洛普·弗莱文论选集》,北京:中国社会科学出版社,1997,第 70 页,第 239 页;戴从容:《自由之书〈芬尼根的守灵夜〉解读》,上海:华东师范大学出版社,2015,第 210~215 页。斯威夫特与乔伊斯自然妙用了威士忌(Whisky)的盖尔语词源"uisge beatha"——即拉丁文"生命之水/酒"(aqua vitae)的转写——此一双关,鉴于斯威夫特与乔伊斯对爱尔兰民间文学极为熟悉,这类情节关联便显得意味深长。

[2] "自然身体"与"政治身体"/"法人"及其二重性作为中世纪早期以来政治神学思想史之关键词,绵延至 18 世纪时已然形成较为固定的话语资源。关于"身体二重性"见 Ernst H. Kantorowicz, *The King's Two Bodies: A Study in Medieval Political Theology*, Princeton: Princeton University Press, 1957, pp. 13 – 18。中译本详见《国王的两个身体》,徐震宇译,上海:华东师范大学出版社,2018,中译本前言。关于职业身份与身体关联参见 Heather Keenleyside, *Animals and Other People: Literary Forms and Living Beings in the Long Eighteenth Century*, Philadelphia: University of Pennsylvania Press, 2016, p. 63, p. 115。

第四章 斯威夫特与国族秩序

"安居乐业",还带领学徒落草为寇,在牧师使意之下便囫囵吞枣地归结为"缺乏上帝的眷顾"与"魔鬼的勾引"。(608~609)

但"在野政客"斯威夫特显然不这么认为。除开将艾利斯顿的腐化归咎为宗教虔诚的漠视及德行本质的败坏,在《演说》中斯威夫特不惜笔墨地强调社会秩序紊乱所引致的结构性犯罪生态对艾利斯顿"人生转变"的决定性作用。文本指出,在"酒保""收赃人"和受贿官员的威胁与盘剥之下,1000 镑的赃物最终所得亦不过区区 50 镑;遑论挥霍一空后知晓内情的"公妓"(Common Whores)们不免威逼利诱其人再次犯案。(208~209)实际上,借艾利斯顿之口斯威夫特揭批了上至官府下到把风者合力组建的犯罪王国(underground world),而艾利斯顿之流不过是庞大且不停运转的犯罪机器中的一枚零件。其运作所遵循之"规则",其分赃与挥霍之可怖情态径直指向秩序紊乱的"人间地狱"。(209)可斯威夫特的深思又不止于此,在《演说》结尾看似不经意的一处旁涉——"这便是我一生的缩影,比那为四便士日薪苟延残喘的苦力还悲惨;习性顽固(custom is so strong)如此啊,所以我敢保证,就算侥幸从此刑架下逃生,我今晚就又会操起老本行的"。(209)斯威夫特一语双关地将"四便士的苦力"与"繁重的关税"(custom)串联,将犯罪王国之所以存在,乃至艾利斯顿之所以"不愿乐业"的政治经济根源指向了英格兰政府的殖民政策。

我们知道,自 1541 年英王兼任爱尔兰国王,两地成为共主联邦起,爱尔兰实际上成为英格兰的附庸;英格兰的各类法律法规对爱尔兰人民利益的压迫可谓五花八门。而彼时爱尔兰的支柱产业亦即艾利斯顿所操持之营生——纺织业则尤受英格兰政府抑制。早在 1678 年,英格兰议会为刺激一蹶不振的羊毛产业,就曾制定《羊毛织物下葬法》(*The Burial in Woollen Act*, 1678),规定除瘟疫死者外的尸首都须穿英格兰纯羊毛殡服入葬。而在 1707 年苏英联合法案出台之际,预感联合王国将更加肆无忌惮地蹂躏爱尔兰人民,斯威夫特便已写下了《一位受辱女士的故事》,将合并苏格兰的英格兰比作"同时拥有两位情人的暴君恋人",[1] 并以受辱女士之口痛陈

---

[1] Carole Fabricant and Robert Mahony, ed., *Swift's Irish Writings Selected Prose and Poetry*, New York: Palgrave Macmillan, 2010, p. 3.

爱尔兰倍受凌掠、生灵涂炭之苦。① 1720 年 3 月，英格兰议会讨论了旨在加强对爱主权控制的动议，虽然一读二读②都遭到爱尔兰贵族的强烈反对，但《进一步确保爱尔兰王国依附于大不列颠王权的法案》（*Act for the better Securing the Dependency of the Kingdom of Ireland upon the Crown of Great Britain*, 1720）仍旧于 26 日生效，爱尔兰被剥夺了形式上的独立性。③ 另外，连绵的欧陆战事及"南海泡沫"崩盘双重冲击所引发的谷物价格飞涨，④ 致使作为附庸的爱尔兰更加呈现哀鸿遍野的殖民惨状。如此背景下，因圈地运动而积压的流民和拜英格兰关税政策所赐而破产的纺织工人不是沦为乞丐，便是落草为寇；一时间盗匪蜂拥而起，社群秩序及安全成为都柏林等市镇的重大问题。

这样看来，颇有家业的熟练织工艾利斯顿携学徒铤而走险非"不愿乐业"而是"不能乐业"。内外交困的殖民处境及经济困难时期的惨淡景况，让纺织业从业人员难以维持，这于斯威夫特 1724 年在英爱两境闹得甚嚣尘上的《布商的信》（*The Drapier's Letters*, 1724）中多有表现；⑤ 斯威夫特为加入"战局"甚至不惜中断《游记》卷四的写作。但实际上，英裔爱尔兰人此一复杂的族裔身份协同斯威夫特对英格兰文化的政治亲缘并未让他第一时间关注爱尔兰局势，其文学书写重心的爱尔兰转向还与其政治放逐休戚相关：1714 年 5~7 月，托利党内阁成员分歧加剧，政局急转直下；8 月 1 日安妮女王的驾崩，事实上宣告了斯威夫特英格兰政治生涯的终结。8 月下旬，流寓爱尔兰的斯威夫特致信密友福特，表露隐退之意："慵懒与倦怠

---

① Irvin Ehrenpreis, *Swift: The Man, His Works, and the Age*, Vol. 2, Cambridge, Massachusetts: Harvard University Press, 1967, p. 171.
② 彼时英格兰议会立法程序中议员提出动议后，还须有论辩；在宣读时异议议员可以抗辩。后根据双方论点投票，若三次宣读及三次论辩皆多数赞同法案通过，法案则提交上院履行类似程序，最终提交君主钦肯，并由两院议长在两院宣布后于政府公报上公示，成为生效法案。
③ Irvin Ehrenpreis, *Swift: The Man, His Works, and the Age*, Vol. 3, Cambridge and Massachusetts: Harvard University Press, 1983, p. 121.
④ E. P. Thompson, *Customs in Common: Studies in Traditional Popular Culture*, London: The Merlin Press, 1991, pp. 204–205.
⑤ Jonathan Swift, *Swift's Irish Writings: Selected Prose and Poetry*, Carole Fabricant and Robert Mahony, ed., New York: Palgrave Macmillan, 2010, pp. 21–72.

第四章　斯威夫特与国族秩序

加诸幻灭感（anneantissement）使我不想复信……虽然无法阻止友人（他们算是聪颖且诚恳之人）在耳边絮叨关于国是之怪现象诸般；至少希望自己还能坚持不纠缠爱尔兰政事的决心。"① 伴随而来的精神压迫予之撼动甚大，加之美尼尔综合征致发的晕眩、失聪等生理折磨，斯威夫特的文学及政治生命形态于此间发生了显著的移变，② 表现出淡漠压抑、挹郁厌世之样式，其文学生涯相应地从 1714~1724 年亦出现一个"沉默的十年"。③ 因而，斯威夫特于 1722 年这个时间节点——同年英政府不知会爱尔兰议会便授予威廉·伍德（William Wood）"14 年 108000 英镑半铜币（Half pence）"的铸币特许状，最终引发《布商的信》及爱尔兰抗英风潮④——先后把目光聚焦织布工艾利斯顿死刑案和"布商"的政治诉求，以"文类戏仿"之形式重新提笔写就《演说》及《布商的信》，恐怕不能简单地归因于历史之偶然。

作为闹剧的最高潮，5 月 2 日艾利斯顿伏法前宣读《告别》时，斯威夫特并没有在围观人群中；他将《演说》交付哈丁印制后便开始了为期 5 个月

---

① Jonathan Swift, *The Letters of Jonathan Swift to Charles Ford*, David Nichol Smith, ed., Oxford: Oxford University Press, 1935, p. 60.
② 学界很早就注意到斯威夫特 1714 年前后世界观的转变，尤其在书信及诗歌中有较为清晰的表征，例如，F. Elrington Ball, ed., *The Correspondence of Jonathan Swift, D. D.*, in 6Vols, Vol. 2, London: G. Bell and Sons Ltd., 1911, p. 245; Jonathan Swift, *Poetical Works*, Herbert Davis, ed., London: Oxford University Press, 1967, p. 154; F. Elrington Ball, ed., *The Correspondence of Jonathan Swift, D. D.*, in 6Vols, Vol. 4, London: G. Bell and Sons Ltd., 1911, pp. 193-194; Sir Walter Scott, *Memoirs of Jonathan Swift*, Vol. 2, New York: Cambridge University Press, 2011, pp. 31-32。但相应的文本研究仍较为匮乏，实际上该转变对斯威夫特后期文学表现中的爱尔兰主题，死亡、厌世主题和激愤语体颇有影响。
③ 提出"沉默的十年"此说法主要针对斯威夫特文学表现的活跃度和影响力而言。毕竟相较于 1704~1714 年和 1724~1735 年两个阶段辉煌的文学表现，此间除去较有影响的《广泛使用爱尔兰产品的建议》（"A Proposal for the Universal Use of Irish Manufacture", 1720）一文，尤其 1714 年至 1720 年，斯威夫特的文学活动可谓停滞，仅寥寥数篇诗文面世。但须指出，及至 1721 年斯威夫特已开始构思（甚至写作）《游记》。大卫·奥克里夫教授也注意到难以忽略的《广泛》一文对此概念的"妨碍"，详见 David Oakleaf, *A Political Biography of Jonathan Swift*, London: Pickering & Chatto, 2008, p. 139。
④ Carole Fabricant and Robert Mahony, ed., *Swift's Irish Writings Selected Prose and Poetry*, New York: Palgrave Macmillan, 2010, p. 37.

的北部旅行。① 而对爱尔兰乡村民生"现实之接触与洞察"无疑赋予了斯威夫特文学书写新的"热切",这"热切"迥异于伦敦官场"蜘蛛般悬置于要人前厅那般自欺欺人的生活"。② 且如诗人奥登(W. H. Auden)所言:"疯狂的爱尔兰刺伤叶芝以成其诗歌,其景况则激怒斯威夫特以全其散论(prose)。"③ 正是对英格兰殖民统治下爱尔兰民不聊生的"现实接触",使其对灾难景象哀怨愤懑,终于在政治失意并沉寂许久之后再次爆发。1722年以后,爱尔兰——斯威夫特余生不断抱怨的放逐之所——愈发成为斯威夫特文学想象与政治活动的中心。

四 小结

叙述主体的缺乏,使我们无从得知《告别》宣读时艾利斯顿的同伙和都柏林民众们做何反响,但《演说》虚构的名单至此再无实际威胁。然而三年后的1725年,伦敦发生了一起同"艾利斯顿案"一辙而出的"江奈生·魏尔德案"(Jonathan Wild case),其深远的文化影响或可提供一个"现场模拟"。目睹魏尔德绞刑的亨利·菲尔丁秉持斯威夫特之文化立场及讽刺笔调④在《大伟人江奈生·魏尔德传》(The History of the Life of the Late Mr. Jonathan Wild the Great,1742)中替我们"补了"这么一个结尾:"当牧师嘴里正在赶念经文,同时,四下里石头砖块像雨点似的纷纷投来的时候,魏尔德却趁势把手伸进牧师的口袋里,摸出一只开瓶塞的钻子,他就握着那件赃物离开了人世。"⑤ "艾利斯顿-魏尔德"兴于亦栽于告密,(608)此一反讽结局无疑昭示着以告密与揭发来"代理"德行的监控型社群堕入的必是不可自持的恶性

---

① F. Elrington Ball, ed., *The Correspondence of Jonathan Swift*, Vol. 3, London: G. Bell and Sons Ltd., 1912, p. 131.
② Irvin Ehrenpreis, *Swift: The Man, His Works, and the Age*, Vol. 2, Cambridge and Massachusetts: Harvard University Press, 1967, p. 93.
③ W. H. Auden, "In Memory of W. B. Yeats," in R. Hoggart, ed., *W. H. Auden: A Selection*, London: Hutchinson Educational, 1961, p. 137.
④ Bertrand Goldgar, "Swift and the Later Fielding," *The Yearbook of English Studies*, Vol. 18, 1988, pp. 93-107. 亦见韩加明《菲尔丁研究》,北京:北京大学出版社,2010,第196页。
⑤ 亨利·菲尔丁:《大伟人江奈生·魏尔德传》,萧乾译,南京:译林出版社,2004,第167页。

循环；而监牢牧师例行公事的嘴脸和私揣的开瓶器又让宗教德行对群治秩序的调控多少显得绵软虚弱——但《演说》中象征着道德律令与良知的"唯一正直的人"能有一个不那么虚无的解答吗？

第二节　分裂的爱尔兰英雄："两间一卒"与"人肉筵宴"

1728年，因英格兰殖民政策导致的"高额地租、庄稼歉收、食物短缺、病疫肆虐"而不堪重负的4000多名爱尔兰人，开始了横跨大西洋至北美殖民地的亡命之旅。[①] 此事在爱尔兰曾轰动一时。因《布商的信》力抗"伍德币"而身为爱尔兰英雄的斯威夫特，却在《信息员》——他与友人谢立丹博士合办于1728年3月11日的一份短寿报纸——第14期中，神情冷漠地表示："至于那项（按：指赴美事项）不被人感铭又无利可图的事业，我不能呐喊助力更多，只希望你们能成功……而我，如你们所见，已经'被迫'过着一种蛰居隐伏的生活了。"[②]

一　殖民困境与蛰伏的英雄

读者们并不惊讶，这已经不是斯威夫特第一次扬言"退休"了。早于1708年3月8日，仍交游辉格党人的斯威夫特因前途微茫和时局失意，便曾致信友人查尔斯·福特（Charles Ford）表示他萌生隐居田园、安于乡村牧师一职的意愿。[③] 1714年5~9月，托利政府内部分歧加剧，政局急转直下，加诸安妮女王驾崩，事实上宣告了斯威夫特英格兰政治

[①] Jonathan Swift, *Swift's Irish Writings: Selected Prose and Poetry*, Carole Fabricant and Robert Mahony, ed., New York: Palgrave Macmillan, 2010, p. 106. 1700~1776年共有超过10万人（大部分来自北部阿尔斯特地区）的爱尔兰人民迁徙至北美殖民地，鉴于18世纪30年代爱尔兰总人口200万的数值，这个20∶1的移民比率仍是很高的。

[②] Jonathan Swift, *Swift's Irish Writings: Selected Prose and Poetry*, Carole Fabricant and Robert Mahony, ed., New York: Palgrave Macmillan, 2010, p. 107.

[③] Jonathan Swift, *The Letters of Jonathan Swift to Charles Ford*, David Nichol Smith, ed., Oxford: Oxford University Press, 1935, p. 4.

生涯的终结。

须指出的是，1714年英格兰政治地震及被"流放"爱尔兰的"惩处"对斯威夫特撼动甚大，加上美尼尔综合征频发导致的晕眩、失聪、呕吐等肉体折磨，此一阶段的斯威夫特对个体生命价值的思考确实发生了转变，[①] 行文间体现出消极的人生态度。斯威夫特的文学生涯相应地从1714~1724年也出现一个"沉默的十年"。[②]

"诗家不幸读者幸。"诚如劳森教授指出的，如果斯威夫特在1713年（笔者认为甚至可以推至1720年）便逝去，他仅会是一位托利党过气的意识形态辩护士与吹鼓手，与曾经在伦敦文人圈名噪一时的诗人罢了，[③] 不久便会湮没于史册之外（至少是文学史之外）。而最终令斯威夫特得以登英语文学史堂室的《格列佛游记》和《布商的信》，及被格拉唐（Grattan）、帕内尔（Parnell）及叶芝、萧伯纳甚至爱尔兰前总统爱蒙·德·瓦勒拉（Eamon

---

[①] 1714年9月，托利政局崩塌后，同属"涂鸦社"的阿巴斯诺特博士致信蒲柏："已见斯威夫特教长来信，即便像一个被打趴在地的人，他还是保持了高贵的精神，你可以看见他仍旧坚毅的面容，随时都在寻找机会还击对手。"（详见 Ball, ed., *The Correspondence of Jonathan Swift, D. D.*, in 6Vols, Vol. 2, London: G. Bell and Sons Ltd., 1911, p. 245）但这种坚毅不乏故作镇定的伪装成分，在其后不久的《病中：甫至爱尔兰而女王病殁不久而作》（*In Sickness, Written soon after the Author's coming to Live in Ireland, upon the Queen's Death, October, 1714*）一诗中，沉痛抑郁的斯威夫特已有"病弱之躯，徒增负荷于友人……不如今日病亡，明日入殓，两相解脱"的求死之心（详见 Jonathan Swift, *Poetical Works*, Herbert Davis, ed., London: Oxford University Press, 1967, p. 154）。华尔特·司各特爵士于1826年出版的《斯威夫特传》也于脚注部分指出斯威夫特1714年后人生观的转换，"愿上帝保佑你，希望我们不用再面见了"，已经成为斯威夫特的口头禅；而某次斯威夫特与教职人员刚好从有悬镜高挂于上的长凳上起身，巨大的镜子就轰然坠落，镜子掉落后的巨大威力让侥幸死里逃生的教士们高呼上帝保佑，而斯威夫特则说："如果刚才我是只身一人的话，我宁可没有移步。"（详见 Sir Walter Scott, *Memoirs of Jonathan Swift*, in 2Vols, Vol. 2, New York: Cambridge University Press, 2011, pp. 31-32）在1731年1月15日致蒲柏的信中，斯威夫特言道，"视力已不允许我在夜间阅读"，因美尼尔症暂时失聪，斯威夫特又一次表示轻生念头。（详见 F. Elrington Ball, ed., *The Correspondence of Jonathan Swift, D. D.*, in 6Vols, Vol. 4, London: G. Bell and Sons Ltd., 1911, pp. 193-194）不难指出，1714年确实可谓斯威夫特整个人生观的转折点，这种转折与其18世纪20年代之后的作品中频繁出现的"愤世嫉俗"倾向自然是有关联的。

[②] David Oakleaf, *A Political Biography of Jonathan Swift*, London: Pickering & Chatto, 2008, p. 139.

[③] Claude Rawson, *Swift's Angers*, Cambridge: Cambridge University Press, 2014, p. 7.

第四章　斯威夫特与国族秩序

De Valera，1882－1975）等爱尔兰民族解放者奉为国族意识辩护先驱[①]杰作的《广泛使用爱尔兰产品的建议》（"A Proposal for the Universal Use of Irish Manufacture"，1720）、《爱尔兰景况速览》（"A Short View of the State of Ireland"，1728）、《一个小小的建议》（"A Modest Proposal"，1729）、《普罗米修斯》（*Prometheus*，1724）及《伍德这臭铁匠》（*On Wood the Iron-monger*，1725）等脍炙人口的诗文也将不复存在。如前节所述，1720 年之后，爱尔兰——斯威夫特余生不断抱怨"不能称之为生活"的放逐之所[②]——逐渐成为斯威夫特文学活动与政治想象的中心。[③]

我们知道，自 1699 年英国议院通过《羊毛织品法案》（*Woollen Act*）以来，英格兰政府实际上操控了爱尔兰羊毛制造业的贸易流通，间接使爱尔兰

[①] Claude Rawson，*Swift's Angers*，Cambridge：Cambridge University Press，2014，p. 44.

[②] F. Elrington Ball，ed.，*The Correspondence of Jonathan Swift, D. D.*，in 6Vols，Vol. 2，London：G. Bell and Sons Ltd.，1911，p. 148，p. 223.

[③] 大部分欧美学者皆一致认定，斯威夫特的"爱尔兰写作"可以追溯至 1707 年的《一位受辱女士的故事》。在作品中，斯威夫特假一位因情夫与丑陋下流、卑鄙无耻的情妇结婚而被抛弃的女士之口，控诉了将苏格兰和英格兰合并的"联合法案"对爱尔兰的重创（详见 Jonathan Swift，*Swift's Irish Writings：Selected Prose and Poetry*，Carole Fabricant and Robert Mahony，ed.，New York：Palgrave Macmillan，2010，pp. 3 – 9）。但不可否认的是，斯威夫特的"英裔爱尔兰"（English Irish）或言"盎格鲁－爱尔兰"（Anglo－Irish or Anglo－Hiberni）特殊身份，族裔血缘烙印——即便不是直接主题——必然构成斯威夫特一切创作的隐性基因。1704 年使斯威夫特声名鹊起的《木桶的故事》的第一批读者反应批评中，"基督教堂学院才子派"的干将威廉·金在《略评〈木桶的故事〉》一文中就曾敏锐地指出匿名作者斯威夫特的"爱尔兰特征"（an Irish Evidence）（详见 William King，*Some Remarks upon the Tale of a Tub*，London：1704，p. 16；Cf，Jonathan Swift，*A Tale of a Tub and Other Works*，Marcus Walsh，ed.，Cambridge：Cambridge University Press，2010，p. xlvii）。确实，早于 1704 年，仅是拉洛科（Laracor）的一位乡村牧师并汲汲于求得一份英格兰教职以改变"国籍"的斯威夫特，即便在包括书信在内的文学活动中都给读者制造了一种"一至英格兰便活跃，返回爱尔兰便沉睡"的假象（详见 Irvin Ehrenpreis，*Swift：The Man, His Works, and the Age*，Vol. 2，Cambridge and Massachusetts：Harvard University Press，1967，p. 93）；但即便如此，斯威夫特仍旧如恩伦普瑞斯教授指出的，无论在政治活动、社会交往或职业谋划上，从他的"爱尔兰活动中可以发现一种热望，一种对现实的接触，一种见解，而这些都是斯威夫特在英格兰蜘蛛般悬吊于达官贵人的前厅，戴着自欺欺人的面具的生活所不具备的"（详见 Irvin Ehrenpreis，*Swift：The Man, His Works, and the Age*，Vol. 2，1967，Cambridge and Massachusetts：Harvard University Press，p. 93）。亦正是"对现实的接触"，对英格兰殖民统治下爱尔兰腐朽民生的直接感触，对殖民统治所致的灾难景象的愤懑，更加之对公理和道义的呼求，使得斯威夫特在政治失意并沉寂之后，终于再次爆发。

农耕土地不断牧场化——此种循序渐进的"圈地运动"导致了爱尔兰国民经济的积贫积弱从而逐渐固化其对英格兰的依赖性。1700 年以来的欧陆战争引发谷物价格飞涨，[1] 民怨载道的底层压力迫使爱尔兰议会于 18 世纪前十年起便不断发起退牧还耕的动议，但皆招致英格兰政府压制。1708 年 12 月，仍周游于"辉格党小团体"及其文人圈的斯威夫特就曾匿名撰文《爱尔兰下议院一位议员致英格兰下议院某议员关于〈忠诚法案〉的一封信》（"A Letter from a Member of the House of Commons in Ireland to a Member of the House of Commons in England, Concerning *The Sacramental Test*" 1708），提出了扩大爱尔兰政府自主权的要求。[2] 1720 年 3 月，英格兰议会讨论旨在加强对爱主权控制的动议，虽然一读二读都遭到爱尔兰贵族的强烈反对，但 26 日《宣示法案》（*Declaratory Act*, 1720）即《进一步确保爱尔兰王国依附于大不列颠王权的法案》仍旧三读通过。两周后，乔治一世御批法案生效；因之，"爱尔兰被剥夺了任何形式上的独立性"。[3] 都柏林大主教金知晓此事后致信二读时极力捍卫爱尔兰利益的墨勒斯沃斯伯爵（Lord Molesworth）："（法案的后果）会导致爱尔兰全民族的叛离……他们怒不可遏以致发表反动言论……已不在乎财产的罚没，他们不认为此种奴役法案之下自己还将保有何财产。"[4] 4 月 4 日，蛰伏近 6 载的斯威夫特致信福特："……问题在于人民是否该被奴役……你加脚镣囚禁某人数十年，又忽而解开让他展示舞

---

[1] E. P. Thompson, *Customs in Common: Studies in Traditional Popular Culture*, London: The Merlin Press, 1991, pp. 204–205.

[2] Jonathan Swift, *Swift's Irish Writings: Selected Prose and Poetry*, Carole Fabricant and Robert Mahony, ed., New York: Palgrave Macmillan, 2010, pp. 12–23. 其中第 14 页 "我们将你们的利益视为最重，如果你们的小拇指疼痛，且认为以搜刮爱尔兰脂民膏而制成的膏药能缓解疼痛，尽管盼咐，我们乐效此劳；全爱尔兰的利益皆随时为你们最穷困的渔村而准备……远处失火，为了避免殃及您尊贵的马厩，我们也会毅然烧毁自己的房屋……" 一段，那反讽笔调已然压制不住的愤怒之情状可谓溢于言表。

[3] Irvin Ehrenpreis, *Swift: The Man, His Works, and the Age*, Vol. 3, Cambridge and Massachusetts: Harvard University Press, 1983, p. 121.

[4] William King, Archbishop of Dublin, Unpublished Correspondence in the Library of Trinity College, Dublin, Letter of 10 May 1720, to Molesworth. Cf. Irvin Ehrenpreis, *Swift: The Man, His Works, and the Age*, Vol. 3, Cambridge and Massachusetts: Harvard University Press, 1983, p. 122.

技，就因为他踉踉跄跄，你就决定他该终身监禁吗？"① 民怨载道声直上云霄，"被爱尔兰人民的苦难击中痛处"② 而愤怒难抑的斯威夫特终于再次披坚执锐。于是，《广泛使用爱尔兰产品的建议》（后文简称《使用建议》）一文声势浩大地加入了爱尔兰抗英的舆论战之中。

二 "哀其不幸，怒其不争"

在民生凋敝、哀鸿遍野的殖民背景下，《使用建议》毫不避讳地于开篇处便将爱尔兰贫弱的根源指向英格兰对其商业（尤其是毛纺织业）和农业的操控。爱尔兰羊毛纺织出口地被严格限制为英格兰一地，其产业结构和贸易渠道在行政干预下则愈发单一化。如上所述，此情境导致移居英格兰但大部分产业在爱尔兰的"旷职地主"（Absentees）③ 为一己私利，"垄断羊毛使之成为我们止贫穷之渴的鸩毒，因而爱尔兰的政治人物们大量变更与佃户的租约以将最好的土地用于饲羊"。④ 因为，"一个人便可以看管原先雇佣三十人的耕地"。⑤ 地主的收入无疑增加，尽管破坏了传统的社会结构。因而，斯威夫特对"土地作为产权基础"的土地平衡⑥此新哈林顿主

---

① Jonathan Swift, *The Letters of Jonathan Swift to Charles Ford*, David Nichol Smith, ed., Oxford: Oxford University Press, 1935, p. 86.
② F. Elrington Ball, ed., *The Correspondence of Jonathan Swift, D. D.*, in 6 Vols, Vol. 2, London: G. Bell and Sons Ltd., 1911, p. 106, p. 223.
③ "旷职地主"或"外在地主"（Absentee，又作 Absenteeism），其连同"旷职官员"（Absent Officer）是殖民地和宗主国之间较为常见的一种政治经济现象。17~18 世纪，爱尔兰此种现象尤为严重，缺职地主在爱尔兰拥有大量产业的同时在英格兰定居，并不亲力亲为打理产业，而将殖民地产业交与固定的代理人，每年仅在收取佃租的特定时节返回爱尔兰，并将其收入的大部分花销于英格兰。"旷职官员"同此理，领取爱尔兰政府薪俸却花销于英格兰，在英格兰几乎把控爱尔兰官员任免的特定政治条件下，二者的细微区别是"旷职官员"是英格兰人，而"旷职地主"几乎全是英格兰裔爱尔兰人。关于"旷职地主"，可参 Laurence Stone, *The Crisis of the Aristocracy 1558–1641*, Oxford: Oxford University Press, 1967, p. 160。
④ Jonathan Swift, *Swift's Irish Writings: Selected Prose and Poetry*, Carole Fabricant and Robert Mahony, ed., New York: Palgrave Macmillan, 2010, p. 26.
⑤ Jonathan Swift, *Swift's Irish Writings: Selected Prose and Poetry*, Carole Fabricant and Robert Mahony, ed., New York: Palgrave Macmillan, 2010, p. 110.
⑥ 詹姆士·哈林顿：《大洋国》，何新译，北京：商务印书馆，1981，第 10~11 页。

义信条的暴力破坏的控诉，可谓切入了18世纪上半叶不列颠社会结构转型与人的心理结构转型——一言以蔽之，现代性转型过程的关节。因此，"经济形态批判"也即成为斯威夫特其后念兹在兹的主题之一。譬如，在第一封《布商的信》中，羊毛产业的受制于人导致大量佃户的破产。失业农民的贫困又影响手工业者的生计，而倘若羊毛收入能在国内消费流转，爱尔兰尚能勉强支持，但"旷职地主"和"旷职官员"执意"将地租与年俸聚集，以供养其在英格兰的消费，仅在家中豢养着几名不计较面包多寡只求糊口的爱尔兰织工"。①

须指出，对前述恶性循环的痛陈同样回响在1728年3月的《爱尔兰景况速览》一文中。"羊吃人"及旷职地主、官员的在英消费使得在爱尔兰，"任何一位陌生游客除了凄凋零的荒凉之外，别无其他景致可见"。② 因之，斯威夫特将这种恶性循环的参与者称为"面目可憎的放牧族"（that Abominable Race of Grazier）。③ 须提醒注意的是，此处一种与镌印在盎格鲁-撒克逊民族刻板想象中的食人族——"西塞亚游牧民族"（Scythian）——的映射关系以悖论的方式被斯威夫特巧妙地设计/暗示出来——英爱本是"同宗同族"，竟何以手足相残？至此，与鲁迅《狂人日记》不无类似的阴鸷氛围不由而生：在迅速揭示静谧的田园风情与温顺的食草生物背面鲜血淋漓的邪恶之后，斯威夫特实际上书写并控诉的是18世纪食草动物与资本欲望结合在失衡的政治制度中，并"进化"成食肉动物的奇异政治寓言。值得关注的是，这种经由"托马斯·莫尔式"转喻之后的"食人羊"政治寓言于此时已然预示了一年后《一个小小的建议》中茹毛饮血却相谈甚欢的"食人癖性"了。

另外，须特别指出的是，在1720年的《使用建议》一文中，叙事声音

---

① Jonathan Swift, *Swift's Irish Writings*: *Selected Prose and Poetry*, Carole Fabricant and Robert Mahony, ed., New York: Palgrave Macmillan, 2010, p. 42.
② Jonathan Swift, *Swift's Irish Writings*: *Selected Prose and Poetry*, Carole Fabricant and Robert Mahony, ed., New York: Palgrave Macmillan, 2010, p. 96.
③ Jonathan Swift, *Swift's Irish Writings*: *Selected Prose and Poetry*, Carole Fabricant and Robert Mahony, ed., New York: Palgrave Macmillan, 2010, p. 26.

第四章　斯威夫特与国族秩序

的复杂性在超出控诉英格兰殖民、[1] 痛陈民不聊生惨状、规劝爱尔兰人民（尤其是崇洋媚外、追求时尚的妇女[2]）之后，还有一些隐秘的"杂音"值得深究：建议者实际上指出爱尔兰人民是"愚蠢而不够理智的"，其人悲惨境况不乏咎由自取的成分，因而"希望压迫能够适时地使蠢人变得聪明些"。[3] 这种复杂的多声部叙事现象如劳森教授所指出的，表达了斯威夫特对"爱尔兰受害者的鄙夷之同情——一种暧昧且变动的情感混合"[4]（an ambiguous and sometimes volatile blend of compassion and contempt for the Irish victims）。然而，这种与鲁迅对20世纪20年代中国人民"（哀其不幸，怒其不争"极为相似的情愫背后实则有着斯威夫特独特的族裔身份因素在起作用。

要知道，乔纳森·斯威夫特父系本是英格兰约克郡斯威夫特家族的次子一支，该支系自斯威夫特祖父托马斯·斯威夫特牧师（Reverend Thomas Swift）起迁至赫里福德郡（Herefordshire）。托马斯育有十子及三（或四）女，其中古德温·斯威夫特（Godwin Swift）因获奥蒙德公爵赏识，得以在爱尔兰律政界崭露头角。其中，包括斯威夫特同名父亲在内三个弟兄在古德温的提携下也得以在爱尔兰律政界和牧师界立足。[5] 因而，斯威夫特无疑属

---

[1] 斯威夫特在文中指出，爱尔兰被压迫的织工与希腊神话中因与雅典娜比拼织功而被变为蜘蛛的阿拉克尼（Arachne）相比还不如，至少后者有自由纺织的权利。参见 Jonathan Swift, *Swift's Irish Writings: Selected Prose and Poetry*, Carole Fabricant and Robert Mahony, ed., New York: Palgrave Macmillan, 2010, p. 28. 另外，"织物寓言"（textile allegory）在《书战》"动物（蜘蛛）寓言"之外更增添了神话色彩。摩尔（Sean Moore）教授看来，"雅典娜"/英格兰对"阿拉克尼"/爱尔兰的暴政甚至可以转喻至英格兰出版界对斯威夫特文本（text allegory）的"暴政式"出版此层面来参看。详见 Sean D. Moore, *Swift, the Book, and the Irish Financial Revolution*, Baltimore: The John Hopkins University Press, 2010, p. 95。

[2] Jonathan Swift, *Swift's Irish Writings: Selected Prose and Poetry*, Carole Fabricant and Robert Mahony, ed., New York: Palgrave Macmillan, 2010, p. 26, p. 97.

[3] Jonathan Swift, *Swift's Irish Writings: Selected Prose and Poetry*, Carole Fabricant and Robert Mahony, ed., New York: Palgrave Macmillan, 2010, p. 28. 值得注意，又是博林布鲁克于1734年在《手艺人》第436期及第441期仿造斯威夫特，感叹人民将自由拱手相让，委身暴政并引颈就戮的"历史癖性"，详见 Henry St. John Bolingbroke, *Bolingbroke: Political Writings*, David Armitage, ed., Cambridge: Cambridge University Press, 1997, p. 111, pp. 166-167。

[4] Claude Rawson, *Swift's Angers*, Cambridge: Cambridge University Press, 2014, p. 47.

[5] Sir Walter Scott, *Memoirs of Jonathan Swift*, in 2Vols, Vol. 1, New York: Cambridge University Press, 2011, pp. 3-6.

于英格兰移民的后代（English Irish），与爱尔兰本土人士及暂居英格兰的官员及商人有着本质区别。实则，英格兰移民的族裔身份差异认知，早在英格兰史家费恩斯·莫里森（Fynes Moryson）《旅程》（*An Itinerary*，1617）[①]一书中即有表现。书中莫里森做出了"纯种爱尔兰人"（Meere[②] Irish）和英裔爱尔兰人（English Irish）的区分，并表达了对被爱尔兰土著同化后的英格兰移民的鄙夷。[③]据此，劳森教授敏锐地将此一文化景观称为"盎格鲁-爱尔兰身份困境的历史性悖论"，并持之为爱尔兰土著和英格兰民族战争史的附生现象（epiphenomena）。同时，作为1171年占领爱尔兰的首批英格兰成员之一，莫瑞斯·菲茨杰拉德（Maurice FizGerald）对这种较特殊的族裔文化现象也不乏表述："当我们对爱尔兰人来说是英国人时，我们对英国人而言又是爱尔兰人。"（ut sicut Hibernicis Angli, sic et Anglis Hibernici）[④]

或基于此，斯威夫特在1737年6月致蒲柏的一封信中才责怪后者没有对"爱尔兰人"进行必要的细分。[⑤]并且，前述族裔身份的复杂性在亨利八世改安立甘宗为国教后愈发凸显。因为爱尔兰土著对罗马天主教的秉执同英格兰清教徒后裔之间的文化裂痕经过族裔通婚的弥合努力后，"产出"的仍是政治、宗教、民族血缘错综纠合的"第三种人"。故而，斯威夫特身上体现的一种"两间余一卒，荷载独彷徨"的身份困境便不难理解了。这种身份

[①] 后收入1735年版的《爱尔兰史：从1599至1603年》（*An History of Ireland from the Year 1599, to 1603*）一书中。

[②] 原文如此。

[③] Fynes Moryson, *The Irish Sections of Fynes Moryson's Unpublished Itinerary*, Graham Kew, ed., Dublin, Irish Manuscripts Commission, 1998, p.101. Cf. Claude Rawson, *Swift's Angers*, Cambridge: Cambridge University Press, 2014, p.21.

[④] Giraldus Cambrensis, Expugnatio Hibernica, *The Conquest of Ireland*, I. xxiii, ed. and trans. by A. B. Scott and F. X. Martin, Dublin, Royal Irish Academy, 1978, p.307. Cf. Claude Rawson, *Swift's Angers*, Cambridge: Cambridge University Press, 2014, p.41.

[⑤] 详见F. Elrington Ball, ed., *The Correspondence of Jonathan Swift, D. D.*, in 6 Vols, Vol.6, London: G. Bell and Sons Ltd., 1914, p.32. 信中斯威夫特将"爱尔兰人"划分为身居爱尔兰的英国绅士（English gentry）、野蛮的老土著粗民（savage old Irish）、爱尔兰的士绅、英格兰殖民者（English colonies）。并认为第四种人，教养极高，口音亦纯正，比移民美国殖民地的英国人更具备英格兰人身份资格。关于爱尔兰的族裔问题及爱尔兰的清教化论述可参Sean J. Connolly, *Religion, Law, and Power: The Making of Protestant Ireland, 1660 - 1760*, Oxford: Clarendon Press, 1992。

困境制造出来的悖论，体现在斯威夫特一生抱持的"英格兰之心"上——迟至 1728 年斯威夫特仍抱有移职英格兰的想法。晚年致友人的信中回忆往事时，斯威夫特更是坦陈："……被放逐至这个凄惨的国度（我在这里几乎就是个陌生人）……留在我应该称之为祖国（按：英格兰）的地方，我碰巧出生在爱尔兰，并于 1 岁时离开爱尔兰去了英格兰。① 令我悲恸的是，在我3 岁返回爱尔兰之前，我为何没有死在英格兰"②——此种裸露而饱含激越的悔恨之情自然令爱尔兰民族英雄的《布商的信》中叙事者呼号的"我们"显得十分"可疑"。正是基于此种"可疑"，进入文本之前，斯威夫特分裂的民族身份所支撑的叙事面孔之下的"罅隙"必须厘清。

三 呼号的布商与民族"独立"宣言

如上文所述，18 世纪 20 年代，英格兰长久的经济控制及爱尔兰对西葡及法国等国的走私贸易，导致爱尔兰货币金融体制极度紊乱，多国之间货币汇率牌价差额较大。1 畿尼英格兰货币在爱尔兰可多兑换 3 便士，因此不少地主商人及掌控贵金属货币的银行家动辄上千镑地将爱尔兰银币转移至英格兰以兑换金币，再用于爱尔兰赚取差价。此举最终导致 1728 年爱尔兰的"白银危机"。③ 如果说 1728 年的"白银危机"因其爱尔兰富商的"作法自毙"而没有引发斯威夫特太多愤慨的话；1722 年始，作为英格兰殖民统治集中表现的"伍德币事件"则真正地让因政治文学"双重放逐"④ 的斯威夫

---

① 指斯威夫特岁余大时，抚养他的乳娘有份遗产须亲赴英格兰继承，乳娘见斯威夫特喜人，曾私自携带（司各特用了"偷走"/"stole away"一词）斯威夫特至怀特黑汶（Whitehaven）。因斯威夫特幼弱，无法再经历一次航渡的生死劫，斯威夫特母亲阿比盖尔·艾瑞克（Abigail Ericke）见乳娘如此爱惜斯威夫特便嘱后者将之抚养至 3 岁待体质稍强再返回爱尔兰。斯威夫特在英期间得到乳娘很好的早教，返回爱尔兰时已能拼写，5 岁便能朗诵《圣经》任何篇章。详见 Sir Walter Scott, *Memoirs of Jonathan Swift*, in 2 Vols, Vol. 1, New York: Cambridge University Press, 2011, pp. 10 – 11。
② F. Elrington Ball, ed., *The Correspondence of Jonathan Swift, D. D.*, in 6 Vols, Vol. 6, London: G. Bell and Sons Ltd., 1914, pp. 21 – 22.
③ Jonathan Swift, *Swift's Irish Writings: Selected Prose and Poetry*, Carole Fabricant and Robert Mahony, ed., New York: Palgrave Macmillan, 2010, pp. 102 – 104.
④ Irvin Ehrenpreis, *Swift: The Man, His Works, and the Age*, Vol. 3, Cambridge and Massachusetts: Harvard University Press, 1983, p. 133.

特"垂死病中惊坐起":① 英国国王乔治一世及其政府不知会爱尔兰议会便于1722年7月12日由首席大臣华尔波尔签署,授予威廉·伍德"14年,108000英镑半铜币"的铸币特许状。② 而后者是通过贿赂国王情妇肯黛尔伯爵（Duchess of Kendal）夫人获此肥缺的。消息走漏后,爱尔兰舆论一片哗然。爱尔兰经济环境原本就恶劣不堪,先有英格兰政府恶意压低的金币价格导致白银外流,后又因欧陆瘟疫横行而被限制的走私贸易使得货币交流雪上加霜,一时之间物价飞涨、民生凋敝、盗匪丛生。如此时局,英格兰议会不顾爱尔兰议会抗议而让实际价值仅有8000镑的③ 10万镑劣质伍德币流入爱尔兰;于斯威夫特而言,英格兰政府无疑想"竭泽而渔"。3月,化身愤怒的布商"M. B. Drapier",④ 斯威夫特写了第一封信《一封致全爱尔兰店主、商人、农民和平民的信》（"A Letter to the Shop‐Keepers, Tradesmen, Farmers, and Common‐people of Ireland", 1724）,并以36册2先令的极低价

---

① 值得指出的是,较先得知铸币特许状消息及其"非法性/非正义性"恶果的仍旧是心系爱尔兰利益的都柏林大主教金。金在1722年7月21日致友人的信中指出:"……结果是一倍于约定数量的铜币被制造出来。特许人将至少获利一倍半,并将爱尔兰的金银全部抽干……如果非要通过（此特许状）,我谦卑地认为在强加于爱尔兰人民之前,此事须与他们协商,且铸币厂须是皇家经营。"（详见 William King, Archbishop of Dublin, Unpublished Correspondence in the Library of Trinity College, Dublin, Letter of 10 May 1720, to Molesworth. Cf, *Irvin Ehrenpreis*, *Swift*: *The Man*, *His Works*, *and the Age*, Vol. 3, Cambridge and Massachusetts: Harvard University Press, 1983, p. 189）而恩伦普瑞斯教授则认为:"所有证据表明,迟至1723年与1724年之交,斯威夫特对"伍德币事件"并未发表意见。"（详见 Irvin Ehrenpreis, *Swift*: *The Man*, *His Works*, *and the Age*, Vol. 3, Cambridge and Massachusetts: Harvard University Press, 1983, p. 191）因而,实际上斯威夫特发表于1724年3～12月的7封信（针对事件的发展其致信对象各有不同,后统称为《布商的信》,但仅有5封信能适时出版）加入的是一场"已然激烈的舆论战"。但不能否认的是,斯威夫特的才情使"布商"立即成为事件走向的焦点。详见 Jonathan Swift, *Swift's Irish Writings*: *Selected Prose and Poetry* 第37页编者按部分。
② Carole Fabricant and Robert Mahony, ed., *Swift's Irish Writings Selected Prose and Poetry*, New York: Palgrave Macmillan, 2010, p. 37.
③ Jonathan Swift, *Swift's Irish Writings*: *Selected Prose and Poetry*, Carole Fabricant and Robert Mahony, ed., New York: Palgrave Macmillan, 2010, p. 39.
④ 关于斯威夫特的叙事面具布商姓名的缩略字母"M. B."学界较为公认其为诛杀暴君恺撒的古罗马英雄马库斯·布鲁图斯（Marcus Brutus）的缩写。结合斯威夫特在《木桶的故事》、《致一位辉格爵爷的信》（"A Letter to a Whig‐Lord", 1712）及之后《游记》卷三中对布鲁图斯的溢美之词,不难发现斯威夫特将布鲁图斯视为反抗暴君、追求正义事业的英雄楷模,故而上述推论不乏理据。

格（近乎自费出版）印发了 2000 册。

信中，面对目下情势已有一定认知的受众，斯威夫特采用了将纠缠琐碎的事件归整为简单却切中肯綮的逻辑线索再予以论证的叙事策略。第一，民族到了生死攸关的边缘，因为大量"伍德币"将要倾泻进货币市场已然岌岌可危的爱尔兰，因此我们须抵制。第二，108000 镑劣质铸币的实际价值仅为 8000 镑。兑换、购买之后，伍德无疑将以不等价方式撷取爱尔兰本已枯竭的贵金属。第三，英格兰法律并未规定爱尔兰民众必须接受除金银之外的其他形式铸币，国王有颁发特许状的权力，而爱尔兰人民则有不接受伍德铜币的自由，抵制具有合法性，"因而你们无须害怕"。[①] 此外，为了渲染币值与购买力之间鸿沟般的差异，斯威夫特生动形象地描述了"废品一般的伍德币"的使用情况：一位农夫如果要用伍德币支付半年的租佃，须有 3 匹马拉着 6 百镑重的伍德币；而一位乡绅进城买服饰与酒水及家用什物，或打算在城里过冬，他则须用 5~6 匹马拉着满是伍德币的大麻袋；一位女士若乘着骄子来我们店里购物——后面自然跟着一车子的伍德币了。[②] 伍德币的另一个缺点乃是极易被伪造。随着事态发展，不难想见荷兰人也将持着他们自己铸造的伍德币来爱尔兰兑换金银。且"伍德先生必然会不知歇止地铸造，不出数年，我们便有了至少 5 倍于 108000 镑的伍德币……这只吸血虫是不会罢休的！"[③] 于是，布商振臂呼号："朋友们，让我们团结如一人，抵制这肮脏的垃圾！"[④]

值得注意的是，在奠定其后几封信主基调的第一封信中，斯威夫特虽然尽可能采用一种平易的句式和日常的语言以利于民众接受，但其叙事声部并不单调、干瘪，反而富有深厚的内在弹性与叙事层次。这种内在弹性的获取与叙事者对宗教权威和法律权威资源的挪移紧密相关。在《使用建议》一文中，斯威夫特就曾使用"布道式叙事"："无论男女，都拿出坚定的信念，

[①] Jonathan Swift, *Swift's Irish Writings: Selected Prose and Poetry*, Carole Fabricant and Robert Mahony, ed., New York: Palgrave Macmillan, 2010, p. 45.
[②] Jonathan Swift, *Swift's Irish Writings: Selected Prose and Poetry*, Carole Fabricant and Robert Mahony, ed., New York: Palgrave Macmillan, 2010, pp. 39–41.
[③] Jonathan Swift, *Swift's Irish Writings: Selected Prose and Poetry*, Carole Fabricant and Robert Mahony, ed., New York: Palgrave Macmillan, 2010, p. 41.
[④] Jonathan Swift, *Swift's Irish Writings: Selected Prose and Poetry*, Carole Fabricant and Robert Mahony, ed., New York: Palgrave Macmillan, 2010, p. 45.

绝不让一缕英格兰丝线出现在我们身上,让所有人都称颂:阿门!"[1] 此种布道文式论述语调,明白无误地再次显露在第一封信的第一句中:"我将要诉说之事,其重要性仅次于人类对上帝的义务及灵魂拯救……恳请你们基于人性、基于基督徒立场、基于对祖国的热爱而认真阅读此信。"[2] 不难指出,文本中一种基督徒"天职观念"(calling)与公民义务相契合的语调使得叙事者的语言颇有"剧场式"的感染力,而这种感染力所仰赖的正是宗教权威(尽管已然处于衰退期)对信众的道德律令控制惯性。所以,文本中,伍德及其铸币被不断地冠以"被诅咒的""上帝的敌人"[3] 等前缀。另外,"亨利四世第四宪章""爱德华二世在位第九年第三宪章"等英格兰法律经典在文中的不断引据和征用,尽管使"布商"处于"用殖民者法律思维反驳其法律殖民"此一略为悖论的境况,却极为有效地消除了爱尔兰民众抵制伍德币的"违法"忧惧。并且,前述宗教权威和法律权威双管齐下的叙事策略,一以贯之地连缀在斯威夫特其后六封信中。如此一来,有破有立,布商合情合理地提出了民主独立的诉求。[4]

在《布商的信》带领之下,爱尔兰全民沸腾的呼号和无数请愿书形成巨大的政治压力。作为回应,华尔波尔政府先是成立一个调查委员会,后调任约翰·加特略(John Carteret)为新任爱尔兰摄政王(Lord Lieutenant),以图平息事端。委员会由时任皇家铸币厂监理的大科学家牛顿牵头,介入伍德币的检验工作。但牛顿的检测结论却是"伍德币尽管形态过多,却是足量的……在成色上与英格兰硬币相差无几,甚至可谓促进了爱尔兰自查理二世以来的铸币质量……"[5] 倾向政府的《邮政童报》见状遂于7月31日发文

---

[1] Jonathan Swift, *Swift's Irish Writings: Selected Prose and Poetry*, Carole Fabricant and Robert Mahony, ed., New York: Palgrave Macmillan, 2010, p. 27.

[2] Jonathan Swift, *Swift's Irish Writings: Selected Prose and Poetry*, Carole Fabricant and Robert Mahony, ed., New York: Palgrave Macmillan, 2010, pp. 37 – 38, p. 45.

[3] Jonathan Swift, *Swift's Irish Writings: Selected Prose and Poetry*, Carole Fabricant and Robert Mahony, ed., New York: Palgrave Macmillan, 2010, pp. 37 – 38, p. 42, p. 45 and p. 48.

[4] Irvin Ehrenpreis, *Swift: The Man, His Works, and the Age*, Vol. 3, Cambridge and Massachusetts: Harvard University Press, 1983, p. 214.

[5] A. Rupert Hall and Laura Tilling, ed., *The Correspondence of Isaac Newton*, in 7Vols, Vol. 7, Cambridge: Cambridge University Press, 1977, p. 170.

第四章　斯威夫特与国族秩序

表示"伍德先生全方位地履行了合约"。① 不日，《都柏林新闻》（*Dublin News Letter*）② 转发了威廉·伍德带有辩白性质的文章。爱尔兰再次群情激奋，布商于是在8月及10月续发两信分别以"致出版商哈丁先生之名义"及以《致爱尔兰全体公民》（"To the Whole People of Ireland"，1724）为题，一针见血地指出英格兰政府及其委员会"检测"的逻辑漏洞：牛顿检测的样本确实是由伍德送呈的，但样品并非在爱尔兰随机抽样，因而"伍德精心打造一两打量足色纯的半便士送到塔里，③ 便就能够证明他先前已铸的和将要铸造的货币都符合要求了？"这岂不是同"在没有预付那些瘦弱、病弱、污鄙羊群的保证金的情况下仅就一只体态鲜美、毛色柔亮的羊便交付100只羊的费用"④ 一样荒谬并惹人耻笑？尽管威廉·伍德在回应中指出愿意将铸币额度下调至4万镑，其余待"贸易急需之际再以增铸"，"且每人每次交易使用时可携不超过5便士的伍德币"。斯威夫特仍旧毫不留情地用翔实而完整的数据指出，且不论伍德先生的劣质铜币多寡，爱尔兰人民所需的零币最多也仅为2.5万镑。另外，何时为"贸易急需之际"定夺权仍在伍德一人，无怪乎"举全爱尔兰贵族与士绅之力亦无法获得铸币权"，⑤ 而伍德一人就轻易获得，"更敢做英王都不敢做之事——规定爱尔兰一国臣民都须持有他的铜币"。区区一个"铁匠"（Iron-Monger）在爱尔兰已无异于"专断的摄政君王"（Arbitrary Mock-Monarch）。⑥ 不难指出，信中布商故意遣用嘲讽口吻，或许在刺激爱尔兰人民脆弱的自尊心，以对舆论及示威行动推波助澜。

---

① Herbert Davids, ed., *The Prose Works of Jonathan Swift*, Vol. 15, Oxford: Blackwell, 1968, p. 189.
② 结合 *Swift's Irish Writings* 中布商第二封信的编者按来看，《都柏林新闻》（*Dublin News Letter*）的出版商其实就是《布商的信》的出版商约翰·哈丁，可见恩伦普瑞斯教授关于"转发"实为斯威夫特所促成的判断（详见 Irvin Ehrenpreis, *Swift: The Man, His Works, and the Age*, Vol. 3, Cambridge and Massachusetts: Harvard University Press, 1983, p. 221）应该是正确的。
③ 其时皇家铸币厂亦在伦敦塔。
④ Jonathan Swift, *Swift's Irish Writings: Selected Prose and Poetry*, Carole Fabricant and Robert Mahony, ed., New York: Palgrave Macmillan, 2010, pp. 37–38, p. 49.
⑤ Jonathan Swift, *Swift's Irish Writings: Selected Prose and Poetry*, Carole Fabricant and Robert Mahony, ed., New York: Palgrave Macmillan, 2010, pp. 37–38, p39.
⑥ Jonathan Swift, *Swift's Irish Writings: Selected Prose and Poetry*, Carole Fabricant and Robert Mahony, ed., New York: Palgrave Macmillan, 2010, pp. 37–38, p. 50.

此外，伍德在回应中指控爱尔兰人民犯有"忤逆君权，更已准备起事叛乱，使爱尔兰脱离英格兰王权"①等罪名；斯威夫特则颇有创举地援引了古典共和主义及洛克社会契约学说中的"同意理论"。文本指出国王虽然有特权（Prerogative），不经议会同意便可宣布战争或缔结合约，亦可以不经过议会同意铸造货币，"但国王断不能强迫臣民使用除了金银之外的货币，这一点受限于法律"。而爱尔兰人民的被殖民根源之一就如《建议》一文中已然指明的，乃是出于"被未经其人同意的法律所限"。②据此，"公民同意"（consent）此一老辉格党共和主义传统的法学理论在斯威夫特笔下提出限制王权和政府权力等主张的同时，③便也自然地与民族独立主张汇合到一处。正是这个意义上，在第五封信《致尊贵的墨勒斯沃斯子爵阁下的一封信》（"To the Right Honourable the Lord Viscount Molesworth, at His House at Brackdenstown, near Swords", 1724）中，斯威夫特在不惜笔墨地列出洛克、莫里洛斯（Molineaux）和"非法暴力"及"哥特政体"等政治理论的学理关联后振臂高呼："自由意味着人民被经其同意的法律所统治，奴役则相反。"④在此基础上，续接了《审查者》中新哈林顿主义政治意识的布商最终喊出的爱尔兰的民族独立宣言：

即便他人不认同，我，M. B. 布商宣布：除服从上帝之外，我仅服从君王的主权及祖国的法律；且我绝不从属于英格兰人民，如果他们胆敢反抗我的君王主权（上帝禁绝此事发生），正如我们同胞在普利斯顿（Preston）抵御外侮一样，国王一声令下我将拿起武器抵抗他们……⑤

---

① Jonathan Swift, *Swift's Irish Writings: Selected Prose and Poetry*, Carole Fabricant and Robert Mahony, ed., New York: Palgrave Macmillan, 2010, p. 58.

② Jonathan Swift, *Swift's Irish Writings: Selected Prose and Poetry*, Carole Fabricant and Robert Mahony, ed., New York: Palgrave Macmillan, 2010, p. 29, p. 59.

③ 关于"国王受限于法律"与"国王意志即法律"的论辩传统可参 Michael Zuckert, *Natural Rights and the New Republicanism*, Princeton: Princeton University Press, 1994, pp. 35-48。

④ Jonathan Swift, *Swift's Irish Writings: Selected Prose and Poetry*, Carole Fabricant and Robert Mahony, ed., New York: Palgrave Macmillan, 2010, p. 66, p. 76.

⑤ Jonathan Swift, *Swift's Irish Writings: Selected Prose and Poetry*, Carole Fabricant and Robert Mahony, ed., New York: Palgrave Macmillan, 2010, p. 65.

第四章　斯威夫特与国族秩序

在斯威夫特看来，"共主联邦"意味着爱尔兰对英格兰的服从仅限于对宗主国国王的服从。"国王有权力将特许状颁发与任何人，将其肖像印在任何他喜欢的材料上，甚至让受状人从英格兰发行货币到日本，但须附有一条小小的限制：没有任何一位臣民有义务必须接受它们。"因而，爱尔兰人民并未意图反叛，而是在拥护国王的基础上，遵循了国王的法律。

四 "我们"中隐藏着"他们"

值得指出的是，布商系列信札叙事者呼号的主语"我们"（We）在前几封信中始终难以完整维系其"统一性"，在第五封信"宣言"中则突然崩塌。爱尔兰复杂的族裔形态让"异见的他者"形象，连同布商叙事声音中隐秘的"杂音"终于随着事态的深入及英格兰高压政治手腕的施展而逐渐清晰化。第一封信中较为统一的"我们"在第二封信中已然脱落出"一些祖国的叛徒"。[①] 叙事者更害怕这些"我们中的害群之马，会为了十几二十镑的蝇头小利而出卖他们的灵魂和国家"。[②] 及至第四封信，"这些软弱的人"已然开始传播谣言并分化统一；再到布商因第四封信的"恶意毁谤和阴谋反叛"而被爱尔兰议会悬赏300镑巨款[③]并导致出版商约翰·哈丁锒铛入狱之

---

① Jonathan Swift, *Swift's Irish Writings: Selected Prose and Poetry*, Carole Fabricant and Robert Mahony, ed., New York: Palgrave Macmillan, 2010, p. 48. 值得注意的是，斯威夫特并非第一位遭遇"人民（我们）统一性"（the identity of "the people"）困境的作家。弥尔顿在内战时期的作品所使用的主语"人民"同样是语义含糊而指涉窘迫的。如扎科特教授指出的，"弥尔顿并未在任何地方指明谁是人民或谁代表着他们在言说"。详见 Michael Zuckert, *Natural Rights and the New Republicanism*, Princeton: Princeton University Press, 1994, pp. 81 - 82。

② Jonathan Swift, *Swift's Irish Writings: Selected Prose and Poetry*, Carole Fabricant and Robert Mahony, ed., New York: Palgrave Macmillan, 2010, p. 53. 此处不无"犹大卖主"的意味。

③ 继1714年3月因《辉格党人公共精神》"毁谤罪"而被悬赏300镑巨款之后，此番斯威夫特再次被悬赏（1720年的《广泛使用爱尔兰产品的建议》一文虽被起诉，且出版商爱德华·沃特斯判监禁，但政府未对该文作者作出悬赏的决定）。300英镑在18世纪初可用以支付4户中产阶层家庭1年的开销，因而对举报人实际上极具诱惑力。但"布商"身份在都柏林可谓人尽皆知（与斯威夫特不乏交往，且事之前同斯威夫特有数封书信交涉的爱尔兰摄政王约翰·加特略自然知道作者为何人。故而，当斯威夫特在其办公场合拨开人群质问为何缉捕《布商的信》出版商哈丁先生时，加特略引用维吉尔的"箭在弦上，不得不发"一语回复可谓妙语连珠）却无人举报，侧面可见斯威夫特时名望。详见 Sir Walter Scott, *Memoirs of Jonathan Swift*, in 2Vols, Vol. 1, New York: Cambridge University Press, 2011, pp. 299 - 302。

时，读者在第五封信中已然可以清晰察觉彼时爱尔兰人之间"织造罪名的恶意"了。布商也只得悲哀地发出"请国人涂去上封信中你们不能悦纳的部分，勿要使我的剑生锈，让我对敌人的致命伤口得以复原"的恳求。①

如果说，根据斯威夫特一贯的立场，上述指摘的"一些人"主要针对的是"旷职地主"与"旷职官员"，即威廉·克鲁尼（William Conolly）此类大地主或约瑟夫·爱迪生、约翰·加特略等其根本利益与英格兰殖民体系休戚相关的官员（他们事实上构成了英格兰殖民压迫的帮凶②）。布商叙事声音"我们"中脱落下来的另一部分，指向的则是被剥夺政治身份而声音喑哑的爱尔兰土著。我们知道，早在1708年《爱尔兰下议院一位议员致英格兰下议院某议员关于〈忠诚法案〉的一封信》一文中，当论及仍旧信仰天主教的爱尔兰土著时斯威夫特就曾（或带反讽地）指出："这些人充其量不过如妇女及儿童一般无足轻重。"③ 及至第四封信，在论及英格兰人将英裔爱尔兰人混同于"既没有市民权利，更没有市民身份"的爱尔兰土著时，布商的回应则如同斯威夫特在1737年6月致蒲柏信中责怪后者没有对"爱尔兰人"进行必要的细分④时一样，多少有点恼羞成怒的意思了："他们（按：英格兰人）视我们如同那些野蛮的爱尔兰土著——那些土著是我们先祖数百年前征服过的族类——这无异于我蔑称他们为恺撒时代兽皮文身的布立顿人（Britons）一般。"⑤ 第四封信紧接上文更有一句："伍德先生弄错了，因为我们是真正的居爱英国人（True English People of Ireland），因而拒绝伍德币。当然，我们理所当然地以为，那些爱尔兰人（Irish）也会拒绝使用伍德币，

---

① Jonathan Swift, *Swift's Irish Writings: Selected Prose and Poetry*, Carole Fabricant and Robert Mahony, ed., New York: Palgrave Macmillan, 2010, p. 77.
② 故而在《行善：伍德币事件时期的一篇布道文》（"Doing Good: A Sermon, on the Occasion of Wood's Project", 1724）一文中，斯威夫特指出："当我说'人们'时，我指的是大多数人，并不包括这些掌权者。"详见 Jonathan Swift, *Swift's Irish Writings: Selected Prose and Poetry*, Carole Fabricant and Robert Mahony, ed., New York: Palgrave Macmillan, 2010, p. 186。
③ Jonathan Swift, *Swift's Irish Writings: Selected Prose and Poetry*, Carole Fabricant and Robert Mahony, ed., New York: Palgrave Macmillan, 2010, p. 19.
④ 详见 F. Elrington Ball, ed., *The Correspondence of Jonathan Swift, D. D.*, in 6Vols, Vol. 6, London: G. Bell and Sons Ltd., 1914, p. 32。
⑤ Jonathan Swift, *Swift's Irish Writings: Selected Prose and Poetry*, Carole Fabricant and Robert Mahony, ed., New York: Palgrave Macmillan, 2010, p. 67。

第四章 斯威夫特与国族秩序

如果他们被要求的话。"① 在这种似无必要——彼时大多数英格兰人自然知道英裔爱尔兰人和爱尔兰土著的区别——的身份澄清过程中，布商仍旧不忘剥夺爱尔兰土著的政治发言权——"如果他们被要求"一语的内隐叙事无非即"妇女及儿童般孱弱"的爱尔兰土著并没有表达政治意愿的权力——哪怕他们愿意接受英格兰压迫。某种程度上，"他们"已经被英裔爱尔兰人"代表"了，因而没有发生"如果"的任何必要。所以，如贝克特教授（J. C. Beckett）所指出的，斯威夫特笔下的"我们爱尔兰人民"有着明显的英国族裔特征,② 具备"明晰的排他性"（explicit disavowal of inclusiveness）。③ 也正如克里斯托弗·希尔教授隐约发现的，哈林顿、马维尔（Marvell）、洛克等17~18世纪政治哲学家笔下的"人民"具有显著的"中产阶层"分层意味。④ 斯威夫特笔下的"布商"同样暴露了特殊族裔及宗教身份历史背景所引致的"身份认知"困境。基于此一面向，我们便可以解释从《布商的信》的"布商"到《一个小小的建议》中的"建议者"，他们作为愈发失望而悲哀的民族英雄是如何在"哀其不幸"之后，愤然走向"怒其不争"之立场的。

实则，对于盘踞于爱尔兰民族性格间的劣根性，斯威夫特是极为警觉的。早在《一位受辱女士的故事》一文中，斯威夫特即假某绅士之口指出爱尔兰人民"无可原谅的软弱"。⑤ 如前所述，1722年戏仿犯人临终演说的《埃比尼泽·艾利斯顿的临终演说》中，叙事者更假借死囚行刑前的讲演痛斥国人麻木不仁。"公民勇气的缺乏正是我们不幸的根源。"⑥ 艾利斯顿口中

---

① Jonathan Swift, *Swift's Irish Writings: Selected Prose and Poetry*, Carole Fabricant and Robert Mahony, ed., New York: Palgrave Macmillan, 2010, p. 69.
② 因而，笔者认为，北京燕山出版社2002年版《格列佛游记》译者序中"他后来却是全心全意投入了爱尔兰反对英格兰压迫的斗争中"一语中的"全心全意"一词是值得商榷的。详见斯威夫特《格列佛游记》，史晓丽、王林译，北京：北京燕山出版社，2002，译者序，第2页。
③ J. C. Beckett, "Swift and the Anglo-Irish Tradition," in Claude Rawson, ed., *The Character of Swift's Satire: A Revised Focus*, Newark: University of Delaware Press, 1938, p. 163.
④ Christopher Hill, *Puritanism and Revolution*, London: Panther Press, 1968, pp. 291-297.
⑤ Jonathan Swift, *Irish Tracts: 1720-1723 and Sermons*, Herbert Davis, ed., Oxford: Basil Blackwell, 1963, p. 10.
⑥ Jonathan Swift, *Irish Tracts: 1720-1723 and Sermons*, Herbert Davis, ed., Oxford: Basil Blackwell, 1963, p. 39.

的爱尔兰人民正不断沦为小偷、强盗及妓女,在互相欺骗、出卖、背叛和淫乱的"疯人院"里宿醉以求蝇营狗苟。悖论的是,斯威夫特笔下18世纪上半叶的都柏林景况同萧伯纳1906年的描述居然有令人惊诧的一致性:

> 当我四顾这个混杂的都市,其流毒的贫民窟,其灯红酒绿的广场,看到那些自称英国人的人,他们被爱尔兰清教徒警卫以一种孟加拉人都不再允许英国殖民者对待的方式欺凌;却发现周遭占满着袖手旁观的爱尔兰人,个个神志清醒,一副早已摆脱孩子气似的同情心,麻木不仁的表情……①

文本中,对爱尔兰人(不论英裔还是土著)手足相残之暴虐的抨击及对"坐稳了奴隶"式的懦弱麻木性格的嘲讽实际上构成同"哀告爱尔兰不幸"这条主线齐头并进的两条支线。这两条支线一以贯之地连缀在斯威夫特所有的"爱尔兰书写"中。② 甚至在多年后的布道文《爱尔兰凄惨景况之根源》中,斯威夫特对爱尔兰民族劣根性的揭批仍旧不肯放松。③ 鲁迅式的"看客的麻木和勇士的悲哀"让斯威夫特在被悬赏300镑后发出如下感叹:"我将一切出版盈利都捐给了织工们……对祖国的爱使我绞尽脑汁,焚膏继晷,兀兀穷年,岂知除却换得烦忧和恶意之外,竟无一他物。"④ 又及,"我不遗余力地揭发骗子伍德的谎言与罪恶,却愚蠢地以为不用哭诉及哀号,诉诸法律、自由及人的权力便可改变局面,却忘了我身处何种环境中啊!"⑤ 悲哀的

---

① Bernard Shaw, "Preface for Politicians," in Dan H. Laurence, ed., *John Bull's Other Island: Definitive Text*, Harmondsworth, Middlesex: Penguin, 1984, pp. 9 – 10.
② 除上文举例外,另有1720年的《行善:伍德币事件时期的一篇布道文》指出民众"毫无公共精神",详见 Jonathan Swift, *Swift's Irish Writings: Selected Prose and Poetry*, p. 86。《布商的信》系列中,亦有第四封信论及"民众冷漠的沉默"可参,详见 Jonathan Swift, *Swift's Irish Writings: Selected Prose and Poetry*, p. 69。
③ Jonathan Swift, *Irish Tracts: 1720 – 1723 and Sermons*, Herbert Davis, ed., Oxford: Basil Blackwell, 1963, p. 201.
④ Jonathan Swift, *Swift's Irish Writings: Selected Prose and Poetry*, Carole Fabricant and Robert Mahony, ed., New York: Palgrave Macmillan, 2010, p. 73.
⑤ Jonathan Swift, *Swift's Irish Writings: Selected Prose and Poetry*, Carole Fabricant and Robert Mahony, ed., New York: Palgrave Macmillan, 2010, p. 82.

第四章　斯威夫特与国族秩序

英雄最终发出宁可叛逃去英格兰做一位体面的佃农也不愿与"无罪/无知"（innocent）的同袍们一并受难的失望浩叹。① 其中，"innocent"一语意味深长的双关以及严谨的字词择用，多少又暴露了斯威夫特哀戚困顿而愤懑难纾的矛盾内心。②

于此情境中，读者不难发现，看似统一严整的叙事声音"我们"中隐匿着的"他们"已然脱落。③ 此时的布商离1729年《一个小小的建议》中"建议"爱尔兰穷人父母卖掉足岁婴儿供富人食用以"两全齐美"的阴鸷建议者，恐怕只有一步之遥。

五　《一个小小的建议》与"食人癖性"

1729年8月11日，斯威夫特致信蒲柏："这个国家已经歉收三年，街上爬满了乞丐，即便是好年景也要闹饥荒。这里可谓罪孽深重……他们的罪愆流毒益广，这个国家已经无可救药了。"④ 同月，都柏林当地的一个小册子作家也这样写道："街上满是活着的幽灵，在游荡着觅食……如果他们恰巧听闻某处有一匹死马，便蜂拥而去饕餮一顿。"⑤ 正是面对着这片动荡饥饿的土地，斯威夫特写下了《一个小小的建议》（全称为：《一个小小的建议：为了防止爱

---

① Jonathan Swift, *Swift's Irish Writings: Selected Prose and Poetry*, Carole Fabricant and Robert Mahony, ed., New York: Palgrave Macmillan, 2010, p. 83.
② 诚如赫德里克教授指出的，对爱尔兰人民"哀其不幸，怒其不争"的态度，使得"他同笔下反讽叙事声音的关系愈发复杂"。详见 Elizabeth Hedrick, "A Modest Proposal in Context: Swift, Politeness, and A Proposal For Giving Badges to the Beggars," *Studies in Philology*, Vol. 114, No. 4 (2017 Fall), p. 853。
③ 此处可结合参看斯威夫特引用颇多的博林布鲁克《手艺人》系列文章。博林布鲁克在遣用主语"我们"展开劝诫激励式论述时，较为细致地标明了"'我们'伪称的统一性"中的内部延异。在多次强调全国联合（national union）的同时，博林布鲁克大量采用"我们中的某些人"（some/very few）此类二级主语，可以说体现了扎科特教授指示的"人民必须通过更小的分层采取行动"此一内部区分要求。详见 Henry St. John Bolingbroke, *Bolingbroke: Political Writings*, David Armitage, ed., Cambridge: Cambridge University Press, 1997, p. 12, p. 65, p. 188 and passim; Michael Zuckert, *Natural Rights and the New Republicanism*, Princeton: Princeton University Press, 1994, p. 82。
④ F. Elrington Ball, ed., *The Correspondence of Jonathan Swift, D. D.*, in 6Vols, Vol. 4, London: G. Bell and Sons Ltd., 1913, pp. 89 - 90.
⑤ Irvin Ehrenpreis, *Swift: The Man, His Works, and the Age*, Vol. 3, Cambridge and Massachusetts: Harvard University Press, 1983, p. 627.

尔兰穷人的孩子成为其父母及国家负担并使其有利公益》，"A Modest Proposal for Preventing the Children of Poor People in Ireland, from Being a Burden to Their Parents or Country; and for Making Them Beneficial to the Public", 1729）一文。

文中的建议者在冷静客观地分析爱尔兰饥荒的形势后认为："当前，父母手中、背上或匍匐于其人踵边的大量婴幼儿，已然成为吾国凄惨景况中的沉重负担，我想各党派于此是无异议的。"因而，谁能提出解决方案自然成为救世主。继而，建议者一本正经地指出，其在多年规划并参考他人策略后建议，婴儿在平均花费2先令抚养至足岁之时，"与其继续成为父母、社区、粮仓及救济所的负担，不如用于食用"，① 这可以防止通奸罪及其衍生的堕胎和弑婴行为（infanticide）。在指出如此耸人听闻之建议之后，建议者开始戏仿威廉·配第（William Petty, 1623—1687）的"政治数学"，② 演算其计划如何合情合理：爱尔兰全境总人口数1500000人，其中适孕夫妇计有200000人；扣除13000对有能力抚养子女的夫妇（尽管建议者不认为有这么多），剩余穷苦夫妇计约170000人。此外，还需谨慎地扣除流产和夭折，每年爱尔兰的婴儿"产量"共计应为120000人。并且，建议者从一位旅居伦敦的美国朋友③处听说"无论煎炸烹煮，健康肥嫩的满周婴儿是最为可口、滋补、

---

① Jonathan Swift, *Swift's Irish Writings: Selected Prose and Poetry*, Carole Fabricant and Robert Mahony, ed., New York: Palgrave Macmillan, 2010, p.124.
② 关于18世纪早期英格兰政治经济学理论的奠基及威廉·配第理性主义道德体系讨论可参Julian Hoppit, "Political Arithmetic in Eighteenth - Century England," *The Economic History Review*, Vol.49, No.3, 1996, pp.516 - 519。
③ 值得指出的是，斯威夫特此处遣用的"美国朋友"（my American Acquaintance）此一叙事声音背后颇有文化引申的用意。我们知道，"食人癖性"（cannibalism）作为人类远久以来便存有的动物心性特质，在步入文明时期后便被正统宗教视为禁忌及野蛮的象征。但地理大发现之后，美洲及太平洋印第安人的食人传统随着殖民商贸与游记文学重新抵临欧洲，激起哲学讨论的同时也愈发呈现在文学书写中，笛福及斯威夫特的游记相关情节即是例子。斯威夫特此处"借用"的美国朋友，对北美印第安食人传统自然相较欧陆人士更有"身临其境"的优势，进而对下文的婴儿烹调技法更有"发言权"。北美食人传统对17～18世纪英国文学的影响可参 Cătălin Avramescu, *An Intellectual History of Cannibalism*, Alistair Ian Blyth, trans., Princeton and Oxford: Princeton University Press, 2011, pp.10 - 12; Louise Noble, *Medicinal Cannibalism in Early Modern English Literature and Culture*, New York: Palgrave Macmillan, 2011, pp.59 - 89。18世纪英国文学中的"野人形象"研究可参 James Sambrook, *The Eighteenth Century: The Intellectual and Cultural Context of English Literature, 1700 - 1789*, London and New York: Longman, 1993, pp.221 - 226。

第四章　斯威夫特与国族秩序

鲜美的佳肴；我相信油焖成原汁肉块或者用时蔬乱炖也是不错的"。因而，出于循环经济之考虑，120000 人留下 20000 人做种，其中四分之一为男性，"反正这些婴儿几乎都是淫乱而出，吾民野蛮已久，不屑嫁娶，一个男性应该足够伺候 4 位女性了"；其余 100000 名婴儿养至岁足便可卖与全爱尔兰的权势者们。此外，建议者更告诫母亲们临卖前一月，让婴儿吸够奶水，"养得白胖，好端得上台面。招待友人时，一个婴儿可做两道菜，家人自己用膳则切前排或后腿即可；加少许椒盐腌制，4 日后再煮则入味更深，冬季尤其鲜美"。[1] 秉持"客观分析"之眼光的叙事者，此间遽然转化为饕餮客视角，[2] 似乎在替爱尔兰穷人"排忧解难"的同时也在与潜在的"同道中人"分享食人经验。不难猜想，他的吃过人的美国友人此一幌子固然是无法再支撑的——叙事者本人如若没有食人癖性及相关经验又如何可能如此细致入微地介绍菜谱及烹饪技法（culinary arts）？

我们再看文本中的"检疫站"计划。据称，售价 10 先令的婴儿，扣除 2 先令的抚养费，每对夫妇一年净入 8 先令，极大地改善了爱尔兰的财政状况，拉动了内需。而且，此计划同时还使得罗马天主教徒人数得以控制；"而那些节俭的父母（必须承认时局也有此需）可以剥下婴儿的皮，加工过后，可制成女性喜爱的精美手套及优雅男士所青睐的夏靴"。[3] 除此之外，计划还更能增进家庭亲密关系：母亲更加爱怜婴儿，父亲因为胎儿出售亦更加

---

[1] Jonathan Swift, *Swift's Irish Writings: Selected Prose and Poetry*, Carole Fabricant and Robert Mahony, ed., New York: Palgrave Macmillan, 2010, pp. 125 – 126.

[2] 值得指出的是，在 20 世纪中期之后，关于《一个小小的建议》一文叙事声音与斯威夫特文本结构意图的"离间及重合"的研究愈发繁盛。以弗格森（Oliver Ferguson）教授为首的一派研究趋势，依据后殖民理论及政治经济学说着重提出同传统"讽刺"批评思路相对的范式。弗格森教授甚至认为："在视爱尔兰人为野兽这一点上，斯威夫特同'建议者'是同路人。"前述劳森教授亦认为斯威夫特笔下"建议者"的食人建议正是爱尔兰人野蛮癖性的暴露。详见 Oliver Ferguson, *Swift and Ireland*, Urbana: University of Illinois Press, 1962, p. 175; Claude Rawson, *God, Gulliver, and Genocide*, Oxford: Oxford University Press, 2007, pp. 183 – 197. 韦恩·布斯教授论反讽的专文《"一个小小的建议"与反讽的崇高》同样涉及叙事声音与斯威夫特的政治立场问题，可参 Wayne C. Booth, *A Rhetoric of Irony*, Chicago and London: The University of Chicago Press, 1975, pp. 109 – 120。

[3] Jonathan Swift, *Swift's Irish Writings: Selected Prose and Poetry*, Carole Fabricant and Robert Mahony, ed., New York: Palgrave Macmillan, 2010, p. 126.

体贴妻子，不再拳脚相向。并且，国人厨艺也将大有长进……鉴于食贩婴儿诸多利好，建议者在文末突然要求国人切勿再与他谈什么：“惩罚旷职地主；广泛使用国货，抵抗外国奢侈品；警诫爱慕虚荣、浮夸傲慢、游手好闲的妇女；提倡节俭、节制与恭谦，报效祖国……不出卖自由及良心，奉劝地主善待佃农；将诚信、勤勉之精神及营业技巧奖勉与店主商户……因此，我再重复一遍：请诸君勿要再与我谈此上各类计划！”① 建议者在文本中一路秉持的嘲讽与冷漠讽笔，终于在近结尾时还是滑向了对"坐稳了奴隶"的民众怒不可遏的鞭挞——甚至连已然成为民族英雄的"布商"也赫然列于批评对象之中。

诚如大卫·诺克斯教授指出的，"对叙事声音的解读是介入《一个小小的建议》一文的关键"。② 然而更值得注意的是，斯威夫特文中难以拆解的叙事面具及其若即若离③的"自我嘲讽"（self-ridicule）效果很可能正是他认识到自己族裔身份困境的刻意呈现：早年汲汲于谋职英格兰，不断旅居他乡的斯威夫特不正是其笔下攻击的旷职牧师中的一员？尽管文中"叙事者"声明自己"不够荣幸没能交结任何一位旷职地主"；④ 而现实之中，与斯威夫特私交甚笃的查尔斯·福特正是"旷职地主"的代表。读者甚至不难想

---

① Jonathan Swift, *Swift's Irish Writings: Selected Prose and Poetry*, Carole Fabricant and Robert Mahony, ed., New York: Palgrave Macmillan, 2010, pp. 129–130.
② David Nokes, *Jonathan Swift, a Hypocrite Reversed: A Critical Biography*, Oxford: Oxford University Press, 1987, p. 348.
③ 如斐迪安教授所言，"在文本中试图去标定叙事声音与作者意图分离的具体位置是毫无意义的；这种试图会在阅读过程中制造一些经不起推敲的假设"。斐迪安教授的论点不妨比照布斯教授对《一个小小的建议》"稳定反讽"（stable irony）特征的界定。详见 Robert Phiddian, "Have You Eaten Yet? The Reader in a Modest Proposal," *Studies in English Literature, 1500–1900*, 36 (Summer 1996), No. 3, p. 606; Wayne C. Booth, *A Rhetoric of Irony*, Chicago and London: The University of Chicago Press, 1975, p. 133。但值得注意的是，如弗莱在研究反讽（Irony）与讽刺（Satire）含义分歧时所提醒的，《一个小小的建议》让神志清醒的读者在几乎（almost）就要产生叙事声音或出于"富于情理且仁慈为怀的叙事者"此类感觉的关键时刻，又总能让读者把握住"几乎"的界限，从而使得"建议者"及其建议的荒谬和非道德特征暴露。详见 Northrop Frye, *Anatomy of Criticism*, Princeton and Oxford: Princeton University Press, 2000, p. 224。
④ Jonathan Swift, *Irish Tracts: 1728–1733*, Herbert Davis, ed., Oxford: Basil Blackwell, 1955, p. 136.

第四章　斯威夫特与国族秩序

见，建议者"未必无意之中，不吃了我妹子的几片肉"。① 因为，文本内外繁复的各类语境所织就的"叙事困境"与叙事声音的暴露决心，某种意义上正体现着黄梅教授敏锐的见解："讽刺者意识到，自己在很大程度上正是他所讽刺的社会和文化的产物。"②

即便如此，因《布商的信》而蜚声爱尔兰的斯威夫特，不论古今确实在普遍意义上被爱尔兰人民视为民族英雄。③ 然而，这位很大程度上被"册封"④ 的民族英雄，其分裂且自省的内心并非简单明晰。因而，关于斯威夫特族裔身份的深究可能还须从较少有"身份戒心"的私人信件中加以探查。1731年，在回复萨福克女伯爵（Countess of Suffolk）一封将自己戏称为"爱尔兰布商，爱尔兰爱国者"的信时，斯威夫特曾作如下语："我最近已向多罗西公爵（按：当时的爱尔兰摄政王）表态，我将不再插手此类事件……这个国度已经完全无可救药了，我是断不会为死人开什么药方的。"⑤ 并且，

---

① 《鲁迅全集》（第1卷），北京：中国文联出版社，2013，第22页。值得注意的是，斐迪安教授同样发现了文本中"食人者"与"读者"（甚至当代读者）身份的重合性。斐迪安教授指出："正如叙事者及其孩子属于食人阶层一般，读者及其孩子同样属于食人阶层……我们无论如何无法通过否认参与其间而去摆脱这个界定。"详见 Robert Phiddian, "Have You Eaten Yet? The Reader in a Modest Proposal," *Studies in English Literature, 1500–1900*, Vol. 36, No. 3, 1996, p.619。

② 黄梅：《推敲"自我"：小说在18世纪的英国》，北京：生活·读书·新知三联书店，2003，第122页。

③ 自《布商的信》使得"伍德币计划"流产后，斯威夫特在爱尔兰可谓人尽皆知的民族英雄，先后被都柏林市及科克市授予"荣誉市民"称号，其一离一返都见诸报端，每年生日时节全市都有烟火庆祝。

④ 1728年6月1日，斯威夫特在致蒲柏信中有如下语："我可以冷漠地坦白，我并不配你们尊称的'爱国者'此一名号，我所做一切乃基于这满目的奴役、愚顽与低贱的疮痍——而我被迫活于其间——所带来的愤怒、愤懑与屈辱感。"（详见 F. Elrington Ball, ed., *The Correspondence of Jonathan Swift, D. D.*, in 6 Vols, Vol. 4, London: G. Bell and Sons Ltd., 1913, p.34）无怪乎日后的友人及传记作者德兰尼（Delany）指出，斯威夫特"爱尔兰英雄"名誉极盛之际，常希望自己并不是《布商的信》的作者（详见 Daniel Cook, ed., *The Lives of Jonathan Swift*, Vol. 1, London and New York: Routledge, 2011, p. xxxi）。也正是在黄梅教授的"绝望的自我反讽"之意义上，弗林教授指出："与其说斯威夫特与笛福笔下的食人者指向的仅仅是应受谴责的'他者'，毋宁认为他们指譬的是主体'共情'结构中'其他部分'（the other part of the corporate sensibility）。"详见 Carol Flynn, *The Body in Swift and Defoe*, Cambridge: Cambridge University Press, 1990, p.151。

⑤ F. Elrington Ball, ed., *The Correspondence of Jonathan Swift, D. D.*, in 6 Vols, Vol. 4, London: G. Bell and Sons Ltd., 1913, p.266.

1732年8月2日，在回一位慕名者来信时斯威夫特又指出："任何挽救这穷困潦倒的国度的企图不过是愚蠢的热情罢了。"① 但就如"哀其不幸，怒其不争"涵纳的正义基础会使得这种矛盾状态在"不幸和不争"和解之前不断循环往复一般，数度表示已放弃爱尔兰的斯威夫特，又一次次不厌其烦地在致友人信中为爱尔兰的惨状"哭诉"："爱尔兰正在挨饿，在遭受着一个国家所能遭受的所有压迫。"② 这种信中哀告如此繁复，以致在旧友巴萨斯特伯爵（Lord Bathurst）眼中，"那个曾经以一支笔就对朝臣的官运存废举足轻重，既寓教于乐，更能煽动国际事务或平息党争"的斯威夫特已经（对英格兰人民而言）"沉默"很久了，如今仅仅在"为'那些人民的事业'奔波，蜕化成为一位爱尔兰人民的求情者，俨然一副蓬头垢面的乞丐模样"。③ 类似地，在1730年8月28日致牛津伯爵二世的信中，斯威夫特写下了"追寻自由的热望让我愤怒"④ 的句子；在面对旧主继承人及旧友们对其发出伦敦之旅的邀请时，斯威夫特表示不愿再自取其辱，毕竟"我与乌合之众为伍也并非坏事"。⑤ 颇为戏剧的是，及至18世纪30年代，那些家仆成群、跻身贵族院、挥霍成性又恰恰是爱尔兰深重灾难缘由之一的英格兰贵族们自然不知道他们在早已成为"那些人民"民族英雄的斯威夫特眼中（虽因旧日至交得以免于被直接嘲讽）已然变成了何种模样。

从"受辱女士"到"布商"再到"建议者"，怀揣一颗"英格兰之心"的"爱尔兰英雄"对爱尔兰人民确实如恩伦普瑞斯教授所指出那般，抱持一种"鄙夷之同情"⑥的态度。斯威夫特"两间余一卒"的身份困境并未妨碍

---

① F. Elrington Ball, ed., *The Correspondence of Jonathan Swift*, *D. D.*, in 6 Vols, Vol. 4, London: G. Bell and Sons Ltd., 1913, p. 331.
② F. Elrington Ball, ed., *The Correspondence of Jonathan Swift*, *D. D.*, in 6 Vols, Vol. 5, London: G. Bell and Sons Ltd., 1913, p. 227.
③ F. Elrington Ball, ed., *The Correspondence of Jonathan Swift*, *D. D.*, in 6 Vols, Vol. 4, London: G. Bell and Sons Ltd., 1913, pp. 411–412.
④ F. Elrington Ball, ed., *The Correspondence of Jonathan Swift*, *D. D.*, in 6 Vols, Vol. 2, London: G. Bell and Sons Ltd., 1911, p. 148.
⑤ F. Elrington Ball, ed., *The Correspondence of Jonathan Swift*, *D. D.*, in 6 Vols, Vol. 2, London: G. Bell and Sons Ltd., 1911, p. 161.
⑥ Irvin Ehrenpreis, *Swift: The Man, His Works, and the Age*, Vol. 3, Cambridge and Massachusetts: Harvard University Press, 1983, p. 4.

他对爱尔兰苦难"爱恨交织的奉献"（Swift's hate-love devotion to Ireland）①——根据遗嘱，斯威夫特献出近乎所有的财产建成了一座疯人院赠予都柏林人民。但慈善之心并不妨碍他看到爱尔兰人民，甚至全人类的"食人癖性"："安排给阔人享用的人肉筵宴"还将摆下去，"人们就在这会场中吃人，被吃，以凶人的愚妄的欢呼，将悲惨的弱者的呼号遮掩，更不消说女人和小儿。"② 冥冥之中，200年后的鲁迅替斯威夫特《一个小小的建议》加了两人共享的但属于彼时中国境况的脚注。

第三节　《游记》：愤世嫉俗者的"政治寓言"

1720年10月，斯威夫特在写给女友的一封信中语调平淡地说道："人们开口就是'南海事件'和国家的毁灭，此外什么都不谈。"③ 实则，在他那一如既往略带幸灾乐祸的神态及嘲讽语调之后，彼时的英格兰确实如其所言，被"南海阴谋"（The South Sea Scheme 或言"南海泡沫"The South Sea Bubble）的破产弄得沸反盈天。"南海"股票制造的疯狂连其时南海公司的商业敌手——英格兰银行的政治支持者、英格兰首相华尔波尔，都经不住股价之诱惑购入了大量南海公司股票，④ 足以想见时人疯狂程度。

创建于1711年的南海公司，主要从事美洲奴隶贩卖生意，有着极为浓厚的官方背景。1718年英王乔治一世甚至亲自担任了该公司的总裁（governor）。1720年该公司设法通过议会支持，竟获得了国债经营权；须臾之间，市民闻风而动纷纷倾囊而入。此后，该公司股票价格不可思议地从年初的128.5镑飙升至7月的1000镑，公司市值总额已然高达5亿镑，而其时全英国的国民信贷总额也不过1400万镑，其"泡沫"严重程度可见一斑。

---

① Irvin Ehrenpreis, *Swift: The Man, His Works, and the Age*, Vol. 3, Cambridge and Massachusetts: Harvard University Press, 1983, p. 383.
② 《鲁迅全集》（第2卷），北京：中国文联出版社，2013，第435页。
③ 转引自黄梅《推敲"自我"：小说在18世纪的英国》，北京：生活·读书·新知三联书店，2003，第90页。
④ 孙骁骥：《致穷：1720年南海金融泡沫》，北京：中国商业出版社，2012，第232页。

精明的投机商人如笛福及各路政要自然深谙此理，开始趁早收手全身而退。然而，市民的跟风抛售立即引发了价格崩盘，"不到半年，全民的投机狂欢迅速地拆台收场了。……随之而来的是信用危机，所有的金融票据（包括各种票据债券）都贬值甚至被拒收，公司、商号和企业之间拖欠严重。成千上万的人破产了。1721年破产的人数是1719年的两倍，为英国历史上的最高记录"。[1] 他不待言，仅举跻身高级知识分子之列的"涂鸦社"为例，其成员中的亚历山大·蒲柏、阿巴斯诺特博士、约翰·盖伊等人都卷入了这场风波，约翰·盖伊把诗集所得的千镑报酬尽数投机，却得个鸡飞蛋打的结果，故而有了8年后针砭世风、痛陈时弊，却有一副黑色幽默外壳的《乞丐的歌剧》（1728）。同样，《旁观者》杂志的主要撰稿人之一的尤斯塔斯·巴杰尔（Eustace Budgell）更是在这场全民投机泡沫中耗资20000镑。[2] 精明的科学巨匠牛顿，在当时也因南海股票危机赔掉相当于现在100万美元的财产[3]，并且说出了那段关于股票的名言："我能计算天体的运行，但却计算不了人们的疯狂。"可以想见那些消息不灵、盲目跟风的平头百姓之参与"热情"与损失之惨烈了。

如前所述，斯威夫特自1689年离开都柏林至伦敦，一直宦途不得志，1692～1698年又总被居高位者许诺空头支票、互相推诿，终日抑郁于年俸200镑左右的初级教职。而在1698年，终于获得巴克利勋爵（Lord Berkeley）许诺德里教区（Deanery of Derry）教长一职后，却又被"关系户"倾轧挤迫而终未能圆梦，斯威夫特丢下一句"上帝视汝等为一丘之貉！"[4] 便愤然离职。1710年起，斯威夫特赴任爱尔兰奥舍里（Ossory）和基拉罗

---

[1] 黄梅：《推敲"自我"：小说在18世纪的英国》，北京：生活·读书·新知三联书店，2003，第92页。
[2] Addison, Steele, and Others, *The Spectator*, Vol. 1, New York: Printed by Sammel Marks, 1826, preface, p. viii.
[3] 据南丁格尔（Jim Nightingale）教授考证，牛顿在1727年临终之际仍持有1万英镑的南海公司股票及其公司5000英镑的年金，说明在南海阴谋之后，牛顿并未停止股票交易，其还参与了东印度公司等其他公司的股票交易。详见 Jim Nightingale, *Think Smart, Act Smart*, New Jersey: John Wiley and Sons, 2007, p. 29。
[4] Addison, Steele, and Others, *The Spectator*, Vol. 1, New York: Printed by Sammel Marks, 1826, preface, p. xviii. "God confound you both for a couple of scoundrels."

（Killaloe）两地牧师一职，1713年后转任圣帕特里克教长一职，可见，斯威夫特多年仕途失意，亦见惯宦海沉浮，深知羁鸟池鱼之困。时值南海泡沫破碎之际，他早已远离英国政治、经济事件的中心，可谓"处江湖之远"，因为没有身涉其害，故而有冷眼旁观的姿态，但其仍旧在信及友人之时关注此事，可见"南海泡沫"对18世纪之初英国影响之巨大。如黄梅教授指出的，当时英格兰处于一个利令智昏、钱字当头的腐败时期，"'南海骗局'以最充分、最戏剧性的荒诞形式向世人宣告这一时代的来临"。[①] 南海阴谋调查曝光后显示的官商勾结腐败现象更是触目惊心，以"奥古斯都时代"的光辉理性自诩的英国人在"南海泡沫"看到的是楚楚衣冠之下，人性满目疮痍的私欲与贪念，政治制度的失序，道德规范的腐败，天性良知的泯灭，"我很奇怪在这个帝国里，奢侈之风最近才流行起来，贪污腐化竟会发展得这样厉害，这样迅速……各种名称不同、后果不同的花柳梅毒，使英国人的面貌完全改变，使他们变得身材短小，神经涣散，肌腱无力，面色苍白，膘肉恶臭。……他们原有的纯朴和美德，都被他们的子孙为了几个钱给卖光了"。[②] 笛福笔下鲁滨逊等秉持的商业理性追逐利益最大化的信条，在高速地改变社会面貌、发展社会经济的同时，也改变了英国人的国民性；在无限度的利益追逐下，世风的浇漓与人性丑恶的暴露成为斯威夫特严肃思考和亟欲匡扶的对象，或许正是在这个意义上，1721年左右，他提笔开始了《格列佛游记》的创作。

一　"哈哈镜"里的世相全景

斯威夫特的小说文本《格列佛游记》与笛福的《鲁滨逊漂流记》一样，在很长一段时间以来，一直被视为儿童文学经典。确实，文本的局部可以获取一些较为系统的童话性，但是我们一旦深入探究文本便不难发现隐伏在文本后背显而易见的讽刺性才是其核心价值所在，斯威夫特是一个以讽笔著称的政论者，这部小说亦不例外也是有一个明显的"外在目标"的，这个目标

[①] 黄梅：《推敲"自我"：小说在18世纪的英国》，北京：生活·读书·新知三联书店，2003，第93页。
[②] 乔纳森·斯威夫特：《格列佛游记》，张健译，北京：人民文学出版社，1979，第188页。

便是18世纪英国的世相全景。

小说的主人公格列佛（Gulliver）与鲁滨逊一样是一个中产阶层家庭的儿子，充满了对航海贸易及实践科学的无限热情。[①] 在一次海难之后，独自生还的格列佛在一处陌生海域的岛滩上醒来后竟发现"一个身长不到六英寸、手里拿着弓箭、背着一个箭袋的活人。同时，我觉得至少还有四十来个一模一样的人（我猜想）跟在他的后面"。（6）原来，劫后余生的格列佛已然置身于"小人国"利立浦特（Lilliput）。这个国家一切事物都与"正常"事物以12∶1的精准度微缩（按斯蒂芬·柯亨的观点，斯威夫特在游记中建构了一个不同经验的对比系统，作为结构全书的原则之一[②]）。供给格列佛食用的羊肩肉，他是"一口要吃两三块"，（8）头号大桶的酒，在格列佛看来也非常小。主人公一觉醒来，成了"巨人山"（昆布斯·弗莱斯纯，即利立浦特语Quinbus Flestrin）。于是乎，主人公开始了用12倍的眼光审视这个另类国度的历险。正是在这缩微玩具般的国家里，其不过比余人"高出我的一个手指甲盖"（14）的国王，居然有如下头衔与威仪：

> 利立浦特国至高无上的皇帝，举世拥戴、畏惧的君主高尔伯斯脱·莫马兰·爱夫拉姆·戈尔迪洛·舍芬·木利·乌利·古，领土广被五千布拉斯鲁格（周界约十二英里），[③] 边境直达地球四极；身高超过人类的万王之王；他脚踏地心，头顶太阳；他一点头，全球君王双膝抖战；他象春天那样快乐，象夏天那样舒适，象秋天那样丰饶，象冬天那样可怖……（26）

[①] 乔纳森·斯威夫特：《格列佛游记》，张健译，北京：人民文学出版社，1979，第3页。下文引文若无特殊说明，所引版本皆为张健译本，英文原文参照牛津大学"世界经典丛书"1986年版，为避免引证烦琐后文只于引文后括弧内标页数。

[②] Percy G. Adams, *Travel Literature and the Evolution of the Novel*, Lexington: The University Press of Kentucky, 1983, p.144. 中文可参考张德明《从岛国到帝国——近代英国旅行文学研究》，北京：北京大学出版社，2014，第152~156页。

[③] 1英里等于1.6093公里，此处似有讽刺皇室司法辖区之意，因18世纪初，皇宫周围12英里范围内为皇室司法辖区，彼时英格兰普通法有些条例并不适用于该辖区。

324

第四章 斯威夫特与国族秩序

　　叙事者对利立浦特民族那种"天朝上国"、闭目塞听、妄自尊大的嘲讽之情，便在这种"比例失调"与"言语失实"的参照之间自然而生。同时，作者更把宫廷争权夺利、阿谀奉承的环境，不动声色地暴露了出来。小说对利立浦特宫廷制度与党争的讽刺还不仅于此，他们的官员选举居然是通过"在一根白色的细绳子上表演"（21~22）来实现的。小人国国民从小就精于此道，一旦有官职空缺，或官员失宠，人们就毛遂自荐在皇帝面前表演以邀宠，看谁跳得高而持久并能够免于跌落，当然也常年有人因此摔伤或命赴黄泉。另一种政治表演，是在皇帝或宰相手拿的长竿周围上蹿下爬，看"谁表演得最敏捷，跳来爬去的时间最长"，（23）谁就被依名次奖以蓝、红、绿三色丝线，缠于腰间以示荣耀。政坛仕途的险恶，有如走钢丝，却还必须卖命表演来博取恩宠；又像被君王、宰相拿着指挥棒戏耍的动物，其凶险与愚弄于人的本质被斯威夫特两三笔赫然勾出，其辛酸的身世之感也跃然纸上。

　　值得指出，在讽刺党争这一端，斯威夫特让格列佛遭遇了有史以来最令人哑然而倍感滑稽的情形。利立浦特王国看似国运昌隆，实则深受两大威胁，一为国内党争，二是外患殷忧。国内党派为高跟党与低跟党，只因两党成员鞋跟之间相差"十四分之一英寸"，（31）便积怨深重。当朝皇帝虽拥戴低跟党，权力也掌握在其人手中，但令低跟党人忧虑的乃是有几分倾向于高跟党的王子：王子的一只鞋跟总是高于另一只，是故走起路来"一拐一拐"。言此而意彼，此处斯威夫特虽说的是利立浦特，但明眼人稍事思考便心领神会，说的分明是英国政坛"托利党"与"辉格党"之间的斗争。斯威夫特将两党空持党见"争端"但本质上却沆瀣一气——分歧不过"十四分之一英寸"的政治现实嘲讽得淋漓尽致。对两党并无本质区别的嘲弄，同样浓墨重彩地体现在卷三部分，当格列佛游荡至巴尔尼巴比首都朗格多时的所见所闻之中："……至于有人说，两派领袖人物的脑子，无论就质量和大小来说都不一样，那可怎么办呢；这位医生很肯定地对我们说，就他个人所知，即使有一点差别也无足轻重"。（174）而细心的读者不难发现，斯威夫特这支"鞋跟党争"讽笔在20余年后的亨利·菲尔丁那里被替换成了"帽子党争"，[①] 并且被秉持得十分成功。

[①] 亨利·菲尔丁：《大伟人江奈生·魏尔德传》，萧乾译，南京：译林出版社，1997，第60页，又见第130页。

325

乔纳森·斯威夫特研究：秩序的流变与悖反

文本中，内忧方殷的利立浦特，还想着吞并邻国布莱夫斯库——一个面积与实力都与利立浦特难分伯仲的国家，这着实令人疑惑。两国原是和睦相处的，因为他们吃鸡蛋时都同意先打破较大一端，而利立浦特当朝皇帝的祖父小时候吃鸡蛋时敲大头时不慎弄疼手指，故而当朝皇帝的父亲下令全民吃鸡蛋时只能从小头一端敲起；此后两国纷争不断，利立浦特也发生了"六次叛乱，其中一个皇帝送了命，另一个丢了王位"。（30）文本此处影射英法之争的意味再明显不过，那送了命的皇帝无疑就是查理一世，而丢了王位的自然指的是流亡法国宫廷的詹姆士二世。[①] 另外，斯威夫特的讽笔随着格列佛这巨大的眼睛巡视利立浦特四境，同时亦有所扩展："他们的书法却特别的很，他们写字既不象欧洲人那样从左而右，又不象阿拉伯人那样由右而左，也不象中国人那样从上而下，也不象加斯开吉人那样从下而上。他们却是从纸的一角斜着写到另一角，和英国的太太小姐们的习惯是一样的。"（41）按照李赋宁先生的考证，其时英国社会上层妇女以书写歪斜为时髦，引以为一时风尚，而"斯威夫特很重视英语的书写规范化，对于书法，他自然也要求整齐统一"。[②] 而那个闻所未闻的加斯开吉人（Cascagian）"有可能完全是斯威夫特杜撰出来的"。[③] 虽则是"莫须有的杜撰"，加斯开吉人偕同小人国放在此处与"文明开化"的英国上层妇女对照，其讽刺之意更是自不待言的。

如果说在利立浦特时，斯威夫特把讽刺对象设置为渺小荒谬的利立浦特试以调配其时场景，及至主人公格列佛逃脱"小人国"返乡后又一次展开旅程并沦落"大人国"——布罗卜丁奈格（Brobdingnag）之时，讽刺对象则

[①] 值得指出的是，1735 年密友博林布鲁克子爵在《论爱国精神》（"On the Spirit of Patriotism"）一文中还特地引征《游记》中的大头派（Big-endians）与小头派（Little-endians）党争之事，以阐明党见的琐碎与政治斗争中私利的危害。详见 Henry St. John Bolingbroke, *Bolingbroke: Political Writings*, David Armitage, ed., Cambridge: Cambridge University Press, 1997, p. 208。

[②] 李赋宁：《蜜与蜡：西方文学阅读心得》，北京：北京大学出版社，1995，第 153 页。实际上，早在 1712 年斯威夫特便曾在《关于矫正、改进并厘定英语的建议》（"A Proposal for Correcting, Improving and Ascertaining the English Tongue"）一文中指出英语书写与使用规范的问题。详见 Jonathan Swift, *Parodies, Hoaxes, Mock Treatise*, Valerie Rumbold eds., Cambridge: Cambridge University Press, 2013, pp. 122 – 156。

[③] 李赋宁：《蜜与蜡：西方文学阅读心得》，北京：北京大学出版社，1995，第 154 页。

第四章 斯威夫特与国族秩序

产生了一次有趣的反转。事物比例还是按照 12∶1 的比例进行了放大,而此番,格列佛和英国乃至欧洲则明白无误地成为讽刺的对象。

格列佛从利立浦特的巨人山——"昆卜斯·夫来斯纯"沦落为"大人国"里的"格立锥格"。① 在被送入宫廷中供皇族娱乐之时,主人公向国王大肆宣扬了其"政治妈妈"(Political Mother)在风俗、道德、政治、经济、宗教、学术、科技……一切方面上的美德与荣耀,只惹得国王一阵嘲笑:"人类的尊严实在太不足道,象我这么点大的小昆虫也竟会加以模仿……这些小家伙也有爵位和官爵;他们造了一些小窝小洞就叫做房屋、城市;他们也装模作样、装饰打扮;他们也谈恋爱、打仗、辩论、欺诈、背叛。"(90)② 然而,格列佛仍旧不厌其烦地以袒护的方式夸耀他"亲爱的祖国"的功绩与文明,并对国王讲述了祖国的殖民地政策、议会制度、司法制度、贵族教育、议员选举等制度与风俗。在用了六次召见听完格列佛的讲述后,国王却连发 42 问。这些连珠炮似的发问,虽则气势磅礴,凌厉逼人;但又中肯切要、提纲挈领,简直就是斯威夫特对彼时英国社会问题的追责。下文仅举司法不公之例:

> ……判定一件案子的是非要花多少时间,花多少钱?如果判案显然不公平,故意与人为难,欺压一方,律师辩护士们有没有答辩的自由?教派和政党会不会影响执法的公正?那些为人辩护的律师是否受过教育,对衡平法是否具备常识?是不是他们只知道一省、一国或者其他地方性的习惯?律师和法官既然能任意解释或歪曲法律,他们是否也参加起草法律?他们是否有时为了一桩案件辩白,有时又反驳这桩案件,他们会不会援引判例以证明反面意见有理?律师这一帮人是富有的,还是贫穷的?他们为人辩护,发表意见,是否接受金钱报酬?特别是他们能不能被选为下院议员?(113)

---

① Glumdalclitch,意为极小的宠物,斯威夫特在其小说中根据特殊符码私造许多具有极其丰富内涵的生词,该词的多种解读可见 Jonathan Swift, *Gulliver's Travels*, Oxford: Oxford University Press, 1986, p. 327。
② 此处尤其值得注意的是大人国国王陈述时使用的"也"字。

此种司法不公现象，似乎并没有回答的必要和辩驳的可能。文本在描摹彼时司法公允缺位的悲惨情状之际，可谓字字血泪，包含了斯威夫特对秩序失范后社会混乱不堪景象的强烈控诉。[1] 正如大人国国王所控诉的一般，在斯威夫特眼中，过去一百年间英国发生的一切不过是"一大堆阴谋、叛乱、暗杀、屠戮、革命或流放。这都是贪婪、党争、伪善、无信、残暴、愤怒、疯狂、怨恨、嫉妒、淫欲、阴险和野心所能产生的最大恶果"。（115）无知、懒散和腐化成为"一个立法者所必备的唯一条件"；而格列佛和他的同胞中的大部分人则"是大自然让它们在地面上爬行的最可憎的害虫中最有害的一类"。（116）不难指出，斯威夫特对英国社会黑暗面貌的控诉和讽刺，至此已然扩大至对欧洲乃至人类文明的"颠覆"和抨击了。

据考证，斯威夫特结束第二卷"布罗卜丁奈格游记"（1721~1722年）之后，先行撰写了第四卷"慧骃国游记"（1723年），而后才创作了第三卷较为松散的"勒皮他、巴尔尼巴比、拉格奈格、格勒大锥、日本游记"（1724~1725年）部分。[2] 这一论点从斯威夫特讽刺笔触落点从英格兰扩展至人类文明，最终指向对慧骃的"纯粹理性"此一线索移变上来看，似乎颇有理据。

如果说《游记》前三卷通过外形尺寸上的比例缩放以对英国乃至人类文明展开讽刺，那么，在慧骃国游记处，人之为人的存在条件与心灵性质则被整个儿地与马——生产生活中常见的，并且是彼时人类时空位移的主导"工具"——进行了颇具哲学意味的替换。相应地，人类则变成了污秽不堪、恶心下作、毫无理性的"耶胡"（Yahoo），成为马的劳动及位移"工具"。而马则成为品格高洁、德昭行勋、富于理性的慧骃（Houyhnhnm），主宰着"耶胡"的生杀大权。然而值得指出的是，无论场景如何移变，斯威夫特的讽刺之笔在慧骃国游记中仍旧没有停止，仍旧主要指向对律师群体及司法不公现象的抨击："……我们那里有这样一帮人，他们从青年时代起就学习一

---

[1] 这种控诉同样在菲尔丁那里得到了延续，尤其在《大伟人江奈生·魏尔德传》和《阿米莉亚》两部小说之中。

[2] 乔纳森·斯威夫特：《格列佛游记》，杨昊成译，南京：译林出版社，1995，译序。

第四章 斯威夫特与国族秩序

门学问,怎样搬弄文字设法证明白的是黑的,而黑的是白的,你给他多少钱,他就给你出多少力。"(234)由此不难想见,斯威夫特对彼时英格兰司法失公、讼棍当道、混淆黑白的不合理现象痛恨之程度。

文本经由英国至小人国再到大人国部分,通过叙事策略上的"比例失调",及至慧骃国游记的"人兽颠倒",斯威夫特的讽刺语言则愈发凌厉,排泄物等"污浊语体"连篇而出,粪便尿液于文本中频频出现,(227、235、239)叙事风格上确实有黄梅教授指出的"由准航海日志转换为'狂欢式'的怪诞奇想"① 的明显迹象。实际上,如果我们回溯《游记》批评史,不难发现第四卷出版后确实引发了旷日持久的争论。其中,18世纪后半叶文坛泰斗约翰逊博士、麦考利及萨克雷等批评家认为斯威夫特/格列佛叙述至慧骃国处,已经失去了理智而变成了一只"叫嚣的魔鬼,咬牙切齿地诅咒人类,撕下每一缕端庄……没有羞耻,言辞肮脏,思想肮脏,暴怒,狂野,污秽可憎"。② 斯威夫特在彼时及19世纪评论家眼中俨然成了愤世嫉俗的"厌世者"(misanthrope)。文本中,格列佛在慧骃国期间对卑污猥琐的同类——"耶胡"厌恶确实达到了令人不解的程度,他甚至觉得自己的样子丑不忍睹,"还不如一只普通的'耶胡'来得好看"。(263~264)据此,他同时对慧骃们高洁的操行和理智行动予以无限张扬,"望着它们觉得很高兴,也就模仿起它们的步法和姿势来",(264)竟养成习惯。而当朋友们评论他"走起路来像一匹马"时,他更引以为"极大的恭维"。(264)这种身份认知转换所带来的影响如此之深切,以至听闻慧骃主人欲将逐他回英国时,格列佛"感到十分悲伤失望,我受不了这样的痛苦,就昏倒在它的脚下"。(265)最终,格列佛在回到英国后,隔绝人世气息,须靠烟草和薄荷捂鼻度日,更是建了间马厩,买了两匹马,终日与他的"慧骃"相伴,并请求"沾染着这种罪恶的人不要随便走到我的面前来"。(282)从文本逻辑推导,斯威夫特的格列佛似乎顺理成章地成了一个疯狂的人类厌恶者。

然而此处的"顺理成章"极有必要结合参看1725年9月29日斯威夫特

---

① 黄梅:《推敲"自我":小说在18世纪的英国》,北京:生活·读书·新知三联书店,2003,第117页。
② 乔纳森·斯威夫特:《格列佛游记》,杨昊成译,南京:译林出版社,1995,译序。

329

致蒲柏的那封著名的信：

> 但是我主要憎恨和厌恶的是那个叫作"人"的动物，尽管我衷心热爱约翰、彼得、托马斯等等。多少年来，我就是按这样一种准则来指导我自己的行动的，但是请你不要说出去，而且我这种态度还要坚持下去，直到我和他们的交道打完为止。我已经收集了写一篇论文的资料，我要证明人是"理性动物"这一定义是错误的，人类只是"具有理性能力的动物"。我的《游记》的全部结构就是建筑在这一"厌世思想"的伟大基础上的，虽然我的"恨人思想"不是泰门式的。[①]

由此观之，将斯威夫特称为"愤世嫉俗的厌世者"的18~19世纪评论家，似乎并未对该称号由来做出整全的考察。实则，一旦我们细致入微地分析文本内外环境，其文字肌理间呈现出来的人性讽喻及反理性情愫，除去斯威夫特对"鲁滨逊式"商业理性带来的普遍堕落的厌恶，及其对古典主义黄金秩序的向往两点原因之外；斯威夫特厌世情绪还有一个更为直接的根源，那便是对肉体及其代表的人欲的厌恶。

二 "肉体叙事"：填充与排泄

如卡罗·弗林所指出的，"经由霍布斯、洛克——且不论笛卡尔——之后，在18世纪英格兰语境中，肉体及其身体意识已是我们无法忽视的因素了"。[②] 不言而喻，在以认识论及英国经验主义哲学作为宏观思想背景的18世纪上半叶，肉体作为划定理性界限、收束精神的重要"容器"，其世俗价值得到持续不断的张扬。并且，在神学—哲学理性双重解放下，肉体展开了一场对神圣义务束缚的逃逸之旅。某种程度上，这条解放道路确实可以引向文艺复兴人文主义者的"自我"解放诉求。但是，肉体意识的张扬与

[①] F. Elrington Ball, ed., *The Correspondence of Jonathan Swift, D. D.*, in 6 Vols, Vol. 3, London: G Bell and Sons, Ltd., 1912, pp. 276–277.

[②] Carol Flynn, *The Body in Swift and Defoe*, Cambridge: Cambridge University Press, 1990, p. 1.

第四章　斯威夫特与国族秩序

"去罪化"主张在接洽启蒙思潮，尤其接触理性主义的时候受到了悖论性的抑制。一种焕然一新的，超越肉欲的"精神性"欲望产生了。实际上，这种新型欲望一早便潜伏在人文主义者的各类书写中。[1] 及至18世纪，启蒙思想家秉持理性（智识）为人性羁轭，作为控制过度膨胀的人欲的"新工具"。他们对天赋理性饱含激情的"证明"，鼓动着时人去迎接新秩序与新世界；这个新世界将以科技、商业、贸易、殖民地、帝国、议会、法制、理性为关键词，并对文明进步充满信心。在法国启蒙哲学家处，这种新时代降临的乐观信念，使该时期被冠以"显亮的世纪"（Siècle de lumière）[2] 的名号，并用形态繁复的"启蒙书写"百般拟构这个驱离黑暗的"理性王国"的各种可能。笛福笔下用资本增殖欲望抑制身体与肉欲的鲁滨逊、罗克珊娜以及莫尔·弗兰德斯，在某种程度上，正是"理性时代"不甚完美的性格表征。然而，在斯威夫特看来，以抽象理性规则将日常生活审美化的一个道德后果便是传统社群秩序的瓦解与人类灵魂世界的崩塌。

对斯威夫特而言，人类的肉体及其衍生的复杂欲望，并不能被理性——尤其是哲学理性——简便地规约。肉体天然且稳固地与人类生存必需的欲望的生成与消耗联系在一起。此一论断或隐或显地昭示在文本中，因此，在《游记》前半部分，读者不难发现格列佛身上凝结着拉伯雷笔下庞大固埃式（Pantagruelian）的人文主义情结：肉体欲望肆意汪洋地宣泄。格列佛令人咋舌的胃口也首先成为斯威夫特讽刺的对象。[3] 文本中，当格列佛沦落"小人国"并被俘之后，他醒来与卫兵交涉的第一件事情便是强烈的"生理需求"："我感觉这种生理要求太强烈，实在没法再忍耐了（也许这不尽合礼仪），就不住地把手指放在嘴上，表示我要吃东西。"（7）格列佛的食量在利立浦特人看来自然是耸人听闻的，饮啖兼人已经难以形容他的食量了，整

---

[1] Monika M. Langer, *Merleau-Ponty's Phenomenology of Perception: A Guide and Commentary*, London: Macmillan, 1989, pp. 88–99. 亦可参看莫里斯·梅洛-庞蒂《知觉现象学》，姜志辉译，北京：商务印书馆，2001，第239页。

[2] 李凤鸣、姚介厚在《十八世纪法国启蒙运动》第1页中把"lumière"一词直译为"光明、阳光"，并取"启蒙时代"一名。详见李凤鸣、姚介厚《十八世纪法国启蒙运动》，北京：北京出版社，1982，第1页。

[3] Carol. H Flynn, *The Body in Swift and Defoe*, Cambridge: Cambridge University Press, 1990, p. 97.

块整块的牛羊肉,"一口吃两三块",(8)面包和酒也是一口气吃喝精光;"二十辆车装满肉,十辆车盛着酒"也只能满足他两三口的分量(13)。供给巨人格列佛已然成为利立浦特的一项财政负担,因为国人"每天早晨必须交纳六头牛、四十口羊和其他食品作为"他的给养(16),格列佛日用饮食消耗乃是利立浦特1728个国民的分量(27)。惊人的口腹之欲成为格列佛在利立浦特所展现的主要"才能",皇上为他特地安排的厨师就有300名,这些人带着家眷安营扎寨于格列佛住所之外。不久之后这位"囚徒"俨然成了美食家:"他们的一盘肉我可以吃一口。一桶酒也足够我喝一口的。他们的羊肉赶不上我们的,但是他们的牛肉味道却非常好。有一次我吃到一大块牛腰肉,非作三口吃不行,不过是难得的。……我常常一口吞下整只的鹅和火鸡,我还必须承认它们的味道远比我们的好。至于小家禽,我用刀尖一次可以挑起二三十只来。"(47)

同时,"小人国"独特的食物风味令格列佛难以忘怀,以至于格列佛在离开小人国之时,还不忘捎带"一百头牛和三百只羊,相当数量的面包和饮料,和许多烹调好了的肉食,这要用四百位厨师才办得来"。(61)值得特别注意的是,格列佛不断用食物填充自己继而满足食欲的"隐性书写",被不间断且看似无意识地穿插在小人国游记的叙事过程之中。[1] 及至格列佛移步"大人国"时,前述关于食欲的潜在叙事依然得到刻意的延

---

[1] 颇有意思的是,斯威夫特笔下格列佛的惊人食量虽是经过比例结构放大而成,因而在比例失调的叙事时空中能制造滑稽效果,但同时似乎削弱了文本的反讽意义。但实际上,读者如若结合参看劳伦斯·斯通在《贵族的危机:1558—1641年》一书中对贵族家庭食物消费数量、种类的惊人程度,斯威夫特对人类口腹之欲的讽刺意味又不由而生。斯通曾举例如下:"在1588年圣诞节的那个星期里,施鲁特伯里伯爵乔治一家消费了3夸特小麦、441加仑啤酒、12只羊、10只阉鸡、26只母鸡、7头猪、6只鹅、7只小天鹅、1只火鸡和118只兔子。"而1594年某个星期五,光是星室法庭的10个法官就吃了数量惊人的18种鱼类外加龙虾螃蟹和对虾,还包括大量的15种肉类及蔬果;某伯爵的一次宴会更消费了"1000加仑葡萄酒、6头小菜牛、26头鹿、15头猪、14只羊、16只羔羊、4只小山羊、6只野兔、36只天鹅、2只鹳、41只火鸡、370多只家禽、49只杓鹬、135只野鸭、354只水鸭、1049只鸻鸟、124只大滨鹬、280只滨鹬、109只野鸡、277只鹧鸪、615只沙锥鸟、840只云雀、21只鸥、71只兔子、23只鸽子和2条鲟鱼";某伯爵宴请宾客时聘请的法国厨子也多达100名。无怪乎时人曾指出"暴饮暴食致人死亡的数量更甚于战争",斯通的研究可通过彼时官宦之家的饮食规模侧面折射人类的口腹欲望。详见劳伦斯·斯通《贵族的危机:1558—1641年》,上海:上海人民出版社,2011,第252~255页。

第四章　斯威夫特与国族秩序

续。我们知道，格列佛在被大人国的农夫俘获之后，他叙述的第一个主导事件仍旧是进食："那是已经是中午十二点钟左右，仆人送进饭来。那也只有满满的一碟肉"，(73)"……女主人叫女佣拿了一只大概能盛得下两加仑的小酒杯来，斟满了酒。我很吃力地两手捧起了酒杯恭恭敬敬地把酒喝了下去……"(73~74)

同时要指出的是，斯威夫特笔下的"大人国"作为阿兰·布鲁姆(Allen Bloom)指称的"有斯巴达和罗马共和国古风的朴素仁义之邦"，[1] 其无论是在君主素质方面抑或是文学、学术、法律、军事建树方面都可谓寄托了斯威夫特的政治理想。(111~121) 然而，格列佛及其代表的欧洲人类文明在与"大人国"风俗的行文比照之中却已悄然被转换为讽刺的对象。尤其与"大人国国王"的对话场景，成为格列佛反思人类理性、接受"精神洗礼"的重要转捩点。[2] 亦是在大人国处，斯威夫特对格列佛肉体欲望的讽刺达到了高潮。斯威夫特先让格列佛跟着农夫主人四处巡演，不停地出卖苦力，因劳累而"胃口很坏，瘦得几乎只剩下一把骨头了"。(84) 食欲的消

---

[1] Allan Bloom, *Giants and Dwarfs*, New York: Simon & Schuster Ltd., 1991, p.38. 中译本可参见阿兰·布鲁姆《巨人与侏儒》，张辉等译，北京：华夏出版社，2011，第32页。

[2] 若除去1724~1725年因"伍德币事件"临时增改的第三卷，《游记》第一卷"小人国游记"及第二卷"大人国游记"和第四卷"慧骃国游记"，在结构上似乎形成了一个完美的对称。第一卷处，叙事者虽然意此言彼，多采用曲笔方式，格列佛仍处于讽刺者的主导地位，审视渺小而妄自尊大的利立浦特人的荒谬。至"大人国"处，通过比例和讽刺角色的倒置、互换，叙事者明显将格列佛及其所代表的人类文明作为直谏面刺的对象。然而值得注意，亦正是在从"小人国"到"大人国"的角色互换过程中，格列佛对人类理性，甚至对文明价值产生了怀疑。文本中，在被大人国国王反驳并攻讦其颇引以为傲的"政治妈妈"之社会现状后，本应恼羞成怒的格列佛却"开始怀疑是不是真的受到伤害"，并愈发习惯于大人国的风物人情："如果这时候我要看见一群英国的老爷太太们穿着华丽的生日服装，在那里装腔作势，高视阔步，点头鞠躬，空谈闲聊，说真的，我很有可能要笑话他们，就像这里的国王及其要员笑话我一样。"可以说，叙事者在"慧骃国"产生的人类厌恶情结，并不具备逻辑上偶然性。实则，集中爆发于第四卷的"人类厌恶情愫"早已被斯威夫特隐隐约约地埋藏在"大人国游记"格列佛那看似无意识的自我分析过程中了。这个论点可以在"大人国游记"颇具象征意味的"照镜子事件"处得到佐证：同"大人国"王后一起观镜自省的格列佛甚至"忍不住要笑话自己"更"因此真的开始怀疑，我的身材已经比原来缩小了好几倍"。(84) 因而，在这个意义上看，"大人国游记"部分对整部《游记》格列佛角色性质的衍化起了过渡作用，这个特异的结构谋布对我们分析《游记》4个部分的文本联系而言，是较为重要的。

失与接连的禁食,形成了对前序文本"饕餮叙事"(七宗罪之一)的扼制。①似是为了强化格列佛食欲的消失,斯威夫特于文本中别出心裁地上演一幕闹剧:作者让皇宫御厨的一只猴子抱走"静静地坐在桌边沉思"的格列佛,并逃至屋顶强行喂食,"(它)用一只前爪象抱一个婴孩似地抱着我,用另一只前爪喂我,把从嘴边嗉袋里挤出来的食物硬塞进我的嘴,我不肯吃……惹得许多人在下边哈哈大笑"。(105~106)作为过度口腹之欲的惩戒,文本中的灌肠式折磨几乎令主人公丧命:"那猴子硬把些脏东西塞下了我的咽喉,噎得我几乎要死。幸亏我的亲爱的小保姆用一根小针把脏东西从我嘴里剔出来,接着我呕吐了半天,才大大减轻了痛苦。"(106)而事后"大人国"国王明知故问"喜不喜欢猴子给我的食物?它喂我吃东西的方式我感觉怎么样?房顶上的新鲜空气是不是很开胃?"(106)寥寥数语中饱含着的反讽语义便显得较为明晰。

值得注意的是,叙事至此,整部《游记》从情节结构上通览,格列佛逐渐停止了食物填充行为。"卷二"结尾处,"船长以为我饿得太久了,马上就吩咐给我开晚饭"。(120)然而这顿饭中,我们非但没有看见连篇累牍的关于食物和饕餮的铺陈,还发现格列佛的"胃口并不太好"。(131~132)而且,即便考虑本可独立成篇的卷三"勒皮他、巴尔尼巴比、拉格奈格、格勒大锥、日本游记",在好客国王的皇宫中,格列佛再也没有像在利立浦特一样能够大快朵颐;他的晚餐"一共有两道菜,每道菜三盘"。(144)而在"拉格奈格"部分,格列佛在宫廷中唯一吃到的"食物"则是灰尘:"这是朝廷礼仪……我奉命在地上匍匐前进,一面爬一面舔地板……所以尘土的味道还不怎么讨厌。"(190)如此一路过来,及至格列佛游历"慧骃国"时,马主人给曾经的美食家端来驴肉时,不想格列佛已然是"熏得我把头歪在一边"。(216)格列佛此后在"慧骃国"的日常饮食也不过是把燕麦"设法去皮",并在两块石头之间磨碎,加上水"做成一种糊或者饼一样的东西,再拿到火上烤熟,和着牛奶趁热吃了下去"。就这样,卷一的饕餮客在卷四时,俨然变成了一个"吃粗饭",且惊呼食用盐巴正是人类"奢侈的结果"的素

---

① 这种禁食性质的惩戒,还可以延续至荷兰海盗放逐格列佛时食品配给的惩罚,他只给了格列佛"只够吃四天的食品",且在流落不毛之岛后"晚饭我就只吃了鸟蛋,别的什么也没有吃"。(131)

第四章　斯威夫特与国族秩序

食主义者。(144)

　　值得注意的是，与文本的"填充叙事"在卷二之后走向对"肉欲"及"食欲"的抑制相一致，① 小说文本从第三卷开始，出现一种明显的"排泄叙事"倾向。

　　排泄作为与进食密切相关的生理需求，虽然在第一、二卷文本结构过程中也惯性地与进食行为相伴，譬如在"小人国游记"部分，仍未获得自由，右手还被捆绑的格列佛在吃饱喝足后的第一件事便是"撒泡尿放松一下"，制造了"那股来得又响又猛的洪流"。(9) 随后更在囚禁他的"巨庙"中"又急又羞"地排泄了粪便。(13)② 如果说"小人国"部分格列佛的排泄多少还体现着新陈代谢、生理需求与卫生德行要求——又急又羞——的复杂关系，及至"大人国游记"部分卫生德行的顾虑似乎消失了。文本中，在与袭击他的老鼠搏斗并杀死"硕鼠"之后，满身血污的格列佛"急不可耐地要做一两件别人无法替代的事情……然后躲在两片酸模树叶之间解除了生理上的需求"。(77～78)③ 格里佛死里逃生、惊魂不定且满身血污之时就要求排泄，似乎更多地体现了人类的生理应激特征。不难发现，肇发于原始恐惧的精神紧张及伴随性的生理排泄，个体生理行为逐渐脱离格列佛的文明理性调控，也超越了简单的生理排泄意义，促使文本走向"填充叙事"的逆反出口——"排泄叙事"。这种"排泄叙事"自然要求文本涵括大量排泄物、污秽物的描述。因而，当在"大人国"街道上旅行时，格列佛便观察到"一个女人的乳房上长了一个毒瘤，肿的叫人害怕……还有一个家伙脖子上长了一个粉瘤……最可憎的情景还是那些在他们的衣服上爬动的虱子。……那情景实在

---

① 诺贝特·艾利亚斯（Norbert Elias, 1897—1990）在《文明的进程》一书涉及"进餐礼仪"时曾论及中世纪至17世纪欧洲肉类消费、"食欲"与"肉欲"以及禁食的文化关系。艾利亚斯从社会现象与个人情感结构关联的角度切入对象，对本文此处论述多有启发。详见艾利亚斯《文明的进程》，王佩莉、袁志英译，上海：上海译文出版社，2009，第122～124页。

② 文本此处不妨与前述《审查者》第22期，斯威夫特影射瓦顿勋爵在教堂排泄以亵渎神灵一事结合参看，或可做互文研究。

③ 阿兰·布鲁姆教授在论及格列佛的羞耻感及伦理观念在"小人国"与"大人国"之间转换的问题时，也举了这个例子。详见 Allan Bloom, *Giants and Dwarfs*, New York: Simon & Schuster Ltd., 1991, p. 38. 中译本可参见阿兰·布鲁姆《巨人与侏儒》，张辉等译，北京：华夏出版社，2011，第33页。

335

太叫人恶心,我当时就翻胃想吐"。(96)宫女们的硕大无朋的裸体在格列佛看来更是"除了恐怖,厌恶以外,也绝没有引起我任何骚动……他们皮肤极其粗糙……这儿一颗痣,那儿一颗痣……痣上还长着毛,披下来比扎包裹用的绳子还粗……她们毫不忌惮地在我跟前小便,把喝下去的水解掉……"① 在被王宫厨师的猴子喂食后,格列佛更是"大吐了一阵",伤好不久,更又为了显摆身手想跳跃牛粪而跌落其中,好不容易"才从牛粪堆里跋涉了出来",(107)弄得污秽不堪,恶臭掀天。

当然,文本中此类"排泄叙事"具有明显的讽刺功能,而这种讽刺手段,在针对拉格多科学院时达到了顶峰:"我走进了另一间屋子,但是马上就要退出来,差点儿被一种可怕的臭气熏倒。……这间屋子里的设计家是科学院里年资最老的学者,他的面孔和下胡都是淡黄色;手上、衣服上都涂满了污秽。"(165)原来,他研究的项目是"怎样把人的粪便还原成食物。他把粪便分成几部分,去掉从胆汁里得来的颜色,让臭气蒸发,再把浮着的唾液去除"。(165)世人皆知不可能又粗鄙不堪的无聊事,科学院里年资最高者却当成毕生事业来鞠躬尽瘁;不仅如此,斯威夫特更让叙事者遣用极为客观冷淡的科学语言把这头等荒谬恶心之事,陈述得井井有条,并且暗示该事业不仅可能更有益苍生,其讽喻之意可谓表露不遗。更有甚者,同是在科学院里,治疗腹痛的方法更是令现代读者闻之色变。文本中,那位专治腹痛的"了不起的医生"的秘方竟然是用"象牙嘴的吹风器插入肛门内八英寸,将肚子里的气吸出来";② 若遇邪症顽疾,便先鼓满气,再把

---

① 此两处中译文参考乔纳森·斯威夫特《格列佛游记》,杨昊成译,南京:译林出版社,1995,第89、98页。
② 较有意思的是,彼时医学研究乃至临床实践中确实不乏用象牙嘴口的鼓风设备介入肛门以治疗疝气(colic)、腹绞痛乃至头痛等症状的现象。18世纪中后期,北美的烟草普及后,医生便往患者肛门吹烟以治疗腹痛疾病。1746年,烟草吹气灌肠"技术"还被用于救治溺水者;此后整套救治装备作为彼时最新医疗手段——类似如今公共场所的"心脏除颤器"(AED)——便被悬挂于伦敦一些主要水道的沿岸,譬如泰晤士河畔。因为,彼时人们认为烟草中的尼古丁可以刺激心脏搏动,加速呼吸速率,而烟草则可以让溺水者体温升高,除去湿气。该"医学景观"传递至今,留有"blowing smoke up your arse"一语,语义包含"向某人灌迷魂汤""阿谀奉承某人"等意思。详见特林·布尔顿(Terynn Boulton)的相关研究,http://www.todayifoundout.com/index.php/2014/05/origin-expression-blow-smoke-ass/。

第四章　斯威夫特与国族秩序

气打入肛门之内。如此一吸一收看似极为"辩证",不想他在一只狗上同时做了两种实验后却发现,吸气实验不见效果,而"第二种手术后,那畜生胀得简直要炸了,接着却猛屙了一阵,可把我和我的同伴熏坏了。狗当场就死了"。(167)① 而在政治设计院中,排泄物更具有了独特功效。该院一位教授建议大政治家们检查嫌疑犯的粪便,因为"从粪便的颜色、气味、味道、浓度、粗细以及食物消化程度来判断他们的思想和计划。因为人们再没有比在拉屎时思考更严肃、周密而集中的了"。(175～176)此外,该教授还花费多年心血研究出以下"结论":若粪便呈现绿色则是有人要暗杀国王,如果只是搞一次叛乱或者焚烧京城,那粪便又另当别色。普天之下奇思妙想、揶揄讽刺的手段诸多,也怕是少有能同斯威夫特这支怪异而卓越之笔比肩者。

另外,文本大量关于污鄙肉体以及污秽物的"排泄叙事",在"慧骃国游记"关于"耶胡"的描述中走向了最高点。斯威夫特笔下,"耶胡"这种借由一星半点理性来使"堕落的天性更加堕落"(243)的粗鄙生物,外貌居然与人类一致,只是毛发偏多。它们肮脏污秽到了极致,平日里不过是"大喊大叫、咧嘴狞笑、喋喋不休、发晕打滚,最后就倒在泥里熟睡了"。(247)同时,"耶胡"们"狡猾、狠毒、阴险而且记仇图报,它们身体强壮,但是性情懦弱,结果弄得桥横、下贱而残忍"。(251)文本中,格列佛亦难以抑制自己对"耶胡"的厌恨和鄙夷,(210)因而他只能靠覆盖于身上的衣物与"耶胡"区分开来,且在经历了"大人国"的精神洗礼之后,流落至慧骃国的格列佛已然和从前判然两人,在卷四"人兽颠倒"的世界中,意欲脱离人类阵营,并在回答马主人的提问时,把自己的同胞说成"那些耶胡"。然而,值得注意的是,格列佛又不属于依据理性生存的慧骃,进而沦为非人非兽的"零余者"。

"耶胡"不仅生性堕落,此物种的污鄙龌龊还集中体现在它们把横飞的屎尿作为攻击武器此点上。文本中,流落"慧骃国"后,格列佛遭遇"耶胡"围攻便躲至树下,然而"耶胡"们便"跳上了树,对准我的头顶拉屎。

---

① 值得注意的是,在"卷四"格列佛向慧骃主人论及英国概况时,再次提到了"口"与"肛门"的排泄法。详见《游记》第239页。

我紧紧地贴住树干才躲了过去,但差点儿被落在周围的粪便的臭气闷死"。(210)另一场景里,在格列佛意欲捕捉一只小母"耶胡"时,"我把那只可恶的畜生抓在手中的时候,它忽然拉起黄色稀屎来,把我周身衣服全弄脏了"。(251)叙事者行文至此,屎尿横飞的污浊文风可谓溢于言表。而且,具备人类各种恶习的"耶胡"同样沉沦于生理欲望,尤其沉溺于口腹之欲与性冲动:"弄来的东西一时吃不完,他们还是吃,直吃到肚子要炸。这之后造物会指引它们去吃一种草根,吃下去肚子就会拉得干干净净。"(246~247)这同此前因"饮食过度是一切疾病的根源",便制造了催吐剂和灌肠剂["从上面的孔(嘴)或者下面的孔(肛门)灌进去(从哪个孔灌要看医生当时的意向如何)。这种药将肚子一下松弛,就把里面的东西统统泻了出来"①]的描摹简直雷同。人类之于"慧骃",在格列佛眼里已然和"耶胡"一般无二了。

值得指出的是,如果说之前三卷里,斯威夫特对人类文明的讽刺,多少还秉持文明价值而不乏自我解嘲与善意的话,及至"慧骃国游记",格列佛/斯威夫特对"耶胡"/人类的厌恶和讽刺,可谓走向情绪失控式的言语宣泄,从而构成了"排泄叙事"的另一个表现。当然,此类"言语的排泄"在"慧骃国游记"之前的文本之中偶有表现。第一处是当"大人国"国王反讽格列佛"政治妈妈"英国在过去一百年的历史时"断然宣称,那些事不过是一大堆阴谋、叛乱、暗杀、大屠杀、革命和流放,是贪婪、党争、虚伪、背信弃义、残暴、愤怒、疯狂、仇恨、嫉妒、淫欲、阴险和野心"。(117)文本罗列了一连18个名词。第二处是叙事者在反讽拉格多科学院的政治学院时,曾并置列举了一系列清泻剂:议会议员们需要"缓和剂、轻泻剂、泻利剂、腐蚀剂、健脑剂、缓和剂、通便剂、头疼剂、黄疸剂、去痰剂、清耳剂"。(173)大量短小单词的连缀,无疑构成了流泻式的语音、视觉及意象关联冲击。并且,当文本走笔至"慧骃国游记"时,这种单词并列构成的排泄式段落,满布在叙述过程之中,可谓俯拾皆是。例如,格列佛历数英格兰世风堕落时用了"凶杀、偷窃、下毒、抢劫、假证陷害、伪造证件、私铸伪

---

① 此两处中译文参考乔纳森·斯威夫特《格列佛游记》,杨昊成译,南京:译林出版社,1995,第228、234页。

第四章　斯威夫特与国族秩序

币……强奸、鸡奸、变节、投敌"等字眼；（229）格列佛还在对马主人夸耀人类最新的战争武器及战术时连珠炮似的列出"加农炮、长炮、火枪、马枪、手枪、子弹、火药、剑、刺刀、战役、围攻、退却、进攻、挖地道、埋地雷、炮轰、海战"等辞藻。[①] 然而，令读者在阅读情绪上最感到压迫的乃是文本第十章一段格列佛关于"慧骃国"人伦与风俗秩序的描摹。这段描述有近400字，洋洋洒洒，一气呵成，尤其在对照之下表现了彼时英格兰社会道德败坏的失序状况：

> ……这儿没有人冷嘲热讽、苛责非难、背地里咬人，也没有扒手、拦路盗贼、入室窃贼、讼棍、鸨母、小丑、赌徒、政客、才子、脾气乖戾的人、说话冗长的人、辩驳家、强奸犯、杀人犯、盗贼、古董收藏家；没有政党和小集团的头头脑脑以及他们的扈从；没有人用坏榜样来引诱、鼓励人犯罪；没有地牢、斧钺、绞架、笞刑柱或者颈手枷；没有骗人的店家和工匠；没有骄傲、虚荣、装腔作势；没有花花公子、恶霸、醉汉、游荡的娼妓、梅毒病人；没有夸夸其谈、淫荡而奢侈的阔太太；没有愚蠢却自傲的学究；没有蛮缠不休、盛气凌人、爱吵好闹、吵吵嚷嚷、大喊大叫、脑袋空空、自以为是、赌咒发誓的伙伴；没有为非作歹却平步青云的流民，也没有因为其德行而反而被削为庶民的贵族；没有大人老爷、琴师、法官和舞蹈能手。[②]

不难想见，"慧骃国"所免疫的，正是英格兰所常见的。英格兰腐败面貌之百孔千疮，其流毒之深入骨髓令斯威夫特已然无法像前三卷那般正襟危坐地评述，并委婉地加以讽刺批评。"慧骃国游记"中对"耶胡"象征的英格兰乃至人类的野性、蒙昧及龌龊性格的复杂情感，使斯威夫特采用了萨克雷称为"叫嚣的魔鬼"式的咒骂语体。他一方面采用了"污秽语叙事"，另一方面采用了名词连缀并列的"排泄叙事"，用这

[①] 见第233页，其他超过10个名词并列的例子有第237页，列举英格兰人们罪恶的21个名词并列；第239页关于药物的18个名词并列；第262页关于英格兰腐败的13个名词并列。
[②] 乔纳森·斯威夫特：《格列佛游记》，杨昊成译，南京：译林出版社，1995，第249页。

两股冲力的合流,把"理性国度"及其文明建构标志冲刷出非理性的阴暗原形。①

三 "愤世嫉俗者"的忧思?

然而,斯威夫特真的如约翰逊及萨克雷等人所云那般,怀抱犬儒主义式的对人类的憎恶?抑或如黄梅教授所言,"在很大程度上,斯威夫特的晚期作品中流露出的对人性乃至对讽刺者自身的全面怀疑是和某种并不恭维的自我认识分不开的"。② 更或者,斯威夫特的"自我认识"正是基于对物质世界实在性与伴生观念固定性的质疑。或许,斯威夫特的理性质疑倾向及其对"文明社会"抱持的"文化返祖"主张,并不仅仅是文化保守主义者面对现代化浪潮时的愤怒,而是有着更为深刻的哲学根基。

乔治·巴克莱(George Berkeley,1685—1753)研究专家傅有德教授曾一语中的地指出"《视觉新论》中有关对象大小的相对性描写曾经反映到他(引者按:指斯威夫特)的《格列佛游记》这部不朽的文学名著中来"。③《巴克莱哲学研究》一书中这看似轻淡的一语评论,实际上提示了读者斯威夫特"厌恶人类"的深层原因。④ 巴克莱虽晚生斯威夫特18年,但他们既是同乡,更在同一所公学与大学毕业。1713年起两人便正式结识。在彼时伦敦文界赫赫有名的斯威夫特把巴克莱引荐到"涂鸦社",他们常常与《旁观者》主笔艾迪生、蒲柏、帕内尔、阿巴思特诺特博士(Dr. Arbuthnot)等一起聚餐,席间常谈论文学、政治与哲学。两人成了忘年之交,斯威夫特曾在

---

① 弗莱在《批评的解剖》一书中曾指出"短小的咆哮般的词组"、"咒骂与词汇罗列"以及"对讽刺对象雪崩式地词藻冲击"正是"讽刺"与"梅尼普斯式冒险故事"(Manippean adventure story)的典型"叙事结构"(mythos)。《游记》的文体特征是否如弗莱所言属于"梅尼普斯式冒险故事"自然仍可推敲,但弗莱对梅尼普斯讽刺特征的把握无疑可与《游记》中的"词语的排泄叙事"相互印证。详见 Northrop Frye, *Anatomy of Criticism*, Princeton and Oxford: Princeton University Press, 2000, p. 266 and p. 311。

② 黄梅:《推敲"自我":小说在18世纪的英国》,北京:生活·读书·新知三联书店,2003,第120页。

③ 傅有德:《巴克莱哲学研究》,桂林:广西师范大学出版社,1992,第33页。

④ Catherine Skeen, "Projecting Fictions: Gullivers' Travels, Jack Connor, and John Buncle, Early Prose Fiction: Edges and Limits of the Novel," *Modern Philosophy*, Vol. 100, No. 3, 2003, p. 330.

第四章 斯威夫特与国族秩序

许多方面对巴克莱施以援手。① 不难指出，斯威夫特对巴克莱的哲学思想是不陌生的。

巴克莱的"非物质主义"② 哲学观的核心，概而言之便是"物是观念的集合"与"存在就是被感知，或感知，或可能的被感知，或可能的感知"（Esse est percipi aut percipere, aut posse percipi, aut posse percipere）。③ 巴克莱在英国哲学史上无疑处于承上启下的关键位置，他的哲学知识结构深受洛克、马勒伯朗士等人哲学思想的恩惠。巴克莱的创新之处在于，其否定了洛克经验哲学中兼具"本体论上的实在性"和"认识论上的不可知性"这两种性质的实体概念，并在洛克的经验主义"断崖处"朝前跨越了一大步。我们知道，洛克认为人类对知识的获取是通过从物体到感觉而获得的观念以及内心观念的反省这两条途径实现的；然而对于观念自身的存在论证，洛克则假以"某种基质（Substratum）作为归宿和产生它们的源泉"。④ 然而，如前所述，这种类似地球由大象驮着，而大象又由乌龟托着的循环论证，终究无法突破物质实体的本体论僵局，洛克亦是认知到这个巨大的哲学困难而不得已地走向了二元论，从而为休谟的怀疑论留下了隐匿的"突袭路线"。至此，经验论者如洛克指出了人类无法认识物体的实在，而怀疑论则否认了感官所经验之事物的真实性，进而否认了物体感官现象和主体之间的逻辑关联，主张现象（经验）之后另有其他未知物质。在这个意义上看，巴克莱的"非物质主义"之所以作为"既显而易见又惊世骇俗"⑤ 的"新原理"，简单说来，就在于他毅然取消了洛克经验论"人—观念—物"——关于观念和物之间实在性关联——的论证纠缠，而把"洛克的主观观念客观化"，⑥ 把这个

---

① 斯威夫特与巴克莱的亲密程度可以从一则有趣轶事中见得一斑。斯威夫特与曾任都柏林市市长的富商范·霍姆里格（Van Homrigh）之女海斯特（Hester）过从甚密，该女子后因斯威夫特与斯特拉（Stella）的关系，爱而不得，不久便郁郁而终，临死时却把自己2000镑的巨额遗产赠予了只因斯威夫特聚合而仅有一饭之缘的巴克莱，详见《巴克莱哲学研究》第38页。
② 以往学界有些研究成果把巴克莱哲学思想简单地与客观唯心主义联系起来，是失之偏颇的。
③ 索利：《英国哲学史》，段德智译，济南：山东人民出版社，1992，第141页；或见《巴克莱哲学研究》第133页。
④ 洛克：《人类理解论》，关文运译，北京：商务印书馆，1959，第226页。
⑤ 巴克莱：《哲学评论》，转引自《巴克莱哲学研究》，第77页。
⑥ 傅有德：《巴克莱哲学研究》，桂林：广西师范大学出版社，1992，第78页。

哲学公式简化为"人—观念",进而指出"观念即是物""物即是观念的集合"。然而,洛克及马勒伯朗士等人的哲学思辨路径本就离怀疑论只有一层窗纸之隔,这种"学理风险"使得巴克莱随时有走向休谟式怀疑论的可能。正是在这个意义上,索利指出巴克莱哲学思想对休谟有着"近乎预示"[1]的影响,这一论断是没有问题的。而巴克莱的独创性在于,不同于马勒伯朗士"物质论上的怀疑主义"和"信仰上的实在论"这种二元含混思辨结构,他果敢地把人的观念与上帝的观念联结起来,认为上帝创造了观念并居于其中,而又与人的心灵相联系,生成了"人—观念/上帝"这个"二级公式"。同时,巴克莱在比埃尔·培尔思想的启发下,彻底地回避了怀疑主义,并天才地提出了融合第一性质与第二性质为观念的创新思想。这样,"以往哲学家所主张的包含广延、大小、形相之类性质的外部实体或对象就被架空而成了一个毫无内容、没有意义因而也不能存在的'虚无'了"[2]。至此,不同于霍布斯、洛克及休谟的另一种英国经验主义哲学模式建立起来,这种对人的主观能动性的绝对强调的哲学思想,忽视物体的客观实在性,蔑视经验及自然科学,最终拆解了以之为基础的人类理性能力。在巴克莱哲学体系中,万物不过是上帝及人心相互作用通感而成的观念的集合。

值得注意的是,巴克莱对正统神学思想的哲学论证,及其对英国启蒙思想中唯物主义因素的批驳,为身为圣帕特里克大教堂主教又抱持古典文学传统的斯威夫特提供了攻击论敌的有效武器。[3] 与霍布斯、洛克等唯物哲学思想紧密相连的新型文体——小说,连同整个启蒙时期的思想内核——理性,自然遭到了武装着巴克莱思想的斯威夫特的攻讦。这种攻讦以讽刺为其主要特征,似乎可以从《游记》文本中提出两种具体表现:第一,对笛福式"小说文体"及其真实性的戏仿;第二,批驳其时流行的科学观念、哲学热潮。早在《书战》一书中,斯威夫特便不乏为古典主义文化传统张目之举;其参加的社团"涂鸦社"更因其成员多为蒲柏、盖伊、阿巴思诺特等文化巨擘,而可谓英格兰18世纪前半期(后衔约翰逊博士)的新古典主义重镇。

---

[1] 索利:《英国哲学史》,段德智译,济南:山东人民出版社,1992,第143页。
[2] 傅有德:《巴克莱哲学研究》,桂林:广西师范大学出版社,1992,第99页。
[3] John Richetti, *The Eighteenth Century Novel*, Cambridge: Cambridge Press, 1996, p. 82.

第四章　斯威夫特与国族秩序

"涂鸦社"的主要任务便是通过塑造18世纪英格兰政治及文化生活中荒诞的人物形象，来拟讽其时各式各样的（新）文学形式。① 不难指出，斯威夫特《游记》的一个隐含的攻击目标便是锐意创新的笛福；而《游记》中的格列佛形象，实际上便是斯威夫特参与社团讨论的文化产品之一。②

我们知道，《游记》文本是这样开头的：

> 我父亲在诺丁汉郡有一份小小的产业；他有五个儿子，我排行第三。我十四岁那年，他把我送进了剑桥大学的意曼纽尔学院。我在那儿住了三年，一直是专心致志地学习。虽然家里只给我很少的学费，但是这项负担对于一个贫困的家庭来说还是太重了。于是我就到伦敦城著名外科医生詹姆·贝茨先生那儿去当学徒；我跟他学了四年。这期间父亲有时也寄给我小额款项，我就用来找人补习航海学和数学中的一些学科，对有志旅行的人来说这都很有用处，因为我总相信迟早总有一天我会交上好运外出旅行的。（1）

一种不容忽略的似曾相识感自然在提示读者，这与《鲁滨逊漂流记》的开头何其接近：同样的中产阶层家庭排行第三的儿子，同样的航海宿命。诚如黄梅教授指出的，"在很大程度上，格列佛的游记，乃是对鲁滨逊们的评论"。③ 归根结底，这一戏仿又是对笛福小说中繁复渲染的"小说真实观"（bona fides）的讽刺。并且，比照两个"游记"，我们会发现同样的航海日志式的平淡叙事，（5、62、202~203）以及对数字精准的令人费解的要求。（29、34、267）此外，雷同的商业理性控制下人的欲望及其商贸叙事也绵密地铺陈：格列佛每段旅程都没有忘记商业本质，总会有所收益。（63、200）而且，同鲁滨逊一样，格列佛也吃自己做的饼干；（218）最令人惊奇的或许

---

① John Richetti, *The Eighteenth Century Novel*, Cambridge: Cambridge Press, 1996, p. 76.
② 其时该社团的其余"产品"还有阿巴思诺特笔下的"约翰牛"（John Bull）、盖伊的"绅盗"马克西斯（Macheath）、蒲柏的"全能专家"马丁·斯克里布拉斯（Martin Scriblerus）。详见 John Richetti, *The Eighteenth Century Novel*, Cambridge: Cambridge Press, 1996, p. 76.
③ 黄梅：《推敲"自我"：小说在18世纪的英国》，北京：生活·读书·新知三联书店，2003，第107页。

是,"慧骃国游记"里刻意呈现的瓦罐,如同弗吉尼亚·伍尔夫所注意到的那样:"陶器是放在阳光下晒成的。"(259)文本中,甚至连格列佛那落难时不停地祈祷上帝,后悔离妻弃子,一俟灾难消弭便故态复萌的"虚伪"宗教嘴脸,(70~71、123)也同鲁滨逊如出一辙。这个意义上看,诚如迈克尔·塞德尔(Michael Seidel)指出的,斯威夫特对笛福式叙事的戏仿,对其真实性的解构,乃是"对笛福笔下现代经济人自我设计的抵牾"。[①]而更具体地说,这种解构指向的无疑是笛福笔下鲁滨逊式理性精神所依托的哲学根基——工具化的理性主义,以及在工具理性主导下所产生的,以科技、商业、殖民、帝国、法制为思想内核的启蒙精神。因而,通过对"人类理性"及随之而来的"文明进步"的戏仿与揭批,斯威夫特要让世人看到这臆造的黄金国度背后的冷漠暴力和人性的污鄙。

如果说斯威夫特的"反理性"叙事,在嘲弄笛福和鲁滨逊时只采用了戏仿和拟讽等修辞策略,其对彼时狂热分子口中的"科学及哲学理性"的批判,在小说中则达到了怒骂的地步。文本中,明眼人可见,勒皮他飞岛国的首都拉格多(Langden)正是England的乱序拼读。[②]而那所著名的拉格多科学院建于"大约40年前",读者计算时间后不难发现指向的正是英国皇家学会成立的时间。拉格多设计所里头的教授们所钻研的项目诸如"黄瓜中提取阳光""粪便还原食物""把冰煅成火药""从屋顶盖到地基来建筑房屋""用猪来耕田"……虽则名目繁多,却让时人一望而知其不可能,并觉得荒诞透顶。然而,彼时英国皇家学院确实颇有"为科学而科学"的迷狂风气,亦产生了许多不切实际、笑话百出的设计实验。并且,南海泡沫方兴未艾之际,英国各色各类商人望见保险业的巨大"前景"与吸金能力,纷纷申请建立名目繁多的保险公司:"谎言保险公司"(Assurance from Lying)、"饮用杜松子酒致死保险公司"(Insurance from Death by Drinking Geneva)、"处女膜保险公司"(Insurance of Maidenhead)。[③]如果说这些保险公司还算"靠谱"

[①] John Richetti, *The Eighteenth Century Novel*, Cambridge: Cambridge Press, 1996, pp. 72 – 73.

[②] John Richetti, *The Eighteenth Century Novel*, Cambridge: Cambridge Press, 1996, p. 78.

[③] J. P. Van Niekerk, *The Development of the Principles of Insurance Law in the Netherlands from 1500 to 1800*, Vol. 1, Hilversum: Uitgeverij Verloren, 1998, p. 620.

第四章　斯威夫特与国族秩序

（毕竟折射出其时英格兰道德败坏的三个主要方面：谎言、酗酒、淫乱）的话，再看 1720 年伦敦新成立的某些公司的业务范围："为私生子建造医院""人类毛发贸易""催肥生猪""制造'永动轮'""翻修全英国楼房"……① 此类"创新"的狂热风气，可谓不一而足，读者再反观拉格多科学院那些"荒唐"的科学名目以及斯威夫特那看似疯癫乖张的笔法，戏仿之余似乎更多了一派"写实"的怪异气氛；毕竟对于彼时那些为了追求物质利益而陷入疯狂的英国人来说，流淌于斯威夫特笔端的"荒唐事"却件件属实。

文本中的"迷狂"又尤其体现在"飞岛国"国民性格中。"飞岛国"国民迷信科学，尤其迷信数学与音乐几近到了疯狂境地。"他们的思想永远跟线和圆相联系。举例来说，他们赞美妇女或者其他动物，总爱使用菱形、圆、平行四边形、椭圆以及其他几何术语。"（147）据此，读者不难察觉，斯威夫特此处或在讽刺笛卡尔及牛顿将数学原理作为哲学思辨基础。为了坐实这一猜想，在具有召唤亡故之人灵魂特技的"格勒大锥"岛，斯威夫特让格列佛召唤出亚里士多德、笛卡尔和伽桑狄，② 并让三人辩论。意料之中，后两位近代数学的代表人物"一样被驳倒了"。不仅如此，亚里士多德还预言"当代学者那么热衷的万有引力学说也将遭到同样的命运。……大自然新的体系不过是新的一时风尚，每个时代都会发生变化，就是那些自以为能用数学的原理来证明这些体系的人，也只能在短期内走红，一旦有了定论，他们就再也不会流行了"。（184）不难指出，斯威夫特对科技及牛顿的复杂态度自然掺杂着个人及民族政治因素，更与具体的政治事件——譬如"伍德币事件"③——直接相关，但悖论的是，在 21 世纪微观量子物理学时代，斯威夫特彼时对牛顿经典力学的驳斥，竟然又不乏巧合地一语成谶。

另外，具体至文本中斯威夫特的"哲学嘲讽"层面，霍布斯的机械唯物主义论和洛克的二元经验论，同样也未能幸免。如前所述，我们知道，霍布

---

① Thomas Boys, *The South Sea Bubble, and the Numerous Fraudulent Projects to Which It Gave Rise in 1720*, 1825, pp. 74 - 84. 亦可参见孙骁骥《致穷：1720 年南海金融泡沫》，北京：中国商业出版社，2012，第 211 页。
② 伽桑狄（Pierre Gassend, 1592—1655），法国唯物主义哲学家、数学家，其发掘出伊壁鸠鲁学派思想中的唯物主义因素为己用，其思想对洛克颇有影响。
③ 相关论述见上文。

斯开创的从物到感觉的认识论，得到的洛克的精细打磨，并被加入"观念"理论此一"创新"。然而在霍布斯及洛克的经验世界中，物体作为具有固定性质[1]的对象，其存在仍旧是被动的、粗糙的、固定的，等待着被主体器官去感触（be perceived）。然而如上所述，巴克莱无情地切断了从"观念到物"的链条，把人的感觉及所感觉的对象用"观念"统摄，取消了第一性质和第二性质的纠缠。如此一来，实存的物理对象成了因人而异的观念。所以，在巴克莱看来，"当物质和我们接近时，我准确地知道物体的大小，而当距离增大时，我们就无从知道其绝对规模了"。[2] 此一定律便是巴克莱的"感官相对性论证"。观念在巴克莱处丧失了洛克主义者所赋予的较为固定性质："同一些物体对某些人来说是甜的，而对另外的人却是苦的。……同一物体，根据它被观察的位置不同，它在呈现给我们时也会或小或大。毋庸置疑，在我们看来很小的一个物体，对一只苍蝇来说却是硕大无朋的。"[3]

须注意的是，斯威夫特似乎通过"涂鸦社"的文化讨论，借用巴克莱的"新经验论"，并在搭建其《游记》叙事框架时，调用了"感官相对性论证"，通过比例缩放的相对性设计了小人国、大人国并描写了"过渡文本"中人物经验感知能力的紊乱特征："毫无疑问，还是哲学家们说得对，他们说：没有比较，就分不出大小来。"（71）此处的"哲学家"不妨理解为巴克莱。毕竟后者别处的论断："如果不是感知两个东西，人便无法比较它们，因此他也不能说，任何不是观念的东西与一个观念相似或不相似"，[4] 与斯威夫特《游记》中的"结论"简直如出一辙。这种感官确证功能的紊乱症候，在另一处"过渡文本"，即格列佛从"大人国"回到英国时表现得尤为明显。文本中，救起格列佛的人类水手本应与他相同比例，格列佛却视其人为矮子，"我看见这么多矮子，同样也非常吃惊，因为我的眼睛看惯了我才离开不久的巨人"。（127）稍后他们吃晚饭时，格列佛更是"看任何东西都似乎有些惊奇，总好象忍不住要笑"，（131）为读者平添了后现代的惊悚语调。回到英国

---

[1] 譬如，第一性质，诸如广延、大小、质量、动静等和第二性质，诸如颜色、气味、声音等。
[2] 傅有德：《巴克莱哲学研究》，桂林：广西师范大学出版社，1992，第63页。
[3] 傅有德：《巴克莱哲学研究》，桂林：广西师范大学出版社，1992，第101页。
[4] 巴克莱：《哲学评论》（*Philosophical Commentaries*），转引自《巴克莱哲学研究》第80页。

第四章 斯威夫特与国族秩序

后,格列佛仍旧以为自己在利立浦特,"怕踩到我所碰到的每一个行人,常常高声叫喊着要他们给我让路",(132)超出心理真实调试限度的"观念"凝滞致使经验比例失调的格列佛在故乡仍旧成了一个"神经失常了"的陌生人。

至此,笛福—鲁滨逊式商业理性所要求的关于"物"的确定性,乃至霍布斯—洛克哲学体系中物与观念的固定关联,已被巴克莱和斯威夫特一并消解。斯威夫特不合时宜地在启蒙理性大潮奔流之前便化身成为时代的抗逆者——蒙克(S. H. Monk)所说的"启蒙的抵制者和'现代精神'的敌人",他的《游记》即便具有多重的阐释可能和繁复的语义指向,但总体上无疑可视为斯威夫特对工具理性主义、狂热科学主义引领的"现代性"的质疑和反诘。"跛足且盲目"的人类在理性这根拐杖的拄持下真的能一劳永逸地走向"黄金国度"?果然如此那何以世风日下、盗匪蜂拥、道德沦丧?斯威夫特用他的讽刺——就如他在"大人国"斩断、收集并送给英国皇家学院的那根黄蜂刺(93)一样——揭开了彼时秩序更替背景中进步主义乐观面容之下的暗疮,狠狠地刺伤了某些不愿目睹现实之人的自尊,故而他们非难斯威夫特为"厌世者"。其实,在那封斯威夫特写给蒲柏的信中,我们或能探视这个冷漠者的内心真实:"我从来憎恨一切民族、职业、社会集团,我的爱全部倾注在每个个人身上。……我要证明(人是)'理性动物'这一定义是错误的,人只是'可能具有理性的动物'……我的'恨人思想'不是泰门式的……"① 他憎恨人类,但他爱每一个人。② 他并不反对理性,只是反对理性的工具化。这个意义上看,我们能更接近这个疯狂抨击现代性的思想

---

① F. Elrington Ball, ed., *The Correspondence of Jonathan Swift, D. D.*, in 6Vols, Vol. 3, London: G. Bell and Sons Ltd., 1912, pp. 276 – 277. 中译本见北京大学西语系资料组编《从文艺复兴到十九世纪资产阶级文学家艺术家有关人道主义人性论言论选辑》,北京:商务印书馆,1973,第91页。
② 值得指出的是,诺斯洛普·弗莱在论及斯威夫特的梅尼普斯式(Menippean satire)讽刺时曾精辟地指出:"相较于针对个体,梅尼普斯式讽刺更多的是针对思想态度。作品中的学究、偏执自大者、行为怪癖者、暴发户、所谓的鉴赏家(virtuosi)、迷狂者(enthusiasts)以及各行各业贪婪而滥竽充数的人,都是按照这类人对待生活的职业心态(occupational approach to life)而非其人社会行为(social behavior)来刻画的。"这段话可与此处所引的"致蒲柏信"相互参看。详见 Northrop Frye, *Anatomy of Criticism*, Princeton and Oxford: Princeton University Press, 2000, p. 309。

家,进而理解这位用戏仿与讽刺笔触抗逆启蒙思潮的怪人,为什么把"他去了,狂野的怒火再也不会烧伤他的心"① 作为他的墓志铭。因为斯威夫特似乎也痛心疾首地意识到,"自己在很大程度上正是他所讽刺的社会和文化的产物",而一旦"愚昧麻木"的"耶胡"获取了理性并将理性视为丈量一切的工具,那么"耶胡"原本的凶残自噬将会变本加厉。"这是斯威夫特的最后的深刻,也是他最终的消极。"②

第四节 文本指涉游戏的解码——重看《游记》卷三的"反科学"

《格列佛游记》卷三因其散乱的线索及繁复的指涉而成为"斯学"研究的重点文本。近年,随着"文学—科技"交叉视角的兴盛,《游记》卷三及其科技主题亦再度被纳入批评视域。但学界某些研究成果在扩宽斯威夫特研究面向的同时,忽略了斯威夫特"反科学话语"背后复杂的政治动机及牵缠其间的私人恩怨,亦忽略了文本编码的具体指涉:隐伏反科学话语之后的"伍德币事件"和爱尔兰民族独立诉求或许是"卷三"更为重要的文本结构动机。

一 科技厌恶者?

与斯威夫特同为"涂鸦社"成员的阿巴斯诺特博士可谓《游记》最早的读者之一。1726 年 11 月 8 日,在阅毕甫刊十天的《游记》后,他致信斯威夫特:"不怕告诉你,关于发明家那部分,我以为是最不明智的。"③ 阿巴斯诺特指涉的"发明家"(projectors)正是《游记》卷三"拉格多科学院"

---

① 斯威夫特:《格列佛游记》,杨昊成译,南京:译林出版社,1995,译序,第 17 页。
② 黄梅:《推敲"自我":小说在 18 世纪的英国》,北京:生活·读书·新知三联书店,2003,第 122 页。
③ D. Woolley, ed., *The Correspondence of Jonathan Swift, D. D.*, in 4Vols, Vol. 3, Frankfurt am Main: Lang, 2003, p.44. 同为"涂鸦社"成员的蒲柏亦致信斯威夫特言及此事,详见 Jonathan Swift, *The Correspondence of Jonathan Swift*, Vol. 3, Harold Williams, ed., Oxford: Clarendon Press, 1963, pp. 111, 189。

第四章　斯威夫特与国族秩序

里的科学家。

我们知道，小说文本描述的"拉格多科学院"科学家们醉心于从黄瓜中提取阳光，把冰烧成火药，用触觉和嗅觉来辨别颜色，用猪耕地，从粪便里还原食物，织造彩色蛛丝，用粪便颜色、气味推定政治阴谋等常人视为天方夜谭的怪事。（167~174）其讽刺机锋直指英国皇家科学院可谓自不待言。因为彼时皇家科学院有些成员确实"自从屁股坐定之后，就以称重空气之来打发时间"且"最擅长于两件事——空耗国库，繁衍虱蚤"。[1] 而我们再看科学院之前的"飞岛国"部分，便发现其居民极为怪异："头不是向右歪，就是向左歪。他们有一只眼睛向里面，另一只眼睛却直瞪着天顶。他们的外衣装饰着太阳、月亮、星球的图形……"（143）其人更时常因科学哲思而陷入官能瘫痪，须派专职"拍手"（Flapper）执拍子拍打以"重启"五官。岛民饮食之物亦须切割成精准的几何图形，语言也多由数学、音乐术语构成，因而颇有二者基础的格列佛容易习得。不难想见，整个"飞岛国"正是一个由几何图形和音乐构成的"科学国度"；再细察行文之间，斯威夫特对"科学家"令人咋舌的怪诞行为之讽刺，已不仅是表露无遗，多少更有宣泄的意思。

或出于此，身为皇家科学院院士的阿巴斯诺特对卷三大皱其眉。无论是否有袒护组织之嫌，阿巴斯诺特终究开启了斯威夫特"反科学"批评之门，其后先有阿贝尔·波义耳在《大不列颠政治形势》（*Political State of Great Britain*）一刊上连载评论，指出"'拉格多科学院'旨在揭批狂热科学家们的奇思怪想，但我以为作者笔锋涂满污秽……恐怕难入雅士之眼"。[2] 后有斯威夫特传记作者奥雷里伯爵（Lord Orrery），认为"对数学知之甚少"的斯威夫特是在诋毁科学研究。[3] 直到20世纪中叶，奠定"斯学"文学—自然科学交叉研究基础的尼克尔森教授仍认为卷三的"趣味性和文学价值远远逊

---

[1] R. H. Syfret, "Some Early Critics of the Royal Society," *Notes and Queries of the Royal Society*, Vol. 8, No. 1, 1950, p. 52.
[2] Cf, Irvin Ehrenpreis, *Swift: The Man, His Works, and the Age*, Vol. 3, Cambridge, Massachusetts: Harvard University Press, 1983, p. 503.
[3] John Boyle, 3rd Earl of Orrery, *Remarks on the Life and Writings of Dr. Jonathan Swift*, London, ECCO Gale, 1752, p. 95.

色于前两卷"。① 近年,我国学者在国外研究基础上,对《游记》卷三"反科学"主题亦渐涉及,研究多指向斯威夫特的"反科技面孔",在一定程度上拓宽了国内斯威夫特研究的基本面;但往往将论述引向科技理性、启蒙文学科技观与浪漫主义、人文精神的对抗,实践科学(Technical Science)与经院科学(Spiritual Science)的对抗,人文主义与科学主义的对抗等二元结构。② 有论者甚至提出斯威夫特对科学的"讽刺与咒骂"正体现了"人文主义的软弱无力"此般较为轻率的结论。③ "主义之争"的讨论无可厚非,但悬浮于文本生成背景之上的"宏大叙事",便容易陷入萨义德指出的研究误区中:"那些将斯威夫特塑立为兜售各类关于人性终极观念的道德楷模及思想家的评论太多了,而对斯威夫特作为一个地区性的活动者、政论家、小册子写手与讽刺家的研究却远远不够。"④

并且,一旦我们检视斯威夫特的生平与书信,会发现这位看似拒绝进步,宁可不在夜间阅读也不愿戴眼镜的"科技厌恶者",并非一味拒斥科技。实际上斯威夫特对彼时先进的科技、理念是多有涉猎的。从社交圈看,斯威夫特早年对身为英格兰科技界魁首的牛顿不无敬重,⑤ 与其侄女过从甚密,进而几番出入于前者桌畔。⑥ 斯威夫特还拥有包括阿巴斯诺特、阿什主教在

---

① Marjorie Nicolson, "The Science Background of Swift's Voyage to Laputa," *Science and Imagination*, Ithaca: Great Seal Books, 1956, p. 110. 相关的批评传统可参 W. A. Eddy, *Gulliver's Travels: A Critical Study*, Princeton and London: Princeton University Press, 1923, p. 157; K. M. Williams, *Jonathan Swift and the Age of Compromise*, Lawrence: University of Kansas Press, 1958, p. 166。
② 目前国内直接涉及卷三科技主题的论文主要有:孙绍先《论〈格列佛游记〉的科学主题》(《外国文学研究》2002 年第 4 期);李洪斌《〈格列佛游记〉中的反科学主义》(《佳木斯大学学报》2010 年第 6 期);任晓玲《论〈格列佛游记〉中对自然科学的讽刺》(浙江财经大学,2012 年硕士学位论文);董思伽《从〈格列佛游记〉看斯威夫特的科学观》(《科学文化评论》2017 年第 14 期)等。
③ 李洪斌:《〈格列佛游记〉中的反科学主义》,《佳木斯大学学报》2010 年第 6 期,第 67~68 页。
④ Edward Said, "Swift the Intellectual," in *The Word, the Text, and the Critic*, Cambridge M. A.: Harvard University Press, 1983, p. 77.
⑤ Gossin Pamela, "Poetic Resolution of Scientific Revolution: Astronomy and the Literary Imagination of Donne, Swift, and Hardy," Unpublished Ph. D. Dissertation, The University of Wisconsin - madison, 1989, p. 234.
⑥ Gregory Lynall, *Swift and Science: The Satire, Politics, and Theology of Natural Knowledge, 1690 - 1730*, Hampshire: Palgrave Macmillan, 2012, p. 88.

第四章　斯威夫特与国族秩序

内的多位院士朋友。[①] 1714~1720年，为能参与友人的论题，他特地钻研了数学，取得不小进展，更在半个小时内解出了数学家朋友托马斯·谢立丹的难题，且方法还更为简便。[②] 另外，其数量颇丰的藏书中不仅古希腊名医希波克拉底和天文学家、数学家希帕克（Hipparchus）等人作品赫然在列，[③] 友人通信间还显示其对培根、牛顿、波义耳、沃顿等科技巨匠的作品多有掌握。[④]

令斯威夫特"反科学论者"难以置信的恐怕还在于，他曾经多次造访皇家科学院的仓库，只为观察一块直径4.5英寸的陨石。[⑤] 而无独有偶，《游记》中"飞岛国"的直径恰好是4.5英里。(151) 为了天文观察，他特地购入一台望远镜，并对奇异天文现象做过精密的观察与记录。[⑥] 他甚至还在开普勒宇宙理论的基础上提出"火星卫星关联理论"，并与1877年火星卫星被发现时的数据极为接近。[⑦] 更让"科技厌恶者"此一标签越发局促的是，在其立身之作《书战》中，斯威夫特刻意让"现代派"阵营中的科技巨擘弗朗西斯·培根于其他代表进步观念的"时贤"纷纷死去时，竟得免于战死。[⑧] 可以推论，斯威夫特对彼时科学——17~18世纪"科学"一词多有

---

① F. Elrington Ball, ed., *The Correspondence of Jonathan Swift*, D.D., in 6Vols, Vol.1, London: G. Bell and Sons Ltd., 1912, p.175.
② Sir Walter Scott, *Memoirs of Jonathan Swift*, in 2Vols, Vol.2, New York: Cambridge University Press, 2011, pp.27-28.
③ Dirk F. Passmann, Heinz J. Vienken, *The Library and Reading of Jonathan Swift: A Bio-Bibliographical Handbook*, Vol.2, Frankfurt am Main: Peter Lang, 2003, p.863.
④ Dirk F. Passmann, Heinz J. Vienken, *The Library and Reading of Jonathan Swift: A Bio-Bibliographical Handbook*, Vol.2, Frankfurt am Main: Peter Lang, 2003, p.1315.
⑤ Herbert Davids, ed., *The Prose Works of Jonathan Swift*, Vol.15, Oxford: Blackwell, 1968, p.122.
⑥ F. Elrington Ball, ed., *The Correspondence of Jonathan Swift*, D.D., in 6Vols, Vol.2, London: G. Bell and Sons Ltd., 1911, p.382.
⑦ Colin Kiernan, "Swift and Science," *The Historical Journal*, Vol.14, No.4, 1971, p.712; Marjorie Nicolson and Nora Mohler, "The Scientific Background of Swift's 'Voyage to Laputa'," in A. Norman Jeffares, ed., *Fair Liberty Was All His Cry*, New York: St Martin's Press, 1967, pp.238-239.
⑧ Jonathan Swift, *A Tale of Tub, Battle of Books and Other Satires*, London: Everyman's Library Press, 1963, p.160.

内在歧分且在语义及内涵上同现代意义之"科学"大相径庭①——态度较为复杂，且非一成不变；因此，不妨暂缓对斯威夫特"反科学"的标签化解读，并顺着萨义德将其视作特定历史事件"地区活动家"的思路重审文本。

文本中，格列佛初至"飞岛国"，国王派人给格列佛量体裁衣时，有一处令人忍俊不禁的描述："这位技工的工作方法和欧洲裁缝不同。他先用四分仪量我的身高，然后用尺和圆规量全身的长、宽、厚和轮廓，都一一记录在纸上。过了六天，他就给我拿了一身做工极坏的衣服来，因为他在计算的时候偶然弄错了一个数字。"（146）不知情的现代读者读至此处，可能一哂而过，但彼时读者有闹得轰轰烈烈的"牛顿—莱布尼茨论战"及《自然哲学的数学原理》初版"算错日地距离一个数字"两个事件作为背景，②自然不会对"和欧洲裁缝不同……弄错了一个数字"这近乎直白的讽喻失其鹄的。因而，斯威夫特对彼时的科技进步观及科学界执牛耳者牛顿看似前后矛盾的态度，需要置于更为宽阔的社会历史背景中予以考量。而一旦将《游记》卷三的写作背景提出来，我们便会发现，错综复杂的政治、宗教、经济因素，甚至个人恩怨的纠葛，都细密地缝缀、参与进几经波折的写作过程中。且众多因素之中首要的政治因素，又直接导致了《游记》卷三文本的离散形态。或出于此，大卫·奥克里夫认为："《格列佛游记》甚至对儿童读者来说，都无可避免地具有政治性。"③而萨义德和乔治·奥威尔也因之对《游记》卷三中的集权主义批判笔触情有独钟。④此情境下，再看《游记》

---

① Arthur Donovan, "British Chemistry and the Concept of Science in the Eighteenth Century," *Albion: A Quarterly Journal Concerned with British Studies*, Vol. 7, No. 2, 1975, pp. 135 – 137; Douglas Patey, "Swift's Satire on 'Science' and the Structure of Gulliver's Travels," *ELH*, Vol. 58, No. 4, 1991, p. 811.

② A. Rupert Hall, "Newton Versus Leibniz: From Geometry to Metaphysics," in Bernard Cohen and George E. Smith, ed., *The Cambridge Companion to Newton*, Vol. 1, Cambridge: Cambridge University Press, 2002, p. 444.

③ David Oakleaf, *A Political Biography of Jonathan Swift*, London: Pickering & Chatto, 2008, pp. 10 – 12.

④ George Orwell, "Politics Vs. Literature: An Examination of Gulliver's Travels," in S. Orwell and I. Angus, ed., *The Collected Essay, Journalism and Letters of George Orwell*, New York: Harcourt, Brace and World, 1986, p. 209.

卷三对牛顿及科技的讽刺时，隐含其后并于1724年激荡整个不列颠政坛的"伍德币事件"自然就浮显于批评视域之上。

二 牛顿主义与"伍德币"阴谋

如前述及，1723年爱尔兰零币短缺。乔治一世不经爱尔兰议会便授予英格兰商人威廉·伍德"14年108000英镑半铜币"的铸币特许状。① 而后者是通过贿赂国王情妇肯黛尔伯爵夫人获此肥缺的，一时之间民怨鼎沸。彼时，被"放逐"都柏林大教堂近十载，对时局已心灰意冷的斯威夫特正沉湎于"涂鸦社"的文学游戏——撰写《游记》。1724年1月初，斯威夫特致信密友福特表明自己即将完稿："我已离开马国，置身飞岛国，但并不久留于此，最后两段旅程亦会尽早结束。"② 然而，愈演愈烈的事态，令斯威夫特愤然暂停《游记》写作，于1724年3月至1724年12月，以爱尔兰布商之名连发五信，加入日益激化的舆论战中。从对铸币特许状的颁发及其成色的质疑，到抨击英格兰政府的殖民政策，斯威夫特层层递进并深入浅出地将整个"伍德币"阴谋里外翻面，推其于爱尔兰人民抵制"伍德币"、反抗英格兰暴政的风口浪尖。就此不难推测，《游记》卷三成文实际上晚于卷四，且与"伍德币事件"休戚相关。③

须指出的是，彼时不列颠皇家铸币厂的负责人正是牛顿。他受国库大臣华尔波尔之命检验"伍德币"成色"以正视听"。牛顿在调查报告中指出："伍德币尽管形态过多，却是足量的……在成色上与英格兰硬币相差无几，甚至可谓促进了爱尔兰自查理二世以来的铸币质量……"④ 亲英政府的《邮政童报》旋即于7月31日发文表示"伍德先生全方位地履行了合约"。⑤ 见

---

① Carole Fabricant and Robert Mahony, ed., *Swift's Irish Writings Selected Prose and Poetry*, New York: Palgrave Macmillan, 2010, p. 37.
② Herbert Davids, ed., *The Prose Works of Jonathan Swift*, Vol. 1, Oxford: Blackwell, 1939, p. 478.
③ Irvin Ehrenpreis, *Swift: The Man, His Works, and the Age*, Vol. 3, Cambridge, Massachusetts: Harvard University Press, 1983, p. 444.
④ A. Rupert Hall and Laura Tilling, ed., *The Correspondence of Isaac Newton*, in 7Vols, Vol. 7, Cambridge: Cambridge University Press, 1977, p. 170.
⑤ Cf, Herbert Davids, ed., *The Prose Works of Jonathan Swift*, Vol. 15, Oxford: Blackwell, 1968, p. 189.

此,斯威夫特怒不可遏:"合约!和谁签的合约?是和爱尔兰议会?还是爱尔兰人民?我们将成为硬币的使用者,但我们憎恶、恐惧、抵制合约,并视之为搅和着垃圾与污秽的腐臭、欺诈之物。"① 引起轩然大波的牛顿之名亦赫然在目,与已然遗臭万年的威廉·伍德并列,被攻击其检验"鲁莽与毫无根据"——因受检的硬币乃是伍德遣人送往伦敦塔,其年份却与已铸之币相比较晚,因此毫无"检验"意义。② 同时,都柏林的一位化学家在私下检测"伍德币"后也得出"四种币制中有三种大大低于币值"的结论,有力地支持了斯威夫特的论断:牛顿的"科学方法"毫无科学性可言。③ 此来,牛顿的个人声誉及其科学权威大打折扣;一时之间,关于牛顿与政府及伍德三方勾结的"谣诼"纷纷四起。

不言而喻,对以牛顿为代表的科学权威的攻击、质疑,一定会渗透到《游记》卷三的写作之中。文本中,除了那个弄错数字而闹大笑话的裁缝外,还有这么一个段落:

> 我们至少等了一个钟头,他才解决了这个问题。他的两旁各站着一位手里拿着拍子的年青侍从。他们俩看到他不再沉思,有了空暇时间,其中一位就轻轻地拍了一下他的嘴,另一位拍了拍他的右耳;这样一来,他好像突然惊醒了过来,向我这边一看,又看到了围着我的那些人,这才想起了刚才那回事,原来他接到了报告并且要召见我。(144)

"飞岛国"国王陷入所谓的数学沉思后糊涂至此,自然又让人将讥讽锋镝牵连牛顿。牛顿因沉思而走神的种种逸事在伦敦社交圈已不是什么新鲜事。斯威夫特便曾告知侄亲迪恩·斯威夫特:牛顿的仆从有一天叫他用餐,叫过一次后便俟于饭厅;但不见主人跟来,回身却望见牛顿爬于梯子上陷入沉思,便又叫一次,如此反复五次,仍无反应,只好拍打惊醒牛顿,说其敬

---

① Carole Fabricant and Robert Mahony, ed., *Swift's Irish Writings Selected Prose and Poetry*, New York: Palgrave Macmillan, 2010, p. 49.
② Carole Fabricant and Robert Mahony, ed., *Swift's Irish Writings Selected Prose and Poetry*, New York: Palgrave Macmillan, 2010, p. 49.
③ Herbert Davids, ed., *The Prose Works of Jonathan Swift*, Vol. 5, Oxford: Blackwell, 1939, p. 31.

第四章　斯威夫特与国族秩序

业也罢，却总有一层糊涂的色彩。① 两相参看，"飞岛国"国王的"性格特写"（character）简直就是依牛顿而作。再看"飞岛国"科学家的另一癖好：观测天体。"他们一生把大部分时间花费在天体观察上……它们显然也受到影响其他天体的万有引力定律的支配。他们观察到了九十三颗彗星，同时也极精确地确定了它们的周期"；但因此惶惶不可终日，不是担心太阳逐日抵近、吞没地球，便是忧心彗星尾巴扫过地球导致灭顶之灾。（145、155）斯威夫特刻画其人迷信引力理论而致的惶惑之感，可谓入木三分。值得指出，斯威夫特此处讽刺的或许正是包括哈雷（Edmund Halley）在内的早期牛顿主义者们对"牛顿体系不可避免的衰弱"② 的恐惧症候病症。

在斯威夫特看来，彼时多数科学实践者对"牛顿新科学体系"的狂热遵从，不仅将万物行止之力从上帝手中聚焦到"万有引力"即牛顿手中——这极大地撼动了斯威夫特安身立命的教会秩序根基——更在社会上制造了末日情绪及恐慌。③ 彗星的出现因之不仅被用于国策之筹划、生活生产之安排，更被投机者以算命之形式牟取私利。斯威夫特对盲目的投机行为厌恶至极，早在1708年就假日历制作者比克斯塔夫（Issac Bickerstaff）之手，撰《1708年预测》、《比克斯塔夫先生第一个预测的达成》等文，辛辣地拟讽了以贩售命理预言日历为生的约翰·帕特里奇。斯威夫特在上文中"预言"了后者的死期为1708年3月29日晚11时左右，更在后文中煞有介事地以第三人之"公正眼光""确认"了帕特里奇的死，还"科学地"指出"显然，比克斯

---

① Sir Walter Scott, *Memoirs of Jonathan Swift*, in 2Vols, Vol. 2, New York: Cambridge University Press, 2011, pp. 27. 牛顿时常的"莫名失神"或与其为早产儿，且罹患相关神经系统疾病有关，详见 T. G. Wilson, "Swift's Personality," in A. Norman Jeffares, ed., *Fair Liberty Was All His Cry*, New York: St Martin's Press, 1967, p. 20。

② Gossin Pamela, "Poetic Resolution of Scientific Revolution: Astronomy and the Literary Imagination of Donne, Swift, and Hardy," Unpublished Ph. D. Dissertation, The University of Wisconsin – madison, 1989, p. 235.

③ 18世纪初，自然科学的发展使得英人对彗星的迷信与恐惧程度不再如前，但仍有很多专业人士（professionals）、教士（clerisies）将政局变幻及身世遭遇归结于天文现象之影响。阿巴斯诺特便曾对斯威夫特说："我相信彗星掠过地球对其带来的影响会比政府和大臣绵弱的影响大得多。"详见 *The Correspondence of Jonathan Swift, D. D.*, in 6Vols, Vol. 2, p. 296. 1714年8月1日，安妮女王死前的一次日食也曾造成极大的恐慌，详见 *The Correspondence of Jonathan Swift, D. D.*, in 6Vols, Vol. 2, p. 287。

斯塔夫先生计算略失精当,相差了近四个时辰……"[①] 至此,占星术、彗星预言虽被冠之"科学"名号,其荒谬本质已昭然若揭。可以想见,"死到临头"的帕特里奇度日之凄惶自然不下于十几年后的勒皮他居民。吊诡的是,"占星术士""科学家""彗星迷信"的精巧关联,居然多有耦合地又指向16年后"伍德币事件"中的牛顿,而斯威夫特化名艾萨克恰好与牛顿同名便不再是偶然。

"飞岛国"之后的拉格多科学院部分,历来备受诟病。多数批评家认为斯威夫特因愤懑难抑,书写形态于此处已然违背"烦扰世人,移风易俗"的游戏初衷,[②] 而流于谩骂。不可否认,在拉格多科学院部分,确实出现了污秽物和言语的双重宣泄。上文已提及,学院里的研究项目竟是"怎样把人的粪便还原成食物。他把粪便分成几部分,去掉从胆汁里得来的颜色,让臭气蒸发,再把浮着的唾液去除"。(165)在政治设计院中,粪便又显奇功,研究员建议政客们检查疑犯的粪便,以便从"粪便的颜色、气味、味道、浓度、粗细以及食物消化程度来判断他们的思想和计划。因为人们再没有比在拉屎时思考更严肃、周密而集中的了。"(175~176)这位研究者更考证出粪便的色泽规律,若粪便呈现绿色则是要暗杀国王,如果是谋举叛乱或者焚烧京城,那粪便又另当别色。世人皆知不可能,既粗鄙不堪又龌龊至极的无聊事,资质最高的学者(无疑指涉的又是皇家科学院院长牛顿)却持之为毕生事业来鞠躬尽瘁,其讽喻之意盈于纸面。要指出的是,此处斯威夫特在语用结构及形式上对科技理性的反讽,其于行文之间刻意采取一种冷静客观的"科学态度",叙事者不断与院士们交流心得,处处彰显"科技理性之光",似乎觉得他们的荒诞设计不仅可行,更有裨益于苍生。

或许,阿巴斯诺特博士嫌恶的正是斯威夫特对牛顿所持的"惺惺作态"反讽谩骂式人身攻击。但是,理查蒂(John Richatti)将文本此处称为"非普通读者(savvy reader)须格外谨慎的'逃窜点'(scurry points)",并提请

[①] Valerie Rumbold, ed., *Parodies, Hoaxes, Mock Treatises: Polite Conversation, Directions to Servants and Other Works*, Cambridge: Cambridge University Press, 2013, pp. 43–60.

[②] F. Elrington Ball, ed., *The Correspondence of Jonathan Swift, D.D.*, in 6 Vols, Vol. 3, London: G. Bell and Sons Ltd., 1912, p. 276.

读者注意对文本背景的挖掘。① 因而我们须看到，斯威夫特玷污牛顿名声，并非直接针对牛顿的实践科学，其根本指向在于"伍德币事件"。英格兰政府为避民愤，欲引牛顿的科学权威为保障，在公告中声明大科学家牛顿"参与了铸币特许状颁发及铸造的每一个环节"，② 牛顿因之被推上台面。但其时牛顿已病重，健康状况恶化至无法管理铸币厂事务，皇家学会主席之职责亦托由他人。③ 特殊政治事件的夹缠之下，垂死病中的牛顿可能只是指桑骂槐的幌子，斯威夫特更主要的攻击目标另有他人。

三 暴政机器与民族独立

回望1724年的不列颠。一方面，白银短缺、物资匮乏且全境没有铸币厂的爱尔兰，如司各特所言，在事实上亟须增铸小额货币，加速资本流通以促动农、商业振兴。④ 华尔波尔政府虽则连爱尔兰议会的过场都不愿走，但其批准伍德铸币，客观上对爱尔兰并非全然无益。另一方面，斯威夫特估算伍德额外盈利的1680镑并未扣除相关费用，伍德先生不能说"大获其利"。⑤ 时局丕变，铸币事件恰逢爱尔兰反英热情高涨，迫于舆论压力，华尔波尔试图将铸币额度调减至4万镑，更搬出科学权威牛顿坐镇。但斯威夫特以《布商的信》连续发难，爱尔兰议会与人民亦团结一心，终于使得"伍德币"计划彻底破灭。⑥ 因而笼统观之，伍德或许仅是个时运不济的商人，无奈被裹挟进一场掩伏已久的政治狂潮中；而被喻为"斯威夫特后半生的宿敌"⑦

---

① John Richatti, ed., *The Cambridge Companion to the Eighteenth-Century Novel*, Cambridge: Cambridge University Press, 1998, p. 82.
② Gregory Lynall, "Swift's Caricatures of Newton: 'Taylor', 'Conjurer' and 'Workman in the Mint'," *British Journal for Eighteenth Century Studies*, Vol. 28, No. 1, 2005, p. 20.
③ 迈尔克·怀特:《牛顿传》，陈可岗译，北京: 中信出版社，2004，第455页。
④ Sir Walter Scott, *Memoirs of Jonathan Swift*, in 2 Vols, Vol. 1, New York: Cambridge University Press, 2011, p. 290.
⑤ Gregory Lynall, *Swift and Science: The Satire, Politics, and Theology of Natural Knowledge, 1690–1730*, Hampshire: Palgrave Macmillan, 2012, p. 96.
⑥ Sir Walter Scott, *Memoirs of Jonathan Swift*, in 2 Vols, Vol. 1, New York: Cambridge University Press, 2011, p. 299.
⑦ Claude Rawson, ed., *Politics and Literature in the Age of Swift: English and Irish Perspectives*, Cambridge: Cambridge University Press, 2010, p. 53.

且政治立场与斯威夫特多有扞格的英格兰政府首脑华尔波尔，实则才是斯威夫特枪尖挑翻伍德、牛顿后指向的真正目标。《游记》卷一中，作者在讽刺小人国竟以跳绳"才艺"之高低而非德才品性之优劣去选贤用能时有如下描述：

> 大家都认为财政大臣佛林奈浦在拉直的绳子上跳舞，跳得比全国的任何大臣至少要高一英寸。我见过他在一只安装在绳子上的木盘里一连翻了好几个跟头……听说在我来到这里以前一两年，佛林奈浦险些儿跌死。要不是皇帝的坐垫恰好摆在地上减轻了跌落的力量，他的脖子早就被折断了。(22～23)

明眼人一下便看出那个跳梁小丑般的财政大臣影射的正是华尔波尔。至于"皇帝的坐垫"（one of the King's cushions）此一饱含色情意味的讽喻，牛津世界经典丛书1986年版《格列佛游记》在脚注中曾有提示："毫无疑问指涉的正是收受伍德1万镑贿赂的国王情妇——肯黛尔伯爵夫人，华尔波尔在1717年遭遇政治危机时亦是她替后者说项方使其免遭落马之灾。"[1] 鉴于斯威夫特1725年8月便完成全书写作，1726年8月付梓，其间"一直忙于梳理、完善、校正、修补、誊抄我的游记，新进增补的四卷全本……"[2] 这段颇具喜剧色彩，又将肯黛尔、华尔波尔、伍德巧妙串联的插曲极有可能是在"伍德币"事件之后增补的。[3] 文本中，大臣们横杆耍猴似地夺取分别象征着嘉德勋章、巴斯勋章、蓟花勋章的"蓝红绿三色丝线"，缠绕腰间以示荣耀，无疑又指謦华尔波尔于1725年和1726年自授巴斯勋章和嘉德勋章一事。这无疑侧证了斯威夫特在"伍德币"事件后不断增补《游记》内容以

---

[1] Jonathan Swift, *Gulliver's Travels*, Oxford: Oxford University Press, 1986, p. 314.

[2] F. Elrington Ball, ed., *The Correspondence of Jonathan Swift, D. D.*, in 6Vols, Vol. 3, London: G. Bell and Sons Ltd., 1911, p. 276.

[3] 这种删改、增补甚至可能迟至1733年。1733年，华尔波尔政府于乔治二世授意下欲征收烟草和酒水税，受到斯威夫特密友博林布鲁克等"乡村党人"的极力反对。1月至6月，华尔波尔遭遇了"税收危机"（the Excise Crisis）；后者最终在乔治二世的直接干预下才勉强维持对议会和政府的控制。详见 Henry St. John Bolingbroke, *Bolingbroke：Political Writings*, David Armitage, ed., Cambridge: Cambridge University Press, 1997, p. xiii。

应时景的可能。① 因而，华尔波尔、英格兰政府及其对爱尔兰人民的暴政与不公，作为掩映于卷三"反科学"话语背后真正的虚景，面目渐渐清晰起来。

所以，文本走笔至卷三"勒皮他、巴尔尼巴比、拉格奈格、格勒大锥、日本游记"时，勒皮他亦顺理成章地被描摹为科技武装的暴政机器。以国王为首的勒皮他居民除了热衷于科学冥想及各类"新型科技"研发之外，国王还对臣服其下的国民亦有特殊的管制手段：

> 如果哪一座城市发生风潮或者叛乱，引起剧烈的政争，或者拒绝像平常一样纳贡效忠，那么国王有两种方法可以使他们服从。第一种办法比较温和，就是把飞岛浮翔在这城市及其邻近地域的上空，这样就剥夺了他们享受阳光和雨水的权利，因而居民们就会遭受饥饿和瘟疫等灾害；……国王就要拿出最后的办法来：让飞岛落在他们的头上，这样，一切房屋、人民就全被消灭了。……实际上他也不愿意这样……大臣们的产业都在下方……（156）

英格兰对爱尔兰的殖民暴政在此被漫画手法描绘得淋漓尽致。自1541年英王兼领爱尔兰国王，两地成为共主联邦起，爱尔兰实际上成为英格兰的附庸；英格兰的各类律令法规对爱尔兰人民的压迫可谓层出不穷。早于1678年，英格兰议会为刺激一蹶不振的羊毛产业，就曾制定《羊毛织物下葬法》，规定除瘟疫死者外的尸骸都须穿英格兰纯羊毛殡服入葬。此等荒诞却暴虐之举自然遭到斯威夫特的抵制："让我们无论男女都下定决心，绝不让一束英格兰布条出现在身上！"② 除去《建议》一文，在1707年英苏联合法案出台之际，预示到联合王国将更加肆无忌惮地压榨爱尔兰人民，斯威夫特又写下了《一位受辱女士的故事》，将吞并苏格兰的英格兰比作"同时拥有两位情人"

---

① Claude Rawson, ed., *Politics and Literature in the Age of Swift: English and Irish Perspectives*, Cambridge: Cambridge University Press, 2010, p. 58. 由于此一内容太过敏感，出版商本杰明·莫特（Benjamin Motte）在收到书稿后付印时私自将丝带的颜色更改，此举令斯威夫特极为不快。

② Carole Fabricant and Robert Mahony, ed., *Swift's Irish Writings Selected Prose and Poetry*, New York: Palgrave Macmillan, 2010, p. 26.

的"暴君恋人",以受辱女士之口痛陈爱尔兰备受凌掠、生灵涂炭之苦。①

文本中,林达里诺(Lindalino)地区人民饱于摧残并不堪勒皮他暴政,"用难以置信的速度和劳动在四个城角建立了四座大塔(这座城是正方形的),都象耸立在城市正中心的那座坚实的尖顶岩石一样高。在每座塔上和那座岩石的顶上他们分别安放上一块大磁石;为了防备万一计划失败,他们准备下了大量最容易燃烧的燃料,希望在磁石计划失败的时候,用来烧裂飞岛的金刚石底"。(157)该地人民竖起反暴政大旗,准备起事。林达里诺自然是爱尔兰首府都柏林(Dublin)的异文拼写,② 四座高塔则指涉爱尔兰大陪审团、枢密院及议会上下两院,而居中的高岩,譬喻的很可能正是斯威夫特身为牧首的圣帕特里克大教堂及其正在修建的宏伟塔尖。③

滑稽的是,勒皮他移动至林达里诺上空正欲强力镇压之际,发觉四座高塔上大磁石的强劲吸力,忌惮于其吸附飞岛后可能产生的毁灭打击,便想试探磁石威力。因而,"有一位最老最干练的官员请准国王做了一个试验。……对其他三个塔和岩石都做了同样的实验,结果都是一样的"。牛顿萦绕不去的身影及其对"伍德币"的"科学检验"再次被斯威夫特的讽笔钉住,嗤其荒谬。"这件事使国王的策略完全破产(别的情况也就不用再叙述了),他被迫同意这个城市提出的条件。"(158)"伍德币"事件引发的政治博弈,最终以爱尔兰人民的胜利告终,科学武装的暴政机器在其利断金的反殖民情绪和民族独立诉求面前暂时偃旗息鼓。"布商"斯威夫特则成了当仁不让的爱尔兰英雄,在政府300镑悬赏"布商"项上人头之际,全都柏林皆知作者为谁,却无一人告发,他所之处更受君主礼遇。待到华尔波尔意欲遣兵前往擒拿斯威夫特之时,其幕僚毫不避讳地告知前者:"如果你能拨出一万士兵护送那些担此厄运的押解者的话。"④ 此言虽为夸大,但足以见得斯威夫特在爱尔兰声誉之盛。

---

① Carole Fabricant and Robert Mahony, ed., *Swift's Irish Writings Selected Prose and Poetry*, New York: Palgrave Macmillan, 2010, p. 3.
② 爱尔兰语"da"即为"two",整词"Double Lin"即"Dublin"。
③ Jonathan Swift, *Gulliver's Travels*, Oxford: Oxford University Press, 1986, p. 346. See also, F. Elrington Ball, ed., *The Correspondence of Jonathan Swift, D. D.*, in 6Vols, Vol. 2, London: G. Bell and Sons Ltd., 1911, p. 28.
④ Sir Walter Scott, *Memoirs of Jonathan Swift*, in 2Vols, Vol. 1, New York: Cambridge University Press, 2011, p. 309.

第四章　斯威夫特与国族秩序

实际上,"伍德币"事件结束后,斯威夫特并未立即出版《游记》,这或许与他彼时的政治目的有关。1726年,斯威夫特以爱尔兰教会特使身份出访伦敦,当时他认为持辉格党温和派立场的华尔波尔或可争取。但在4月27日,两人毫无结果地会谈1小时之后,原有的政治分歧似乎加剧。7月20日,与华尔波尔二次会晤后的斯威夫特致信友人斯托弗德(James Stopford):"我与首席大臣已彻底决裂。"① 8月8日,斯威夫特便与出版商本杰明·莫特接洽《游记》出版事宜,② 这恐怕不会是简单的巧合。

四　小结

在《游记》"缺乏叙述者的生动的个人经历"③ 的卷三文本中,化身布商、愤怒难抑的斯威夫特对科技挞伐时或已卸去前两卷所佩戴的"叙事面具",更背离了《游记》文学游戏的初衷。当然,斯威夫特的讽刺无疑是多刃剑,其指刺的对象很难说是单一的,隐射的事件自然也具备多重解读的可能。④ 20世纪中叶,"斯学"权威恩伦普瑞斯教授见《游记》研究的"政治化"倾向愈发明显,特地指出勒皮他国王及种种怪癖指涉的乃是斯威夫特好友托马斯·谢立丹,此举或有"矫枉过正"之嫌。⑤ 另外,《游记》卷三中

---

① F. Elrington Ball, ed., *The Correspondence of Jonathan Swift, D. D.*, in 6Vols, Vol. 3, London: G. Bell and Sons Ltd., 1911, p. 321.
② F. Elrington Ball, ed., *The Correspondence of Jonathan Swift, D. D.*, in 6Vols, Vol. 3, London: G. Bell and Sons Ltd., 1911, p. 328.
③ 黄梅:《推敲"自我":小说在18世纪的英国》,北京:生活·读书·新知三联书店,2003,第103页。
④ 默顿教授曾撰文指出"飞岛"讽刺的可能是吉尔伯特(William Gilbert)的磁石理论,详见Robert Merton, "The Motionless Motion of Swift's Flying Island," *The Journal of History of Ideas*, Vol. 27, No. 2, 1966, p. 275。亦可参见沃什教授《斯威夫特的飞岛:纽扣与炮艇》一文,该文认为"飞岛国"的科技讽拟指刺的是斯威夫特18世纪前十年的辉格党政敌斯蒂尔等人,详见Chris Worth, "Swifts''Flying Island': Buttons and Bomb - vessels," *The Review of English Studies*, Vol. 42, No. 167, 1991, p. 359。
⑤ 值得注意的是,25年后,在《斯威夫特:其人、其作与时代》(*Swift: The Man, His Works, and the Age*)一书第3卷中,恩伦普瑞斯教授推翻了自己之前在《乔纳森·斯威夫特之心智》(*The Personality of Jonathan Swift*, 1958)一书中对《游记》第卷三的相关解读。详见《斯威夫特:其人、其作与时代》第447页脚注。亦见Ehrenpreis, "Origins of Gulliver's Travels," in A. Norman Jeffares, ed., *Fair Liberty Was All His Cry*, New York: St Martin's Press, 1967, pp. 220 - 222。

对科技助纣为虐的讽刺，对刺激人类狂妄情绪的"进步话语"的警醒，或许在"意识形态出口处"也能够上升为"主义之争"；但我们无法忽略的仍是其"反科学"话语背后隐微却具体的政治、经济动机，因为在很大程度上正是后者塑定了文本结构的最终形态。

细察"言外之意"，不难得出结论：斯威夫特对彼时科技采取的绝不是"为反对而反对"的"咒骂"态度；他反对的是科技的滥用及其与暴政结合的非道德恶果，[①] 特别是科技对宗教秩序根基的动摇。在他看来，只要"科学家"（物质论者）放弃学说体系化诉求，并收敛对教会权威的逼迫之势，"其对之采取的便是典型的奥古斯都式态度：认为新科学有趣却非必需，本身亦不邪恶，但执迷不下则会对心灵生活造成危害"。[②] 此种切合"奥古斯都"政治理想的执中之道和平衡意识，是西方文学传统内生的制衡机制所发出的"独特声音"。[③] 根据这种发声独特的"中庸之道"，我们才能解释为何时隔仅一年，对擅自删改《游记》的出版商不再信任的斯威夫特，在与前者讨论新版插图时居然"记不得第三卷写了什么"。[④] 以爱尔兰英雄身份重回文学战场的他，又如何会失掉一个政治家应有的警惕呢？

第五节　斯威夫特与中国

斯威夫特的中国关联研究一直是学界的边缘话题，且在依循"中国—坦

[①] 洪涛教授在《〈格列佛游记〉与古今政治》一书中将这种非以古典政治德行，"而是以科学技术为统治基础的政体"称为"技术政体"。详见洪涛《〈格列佛游记〉与古今政治》，上海：华东师范大学出版社，2018，第33页。自然科学内在的道德需求与政治自由主义之间的心理学关联可参看 Judith Shklar, *Political Thought and Political Thinkers*, Chicago: The University of Chicago Press, 1998, p. 7. 史珂拉教授精辟地指出了"善待科学的独裁者"的可能性。

[②] Gossin Pamela, "Poetic Resolution of Scientific Revolution: Astronomy and the Literary Imagination of Donne, Swift, and Hardy," Unpublished Ph. D. Dissertation, The University of Wisconsin - madison, 1989, p. 239. See also, Colin Kiernan, "Swift and Science," *The Historical Journal*, Vol. 14, No. 4, 1971, p. 717.

[③] 陆建德：《自我的风景》，广州：花城出版社，2015，第295~296页。

[④] F. Elrington Ball, ed., *The Correspondence of Jonathan Swift, D. D.*, in 6Vols, Vol. 3, London: G. Bell and Sons Ltd., 1911, p. 440.

第四章　斯威夫特与国族秩序

普尔—斯威夫特"逻辑理路归纳其中国趣味时,我们容易忽视彼时游记文学与"中国书写"相关的修辞惯例及其繁复的生成动机。斯威夫特笔下的中国器物与风俗描摹,作为英国知识分子观照、重构自身的"批评中介",有着较为具体的历史语境与直率的政治指涉,可以说隐含着他介入"古今之争""礼仪之争""政制之争"等启蒙秩序论辩时的复杂动机。围绕但不限于政治地理学视角,本节通过将斯威夫特的中国的书写置于"游记文学传统"中,尝试探究斯威夫特与18世纪中英文化交流的思想史关联。

引　言

20世纪30~40年代,钱锺书先生在论及"17、18世纪英国文学中的中国"时,有一段关于斯威夫特的文字。其中值得注意的是,在提示了斯威夫特与庇护人坦普尔于中国趣味问题上的暧昧关联后,钱先生意味深长的一句感叹:"格列佛离开拉格奈格后经由日本径直返航阿姆斯特丹,其间竟未短暂地寻访中国,可谓是一大憾事!"[①] 这段评述在启发斯威夫特中国关联研究的同时,也率先提出了"斯学"研究界的经典问题:"中国热"(chinoiserie)在彼时欧洲蔚然成风,而斯威夫特的格列佛为何没去中国?

钱先生并未给出何种明确的解答。然而,50年代中期,"斯学"权威欧文·恩伦普瑞斯教授在论及坦普尔与《格列佛游记》的互文关联时却也曾一笔带过"中国"。[②] 受其启发,杰拉德·皮埃尔教授则于1975年接过话头,

---

[①] Qian Zhongshu, "China in the English Literature of the Eighteenth Century," in Adrian Hsia, ed., *The Vision of China in the English Literature of the Seventeenth and Eighteenth Centuries*, Hong Kong: The Chinese University Press, 1998, p. 122.

[②] 彼时恩伦普瑞斯教授的论述重心明显限定于其对"坦普尔—《游记》互文关系"的弗洛伊德式研究上,旨趣和标的并不在于斯威夫特的中国视域。这一点通过对比恩伦普瑞斯教授1956年的剑桥大学耶稣学院教授讲座和1983年出版的斯威夫特专论《斯威夫特:其人、其作与时代》(卷三)相应内容可见一斑。详见 Irvin Ehrenpreis, "The Origins of Gulliver's Travels," in A. Norman Jeffares, ed., *Fair Liberty Was All His Cry: A Tercentenary Tribute To Jonathan Swift*, New York: Macmillan St Martin's Press, 1967, pp. 207–209; Irvin Ehrenpreis, *Swift: The Man, His Works, and the Age*, Vol. 3, Cambridge, Massachusetts: Harvard University Press, 1983, pp. 455–458。

撰文《从摩尔庄园到中国：威廉·坦普尔爵士对〈游记〉的影响》("Gulliver's Voyage to China and Moor Park: The Influence of Sir William Temple upon Gulliver's Travels", 1975)，以更为细致的文本对读论析了坦普尔的中国趣味——尤其《论英雄德行》("Of Heroic Virtue", 1670，下文简称《德行》)第二部分对斯威夫特东方思维产生了"塑型性"影响。① 该文注重将英国汉学传统中的"坦普尔范式"，即《德行》一文所体现的"汉字书写特征""汉语的古老及纯粹性""东方政制优势""儒家思想与远古德行"等思想节点挪移至斯威夫特的《游记》中，力图在二者文本肌理之间做"英华趣味"（le goût anglo‑chinois）的对偶求证。皮埃尔教授之后，"斯学"中国关联研究寥寥可数，个别成果虽在文本范畴及理论深度上有所推展，② 但几乎依循着欧文—皮埃尔提出的"中国—坦普尔—斯威夫特"逻辑理路，近年此类研究不妨以斯通教授（Donald Stone）《斯威夫特、坦普尔、笛福与耶稣会士》一文为代表。③

须指出的是，在展开"斯学"中国关联研究时学者们多以坦普尔为中介策略，这在一定程度上是无奈之举。一方面，斯威夫特的庇护人坦普尔

---

① Gerald Pierre, "Guilliver's Voyage to China and Moor Park: The Influence of Sir William Temple upon Gulliver's Travels," *Texas Studies in Literature and Language*, Vol. 17, No. 2, 1975, pp. 429 – 432.
② 成桂明发表于《中国比较文学》2017 年第 1 期的《17、18 世纪英国"古今之争"与中国——以坦普尔和斯威夫特的中国书写为中心》一文"注释①"提供了一个较为详尽的斯威夫特中国关联研究清单。于其，我们还可以添加以下研究成果：John Robert Moore, "The Geography of 'Gulliver's Travels'," *The Journal of English and Germanic Philology*, Vol. 40, No. 2 (Apr., 1941), pp. 214 – 228; Arthur Sherbo, "Swift and Travel Literature," *Modern Language Studies*, Vol. 9, No. 3, Eighteenth‑Century Literature (Autumn, 1979), pp. 114 – 127; Dirk F. Passmann, "Chinese Transport in a Tale of a Tub," *Notes and Queries*, Vol. 33, No. 4, 1986, pp. 482 – 484; Anne Gardiner, "Swift on the Dutch East India Merchants: The Context of 1672 – 73 War Literature," *Huntington Library Quarterly*, Vol. 54, No. 3, 1991, pp. 234 – 252; Anna Neill, "Swift and the Geographers," *British Discovery Literature and the Rise of Globe Commerce*, New York: Palgrave Press, 2002, pp. 83 – 104; 蒋永影：《斯威夫特的中国趣味》，《读书》2019 年第 8 期，第 38 ~ 43 页。
③ Donald Stone, "Swift, Temple, Defoe, and the Jesuits," *Taiwan Journal of East Asia Studies*, Vol. 8, No. 2, 2011, pp. 313 – 336.

第四章 斯威夫特与国族秩序

被称为"第一位将中国政制体系奉为圭臬的英国政论家",[①] 他在17世纪英国汉学传统中的经典地位规约着此项研究的前结构。另一方面,斯威夫特对中国的涉及如钱先生所言"较为稀疏",[②] 且多集中于《游记》,较之同期其他作家研究(以笛福为例)难以顺利地提取系统的信息图谱。但不言而喻,"坦普尔中介策略"的逻辑预设——斯威夫特于坦普尔的中国趣味乃是"毫无保留"的"影响—接受"关系——在证据匮乏的情况下是脆弱且易受质疑的。[③] 实际上,钱先生在其短小精悍的锐评中已然提示:"尽管斯威夫特似未受(unaffected)坦普尔那富于传染性的'迷狂'(enthusiasm)的影响,他对中国的看法也并不坏。"[④] 此外,皮埃尔在前述文中也无意识地透露了一句:"除非我们假设斯威夫特是在讽刺坦普尔的中国趣味。但鉴于既往的学术成果,这种假设是毫无根据的。"[⑤] 然而,讽刺不正是斯威夫特的招牌吗?

据此,本节遵循钱先生的提示,假定坦普尔的中国趣味为次要或无关因素,而将斯威夫特对中国及东方的直观认知与书写置于彼时"游记文学传统"(Travel Literature Tradition)及政治地理学(géographie politique)视域下,进而试图探析"斯学"中国关联研究经典之问题背后的文化根源。

[①] Homer Woodbridge, *Sir William Temple: The Man and His Work*, New York: The MLA, 1940, p. 276.

[②] Qian Zhongshu, "China in the English Literature of the Eighteenth Century," in Adrian Hsia, ed., *The Vision of China in the English Literature of the Seventeenth and Eighteenth Centuries*, Hong Kong: The Chinese University Press, 1998, p. 121.

[③] 关于斯威夫特对坦普尔"影响焦虑"的意识形态反叛详见 A. C. Elias, *Swift at Moor Park: Problems in Biography and Criticism*, Philadelphia: University of Pennsylvania Press, 1982, pp. 160-197。亦可参拙文《"古今之争"与"离题话":被忽略的事件及文本》,《福建师范大学学报》2017年第1期,第105~110页;艾什莉·马绍尔(Ashley Marshall)教授在其新作《斯威夫特与历史》中亦频频指出坦普尔对斯威夫特影响研究的逻辑陷阱及其重估之必要。详见 Ashley Marshall, *Swift and History: Politics and the English Past*, Cambridge: Cambridge University Press, 2017, p. 6, pp. 55-60。

[④] Qian Zhongshu, "China in the English Literature of the Eighteenth Century," in Adrian Hsia, ed., *The Vision of China in the English Literature of the Seventeenth and Eighteenth Centuries*, Hong Kong: The Chinese University Press, 1998, p. 122.

[⑤] Gerald Pierre, "Guilliver's Voyage to China and Moor Park: The Influence of Sir William Temple upon Gulliver's Travels," *Texas Studies in Literature and Language*, Vol. 17, No. 2, 1975, p. 434.

一　游记文学传统中的中国

我们知道，16世纪以降，哈克路特、帕切斯及约翰·韦伯（John Webb）[①]等人修撰的游记在续接马可·波罗、鄂多立克、曼德维尔等人著述的同时，凸显了对"航海叙事"的转向。其人作品偕同远洋商人、探险家及来华传教士——尤其门多萨、柏应理、李明等人——的东方书写，为彼时欧洲的"中国热"与异域想象建构了文化地理学意义上的空间基础。或基于此，于17~18世纪，地形志、博物志（Natural History）和游记文学在英国愈发繁盛并形成不容忽视的文学传统，[②] 包括地图册（atlases）在内的各式文化产品成为书籍市场上发行量仅次于宗教著述的文学品类，乃至有"游记的白银时代"一说。[③]

其中，除去上文言及的哈克路特诸君著述外，丹皮尔船长（Captain William Dampier）的《环球航行记》（*A New Voyage Round the World*, 1697），约翰·哈里斯（John Harris）的《航行与游记全集》（*Navigantium atque Itinerantium Bibliotheca or, A Complete Collection of Voyages and Travels*, 1705），威廉·辛浦生（William Sympson）的《东印度游记》（*A New Voyage to the East Indies*, 1715）以及托马斯爵士（Sir Thomas Herbert）的《亚非行记》（*A Relation of Some Years Travel into Africa and Greater Asia*, 1634），外加制图师（cartographer）赫尔曼·毛尔（Herman Moll）的《地图册》（*Atlas Geographus*, 1708—1717）可谓彼时影响深远的游记文学代表。尤其值得指出的是，斯威夫特对游记文学的喜爱及对上述作品的熟稔，不仅较为整全地体现在他的阅读史及读书笔记中，更在《游记》对"辛浦生""丹皮尔"

---

① 斯威夫特可从坦普尔的图书收藏中获得丰富的东方学知识。而且，在斯威夫特去世后的图书拍卖清单中标有"第261项"五卷本《帕切斯的朝圣》（*Purchas, His Pilgrims*）及"第552项"《哈克路特游记》（*Hakluyt's Collection of Voyages by the English Nation*）。详见 Dirk Passmann and Heinz Vienken, *The Library and Reading of Jonathan Swift: A Bio-bibliographical Handbook*, Vol. 4, Frankfurt am Main: Peter Lang, 2003, pp. 186 – 215, p. 355, p. 362。
② James Sutherland, *English Literature of the Late Seventeenth Century*, Oxford: Clarendon Press, 1969, pp. 291 – 295.
③ Frederick Bracher, "The Maps in 'Gulliver's Travels'," *Huntington Library Quarterly*, Vol. 8, No. 1, 1944, p. 59.

第四章 斯威夫特与国族秩序

"毛尔""《三松地图集》"(84)频繁的互文指涉上可见一斑。[①] 这个意义上看，我们在以《游记》为核心介入"斯学"中国关联研究时，对游记文学传统此一大背景的考量便极其重要。

康士林(Nicolas Koss)教授在论及欧洲中古时期游记里的中国形象时，概括了"亲历""改写""转述"三类东方知识书写形态。[②] 然而，经由哈克路特发展至18世纪初期时，游记文学中的东方知识陈述已大有泥沙俱下的态势。对东方想象饥渴地补偿加诸帝国殖民扩张的竞争欲望，迎合时兴的"中国趣味"，悄然调控着文化出版的方向，并逐渐在游记文学中形成了较为固定的修辞策略和叙述惯例。亲历经验的缺位，二手材料来源的狭促和常识性缺陷并未影响帕切斯—坦普尔式转述者对中国形象(image)加以虚构(imagine)时的热情。这一点通过浏览彼时游记文学的总体风貌便不难发现：遥远的中国与神秘的东方作为吸引读者眼球的"天外的版舆"，[③] 充斥于彼时游记文学出版物的封面。不论是前述各大游记，还是稍后热销的《未刊游记大全》、[④]《波斯与东方国家行记》[⑤] 及《新编游记大全》，[⑥] 都在显著位置标示了中国、交趾中国(Cochin-China)、东印度及东方，并在前言中不厌其烦地申辩所录之事的"真实性"(bona fides)。

[①] 斯威夫特图书收藏中不乏多种语言的游记作品，其对游记的嗜好在青年时代即有所体现。此处涉及的游记作品不仅尽数体现于斯威夫特图书收藏与阅读史中，亦在密友托马斯·谢立丹的图书收藏中可见一斑。尤须指出，1725年斯威夫特造访谢立丹在魁尔卡(Quilca)居所的半年正是《游记》最终定型的关键时期。谢立丹游记收藏清单详见Dirk Passmann and Heinz Vienken, *The Library and Reading of Jonathan Swift: A Bio-bibliographical Handbook*, Vol. 4, Frankfurt am Main: Peter Lang, 2003, pp. 218–286。

[②] Nicholas Koss, *The Best and Fairest Land: Images in China of Medieval Europe*, Taipei: Bookman, 1999, p. 136.

[③] 曼德维尔：《曼德维尔游记》，郭泽民、葛桂录译，上海：上海书店出版社，2010，总序，第2页。

[④] John, Knapton, *A New Collection of Voyages and Travels, into Several Parts of the World, None of Them Ever before Printed in English*, Vol. 1, London, Gale ECCO, 1711, p. 1.

[⑤] John Smith, *A New Collection of Voyages and Travels, Never before Published in English. Containing a Most Accurate Description of Persia, and Other Eastern Nations*, Vol. 1, London, Gale ECCO, 1721, p. 1.

[⑥] John Churchill, *A Collection of Voyages and Travels, Some Now First Printed from Original Manuscripts, Others Now First Published in English*, Vol. 1, London, Gale ECCO, 1732, p. i.

然而，早期耶稣会士游记对东方风物"真实性"不断强调的文化策略，① 发展到斯威夫特时期，已然成为"古老的奇谈同当代观察违背常识的混合"。② 不难判断，斯威夫特时期游记文学中妄称的亲历真实与荒谬的天方夜谭背后涌动着彼时知识分子介入"古今之争"和"礼仪之争"时动机各异的复杂身影。世纪之交，英国思想界从"亲华"（Sinophilia）向"崇华"（Sinomania）的滑动趋向在欧洲内生思想秩序危机的背景下引发了范围更大、层次更深的论争——启蒙的文化秩序问题。③ 坦普尔的二手"中国学识"与笛福足不出户的"中国漫游"自然引来了威廉·沃顿等人的嘲讽。④ 但总体而言，彼时《游记》文学中的东方及中国书写，一直是我们讨论"古今之争""礼仪之争"乃至启蒙思想时容易忽视的向度。而且，在思想界及游记文学"东方话题"愈发喧闹并分殊的时代语境下，如果结合斯威夫特在"古今之争"中的暧昧态度，我们不难发现《游记》在遣用"真实性的僭称"（1、116、276）此一传统资源时，对彼时"狡诈"（guileful）的论辩士与"轻信"（gullible）的读者便多有嘲讽意味。

因而，我们一旦倚靠上述文化背景来探查《游记》便可以发现一个易被忽略的视点：《游记》书名的全称乃是《关于世界上一些遥远国度的旅行记录，共四部分，由勒末尔·格列佛撰写，他先是一名外科医生，后来成为几艘船的船长》（*Travels into Several Remote Nations of the World in Four Parts by Lemuel Gulliver, First a Surgeon, and then a Captain of Several Ships*）。其中，"遥远国度/地区"（remote nation/region）——于彼时语境中尤其指向东方与

---

① 李明和闵我明都在游记报道的前言中再三强调所述之事的真切，并为自己语言的平实无华而致歉；此一修辞惯例其实在哈克路特—帕切斯游记系统中便已较为常见。详见李明《中国近事报道》，郭强等译，郑州：大象出版社，2014，第12~15页；Dominic Navarette, "An Account of the Empire of China," in John Churchill, ed., *A Collection of Voyages and Travel*, Vol. 1, London, Gale ECCO, 1732, p. 105。

② G. V. Scammell, "The New Worlds and Europe in the Sixteenth Century," *The Historical Journal*, Vol. 12, No. 3, 1969, p. 391.

③ Eun Kyung Min, "China between the Ancients and the Moderns," *Eighteenth Century Theory & Interpretation*, Vol. 45, 2004, pp. 119-120. 或参洛夫乔伊《观念史论文集》，吴相译，北京：商务印书馆，2018，第127页。

④ William Wotton, *Reflections upon Ancient and Modern Learning*, London, 1694, p. 674. Retrieved from https://search.proquest.com/docview/2240982859.

第四章　斯威夫特与国族秩序

"南海"（the South Sea）——作为触发"新世界"想象与求知欲关联的"修辞惯例"，正是彼时游记文学出版物常见的标题格式。① 而作者身份从"随船外科医生"到"船长"的跳跃，及其所喻示的远洋航行的资本与权力回报，无疑又指证了彼时游记惯用的"殖民经济学逻辑"。此外，细心的读者还能发现《游记》两处常被忽视的关节。第一，附于正文前的"一封信"及"致读者"一再坚称所叙内容之"真实"与道德"教益"之目的，无疑讽拟了彼时《游记》的铺陈格式。第二，精心附于各卷卷首涵括大量航海术语与地理知识的四幅地图，作为文本机体不可或缺的要件，无疑提示着读者：即便不乏解构与戏仿彼时《游记》的诉求，这部读本在结构形态上首先仍旧是一部"游记"。因而，我们在关注《游记》的中国书写，进而归纳斯威夫特的中国趣味时，不能忽视其对《游记》修辞惯例及其生成动机的尖刻讽刺。

据此，学界既有研究的"文本类比"策略似有重审的必要。譬如，《游记》在论及"小人国"书写习惯时曾作如下描述：

> 他们写字既不象欧洲人那样从左而右，又不象阿拉伯人那样由右而左，也不象中国人那样从上而下，也不象加斯开吉人那样从下而上。他们却是从纸的一角斜着写到另一角，和英国的太太小姐们的习惯是一样的。（41）

学界一般持之为斯威夫特"中国关联"的经典片段，并指向斯威夫特对坦普尔《德行》相应文字的"微妙回应"。② 然而不能忽略的是，此类汉字书写特征的一般指涉在彼时游记散文论及中国风俗时并不罕见。例如，李明《中国近事报道》中便有关于汉字书写方式的记叙："不像我们的画家斜握画笔……中国人写字总是自上而下，在我们结束的地方开始写第一行字。"③ 前述赫尔曼·毛尔在《地理系统》（*A System of Geography*，1701）一书中对汉

---

① Arthur Sherbo, "Swift and Travel Literature," *Modern Language Studies*, Vol. 9, No. 3, Eighteenth-Century Literature, 1979, pp. 117–118.
② 蒋永影：《斯威夫特的中国趣味》，《读书》2019年第8期，第42页。
③ 李明：《中国近事报道》，郭强等译，郑州：大象出版社，2014，第171页。

字书写也有涉及："书写时，他们从纸张上端往下纵列书写，且并不像我们一样使用24个字母，而是以不可尽数的象形文字行文。"① 其实，通过语境判读，读者不难推论格列佛此处援引汉字书写规律，行文动机牵引的显然是作者对"英国的太太小姐们"书写习惯的嘲讽。

又譬如，卷一中小人国国王冗长且浮夸的头衔也常被引征，用以指向赫伯特《亚非游记》里关于中国皇帝头衔"无畏无惧，宇宙之主，太阳之子，大地灵长"的描述。② 然而，此类头衔描摹于彼时游记文学中同样不乏例数；且帝王或首长头衔与宇宙秩序的类比，在沃格林看来正是"帝国符号体系"③ 的基本结构特征，而非中国帝王称呼的特质。④ 笔者认为，就其令人忍俊不禁的威严性而言，小人国国王头衔凸显的宇宙权威影射的反而更像13世纪中叶在欧洲影响深远的蒙古大汗敕谕，⑤ 俯仰之间其反讽效果亦更为杰出。

再者，既有研究通常将《游记》卷四中慧骃国的"理性""道德"乃至"政制特征"牵连中国以作横向比较，也有得出"慧骃对理性的遵从与儒家如出一辙"⑥ 此类论断者。然而，滞留于概念层面的"慧骃国—中国"类比很容易被证伪。第一，格列佛在描述慧骃国语言特征时明确指出："它们的语言很能表达情感，那些词儿不用费很大的劲儿就可以用字母写出，那比拼写中国话还容易得多。"（213）如若意欲以慧骃国指喻中国，斯威夫特似无须再特地引出中国作为比照。第二，慧骃国民"根本不知道书籍或者文学是怎么回事"，（220）并且慧骃语言"词汇不很丰富"。（227）这自然与彼时

---

① Herman Moll, *A System of Geography*: *Or, a New & Accurate Description of the Earth in All its Empires, Kingdoms and States*, Vol. 2, London, Gale ECCO, 1701, p. 45. 中国汉字书写特征的相关论述亦可参 Sir Thomas Herbert, "A Relation of Some Years Travel into Africa and Greater Asia," London, Gale ECCO, 1634, p. 339; Dominic Navarette, "An Account of the Empire of China," in John Churchill, ed., *A Collection of Voyages and Travel*, Vol. 1, London, Gale ECCO, 1732, pp. 49–50。
② 蒋永影：《斯威夫特的中国趣味》，《读书》2019年第8期，第42页。
③ 沃格林：《以色列与启示》，霍伟岸、叶颖译，南京：译林出版社，2017，第416~432页。
④ 沃格林：《政治观念史稿（卷1）：希腊化、罗马和早期基督教》，段保良译，上海：华东师范大学出版社，2019，第228~238页。
⑤ 沃格林：《记忆：历史与政治理论》，朱成明译，上海：华东师范大学出版社，2017，第241~310页。
⑥ 蒋永影：《斯威夫特的中国趣味》，《读书》2019年第8期，第42页。

第四章 斯威夫特与国族秩序

各类游记反复渲染的中国文化传统形象大相径庭。第三，慧骃国的婚恋和教育观念，以及国民大会此一政制属性，（252~254）并不具备中国特征，加诸慧骃国民对"耶胡"的种族屠杀暴力史，（256）此类慧骃形象同彼时欧洲知识分子的中国想象相去甚远。实际上，参比之下不难指出，斯威夫特借《游记》指涉当时颇为流行的"高贵野蛮人"（noble savage）思潮，行文动机指向的应是欧洲文明批判与国族身份建构。① 至于《游记》中各国风俗特征的描摹，诸如音乐、语言、丧葬、宗教、政制，即便或有东方倾向，不外是对游记文学相关套路的讽拟，更因地形志特征——诸如动植物圈（the flora and fauna）及经纬度——的技术性丢失，很难证实地指向某一特定国度。②

地形志特征在文本中的抹除，使得《游记》所到之处的坐标相较于传统游记的精细化定位显得随意而散漫。③ 然须指出，斯威夫特在《游记》中刻意制造的地理混乱有着深刻的反讽价值。如前所述，英国的商贸、殖民欲望作为彼时游记文学重要的外部生成动机——哈克路特申明的"为了帝国的荣光"

---

① 欧美学界对慧骃"一切都受理性支配"（252）的"唯理主义"倾向、自然神论倾向以及乌托邦性质的社会体制一直多有批评。这个思路下，我们较难将"慧骃国"与中国形象关联在一起。"慧骃理性"批评可参 Claude Rawson, *God, Gulliver, and Genocide*, Oxford: Oxford University Press, 2007, pp. 256 - 266; Claude Rawson, *Swift's Anger*, Cambridge: Cambridge University Press, 2014, pp. 26 - 46; Heather Keenleyside, *Animals and Other People: Literary Forms and Living Beings in the Long Eighteenth Century*, Philadelphia: University of Pennsylvania Press, 2016, pp. 91 - 92. 关于慧骃及耶胡的资料来源和指涉可能可参 Denver Baughan, "Swift's Source of the Houyhnhnms Reconsidered," *ELH*, Vol. 5, No. 3, 1938, pp. 207 - 210; Arthur Sherbo, "Swift and Travel Literature," *Modern Language Studies*, Vol. 9, No. 3, Eighteenth - Century Literature, 1979, p. 123。
② 斯通教授曾认为渺小的"小人国"正是庞大中国的翻转，"大人国"也指代中国（详见前揭文 Stone, p. 324）。然而，彼时行销的世界地图关于中国及中国海岸线已有明确信息，并且格列佛明确指出"小人国"风暴发生地为塔斯马里亚岛西北部（30°02′S），而后遭遇北风最终搁浅，因此并无可能漂向中国。（5）同时，"大人国"部分的风暴更是使得"船上最年老的水手也说不清我们那时是在世界的哪一部分了"。（68）依照布拉彻和莫尔教授的地图考据，笔者并不同意斯通教授的论点（详见前揭文 Bracher, p. 72; Moore, p. 217 - 218）。
③ 《游记》中的地图、坐标及航线前后多有矛盾与讹误。据学者布拉彻（Frederick Bracher）考据，《游记》中的四幅地图或出自版商之子安德鲁·图克（Andrew Tooke）对毛尔1719年行销的"新版世界地图"（"A New & Correct Map of the Whole World"）的翻刻，笔者比对之后发现确实如此。详参 Frederick Bracher, "The Maps in Gulliver' Travels," *Huntington Library Quarterly*, Vol. 8, No. 4, 1944, p. 63. 美国国会图书馆藏有"新版世界地图"的高清版本，https://www.loc.gov/resource/g3200.mf000001/。

和笛福—鲁滨逊强调的"主权宣示的义务"不失为代表——决定了游记文学中东方及中国形象建构的政治地理学特征。这尤其体现在彼时各类书写中"国家—君主—船"的关联譬喻上：① 秘密航线的开发作为国家主权四处扩张与维系内政秩序的无形之手，在延展、填补世界地图空缺之处的同时也激发着每一位探险家的征服欲。这种外遣的政治欲望甚至在约翰·多恩的爱情小诗《早安》（Good-Morrow）中都不乏体现：让航海探险者向新世界远游/让无数的世界舆图将他人引诱。② 有趣的是，斯威夫特多年之后在《论诗》（On Poetry: A Rhapsody, 1733）中对多恩语义复杂的探险欲望奇喻（conceit）作出了回应：

> 所以探险家在非洲地图上
> 于空缺之处填满野人形象
> 又在无人居住的阔地上空
> 补上大象来表示人满为患③

这样看来，《游记》结尾处格列佛违背英国臣民报告所发现之领土并宣示主权的职责，④（278~279）还奉劝人们打消侵占处女地的念头便愈发耐人寻味起来。⑤ 斯威夫特苦心孤诣地让格列佛在时新的世界地图及航线图的

---

① 林国华：《在灵泊深处：西洋文史发微》，北京：北京大学出版社，2014，第 328~331 页。
② John Donne, *The Complete Poetry of John Donne*, John Shawcross, ed., Garden City, N. Y.: Anchor, 1967, p. 89.
③ Jonathan Swift, *The Complete Poems*, Pat Rogers, ed., New Haven: Yale University Press, 1983, p. 526.
④ 对斯威夫特影响深远的哈林顿《大洋国》（*The Commonwealth of Oceana*）一书在论及"大洋国"青年教育时，有一处值得玩味的细节："如果任何青年人或者国人因办事、游乐或深造之故意欲出国……每位青年旅行归国后须向监察官提交一篇自己撰写的论文，说明其所游历之列国（或几国中某一国家）国体与政制特征。"几页之后，哈林顿又将吕库古（Lycurgus）的旅行阅历与治术联系在一起。鉴于慧骃国与大洋国的精密互文关涉，斯威夫特此处让格列佛"虚假汇报"便尤其意味深长。详见 James Harrington, *The Commonwealth of Oceana and a System of Politics*, J. G. A. Pocock, ed., Cambridge: Cambridge University Press, 1992, pp. 191-192, p. 199。
⑤ 友人阿巴思诺特致信斯威夫特时曾言及彼时一位热心于帝国海外事业者，在看过《游记》之后第一时间冲向世界地图，意欲确定格列佛"新发现"的坐标。详见 F. Elrington Ball, *The Correspondence of Jonathan Swift, D. D.*, Vol. 3, London: G. Bell & Sons Ltd., 1912, p. 358。

空白处找好位置,"填补"① 出侏儒、巨人、不死族,飞岛、慧骃、亡灵对话等风俗画卷,然后一本正经地向英国政府"汇报"新发现。他在嘲弄彼时游记文学荒诞不经的"海客瀛洲奇谈"之余,讽刺的大概更是"东方叙事"背后不甚光彩的政治欲望。

关于中国书写,文本中还有一处关节值得注意。整部《游记》唯独卷三"日本场景"没有涉及中国,且从游记角度而言,该卷两处"日本场景"也是全书最为真实可信的桥段。1707年5月1日,格列佛从印度东南部港口圣何塞出发前往越南东京(Tonquin, Đông Kinh, 今河内地区),随后按照彼时由西至东进入中国的标准航线"东—北—东"方向航行,却不幸在南中国海区域被日本海盗俘获并被流放至"飞岛国"。(138~140) 1709年6月9日,长途跋涉后的格列佛抵达长崎,若遵循游记惯例,此时是他最有机会且最应该踏上中国土地的时刻。这个节骨眼上,格列佛偏偏登上了荷兰人的"安波伊纳号"(Amboyna)返程,并以"旅途中没有发生什么值得一提的事情"(203)一语结束航程。最为抵近中国的时候,中国却意外缺席,这是否是斯威夫特对游记文学中庞杂不堪的"中国叙事"一次别出心裁的反讽呢?

二 政治地理学视域中的中国

这个问题还有必要从斯威夫特《游记》之外的中国指涉来考察。② 1704年,在作为突破英国"古今之争"历史僵局关键文本的《木桶的故事》中,叙事者不无嘲讽地提请"令人尊敬的东方传教团牧师们"注意,纯粹为了他

---

① 值得注意的是,较斯威夫特早生约一个世纪的托马斯·布朗爵士(Sir Thomas Brown)在参与"上帝为人类方便才创造万物"的"目的论"论争时曾指出:"美洲的猛兽及有害动物甚多,可是就缺必不可少的马匹,是十分奇怪的。"(详见诺斯洛普·弗莱《诺斯洛普·弗莱文论选集》,北京:中国社会科学出版社,1997,第237页)美洲原无马匹,后由欧洲人带去("填补")。我们不妨大胆推测,对布朗作品颇为熟稔的斯威夫特设计慧骃国"人马颠倒"的秩序结构时,脑际盘桓的或许正是布朗爵士曾经的疑问。
② 斯威夫特笔下中国话题的直观呈现相较坦普尔、笛福等人确实如钱先生所言"极为匮乏",但由下文论述可见,笔者并不同意钱先生"其涉笔中国之处似也显示他对彼时的中国书写不甚熟稔"(do not presupposed much acquaintance with writings on this subject)此一论断。详见 Qian Zhongshu, "China in the English Literature of the Eighteenth Century," in Adrian Hsia, ed., *The Vision of China in the English Literature of the Seventeenth and Eighteenth Centuries*, Hong Kong: The Chinese University Press, 1998, p.122。

们，为了提高全人类的道德与智识水平，叙事者才使用了同东方语言——尤其是汉语——互译性较强的词句。随后，叙事者展开了一段戏仿"航海叙事"的论述：

> 彼得大人的第一件事就是购买了一片广阔的大陆，该大陆最近据说是在南方某地发现的。他花很少的钱从发现者（当然有人怀疑那些发现者是不是到过那里）手里购得这片土地，然后把它分成几个区，零售给几个买主。他们去接管殖民时，全在路上遭遇海难。彼得大人再次把上述大陆卖给其他顾客，然后一而再、再而三地如此，屡试不爽。①

接着，在遵照游记作家惯例坚称自己所述之事的"真实性"后，彼得大人谈及轻盈到可以在山峦上空行驶的中国加帆车（Chinese Wagons）②并作如下评论："天呐，那个神奇之物是哪儿来的？老天作证，我看到一座石头砌成的房子在海洋和陆地上空行驶，除了偶尔停下来歇歇脚，足足飞了两千里格远。"③ "中国风物—新荷兰—游记文学传统"三者隐幽却牢固的逻辑关联分明提示读者，多年后《游记》中"格列佛式的真实"与"飞岛国"的创作灵感或许发源此处。并且，在这段话中，读者尤须注意的是"未知的南

---

① 斯威夫特：《图书馆里的古今之战》，李春长译，北京：华夏出版社，2015，第136页。"新荷兰"（"Terra Australis incognita"）此一文本关节，中译本皆作字面理解译为"南方某地"。"剑桥本"见 Jonathan Swift, *A Tale of a Tub and Other Works*, Marcus Walsh, ed., Cambridge: Cambridge University Press, 2010, p. 69.

② 关于彼时"中国加帆车"形象的普遍流传及17~18世纪英国读书人的中国知识，杨周翰先生《弥尔顿〈失乐园〉中的加帆车——十七世纪英国作家与知识的涉猎》一文有极为精彩的论述；而关于斯威夫特对文学传统中的加帆车形象的挪用，帕斯曼教授也有独到论断，可参杨周翰《弥尔顿〈失乐园〉中的加帆车——十七世纪英国作家与知识的涉猎》，《外国文学》1981年第4期，第62~71页；Dirk F. Passmann, "Chinese Transport in *A Tale of a Tub*," *Notes and Queries*, Vol. 33, No. 4, 1986, pp. 482–484，此处不复赘言。杨周翰先生提到的奥特利乌斯（Ortelius）《舆地图》"加帆车"插图详见 Abraham Ortelius, *Theatrum Orbis Terrarum Abrahami Ortell Antuerp*, *Geographi Regii*, London: Printed by the Officina Plantiniana and Eliot's Court Press, 1608, pp. 106–107.

③ 斯威夫特：《图书馆里的古今之战》，李春长译，北京：华夏出版社，2015，第143页；Jonathan Swift, *A Tale of a Tub and Other Works*, Marcus Walsh, ed., Cambridge: Cambridge University Press, 2010, p. 77.

第四章　斯威夫特与国族秩序

方大陆"（Terra Australis incognita）这块神秘土地在彼时欧洲各国——尤其是英国与荷兰——商业竞争与政治角力过程中的刺激作用。因而，《故事》中还有一处关于"Terra Australis incognita"的细节值得指出：扉页处，斯威夫特戏仿出版惯例添加了不少"即将出版"的作品名录。其中《新荷兰要人英格兰行记》（*A Voyage into England, by a Person of Quality in Terra Australis incognita*）题名里的"新荷兰要人"指向的应是《故事》附录《论圣灵的机械运转》（*A Discourse Concerning the Mechanical Operation*）一文中假托的新荷兰才子学会（Beaux Espirts in New-Holland）友人。总体来说，文本续接了《书战》对"学识狂热"与"宗教狂热"的批评态势，并有一处颇为关键的指涉论及中国：

> 世界上所有的国度和时代只对一类心境或精神状态有过一致意见，即"狂热"症或"迷狂"（enthusiasm）症。……此症在历史上引发的变革次数最多，那些阿拉伯通、波斯通、印度通、中国通、摩洛哥通和秘鲁通们不久也会明白这一点。此外，这种症状在知识王国有很大权力，很难指出哪一种学问或学科不包含某个"狂热"分支。[①]

紧接其后，斯威夫特戏仿美里克·卡索朋（Meric Casaubon）的《论迷狂》（*Treaties Concerning Enthusiasm*, 1655）论述了三类"迷狂"的成因与性状。而正是此处，"荷兰—坦普尔—中国通—学识狂热"的微妙映射形成有趣的回环。因为我们知道，彼时坦普尔对中国的"迷狂"姿态在英国"古今之争"中已然明晰，而其赴任荷兰特使期间获取的东方学识又与荷兰东印度公司有千丝万缕的联系，以上种种不禁让人将他与"新荷兰要人"联想在一起。毕竟，正是坦普尔曾在《杂集》（*Miscellanea*, 1690）卷二《论诗》（On Poetry）一文中感慨万千："真是可惜，我们的博物志或奇谈杂录竟未收集那些搜练古今、博采深奥之人的高论，比如卡索朋那颇有教益的关于'迷狂'的论文。……对芸芸众生与饱学之士都可谓大有裨益，既可以防止公序

---

① 斯威夫特：《图书馆里的古今之战》，李春长译，北京：华夏出版社，2015，第225页。

的崩坏又能够挽救千万或自欺或欺人者的无辜性命。"① 斯威夫特作为坦普尔文学秘书及著作编者,自然不会忽略此类显著的关联:"人类公益"的妄称与《故事》对东方传教团的"公益"指涉如出一辙,无疑可以勾连《游记》中格列佛声称的"教导人类"的道德动机。(278) 此外,我们若再结合《书战》中"古人山"遮挡"现代派的东方视线",以及后者意欲将之削低至"适宜的高度"一事,② 斯威夫特对坦普尔及耶稣会士的东方学识和"动机不纯"的中国"迷狂"便不仅仅是揶揄这么简单了:坦普尔对古典性的过分推崇使他追寻耶稣会士走向了对东方德行的"迷狂"。然而,在斯威夫特看来坦普尔那颇有荷兰背景的东方学识或许并不能重整不列颠的心灵秩序。不但如此,坦普尔及耶稣会士的东方"迷狂"③ 反倒令他多了几分格列佛、彼得大人及"新荷兰才子"的"疯狂"特征。④

当然,在斯威夫特笔下,耶稣会士与荷兰探险家的东方舆图、风俗情报与接踵而至的海权扩张之间还隐含着一层殖民竞赛的因素。1606 年,供职于荷兰东印度公司的詹森(Willem Janszoon)乘"杜伊夫肯"(Duyfken)号第一次踏上了"新荷兰"这块处女地。之后,欧洲的投机者、制图师便将目光聚焦"南海"这块偌大的空白地。作为美洲之后的"新大陆"与更靠东边的东方,"新荷兰"旋即成为资本与权力角逐的风暴中心。但事关殖民竞赛与商业机密,"未知的南方大陆"(Terra Australis incognita)航线与区域图直至 1644 年才逐渐不完整地出现在地图册中,并被"新荷兰"(New-Holland)代称。此后,荷兰在中国及东亚地区的商贸霸主地位持续了一个半

---

① Sir William Temple, *Miscellanea*, *II*, Jonathan Swift, ed., London: Printed for Benjamin Tooke, 1701, p. 6. 彼时欧洲知识分子关于"enthusiasm"多有讨论,且与"自然神论""理性哲学""政制之争"等话题不乏交互。彼时该词语义特征较为繁复,且常与"passion""zeal""fever""fanatic"等词列比,中译多取"热情""热忱""狂热",本文遵从李春长教授,译为"迷狂"。此处可结合参看沙夫茨伯里 1708 年匿名发表《论狂热的一封信》("A Letter Concerning Enthusiasm")所引发之论争及坊间盛传作者即为斯威夫特一事。

② Jonathan Swift, *A Tale of a Tub and Other Works*, Marcus Walsh, ed., Cambridge: Cambridge University Press, 2010, p. 144.

③ Frank Boyle, "China in the Radical Enlightenment Context of the English Battle of the Books," *The Eighteenth Century*, Vol. 59, No. 1, 2018, pp. 4–7.

④ A. C. Elias, *Swift at Moor Park: Problems in Biography and Criticism*, Philadelphia: University of Pennsylvania Press, 1982, pp. 179–183.

第四章 斯威夫特与国族秩序

世纪之久。而"南海"霸权角逐中落于下风的英国人须待到1770年,在科克船长(Lt. James Cook)的带领下才能一睹"新大陆"真容。①

我们再回看《游记》卷四第十一章中斯威夫特让格列佛在离开慧骃国返程时,特地漂流至新荷兰并发表如下高论:

> 这证明我长期以来的一贯看法是正确的:一般的地图和海图都把这个国家的方位弄错了,地图上它的方位至少比它实际的位置向东移了三度。许多年前我曾跟我的好友赫尔曼·毛尔先生谈过我的看法,并且向他提出了我的理由,但是他却相信别的作家的说法。(269)

其中,"过度向东"的指涉或许提示了《游记》航海叙事所包裹着的复杂文化意蕴。鉴于斯威夫特一贯的反荷立场,"这别的作家"指向的大概也是荷兰游记作者。这样看来,在最有机会寻访中国的"日本场景"中,斯威夫特让格列佛伪装成荷兰人登上"安波伊纳号",此举掩映下的英—荷殖民、政治、宗教角逐此一大虚景也便渐渐明晰起来:1623年,印尼群岛香料贸易与殖民竞赛中,荷兰人在安汶岛(Amboyna)曾屠杀百余名同为清教徒的英国商人,此事传回伦敦后震惊朝野并引发两国战火。此后,"Amboyna"成为"战时文学"(1672—1673)英国作家不断调用的民族情感符号和爱国象征词语。据此,加德纳教授认为在《游记》卷三头尾两处"日本场景"中,当斯威夫特借格列佛之口痛斥荷兰人作为"基督兄弟反倒不如一位异教徒来得仁慈",(139)为维护在中国及日本的贸易垄断地位而抛弃宗教信仰时,(201~202)他不过是在调用"战时文学"的传统修辞策略罢了。②

---

① Http://www.duyfken.com/duyfken-original/dutch-put-australia-on-the-world-map/.
② Anne Gardiner, "Swift on the Dutch East India Merchants: The Context of 1672-73 War Literature," *Huntington Library Quarterly*, Vol. 54, No. 3, 1991, pp. 236-247; Robert Markley, *The Far East and the English Imagination*, *1600-1730*, Cambridge: Cambridge University Press, 2009, pp. 264-265. 值得注意的是,笛福在《鲁滨逊漂流续记》中,让鲁滨逊在离开越南东京后,同样以"东—北—东"航线进入了中国,其间荷兰武装商船及安汶岛屠杀给鲁滨逊带来的恐惧可谓溢于言表,斯威夫特此处对笛福不无戏仿的意思。详见 Daniel Defoe, *The Farther Adventures of Robinson Crusoe*, London: Printed for W. Taylor, Gale ECCO, 1719, pp. 245-254。

加德纳教授所言非虚,但其或许忽略了斯威夫特借"践踏十字架"一事影射"礼仪之争"的深意。文本中,当日本天皇得知格列佛不愿履行"践踏仪式"后随即表示:"他说他相信我是第一个不愿意履行这种仪式的荷兰人,因此他怀疑我不是一个真正的荷兰人,他更加怀疑我是不是一个基督徒。"(202)原文为"the first of my Countrymen who ever made any Scruple in this point",[1] 嘲讽之余,"顾虑"(Scruple)一词又尤为关键。要知道,17世纪以来,特别是"三十年战争"(the Thirty Years' War,1618—1648)之后,伊比利亚传教势力(Iberian authorities)的衰弱使得耶稣会士同法国王室走向联合,而耶稣会士在后者资助下传回大量关于中国优越性的著述,加速了"亲华派"的崛起。另外,彼时各类东方传教团体面临的首要问题又是基督"普世主义"如何对中国传统文明——尤其儒家思想加以"适配"的问题:譬如,坦普尔便曾表示,"武加大本"或须因耶稣会士卫匡国"中国编年"的面世而有所调整,以便不与中国历史相冲突。[2] 但来华耶稣会士所采取的文化策略在"冉森派"(Jansenist)、加尔文宗看来,不仅毫无"顾虑",更不乏走向异端的危险。[3] 作为领圣俸长达50年的国教牧师及教会利益坚定的维护者,斯威夫特自然对随"中国热"而来的"礼仪之争"多有"顾虑"。"礼仪之争"裹挟着的自然神学倾向等反正统思想,为英国启蒙哲学与宪政改革提供了"建构性"的思想及话语资源;而斯威夫特对此类"建构性使用"之于基督教根基的破坏性撼动是不会无动于衷的。[4]

值得指出的是,约半个世纪后,约翰逊博士在《英国诗人传》中曾论及斯威夫特:"他有张泥泞的脸,即便他以'东方人般的谨慎'(oriental

---

[1] Jonathan Swift, *Gulliver's Travels*, Paul Turner, ed., Oxford: Oxford University Press, 1986, p. 218.

[2] William Temple, *The Works of Sir William Temple, Bart*, Vol. 3, New York: Greenwood, 1968, p. 447.

[3] Ho-Fung Hung, "Orientalist Knowledge and Social Theories: China and the European Conceptions of East-West Differences from 1600 to 1900," *Sociological Theory*, Vol. 21, No. 3, 2003, pp. 262-264.

[4] 斯威夫特的遗稿中有一段注释涉及了来华传教士(Chinese missionaries),表现出其对"礼仪之争"中"基督神性"论争的顾虑。详见 Irvin Ehrenpreis, *Swift: The Man, His Works, and the Age*, Vol. 3, Cambridge, Massachusetts: Harvard University Press, 1983, pp. 78-79。

scrupulosity）去清洗也无济于事。"① 其实，我们不妨将博士的双关反讽——"东方人般的谨慎"与"东方（宗教）多虑症"联系在一起，进而解释博士对斯威夫特那令哈罗德·布鲁姆颇感困惑的"不公态度"。② 博士大概在讽刺保守主义者斯威夫特阴沉的文化面庞与狭隘的宗教胸襟。然而更为讽刺的是，对中国多有涉猎且经历启蒙思潮洗练的约翰逊博士，其人对中国思想文化特质的态度与把握，如范存忠先生所言却也是"带着个性偏狭特质、褒贬兼具的危险的结合"，是"对真相杰出的歪曲"。③ 三位博士若能会面，不知斯威夫特博士对此做何感想。

三 小结

1626 年，在作为斯威夫特中国知识主要来源的《亚非游记》中，赫伯特曾写道："中国居于亚洲东缘，乃是富庶与雄大之帝国，颇有声誉却极少被了解。其人对异域人士的嫉妒与无礼（他们奉行'尺铁不出，尺板不入'的禁海政策）应是主要肇因。"④ 正是在构思《游记》的 1720 年，斯威夫特对此书录有批语："如剥去无关之处、狂想（Conceitedness）及恼人的游谈，此书能少个三分之二篇幅，也就不妨一看。"后又补录："作者晚年出了新版，增补了不少让人更加难忍受（insufferable）的材料。"⑤ 斯威夫特难以忍受的，或许是该书"中国部分"结尾处的"狂想"："人类的心灵如星宿列

---

① Samuel Johnson, *The Lives of the Poets, A Selection*, Roger Lonsdale, ed., Oxford: Oxford University Press, 2009, pp. 341 – 342. 须提请注意的是"scrupulosity"一词在彼时已有很强的宗教心理特征指涉意味。
② 布鲁姆：《影响的剖析》，金雯译，南京：译林出版社，2016，第 148 页。约翰逊博士对斯威夫特总体而言过于苛刻的态度同样令鲍斯韦尔困惑不解，详见 Jonathan Swift, *The Critical Heritage*, Kathleen Williams, ed., London and New York: Routledge, 2002, pp. 204 – 205。
③ Fan Cunzhong, "Dr. Johnson and Chinese Culture," in Adrian Hsia, ed., *The Vision of China in the English Literature of the Seventeenth and Eighteenth Centuries*, Hong Kong: The Chinese University Press, 1998, p. 264, p. 279.
④ Sir Thomas Herbert, *A Relation of Some Years Travel into Africa and Greater Asia*, London, EBBO, 1634, p. 336. Retrieved from https://search.proquest.com/docview/2240914934.
⑤ Jonathan Swift, *Miscellaneous and Autobiographical Pieces Fragments and Marginalia*, Herbert Davis, ed., Oxford: Basil Blackwell, 1962, p. 243.

张指向四极八荒/那些意欲旅行的人啊，记得处处以雅努斯装饰自己的脸庞。"① 无独有偶，1734年六七月间，斯威夫特密友博林布鲁克子爵在写给他的一封信中以孔孟二贤的"经世致用"之道论证了"知"与"行"的伦理关系。子爵颇为辩证地讨论了"基于错谬的中介与遥远的距离而极为不可靠"但仍旧大有作为的"人类心灵"。② 可惜斯威夫特并未回复此信，我们不能得知其对孔孟之道这个"中介"的直观看法。但在前引《论诗》中，斯威夫特实则已经隐隐约约地给出了答复，"人类心灵"（human mind）不过是兽欲虚妄的美称，反讽对照之下那"令鞑靼人与中国人跪地求饶"③ 的英王，反倒更像是沐猴而冠的"耶胡"。

在《游记》中，格列佛不无自豪地拒绝透露"新大陆"的坐标并痛斥殖民列强的吃人行径。然而，不过一行文字他便话锋一转，反身歌颂"英国人在开辟殖民地这件事上所表现的智慧、小心和正义；在促进宗教、学术的发展方面所表现的充分才能都可以成为全世界的典范"。（280）两个半世纪后，英国地理学者麦金德（Halford Mackinder）在其政治地缘学说中将这段话压缩成了"讲公道的野兽"一语。④ 殖民动机作为内政秩序与危机的海权延伸，自然与上至英王下抵"南海公司"股票认购者的千万英国人紧密关联。在"人类心灵"的东西比较过程中，对学识乃至宗教论争的双向探查中，斯威夫特警惕并讽刺的除了彼时游记泛滥成灾的"东方狂想"外，自然还包括欧洲人"travel to"⑤ 新世界此一浪潮背后充满血腥味的殖民欲望。毕竟，彼时文学产品对东方及中国形象的"镜像与幻象"二维建构，确实难免

---

① Sir Thomas Herbert, *A Relation of Some Years Travel into Africa and Greater Asia*, London, EBBO, 1634, p. 341. Retrieved from https://search.proquest.com/docview/2240914934.
② F. Elrington Ball, *The Correspondence of Jonathan Swift*, D. D., Vol. 5, London: G. Bell & Sons Ltd., 1913, pp. 76 - 78. 1735年9月13日，友人巴瑟斯特勋爵（Lord Bathurst）在写给斯威夫特的信中曾戏言后者不仅在中国人尽皆知，著作备受尊崇，地位仅次于孔夫子，还是中国人认为唯一值得阅读的欧洲作家。详见所引书第223~234页。
③ Jonathan Swift, *The Complete Poems*, Pat Rogers, ed., New Haven: Yale University Press, 1983, pp. 533 - 534.
④ 麦金德：《民主的理想与现实》，武原译，北京：商务印书馆，1965，第59页。
⑤ 戴从容：《人类真的是耶胡吗？》，上海：上海三联书店，2019，第204页。

于地理大发现时代新型政治秩序的多方因素制约。①

总而言之，斯威夫特对中国器物与风俗、思想及文化的涉猎虽则零散却贯穿一生。② 对他来说，以技艺、政体、历史、语言③及思想传统的古典性而著称的中华文明自然不乏崇高之处；他也追赶时髦，对东方风物诸如武夷茶叶、日本书桌、中国瓷器多有青睐。④ 但斯威夫特的中国书写，与其说指向宏观的"亲华"或"厌华"情结，毋宁说指向极其具体而狭促的文化语境——譬如"礼仪之争"与英荷"南海"殖民竞赛——并主要作为批评中介指向他的"政治母亲"。而我们也只有跳脱"非亲即厌"的二元结构并以"操演性视角"⑤ 围拢他的中国书写，其笔下中国形象的深层动机与所体现的基本态度才能更加明晰。因为，彼时学者无论如坦普尔，对中国形象与思想特征非历史地取用，还是如笛福，基于二手材料对中国形象加以恶意的歪曲，不外是西方借"他者"形象围绕"另一个版本的中国"展开的主体文化建构。⑥ 前者培育的是"不真实"的"迷狂"，后者则滋养了不必要的仇恨。并且，彼时欧洲知识分子对中国乃至"新世界"的观照，远不能如赫伯特所言"戴着雅努斯的双向面孔"，支撑起"去主体"的客观性。也正是深知"人类心灵"自省及理性思辨能力的局限，并无法跳脱于所嘲讽之事，斯

---

① 刘小枫：《地理大发现与政治地理学的诞生》，《甘肃社会科学》2018 年第 5 期，第 69 页。
② 1737 年 4 月 9 日，愈发昏聩衰朽的斯威夫特复信谢立丹，在推辞后者的邀访时表示："要我去卡汶（Cavan）玩就好比我现在能航行去中国，或者去新市场（Newmarket）赛马呢。"这是现存文献中斯威夫特对中国的最后一次指涉。格列佛的未竟之旅，老年斯威夫特竟以奇想的方式言及、着实耐人寻味。详见 F. Elrington Ball, *The Correspondence of Jonathan Swift*, D. D., Vol. 6, London: G. Bell & Sons Ltd., 1914, p. 5。
③ 斯威夫特在《关于矫正、改进并厘定英语的建议》一文中曾论及汉语的历史悠久："中国人仍旧使用大约两千年前的语言来写书，鞑靼不断的入侵也未曾改变过他们的语言。"详见 Jonathan Swift, *Parodies, Hoaxes, Mock Treatise*, Valerie Rumbold, ed., Cambridge: Cambridge University Press, 2013, p. 137。
④ Irvin Ehrenpreis, *Swift: The Man, His Works, and the Age*, Vol. 2, Cambridge, Massachusetts: Harvard University Press, 1967, p. 140, p. 300.
⑤ Stefan Jacobsen, "Chinese Influences or Images?: Fluctuating Histories of How Enlightenment Europe Read China," *Journal of World History*, Vol. 24, No. 3, 2013, p. 627.
⑥ Eugenia Zuroski, *A Taste for China: English Subjectivity and the Prehistory of Orientalism*, Oxford: Oxford University Press, 2018, p. 7. 亦可参看刘耘华《欧洲启蒙思想与中国文化有何相干？——就一个学界热点问题回应张西平先生》，《国际比较文学（中英文）》2019 年第 3 期，第 439 页。

威夫特在《论边境条约》中仍旧"虚构"（imagine）了一位中国读者作为"他者之镜"，但并不再僭称任何"真实性"；[1] 毕竟"动荡的河水映出来的丑陋影像（image），不但比原物大，而且更加丑陋"。（233）从这个意义上看，斯威夫特没有让格列佛寻访中国，或许是他对彼时游记文学与启蒙话语中加上滤镜的"中国叙事"的双重反讽。

---

[1] Jonathan Swift, *English Political Writings: 1711 - 1714*, Bertrand Goldgar and Ian Gadd, ed., Cambridge: Cambridge University Press, 2008, p. 124.

结　论

晚年的斯威夫特饱受美尼尔综合征的侵扰，重度头昏、耳鸣致使的眼花和失聪以及与之俱来的剧烈痛苦让他成为充满戾气的怪老头。母亲及相伴多年的女友艾舍·约翰逊（Esther Johnson，即"斯特拉"）去世后，他便长久地蜗居在都柏林圣帕特里克教堂的寓所之中，终日通过散步、骑马以消除痛苦。除了间或聊以诗作及走访友人排遣悲怀之外，只有与在伦敦文学界"涂鸦社"集团文人通信之时，其思想锋芒才尖锐如初：他对友人偶然投递而来的英格兰政治事务仍旧热心。但热心归热心，18世纪30年代之后，他的胸怀愈发地收束在生养他的爱尔兰土地内，关注的多是本地政治及宗教事务。然而，1738年8月他致信蒲柏及博林布鲁克时突然表示："我开始记不住事情了，持续一年多的耳聋带来的剧痛也让我无法与人交谈。"[1] 英雄开始急遽地衰老。曾经辉煌一时的"伦敦时期"（1710～1714年）只剩淡淡的一个照影，余晖一样洒在了1742年。那一年，在宿敌华尔波尔下台后，斯威夫特买了一架私人马车绕城庆贺。从这个颇为"幼稚"的举动上我们不难想见这位每年生日都柏林全城都鸣钟焰火、奔走相告以庆其康寿[2]的爱尔兰英雄其时早已垂垂老矣，甚至他都认不得身边至亲之人了。1745年10月19日，完全丧失记忆、语言能力并因水肿被开颅抽水且剜出过一只眼睛的乔纳森·斯威夫特过世，除纪念品外其所有财产用以建造都柏林市的第一座疯人院。

---

[1] F. Elrington Ball, ed., *The Correspondence of Jonathan Swift, D. D.*, in 6Vols, Vol. 6, London: G. Bell and Sons Ltd., 1914, p. 94.
[2] Irvin Ehrenpreis, *Swift: The Man, His Works, and the Age*, Vol. 3, Cambridge, Massachusetts: Harvard University Press, 1983, p. 848.

乔纳森·斯威夫特研究：秩序的流变与悖反

要对时隔三个世纪前的某个人物做出全面评判进而得出牢靠的结论，如何而言都是困难的。即便在史料充足的条件下，任何结论都可以严苛地被评判为"轻率"——史料亦是在历史时空中被逐步重拾/重塑起来的。对特定历史事件及其环境的同情心和理解力一端规约着史料编撰者（包括作为信件撰写者的斯威夫特本人），而另一端特定意识形态（复数）的历史压迫往往又以政治无意识的"极端"方式掣肘着参与者，遑论当事人时常兜兜转转之后又落入"诗心与史德"此一难逃的文人宿命之中了。因而，基于具体的史料得出某种结论往往不如基于史料再比照某个时代背景从而得出结论来得稳妥：把个人的殊相放到时代（无数个人合力而成）的殊相中去找他们"共有的特殊性"（如果有的话），如此参校之后再得出共相（如果有的话），自然不那么可疑。

斯威夫特所在的时代于很多层面而言都可谓乱世。如斯坦利·罗森指出的："在18世纪，出现了从古代人朴素道德和贵族式美德观念到与自我安乐生存相合的美德观的转变。"[①] 当然，这种秩序丕变亦并非一句话么简便就轻易完成的，在这种急遽转变的背后，我们应当要看到整个人类历史的动荡不安。"启蒙运动内部有多条线索"，[②] 17~18世纪的英国启蒙运动，作为秩序轨道上的一个节点，至少在思想史的谱系中，我们可以非常明晰地辨认出其英国亲缘性：那种对实践、经验的特殊癖好；一种天然的功利主义倾向；中庸平衡的实用主义特征无论在哲学思辨领域还是在其他实践领域，都深入英国人骨髓。正如弗里德里希·希尔把英格兰称为"欧洲大陆的平衡砝码"[③] 一样，斯威夫特作为个体也沾染了此种时代迢递而成英国性。[④] 基于

---

① 斯坦利·罗森：《安乐的美德：启蒙运动评论》，哈佛燕京学社编《启蒙的反思》，南京：江苏教育出版社，2005，第210页。
② Isaiah Berlin, *Three Critics of Enlightenment: Vico, Hamann, Herder*, Princeton University Press, 2000, p. 276.
③ 弗里德里希·希尔：《欧洲思想史》，赵复三译，桂林：广西师范大学出版社，2007，第370页。
④ 英国性（Englishness）是较为复杂且内含多种表现形式的概念，本文此处撷取的仅是其"中庸平和，注重功利主义"的一个向度，这种"中庸平和"，不走极端的态度，与利维斯教授对英国文学文化"伟大的传统"的强调有相通之处。"改良"而非"革命"，即是重视传统"伟大性"的一种表现。

结 论

此，本文仍旧需在思想史视域中对斯威夫特做出一些基本的定位和评判。

第一，在对待古典文化与自然科技进步带来的观念之争此一立场上，斯威夫特的态度明晰地体现在以往学界较为忽略的重要思潮——"古今之争"之中。在这场震动彼时欧陆及英伦知识界的"文化盛事"中，斯威夫特通过《木桶的故事》"离题话部分"及《书战》等文本，向世人昭示了他既不同于"崇古派"（the Ancients）对古典文化一味尊崇的态度，也不同于"现代派"（the Moderns）对人类进步蓝图过度乐观的姿态，他择取了一种"调和古今"的折中立场。

第二，身为虔敬的英国国教徒，斯威夫特在宗教态度上同样抱持一种反极端立场。虽然流淌于其笔端的，对"不从国教者"如加尔文宗等急进教派的痛讽很多时候使其陷落于"渎神者"的骂名之中；但一如其在《审查者》等政论文中所凸显出来的，他对极端宗教主张的"疯狂"攻讦在很大程度上乃是因为这些主张与极端政治势力走向了"利益的合流"。而这种多股混杂势力的合流无疑对以国教为基柱的既定秩序有很大的影响，这种影响是斯威夫特所不愿看见的。在"不从国教者"及罗马天主教徒不妨害国教正统地位之时，斯威夫特对他们也抱持着有限度的宽容，此点从他交结友人不以宗教倾向为准则亦可窥见。

第三，在较为关键的政治意识形态及政治身份问题上，斯威夫特同样持着中庸立场。一旦形势需要，他也能跳出"历史局限性"去"叛党"，同时也能拒绝极端托利主义的拉拢。实则，在他尖锐激烈的讽笔之后有着一颗保守温和的心。政治制度上对分权均衡的追求，甚至使他在"王权在议会中行使"的宪政传统基础上生发出"政府高于党派"的先进思想；对军事扩张型财政制度的警惕、商业殖民扩张带来的道德沦丧，又使他无限缅怀土地为权力根基时代的"黄金秩序"，成为一位温和的新哈林顿主义者。所以，"常备军论题"及"信用透支论题"才会成为其政论文中不离不弃的主旨。在对待战争态度上，他借《格列佛游记》中"小人国"的嗜战情绪，作为暴政机器的"飞岛国"的杀戮特征，甚至"慧骃国"中慧骃对"耶胡"的"种族灭绝"行径，唱出了一曲反战主义之歌——一生大部分时间都饱受战乱之苦的他真正的理想国度很可能正是"巨人之国"（古典人类），而且巨人国国王对战争的极度憎恶态度："宁愿抛却半壁河山也不想与闻这种秘密"，[①] 可能才是他对战争的真实态度。

然而，亦如贝克尔在《18世纪哲学家的天城》一书中指出的，17世纪至18世纪早期仍旧是一个"理性启蒙的时代"，启蒙无可厚非地是那个时代的前缀限定词。那个时代尤其是笛卡尔席卷欧洲的唯理主义的天下，英国自然也概莫能外地处于这种影响之下，"分享"了启蒙运动的普遍性。从文艺复兴运动中傲然独立出来的人，加上人"特有的理性"，使得世界万物变成了一片平坦的土地，理性则是丈量一切的标尺，理性之光照耀着万物，理性与启蒙所衍生的众多子嗣如自由、平等、博爱、人权、民主，成为人类精神世界新的权威，一个熠熠生辉的理想国度似乎又一次浮现在人们的眼前。

这种取代以往神学权威的新权威，新的"具有意识形态的'永恒真理'科学主义、技术主义、工具理性、制度决定论、进步主义、人类中心主义、西方中心主义、追求富强为最高社会理想的发展至上主义"，[②] 是否又真的能带领人类回到"应许之地"（promised land）？启蒙精神、理性之光是否又带来了一种新的迷信？人类社会真的畅通无阻地在进步吗？启蒙主导价值是否被它的成就遮蔽了一些"阴暗面"？理性真的带来了一个和谐的，人人最大程度地实现平等、幸福、个人价值的黄金时代？战争、死亡、饥饿、歧视、不公、不义、虚伪、卑劣所带来的恐惧感在理性照耀下一劳永逸地消失了？潘多拉魔盒被启蒙之光、理性之力永久地封缄了吗？可以说，斯威夫特的所有思想、文学、政治活动都直接或间接地参与了这些疑问的回应。从"古今之争"中对"进步话语"的质疑，到对"经济人"军事扩张欲望及其信用经济的反驳，再到对英格兰对爱殖民统治的抗辩，他"徒劳地"违抗着时局想要将败坏的深渊扭转，于是愈发绝望起来。随绝望而来的是尖刻辛酸的讽刺，他成为人们眼中的"愤世嫉俗者"，他不愿像启蒙哲学家那样去相信人类是"理性的生物"（animal rationale），认为其仅是"可能具有理性的生

[①] 斯威夫特：《格列佛游记》，张健译，北京：人民文学出版社，1979，第118页。其中，"这种秘密"指的是格列佛向"大人国"国王所提供的流行于彼时欧洲战场的新式武器及战术。
[②] 哈佛燕京学社编《启蒙的反思》，南京：江苏教育出版社，2005，第4页。

结　论

物"（rationis capax）。[①] 斯威夫特作为"厌世者"的绝望是一种怒骂世人之际又饱含自我嘲讽的绝望，正是抱持着这种绝望，使得在他笔下"光辉的"启蒙时代之幕徐徐揭开之际，分裂而疯狂的格列佛就已然能以一种警惕的目光巡检预备发生的一切了。

把"烈焰再也无法灼噬他的心"（Ubi Saeva Indignatio Ulterius Cor Lacerare Nequit）作为墓志铭的斯威夫特对待进步观念的态度或许是偏狭而保守的，但他敢于直面并回答这些问题，敢于喊叫出"不同意"，敢于在众声喧哗中警惕着过度乐观的情绪。因而，对时代的发问他有自己的答案，即便不一定是众人想要的答案。其实，历史早就把答案用千百种形式诉说与人类甚至写在心灵史的纸面上了。在这个意义上，包括斯威夫特在内的17~18世纪英国众多的启蒙思想家和小说家们的书写便都是表现形式之一种。当然，本文仅是对斯威夫特的"时代命题"答卷的一次粗浅描述，这份答卷在爱尔兰-英格兰族裔身份问题，斯威夫特诗歌的多维书写，诗学态度与政治、宗教、立场的互文关联，斯威夫特历史书写与历史观等多个侧面仍有许多可待进一步深挖、推展的研究点，这些研究点将会是本研究继续深化时的主要切入点。

[①] F. Elrington Ball, ed., *The Correspondence of Jonathan Swift, D. D.*, in 6 Vols, Vol. 3, London: G. Bell and Sons Ltd., 1912, pp. 276-277.

附录 1　斯威夫特年谱

　　1664 年　斯威夫特双亲大乔纳森·斯威夫特（Jonathan Swift the elder）及阿比盖尔·埃里克两人结婚于都柏林。

　　1667 年　三四月间，斯威夫特父亲病逝；11 月 30 日，斯威夫特出生。

　　1673 年　斯威夫特入基尔肯尼（Kilkenny）学习读书（持续至 1682 年）。

　　1682 年　斯威夫特为都柏林圣三一学院所录取。

　　1686 年　斯威夫特以"特殊恩典"（speciali gratia）的形式从都柏林圣三一学院获得学士学位。

　　1689 年　1 月，斯威夫特避战乱至英格兰，投靠坦普尔，寄寓于摩尔庄园（Moor Park），并初识艾舍·约翰逊（即斯特拉，Stella），后者时年 8 岁。

　　1690 年　5 月，斯威夫特因美尼尔综合征发病，遵照医生建议返回爱尔兰修养。

　　1691 年　斯威夫特发表《国王颂》（"Ode to the King"）；年底，斯威夫特回到摩尔庄园。

　　1692 年　斯威夫特发表《致雅典娜集团》（"Ode to the Athenian Society"）；斯威夫特在牛津大学获得硕士学位。

　　1694 年　斯威夫特返回爱尔兰等候教职。

　　1695 年　斯威夫特领取教职，成为贝尔法斯特附近基尔路特（Kilroot）一地的牧师。

　　1696 年　斯威夫特在摩尔庄园开始《木桶的故事》相关文章的写作。

　　1699 年　斯威夫特创作《预拟老年决心》（"When I Come to be Old"）；

斯威夫特编撰《坦普尔信件》（*Temple Letters*）；1月，坦普尔去世；8月，斯威夫特以爱尔兰大法官巴克莱伯爵私人秘书的身份返回爱尔兰。

1700年　2月，斯威夫特领取拉洛科（Temple Laracor）牧师一职，并成为都柏林圣帕特里克教堂牧师。

1701年　斯威夫特写作《论雅典和罗马贵族与平民的辩论与纷争》（"A Discourse of the Contests and Dissensions between the Nobles and the Commons in Athens and Romes"）一文；4月，斯威夫特与巴克莱伯爵返回英格兰；8月，艾舍·约翰逊移居都柏林；9月，斯威夫特随新任爱尔兰摄政王罗切斯特回到都柏林。

1702年　斯威夫特写作《扫帚的沉思》（*Meditation on a Broomstick*）；2月，斯威夫特获得都柏林圣三一学院神学博士学位。4月，至英格兰；9月，返回爱尔兰。

1703年　斯威夫特编撰《坦普尔致国王信》（*Letters to the King*）；11月，斯威夫特旅居英格兰直至1704年5月。

1704年　5月，出版包括《书战》及《论圣灵之机械操控》在内的《木桶的故事》，同年即有第二、三版面世；6月1日返回爱尔兰，在牧区拉洛科直至1707年11月。

1705年　《书战》第五版出版。

1707年　4月，斯威夫特撰写《一位受辱女士的故事》；8月起笔《心智官能的陈腐论调》；11月，斯威夫特至伦敦经营爱尔兰教会事宜；结识爱迪生、斯蒂尔等人，并结识艾舍·范红莱（Esther Vanhomrigh），即瓦涅莎（Vanessa）。

1708年　1月，斯威夫特写就《1708年预测》；3月，写就《帕特里奇悼文，对其死因的说明》（"Elegy on Partridge, Account of Partridge's Death"）；12月，发表《关于忠诚法案的信》（"Letter concerning the Sacramental Test"）、《一位英格兰教会中人的观点》（"Sentiments of a Church of England Man"）及《驳废除基督教》（"Argument Against Abolishing Christianity"）等文。

1709年　4月，发表《默林的著名预测》（"Famous Prediction of Merlin"）、《比克斯塔夫先生第一个预测的达成》（"A Vindication of Isaac

Bickerstaff"）、《促进宗教的计划》（"Project for the Advancement of Religion"）、《晨景即写》（"A Description of the Morning"）等文；出版《坦普尔回忆录》（卷三）。

1710年　《木桶的故事》第五版出版，并附有《辩白》一文；9月1日，为"初熟税"事宜斯威夫特再次到伦敦；开始写作著名的《斯特拉信札》（*Journal to Stella*, 1710—1713）；10月，密晤罗伯特·哈利，接手《审查者》。

1711年　2月，斯威夫特开始出席哈利家的"周六俱乐部"；出版《韵文和散文集》（*Miscellaneous in Prose and Verse*）；11月《盟军的行为》出版。

1712年　5月，出版《关于改进英语语言的建议》（"Proposal for Correcting the English Tongue"）、《论边境条约》（"Some Remarks on the Barrier Treaty"）；蒲柏、斯威夫特、盖伊等人组成"涂鸦社"。

1713年　5月，与斯蒂尔公开决裂；6月，赴任圣帕特里克大教堂主教一职。

1714年　2月，斯威夫特出版《辉格党人公共精神》，此书遭上议院审判；3月，参与女王敕令起草；8月，返回爱尔兰，开始了6年之久的蛰伏。

1720年　斯威夫特出版《关于普遍使用爱尔兰产品的建议》；出版商遭监禁，后无罪释放。

1721年　斯威夫特致福特信中开始出现写作《格列佛游记》的迹象；在爱尔兰南部周游400英里。

1723年　瓦涅莎去世。

1724年　1月，斯威夫特完成《格列佛游记》第四卷的写作，开始第三卷"勒皮他、巴尔尼巴比、拉格奈格、格勒大锥、日本游记"的写作；开始发表《布商的信》系列文章；5月，《布商的信》作者被悬赏300镑。

1725年　4月，斯威夫特被都柏林市政厅授予"荣誉市民称号"（Freeman of City of Dublin）；完成《格列佛游记》。

1726年　5月，斯威夫特赴伦敦，觐见威尔士王子，并交游于"涂鸦社"集团圈；8月，因斯特拉病重，返回爱尔兰。

1727年　斯威夫特修改《格列佛游记》；4月，最后一次赴伦敦商洽出版事宜。

1728 年　1 月，斯特拉去世，斯威夫特出版《爱尔兰现状》（*A Short View of the State of Ireland*）；5 月，斯威夫特与谢立丹合办《信息员》（*Intelligencer*）直至 1729 年 3 月。

1729 年　斯威夫特出版《一个小小的建议》。

1731 年　斯威夫特开始写作《斯威夫特博士之死》（*Verse on the Death of Dr. Swift*），直至 1739 年才得以出版。

1733 年　斯威夫特发表《论诗》。

1737 年　8 月，斯威夫特被科克市政厅授予"荣誉市民称号"。

1738 年　斯威夫特出版《文雅谈话录》（*Genteel and Ingenious Conversation*）。

1739 年　斯威夫特出版诗歌《斯威夫特博士之死》（*Verse on the Death of Dr. Swift*）。

1740 年　斯威夫特于意识清醒之际立下遗嘱。

1742 年　斯威夫特神志不甚清醒。

1744 年　5 月，挚友亚历山大·蒲柏去世，无奈斯威夫特已失去神志，对此或无感知。

1745 年　10 月 19 日，斯威夫特逝世。

附录 2　斯威夫特生平参考年表[*]

年份	小说作品	其他著作	历史/文化事件
1664		凯瑟琳娜·菲利普斯（Kathrine Philips）《诗集》（Poems）	**斯威夫特双亲大乔纳森·斯威夫特（Jonathan Swift the elder）及阿比盖尔·埃里克两人结婚于都柏林**；约翰·范布勒（John Vanbrugh）出生
1665		皇家学会开始印行《哲学通讯》（Philosophical Transaction）	第二次英荷战争爆发（持续至1667年）；伦敦发生瘟疫
1666		约翰·班扬《丰盛恩惠》（Grace Abounding）；尼古拉斯·布瓦洛（Nicolas Boileau）《讽刺集》（Satires）；莫里哀《厌世者》（Le Misanthrope）	伦敦大火
1667		约翰·弥尔顿《失乐园》（第一版）；约翰·德莱顿《米拉比里斯年鉴》（Annus Mirabilis）；《印度皇帝》（Indian Emperor）；《论戏剧诗艺》（Of Dramatick Poesy）；托马斯·斯普拉特（Thomas Sprat）《皇家学会史》（History of Royal Society）	**四月，斯威夫特父亲病逝**；11月30日，**斯威夫特出生**；克拉伦敦解职；"阴谋内阁"（the Cabal）把持朝纲（直至1673年）；亚伯拉罕·考利（Abraham Cowley）去世；约翰·阿巴斯诺特出生

---

[*] 此表系《剑桥斯威夫特文集》年表（见总序 pp. xvi–xxv）和黄梅教授《"推敲"自我：小说在18世纪的英国》一书附录年表（第441~447页）结合制成，其中引用黄梅教授部分自1704年后始，有修改。

附录2 斯威夫特生平参考年表

续表

年份	小说作品	其他著作	历史/文化事件
1668		考利《作品集》(Works)	德莱顿荣膺"桂冠诗人"称号
1670		弥尔顿《不列颠史》(History of Britain);布莱兹·帕斯卡尔(Blaise Pascal)《沉思录》(Pensees);伊扎克·瓦尔德(Izaak Walton)《生平》(Lives)	威廉·康格里夫(William Congreve)出生
1671		弥尔顿《复乐园》(Paradise Regained)、《力士参孙》(Samson Agonistes)	
1672		约翰·谢菲尔德(John Sheffield, first Duke of Buckingham)《叙述》(Rehearsal);安德鲁·马韦尔(Andrew Marvell)《变调叙述》(Rehearsal Transpos'd)	第三次英荷战争爆发(持续至1674年);"第二次大赦谕令"(Second Declaration of Indulgence)发布,即"信教自由令";约瑟夫·爱迪生(Joseph Addison)及理查德·斯蒂尔(Richard Steele)出生
1673			**斯威夫特入基尔肯尼(Kilkenny)学习读书(持续至1682年)**;"第二次大赦谕令"废除;《测试法案》(Test Act)生效
1674		布瓦洛《诗艺》(L'Art Poetique);弥尔顿《失乐园》(第二版)	弥尔顿逝世;皇家剧院(Theatre Royal)开张
1675		威廉·威彻利(William Wycherley)《村妇》(Country Wife)	
1676		乔治·艾舍利奇(George Etherege)《道德榜样》(Man of Mode);沙德维尔(Shadwell)《鉴赏家》(Virtuoso)	
1677		阿芙拉·贝恩(Aphra Behn)《海盗》(Rover);威彻利《原野商贩》(Plain Dealer)	

393

续表

年份	小说作品	其他著作	历史/文化事件
1678		班扬《天路历程》（卷一）(Pilgrim's Progress, I)；萨缪尔·巴特勒(Samuel Butler)《许迪布拉斯》（卷三）(Hudibras, III)	"天主教火药阴谋案"(Popish Plot)；马韦尔去世；乔治·法夸尔(George Farquhar)出生
1679		吉尔伯特·伯内特(Gilbert Burnet)《改革的历史》（卷二及卷三）(History of Reformation, II and III)	"排斥法案"危机(the Exclusion Crisis)发生；托马斯·帕内尔(Thomas Parnell)出生
1680		罗伯特·菲尔默(Robert Filmer)《父权制》(Patriarcha)；罗切斯特《诗集》(Poems)；温特沃斯·迪尔隆(Wentworth Dillon)《贺拉斯〈诗艺〉英译》；威廉·坦普尔《杂集》（卷一）(Miscellanea, I)	约翰·威尔莫特(John Wilmot, second Earl of Rochester)、萨缪尔·巴特勒及弗杭索·德·拉·罗谢福柯(Francois de La Rochefoucauld)去世
1681		托马斯·伯内特《地球的圣神原理》（卷一及卷二）(Telluris Theoria Sacra, I and II)；约翰·奥德汉姆(John Oldham)《耶稣会士讽刺录》(Satires Upon the Jesuits)；德莱顿《阿布萨洛姆与阿西托非尔》(Absalom and Achitophel)	
1682		托马斯·克里奇(Thomas Creech)翻译卢克莱修(Lucretius)《物性论》(De Rerum Natura)；托马斯·奥特威(Thomas Otway)《威尼斯守备》(Venice Preserv'd)；威廉·佩第《人口增殖论》(Essay Concerning the Multiplication)	**斯威夫特为都柏林圣三一学院所录取**；托马斯·布朗(Thomas Browne)去世

附录 2　斯威夫特生平参考年表

续表

年份	小说作品	其他著作	历史/文化事件
1683			"黑麦屋阴谋案"(the Rye House Plot)发生;奥德翰去世
1684		贝恩《一位贵族和其妹妹的情书》(Love-Letters between a Noble-Man and His Sister)	
1685		德莱顿《席尔瓦》(Sylvae);德莱顿《凭吊虔敬的安妮·基尔格鲁女士》(To the Pious Memory of Mrs. Anne Killigrew)	2月,查理二世驾崩,詹姆斯二世继位;6~7月,蒙茅斯叛乱;10月,"南特赦令"废除;约翰·盖伊(John Gay)出生;乔治·巴克莱(George Berkeley)出生
1686		贝恩《好运气》(The Lucky Chance)	斯威夫特以"特殊恩典"(speciali gratia)的形式从都柏林圣三一学院获得学士学位
1687		艾萨克·牛顿(Issac Newton)《自然哲学的数学原理》(Mathematical Principles of Natural Philosophy);德莱顿《牡鹿与豹》(The Hind and the Panther)	4月,詹姆斯二世发布"大赦谕令"(Declaration of Indulgence)
1688		查理·佩罗《古今比较》(Parallele des Anciens et des Modernes)	"光荣革命"爆发,奥伦治的威廉入住英格兰;12月,詹姆士二世逃至法国;爱尔兰内战爆发;亚历山大·蒲柏(Alexander Pope)出生;约翰·班扬去世;沙德维尔荣膺"桂冠诗人"称号
1689		洛克《论宽容的第一封信》("First Letter on Toleration")	1月,斯威夫特避战乱至英格兰,投靠坦普尔,寄寓于摩尔庄园(Moor Park),并初识艾舍·约翰逊(即斯特拉,Stella),后者时年8岁;威廉和玛丽登基;塞缪尔·理查森(Samuel Richardson)出生;贝恩去世

395

续表

年份	小说作品	其他著作	历史/文化事件
1690		德莱顿《唐·塞巴斯蒂安》(Don Sebastian);洛克《政府论》(Two Treatises of Government)、《人类理解论》(Essay Concerning Human Understanding)、《论宽容的第二封信》("Second Letter on Toleration");威廉·佩第《政治算术》(Political Arithmetick);坦普尔《杂集》(卷二)(Miscellanea, II)	5月,斯威夫特因美尼尔综合征发病,遵照医生建议返回爱尔兰修养;詹姆斯二世在爱尔兰伯恩战役中被威廉击败,再次潜逃法国;《法拉里斯信札》引发争议,英国"古今之争"爆发
1691		斯威夫特《国王颂》("Ode to the King")	年底,斯威夫特回到摩尔庄园;爱尔兰内战结束
1692	康格里夫《匿名者》	斯威夫特《致雅典娜集团》("Ode to the Athenian Society");洛克《论宽容的第三封信》("Third Letter on Toleration");托马斯·瑞莫(Thomas Rymer)《悲剧短论》(Short View of Tragedy)	斯威夫特在牛津大学获得硕士学位;沙德维尔去世
1693	无名氏《剧作家的悲剧,或致命的爱,新小说》	康格里夫《老光棍》(Old Bachelor);洛克《教育漫谈》(Thoughts Concerning Education);德莱顿《论讽刺》(Discourse Concerning Satires)	终身年金国债制度开始运行
1694		康格里夫《双重交易》(Double Dealer)、《法国学界的辞典》(Dictionary of French Academy);威廉·沃顿(William Wotton)《答古今学术略论》(Reflection upon Ancient and Modern Learning);安托万·加朗(A. Galland)编《东方箴言》;玛丽·阿斯特尔《严肃建议》	斯威夫特返回爱尔兰等候教职;玛丽皇后去世;英格兰银行成立;切斯菲尔德(Chesterfield, P.D.S.)出生

附录2　斯威夫特生平参考年表

续表

年份	小说作品	其他著作	历史/文化事件
1695		查尔斯·波义耳（Charles Boyle）编撰《法拉里斯信札》；理查德·布莱克摩尔（Richard Blackmore）《亚瑟王子》；康格里夫《以爱还爱》；洛克《基督教的合理性》	斯威夫特领取教职，成为贝尔法斯特附近的基尔路特（Kilroot）一地的牧师；亨利·普色尔（Henry Purcell）去世
1696	德·曼利（De Manly）《葡萄牙某君致法国绅士的信》		斯威夫特在摩尔庄园开始《木桶的故事》相关文章的写作
1697		理查德·本特利（Richard Bentley）《论法拉里斯信札》（*Dissertation upon the Epistles of Phalaris*）；布莱克摩尔《亚瑟王》；德莱顿《维吉尔作品集》；范布勒《被激怒的妻子》	威廉·霍加思（William Hogarth）出生；国会规定买卖政府证券须在政府注册登记并限定证券交易人数
1698		波义耳《波义耳先生议本特利博士〈论法拉里斯信札〉》（*Dr. Bentley's Dissertation on the Epistles of Phalaris and the Fables of Aesop Examin'd by the Honorable Charles Boyle, Esp.*）；杰瑞米·柯利耶（Jeremy Collier）《英国舞台短论》；威廉·莫里略（William Molyneux）《爱尔兰情况》	
1699	无名氏《卡文特花园历险记》《不幸的乞丐》《不幸绅士的一生》	斯威夫特《预拟老年决心》（"When I Come to be Old"）；斯威夫特编撰《坦普尔信件》（*Letters*）	1月,坦普尔去世；8月,斯威夫特以爱尔兰大法官巴克莱伯爵私人秘书的身份返回爱尔兰

续表

年份	小说作品	其他著作	历史/文化事件
1700		布莱克摩尔《讽刺巧智》(*Satire Against Wit*);彼得·莫特略(Peter Motteux)翻译塞万提斯《堂吉诃德》;康格里夫《如此世道》(*Way of the World*);弗兰索瓦·费奈隆(Francois Fenelon)《亡灵对话录》(*Dialogue des Morts*);约翰·托兰德出版詹姆斯·哈林顿《作品集》(*Works*);马修·普赖尔(Matthew Prior)《世俗的卡门》(*Carmen Seculare*)	2月,斯威夫特领取拉洛科(Laracor)牧师一职,并成为都柏林圣帕特里克教堂牧师;西班牙国王查理二世去世;德莱顿去世
1701		斯威夫特《论雅典和罗马贵族与平民的辩论与纷争》(*A Discourse of the Contests and Dissensions between the Nobles and the Commons in Athens and Romes*);查尔斯·达文南特(Charles Davenant)《论权力均衡》(*Essay on the Balance of Power*);约翰·丹尼斯(John Dennis)《现代诗艺的进展》(*Adventure of Modern Poetry*);斯蒂尔《基督英雄》(*Christian Hero*)	4月,斯威夫特与巴克莱伯爵返回英格兰;8月,艾舍·约翰逊移居都柏林;9月,斯威夫特随新任爱尔兰摄政王罗切斯特回到都柏林;詹姆斯二世去世,其子詹姆斯·弗兰西斯·爱德华(James Francis Edward)被路易十四承认为英国国王,史称"王位觊觎者"(the Pretender)
1702	无名氏《林达米拉历险记》	斯威夫特《扫帚的沉思》(*Meditation on a Broomstick*);克拉伦敦《大叛乱史》(*History of the Great Rebellion*);笛福《关于惩戒不从国教者的捷径》(*Enquiry into Occasional Conformity, Shortest-way with the Dissenters*);《考察者》(*Observator*, 1702—1712);《国政之诗》(*Poems on Affairs of State*, 1702—1707)	2月,斯威夫特获得都柏林圣三一学院神学博士学位。4月,至英格兰,9月,返回爱尔兰;威廉三世去世,安妮女王继位;罗伯特·哈利成为下院议长;西班牙王位继承战争爆发

附录 2 斯威夫特生平参考年表

续表

年份	小说作品	其他著作	历史/文化事件
1703	拉森（Russen）《登月旅行》	斯威夫特编撰《坦普尔致国王信》(Letters to the King)；笛福《枷刑颂》；爱德华·沃德（Ned Ward）《伦敦探子》(London Spy)；斯蒂尔《说谎的爱人》(The Lying Lover)；阿贝尔·波义耳（Abel Boyle）《安妮一朝历史》(History of the Reign of Queen Anne)	11 月，斯威夫特旅居英格兰直至 1704 年 5 月；约翰·卫斯理出生；第一次"间或遵从国教法案"在贵族院遭否决
1704	斯威夫特《木桶的故事》(Tale of a Tub)；蒲柏译乔叟《商人的故事》	笛福创办《评论》（至 1713 年）；牛顿《光学》；丹尼斯《诗的批评基础》；锡伯剧作《粗心的丈夫》	5 月，出版包括《书战》及《论圣灵之机械操控》在内的《书战》，同年即有第二、三版面世；6 月 1 日返回爱尔兰，在牧区拉洛科直至 1707 年 11 月；约翰·洛克去世
1705	曼利《扎拉女王秘史》	斯蒂尔剧作《温柔的丈夫》；曼德维尔《怨声喧腾的蜂房》	《书战》第五版；托马斯·纽克门发明空气引擎
1706	加朗译《天方夜谭》	笛福《维尔夫人的幽魂》；法夸尔《招兵官》	
1707	曼利《淑女信札》	埃沙尔（Echard）《英国史》(1718 出齐)；法夸尔《花花公子的谋略》	4 月，斯威夫特撰写《一位受辱女士的故事》；8 月起笔《心智官能的陈腐论调》；11 月，斯威夫特至伦敦经营爱尔兰教会事宜；结识爱迪生、斯蒂尔等人，并结识艾舍·范红莱（Esther Vanhomrigh），即瓦涅莎（Vanessa）；苏格兰与英格兰合并；查理·卫斯理出生；亨利·菲尔丁出生
1708	莫蒂尤克与他人合译《拉伯雷故事集》	沙夫茨伯里《谈宗教狂热》	1 月，斯威夫特写就《1708 年预测》；3 月，《帕特里奇悼文，对其死因的说明》("Elegy on Partridge, Account of Partridge's Death")；12 月，《关于忠诚法案的信》("Letter concerning the Sacramental Test")、《一位英格兰教会中人的观点》("Sentiments of a Church of England Man")及《驳废除基督教》("Argument against Abolishing Christianity")

续表

年份	小说作品	其他著作	历史/文化事件
1709	曼利《新大西洲》；无名氏《艾弗里船长的生活与历险》	巴克莱《视觉新论》；蒲柏《牧歌》；斯蒂尔创办《闲谈者》（至1711年1月）	4月，出版《默林的著名预测》（"Famous Prediction of Merlin"）、《比克斯塔夫先生第一个预测的达成》（"A Vindication of Isaac Bickerstaff"）、《促进宗教的计划》（"Project for the Advancement of Religion"）；《晨景即写》（"A Description of the Morning"）；出版《坦普尔回忆录》（卷三）；颁布第一部版权法（著者生前享有14年版权）；塞缪尔·约翰逊出生
1710	曼利《欧洲杂议》	培尔（Bayle）《历史与批评辞典》（英文第一版）；莱布尼茨《神正论》；沙夫茨伯里《道德家》	《木桶的故事》第五版出版，并附有《辩白》一文；9月1日，为"初熟税"事宜斯威夫特再次到赴伦敦；开始写作著名的《斯特拉信札》（Journal to Stella, 1710—1713）；10月，密晤罗伯特·哈利，接手《审查者》；设立古典音乐研究院；辉格党下台，托利党在罗伯特·哈利（后为牛津伯爵）领导下组阁；音乐家韩德尔到伦敦
1711	曼利《新大西洲的宫廷阴谋》	爱迪生办《旁观者》（至1712年）；丹尼斯（Dennis）《论天才与莎士比亚作品》；蒲柏《论批评》；沙夫茨伯里《人、风俗、意见与时代之特征》	2月，斯威夫特开始出席哈利家的"周六俱乐部"；出版《韵文和散文集》（Miscellaneous in Prose and Verse）；11月《盟军的行为》出版；"间或遵从国教法案"出台；大卫·休谟出生
1712		阿巴思诺特《约翰牛传》；蒲柏《夺发记》《弥赛亚》；伍兹·罗杰斯（W. Rogers）《环游世界》	5月，出版《关于改进英语语言的建议》（"Proposal for correcting the English Tongue"）、《论边境条约》（"Some Remarks on the Barrier Treaty"）；蒲柏、斯威夫特、盖伊等组成"涂鸦社"；卢梭出生

附录2 斯威夫特生平参考年表

续表

年份	小说作品	其他著作	历史/文化事件
1713	简·巴克尔(Jane Barker)《爱情陷阱》；亚历山大·史密斯(A. Smith)《著名大盗生平史》	爱迪生《加图》(Cato)；蒲柏《温莎森林》；斯蒂尔办《卫报》(3月12日至10月1日)、《英国人》(10月6日至1714年2月11日)；盖伊《乡村游戏》	5月,与斯蒂尔公开决裂;6月,赴任圣帕特里克大教堂主教一职;《乌德勒支和约》结束西班牙王位继承战争;劳伦斯·斯特恩出生
1714	曼利《里维拉历险记》	盖伊《牧羊人的一周》；洛克《作品集》；曼德维尔《蜜蜂的寓言》《道德起源》	2月,斯威夫特出版《辉格党人公共精神》,此书遭上议院审判;3月,参与女王敕令起草;8月,返回爱尔兰,开始了6年之久的蛰伏;安妮女王去世,乔治一世继位,解散托利党内阁,博林布鲁克逃往法国;乔治·怀特菲尔德(G. Whitefield)出生
1715	简·巴克尔《被放逐的罗马人》；(法国)勒萨日《吉尔·布拉斯》	蒲柏译《伊利亚特》(至1720年)；瓦茨(Watts)《儿童的圣歌》；乔·理查森(G. Richardson)《绘画理论》	首次詹姆斯党人叛乱;法王路易十四去世;理查德·格雷夫斯出生
1716		盖伊《琐事》；笛福办《政治信使》(至1720年)	七年法案规定一届国会任期以七年为限,莱布尼茨去世;托马斯·格雷出生
1717	西奥博尔德(Theobald)《安条克与斯特拉塔尼丝情史》	蒲柏《作品集》	贺拉斯·华尔波尔(Horace Walpole)出生;戴维·加里克出生
1718	无名氏《双重俘虏》	吉尔顿(Gildon)《诗艺全书》；普莱尔(Prior)《诗集》	古物学会重组
1719	笛福《鲁滨逊漂流记》、《鲁滨逊漂流记》第二部；海伍德《过度之爱》		爱迪生去世;詹姆斯党人在苏格兰叛乱

401

续表

年份	小说作品	其他著作	历史/文化事件
1720	笛福《王党人士回忆录》、《辛格尔顿船长》、《鲁滨逊沉思录》；曼利《爱的力量》	曼德维尔《关于宗教、教会和自然幸福的畅想》	斯威夫特出版《关于普遍使用爱尔兰产品的建议》，出版商遭监禁，后无罪释放；"南海泡沫"事件
1721		吉尔顿《诗歌法则》；扬格剧作《报复》首演	斯威夫特致福特信中开始出现写作《格列佛游记》的迹象；在爱尔兰南部周游400英里；罗·华尔波尔主导的内阁主政（至1742年）；托·斯摩莱特出生
1722	笛福《瘟疫年纪事》《莱尔·佛兰德斯》《杰克上校》		4月，斯威夫特开始为期5个月的爱尔兰北部旅程
1723	海伍德《伊达利雅，或不幸的女人》	伯内特（Burnet）《当代史》（至1735年）；曼德维尔《蜜蜂的寓言》（第二版）、《论慈善》；斯蒂尔《周到的情人》	瓦涅莎去世；克里斯托弗·雷恩（C. Wren）爵士去世；亚当·斯密出生；乔舒亚·雷诺兹出生
1724	笛福《罗克珊娜》；玛丽·戴维斯（M. Davys）《改过自新的风流女》；（用假名者）《约翰·谢泼德回忆录》	笛福《英伦行纪》（1726出齐）、《海盗史》；斯威夫特《布商的信》；盖伊《寓言诗》	1月，斯威夫特完成《游记》第四卷的写作，开始第三卷"勒皮他、巴尔尼巴比、拉格奈格、格勒大锥、日本游"的写作；开始发表《布商的信》系列文章；5月，《布商的信》作者被悬赏300镑；康德出生
1725	笛福《乔纳森·魏尔德传》；比西—拉比旦的《戈尔情史》的译本；海伍德《乌托邦王国的一个邻岛》	笛福《英国商人全书》（至1727年）、《环球新航行》；蒲柏编辑《莎士比亚作品》、译荷马的《奥德修纪》（至1726年）	4月，斯威夫特被都柏林市政厅授予"荣誉市民称号"（Freeman of City of Dublin）；完成《格列佛游记》
1726	亚·史密斯（Alexander Smith）《乔纳森·魏尔德回忆录》	博林布鲁克《手艺人》（至1736年）；汤姆逊《冬季》；西奥博尔德《回复莎士比亚的本来面目》	5月，斯威夫特赴伦敦，觐见威尔士王子，并交游于"涂鸦社"集团圈；8月，因斯特拉病重，返回爱尔兰；伏尔泰在英国居住三年；韩德尔入英国国籍

附录2　斯威夫特生平参考年表

续表

年份	小说作品	其他著作	历史/文化事件
1727	朗格维尔(Longue-Ville)《隐士》；海伍德《卡拉梅尼亚宫廷阴谋秘史》	戴尔(Dyer)《格朗加尔山》；盖伊《寓言》(至1738年)；汤姆逊《夏季》；牛顿《力学原理》英译本	斯威夫特修改《游记》；4月，最后一次赴伦敦商洽出版事宜；乔治一世去世，乔治二世继位；牛顿爵士逝世
1728	伊丽莎白·罗(E. Rowe)《生死情谊》	菲尔丁《假面恋爱》；盖伊《乞丐的歌剧》；蒲柏《群愚史诗》(至1729年)	1月，斯特拉去世，斯威夫特出版《爱尔兰现状》(*A Short View of the State of Ireland*)；5月，斯威夫特与谢立丹合办《信息员》(*Intelligencer*)直至1729年3月；伊弗雷姆·钱伯斯《不列颠百科》(系第一部全国性的百科全书)
1729	海伍德《希伯来美人》	盖伊歌剧《波莉》；海伍德《女群愚史诗》	斯威夫特出版《一个小小的建议》；埃德蒙·伯克诞生；斯蒂尔和康格里夫去世
1730	海伍德《爱情书简》《苏格兰女王玛丽·斯图亚特秘史》	菲尔丁《作家之闹剧》《轮番强暴》《托姆·萨姆卜》；汤姆逊《四季》	奥·哥尔德斯密斯出生
1731	普雷沃(Prevost d'Exiles)《克伦威尔私生子克利夫兰生平》	蒲柏《致柏林顿书》	开始写作《斯威夫特博士之死》(*Verse on the Death of Dr. Swift*)直至1739年才得出版；爱德华·凯夫创办《绅士杂志》(至1907年)；笛福去世
1732	无名氏《爱情与殷勤》	菲尔丁《卡文特花园悲剧》《摩登丈夫》《屈打成医》；蒲柏《致巴瑟斯特书》；本特利(Bentley)编辑弥尔顿《失乐园》	威廉·霍加思组画《娼妓之路》
1733		博林布鲁克《政党论》；菲尔丁《吝啬鬼》；蒲柏《人论》《致科巴姆书》；**斯威夫特《论诗》**；约翰·洛克曼(J. Lockman)译伏尔泰《英国书简》	货物税危机；约翰·凯伊发明飞梭

403

续表

年份	小说作品	其他著作	历史/文化事件
1734		菲尔丁《堂吉诃德在英国》;塞尔(Sale)译《古兰经》;西奥博尔德编辑《莎士比亚全集》	
1735	马里沃(Marivaux)《幸运的农夫》;利特尔顿(Lyttelton)《波斯人在英国》	约翰逊译《阿比西尼亚之行》;蒲柏《致阿巴斯诺特医生书》;约·卫斯理《日志》(至1798年);亨·布鲁克(H. Broke)诗作《普遍之美》	威廉·霍加思《浪子之路》
1736	海伍德《约瓦瑷公主历险记》	菲尔丁《1736年历史记录》;汤姆逊《自由》	爱丁堡骚乱
1737		蒲柏《霍雷西安书简》;申斯通(Shenstone)《诗集》;卫斯理《赞美诗与圣歌》	8月,斯威夫特被科克市政厅授予"荣誉市民称号";剧院核准法案;卡罗琳王后去世
1738	布鲁克译《被解放的耶路撒冷》	约翰逊诗作《伦敦》	**斯威夫特出版《文雅谈话录》**(*Genteel and Ingenious Conversation*)
1739		休谟《人性论》;布鲁克《古斯塔夫斯·瓦萨》;菲尔丁和詹·拉尔夫(J. Ralph)办《斗士》(11月至1741年6月)	**斯威夫特出版诗歌《斯威夫特博士之死》**(*Verse on the Death of Dr. Swift*);政府设立育婴堂,对西班牙宣战
1740	理查逊《帕梅拉》(至1741年)	锡伯《生命的欷歔》	**斯威夫特于意识清醒之际立下遗嘱**;詹姆斯·鲍斯韦尔出生;奥地利王位继承战争
1741	菲尔丁《莎梅拉》;理查德《私人尺牍》;海伍德《反帕梅拉》;凯利(Kelly)《帕梅拉在上流社会中》	阿巴斯诺特、蒲柏、盖伊等《粗制滥造回忆录》;休谟《关于道德及政治的随笔》(至1742年)	韩德尔的《弥赛亚》在都柏林首演;加里克扮演理查三世
1742	菲尔丁《约瑟夫·安德鲁斯传》	科林斯(Collins)《波斯牧歌》;蒲柏《新群愚》;扬格《哀怨,或夜思》	**斯威夫特神志不甚清醒**;罗·华尔波尔辞职
1743	菲尔丁《大伟人魏尔德传》	布莱尔(Blair)《墓》;蒲柏《群愚史诗》(四卷本)	代廷根战役

续表

年份	小说作品	其他著作	历史/文化事件
1744	萨拉·菲尔丁《戴维·素朴儿历险记》	艾肯赛德(Akenside)《想象的愉悦》；约翰逊《萨维奇生平》；科林斯《辛白林挽歌》	5月，挚友亚历山大·蒲柏去世，无奈斯威夫特已失去神志，对此毫无感知
1745		艾肯赛德《颂歌》；菲尔丁办刊《真爱国者》(11月5日至1746年6月17日)；约翰逊《论麦克白》	10月19日，**斯威夫特逝世**；觊觎王位者查尔斯·爱德华领导的第二次詹姆斯党人叛乱；亨利·麦肯齐出生

参考文献*

中文文献

1. 阿利斯科·麦克格拉思：《科学与宗教引论》，王毅译，上海：上海人民出版社，2008。

2. 埃里克·霍布斯鲍姆：《传统的发明》，顾杭等译，南京：译林出版社，2020。

3. 爱德华·傅克斯：《欧洲风化史：风流世纪》，侯焕闳译，沈阳：辽宁教育出版社，2000。

4. 爱德华·汤普森：《共有的习惯》，沈汉、王加丰译，上海：上海人民出版社，2002。

5. 安德鲁·怀特：《科学－神学论战史》（第1卷），鲁旭东译，北京：商务印书馆，2012。

6. 巴伯：《科学与社会秩序》，顾昕等译，北京：生活·读书·新知三联书店，1991。

7. 巴赫金：《小说理论》，白春仁、晓河译，石家庄：河北教育出版社，1998。

8. 北京大学西语系资料组编《从文艺复兴到十九世纪资产阶级文学家艺术家有关人道主义人性论言论选辑》，北京：商务印书馆，1973。

9. 北京大学哲学系外国哲学史教研室编译《西方哲学原著选读》（上卷），

---

* 仅罗列部分参考文献，欲查看具体引用文献则请参阅各章脚注。

北京：商务印书馆，2004。

10. 彼得·伯克：《欧洲近代早期的大众文化》，杨豫等译，上海：上海人民出版社，2005。

11. 彼得·盖伊：《启蒙时代》（上、下），王皖强译，上海：上海人民出版社，2016。

12. 彼得·霍恩、詹斯·基弗：《抒情诗叙事学分析：16~20世纪英诗研究》，谭君强译，北京：北京师范大学出版社，2019。

13. 波考克：《德行、商业和历史：18世纪政治思想与历史论辑》，冯克利译，北京：生活·读书·新知三联书店，2012。

14. 布克哈特：《意大利文艺复兴时期的文化》，何新译，北京：商务印书馆，1983。

15. 布鲁姆：《影响的剖析》，金雯译，南京：译林出版社，2016。

16. 曹波：《人性的推求：18世纪英国小说研究》，北京：光明日报出版社，2009。

17. 查尔斯·泰勒：《世俗时代》，张容南等译，上海：上海三联书店，2017。

18. 柴惠庭：《英国清教》，上海：上海社会科学院出版社，1994。

19. 陈新：《英国散文史》，南京：南京师范大学出版社，2008。

20. 陈修斋主编《欧洲哲学史上的经验主义和理性主义》，北京：人民出版社，1986。

21. 成桂明：《17、18世纪英国"古今之争"与中国——以坦普尔和斯威夫特的中国书写为中心》，《中国比较文学》2017年第1期。

22. 程巍：《文学的政治底稿：英美文学史论集》，上海：复旦大学出版社，2014。

23. 大卫·弗莱：《从亚里士多德到奥古斯丁》，冯俊等译，北京：中国人民大学出版社，2004。

24. 戴从容：《当代英语文学的多元视域》，上海：复旦大学出版社，2016。

25. 戴从容：《人类真的是耶胡吗？》，上海：上海三联书店，2019。

26. 戴从容：《自由之书：〈芬尼根的守灵〉解读》，上海：华东师范大学出版社，2015。

27. 戴维·罗伯兹：《英国史：1688年至今》，鲁光桓译，广州：中山大学出版社，1990。

28. 笛福：《海盗船长》，张培均、陈明锦译，南宁：广西人民出版社，1980。

29. 笛福：《鲁滨逊漂流续记》，艾丽译，兰州：甘肃人民出版社，1983。

30. 笛福：《罗克珊娜》，天一、定九译，广州：花城出版社，1984。

31. 笛福：《摩尔·佛兰德斯》，梁遇春译，重庆：重庆出版社，2008。

32. 《笛福文选》，徐式谷译，北京：商务印书馆，1984。

33. 丁耘、陈新：《思想史研究：思想史的元问题》，桂林：广西师范大学出版社，2005。

34. E. P. 汤普森：《英国工人阶级的形成》，钱乘旦等译，南京：译林出版社，2001。

35. 恩格斯：《自然辩证法》，《马克思恩格斯文集》（第9卷），韦建桦主编，北京：人民出版社，1971。

36. 方维规：《关键词方法的意涵和局限——雷蒙·威廉斯〈关键词：文化与社会的词汇〉重估》，《中国社会科学》2019年第10期。

37. 方维规：《关于概念史研究的几点思考》，《史学理论研究》2020年第2期。

38. 方维规：《臆造生断的"剑桥学派概念史"》，《读书》2018年第3期。

39. 弗里德里希·梅尼克：《历史主义的兴起》，陆月宏译，南京：译林出版社，2010。

40. 弗里德里希·希尔：《欧洲思想史》，赵复三译，桂林：广西师范大学出版社，2007。

41. 伏尔泰：《哲学通信》，高达观等译，上海：上海人民出版社，2005。

42. 傅有德：《巴克莱哲学研究》，桂林：广西师范大学出版社，1992。

43. J. G. A. 波考克：《马基雅维里时刻》，冯克利、傅乾译，南京：译林出版社，2013。

44. 冈察雷斯：《基督教思想史》（第1卷），陈泽民等译，南京：译林出版社，2019。

45. 冈察雷斯：《基督教思想史》（第 2 卷），陈泽民等译，南京：译林出版社，2019。

46. 冈察雷斯：《基督教思想史》（第 3 卷），陈泽民等译，南京：译林出版社，2019。

47. 葛桂录：《思想史语境中的文学经典阐释——问题、路径与窗口》，《福建师范大学学报》2012 年第 3 期。

48. 葛桂录：《中英文学关系编年史》，上海：上海三联书店，2004。

49. 葛兰西：《狱中札记》，葆煦译，北京：新华出版社，1983。

50. 葛兆光：《中国思想史：思想史的写法》，上海：复旦大学出版社，2013。

51. 谷延方：《英国农村劳动力转移与城市化》，北京：中央编译出版社，2011。

52. 桂杨清、吴翔林编注《英美文学选读》，北京：中国对外翻译出版公司，1985。

53. 哈贝马斯：《公共领域的结构转型》，曹卫东等译，上海：学林出版社，1999。

54. 哈佛燕京学社编《启蒙的反思》，南京：江苏教育出版社，2005。

55. 哈罗德·拉斯基：《欧洲自由主义的兴起》，林冈、郑忠义译，北京：中国人民大学出版社，2013。

56. 《海涅选集》，张玉书编选，北京：人民文学出版社，1983。

57. 郝田虎：《〈缪斯的花园〉：早期现代英国札记书研究》，北京：北京大学出版社，2014。

58. 贺璋瑢：《圣·奥古斯丁神学历史观探略》，《史学理论研究》1999 年第 3 期。

59. 亨利·菲尔丁：《大伟人江奈生·魏尔德传》，萧乾译，南京：译林出版社，1997。

60. 亨利·列斐伏尔：《空间与政治》，李春译，上海：上海人民出版社，2018。

61. 亨利·摩根：《牛津英国通史》，王觉非译，北京：商务印书馆，1993。

62. 胡家峦：《文艺复兴时期英国诗歌与园林传统》，北京：北京大学出版社，2008。

63. 胡景钊、余丽嫦：《十七世纪英国哲学》，北京：商务印书馆，2006。

64. 黄杲炘编译《英国短诗选》，武汉：湖北教育出版社，2011。

65. 黄梅：《双重迷宫：外国文化文学随笔》，北京：北京大学出版社，2006。

66. 黄梅：《推敲"自我"：小说在18世纪的英国》，北京：生活·读书·新知三联书店，2003。

67. 黄源深主编《英国散文选读》，上海：上海外语教育出版社，2007。

68. 霍布斯：《利维坦》，黎思复、黎廷弼译，北京：商务印书馆，2009。

69. I. 伯纳德·科恩：《自然科学与社会科学的互动》，张卜天译，北京：商务印书馆，2016。

70. 吉尔松：《中世纪哲学精神》，沈清松译，上海：上海世纪出版集团，2008。

71. 蒋永影：《斯威夫特的中国趣味》，《读书》2019年第8期。

72. 杰姆逊：《后现代主义与文化理论》，西安：陕西师范大学出版社，1986。

73. 金元浦：《文学，走向文化的变革》，保定：河北大学出版社，2013。

74. 卡洛·金兹伯格：《孤岛不孤：世界视野中的英国文学四论》，文涛译，上海：华东师范大学出版社，2014。

75. 卡西勒：《启蒙哲学》，顾伟铭译，济南：山东人民出版社，2007。

76. 凯瑞·帕罗内：《昆廷·斯金纳思想研究》，李宏图、胡传胜译，上海：华东师范大学出版社，2005。

77. 康托洛维茨：《国王的两个身体》，徐震宇译，上海：华东师范大学出版社，2018。

78. 柯林伍德：《历史的观念》，何兆武、张文杰等译，北京：北京大学出版社，2010。

79. 科林·布朗：《基督教与西方思想史》（卷1），查常平译，上海：上海人民出版社，2017。

80. 克里斯托弗·贝里：《大卫·休谟：启蒙与怀疑》，李贯峰译，武汉：华中科技大学出版社，2019。

81. 克里斯托弗·戴尔：《转型的时代》，莫玉梅译，北京：社会科学文献出版社，2010。

82. 库恩：《希腊神话》，朱志顺译，上海：上海译文出版社，2010。
83. 昆廷·斯金纳：《霍布斯哲学思想中的理性和修辞》，王加丰、郑崧译，上海：华东师范大学出版社，2005。
84. 昆廷·斯金纳：《自由主义之前的自由》，李宏图译，上海：上海三联书店，2003。
85. 拉明·贾汗贝格鲁：《伯林谈话录》，杨祯钦译，南京：译林出版社，2002。
86. 赖骞宇：《18世纪英国小说的叙事艺术》，北京：中国社会科学出版社，2009。
87. 劳伦斯·斯通：《英国的家庭、性与婚姻1500——1800》，刁筱华译，北京：商务印书馆，2011。
88. 雷比瑟：《自然科学史与玫瑰》，朱亚栋译，北京：华夏出版社，2019。
89. 雷蒙·威廉斯：《文化与社会：1780-1950》，高晓玲译，长春：吉林出版集团有限责任公司，2011。
90. 李凤鸣、姚介厚：《十八世纪法国启蒙运动》，北京：北京出版社，1982。
91. 李赋宁：《蜜与蜡：西方文学阅读心得》，北京：北京大学出版社，1995。
92. 李宏图：《观念史研究的回归——观念史研究范式演进的考察》，《史学集刊》2018年第1期。
93. 李军：《跨文化的艺术史：图像及其重影》，北京：北京大学出版社，2020。
94. 李维屏、张定铨等：《英国文学思想史》，上海：上海外语教育出版社，2012。
95. 李维屏：《英国小说史》（上），南京：译林出版社，2005。
96. 李维屏：《英国小说艺术史》，上海：上海外语教育出版社，2003。
97. 李新宽：《关于近代早期英国"中等阶层"的术语争议及定义标准》，《世界历史》2020年第3期。
98. 李有成主编《帝国主义与文学生产》，台北：中研院欧美研究所，1997。
99. 里夏德·范迪尔门：《欧洲近代生活：宗教、巫术、启蒙运动》，王亚平译，北京：东方出版社，2005。

100. 理查德·韦斯特福尔：《近代科学的建构》，张卜天译，北京：商务印书馆，2020。

101. 理查逊：《帕梅拉》，吴辉译，南京：译林出版社，2001。

102. 历伟：《文本指涉游戏的解码——重看〈格列佛游记〉卷三的"反科学"》，《外国语文研究》2019年第3期。

103. 历伟：《占星闹剧与秩序之争："比克斯塔夫系列文章"研究》，《外国文学》2018年第4期。

104. 林恩·亨特：《史学的时间之维》，北京：北京师范大学出版社，2020。

105. 琳达·科利：《英国人：国家的形成，1707—1837年》，周玉鹏译，北京：商务印书馆，2017。

106. 刘炳善译著《伦敦的叫卖声》，郑州：河南人民出版社，2003。

107. 刘戈：《笛福和斯威夫特的"野蛮人"》，《外国文学评论》2007年第3期。

108. 刘小枫、陈少明主编《维柯与古今之争》，北京：华夏出版社，2008。

109. 刘小枫：《地理大发现与政治地理学的诞生》，《甘肃社会科学》2018年第5期。

110. 刘小枫：《古典学与古今之争》，北京：华夏出版社，2016。

111. 刘小枫：《斯威夫特与古今之争——为新文化运动100周年而作》，《江汉论坛》2015年第5期。

112. 刘小枫：《以美为鉴》，北京：华夏出版社，2017。

113. 刘阳：《小说本体论》，上海：上海书店出版社，2010。

114. 刘耘华：《欧洲启蒙思想与中国文化有何相干？——就一个学界热点问题回应张西平先生》，《国际比较文学（中英文）》2019年第3期。

115. 卢卡奇：《小说理论》，燕宏远、李怀涛译，北京：商务印书馆，2012。

116. 卢梭：《论科学与艺术的复兴是否有助于使风俗日趋纯朴》，李平沤译，北京：商务印书馆，2011。

117. 《鲁迅全集》（第1卷），北京：中国文联出版社，2013。

118. 《鲁迅全集》（第2卷），北京：中国文联出版社，2013。

119. 陆建德：《明智——非理论的智慧》，《读书》1993年第1期。
120. 陆建德：《破碎思想体系的残编》，北京：北京大学出版社，2001。
121. 陆建德：《思想背后的利益》，桂林：广西师范大学出版社，2005。
122. 陆建德：《现代化进程中的外国文学》，北京：中国社会科学出版社，2015。
123. 陆建德：《自我的风景》，广州：花城出版社，2015。
124. 罗伯特·金·默顿：《十七世纪英格兰的科学、技术与社会》，范岱年等译，北京：商务印书馆，2009。
125. 罗钢、刘象愚主编《文化研究读本》，北京：中国社会科学出版社，2000。
126. 洛夫乔伊：《存在巨链》，张传有、高秉江译，北京：商务印书馆，2015。
127. 洛夫乔伊：《观念史论文集》，吴相译，北京：商务印书馆，2018。
128. 洛克：《人类理解论》（下），关文运译，北京：商务印书馆，1997。
129. 马克思、恩格斯：《马克思恩格斯全集》（第2卷），中共中央马克思恩格斯列宁斯大林著作编译局编译，北京：人民出版社，2005。
130. 马克思·韦伯：《新教伦理与资本主义精神》，李修建、张云江译，北京：中国社会科学出版社，2009。
131. 马克思·韦伯：《宗教社会学》，康乐、简惠美译，桂林：广西师范大学出版社，2005。
132. 马斯·林赛：《宗教改革史》（下卷），刘林海等译，北京：商务印书馆，2016。
133. 迈尔克·怀特：《牛顿传》，陈可岗译，北京：中信出版社，2004。
134. 弥尔顿：《失乐园》，朱维之译，上海：上海译文出版社，1984。
135. 米尔斯：《英美文学和艺术中的古典神话》，北塔译，上海：上海人民出版社，2005。
136. 米克·巴尔：《叙述学：叙事理论导论》，谭君强译，北京：北京师范大学出版社，2020。
137. 米歇尔·福柯：《词与物》，莫伟民译，上海：上海三联书店，2002。

138. 尼古拉斯·菲利普森、昆廷·斯金纳：《近代英国政治话语》，潘兴明、周保巍等译，上海：华东师范大学出版社，2005。

139. 牛顿：《自然哲学的数学原理》，赵振江译，北京：商务印书馆，2006。

140. 诺斯罗普·弗莱：《批评的解剖》，陈慧等译，天津：百花文艺出版社，2006。

141. 诺斯洛普·弗莱：《世俗的经典：传奇故事结构研究》，孟祥春译，上海：上海人民出版社，2010。

142. 潘诺夫斯基：《视觉艺术的含义》，傅志强译，沈阳：辽宁人民出版社，1987。

143. 培根：《新工具》（第1卷），许宝骙译，北京：商务印书馆，2009。

144. 乔叟：《坎特伯雷故事》，黄杲炘译，上海：上海译文出版社，2011。

145. 乔治·斯坦纳：《语言与沉默》，李小均译，上海：上海人民出版社，2020。

146. 乔治·索雷尔：《进步的幻象》，吕文江译，上海：上海人民出版社，2003。

147. R. I. 阿龙：《约翰·洛克》，陈恢钦译，沈阳：辽宁教育出版社，2003。

148. 全增嘏：《西方哲学史》（上册），上海：上海人民出版社，1983。

149. 沙夫茨伯里：《人、风俗、意见与时代之特征：沙夫茨伯里选集》，李斯译，武汉：武汉大学出版社，2010。

150. 申丹：《叙述学与小说文体研究》（第四版），北京：北京大学出版社，2019。

151. 施尼温德：《自律的发明：近代道德哲学史》（下），张志平译，上海：上海三联书店，2012。

152. 施蛰存主编《中国近代文学大系》第11集·第26卷·翻译文学集·1，上海：上海书店出版社，1990。

153. 时霄：《英格兰"古今之争"的宗教维度与斯威夫特的〈木桶的故事〉》，《外国文学评论》2017年第1期。

154. 舒小昀：《分化与整合：1688—1783年英国社会结构分析》，南京：南京大学出版社，2003。

155. 斯金纳：《国家与自由：斯金纳访华讲演录》，李强主编，北京：北京大学出版社，2018。
156. 斯坦利·罗森：《安乐的美德：启蒙运动评论》，哈佛燕京学社编《启蒙的反思》，南京：江苏教育出版社，2005。
157. 斯图亚特·布朗主编《英国哲学和启蒙时代》，高新民等译，北京：中国人民大学出版社，2009。
158. 斯威夫特：《格列佛游记》，史晓丽、王林译，北京：北京燕山出版社，2002。
159. 斯威夫特：《格列佛游记》，杨昊成译，南京：译林出版社，1995。
160. 斯威夫特：《格列佛游记》，张健译，北京：人民文学出版社，1979。
161. 苏珊·詹姆斯：《激情与行动：十七世纪哲学中的情感》，管可秾译，北京：商务印书馆，2017。
162. 孙江：《跨文化的概念史研究》，《读书》2020年第1期。
163. 孙绍先：《论〈格列佛游记〉的科学主题》，《外国文学研究》2002年第4期。
164. 孙骁骥：《致穷：1720年南海金融泡沫》，北京：中国商业出版社，2012。
165. 索利：《英国哲学史》，段德智译，济南：山东人民出版社，1992。
166. 泰勒主编《从开端到柏拉图》，韩东晖等译，北京：中国人民大学出版社，2003。
167. 陶东风：《日常生活审美化与文艺社会学的重建》，《文艺研究》2004年第1期。
168. 陶家俊、郑佰青：《论〈格列佛游记〉和〈赛姆勒先生的行星〉》，《外国文学研究》2004年第4期。
169. 王洪斌：《18世纪英国消费社会的兴起研究》，长春：吉林大学出版社，2020。
170. 王进：《新历史主义文化诗学——格林布拉特批评理论研究》，广州：暨南大学出版社，2012。
171. 王利：《国家与正义：利维坦释义》，上海：上海人民出版社，2008。

172. 王佐良、金立群编著《英国诗歌选集》，上海：上海译文出版社，2013。

173. 王佐良、周珏良主编《英国文学名篇选注》，北京：商务印书馆，1983。

174. 王佐良：《英国散文的流变》，北京：商务印书馆，1994。

175. 王佐良：《英国史诗》，南京：译林出版社，1997。

176. 沃格林：《城邦的世界》，陈周旺译，南京：译林出版社，2008。

177. 沃格林：《记忆：历史与政治理论》，朱成明译，上海：华东师范大学出版社，2017。

178. 沃格林：《新政治科学》，段保良译，北京：商务印书馆，2018。

179. 沃格林：《以色列与启示》，霍伟岸、叶颖译，南京：译林出版社，2017。

180. 沃格林：《政治观念史稿（卷2）：中世纪至阿奎那》，叶颖译，上海：华东师范大学出版社，2019。

181. 沃格林：《政治观念史稿（卷3）：中世纪晚期》，段保良译，上海：华东师范大学出版社，2019。

182. 沃格林：《政治观念史稿（卷4）：文艺复兴与宗教改革》，孔新峰译，上海：华东师范大学出版社，2019。

183. 巫怀宇：《语言之轭——笛福与斯威夫特时代的政治、偏见与印刷文化》，《诗书画》2016年第3期。

184. 吴景荣、刘意青主编《英国十八世纪文学史》，北京：外语教学与研究出版社，2000。

185. 吴千之：《从一篇散文的讲授谈起——关于英美文学选读课》，《外语教学与研究》1962年第2期。

186. 伍厚恺：《简论讽喻体小说〈格列佛游记〉及其文学地位》，《四川大学学报》1999年第5期。

187. 西蒙·冈恩：《历史学与文化理论》，韩炯译，北京：北京大学出版社，2012。

188. 休谟：《人性论》（上），关文运译，北京：商务印书馆，2009。

189. 徐德林：《重返伯明翰：英国文化研究的系谱学考察》，北京：北京大学出版社，2014。

190. 徐新主编《西方文化史：从文明初始至启蒙运动》，北京：北京大学出版社。

191. 徐燕谋：《英国散文的发展：16~18世纪》，《外语教学与研究》1963年第2期。

192. 许洁明：《十七世纪的英国社会》，北京：中国社会科学出版社，2004。

193. 亚·沃尔夫：《十八世纪科学、技术和哲学史》（上册），周昌忠等译，北京：商务印书馆，2012。

194. 亚当·斯密：《道德情操论》，蒋自强等译，北京：商务印书馆，2016。

195. 扬·范赞登：《通往工业革命的漫长道路：全球视野下的欧洲经济，1000—1800年》，隋福民译，杭州：浙江大学出版社，2016。

196. 杨杰：《从下往上看——英国农业革命》，北京：中国社会科学出版社，2009。

197. 杨丽娟：《"理论之后"与原型-文化批评》，北京：中国社会科学出版社，2010。

198. 杨乃乔主编《中西文学艺术思潮及跨界思考》，上海：复旦大学出版社，2020。

199. 杨仁敬：《〈格列佛游记〉的讽刺手法》，《厦门大学学报》1962年第1期。

200. 杨周翰：《十七世纪英国文学》，北京：北京大学出版社，1985。

201. 杨自伍主编《英国经典散文》，上海：上海文艺出版社，2004。

202. 叶普·列尔森：《欧洲民族思想变迁：一部文化史》，骆海辉、周明圣译，上海：上海三联书店，2013。

203. 伊恩·瓦特：《小说的兴起》，高原、董红钧译，北京：生活·读书·新知三联书店，1992。

204. 伊格尔顿：《后现代主义的幻象》，华明译，北京：商务印书馆，2002。

205. 伊格尔顿：《理论之后》，商正译，北京：商务印书馆，2009。

206. 以赛亚·伯林：《启蒙的时代》，孙尚扬、杨深译，南京：译林出版社，2005。

207. 佚名：《罗兰之歌》，马振骋译，长春：吉林出版集团有限责任公司，2011。

208. 殷企平：《推敲"进步"话语——新型小说在 19 世纪的英国》，北京：商务印书馆，2009。

209. 殷企平：《文化即秩序：康拉德海洋故事的寓意》，《外国文学》2017 年第 4 期。

210. 尹庆红：《"理论之后"的理论——读特里·伊格尔顿的〈理论之后〉》，《湖北大学学报》2008 年第 2 期。

211. 余丽嫦：《培根及其哲学》，北京：新华出版社，1987。

212. 约翰·埃德温·桑兹：《西方古典学术史》（三卷本），张治译，上海：上海人民出版社，2020。

213. 约翰·奥尔：《英国自然神论：起源和结果》，周玄毅译，武汉：武汉大学出版社，2008。

214. 约翰·伯瑞：《进步的观念》，范祥涛译，上海：上海三联书店，2005。

215. 约翰·洛克：《基督教的合理性》，王爱菊译，武汉：武汉大学出版社，2006。

216. 约翰·洛西：《科学哲学的历史导论》，张卜天译，北京：商务印书馆，2017。

217. 约翰·斯梅尔：《中产阶级文化的起源》，陈勇译，上海：上海人民出版社，2006。

218. 詹姆士·哈林顿：《大洋国》，何新译，北京：商务印书馆，1981。

219. 詹姆斯·乔治·弗雷泽：《金枝》（上），赵昀译，合肥：安徽人民出版社，2012。

220. 张华主编《伯明翰文化学派领军人物评述》，济南：山东大学出版社，2008。

221. 张进：《新历史主义与历史诗学》，北京：中国社会科学出版社，2004。

222. 张珂：《民国时期我国的英美文学研究（1912—1949）》，北京：中央编译出版社，2017。

223. 张鑫：《英国 19 世纪出版制度、阅读伦理与浪漫主义诗歌创作关系研究》，上海：复旦大学出版社，2012。

224. 张义宾：《现代后现代思潮与中国文艺问题》，《山东大学学报》1995年第3期。
225. 周保国编著《英美经典散文鉴赏》，武汉：武汉大学出版社，2010。
226. 周鑫：《汪日昂〈大清一统天下全图〉与17~18世纪中国南海知识的生成传递》，《海洋史研究》2020年第1期。
227. 朱迪斯·M. 本内特、C. 沃伦·霍利斯特：《欧洲中世纪史》，杨宁、李韵译，上海：上海社会科学院出版社，2007。
228. 朱立元：《理论的历险》，开封：河南大学出版社，2013。

英文文献

1. Abraham Wolf, *A History of Science, Technology, and Philosophy in the Eighteenth Century*, London: George Allen & Unwin Ltd., 1952.
2. A. C. Elias, *Swift at Moor Park: Problems in Biography and Criticism*, Philadelphia: University of Pennsylvania Press, 1982.
3. Addison, Steele, and Others, *The Spectator*, Vol. 1, New York: Printed by Sammel Marks, 1826.
4. Addison, Steele, and Others, *The Spectator*, Vol. 2, New York: Printed by Sammel Marks, 1826.
5. Alexandra Halasz, *The Marketplace of Print: Pamphlets and Public Sphere in Early Modern England*, Cambridge: Cambridge University Press, 2006.
6. Alexander Koyré, *Du Monde Clos à l'Univers Infini*, Paris: Gallimard, 1973.
7. Alistair G. Thomson, *The Paper Industry in Scotland, 1590—1861*, Edinburgh and London: Scottish Academic Press, 1974.
8. Ann Cline Kelly, *Jonathan Swift and Popular Culture: Myth, Media, and the Man*, London and New York: Palgrave, 2002.
9. Ashley Marshall, *Swift and History: Politics and the English Past*, Cambridge: Cambridge University Press, 2017.
10. Arthur Case, ed., *Gulliver's Travels*, New York: Ronald Press Co., 1938.
11. Arthur Case, "Swift and Sir William Temple: A Conjecture," *Modern*

Language Notes, Vol. 60, No. 4, 1945.

12. Arthur O. Lovejoy, "Reflections on The History of Ideas," *Journal of History of Ideas*, Vol. 1, 1940.

13. Arthur O. Lovejoy, *The Great Chain of Being: A Study of the History of an Idea*, Cambridge, Massachusetts: Harvard University Press, 1964.

14. A. Rupert Hall, *Newton versus Leibniz: From Geometry to Metaphysics*, in I. Bernard Cohen and George E. Smith, ed., *The Cambridge Companion to Newton*, Cambridge: Cambridge University Press, 2002.

15. A. Rupert Hall and Laura Tilling, ed., *The Correspondence of Isaac Newton*, in 7Vols, Vol. 7, Cambridge: Cambridge University Press, 1977.

16. Bernard Barber, *Science and the Social Order*, London: George Allen & Unwin Ltd., 1953.

17. Bernard Fontenelle, *Conversations with a Lady on the Plurality of Worlds*, Joseph Glanvil, trans., 4th edition (London, 1719), Gale ECCO, Print Editions, 2010.

18. Bernard Shaw, "Preface for Politicians," in Bernard Shaw, *John Bull's Other Island: Definitive Text*, Dan H. Laurence, ed., Harmondsworth: Penguin, 1984.

19. Brian Cowan, *The Social Life of Coffee: The Emergence of British Coffeehouse*, New Haven and London: Yale University Press, 2005.

20. Bob Clarke, *From Grub Street to Fleet Street: An Illustrated History of English Newspaper*, Oxford: Oxford University Press, 2004.

21. Bonamy Dobrée, *English Literature in the Early Eighteenth Century 1700 – 1740*, Oxford: Clarendon Press, 1964.

22. Carole Fabricant and Robert Mahony, ed., *Swift's Irish Writings Selected Prose and Poetry*, New York: Palgrave Macmillan, 2010.

23. Carol Flynn, *The Body in Swift and Defoe*, Cambridge: Cambridge University Press, 1990.

24. Caroline Robbins, *The Eighteenth – Century Commonwealthman*, Cambridge:

Cambridge University Press, 1959.

25. Charles Beaumont, *Swift's Classical Rhetoric*, Athens: University of Georgia Press, 1961.

26. Charles Boyle, *Phalaris Agrigentinorum Tyranni Epistolae*, Oxford: Excudebat Johannes Crooke, 1695.

27. Charles Boyle, *Dr. Bentley's Dissertation on the Epistles of Phalaris and the Fables of Aesop Examin'd by the Honorable Charles Boyle, Esp.*, London: Printed for Tho. Bennet, 1698.

28. Charles Leslie, *The Second Part of The Wolf Stript of His Shepherds Cloathing: In Answer to a Late Celebrated Book Intitled the Rights of the Christian Church Asserted*, London: [s. n.], 1707.

29. Charles Perrault, *Le Siècle de Louis le Grand* en *Parallèle des Anciens et des Moderns*, Paris: Imprimeur du Roy, & de l' Académie française, 1693.

30. Claude Rawson, *Swift's Angers*, Cambridge: Cambridge University Press, 2014.

31. Claude Rawson, *God, Gulliver, and Genocide: Barbarism and the European Imagination, 1492 – 1945*, New York: Oxford University Press, 2007.

32. Claude Rawson, ed., *Politics and Literature in the Age of Swift: English and Irish Perspectives*, Cambridge: Cambridge University Press, 2010.

33. Christopher Fox, *The Cambridge Companion to Jonathan Swift*, Cambridge: Cambridge University, 2003.

34. Christopher Hill, *Puritanism and Revolution*, London: Panther Press, 1968.

35. Daniel Cook, ed., *The Lives of Jonathan Swift*, in 3 Vols, Vol. 1, London and New York: Routledge, 2011.

36. Daniel Defoe, *The Consolidator; or, Memoirs of Sundry Transactions from the World in the Moon*, London: Printed for B. Bragge, 1705.

37. Daniel Defoe, *The Farther Adventures of Robinson Crusoe*, London: Printed for W. Taylor, 1719.

38. Daniel Defoe, *The Poor Man's Plea...*, London: [s. n.], 1698, Gale EEBO,

Copied from Yale University Library.

39. Daniel Defoe, *The Review*, in 23 Vols, Vol. 3, Facsimile Text Society, New York: Columbia University Press, 1928.

40. Daniel Defoe, *Reasons Why This Nation Ought to Put a Speedy End to This Expensive War*, London: Printed by James Watson, 1711.

41. Daniel Defoe, *A Defense of the Allies and the Late Ministry, or Remarks on the Tories New Idol*, London: [s. n.], 1712.

42. Daniel Defoe, *Moll Flanders*, New York: Bantam Dell, 2006.

43. Daniel Eilon, *Factions' Fiction: Ideological Closure in Swift's Satire*, Oxford: Basil Blackwell, 1955.

44. Dard Hunter, *Papermaking: The History and Technique of An Ancient Craft*, New York: Dover Publications, Inc., 1978.

45. David Gressy, *Literacy and Social Order: Reading and Writing in Tudor and Stuart England*, Cambridge: Cambridge University Press, 2006.

46. David Oakleaf, *A Political Biography of Jonathan Swift*, London: Pickering & Chatto, 2008.

47. David Smith, *The Letters of Jonathan Swift to Charles Ford*, Oxford: Clarendon Press, 1935.

48. David Woolley, ed., *The Correspondence of Jonathan Swift, D. D.*, in 4 Vols, Frankfurt am Main: Peter Lang, 1999, 2001, 2003, 2007.

49. David Wootton, *Paolo Sarpi: Between Renaissance and Enlightenment*, Cambridge: Cambridge University Press, 1983.

50. David Wootton, *The Invention of Science: A New History of the Scientific Revolution*, New York: Harper Collins, 2016.

51. Deane Swift, *An Essay upon the Life, Writings, and Character, of Dr. Jonathan Swift*, 2nd edition, London: Printed for Charles Bathurst, 1755.

52. Deane Swift, *An Essay upon the Life, Writings, and Character of Dr. Jonathan Swift*, London: [s. n.], 1775, in Kathleen William ed., *Jonathan Swift: The Critical Heritage*, London and New York: Routledge, 2002.

53. Deborah Wyrick, *Jonathan Swift and the Vested Word*, Chapel Hill & London: The University of North Carolina Press, 1988.

54. Denis Johnston, *In Search of Swift*, Dublin: Hodges Figgis, 1959.

55. Dimiter Angelov: *Imperial Ideology and Political Thought in Byzantium*, 1204 – 1330, New York: Cambridge University Press.

56. Dirk F. Passmann, Heinz J. Vienken, *The Library and Reading of Jonathan Swift: A Bio – bibliographical Handbook*, Frankfurt am Main: Peter Lang, 2003.

57. Douglas Bush, *English Literature in the Earlier Seventeenth Century: 1600 – 1660*, London: Oxford University Press, 1958.

58. Douglas Lane Patey, "Swift's Satire on 'Science' and the Structure of Gulliver's Travels," Albert J. Rivero ed., *Gulliver's Travels*, New York: W. W. Norton & Company, Inc., 2002.

59. Dr. H. Teerink, *A Bibliography of the Writings in Prose and Verse of Jonathan Swift*, Philadelphia: University of Pennsylvania Press, 1937.

60. Edward Said, "Swift's Tory Anarchy," in *The World, the Text, the Critic*, Cambridge, M. A.: Harvard University Press, 1983.

61. Elias Ashmole, *Theatrum Chemicum Britannium* (London, 1652), Reprinted in Facsimile, London and New York: Routledge, 1967.

62. Elizabeth Eisenstein, *The Printing Press as an Agent of Change*, Cambridge: Cambridge University Press, 2005.

63. E. P. Thompson, *Customs in Common: Studies in Traditional Popular Culture*, London: The Merlin Press, 1991.

64. Eric Hobsbawm, *The Invention of Tradition*, Cambridge: Cambridge University Press, 2000.

65. Eric Mack, *Major Conservative and Libertarian Thinkers 2: John Locke*, London: Bloomsbury Publishing Inc., 2009.

66. Eric Voegelin, *The World of the Polis* in *Order And History*, Vol. 2, Columbia and London: University of Missouri Press, 2000.

67. Eric Voegelin, *Plato and Aristotle in Order and History*, Vol. 3, Columbia and London: University of Missouri Press, 2000.

68. Ernst H. Kantorowicz, *The King's Two Bodies: A Study in Medieval Political Theology*, Princeton: Princeton University Press, 1957.

69. Faramerz Dabhoiwala, "Sex and Societies for Moral Reform, 1688 – 1800," *Journal of British Studies*, Vol. 46, No. 2, 2007.

70. F. Elrington Ball, ed., *The Correspondence of Jonathan Swift, D. D.*, in 6Vols, London: G. Bell and Sons Ltd., 1910 – 1914 (Vol1, 1910; Vol2, 1911; Vol3, 1912; Vol4, 1913; Vol5, 1913; Vol6, 1914).

71. Francis Bacon, *Essays, Advancement of Learning, New Atlantis, and Other Pieces*, ed., Richard Foster Jones, New York: Odyssey Press, 1937.

72. Frank Palmeri, "History, Nation, and the Satiric Almanac, 1660 – 1760," *Criticism*, Vol. 40, No. 3, 1998.

73. F. P. Lock, *Swift's Tory Politics*, Newark: University of Delaware Press, 1983.

74. Friedrich Hayek, *The Constitution of Liberty*, London and Chicago: The University of Chicago Press, 1960.

75. Friedrich Hayek, *Law, Legislation and Liberty: Rules and Order*, Vol. 1, London and Chicago: The University of Chicago Press, 1973.

76. Gallagher & Greenblatt, *Practicing New Historicism*, Chicago: The University of Chicago Press, 2000.

77. Garnet Portus, *Caritas Anglicana, or, an Historical Inquiry into Those Religious and Philanthropical Societies That Flourished in England between the Years 1678 and 1740*, London: A. R. Mowbray & Co. Ltd., 1912.

78. G. Douglas Atkins, *Swift's Satires on Modernism*, New York: Palgrave Macmillan, 2013.

79. George Orwell, "Politics Vs. Literature: An Examination of Gulliver's Travels," in Orwell and I. Angus, ed., *The Collected Essays, Journalism and Letters of George Orwell*, in 4Vols, Vol. 4, New York: Harcourt, Brace and

World, 1968.
80. George Steiner, *Language and Silence*, New Haven: Yale University Press, 1998.
81. Geoffrey Best, *Temporal Pillars: Queen Anne's Bounty, the Ecclesiastical Commissioners, and the Church of England*, Cambridge: Cambridge University Press, 1964.
82. George P. Mayhew, "Swift's Bickerstaff Hoax as an April Fools' Joke," *Modern Philology*, Vol. 61, No. 4, 1964.
83. Gilbert Highet, *The Classical Tradition: Greek and Roman Influences on Western Literature*, New York and London: Oxford University Press, 1949.
84. G. M. Trevelyan, *England under Queen Anne*, Vol. 2, London, 1932.
85. G. M. Trevelyan, *England under Queen Anne*, Vol. 3, London, 1934.
86. Gossin Pamela, "Poetic Resolution of Scientific Revolution: Astronomy and the Literary Imagination of Donne, Swift, and Hardy", Ph. D. Dissertation, Madison: The University of Wisconsin-madison, 1989.
87. G. R. Elton, *The Tutor Constitution: Documents and Commentary*, Cambridge: Cambridge University Press, 1982.
88. Gregory Lynall, *Swift and Science: The Satire, Politics, and Theology of Natural Knowledge, 1690 – 1730*, Hampshire: Palgrave Macmillan, 2012.
89. Gregory Lynall, "Swift's Caricatures of Newton," *British Journal for Eighteenth Century Studies*, Vol. 28, 2005.
90. Hayden White, *Metahistory*, Baltimore: John Hopkins University Press, 1973.
91. Harcourt Brown, *Scientific Organizations in Seventeenth Century France 1620 – 1680*, Baltimore: The Williamsand Wilkins Co. , 1934.
92. Harold Bloom, *Bloom's Classic Critical Review: Jonathan Swift*, New York: Bloom's Literary Criticism, 2009.
93. Hans Baron, "The Querelle of the Ancients and the Moderns as a Problem for Renaissance Scholarship," *JHI*, Vol. 20, 1959.
94. Heather Keenleyside, *Animals and Other People: Literary Forms and Living*

Beings in the Long Eighteenth Century, Philadelphia: University of Pennsylvania Press, 2016.

95. Henry Craik, *Swift*: *Selections from His Works*, Oxford: Clarendon Press, 1892.

96. Henry St. John Bolingbroke, *Bolingbroke*: *Political Writings*, David Armitage, ed., Cambridge: Cambridge University Press, 1997.

97. Herbert Butterfield, *The Origins of Modern Science 1300 – 1800*, New York: The Macmillan Co., 1950.

98. Herbert Davis, ed., *The Prose Works of Jonathan Swift*, Vol. 114, Oxford: Blackwell, 1939 – 1964 (Vol. 1, 1939; Vol. 2, 1939; Vol. 3, 1939; Vol. 4, 1939; Vol. 5, 1939; Vol. 6, 1951; Vol. 7, 1951; Vol. 8, 1951; Vol. 9, 1948; Vol. 10, 1959; Vol. 11, 1941; Vol. 12, 1955; Vol. 13, 1951; Vol. 14, 1964).

99. Herbert Davis, *The Satire of Jonathan Swift*, New York: The Macmillan Company, 1947.

100. H. McLachlan, *Socinianism in Seventeenth – Century England*, Oxford: Oxford University Press, 1951.

101. H. T. Dickinson, *The Politics of the People in the Eighteenth – Century Britain*, New York: Palgrave Macmillan, 1995.

102. Ian Watt, *The Rise of the Novel*: *Studies in Defoe, Richardson and Fielding*, London: Random House (Pimlico), 2000.

103. Ian Higgins, *Swift's Politics*: *A Study in Disaffection*, Cambridge: Cambridge University Press, 1994.

104. Isabel River, *Books and Their Readers in Eighteenth – Century England*: *New Essays*, New York: Continuum, 2003.

105. Isaiah Berlin, *Three Critics of Enlightenment*: *Vico, Hamann, Herder*, Princeton University Press, 2000.

106. Irvin Ehrenpreis, *Arts of Implication*: *Suggestion and Covert Meaning in the Works of Dryden, Swift, Pope, and Austen*, Berkeley and London: University of California Press, 1978.

107. Irvin Ehrenpreis, *The Personality of Jonathan Swift*, London: Methuen and Co. Ltd. , 1958.

108. Irvin Ehrenpreis, *Swift: The Man, His Works, and the Age*, Vol. 1 - 3, Cambridge, Massachusetts: Harvard University Press, 1962, 1967, 1983.

109. J. A. Downie, *Robert Harley and the Press Propaganda and Public Opinion in the Age of Swift and Defoe*, New York and Cambridge: Cambridge University Press, 1979.

110. J. A. Downie, *Jonathan Swift, Political Writer*, London: Routledge and Kegan Paul, 1984.

111. James Harrington, *The Commonwealth of Oceana and a System of Politic*, J. G. A. Pocock ed. , Cambridge: Cambridge University Press, 1992.

112. James Johnson, "Swift's Historical Outlook," *Journal of British Studies*, Vol. 4, No. 2 , 1965.

113. James Richard, *Party Propaganda under Queen Anne: The General Election of 1702 - 1713*, Athens: University of Georgia Press, 1972.

114. James Sutherland, *English Literature of The Late Seventeenth Century*, London: Oxford University Press, 1969.

115. James Tully, *Meaning and Context: Quentin Skinner and His Critics*, Princeton: Princeton University Press, 1988.

116. J. B. Bury, *The Idea of Progress: An inquiry into Its Origin and Growth*, New York: The Macmillan Company, 1932.

117. J. C. Beckett, "Swift and the Anglo - Irish Tradition," in *The Character of Swift's Satire: A Revised Focus*, Claude Rawson, ed. , Newark: University of Delaware Press, 1938.

118. J. C. D. Clark, *English Society 1660 - 1832: Religion, Ideology and Politics during the Ancien Regime*, Cambridge: Cambridge University Press, 2000.

119. J. E. Spingarn, *Critical Essays of the Seventeenth Century*, Vol. 3, Bloomington: Indiana University Press, 1957.

120. J. G. A. Pocock, *Virtue, Commerce, and History: Essays on Political*

Thought and History, *Chiefly in the Eighteenth Century*, Cambridge: Cambridge University Press, 1985.

121. J. G. A. Pocock, *The Machiavellian Moment*, Princeton: Princeton University Press, 1975.

122. J. H. Plumb, *The Growth of Political Stability in England: 1675 – 1725*, London: Palgrave, 1967.

123. Jim Nightingale, *Think Smart, Act Smart*, New Jersey: John Wiley and Sons, 2007.

124. John Boyle, *Remarks on the Life and Writing of Dr. Jonathan Swift, Dean of St. Patrick's, Dublin, in a Series of Letters from John Earl of Orrery to his Son, the Honourable Hamilton Boyle*, 5th edition, London: Printed for A. Milar, 1752.

125. John Disney, ed., *The Works Theological, Medical, Political and Miscellaneous, of John Jebb*, in 3 Vols, Vol. 3, London, 1787.

126. John Donne, *The Complete Poetry of John Donne*, John Shawcross, ed., Garden City, N. Y.: Anchor, 1967.

127. John Dunn, *The Political Thought of John Locke: An Historical Account of the Argument of the "Two Treaties of Government"*, Cambridge: Cambridge University Press, 1969.

128. John Murry, *Jonathan Swift: A Critical Biography*, New York: Farrar, Straus and Giroux, 1967.

129. John Partridge, *Merlinus Liberatus... for 1699*, London: Printed by R. Roberts, 1699, Gale EEBO, Copy from Bodleian Library.

130. John Richetti, *The Eighteenth Century Novel*, Cambridge: Cambridge Press, 1996.

131. John Richetti, ed., *The Cambridge Companion to the Eighteenth – Century Novel*, Cambridge: Cambridge University Press, 1998.

132. John Smail, *The Origins of Middle – class Culture: Halifax, Yorkshire, 1600 – 1780*, Ithaca and New York: Cornell University Press, 1994.

参考文献

133. John Stubbs, *Jonathan Swift: The Reluctant Rebel*, New York and London: W. W. Norton & Company, 2017.

134. John Traugott, ed., *Discussions of Jonathan Swift*, Boston: D. C. Heath and Company, 1962.

135. John Wilkins, *A Discovery of a New World... Unto Which is Added, a Discourse Concerning a New Planet...*, 4th edition, London: Printed for John Gillibrand, 1684.

136. Jonathan Dewald, ed., *Europe 1450 - 1789: Encyclopedia of the Early Modern World*, Vol. 5, New York: Charles Scribner's Sons, 2004.

137. Jonathan Swift, *A Bibliography of Critical Studies*, Updated January 2011, A Bibliography of Critical Studies in the Ehrenpreis Center for Swift Studies, Münster.

138. Jonathan Swift, *A Tale of a Tub and Other Works*, Marcus Walsh, ed., Cambridge: Cambridge University Press, 2010.

139. Jonathan Swift, *A Tale of Tub, Battle of Books and Other Satires*, London: Everyman's Library Press, 1963.

140. Jonathan Swift, *Bickerstaff Papers, Tracts Relating to the Church, Contributions to The Tatler: 1760 - 1710*, Herbert Davis, ed., Oxford: Basil Blackwell, 1939.

141. Jonathan Swift, *English Political Writings 1711 - 1714: The Conduct of the Allies and other Works*, Bertrand A. Goldgar and Ian Gadd ed., Cambridge: Cambridge University Press, 2008.

142. Jonathan Swift, *Gulliver's Travels*, Oxford: Oxford University Press, 1986.

143. Jonathan Swift, *Journal to Stella*, J. K. M. ed., London: J. M. Dent & Sons Ltd., 1964.

144. Jonathan Swift, *Irish Tracts: 1720 - 1723 and Sermons*, Herbert Davis ed., Oxford: Basil Blackwell, 1963.

145. Jonathan Swift, *Irish Tracts: 1728 - 1733*, Herbert Davis ed., Oxford: Basil Blackwell, 1955.

146. Jonathan Swift, *Miscellaneous and Autobiographical Piece*, *Fragments and Marginalia*, Hebert Davis, ed. , Oxford: Basil Blackwell, 1969.

147. Jonathan Swift, *Parodies, Hoaxes, Mock Treatises: Polite Conversation, Directions to Servants and Other Works*, Valerie Rumbold, ed. , Cambridge: Cambridge University Press, 2013.

148. Jonathan Swift, *Poetical Works*, Herbert Davis, ed. , London: Oxford University Press, 1967.

149. Jonathan Swift, *Swift's Irish Writings: Selected Prose and Poetry*, Carole Fabricant and Robert Mahony ed. , New York: Palgrave Macmillan, 2010.

150. Jonathan Swift, *The Correspondence of Jonathan Swift, D. D.* , ed. David Woolley, 5 Vols. , Frankfurt am Main: Peter Lang, 1999.

151. Jonathan Swift, *The Examiner and Other Pieces Written in 1710 – 11*, Herbert Davis, ed. , Oxford: Basil Blackwell, 1957.

152. Jonathan Swift, *The Letters of Jonathan Swift to Charles Ford*, David Nichol Smith, ed. , Oxford: Oxford University Press, 1935.

153. Jonathan Swift, *The History of the Four Last Years of the Queen*, Herbert Davis, ed. , Oxford: Basil Blackwell, 1963.

154. Jonathan Swift, *The Works of Jonathan Swift, D. D.* , in 4 Vols, London: Printed for George Faulkner, 1735.

155. Jonathan Swift, *The Works of Jonathan Swift, D. D.* , in 12 Vols, John Hawkesworth, ed. , London: Printed for C. Bathurst, 1755.

156. J. P. Van Niekerk, *The Development of the Principles of Insurance Law in the Netherlands from 1500 to 1800*, Vol. 1, Hilversum: Uitgeverij Verloren, 1998.

157. J. S. Bromley, ed. , *The War of the Spanish Succession in Europe in the New Cambridge Modern History*, Vol. 6, Cambridge: Cambridge University Press, 1971.

158. Joseph M. Levine, *Humanism and History: Origins of English Historiography*, Ithaca and London: Cornell University, 1987.

159. Joseph M. Levine, *The Battle of the Books: History and Literature in the Augustan Age*, Ithaca and London: Cornell University, 1991.

160. Jürgen Habermas, *The Structural Transformation of the Public Sphere: An Inquiry into the a Category of Bourgeois Society*, Thomas Burger, trans. , Cambridge, Massachusetts: The MIT Press, 1991.

161. Kathleen Williams, ed. , *Jonathan Swift: The Critical Heritage*, London and New York: Routledge, 2002.

162. Kari Palonen, "Quentin Skinner's 'Rhetorical Turn' and the Chances for Political Thoughts" in *Philosophy Study*, Vol. 3, No. 1, 2013.

163. Keith Jenkins, *On "What is History?": From Carr and Eltonto to Rorty and White*, London: Routledge, 1995.

164. Lady Gifford, "Life and Character of Sir William Temple," in C. Moore Smith ed. , *The Early Essays and Remarks of Sir William Temple*, Oxford: Oxford University Press, 1930.

165. Lawrence Stone, *Road to Divorce: England 1530 – 1987*, Oxford: Oxford University Press, 1990.

166. Lawrence Stone, *Uncertain Unions & Broken Lives*, New York: Oxford University Press, 1995.

167. Leo Damrosch, *Jonathan Swift: His Life and His World*, New Haven and London: Yale University Press, 2013.

168. Leslie Stephen, *English Literature and Society in the 18th Century*, London: Methuen & Co. Ltd. , 1947.

169. L. I. Bredvold, "The Gloom of the Tory Satirists," in J. L. Clifford and L. A. Landa, ed. , *Pope and His Contemporaries: Essays Presented to George Sherburn*, Oxford: Clarendon Press, 1949.

170. Louis Landa, *Jonathan Swift: A List of Critical Studies Published from 1895 – 1954*, New York: Octagon Books, 1945.

171. Louis Landa, "Swift, The Mysteries, and Deism," *Studies in English*, No. 24, 1944.

172. Louis Landa, *Swift and the Church of Ireland*, Oxford: Clarendon Press, 1954.

173. Luciano Febvre and Henri‐Jean Martin, *The Coming of the Book*, London: Verso, 1976.

174. Marc Fumaroli, Anne‐Marie Lecoq, ed., *La Querelle des Anciens et des Modernes*, Paris: Gallimard, 2001.

175. Marc Fumaroli, *Republic of Letters*, New Haven & London: Yale University Press, 2018.

176. Marc Fumaroli, "The Republic of Letters," *Diogenes*, Vol. 143, No. 36, 1988.

177. Margaret Doody, "Swift among the Women," *The Yearbook of English Studies*, Vol. 18, 1988.

178. Maria‐angeles Moneva, *A Modest Proposal in the Context of Swift's Irish Tracts: A Relevance‐theoretic Study*, Newcastle upon Tyne: Cambridge Scholars Publishing, 2010.

179. Marjorie Nicolson, *The Science Background of Swift's Voyage to Laputa*, in *Science and Imagination*, Ithaca: Great Seal Books, 1956.

180. Mark Goldie and Robert Wokler, *The Cambridge History of Eighteenth‐Century Political Thought*, Cambridge: Cambridge University Press, 2006.

181. Mario M. Rossi and Joseph M. Hone, ed., *Swift, or, the Egotist*, London: V. Gollancz Ltd., 1934.

182. Martin Price, *Swift's Rhetorical Art: A Study in Structure and Meaning*, London and Amsterdam: Southern Illinois University Press, 1953.

183. Matthew Tindal, *Four Discourses on the Following Subjects: viz. I. of Obedience to the Supreme Powers, and the Duty of Subjects in All Revolutions*, London: Printed for Richard Baldwin, 1694.

184. Matthew Tindal, *Four Discourses on the Following Subjects: viz. II. of the Laws of Nations, and the Rights of Sovereigns*, London: Printed for Richard Baldwin, 1694.

185. Melanie Just, *Jonathan Swift's on Poetry: A Rhapsody*, Frankfurt am Main: Peter Lang, 2003.

186. Michael Mckeon, *The Origins of English Novel: 1600 – 1740*, London: The Johns Hopkins Press Ltd. , 1987.

187. Michael Shinagel, *A Concordance to the Poems of Jonathan Swift*, Ithaca: Cornell University Press, 1972.

188. Miriam Kosh Starkman, *Swift's Satire on Learning in a Tale of a Tub*, New York: Octagon Books, 1968.

189. Monsieur de Voiture, *The Works of Voiture, in Two Volumes*, London, 1705.

190. Nicolas Boileau, "Lettre à Monsieur Perrault" in *Oeuvres de Nicolas Boileau Despréaux*, Vol. 2, Amsterdam, 1718.

191. Nicholas Hudson and Aaron Santesso, ed. , *Swift's Travels: Eighteenth – Century British Satire and Its Legacy*, Cambridge: Cambridge University Press, 2008.

192. Nora Jaffe, *The Poet Swift*, Hanover, Hampshire: The University Press of New England, 1977.

193. Norman Wilson, *History in Crisis? Recent Directions in Historiography*, Upper Saddle River: Prentice Hall, 1999.

194. Northrop Frye, *Anatomy of Criticism*, Princeton and Oxford: Princeton University Press, 2000.

195. N. W. Bawcutt, "News from Hide – park and Swift's A Beautiful Young Nymph Going to Bed," *British Journal for Eighteenth Century Studies* Vol. 23, 2002.

196. Paddy Bullard and James McLaverty, ed. , *Jonathan Swift and the Eighteenth-Century Book*, Cambridge: Cambridge University Press, 2013.

197. Pat Rogers, *Grub Street: Studies in a Subculture*, London and New York: Routledge, 2014.

198. Patrick Delany, *Observation upon Lord Orrery's Remarks on the Life and Writings of Dr. Jonathan Swift*, Dublin: Printed for Robert Main, 1754.

199. Patrick Hanan,"A Study in Acculturation—the First Novels Translated into Chinese,", *Chinese Literature: Essays, Articles, Reviews*, Vol. 23, 2001.

200. Paul Degategno and Jay Stubblefield, *Critical Companion to Jonathan Swift: A Literary Reference to His Life and Work*, New York: Factis On File, Inc., 2006.

201. Paul Ricœur, *La Mémoire, l'Histoire, l'Oubli*, Paris: Le Seuil, 2000.

202. Paula R. Backscheider, Catherine Ingrassia, *Eighteenth-Century English Novel And Culture*, Oxford: Blackwell Publishing, 2005.

203. Peter Burke, *A Social History of Knowledge: From Gutenberg to Diderot*, Cambridge: Polly Press, 2008.

204. Peter Laslett, *The World We Have Lost: Further Explored*, London: Methuen Publishing, 1983.

205. Peter Schakel, *The Poetry of Jonathan Swift: Allusion and the Development of a Poetic Style*, Wisconsin: The University of Wisconsin Press, 1978.

206. Phillip Harth, *Swift and Anglican Rationalism*, Chicago and London: The University of Chicago Press, 1961.

207. Preston King, ed., *The History of Ideas: An Introduction to Method*, London & Canberra: Croom Helm, 1983.

208. Nicholas Phillipson, Quentin Skinner, *Visions of Politics*, Vol. 1: *Reading Methods*, Cambridge: Cambridge University Press, 2002.

209. Quentin Skinner, *The Foundations of Modern Political Thought*, Vol. 1: *The Renaissance*, Cambridge: Cambridge University Press, 1979.

210. Raphael Samuel, ed., *Patriotism: The Making and Unmaking of British National Identity I: History and Politics*, London and New York: Routledge, 1989.

211. Raymond Williams, *Culture and Society: 1780-1950*, London: Harper Torchbooks, 1966.

212. Raymond Williams, *Culture*, London: Fontana, 1981.

213. Raymond Williams, *The Long Revolution*, London: Chatto & Windus, 1961.

214. René Descartes, "Principia Philosophia," in *The Philosophical Writings*, Vol. 1, trans., John Cottingham, Robert Stoothoff and Dugald Murdoch, Cambridge: Cambridge University Press.

215. René Wellek, *Concepts of Criticism*, New Haven & London: Yale University Press, 1963.

216. R. E. R. Bunce, *Major Conservative and Libertarian Thinkers 1: Thomas Hobbes*, London: Bloomsbury Publishing Inc., 2009.

217. R. E. Sullivan, *John Toland and the Deist Controversy*, Cambridge: Cambridge University Press, 1982.

218. Ricardo Quintana, *The Mind and Art of Jonathan Swift*, London: Methuen & Co. Ltd., 1956.

219. Richard Bentley, *A Dissertation upon the Epistles of Phalaris*, London: Printed by J. Leake for Peter Buck, 1697.

220. Richard Cumberland, *Memoirs of Richard Cumberland*, 2Vols, Vol. 1, London: Printed for Lackingfon, 1806.

221. Richard H. Rouse and Mary A. Rouse, *Manuscripts and Their Makers: Commercial Book Producers in Medieval Paris*, London: Harvey Miller Publishers, 2000.

222. Richard Jones, *Ancients and Moderns: A Study of the Rise of the Scientific Movement in Seventeenth Century England*, Berkeley: University of California Press, 1961.

223. Richard Steele, Joseph Addison, and Others, *Tatler*, Philadelphia: Desilver, Thomas & Co., 1837.

224. Robert A. Greenberg and William B. Piper, ed., *The Writings of Jonathan Swift*, New York: W. W. Norton & Company, 1973.

225. Robert K. Merton, *Social Theory and Social Structure*, New York: The Free Press, 1968.

226. Robert Friedman Sarfatt, "Jonathan Swift and the Quarrel of the Ancients and Moderns," Ph. D. Dissertation, San Diego: University of California, 1969.

227. Robert Mahony, *Jonathan Swift: The Irish Identity*, New Haven & London: Yale University Press, 1995.

228. Robert Shiells, *The Lives of the Poets of Great Britain and Ireland, to the Time of Dean Swift*, in 5 Vols. , Vol. 5 London: Printed for R. Griffiths, ECCO, 1753.

229. Robert Phiddian, *Swift's Parody*, Cambridge: Cambridge University Press, 1995.

230. Robert Phiddian, "Have You Eaten Yet? The Reader in a Modest Proposal," *Studies in English Literature, 1500 – 1900*, Vol. 36, No. 3, 1996.

231. Roger Chartier, *The Oder of Books: Readers, Authors, and Libraries in Europe between the Fourteenth and Eighteenth Centuries*, Lydia Cochrane, trans. , Stanford: Stanford University Press, 1994.

232. Roger Finley, *Population and Metropolis: The Demography of London 1580 – 1650*, Cambridge: Cambridge University Press, 2009.

233. Ronald Paulson, *Theme and Structure in Swift's "Tale of a Tub"*, Connecticut: New Haven University, 1960.

234. Sanford Lehmberg, "Writings of Canterbury Cathedral Clergy, 1700 – 1800," *Anglican and Episcopal History*, Vol. 73, No. 1, 2004.

235. Samuel Clarke, *A Discourse concerning the Unchangeable Obligations of Natural Religion, and the Truth and Certainty of the Christian Revelation*, London, 1706.

236. Samuel Johnson, *Prefaces, Biographical and Critical, to the Works of the English Poets*, Vol. 8, London: Printed for J. Nichols et al. , 1779.

237. Samuel Johnson, *The Lives of the Poets, a Selection*, Roger Lonsdale, ed. , Oxford: Oxford University Press, 2009.

238. Sean Moore, *Swift, the Book, and the Irish Financial Revolution*, Baltimore: The John Hopkins University Press, 2010.

239. Sir Walter Scott, *Memoirs of Jonathan Swift*, in 2 Vols, Vol. 1, New York: Cambridge University Press, 2011.

240. Sir William Temple, "An Essay upon the Original and Nature of Government," in *Miscellanea I*, London: Printed for Jacob Tonson, 1697.

241. Sir William Temple, "Of Heroick Virtue," in Jonathan Swift, ed., *Miscellanea II*, London: Printed for Benjamin Tooke, 1701.

242. Sir William Temple, "An Essay of Popular Discontents," in Jonathan Swift, ed., *Miscellanea II*, London: Printed for Benjamin Tooke, 1701.

243. Sir William Temple, "Some Thoughts upon Review the Essay of Ancient and Modern Learning," in Jonathan Swift, ed., *Miscellanea II*, London: Printed for Benjamin Tooke, 1701.

244. Sir William Temple, *Five Miscellaneous Essays*, ed., Samuel H. Monk, Ann Arbor: University of Michigan Press, 1963.

245. Sir William Temple, *Miscellanea III*, Jonathan Swift, ed., London: Printed for Benjamin Tooke, 1701.

246. Sir William Temple, "Essay upon Ancient and Modern Learning," in *Miscellanea II*, London: Printed for Ri. Simpson, 1705.

247. Stephen Karian, *Jonathan Swift in Print and Manuscript*, Cambridge: Cambridge University Press, 2010.

248. Stuart Hall, ed., *Representation: Cultural Representations and Signifying Practices*, London: Sage, 1997.

249. Stuart Hall and Paddy Whannel, *The Popular Arts*, New York: Pantheon Books, 1965.

250. Syfret. R. H, "Some Early Critics of the Royal Society," *Notes and Queries of the Royal Society*, Vol. 8, No. 1, 1950.

251. Taylor Duncan, *Jonathan Swift: A Critical Essay*, London: P. Davies, 1933.

252. Terry Eagleton, *After Theory*, New York: Basic Books, 2003.

253. Thomas Birch, *Life of Dr. John Tillotson*, London, 1752.

254. Thomas Burnet, *The Sacred Theory of the Earth: Containing an Account of the Original of the Earth, and of All the General Changes ... in Two Volumes. ... the Fourth Edition. Also, the Author's Defence of the Work, from the*

  Exceptions of Mr. Warren Volume 1 of 2, Gale ECCO, Print Editions, 2010.
255. Thomas Macaulay, "Francis Atterbury," in *Critical Miscellaneous Writings*, London: Longmans, Green, and Co. , 1860.
256. Thomas Macaulay, "Life and Writings of Sir William Temple," in *Critical and Miscellaneous Essays*, London: Longmans, Green, and Co. , 1860.
257. Thomas Sheridan, *The Life of the Reverend Dr. Jonathan Swift, Dean of St. Patrick's, Dublin*, London: Printed for C. Bathurst, W. Strahan, B. Collins et al. , 1784.
258. Tracy Strong, Terry Eagleton, "The Function of Criticism: From the Spectator to Post-structuralism" (Book Review), in *Perspective*, Washington, D. C. , 1985.
259. T. R. , *An Essay Concerning Critical and Curious Learning*, London: Printed for R. Cumberland, 1698.
260. Valerie Rumbold, ed. , *Parodies, Hoaxes, Mock Treatises: Polite Conversation, Directions to Servants and Other Works*, Cambridge: Cambridge University Press, 2013.
261. Victor Nuovo, *John Locke and Christianity: Contemporary Responses to "The Reasonableness of Christianity"*, London and New York: Thoemmes Continuum, 1997.
262. W. A. Speck, *Stability and Strife: England, 1714 – 1760*, Cambridge, Massachusetts: Harvard University Press, 1977.
263. W. H. Greenleaf, *Order, Empiricism and Politics: Two Traditions of English Political Thought 1500 – 1700*, London: University of Hull, Oxford University Press, 1964.
264. Wilfrid Prest, *Albion Ascendant: English History, 1660 – 1815*, Oxford: Oxford University Press, 1998.
265. William Eddy, "Tom Brown and Partridge the Astrologer," *Modern Philology*, Vol. 28, No. 2, 1930.
266. William Ewald, *The Masks of Jonathan Swift*, Cambridge and Massachusetts:

Harvard University Press, 1954.
267. William Hutton, *The English Church: From the Accession of Charles I. To the Death of Anne (1625 - 1714)*, London: Macmillan and Co. , Limited, 1903.
268. William King, *Dialogues of the Dead Relating to the Present Controversy Concerning the Epistles of Phalaris*, London: Printed and sold by A. Baldwin, 1699.
269. William Wotton, *Reflection upon Ancient and Modern Learning*, London, 1694.
270. W. Paul Adams, "Republicanism in Political Rhetoric before 1776," *Political Science Quarterly*, Vol. 85, 1970.
271. W. R. Wilde, *The Closing Years of Dean Swift's Life With Remarks on Stella, and Some of His Writings Hitherto Unnoticed*, Dublin: Hodges and Smith, 1894.
272. Wesley Kort, *Place and Space in Modern Fiction*, Gainesville: University Press of Florida, 2004.
273. Yi - Fu Tuan, *Space and Place: The Perspective of Experience*, London: University of Minnesota Press, 2001.
274. Zhang Xun, *Jonathan Swift, an Anglo - Irish Writer On Swift's Irish Identity*, Master Thesis, University of Electronic Science and Technology of China.

后　记

"我们犁的土都是星尘，随风四处飘散；而在一杯雨水中，我们饮下了宇宙。"

——伊哈布·哈桑

"我饮下了整个宇宙而酩酊大醉。"（"Je suis ivre d'avoir bu tout l'univers."）

——纪尧姆·阿波利奈尔

我想以更自由的方式写下一些文字纪念这本书的出版。我的博士后合作导师杨乃乔教授在他厚重的《悖立与整合》（1998）一书"后记"部分有这么一段话："我在求学中除了穷与累以外，时时处于莫名其妙的困境中，有时甚至是极为艰难的；所以，此时此刻的任何一点帮助及理解也让我终生难以忘却。"第一次遭遇这段话的时候，"莫名其妙"和"此时此刻"两个词让我神情激荡，并击中痛处似地令我联想起里尔克关于"此时此刻"与永恒苦困的喟叹以及伊阿古濒死前坚毅的那句话："从这一刻起，不再说一句话，因为你们所知道的，你们已经知道了。"

我几乎要掉下泪来。但我还知道另一些事，譬如父母在生活困顿之中如何勉力支持我的学业——生活，或者命运那莫名其妙出现且暴虐的困境，他们曾以毫无诗意却直观的方式将其命名为"砸锅卖铁"。尤其我的母亲罗顺彩，她时常感同身受地分担我的苦难，在我莫名其妙陷入学业乃至心灵困境而盲目泄愤时劝勉我适时退步："那一定很累吧？不要太累啊，要不然先不做吧？"这份情感恐怕早已超脱望子成龙的人间凤愿，引向的是我初生时节

后　记

他们漫无目的的期许和天真单纯的欣悦。我多希望能一睹那个永恒的"此时此刻"啊。因此，我感谢他们并希望他们健康、长寿且快乐。

于众多有恩于我的师长之中，首先，我要感谢杨乃乔教授。他斯多噶-苦行僧式的品格及深厚的学养无须我赞言；他在日常生活中对自身近乎严苛的学术要求及德行实践较之任何冠冕堂皇、两面三刀的说教都更令人信服——遇到他之前我很难想象真的还有博导会数小时逐字逐句地当面批改学生的论文；还会在周末纠合师门群体酣畅淋漓地讨论八九个小时。且这不是掩人耳目的偶尔为之，而是数十年如一日忘乎所以的废寝忘食。其次，我要感谢我的硕博导师葛桂录教授。自2010年负笈葛门，已过十载。其间葛教授不介鲁钝，于我耳提面命，又详加教诲谆谆，涉及之广已非限学业，更包含人格力量的熏染。葛教授渊博的学养与儒雅的风襟，不禁让我念及三百余载前名冠英伦的坦普尔爵士。此外，孙绍振、张汉良、陆建德、殷企平、刘耘华等教授于不同场合对本书研究主题及内容提出宝贵的修改建议及意见使他们必须列入我的感谢名单。当然，在结束因篇幅所限而未列出的一长串名单之前，必须提及金雯教授在理论视角及资料上对我写作本书的提携与帮扶。

再次，不得不谢的是在我患病之际曾伸出援手的张心怡和叶杨莉两位女士——很高兴但并不惊异，十年之后你们真的都成为杰出的小说家。另需感谢的是叶少言同学，她的文字和礼物曾经给予我慰藉与启发。此外，我必须感谢费心编辑本书的张萍、顾萌两位老师及社会科学文献出版社其他老师对本书难以想象的艰辛付出，我此生恐怕再也无法忘怀第一次看到贴满便签、涂改密布的一校样稿时的心情了——这就是文学编辑强大的实力吗？后续艰难苦困的修改工作让我对编辑这份职业充满敬畏。自然，像弗莱在《批评的剖析》序言中所说的："本书的众多优点理当归功他人，而事实、风格、逻辑及布局上百出的漏洞则皆由本人负责。"我同样对此书的一切错漏——甚至是幼稚的常识错误——负责，并希望日后随着学术能力的成长而有机会逐一改进。

最后，对一项人数众多、正在进行且远未完成的学术公共事业——乔纳森·斯威夫特研究——做"阶段总结"无论如何都是鲁莽且不合时宜的。但同历史上多数"不合时宜的思想"一致，它总有一副勇气可嘉的面孔，所以尽管对本书命运抱着同休谟《人性论》"一俟付梓即死在了印刷机上"如出一辙的心理准备，我最终要感谢自己，在无数个将要放弃或懈怠的"此时此刻"，仍旧选择出版此书。

历伟
写于 2021 年的春天

图书在版编目(CIP)数据

乔纳森·斯威夫特研究：秩序的流变与悖反/历伟著.--北京：社会科学文献出版社，2021.8
ISBN 978-7-5201-8169-3

Ⅰ.①乔… Ⅱ.①历… Ⅲ.①斯威夫特（Swift, Jonathan 1667-1745）-文学研究 Ⅳ.①I561.064

中国版本图书馆 CIP 数据核字（2021）第 055036 号

乔纳森·斯威夫特研究：秩序的流变与悖反

著　　者/历伟

出 版 人/王利民
责任编辑/张　萍
文稿编辑/顾　萌

出　　版/社会科学文献出版社（010）59367004
　　　　　地址：北京市北三环中路甲29号院华龙大厦　邮编：100029
　　　　　网址：www.ssap.com.cn
发　　行/市场营销中心（010）59367081　59367083
印　　装/三河市龙林印务有限公司

规　　格/开　本：787mm×1092mm　1/16
　　　　　印　张：28.5　字　数：451千字
版　　次/2021年8月第1版　2021年8月第1次印刷
书　　号/ISBN 978-7-5201-8169-3
定　　价/128.00元

本书如有印装质量问题，请与读者服务中心（010-59367028）联系

▲ 版权所有 翻印必究